JOY FIELDING

Zähl nicht die Stunden

Buch

Die 36jährige Mattie Hart hat vieles erreicht: Gemeinsam mit Jake, einem attraktiven und äußerst erfolgreichen Rechtsanwalt, lebt sie in einem luxuriösen Haus am Stadtrand von Chicago. Ihre heranwachsende Tochter Kim bedeutet ihr alles, und als Kunsthändlerin genießt Mattie einen exzellenten Ruf. Doch der schöne Schein trügt, denn eines fehlt Mattie in ihrem Leben – Liebe. Lange Zeit hat sie die Augen verschlossen vor der traurigen Tatsache, dass die Ehe mit Jake zerrüttet ist und ihr Mann sie betrügt. Als sie dann eines Tages wieder einmal die Rechnung eines Nobelhotels in seiner Jacke findet, spürt sie, dass sie Jakes Lügen nicht länger ertragen kann. Richtig glücklich war sie mit ihm in all den Jahren ohnehin nie, denn Jake schien ein düsteres Geheimnis aus seiner Vergangenheit mit sich zu tragen, über das er stets hartnäckig schwieg.

Doch genau in dem Moment, in dem Mattie bereit ist aufzubrechen in ein neues Leben, schlägt das Schicksal auf grausame Weise zu. Mattie erfährt, dass sie an einer heimtückischen Krankheit mit tödlichem Ausgang leidet – geschieht nicht ein Wunder, bleiben ihr noch ein Jahr, vielleicht zwei. Für die junge Frau beginnt ein dramatischer Wettlauf gegen die Zeit, denn sie erkennt, dass sie kämpfen muss: um Jake, um ihr Glück, um ihr Leben …

Autorin

Joy Fielding gehört zu den unumstrittenen Spitzenautorinnen Amerikas. Alle ihre Bücher waren Bestseller, und mit dem Psychothriller »Lauf, Jane, lauf!« gelang ihr der große internationale Durchbruch. »Zähl nicht die Stunden« ist ihr achter Roman bei Goldmann. Die Autorin lebt mit ihrer Familie in Toronto, Kanada, und Palm Beach, Florida.

Außerdem von Joy Fielding bei Goldmann lieferbar:

Lauf, Jane, lauf! Roman (41333)
Schau dich nicht um. Roman (43087)
Sag Mami Goodbye. Roman (42852)
Lebenslang ist nicht genug. Roman (42869)
Ein mörderischer Sommer. Roman (42870)
Flieh, wenn du kannst. Roman (43262)
Am seidenen Faden. Roman (44370)
Zähl nicht die Stunden. Roman (45405)

Joy Fielding

Zähl nicht die Stunden

Roman

Deutsch von Mechtild Sandberg-Ciletti
und Kristian Lutze

GOLDMANN

Die Originalausgabe erschien 2000 unter dem Titel
»The First Time«
bei Pocket Books, New York

Umwelthinweis:
Alle bedruckten Materialien dieses Taschenbuches
sind chlorfrei und umweltschonend.

Einmalige Sonderausgabe März 2004

Umschlaggestaltung: Design Team München
Umschlagmotiv: Orazio Gentileschi
Druck: GGP Media, Pößneck
Made in Germany · Titelnummer: 45781

ISBN 3-442-45781-6
www.goldmann-verlag.de

1

Sie dachte darüber nach, wie sie ihren Mann umbringen könnte.

Martha Hart, von allen Mattie genannt, nur nicht von ihrer Mutter, die regelmäßig erklärte, Martha sei doch ein wunderschöner Name – »Oder hast du je davon gehört, dass Martha Stewart ihren Namen geändert hat?« –, zog in dem langen beheizten Pool, der den größten Teil des ansehnlichen Gartens einnahm, ihre Bahnen. Außer bei Gewitter oder bei für Chicago nicht untypischem vorzeitigen Schnee pflegte sie von Anfang Mai bis Mitte Oktober jeden Morgen fünfzig Minuten zu schwimmen, genau einhundert Bahnen, abwechselnd Frei- oder Kraulstil. Gewöhnlich war sie spätestens um sieben im Wasser, um fertig zu sein, bevor Jake und Kim aus dem Haus gingen, aber heute hatte sie verschlafen, genauer gesagt, sie war nach einer Nacht, in der sie kein Auge zugetan hatte, erst kurz vor dem Läuten des Weckers eingenickt. Jake, wie üblich von solchen Schwierigkeiten unbehelligt, war aus dem Bett und in der Dusche, bevor sie richtig wach geworden war. »Geht's dir gut?«, hatte er etwas später, tadellos gekleidet und gut aussehend wie immer, gefragt und das Haus so schnell verlassen, dass sie gar nicht dazu gekommen war, ihm zu antworten.

Ich könnte ihn mit einem Fleischermesser erstechen, dachte sie jetzt und schob die geballten Fäuste durch das Wasser, als stieße sie mit jeder Armbewegung die mindestens dreißig Zentimeter lange Klinge ihrem Mann mitten ins Herz. Als sie am Ende des Beckens wendete, um die nächste Bahn in Angriff zu nehmen, fiel ihr ein, dass es vielleicht einfacher wäre, Jake mit einem wohlberechneten Schubs die Treppe hinunter ins Jenseits zu befördern. Oder sie könnte ihn vergiften, indem sie ihm statt geriebenem Parmesan eine Hand voll Arsen auf die Spaghetti streute, die er sehr gern aß und die sie ihm erst gestern Abend gemacht hatte, bevor er noch einmal weggefahren war, angeblich in die Kanzlei, um dem alles entscheidenden Schlussplädoyer für den heutigen Prozesstag den letzten Schliff zu geben. Bevor sie in seiner Jacke – der Jacke, die sie für ihn hatte zur Reinigung bringen wollen – die Hotelrechnung gefunden hatte, die eindeutig bewies, dass er wieder einmal fremd ging.

Sie könnte ihn natürlich auch erschießen, sagte sie sich und drückte das Wasser, das zwischen ihren Fingern hindurchglitt, als drückte sie auf den Abzug einer Pistole. In ihrer Phantasie sah sie die Kugel über das Wasser fliegen, direkt in den Gerichtssaal, wo ihr nichts ahnender Ehemann sich soeben erhob, um das Wort an die Geschworenen zu richten. Sie sah zu, wie er sein dunkelblaues Jackett knöpfte, kurz bevor die Kugel es zerfetzte und dunkelrotes Blut langsam auf die akkuraten Diagonalstreifen der blau-goldenen Krawatte quoll, während das jungenhafte kleine Lächeln, das so sehr von seinen Augen wie von seinem Mund ausging, zuerst erstarrte und dann verblasste und schließlich ganz erlosch, als er in dem ehrwürdigen alten Gerichtssaal zu Boden stürzte.

Meine Damen und Herren Geschworenen, sind Sie zu einem Urteil gelangt?

»Tod den Verrätern!«, rief Mattie laut und trat im Wasser um sich, als hätte sie sich in einer Decke verheddert, aus der sie sich befreien musste. Ihre Füße fühlten sich plötzlich so bleiern an, schwer wie Zementblöcke. Einen Moment lang erschienen sie ihr wie Fremdkörper, als gehörten sie einer anderen Person und seien völlig willkürlich an ihrem Rumpf befestigt, wo sie nun keinem anderen Zweck dienten, als sie in die Tiefe zu ziehen. Sie versuchte zu stehen, aber ihre Fußsohlen fanden den Grund des Beckens nicht, obwohl das Wasser nur einen Meter fünfzig tief war und sie beinahe zwanzig Zentimeter größer.

»Verdammt noch mal!«, schimpfte Mattie, verhaspelte sich beim Atmen und schluckte eine Ladung Chlorwasser. Sie schnappte heftig nach Luft und rettete sich an die Seitenwand des Pools. Über den Beckenrand gekrümmt, hielt sie sich an den glatten braunen Steinen fest. Immer noch umschlossen unsichtbare Hände ihre Füße und suchten, sie unter Wasser zu ziehen. »Geschieht mir ganz recht!«, stieß sie zwischen schmerzhaften Hustenattacken hervor. »Geschieht mir ganz recht! Was muss ich so finstere Pläne wälzen!«

Sie war noch dabei, sich ein paar Tropfen Speichel vom Mund zu wischen, als sie aus dem Nichts von einem hysterischen Lachkrampf geschüttelt wurde. Das Gelächter mischte sich mit dem Husten, eines schaukelte sich am anderen hoch, und die hässlichen Geräusche schallten laut über das Wasser und brachen sich an den Wänden des Pools. Warum lache ich?, fragte sie sich, unfähig aufzuhören.

»Hey, was ist los?« Die Stimme befand sich irgendwo oberhalb von ihr. »Mama? Mama, ist alles in Ordnung?«

Mattie hob die Hand zur Stirn, um ihre Augen gegen die gleißenden Sonnenstrahlen abzuschirmen, die sie wie ein Scheinwerfer umfingen, und blickte hinauf zu der großen schattigen Terrasse aus Zedernholz hinter der Küche des roten Backsteinhauses, in dem sie und ihre Familie lebten. Ihre Tochter Kim stand scharf umrissen vor dem Herbsthimmel, die sonst so klaren Züge ihres Gesichts seltsam verwischt vom grellen Sonnenlicht. Aber das machte nichts. Mattie kannte jede Linie und Kontur ihres Gesichts und ihres Körpers: die großen blauen Augen, die dunkler waren als die ihres Vaters und größer als die ihrer Mutter; die lange, gerade Nase, die sie vom Vater, den Mund mit dem hübsch geschwungenen Amorbogen, den sie von der Mutter mitbekommen hatte; die knospenden Brüste, die schon jetzt, obwohl Kim erst fünfzehn war, eine Üppigkeit erahnen ließen, die von der Großmutter an ihre Enkelin weitergegeben worden war; Kim war groß wie ihre beiden Eltern und dünn wie ihre Mutter in diesem Alter. Aber sie hatte eine weit bessere Haltung, als Mattie sie mit fünfzehn gehabt hatte, ja, als sie sie heute hatte. Kim brauchte man nicht zu ermahnen, die Schultern zu straffen oder den Kopf hoch zu halten; sie besaß, das sah man auch jetzt, wie sie da biegsam wie ein junger Baum an dem stabilen Holzgeländer lehnte, ein natürliches Selbstbewusstsein, das Mattie erstaunlich fand. Manchmal fragte sie sich, ob sie an seiner Entwicklung überhaupt mitgewirkt hatte.

»Ist alles in Ordnung?«, fragte Kim ein zweites Mal und reckte ihren langen, schlanken Hals, um zum Pool hinuntersehen zu können. Ihr schulterlanges blondes Haar war streng zurückgenommen und oben am Scheitel zu einem festen kleinen Knoten gedreht. Meine kleine Schulmamsell, zog Mattie sie manchmal liebevoll auf.

»Ist jemand bei dir?«, rief Kim.

»Alles in Ordnung«, antwortete Mattie, musste aber immer noch so stark husten, dass ihre Worte nicht zu verstehen waren. Deshalb wiederholte sie »Alles in Ordnung« und begann dann von neuem schallend zu lachen.

»Was ist denn so komisch?« Kim kicherte, zaghaft und scheu in ihrem Bemühen, an dem Scherz teilzuhaben, der ihre Mutter so amüsierte.

»Mir ist der Fuß eingeschlafen«, sagte Mattie, während sie langsam beide Füße zum Grund des Beckens hinunterließ und erleichtert wahrnahm, dass sie stand.

»Beim Schwimmen?«

»Ja. Ist das nicht ulkig?«

Kim zuckte kurz mit den Schultern, als wollte sie sagen, *so* ulkig auch wieder nicht, und beugte sich aus dem Schatten ein Stück weiter vor. »Ist wirklich alles okay?«

»Aber ja. Ich habe nur ein bisschen Wasser geschluckt.« Mattie hustete, wie um ihren Worten Glaubwürdigkeit zu verleihen. Als sie sah, dass Kim ihre Lederjacke anhatte, wurde ihr zum ersten Mal an diesem Morgen die herbstliche Kühle des Tages bewusst. Es war immerhin schon Ende September.

»Ich geh jetzt«, sagte Kim, aber sie rührte sich nicht von der Stelle. »Was hast du heute vor?«

»Ich habe am Nachmittag einen Termin mit einem Klienten, der sich ein paar Fotografien ansehen will.«

»Und heute Morgen?«

»Heute Morgen?«

»Dad hält sein Schlussplädoyer«, sagte Kim.

Mattie nickte, ungewiss, wohin dieses Gespräch führen würde. Während sie auf die nächsten Worte ihrer Tochter wartete, sah sie zu dem alten Ahornbaum hinauf, der hoch und ausladend im Nachbargarten stand. Im grünen Laub begann das tiefe Rot des Herbstes sich auszubreiten. Es sah aus, als bluteten die Blätter langsam aus.

»Er würde sich bestimmt freuen, wenn du ins Gericht kämst, um ihn anzufeuern. Du weißt schon, wie du das bei mir immer tust, wenn ich in der Schule Theater spiele. Zur moralischen Unterstützung und so.«

Und so, dachte Mattie, sagte aber nichts, hüstelte nur ein wenig.

»Na ja, egal, ich geh jetzt jedenfalls.«

»Okay, Schatz. Ich wünsch dir einen schönen Tag.«

»Ich dir auch. Gib Dad einen Kuss von mir. Als Glücksbringer.«

»Ich wünsch dir einen schönen Tag«, wiederholte Mattie und blickte Kim nach, bis diese im Haus verschwunden war. Wieder allein, schloss sie die Augen und ließ sich unter den glatten Wasserspiegel sinken. Augenblicklich schlug ihr das Wasser über Mund und Ohren zusammen und blendete die Geräusche des Morgens aus. Kein Hundegebell aus benachbarten Gärten mehr, kein Vogelgezwitscher aus den Bäumen, kein ungeduldiges Hupen von der Straße. Alles war still und friedlich. Keine untreuen Ehemänner, keine Teenager, die alles ganz genau wissen wollten.

Wie macht sie das nur, fragte sich Mattie. Ihre Tochter schien ungeheuer feine Antennen zu haben. Mattie hatte ihr kein Wort davon gesagt, dass sie Jake wieder einmal bei einem Seitensprung ertappt hatte. Sie hatte auch mit sonst keinem Menschen darüber gesprochen, weder mit ihren Freundinnen noch mit ihrer Mutter oder Jake. Beinahe hätte sie gelacht. Wann hatte sie sich zum letzten Mal ihrer Mutter anvertraut? Und was Jake anging, so war sie einfach noch nicht bereit, ihm in einer Auseinandersetzung gegenüberzutreten. Sie brauchte Zeit, um alles gründlich zu überlegen, ihre Gedanken zu sammeln wie ein Eichhörnchen die Nüsse für den Winter, um für die Entscheidung, die sie schließlich fällen, den Weg, den sie wählen würde, gewappnet zu sein.

Sie öffnete unter Wasser die Augen und schob sich das kinnlange dunkelblonde Haar aus dem Gesicht. Ganz recht, mein Kind, sagte sie sich, es ist Zeit, die Augen zu öffnen. *The time for hesitating's through*, meinte sie Jim Morrison singen zu hören. *Come on, baby, light my fire.* Wollte sie wirklich darauf warten, bis jemand ihr Feuer unterm Hintern machte? Wie viele Hotelrechnungen musste sie noch finden, ehe sie endlich etwas unternahm? Es war Zeit zu handeln. Es war Zeit, gewisse unbestreitbare Fakten ihrer Ehe einzugestehen. Meine Damen und Herren Geschworenen, ich möchte diese Hotelrechnung als Beweis vorlegen.

»Ach, zum Teufel mit dir, Jason Hart«, prustete sie nach Luft schnappend, als sie mit dem Kopf die Wasseroberfläche durchstieß. Der Vorname ihres Mannes lag ihr fremd auf der Zunge, denn sie hatte ihn, seit sie einander vor sechzehn Jahren vorgestellt worden waren, immer nur Jake genannt.

Light my fire. Light my fire. Light my fire.

»Mattie, ich möchte dich mit Jake Hart bekannt machen«, hatte ihre Freundin Lisa gesagt. »Du weißt schon, er ist ein Freund von Todd, von dem ich dir erzählt habe.«

»Jake«, wiederholte Mattie, der der Klang gefiel. »Ist das eine Kurzform von Jackson?«

»Von Jason. Aber so nennt mich kein Mensch.«

»Nett, dich kennen zu lernen, Jake.« In der Erwartung, dass gleich einer der ernsthaft Beschäftigten hier aufspringen und sie mit einem »Pscht« zum Schweigen bringen würde, sah sie sich im Hauptsaal der Bibliothek der Loyola Universität um.

»Und was ist mit Mattie? Heißt du in Wirklichkeit Matilda?«

»Martha«, gestand sie verlegen. Wie hatte ihre Mutter ihr nur einen so altmodischen und biederen Namen anhängen können? Er hätte weit besser zu einem ihrer geliebten Hunde gepasst als zu ihrer einzigen Tochter. »Aber nenn mich bitte Mattie.«

»Gern. Ich darf dich doch mal anrufen?«

Mattie nickte, den Blick auf den Mund des jungen Mannes gerichtet, dessen volle Oberlippe über der schmäleren Unterlippe leicht vorsprang. Es war ein sehr sinnlicher Mund, fand sie und stellte sich vor, wie es wäre, diesen Mund zu küssen, diese Lippen auf den ihren zu fühlen.

»Oh, entschuldige«, stotterte sie. »Was hast du eben gesagt?«

»Ich sagte, dass ich gehört habe, dass du im Hauptfach Kunstgeschichte studierst.«

Wieder nickte sie und zwang sich, ihm dabei in die blauen Augen zu blicken, die etwa die gleiche Farbe hatten wie ihre eigenen. Aber seine Wimpern waren länger als ihre, und das fand sie unfair. Oder war es etwa gerecht, dass ein einziger Mann so lange Wimpern und einen so sinnlichen Mund mitbekommen hatte?

»Und was tun Kunsthistoriker genau?«

»Frag mich was Leichteres«, hörte Mattie sich antworten, ihre Stimme eine Spur zu laut, sodass diesmal tatsächlich jemand »Pscht!« zischte.

»Hast du Lust auf eine Tasse Kaffee?« Er nahm sie beim Arm und führte sie aus der Bibliothek, ohne auf ihre Antwort zu warten, als gäbe es überhaupt keinen Zweifel daran, wie ihre Antwort ausfallen würde. Und sie bestätigte ihn in seiner Selbstgewissheit, auch später, als er sie ins Kino einlud und dann in seine Wohnung, die er mit mehreren Kommilitonen von der juristischen Fakultät teilte, und schließlich in sein Bett. Danach war es zu spät. Keine zwei Monate nach diesem ersten Abend, zwei Monate, nachdem sie sich mit Wonne von diesem gut aussehenden Mann mit den langen Wimpern und dem sinnlichen Mund hatte verführen lassen, stellte sie fest, dass sie schwanger war – ausgerechnet an dem Tag, an dem er erklärte, ihm gehe das alles zu schnell, sie müssten ein wenig bremsen, eine Pause einlegen, sich wenigstens vorübergehend trennen. »Ich bin schwanger«, sagte sie wie betäubt, unfähig, dem noch irgendetwas hinzuzufügen.

Sie redeten über Abtreibung, sie redeten über Adoption; am Ende hörten sie auf zu reden und heirateten. Oder genauer, sie heirateten und hörten auf zu reden, sagte sich Mattie jetzt, als sie aus dem Wasser stieg und leicht fröstelnd in der frischen Herbstluft nach dem großen magentafarbenen Badetuch griff, das ordentlich gefaltet auf dem mit weißem Leinen bezogenen Liegestuhl lag. Mit einem Zipfel des Badetuchs frottierte sie ihre Haarspitzen, den Rest wickelte sie fest wie eine Zwangsjacke um ihren Körper. Jake hatte nie heiraten wollen, das wusste sie jetzt – wie sie es damals schon gewusst hatte, obwohl sie beide, zumindest zu Beginn, so getan hatten, als wäre diese Heirat unvermeidlich gewesen; als wäre ihm nach einer kurzen Trennung unweigerlich klar geworden, wie sehr er sie liebte, sodass er zwangsläufig zu ihr zurückgekehrt wäre.

Aber er liebte sie gar nicht. Er hatte sie damals nicht geliebt. Und er liebte sie jetzt nicht.

Und Mattie selbst war sich, wenn sie ehrlich war, nie sicher gewesen, ob sie ihn wirklich liebte.

Sie hatte sich zu ihm hingezogen gefühlt, keine Frage. Sie war wie gebannt gewesen von seinem blendenden Aussehen und seinem mühelosen Charme. Aber sie wusste nicht, ob sie ihn je wirklich geliebt hatte. Sie hatte nicht die Zeit gehabt, es herauszufinden. Alles war viel zu schnell gegangen. Und plötzlich war keine Zeit mehr geblieben.

Mattie knotete das Badetuch über ihrer Brust und lief die kurze Holztreppe zur Terrasse hinauf. Sie zog die Schiebetür zur Küche auf und trat ein. Wasser tropfte von ihrem Körper auf den dunkelblauen Fliesenboden. Normalerweise bekam sie sofort gute Laune, wenn sie diesen Raum betrat. Er war ganz in Blau- und sonnigen Gelbtönen gehalten, mit viel rostfreiem Stahl und einem runden Tisch mit einer Steinplatte, um den vier Stühle aus Schmiedeeisen und Rattan gruppiert waren. Von genau so einer Küche hatte Mattie geträumt, seit sie in einer Einrichtungszeitschrift eine Bilderserie über provenzalische Küchen gesehen hatte. Sie hatte die Renovierung ihrer Küche im letzten Jahr, auf den Tag vier Jahre nach ihrem Umzug in das Sechs-Zimmer-Haus am Walnut Drive, persönlich überwacht. Jake war gegen die Renovierung gewesen, genau wie er gegen den Umzug an den Stadtrand gewesen war, auch wenn man von Evanston bis zum Zentrum von Chicago mit dem Auto nur eine Viertelstunde brauchte. Er hatte in der Wohnung am Lake Shore Drive bleiben wollen, obwohl er Mattie in allen Punkten, dass es draußen am Stadtrand weniger Verbrechen gebe, bessere Schulen und mehr freie Natur, Recht geben musste. Er behauptete, er sei aus Gründen der Bequemlichkeit gegen den Umzug, aber Mattie wusste, dass Angst vor Verbindlichkeit dahinter steckte. Ein Haus am Stadtrand, das war zu viel der Etabliertheit für einen Mann, der immer einen Fuß aus der Tür hatte. »Aber für Kim ist es besser«, hatte Mattie vorgebracht, und da hatte Jake endlich nachgegeben. Für Kim tat er alles. Nur ihretwegen hatte er ja Mattie überhaupt geheiratet.

Den ersten Seitensprung hatte er sich kurz nach ihrem zweiten Hochzeitstag geleistet. Sie war auf das belastende Material gestoßen, als sie die Taschen seiner Jeans, die sie in die Waschmaschine stecken wollte, geleert hatte: mehrere kleine Liebesbriefchen, mit Herzchen statt Punkten auf den I's. Sie hatte sie zerrissen und in der Toilette hinuntergespült, aber die blassblauen Papierfetzen waren immer wieder nach oben gestiegen, so als weigerten sie sich, auf so einfache Art und Weise zu verschwinden. Es war ein Omen gewesen, sagte sie sich jetzt, aber damals war ihr die Symbolik nicht aufgefallen. Im Lauf der beinahe sechzehn Jahre ihrer Ehe hatte es solche Geschichten immer wieder gegeben: Liebesbriefe von anderen Frauen, achtlos liegen gelassene Zettel mit fremden Telefonnummern, telefonische Nachrichten von Frauen, die ihren Namen nicht hinterließen; dazu das gar nicht so zurückhaltende Getuschel ihrer Freunde. Und jetzt also diese letzte kleine Überraschung, eine Rechnung für ein Zimmer im Ritz-Carlton, ausgestellt vor mehreren Monaten, etwa um die Zeit, als sie an ein zweites Kind gedacht und versucht hatte, mit Jake darüber zu sprechen.

Warum musste er jedes Mal so indiskret sein? Brauchte er ihr Wissen von seinen Affären zur Selbstbestätigung? Galten ihm seine Eroberungen irgendwie weniger, wenn sie nicht von ihnen erfuhr, auch wenn sie sich bis heute geweigert hatte, sie zur Kenntnis zu nehmen? Bezweckte er vielleicht genau das mit seiner Nachlässigkeit: sie zur Kenntnisnahme zu zwingen? Weil ihm klar war, dass es das Ende ihrer Ehe bedeuten würde, wenn ihm das gelang und sie sich dazu verleiten ließ, eine Aussprache herbeizuführen? War es das, was er wollte?

Und sie? Wollte sie es?

Vielleicht war sie diese Ehe, die doch nur eine Farce war, ebenso leid wie ihr unwilliger Ehemann. »Vielleicht«, sagte sie laut und starrte ihr Spiegelbild in der dunkel getönten Glastür des Mikrowellenherds an. Sie war nicht unattraktiv – groß, blond, blauäugig, ganz dem gängigen Bild der frischen jungen Amerikanerin entsprechend – und sie war erst sechsunddreißig Jahre alt, noch lange nicht reif also, zum alten Eisen geworfen zu werden. Es gab noch genug Männer, die sie begehrenswert fanden. »Ich könnte mir einen Liebhaber suchen«, flüsterte sie.

Ihr Spiegelbild fixierte sie ungläubig und voller Spott. Das hast du doch schon mal versucht, weißt du noch?

Mattie wandte sich ab. »Ja, aber doch nur das eine Mal und nur um mich zu rächen.«

Ach, und jetzt willst du den nächsten Racheakt abziehen?

Mattie schüttelte den Kopf, dass ihr die Wassertröpfchen aus den Haaren flogen. Die Affäre, wenn man einen *one-night-stand* überhaupt so nennen konnte, hatte sie sich kurz vor dem Umzug nach Evanston erlaubt. Die Geschichte war kurz und heftig gewesen, nicht der Erinnerung wert. Trotzdem konnte sie sie nicht vergessen, obwohl ihr vom Gesicht des Mannes kaum ein Eindruck geblieben war, weil sie die ganze Zeit beharrlich vermieden hatte, ihn anzusehen.

Er war Anwalt wie ihr Mann, allerdings bei einer anderen Sozietät und in einem anderen Fachgebiet tätig. Fachanwalt fürs Schaugeschäft, hatte er scherzend gesagt und ihr erzählt, dass er verheiratet sei und drei Kinder habe. Seine Firma hatte sie beauftragt, Kunstgegenstände zur Dekoration der Kanzleiräume zu erwerben, und er versuchte, ihr zu erklären, was seinen Partnern vorschwebte, bevor er näher rückte und ihr erklärte, was ihm vorschwebte. Statt mit Zorn und Empörung zu reagieren wie am Morgen desselben Tages, als sie mitangehört hatte, wie ihr Mann am Telefon mit seiner neuesten Geliebten Pläne zum Abendessen machte, verabredete sie sich mit ihm. Ein paar Tage später, während ihr Mann mit einer anderen Frau im Bett war, lag sie mit einem anderen Mann im Bett und überlegte voller bitterer Ironie, ob sie wohl gleichzeitig zum Höhepunkt gekommen waren.

Sie sah den Mann nie wieder, obwohl er mehrmals anrief, vorgeblich um mit ihr über die Gemälde zu sprechen, die sie für die Kanzlei auswählen sollte. Nach einer Weile gab er seine Bemühungen auf, und die Kanzlei engagierte einen anderen Händler, dessen Geschmack »mehr unseren Vorstellungen entsprach«. Jake erzählte sie nie von diesem Seitensprung, obwohl das doch eigentlich Zweck der Übung gewesen war – was war an der Rache noch süß, wenn der, den sie treffen sollte, sie nicht zu spüren bekam? Aber sie schaffte es einfach nicht, ihm etwas zu sagen – nicht etwa weil sie ihm nicht wehtun wollte, wie sie sich damals einzureden suchte, sondern weil sie fürchtete, ihm mit einem Geständnis genau den Vorwand zu liefern, den er suchte, um sie zu verlassen.

Sie hatte also geschwiegen, und alles war weitergelaufen wie bisher. Sie hatten die Fassade eines gemeinsamen Lebens aufrechterhalten – unterhielten sich bei Tisch höflich miteinander, gingen mit Freunden zum Abendessen aus, schliefen mehrmals in der Woche miteinander, häufiger, wenn er gerade eine Affäre hatte, und stritten sich wie Hund und Katze über jede Lappalie, nur nicht über das, worum es wirklich ging. *Du schläfst mit anderen Frauen!*, hätte ihr Vorwurf eigentlich lauten müssen, wenn sie tobte, weil er von der Küchenrenovierung nichts wissen wollte. *Ich will überhaupt nicht hier sein!*, hätte er in Wirklichkeit sagen müssen, wenn er ihr wütend vorhielt, sie gebe zu viel Geld aus, sie müsse sparsamer sein. Manchmal weckten sie Kim mit ihren Auftritten. Sie kam dann ins Schlafzimmer gelaufen und ergriff augenblicklich die Partei ihrer Mutter. Dann waren sie zwei gegen einen – eine weitere Ironie, die – so vermutete Mattie – an Jake, der ja nur Kims wegen überhaupt hier war, unbemerkt vorbeizog.

Vielleicht, dachte Mattie mit einem Blick auf das Telefon an der Wand neben ihr, hat Kim ja Recht. Vielleicht war nicht mehr notwendig als eine kleine Demonstration von Loyalität, um ihn wissen zu lassen, dass sie auf seiner Seite stand und es zu schätzen wusste, wie hart er arbeitete, wie sehr er sich bemühte – immer bemüht hatte –, das Richtige zu tun. Sie griff zum Telefon, zögerte, beschloss, lieber ihre Freundin Lisa anzurufen. Lisa würde ihr den richtigen Rat geben. Sie wusste immer, was zu tun war. Sie war schließlich Ärztin, und Ärzte wussten doch auf alles die richtige Antwort, oder nicht? Mattie wählte die ersten Ziffern der Telefonnummer, dann legte sie ungeduldig wieder auf. Was fiel ihr ein, Lisa, die bestimmt irrsinnig viel zu tun hatte, wegen so einer Lächerlichkeit bei der Arbeit zu stören! Sie würde doch wohl fähig sein, ihr Problem selbst zu lösen. Rasch gab sie die Nummer von Jakes Direktanschluss ein und wartete, während es läutete – einmal, zweimal, dreimal. Er weiß, dass ich es bin, dachte sie, während sie ärgerlich ihren Fuß schüttelte, um das lästige Kribbeln an der Sohle loszuwerden, das sich von neuem eingestellt hatte. Er überlegt sich, ob er abheben soll oder nicht.

»Die Freuden des Displays«, spöttelte sie laut und stellte sich Jake an dem massiven Eichenschreibtisch vor, der gut ein Drittel seines weiß Gott nicht geräumigen Büros in der einundvierzigsten Etage des John Hancock Gebäudes im Zentrum von Chicago einnahm. Das Büro, eines von 320, die alle zur renommierten Anwaltskanzlei Richardson, Buckey und Lang gehörten, zierte ein eleganter Berberspannteppich, und es hatte deckenhohe Fenster mit Blick auf die Michigan Avenue, aber es war viel zu klein für Jakes wachsende Mandantschaft, die sich besonders in letzter Zeit, seit die Presse ihn zu einer Art Lokalberühmtheit hochgejubelt hatte, rapide vergrößert hatte. Ihr Mann schien ein besonderes Talent dafür zu besitzen, aussichtslos scheinende Fälle zu übernehmen und dann zu gewinnen. Trotzdem, meinte Mattie, würden wohl nicht einmal Jakes beträchtliches Können und sein unwiderstehlicher Charme ausreichen, um einen Freispruch für den jungen Mann zu erwirken, der gestanden hatte, seine Mutter vorsätzlich getötet zu haben, und sich nach dem Mord vor seinen Freunden mit der Tat gebrüstet hatte.

War es möglich, dass Jake schon weg war? Mattie warf einen Blick auf die beiden Digitaluhren auf der anderen Seite der Küche. Die Uhr an der Mikrowelle stand auf 8 Uhr 32, die am normalen Herd auf 8 Uhr 34.

Gerade wollte sie auflegen, als Jake sich meldete. »Mattie, was gibt's?« Sein Ton war kurz und energisch und machte deutlich, dass er jetzt für einen Plausch wirklich keine Zeit hatte.

»Hallo, Jake«, begann Mattie und hörte selbst, wie dünn und zaghaft ihre Stimme klang. »Du bist heute Morgen so schnell weg gewesen. Ich bin gar nicht dazu gekommen, dir Hals- und Beinbruch zu wünschen.«

»Tut mir Leid. Ich konnte nicht warten. Ich musste –«

»Nein, nein, ist doch in Ordnung. Damit wollte ich nicht sagen –« Keine zehn Sekunden am Telefon, und schon hatte sie es geschafft, ihm die Laune zu verderben. »Ich wollte dir nur viel Glück wünschen. Obwohl das wahrscheinlich ganz überflüssig ist. Du wirst bestimmt genial sein.«

»Glück kann man immer gebrauchen«, erwiderte Jake.

Ein Spruch aus einem Glückskeks, dachte Mattie.

»Hör mal, Mattie, ich muss wirklich los. Es ist nett, dass du angerufen hast –«

»Ich hab mir gedacht, ich komme zur Verhandlung.«

»Bitte tu das nicht«, sagte er sofort. Viel zu schnell. »Ich meine, es ist wirklich nicht nötig.«

»Ich hab schon verstanden«, versetzte sie, ohne zu versuchen, ihre Enttäuschung zu verbergen. Offensichtlich gab es einen Grund, warum er sie nicht bei der Verhandlung haben wollte. Mattie fragte sich, wie der Grund aussah, und schob den bedrückenden Gedanken dann rasch weg.

»Ich wollte jedenfalls nur anrufen, um dir viel Glück zu wünschen.« Wie oft hatte sie das jetzt schon gesagt? Dreimal? Viermal? Hatte sie denn kein Gespür dafür, wann es Zeit war, sich zu verabschieden, mit Grazie zu gehen, ihre guten Wünsche und ihren Stolz einzupacken und zu verschwinden?

»Wir sehen uns später.« Jakes Stimme hatte diesen falschen, viel zu munteren Ton. »Pass auf dich auf.«

»Jake –«, begann Mattie, aber entweder er hörte sie wirklich nicht oder gab vor, sie nicht zu hören. Die einzige Antwort jedenfalls, die Mattie erhielt, war ein dumpfes Krachen, als er auflegte. Was hatte sie überhaupt sagen wollen? Dass sie über seine neueste Affäre Bescheid wusste? Dass es für sie beide an der Zeit war, reinen Tisch zu machen und offen einzugestehen, dass sie in dieser Ehe, die schon lange nur noch Theater war, nicht glücklich waren? Dass es an der Zeit war, den Schlussstrich zu ziehen?

Mattie legte auf und ging langsam aus der Küche in die große Diele in der Mitte des Hauses. Schon wieder war ihr der rechte Fuß eingeschlafen, und sie hatte Mühe, sich beim Gehen auf den Beinen zu halten. Sie stolperte und hüpfte ein Stück auf dem linken Fuß über den blau-goldenen Gobelinteppich, während sie mit der rechten Ferse vergebens den Boden zu finden suchte. Sie merkte, dass sie zu fallen drohte, und nahm mit Schrecken wahr, dass sie nichts tun konnte, um den Sturz abzuwenden. Sie musste das Unvermeidliche hinnehmen und fiel hart aufs Gesäß. Ein paar Sekunden lang blieb sie sitzen wie betäubt, überwältigt von der Unwürdigkeit des Geschehens. »Du Mistkerl, Jake«, sagte sie schließlich heftig und würgte die unerwünschten Tränen hinunter. »Warum konntest du mich nicht einfach lieben? Wäre das denn so schwer gewesen?«

Die beruhigende Gewissheit, von ihrem Mann geliebt zu werden, hätte ihr vielleicht den Mut gegeben, ihn wiederzulieben.

Mattie machte keinen Versuch aufzustehen. In ihrem nassen Badeanzug, der den edlen französischen Teppich durchweichte, blieb sie in der Mitte der Diele sitzen und lachte so heftig, dass ihr die Tränen kamen.

2

»Entschuldigen Sie«, sagte Mattie und zwängte sich an den unnachgiebigen Knien einer dicken Frau in Blau vorbei zu dem freien Sitzplatz direkt in der Mitte der achten und letzten Reihe des Besucherblocks im Gerichtssaal 703. »Tut mir Leid. Entschuldigen Sie«, richtete sie an ein altes Ehepaar, das neben der Dicken in Blau saß, und wiederholte ein letztes »Entschuldigung« an die Adresse der attraktiven jungen Blondine, neben der sie gleich Platz nehmen würde. War die vielleicht der Grund dafür, dass Jake sie heute Morgen nicht hier haben wollte?

Mattie knöpfte ihren karamellfarbenen Mantel auf und streifte ihn mit möglichst wenig Bewegungen von den Schultern. Sie spürte, wie sich der Stoff an den Ellbogen zusammenschob und im Rücken spannte, sodass sie kaum noch die Arme bewegen konnte. Vergeblich wand sie sich auf ihrem Sitz, um aus dem Mantel herauszukommen, und störte dabei nicht nur die attraktive Blondine zu ihrer Rechten, sondern auch die ebenso attraktive Blondine, die, wie sie erst jetzt bemerkte, zu ihrer Linken saß. Diese Stadt schien ja über ein unerschöpfliches Reservoir hübscher Blondinen zu verfügen, aber mussten sie alle gerade an diesem Morgen hier im Gerichtssaal sein, wo gleich ihr Mann ein wichtiges Plädoyer halten würde? Vielleicht hatte sie sich im Raum geirrt. Vielleicht war sie statt in die Verhandlung des Falls Cook County gegen Douglas Bryant in eine Blondinenversammlung geraten. Schliefen sie alle mit ihrem Mann?

Matties Blick flog nach vorn, zum Tisch der Verteidigung, wo ihr Mann mit gesenktem Kopf mit seinem Mandanten sprach, einem grob wirkenden Jungen von neunzehn Jahren, der sich in dem braunen Anzug und der Krawatte mit dem Paisleymuster, in denen er zweifellos auf Anraten seines Verteidigers vor Gericht erschienen war, sichtlich unwohl fühlte. Sein Gesicht war merkwürdig leer, als wäre er, genau wie Mattie das eben von sich vermutet hatte, in den falschen Raum geraten und wüsste nicht recht, was er hier zu tun hatte.

Und was habe ich hier zu tun?, fragte sich Mattie unvermittelt. Hatte Jake sie nicht ausdrücklich gebeten, nicht zu kommen? Hatte Lisa ihr nicht ebenfalls von einem Besuch abgeraten, als sie doch noch angerufen und um Rat gefragt hatte? Sie sollte auf der Stelle aufstehen und gehen, sich hinausschleichen, bevor Jake sie bemerkte. Es war ein Fehler gewesen, hierher zu kommen. Was hatte sie sich dabei gedacht? Dass er für ihre Unterstützung dankbar wäre, wie Kim gemeint hatte? War sie deshalb hergekommen? Zu seiner Unterstützung? Oder hatte sie gehofft, einen Blick auf seine neueste Geliebte werfen zu können?

Geliebte, dachte Mattie mit einem schalen Geschmack im Mund und kämpfte gegen einen plötzlichen Würgereiz, während sie ihren Blick über die Zuschauerreihen schweifen ließ. Am äußersten Ende der ersten Reihe entdeckte sie zwei kichernde braunhaarige Mädchen. Zu jung, sagte sie sich. Und zu unreif. Eindeutig nicht Jakes Typ, obwohl sie genau genommen keine Ahnung hatte, welchen Typ Frau Jake bevorzugte. Jedenfalls nicht meinen, dachte sie, und ihr Blick flog über einen braunen Lockenkopf in der zweiten Reihe direkt am Mittelgang, ehe er weiter durch die Reihen wanderte und am ebenmäßigen Profil einer schwarzhaarigen Frau hängen blieb. Mattie erkannte in ihr eine Anwältin aus Jakes Sozietät, die etwa zur gleichen Zeit wie er in die Kanzlei aufgenommen worden war. Shannon Soundso. War ihr Fachgebiet nicht Erbrecht oder etwas ähnlich Unspektakuläres? Was hatte *die* denn hier zu suchen?

Als spürte die Frau, dass sie beobachtet wurde, drehte sie

langsam den Kopf in Matties Richtung. Ihr Blick blieb an Mattie haften, und ihr Mund verzog sich zu einem kleinen, unsicheren Lächeln. Sie überlegt, woher sie mich kennt, dachte Mattie, die diesen Blick zu deuten wusste. Sie erwiderte ihn mit Selbstsicherheit. Mattie Hart, sagte ihr Lächeln, Ehefrau von Jake, des Helden des Tages, des Mannes, um dessentwillen wir alle hier sind, des Mannes, den Sie möglicherweise gestern Abend in einem intimeren Ambiente genossen haben.

Shannon Soundsos Gesicht erstrahlte im Moment des Wiedererkennens. Ach, *diese* Mattie Hart, besagte das Lächeln. »Hallo, wie geht es Ihnen?« Lautlos formte sie mit den Lippen die Worte.

»Bestens«, antwortete Mattie laut und deutlich. Sie zerrte noch einmal kräftig an dem Ärmel, der sich um ihren Ellbogen bauschte, und hörte, wie das Futter riss. »Und Ihnen?«

»Glänzend«, kam es prompt zurück.

»Ich wollte Sie längst mal anrufen«, hörte Mattie sich erklären und hatte beinahe Angst davor, was sie als Nächstes von sich geben würde. »Ich möchte nämlich mein Testament ändern.« Ach was? Wann hatte sie das denn beschlossen?

Shannon Soundso hörte auf zu lächeln. »Was?«, fragte sie.

Vielleicht ist doch nicht Erbrecht ihr Fachgebiet, dachte Mattie und senkte den Blick zum Zeichen, dass sie das Gespräch beenden wollte. Als sie ein paar Sekunden später noch einmal aufsah, stellte sie erleichtert fest, dass Shannon Soundso, die Frau, die vielleicht oder vielleicht auch nicht mit ihrem Ehemann schlief, ihre Aufmerksamkeit schon wieder nach vorn in den Gerichtssaal konzentrierte.

Mensch, was willst du hier?, fragte sich Mattie. Los, steh jetzt auf. Steh auf und verschwinde, ehe du dich total lächerlich machst. Ich möchte mein Testament ändern? Wo war das denn plötzlich hergekommen?

»Warten Sie, ich helfe Ihnen«, sagte die Blondine zu ihrer Linken und zog an Matties Mantelärmel, noch ehe Mattie ablehnen konnte. Sie lächelte Mattie genau so an, wie diese immer ihre Mutter anlächelte, ein klein wenig künstlich, eher mitleidig als wohlwollend.

»Danke.« Mattie schenkte der Frau ihr aufrichtigstes Lächeln, aber die hatte sich schon wieder abgewandt und blickte erwartungsvoll zum Richterpult hinunter. Mattie zog ihren grauen Wollrock gerade und nestelte am Kragen ihrer weißen Baumwollbluse. Die Blondine zu ihrer Rechten, die einen pinkfarbenen Angorapulli und eine marineblaue Hose anhatte, warf ihr von der Seite einen Blick zu, als wollte sie sagen: Können Sie eigentlich keinen Moment still sitzen? Mattie tat so, als hätte sie ihn nicht bemerkt. Sie hätte etwas anderes anziehen sollen, etwas, was weniger bieder war, nicht so lehrerinnenhaft, dachte sie und musste lächeln, als Kim ihr in den Sinn kam. Etwas Weicheres, wie zum Beispiel einen pinkfarbenen Angorapulli, dachte sie mit einem neidischen Blick zu der Frau neben ihr. Obwohl sie Angora noch nie gemocht hatte. Es brachte sie immer zum Niesen. Wie auf Kommando begann es in ihrer Nase zu kribbeln, und ihr blieb kaum Zeit, ein Papiertaschentuch aus ihrer Handtasche zu kramen und ihre Nase darin zu vergraben, ehe sie losnieste, so explosiv, dass sie das Gefühl hatte, man müsste sie im ganzen Saal hören. »Gesundheit«, sagten die beiden Blondinen in schönem Einklang und rückten ein Stück von ihr ab.

»Danke!« Mattie warf einen besorgten Blick zum Verteidigertisch und stellte erleichtert fest, dass Jake nicht auf sie aufmerksam geworden war. Er war immer noch tief im Gespräch mit seinem Mandanten. »Oh, Entschuldigung!« Sie nieste ein zweites Mal.

Eine Frau in der Reihe vor ihr drehte sich nach ihr um, weiche braune Augen mit hellen Glanzlichtern. »Kann ich Ihnen irgendwie behilflich sein?« Sie hatte eine tiefe, etwas raue Stimme, die man eher einer älteren Frau zugeschrieben hätte, und das runde Gesicht war von krausen roten Locken umgeben wie von einer Wolke. Irgendwie passt da nichts richtig zusammen, dachte Mattie zerstreut und versicherte der Frau, dass ihr nichts fehlte.

Im Saal wurde es einen Moment unruhig, als der Gerichtsdiener die Anwesenden aufforderte, sich zu erheben, und die Richterin, eine gut aussehende Schwarze mit grau gesprenkeltem dunklen Haar ihren Platz am Kopf des Saals einnahm. Erst da bemerkte Mattie die Geschworenen, sieben Männer und fünf Frauen, dazu zwei Männer, die als Stellvertreter ausgewählt worden waren. Die Mehrzahl der Geschworenen war mittleren Alters, einige allerdings schienen kaum dem Teenageralter entwachsen, und einer, ein Mann, war sicher bald siebzig. Sechs der vierzehn Personen waren Weiße, vier Schwarze, drei waren Hispanos und einer war Asiate. Ihre Gesichter spiegelten Interesse, Ernsthaftigkeit und Erschöpfung in unterschiedlichen Abstufungen. Der Prozess dauerte nun schon beinahe drei Wochen, Anklage und Verteidigung hatten ihre Argumente vorgetragen, die Geschworenen hatten ohne Zweifel genug gehört. Jetzt wollten sie zurück an ihre Arbeit, zurück zu ihren Familien, das Leben wieder aufnehmen, das sie für die Dauer des Prozesses auf Eis gelegt hatten. Es war an der Zeit, eine Entscheidung zu treffen und den Weg fortzusetzen.

Das gilt auch für mich, dachte Mattie und beugte sich ein wenig vor, als die Richterin die Anklage aufforderte, in der Verhandlung fortzufahren. Auch für mich ist es an der Zeit, eine Entscheidung zu treffen und den Weg fortzusetzen.

Light my fire. Light my fire. Light my fire.

Augenblicklich sprang ein Vertreter der Staatsanwaltschaft auf, knöpfte sein graues Jackett zu, genau wie es die Anwälte in den Fernsehserien immer taten, und trat vor die Geschworenenbank. Er war ein groß gewachsener Mann von vielleicht vierzig Jahren, mit einem schmalen Gesicht und einer langen Nase, die vorn an der Spitze einen Knick nach unten hatte. Ein Rascheln ging durch die Reihen, als die Zuschauer alle gleichzeitig auf ihren Sitzen nach vorn rutschten und die Hälse reckten.

In das erwartungsvolle Schweigen hinein sagte der Staatsanwalt »Meine Damen und Herren Geschworenen« und nahm mit jedem Einzelnen von ihnen Blickkontakt auf, ehe er lächelnd anfügte, »einen schönen guten Morgen.«

Die Geschworenen erwiderten pflichtschuldig das Lächeln, und eine der Frauen gähnte unterdrückt.

»Ich möchte Ihnen für Ihre Geduld während der letzten Wochen danken«, fuhr der Staatsanwalt fort. Er schluckte, und sein großer Adamsapfel sprang über dem blassblauen Kragen seines Hemds in die Höhe. »Es ist meine Aufgabe, Ihnen noch einmal die reinen Fakten dieses Falls darzulegen.«

Ein Hustenanfall packte Mattie plötzlich, so heftig, dass es ihr die Tränen in die Augen trieb.

»Fehlt Ihnen wirklich nichts?«, fragte die Blondine zu ihrer Linken und bot ihr ein Papiertaschentuch an, während die Blondine auf der rechten Seite genervt die Augen verdrehte. Du bist diejenige, stimmt's?, dachte Mattie, sich mit dem Papiertuch die Augen wischend. Du bist diejenige, die mit meinem Mann schläft.

»Als Douglas Bryant am Abend des vierundzwanzigsten Februar von einem Kneipenbesuch heimkehrte, bei dem er mit Freunden ausgiebig gezecht hatte«, begann der Staatsanwalt, »wurde er von seiner Mutter, Constance Fisher, empfangen und zur Rede gestellt. Es kam zu einer heftigen Auseinandersetzung. Douglas Bryant stürmte aus dem Haus. Er kehrte in die Kneipe zurück und trank dort weiter. Um zwei Uhr morgens kam er schließlich nach Hause. Seine Mutter war zu dieser Zeit bereits zu Bett gegangen. Er ging in die Küche, nahm aus einer Schublade ein langes, scharfes Messer, begab sich in das Schlafzimmer seiner Mutter und stieß dieser kaltblütig das Messer in den Leib. Ich glaube, niemand kann sich die Todesangst vorstellen, die Constance Fisher erfasste, als ihr bewusst wurde, wie ihr geschah, und sie tapfer versuchte, die wiederholten Angriffe ihres Sohnes abzuwehren. Insgesamt hat Douglas Bryant seiner Mutter vierzehn Messerstiche beigebracht. Er hat ihr mit dem Messer Lunge und Herz durchbohrt, und als wäre das noch nicht genug, schnitt er ihr danach so gewaltsam die Kehle durch, dass er beinahe den Kopf vom Rumpf trennte. Darauf kehrte er in die Küche zurück und strich sich mit dem Messer, mit dem er seine Mutter getötet hatte, ein Brot. Dann duschte er und ging zu Bett. Am nächsten Morgen fuhr er zur Schule und brüstete sich vor seinen Mitschülern mit der Tat. Einer der jungen Leute rief schließlich die Polizei an.«

Der Staatsanwalt fuhr fort, die so genannten reinen Fakten des Verbrechens aufzuzählen. Er erinnerte die Geschworenen an die Zeugen, die bestätigt hatten, dass Constance Fisher vor ihrem Sohn Angst gehabt hatte; dass die Mordwaffe mit den Fingerabdrücken Douglas Bryants übersät gewesen war; dass seine Kleidung mit dem Blut seiner Mutter getränkt gewesen war. Eine schlichte Tatsache nach der anderen trug er vor, jede für sich schwer belastend, zusammengenommen erdrückend. Wie wollte Jake Hart nach diesem Szenario des Schreckens noch mildernde Umstände geltend machen?

»Es klingt alles ziemlich eindeutig«, hörte Mattie ihren Mann sagen, als hätte er ihre Gedanken gelesen und spräche direkt zu ihr.

Ihr Blick heftete sich auf ihn, als er aufstand, das Jackett seines konservativen blauen Anzugs bereits richtig geknöpft. Sie stellte mit Befriedigung fest, dass er ihren Rat befolgt und statt des blauen ein weißes Hemd gewählt hatte. Die burgunderrote Krawatte allerdings, die er dazu trug, hatte sie noch nie gesehen. Mit einem Lächeln, einem feinen Kräuseln der Oberlippe, das ein wenig an Elvis erinnerte, richtete er das Wort an die Geschworenen, ruhig und gedämpft, beinahe persönlich, wie das typisch für ihn war. Er vermittelte einem das Gefühl, der einzige Mensch im Raum zu sein, dachte Mattie beeindruckt, während sie beobachtete, wie sich jeder einzelne der Geschworenen, ohne sich dessen bewusst zu sein, von ihrem Mann in Bann ziehen ließ und ihm ungeteilte Aufmerksamkeit zollte. Die beiden Frauen rechts und links von Mattie rutschten erwartungsvoll auf der harten Holzbank unter ihren wohlgeformten Hinterteilen hin und her.

Warum muss er nur so verdammt attraktiv sein, dachte Mattie, die genau wusste, dass Jake sein gewinnendes Äußeres niemals nur als Segen, sondern immer auch als Fluch empfunden und sich in den vierzehn Jahren seiner Tätigkeit als Anwalt nach Kräften bemüht hatte, es herunterzuspielen. Ihm war bekannt, dass viele seiner Kollegen ihm seine Erfolge neideten und die Auffassung vertraten, ihm wäre alles in den Schoß gefallen: das blendende Aussehen, die hervorragenden Noten, der Instinkt, der ihm riet, welche Fälle er annehmen und von welchen er lieber die Finger lassen sollte. Aber Mattie wusste, dass Jake so hart wie jeder andere in der Kanzlei arbeitete, vielleicht sogar härter. Jeden Morgen war er vor acht in seinem Büro und verließ es selten vor acht Uhr abends. Immer vorausgesetzt natürlich, er hielt sich tatsächlich in seinem Büro auf und nicht in einem Zimmer im Ritz-Carlton, dachte Mattie mit Bitterkeit.

»So wie Mr. Doren die Dinge darstellt, erscheint in diesem Fall alles entweder schwarz oder weiß«, sagte Jake und rieb sich die schmale, hervorspringende Nase. »Constance Fisher war eine treu sorgende Mutter und loyale Freundin, von allen geliebt, die sie kannten. Ihr Sohn war ein Hitzkopf, der in der Schule nichts leistete und Abend für Abend in der Kneipe herumsaß und trank. Sie war eine Heilige, er war ihr Todfeind. Sie träumte von einem besseren Leben für ihren Sohn, er war der Albtraum jeder Mutter.«

Jake machte eine Pause und sah zu seinem Mandanten hinüber, der kaum still sitzen konnte vor Unbehagen.

»Das klingt einfach, ich gebe es zu.« Jake wandte sich wieder den Geschworenen zu. Mühelos gelang es ihm, sie in sein unsichtbares Netz zu ziehen. »Aber nichts ist so einfach, wie es aussieht. Das wissen wir doch alle.« Mehrere Geschworene lächelten zustimmend. »Und ebenso wissen wir, dass eine Mischung von Weiß und Schwarz Grau ergibt. Und dazu noch verschiedene Nuancen von Grau.«

Jake drehte den Geschworenen den Rücken zu und ging in der ruhigen Gewissheit, dass die Blicke aller Geschworenen auf ihm ruhten, zu seinem Mandanten. Er hob die Hand und berührte die Schulter seines Mandanten. »Nehmen wir uns also ein paar Minuten Zeit, um die unterschiedlichen Nuancen von Grau zu prüfen. Geht das?« Er wandte sich wieder den Geschworenen zu, als erbäte er ihre Erlaubnis.

Mattie bemerkte, dass eine der Frauen tatsächlich nickte.

»Sehen wir uns also zunächst einmal die treu sorgende Mutter und loyale Freundin Constance Fisher näher an. Ich halte weiß Gott nichts davon, dem Opfer Schuld zu geben«, sagte Jake, und Mattie lachte lautlos vor sich hin, da sie wusste, dass er gleich genau das tun würde. »Ich denke, Constance Fisher war wirklich eine treu sorgende Mutter und loyale Freundin.«

Aber? Mattie wartete.

»Aber ich weiß auch, dass sie eine frustrierte und verbitterte Frau war, die ihren Sohn beinahe an jedem Tag seines Lebens mit Worten misshandelte und häufig auch vor körperlicher Gewaltanwendung nicht zurückscheute.« Jake schwieg, um seine Worte wirken zu lassen. »Keinesfalls will ich damit nun sagen, Douglas Bryant sei ein leicht erziehbares Kind gewesen. Das war er nicht. Vieles, was die Anklage über ihn gesagt hat, trifft zu, und diejenigen unter uns, die selbst Kinder haben«, womit er sich auf subtile Art zu den Geschworenen gesellte, »werden sich nur zu gut vorstellen können, wie frustriert diese Frau war, die sich unermüdlich bemühte, mit ihrem Sohn zurechtzukommen, der ihr nicht gehorchte; der ihr die Schuld daran gab, dass sein Vater die Familie verlassen hatte, als er selbst noch ein kleiner Junge gewesen war; der am Scheitern ihrer zweiten Ehe mit Gene Fisher wesentlichen Anteil hatte; der sich weigerte, ihr die

Liebe und die Achtung entgegenzubringen, die sie ihrer Meinung nach verdiente. Aber halten wir einen Moment inne«, sagte Jake und tat eben dies, während alle im Saal atemlos auf seine nächsten Worte warteten.

Wie oft hat er eben diese Stelle geprobt?, fragte sich Mattie, die sich bewusst wurde, dass sie genau wie alle anderen den Atem anhielt. Wie viele Sekunden genau hatte er für diese Pause vorgesehen?

»Halten wir inne und betrachten wir die Quelle all dieser Wut«, fuhr Jake nach vollen fünf Sekunden fort und hatte seine Zuhörer augenblicklich wieder in der Hand. »Kleine Jungen werden nicht böse geboren. Kein kleiner Junge kommt mit Hass auf seine Mutter zur Welt.«

Unwillkürlich drückte Mattie die Hand auf den Mund. Deshalb also hat er diesen Fall übernommen, dachte sie. Und deshalb wird er diesen Prozess auch gewinnen.

Es war eine persönliche Angelegenheit.

Er selbst hatte einmal zu ihr gesagt, die Arbeit eines Anwalts reflektiere seine eigene Persönlichkeit. Hieß das also in Weiterführung dieser Theorie, dass der Gerichtssaal das juristische Pendant zur Couch des Psychiaters war?

Mattie hörte aufmerksam zu, während ihr Mann den Horror der beinahe täglichen Misshandlungen schilderte, die Douglas Bryant von seiner Mutter widerfahren waren: Als er noch ein Kind gewesen war, hatte sie ihm, um ihn zu bestrafen, den Mund mit Seife ausgewaschen; sie hatte ihn ständig als dumm und nichtsnutzig beschimpft; sie hatte ihn immer wieder mit solcher Gewalt geschlagen, dass er Blutergüsse und gelegentlich Knochenbrüche davongetragen hatte – was wesentlich dazu führte, dass Douglas Bryant selbst zuschlug, als er die Misshandlungen nicht mehr ertragen konnte. »Ein Fall wie aus dem Lehrbuch: Das Syndrom des misshandelten Kindes, das selbst zum Misshandelnden wird«, sagte Jake, sich auf das Zeugnis mehrerer Gutachter beziehend, mit großem Nachdruck.

War es bei dir auch so?, fragte Mattie im Stillen ihren Mann. Aber sie wusste schon, dass sie auf diese Frage wahrscheinlich nie eine Antwort bekommen würde. Zu Beginn ihrer Beziehung hatte Jake verschiedentlich Andeutungen über eine schwierige Kindheit fallen lassen, die bei Mattie, die selbst eine unglückliche Kindheit durchgemacht hatte, sogleich ein Echo auslösten. Aber je häufiger sie sich gesehen hatten, desto zurückhaltender war Jake geworden, und wenn sie versucht hatte, ihn aus der Reserve zu locken, hatte er sich ganz verschlossen und manchmal tagelang hinter einer Mauer verschanzt, bis sie schließlich gelernt hatte, keine Fragen mehr über seine Familie zu stellen. Wir haben so vieles gemeinsam, dachte sie jetzt wie früher so oft in den Momenten drückenden Schweigens. Wir haben beide unter unseren verrückten Müttern, unseren abwesenden Vätern und dem Mangel an Wärme und Geborgenheit in unseren Familien gelitten.

Mattie, die ohne Geschwister aufgewachsen war, hatte ihre Kindheit mit den zahllosen Hunden ihrer Mutter teilen müssen. Nie waren es weniger als sechs gewesen, manchmal bis zu elf, und alle wurden sie verwöhnt und verhätschelt. Sie waren ja auch so viel leichter zu lieben als ein Kind, das Aufmerksamkeit forderte und auch noch dem Vater ähnlich sah, der die Familie im Stich gelassen hatte. Jake war zwar kein Einzelkind gewesen – er hatte einen älteren Bruder gehabt, der bei einem Bootsunglück ums Leben gekommen war, und einen jüngeren, der einige Jahre vor Matties Erscheinen in die Drogenszene abgetaucht war –, aber Mattie wusste, dass seine Jugend so einsam und leidvoll gewesen war wie die ihre.

Nein, schlimmer noch. Viel schlimmer.

Warum hat er nie mit ihr darüber gesprochen?, fragte sie sich jetzt und hob unwillkürlich den Arm, als wollte sie sich melden, um die Frage jetzt zu stellen. Die Bewegung zog das Auge ihres Mannes auf sich und lenkte ihn von seinem Vortrag ab. Vielleicht hätte ich dir helfen können, sagte sie lautlos, als ihre

Blicke sich trafen. Verblüffung, Ärger und Erschrecken flogen über sein Gesicht, alles im Bruchteil einer Sekunde, für niemanden erkennbar außer ihr. Ich kenne dich so gut, dachte sie, ohne das Kribbeln zu beachten, das aus der Tiefe ihres Halses aufstieg. Und ich kenne dich überhaupt nicht.

Und du – du kennst *mich* ganz gewiss nicht.

Das Kribbeln machte sich plötzlich in einer Explosion unkontrollierten Gelächters Luft. Sie lachte so laut, dass alle im Saal die Köpfe nach ihr drehten, so laut, dass die Richterin mit ihrem kleinen Hammer zornig auf den Tisch klopfte. Genau wie man es im Fernsehen immer sieht, dachte Mattie, die immer noch nicht aufhören konnte zu lachen, obwohl jetzt ein uniformierter Beamter sich ihr näherte. Sie gewahrte flüchtig den Ausdruck ungläubigen Entsetzens auf dem Gesicht ihres Mannes, dann sprang sie auf und drängte – ihr Mantel schleifte hinter ihr her über den Boden – aus der engen Sitzreihe hinaus. Als sie die große, von Marmor umrahmte Tür hinten im Gerichtssaal erreicht hatte, drehte sie sich noch einmal um und blickte einen Moment lang direkt in die erschrockenen Augen der rot gelockten Frau, die vor ihr gesessen hatte. Solche Locken habe ich mir immer gewünscht, schoss es Mattie durch den Kopf, als der Beamte sie schon eilig zur Tür hinaus schob. Wenn er etwas zu ihr sagte, so ging es in ihrem schallenden Gelächter unter, das sie die sieben Stockwerke hinunter, durch das Foyer, über die Vortreppe bis auf die Straße hinaus begleitete.

3

»Ruhe! Ruhe im Saal!«

Die Richterin wippte in ihrem hochlehnigen Ledersessel auf und nieder, während sie mit ihrem Hammer immer wieder krachend auf den Tisch schlug. Aber die Zuschauer, für den Moment völlig außer Rand und Band, kümmerte das wenig. Einige tuschelten hinter vorgehaltener Hand, andere lachten ganz offen. Mehrere Geschworene unterhielten sich lebhaft miteinander. »Was um alles in der Welt …?« »Was glauben Sie …?« »Was hatte das denn zu bedeuten?«

Jake Hart stand reglos, etwa auf halber Strecke zwischen seinem Mandanten und der Geschworenenbank, mitten in dem ehrwürdigen alten Gerichtssaal mit den hohen Fenstern und der dunklen Holztäfelung. Der Schock lähmte ihn, und die Wut umhüllte ihn wie ein schützender Kokon, während ihn Lärm und Tumult umbrandeten. Er hatte das Gefühl, wenn er jetzt nur einen Schritt machte, ja, wenn er nur Atem holte, würde er explodieren. Er musste sich unbedingt ganz still halten. Er musste erst wieder zu sich finden, seine Gedanken sammeln und dann verlorenen Boden wieder gutmachen.

Was zum Teufel war da eben passiert?

Es war doch bestens gelaufen, alles genau nach Plan. Wochenlang hatte er an diesem Schlussplädoyer herumgefeilt, nicht nur am Text, sondern auch an seiner Art des Vortrags, an der Modulation, der Akzentsetzung – welchen Worten er besonderen Nachdruck verleihen wollte und welchen nicht –, am Tempo und an der Spannung – wann er eine Pause machen und wann genau er fortfahren wollte. Es sollte der Vortrag seines Lebens werden, ein Schlussplädoyer, das den aufsehenerregendsten Fall seiner Karriere krönen würde, diesen Fall, den er trotz schwer wiegender Vorbehalte der Seniorpartner der Sozietät übernommen hatte, trotz deren nachdrücklich geäußerter Überzeugung, dass es ein aussichtsloses Unterfangen sei und er nicht die geringste Chance habe, einen solchen Prozess zu gewinnen. Dieser Fall würde ihm, sollte er obsiegen, beinahe mit Sicherheit die Aufnahme in die Sozietät garantieren, ihn im reifen Alter von achtunddreißig Jahren in eine Spitzenstellung seines Berufsstandes katapultieren.

Und er hatte es schon geschafft gehabt. Seine harte Arbeit hatte sich ausgezahlt. Die Geschworenen hatten ihm aus der Hand gefressen. *Syndrom des misshandelten Kindes* – was zum Teufel bedeutete das schon, bevor er es zur Grundlage seiner Verteidigung erhoben hatte? »Die Parallelen mit dem Syndrom der misshandelten Ehefrau sind unübersehbar und unbestreitbar«, hatte er fortfahren wollen. »Nur ist das misshandelte Kind noch weit hoffnungsloser allem ausgeliefert als die misshandelte Ehefrau, weil es noch weniger Möglichkeiten hat, die Situation zu verändern, noch weniger Möglichkeiten, sich seine Umwelt auszusuchen, seine Sachen zu packen und zu verschwinden.« Die Worte hatten ihm schon auf der Zunge gelegen – er hatte gerade Atem geholt und sich angeschickt, sie über seine Lippen rollen zu lassen, als jemand ihm einen solchen Magenschwinger verpasst hatte, dass ihm die Luft weg geblieben war.

Was war da passiert?

Aus dem Augenwinkel hatte er verschwommen eine Bewegung wahrgenommen, so als wollte jemand seine Aufmerksamkeit gewinnen, und als er hingeschaut hatte, war sein Blick auf Mattie gefallen, seine Frau, die er ausdrücklich gebeten hatte, nicht ins Gericht zu kommen: Da saß sie und lachte wie eine Wahnsinnige. Kichern konnte man das nicht mehr nennen, nein, das war ein grässliches, röhrendes Gelächter direkt aus dem Bauch gewesen. Er hatte keine Ahnung, worüber sie gelacht hatte, vielleicht über seine Worte, über die Kühnheit seiner Argumentation; vielleicht aber hatte sie auch nur ihrer Verachtung Ausdruck geben wollen – für das Verfahren, für den Ablauf der Dinge, für ihn. Dann hatte die Richterin mit ihrem Hammer losgedonnert und den Saal zur Ordnung gerufen, und Mattie hatte sich ungeschickt an den Leuten in ihrer Sitzreihe vorbeigezwängt und, ihren Mantel im Schlepptau, aus dem Saal bugsieren lassen, ohne auch nur einen Moment mit diesem irren, hysterischen Gelächter aufzuhören, das ihm jetzt noch in den Ohren dröhnte.

Fünf Minuten noch. Mehr Zeit hätte er nicht gebraucht. Fünf Minuten noch, und er wäre mit seinem Schlussplädoyer zu Ende gewesen. Die Anklage hätte zur Erwiderung antreten müssen. Da hätte Mattie nach Herzenslust Faxen machen können: auf und ab springen wie ein verrückt gewordenes Steh-auf-Männchen, sich nach Lust und Laune die Kleider vom Leib reißen, Tränen lachen.

Was war nur los mit ihr?

Vielleicht geht es ihr nicht gut, dachte Jake, der nicht herzlos sein wollte. Sie hatte heute Morgen verschlafen, was an sich schon ungewöhnlich war, und dann dieser seltsame Anruf bei ihm im Büro, dieses Klein-Mädchen-Stimmchen, so zart und verletzlich, als sie vorgeschlagen hatte, zur Verhandlung zu kommen. An Mattie Hart war nichts Verletzliches. Sie war stark und kraftvoll wie ein Orkan. Und konnte ebenso zerstörerisch sein. Hatte sie es vielleicht ganz bewusst darauf angelegt, ihn zu Fall zu bringen? War sie deshalb heute Morgen hierher gekommen, obwohl er sie ausdrücklich gebeten hatte, es nicht zu tun?

»Zur Ordnung«, rief die Richterin mit lauter Stimme, aber der Ruf verhallte ungehört.

»Was ist eigentlich los?«, fragte der Angeklagte, in den Augen den verängstigten Blick eines gefangenen Kindes.

Ich kenne diesen Blick, dachte Jake, der seine eigene Kindheit in diesen Augen gespiegelt sah. Ich kenne diese Furcht.

Er schob die unerwünschte Erinnerung weg und versuchte,

das Gleiche mit dem Bild seiner Frau zu tun. Aber Mattie stand unverrückbar da, so zart anzusehen und doch so hartnäckig wie immer, von ihrer ersten Begegnung an.

Bloß nicht wieder dieser Quatsch, dachte Jake. Er zwang sich, einen Fuß vor den anderen zu setzen und den schützenden Kokon zu durchbrechen, der jetzt mehr einem Sarg glich. Er setzte sich neben seinem Mandanten nieder und umfasste die eiskalte Hand des Jungen.

»Ihre Hände sind so kalt«, sagte Douglas Bryant.

»Oh, tut mir Leid.« Jake hätte beinahe gelacht, aber in diesem Gericht war für heute genug gelacht worden.

»Wir machen eine halbe Stunde Pause«, verkündete die Richterin, und der Gerichtssaal begann augenblicklich sich zu leeren, als die Leute wie magnetisch angezogen zu den Ausgängen strebten.

Jake spürte, wie Douglas Bryants Hand der seinen entglitt, als der Junge abgeführt wurde. Er sah den Geschworenen nach, die im Gänsemarsch aus dem Saal marschierten. Wie kann ich sie zurückgewinnen?, fragte er sich. Was muss ich sagen, um dieses vernichtende Theater, das meine Frau in diesem Gerichtssaal aufgeführt hat, vergessen zu machen?

Wusste jemand, dass sie seine Frau war?

»Jake ...«

Die Stimme war vertraut, weich und gedämpft. Er hob den Kopf. O Gott, dachte er, warum muss ausgerechnet sie hiersein?

»Alles in Ordnung?«

Er nickte, ohne etwas zu sagen.

Shannon Graham hob die Hand, als wollte sie ihn berühren, aber nur Zentimeter von seiner Schulter entfernt hielt sie inne. Einen Moment flatterte ihre Hand ziellos in der Luft. »Kann ich irgendetwas tun?«, fragte sie.

Er schüttelte den Kopf. Er wusste, dass sie in Wirklichkeit fragte, was zum Teufel da los war, aber da er die Antwort so wenig wusste wie sie, sagte er nichts.

»Geht es Ihrer Frau nicht gut?«

Er zuckte mit den Schultern.

»Sie hat vorhin etwas Merkwürdiges zu mir gesagt«, fuhr Shannon fort, als Jake stumm blieb. »Sie erklärte mir aus heiterem Himmel, sie wolle ihr Testament ändern.«

»Was?« Jake drehte so ruckartig den Kopf, als hätte ihn jemand an den Haaren gepackt.

Jetzt war es Shannon, die mit den Achseln zuckte. »Also, jedenfalls ... wenn ich irgendetwas tun kann ...«, sagte sie wieder.

»Sie können das für sich behalten«, sagte Jake, aber er wusste, dass sich Shannon Graham, noch während sie sich zum Gehen wandte, bereits vorstellte, wie sie den Kollegen in der Kanzlei von der Szene erzählen würde. Ihr Gang hatte etwas Eiliges, ja, Eiliges, als könnte sie es kaum erwarten, den Ort zu erreichen, den sie anstrebte.

Es spielte keine Rolle. Die Geschichte von Matties Ausbruch würde ohnehin in aller Munde sein, noch ehe Shannon Graham das Haus verlassen hatte. Juristen bildeten in dieser Hinsicht keine Ausnahme: Sie klatschten wie alle anderen Berufsgruppen mit Leidenschaft. Aufgebauschte Berichte über das Verhalten seiner Frau flogen zweifellos bereits durch die geheiligten Hallen der Gerechtigkeit zur Tür hinaus, um von der heruntergekommenen Straßenecke aus, an der das Gerichtsgebäude stand, ihren Weg über die Stadt zur eleganten Michigan Avenue zu nehmen, wo die Kanzlei Richardson, Buckey und Lang ihre Büros hatte. »Habt ihr gehört, was Mattie Hart heute im Gerichtssaal abgezogen hat?« »Was ist eigentlich mit dieser Frau los?« »Ihr hättet das erleben sollen! Sie hat mitten in seinem Schlussplädoyer angefangen zu lachen wie eine Irre.«

Manchmal wünschte er, sie würde einfach verschwinden.

Er wünschte Mattie nichts Böses. Er wünschte nicht, sie wäre tot oder etwas dieser Art. Er wünschte nur, sie würde aus seinem Leben und aus seinen Gedanken verschwinden. Seit Wochen überlegte er, wie er ihr beibringen sollte, dass es aus war, dass er eine andere Frau liebte und sie verlassen werde. Er hatte seine Rede geprobt wie ein Schlussplädoyer, und genau das war es ja eigentlich auch, dachte er jetzt, ein Schlussplädoyer.

»Keiner hat Schuld«, begann die Rede stets und geriet dann ins Stocken. Weil in Wahrheit eben doch jemand Schuld hatte. Er hatte Schuld. Obwohl auch sie ihr gerüttelt Maß an Schuld trug, wie jetzt eine Stimme einwarf. Sie war schließlich schwanger geworden, obwohl sie es hätte verhindern können; sie hatte darauf bestanden, das Kind zur Welt zu bringen; sie hatte sich auf seinen halbherzigen Vorschlag zu heiraten gestürzt, obwohl sie genau gewusst hatte, dass er eigentlich gar nicht heiraten wollte, dass sie nicht zueinander passten, dass es ein Fehler wäre zu heiraten und er ihr immer grollen würde.

»Wir haben unser Bestes getan«, ging die Rede weiter. Aber er hatte nicht sein Bestes getan, das wusste er so gut wie sie. Doch Mattie, insistierte die Stimme, lauter jetzt, war auch nicht ohne Tadel. Anfangs war sie völlig in ihrer Mutterrolle aufgegangen, hatte sich Tag und Nacht einzig um Kim gekümmert und ihn ausgeschlossen. Es stimmt zwar, dass er sich Interessanteres vorstellen konnte, als Babys zu wickeln, und dass so kleine Kinder ihn nervös machten, aber das hieß schließlich noch lange nicht, dass er seine Tochter nicht liebte und es sich gern gefallen ließ, in die Rolle des beiläufigen Beobachters in ihrem Leben gedrängt zu werden. Er neidete Mattie die ungezwungene Beziehung, die sie mit Kim verband, er neidete ihnen beiden diese Innigkeit. Kim war ohne Zweifel die Tochter ihrer Mutter. Daddys kleines Mädchen konnte sie nicht mehr werden, dazu war es lange zu spät.

Und im letzten Monat hatte Mattie plötzlich den Gedanken an ein zweites Kind ins Spiel gebracht, hatte diesen Gedanken in ein völlig belangloses Gespräch einfließen lassen und ihren Wunsch hinter falscher Gleichgültigkeit zu verstecken gesucht, indem sie so tat, als wäre es nur so eine Idee und nicht etwas, das sie Tag und Nacht beschäftigte. In diesem Moment war ihm klar geworden, dass er nicht mehr warten konnte, weil er sonst wieder in der Falle sitzen würde. Er musste Mattie sagen, dass er sie verlassen würde.

Aber er hatte es nicht gesagt, und jetzt bestand durchaus die Möglichkeit, dass er es zu lange hinausgeschoben hatte. Vielleicht war sie bereits schwanger, und ihr unmögliches Verhalten heute Morgen war darauf zurückzuführen, dass ihre Hormone verrückt spielten. »Bitte nicht«, sagte er unwillkürlich laut. »Bloß das nicht!«

»Bloß was nicht?«

Er sah auf, als er ihre Stimme hörte, und hielt ihr seine Hand entgegen. Prickelnde Erregung durchschoss ihn, als sie ihre Finger zwischen die seinen schob. Was zum Teufel! Was machte es schon aus, wer sie zusammen sah! Außerdem war der Saal leer. Es war leicht, kühn zu sein.

»Das war deine Frau, richtig?«, fragte sie mit ihrer dunklen, rauchigen Stimme.

Sie setzte sich auf den Stuhl des Angeklagten und lehnte sich an ihn, sodass ihre dichten roten Locken seine Wange streiften. Erst gestern Nacht hatte er seine Finger in diese glänzenden Locken geschoben und sich von ihrer Weichheit betören lassen. Sie hatte ihn angesehen mit diesem wunderbar warmen Lächeln, das ihr ganzes Gesicht erleuchtete und den schiefen Zähnen, die sich am unteren Rand der leicht geöffneten Lippen zeigten, alles Hässliche nahm, sie nur liebenswert erscheinen ließ. Was war nur das Unwiderstehliche an ihr?

Wie die teure Seidenbluse und die verblichene Blue Jeans, die sie geschickt kombiniert hatte, war vieles an Honey Novak gegensätzlich und doch zugleich irgendwie harmonisch. Ihr Haar war rot und lockig, aber ihre Augenbrauen waren eigensinnig schwarz und gerade. Ihr Busen war zu groß im Verhältnis zu ihrem sonst eher mageren Körper, ihre Beine waren zu lang in Relation zu ihrer Körpergröße von unter einem Meter sechzig, und durch die etwas schiefe Nase wirkte ihr Gesicht ein wenig unausgewogen. Sie war wahrhaftig keine Schönheit im landläufigen Sinn und mit ihren vierunddreißig Jahren auch nicht mehr blutjung. Objektiv betrachtet war seine Frau die attraktivere von beiden. Aber Matties sonnige, frische amerikanische Schönheit hatte ihm immer irgendwie Angst gemacht. Sie gab ihm das Gefühl, ein Blender zu sein.

»Ja, das war Mattie«, bestätigte er.

Honey sagte nichts. Das war so ihre Art; sie sprach selten, wenn sie nichts zu sagen hatte. Sie hatten sich vor einigen Monaten in dem Fitness-Studio in der Nähe seiner Kanzlei kennen gelernt. Er war auf dem Laufband und legte flotte 7 km/h hin; sie joggte nebenan und legte das beeindruckende Tempo von 11,5 km/h vor, wie der Tacho an ihrem Gerät anzeigte. Er machte ein wenig oberflächliche Konversation und sie ging mit einem gelegentlichen Lächeln und einem kurzen »Hm« hier und da darauf ein. Nach ein paar Wochen lud er sie zu einer Tasse Kaffee ein, und sie nahm an, obwohl sie wusste, dass er verheiratet war. Es war ja nur eine Tasse Kaffee. In den folgenden Wochen wurde aus der Tasse Kaffee ein opulentes Abendessen, und in der Woche darauf war das Abendessen nur noch Vorspiel zu einer leidenschaftlichen Nacht im Ritz-Carlton-Hotel. Es war die erste von vielen, nur der Schauplatz verlagerte sich sehr bald in ihre leicht chaotische Wohnung in Lincoln Park.

Er hatte sich nicht ernsthaft verlieben wollen. Eine Liebesbeziehung war das Letzte, was er brauchte. Es gab Komplikationen genug in seinem Leben. Ein nettes Abenteuer, ja, so bedeutungslos wie flüchtig – auf mehr meinte er sich nicht eingelassen zu haben.

Bei Honey war es ähnlich gewesen, wie sie ihm später sagte. Frisch geschieden und aus eigener Entscheidung kinderlos, arbeitete sie als freiberufliche Autorin und war gerade dabei, einen Roman zu schreiben. Nebenbei kümmerte sie sich um zwei störrische Katzen, die ein Nachbar im Haus bei seinem Umzug herrenlos zurückgelassen hatte. Sich ausgerechnet in einen verheirateten Mann zu verlieben, sagte sie eines Abends zu ihm, als sie im genialen Durcheinander ihrer Wohnung nackt neben ihm lag, zu ihren Füßen die Katzen, die mit ihren Zehen spielten, das sei wirklich nicht ihr Wunschtraum gewesen.

»Glaubst du, sie weiß von uns?«, fragte sie jetzt.

Jake zuckte mit den Schultern wie zuvor. Alles ist möglich, dachte er, eine Vorstellung, die einmal grenzenlose Freiheit suggeriert hatte, nun aber nur noch Klaustrophobie hervorrief.

»Was tust du jetzt?«, fragte Honey.

»Nach Hause fahren kann ich jedenfalls nicht«, antwortete er heftig, mit Zorn in den Augen. »Ich kann sie jetzt nicht sehen.«

»Sie wirkte zu Tode geängstigt.«

»Was?« Was redete Honey da?

»Ich habe ihr Gesicht gesehen, als sie ging«, erklärte Honey. »Sie sah aus, als hätte sie Todesangst.«

»Mit gutem Grund.«

»Nein, nein, das ging über allen guten Grund hinaus.«

»Das kann man wohl sagen.« Jake schlug sich mit den Händen knallend auf die Oberschenkel und genoss den kurzen brennenden Schmerz. »Aber immer schön eines nach dem anderen.« Er klopfte auf die burgunderrote Seidenkrawatte, die Honey ihm am Abend zuvor als Talisman geschenkt hatte.

»Du hattest sie in der Tasche«, sagte Honey und deutete mit dem Kopf zur leeren Geschworenenbank hinüber. »Und du wirst sie wieder einfangen.«

Jake nickte, in Gedanken bereits bei der Wiederaufnahme der Verhandlung. Was würde er sagen? Mattie hatte diese wichtigste Verhandlung seiner Karriere mit ihrem hysterischen Gelächter aus dem Fluss gebracht. Sie hatte ihn – Jake – der Lächerlichkeit preisgegeben und seinen Mandanten vielleicht einem fehlerhaft geführten Prozess ausgeliefert. Die Geschworenen, ja, alle in diesem Saal, warteten jetzt zweifellos gespannt darauf, wie er mit diesem Zwischenfall umgehen würde. Er konnte ihn nicht einfach übergehen. Er musste ihn in seine Argumentation einbeziehen. Ihn sich irgendwie zu Nutze machen.

Aber wenn ihm das gelingen sollte, musste er zuerst einmal seine Wut über Matties empörendes Verhalten sauber verschnüren und wegpacken. Das würde schwierig werden, aber es war nicht unmöglich. Jake hatte schon als kleines Kind gelernt, dass sein Überleben von seiner Fähigkeit abhing, bestimmte Gefühle einzufrieren, und jetzt hing auch das Überleben eines anderen von dieser Fähigkeit ab. Douglas Bryants Schicksal, ja, sein Leben, lag in Jakes Händen, und Jake würde ihn retten, weil er ihn verstand, weil er aus eigener Erfahrung die Wut und die Frustration kannte, die den Jungen getrieben hatten zu töten. Das hätte ich sein können, dachte er und ließ abrupt Honeys Hand los, als die Türen des Gerichtssaals geöffnet wurden und die Leute hereinströmten und zu ihren Plätzen eilten.

»Ich liebe dich, Jason Hart«, sagte Honey.

Jake lächelte. Honey war der einzige Mensch auf der Welt, der ihn Jason nennen durfte, bei dem Namen, den seine Mutter ihm gegeben, den sie immer wieder geschrien hatte, wenn sie ihn geschlagen hatte – »böser Jason, böser Jason!« –, bis die Wörter miteinander verschmolzen und für ihn eins geworden waren. *Böserjason, böserjason.* Nur wenn Honey seinen Namen aussprach, verlor er den Charakter der Beschimpfung und ewigen Verwünschung. Nur bei Honey konnte Jason Hart den bösen Jungen hinter sich lassen und zu dem Mann werden, der er immer hatte sein wollen.

»Du brauchst ein paar Minuten für dich.«

Honey war schon aufgestanden. Mattie hätte ein Fragezeichen hinter den Satz gesetzt und ihn gezwungen, zu entscheiden und sich danach schuldig zu fühlen, weil er sie ausgeschlossen und fortgeschickt hatte. Honey wusste immer, wann er Nähe brauchte und wann Alleinsein.

»Aber bleib in der Nähe«, sagte er leise.

»Siebte Reihe, Mitte.«

Jake sah ihr lächelnd nach, als sie mit herausfordernd wiegenden Hüften – sie wusste genau, dass er sie beobachtete! – nach hinten ging. Sekunden später kehrten die Geschworenen in den Saal zurück und Douglas Bryant nahm seinen Platz am Verteidigertisch wieder ein.

»Der Sitz ist noch warm«, stellte er fest.

Jake lächelte ermutigend und tätschelte dem Jungen kurz die Hand, als der Gerichtsdiener um Ruhe bat. Es wurde augenblicklich still im Saal, die Richterin nahm wieder an ihrem Pult Platz und ließ ihren Blick aufmerksam, auf der Suche nach möglichen Unruheherden, durch den Saal schweifen.

»Bei jeder weiteren Störung«, verkündete sie warnend, »lasse ich den Saal sofort räumen.«

Jake hielt die Warnung für überflüssig. Nie hatte er eine so tiefe Stille in einem Gerichtssaal erlebt. Sie warten alle, dachte er. Sie warten darauf, was ich jetzt tun werde. Sie alle warten darauf zu hören, was ich sagen werde.

»Ist die Verteidigung bereit, in ihrem Schlussplädoyer fortzufahren?«, fragte die Richterin.

Jake stand auf. »Ja, Euer Ehren.«

Jetzt oder nie, dachte Jake. Er holte einmal tief Atem und sah die Geschworenen an. Dann drehte er langsam den Kopf und richtete den Blick direkt auf den Platz, an dem vor der Pause Mattie gesessen hatte.

»Sie haben soeben alle miterlebt, wie hier eine Frau plötzlich in lautes Gelächter ausgebrochen ist«, begann er und ging so direkt auf den Zwischenfall ein, nicht aber auf die Identität der Frau. »Wir wissen nicht, warum die Frau gelacht hat. Es ist nicht wichtig, auch wenn es uns alle zweifellos in Unruhe versetzt hat.« Er lachte leise und bot allen im Saal die Möglichkeit, mit ihm zu lachen, um so einen Teil der noch vorhandenen Spannung zu lösen. Dann schnappte er sich die Geschworenen, indem er sagte: »Aber gleichermaßen kann uns die Wahrheit in Unruhe versetzen, und die Wahrheit in diesem Fall ist, dass es für Douglas Bryant bei diesem Prozess um das nackte Leben geht.« Er machte eine Pause, um jeden einzelnen Geschworenen anzusehen, und ließ es zu, dass Tränen der Wut ihm in die Augen schossen, weil er wusste, dass die Geschworenen seine Wut auf Mattie für Mitgefühl mit dem Angeklagten halten würden. »Es geht in diesem Prozess um Douglas Bryants Leben«, wiederholte er. »Und das ist weiß Gott nicht zum Lachen.«

Die Geschworenen antworteten mit einem tiefen Seufzen, wie es manchmal unter einer wohlgesetzten zärtlichen Berührung entsteht. Ich habe es geschafft, dachte Jake, als er sah, dass mehrere der Frauen Tränen des Mitgefühls vergossen. Mattie hatte ihm, ohne es zu wollen, den größten Triumph seiner Karriere geschenkt. Er würde den Freispruch bekommen, Riesenpublicity und das Angebot, in die Sozietät einzusteigen.

Und das alles schuldete er Mattie. Wie immer schuldete er alles seiner Frau.

4

Mattie stand auf der Treppe vor dem Art Institute of Chicago und ließ sich die kalte Brise ins Gesicht blasen. »Fester«, murmelte sie und bot dem Wind ihr Gesicht, als wollte sie ihn herausfordern, sie zu schlagen. Komm, komm, wirf mich nieder. Schleudere mich zu Boden. Demütige mich vor all diesen gut betuchten Kunstgönnern. Ich habe es verdient. Zeit, den Lohn dafür zu kassieren, wie ich heute Morgen bei Gericht meinen Mann blamiert habe. »Komm schon!«, flüsterte sie, während sie immer noch zu begreifen suchte, was geschehen war, »gib dein Bestes.«

»Mattie?«

Sie fuhr herum und verzog den Mund zu einem übertriebenen Lächeln, als sie Roy Crawford sah, einen Mann mit dem verwitterten Gesicht eines Boxers und dem geschmeidigen Körper eines Tänzers, der sich ihr mit lachenden grauen Augen näherte. Er steuerte beim Gehen mit den Schultern, stellte Mattie fest, die ihn beobachtete, als er selbstsicher auf sie zukam. Rechte Schulter, linke Schulter, rechte Schulter... Lässige schwarze Hose, cremefarbener Rolli, kein Mantel trotz der Kälte, absolut von sich überzeugt. Roy Crawford hatte seine erste Million gemacht, bevor er dreißig war, und kürzlich zur Feier seines fünfzigsten Geburtstags seiner dritten Ehefrau den Laufpass gegeben, um sich die beste Freundin seiner jüngsten Tochter ins Haus zu holen.

»Hallo, Roy«, sie schüttelte ihm kräftig die Hand, »ich bin wirklich froh, dass Sie sich die Zeit nehmen konnten.«

»Die Firma gehört mir«, gab er leichthin zurück. »Ich mache die Regeln. Hey, Sie packen ganz schön zu.«

»Oh, tut mir Leid.« Mattie ließ hastig seine Hand los.

»Ihnen braucht nichts Leid zu tun.«

Ihnen braucht nichts Leid zu tun, wiederholte sich Mattie im Stillen und war wieder zurück im Gerichtssaal 703. Die Erinnerung an ihren Auftritt stand vor ihr wie von einem grellen Scheinwerfer eingefangen und zeigte ihr Bilder, die für immer in ihr Gedächtnis eingebrannt bleiben würden. Ihnen braucht nichts Leid zu tun! Genau da täuschen Sie sich, Mr. Crawford. Es gab praktisch nichts, was ihr nicht Leid tun müsste! Von dem unbesonnenen Besuch bei Gericht an diesem Morgen bis zu der Szene, die sie hingelegt hatte. Und nicht irgendeine Szene, o nein, sondern die Mutter aller Szenen, eine wahre Höllenszene. Szenen einer Ehe, dachte Mattie niedergeschlagen, die wusste, dass Jake ihr niemals vergeben würde. Ihre Ehe war vorbei, dieses erbärmliche Zerrbild einer Ehe, diese Ehe, die nie wirklich eine gewesen war, trotz beinahe sechzehn Jahren Zusammenlebens und der Tochter, die aus ihr hervorgegangen war, das Einzige in ihrem Leben, was ihr nicht Leid zu tun brauchte.

»Es tut mir wirklich Leid«, sagte Mattie noch einmal und brach unversehens in Tränen aus.

»Mattie?« Roy Crawfords Blick flog peinlich berührt erst zur einen dann zur anderen Seite. Er presste die Lippen aufeinander, entspannte sie und presste sie erneut aufeinander, als er Mattie, die jetzt heftig zitterte, in die Arme nahm. »Was ist denn? Geht es Ihnen nicht gut?«

»Es tut mir so Leid«, stammelte Mattie zum dritten Mal, nicht fähig, irgendetwas anderes hervorzubringen. Was war nur los mit ihr? Zuerst das idiotische Gelächter im Gerichtssaal, und jetzt der Tränenausbruch auf der Treppe dieses ehrwürdigen Museums. Vielleicht war es eine Umweltkrankheit, eine heimtückische Form von Bleivergiftung vielleicht. Vielleicht war sie allergisch auf altehrwürdige Gebäude. Ganz gleich, was es war, sie hätte die tröstliche Geborgenheit von Roy Crawfords Umarmung am liebsten nie wieder aufgegeben. Es war lange her, dass jemand sie mit solcher Zärtlichkeit gehalten hatte. Selbst wenn sie und Jake miteinander schliefen, und ihre Umarmungen waren in all den Jahren erstaunlich leidenschaftlich geblieben, fehlte gerade diese Zärtlichkeit. Ihr wurde erst jetzt bewusst, wie sehr sie ihr gefehlt hatte. Und wie viel ihr gefehlt hatte. »Es tut mir so Leid.«

Roy Crawford trat einen Schritt zurück, aber er ließ sie nicht los, seine kräftigen Hände lagen immer noch warm auf ihren Oberarmen. »Kann ich etwas tun?«

Armer Kerl, dachte Mattie. Er hatte überhaupt nichts verbrochen, aber er sah zutiefst schuldbewusst aus. Wahrscheinlich hatte er schon so oft Frauen zum Weinen gebracht, dass er es sich angewöhnt hatte, automatisch die Schuld auf sich zu nehmen, auch wenn er völlig schuldlos war. Mattie fragte sich flüchtig, ob es allen Männern so erging, ob sie mit der ständigen Furcht vor der Macht weiblicher Tränen durchs Leben marschierten.

»Lassen Sie mir nur einen Moment Zeit. Es ist gleich wieder in Ordnung.« Mattie sah Roy Crawford mit einem, wie sie hoffte, beruhigenden Lächeln an. Aber sie spürte, wie ihre Lippen zitterten, und schmeckte die salzigen Tränen hinter den zusammengebissenen Zähnen. Roy Crawford sah alles andere als beruhigt aus. Eher zu Tode erschrocken.

Wer konnte es ihm verübeln? Er war auf ein Stelldichein mit seiner Kunstberaterin zur Besichtigung einer Fotoausstellung vorbereitet gewesen, und in was war er stattdessen hineingeraten? Das Schlimmste, was es für einen Mann gab – eine hysterische Frau, die sich in aller Öffentlichkeit gehen ließ. Kein Wunder, dass Roy Crawford ein Gesicht machte, als wünschte er, er könnte im nächsten Mauseloch verschwinden.

Dennoch, die Bestürzung in Roy Crawfords Gesicht war nichts im Vergleich zu dem Ausdruck reinen Entsetzens, mit dem Jake auf ihren Ausbruch während seines Schlussplädoyers reagiert hatte. Was er von ihr gedacht haben musste! Was er jetzt von ihr denken musste! Niemals würde er ihr verzeihen, das war gewiss. Ihre Ehe war aus und vorbei, und sie hatte nicht in Anklagen und Vorwürfen geendet, sondern in Gelächter.

Mattie war aus dem Gerichtsgebäude gerannt und schreiend vor Lachen die California Avenue zwischen der 25. und der 26. Straße hinuntergelaufen, nicht die beste Gegend der Stadt, wie ihr bewusst wurde, als ihr ein Betrunkener entgegenkam, der bei ihrem Anblick hastig zur anderen Straßenseite hinübertorkelte. Sogar die Wermutbrüder möchten lieber nichts mit mir zu tun haben, hatte sie gedacht. Dann hatte sie hinter sich Schritte gehört und sich umgedreht, weil sie hoffte, Jake wäre ihr nachgelaufen, aber es waren nur zwei Schwarze mit dicken, bis über die Ohren heruntergezogenen Strickmützen, die in die andere Richtung blickten, als sie schnell an ihr vorbeigingen.

Ihr Wagen, ein weißer Intrepid, dem eine Wäsche gut getan hätte, stand vor einer abgelaufenen Parkuhr zwei Straßen vom Gerichtsgebäude entfernt. Mattie hatte in ihrer Handtasche nach den Schlüsseln gekramt, fand sie, ließ sie fallen, hob sie auf, ließ sie wieder fallen. Danach nahm sie sie fest in die Finger und versuchte, die Wagentür aufzusperren. Sie versuchte es mehrmals ohne Erfolg. Der Schlüssel drehte sich in ihren Fingern, aber die Tür blieb verschlossen. »Ich hab wahrscheinlich einen Schlaganfall«, verkündete sie den schäbigen kleinen Häusern um sie herum. »Genau. Ich hab einen Schlaganfall.«

Eher einen Nervenzusammenbruch, sagte sie sich dann. Wie sonst war dieses bizarre Verhalten zu erklären? Wie sonst war dieser totale Kontrollverlust zu erklären?

Der Schlüssel war plötzlich ganz leicht ins Schloss der Wagentür geglitten. Mattie holte tief Luft, dann noch einmal, schüttelte ihre Finger aus und wackelte in ihren schwarzen Wildlederpumps versuchsweise mit den Zehen. Alles schien ordnungsgemäß zu funktionieren. Und sie hatte aufgehört zu lachen, wie sie erleichtert feststellte, als sie sich ans Lenkrad setzte und im Rückspiegel ihr Aussehen musterte. Dann rief sie über ihr Autotelefon Roy Crawford an und fragte, ob sie sich etwas früher treffen könnten, um sich zuerst die Ausstellung anzusehen und mögliche Erwerbungen danach bei einem Mittagessen, zu dem sie ihn einladen wolle, zu besprechen.

Tolle Einladung, dachte Mattie jetzt, während sie sich das Gesicht wischte und energisch versuchte, sich zusammenzunehmen. Warum war Jake ihr nicht nachgekommen? Ihm musste doch sofort klar gewesen sein, dass irgendetwas nicht stimmte. Er musste doch gewusst haben, dass dieser Ausbruch kein gegen ihn gerichteter Sabotageakt war. Aber wie hätte er das so genau wissen sollen, da sie selbst ja nicht einmal sicher war.

»Geht es wieder?«, fragte Roy Crawford, sein Blick eine stumme Bitte um ein schlichtes Ja.

»Alles in Ordnung«, antwortete Mattie brav. »Vielen Dank.«

»Wir können das Ganze auch verschieben.«

»Nein, wirklich, es geht mir gut.«

»Möchten Sie darüber reden?« Diesmal flehte sein Blick um ein schlichtes Nein.

»Lieber nicht.« Mattie sah Roy Crawford aufatmen. Er hat einen sehr großen Kopf, dachte sie zerstreut. »Wollen wir reingehen?«

Minuten später standen sie vor der Fotografie einer nackten Frau, deren Körper in so raffiniertem Winkel zu einem altmodischen Waschtisch stand, dass nur ihr Gesäß und der Bogen ihrer linken Brust dem forschenden Auge der Kamera preisgegeben waren.

»Willy Ronis gehört zu dem berühmten Triumvirat französischer Fotografen«, erklärte Mattie in ihrem professionellsten Ton, bemüht, mit ihren Gedanken im Hier und Jetzt zu bleiben. Ihr geschulter Blick glitt über die Schwarz-Weiß-Fotografien, die an den Wänden eines der intimeren Räume des Institute of Art ausgestellt waren.

Und ebenso wissen wir, hörte sie Jake sagen, dass eine Mischung von Weiß und Schwarz Grau ergibt. Und dazu noch verschiedene Nuancen von Grau.

Geh weg, Jake, befahl Mattie in Gedanken. Wir sehen uns vor Gericht. Sie hätte beinahe gelacht und musste einen Moment die Zähne zusammenbeißen, um nicht herauszuplatzen.

»Die beiden anderen Mitglieder der Gruppe sind Henri Cartier-Bresson und Robert Doisneau«, fuhr Mattie fort, als sie innerlich wieder ruhig geworden war. »Dieses Bild hier mit dem Titel *Nue provençale* ist wahrscheinlich Ronis' bekanntestes und am häufigsten gezeigtes Werk.«

Nehmen wir uns also ein paar Minuten Zeit, um die unterschiedlichen Nuancen von Grau zu prüfen.

Nein, das werden wir nicht tun, dachte Mattie. »Das Interesse am nackten weiblichen Körper ist charakteristisch für Ronis' Arbeit«, sagte sie.

»Hat es einen Grund, dass Sie so schreien?«, unterbrach Roy Crawford.

»Habe ich geschrien?«

»Nur ein bisschen. Nicht der Rede wert«, wiegelte Roy Crawford hastig ab.

Mattie schüttelte den Kopf, als könnte sie so die Stimme ihres Mannes ein für alle Mal loswerden. »Tut mir Leid.«

»Bitte entschuldigen Sie sich nicht«, sagte Crawford, offensichtlich beunruhigt, sie könnte wieder zu weinen anfangen. Dann lächelte er, es war ein breites, jungenhaftes Lächeln, das perfekt zu seinem großen Gesicht passte, und Mattie verstand in diesem Moment, warum Frauen aller Altersstufen ihn so attraktiv fanden. Halb Draufgänger, halb kleiner Junge – eine tödliche Kombination.

»Ich wollte immer mal nach Frankreich«, sagte Mattie gedämpft und konzentrierte sich auf die Fotografien, um sich zu beweisen, dass sie ein ganz normales Gespräch unter Erwachsenen führen konnte, obwohl sie sich zweifellos mitten in einem totalen Nervenzusammenbruch befand.

»Waren Sie denn noch nie dort?«

»Nein.«

»Also, das wundert mich bei einer Frau mit Ihrem Beruf und Ihren Interessen.«

»Das kommt schon noch.« Mattie dachte daran, wie oft sie versucht hatte, Jake einen Urlaub in Paris schmackhaft zu machen, und mit welcher Sturheit er jedes Mal abgelehnt hatte. Keine Zeit, hatte er gesagt und in Wirklichkeit gemeint, zu viel Zeit. Zu viel Zeit allein zu zweit. Und nicht genug Liebe. Mattie nahm sich vor, ihr Reisebüro anzurufen, sobald sie wieder zu Hause war. Sie hatte ihre Hochzeitsreise nicht nach Paris gemacht. Aber vielleicht würde sie ihre Scheidungsreise dorthin machen.

»Wie dem auch sei«, sagte sie, und sie fuhren beide ein wenig zusammen beim plötzlichen Klang ihrer Stimme, »für dieses Bild hat Ronis seine Frau Modell gestanden. Er hat es in ihrem gemeinsamen Sommerhaus aufgenommen.«

»Ein sehr erotisches Bild«, bemerkte Roy. »Finden Sie nicht?«

»Ich denke, es wirkt so sinnlich«, meinte Mattie, »weil die Atmosphäre so ungeheuer plastisch ist – man kann beinahe die Wärme der Sonne spüren, die durch das offene Fenster scheint, man kann die Luft riechen und die Rauheit des alten Steinbodens fühlen. Die Nacktheit ist natürlich ein Teil der erotischen Wirkung, aber eben nur ein Teil.«

»Man möchte sich am liebsten die Kleider ausziehen und direkt zu ihr ins Bild springen.«

»Eine interessante Idee«, meinte Mattie und vermied es peinlichst, sich Roy Crawford nackt vorzustellen, als sie ihn weiterführte, zu einer anderen Serie von Fotografien – zwei schlafende Männer auf einer Parkbank, streikende Arbeiter auf einer Pariser Straße, arbeitende Zimmerleute auf dem Land. »In diesen frühen Bildern«, sagte Mattie, der plötzlich der beunruhigende Gedanke kam, dass Roy Crawford vielleicht mit ihr flirten wollte, »ist eine Unschuld, die den meisten späteren Arbeiten Ronis' fehlt. Zwar bleibt seine Sympathie für die Arbeiterklasse ein Merkmal seiner Arbeit, aber in den Bildern, die er nach dem Zweiten Weltkrieg gemacht hat, ist mehr Spannung. Wie bei diesem hier.« Sie wies Roy Crawford auf eine spätere Arbeit mit dem Titel *Weihnachten* hin, auf dem ein Mann mit ernstem Gesicht und einem Blick tiefer Einsamkeit in den Augen allein inmitten einer Menschenmenge vor einem Pariser Kaufhaus stand. »Die Verbindung zwischen den Menschen ist nicht mehr im selben Maß vorhanden«, erklärte Mattie, »und diese Distanz wird häufig zum Gegenstand der Fotografie. Ist das verständlich?«

»Es besteht eine Distanz zwischen den Menschen«, wiederholte Crawford. »Ja, das verstehe ich.«

Mattie nickte. Ich auch, dachte sie, während sie diese späteren Aufnahmen einige Minuten lang schweigend betrachtete. Sie spürte Crawfords Arm an ihrem eigenen, wartete darauf, dass er ihn zurückziehen würde, war merkwürdig froh, als er es nicht tat. Vielleicht doch nicht so viel Distanz, dachte sie.

»Ich mag diese hier lieber.«

Mattie empfand es beinahe wie einen Schmerz, als er sich von ihr entfernte, um zu den Aktfotografien zurückzukehren und mit intensiver Aufmerksamkeit das Bild einer jungen Frau zu betrachten, die sich in herausfordernder Haltung auf einem Stuhl rekelte: Kopf und Hals dem Auge der Kamera knapp entzogen, eine Brust preisgegeben, die langen Beine zur Kamera hin ausgestreckt, und im Mittelpunkt der Komposition das dunkle Dreieck der Scham. In der linken unteren Ecke stahl sich listig ein bekleidetes Männerbein ins Bild.

»Bei dieser Arbeit ist die Komposition besonders interessant«, begann Mattie. »Und das Nebeneinander der unterschiedlichen Strukturen – Holz, Stein –«

»Nacktes Fleisch.«

»Nacktes Fleisch«, bestätigte Mattie. Flirtete der Mann mit ihr?

»Die einfachen Dinge des Lebens«, sagte Crawford.

Nichts ist so einfach, wie es aussieht, hörte Mattie ihren Mann sagen. Das wissen wir alle.

»Werfen wir hier mal einen Blick hinein.« Mattie führte Crawford in den nächsten Raum.

»Und was haben wir da?«

»Danny Lyon«, antwortete Mattie, wieder ganz die professionelle Führerin. »Wahrscheinlich einer der einflussreichsten zeitgenössischen Fotografen in Amerika. Sie können sehen, dass er ganz anders arbeitet als Willy Ronis, auch wenn er dessen Interessen an den Menschen des Alltags und an aktuellen gesellschaftlichen Ereignissen teilt. Diese Aufnahmen hier, die alle die allmählich in Schwung kommende Bürgerrechtsbewegung zum Gegenstand haben, machte er zwischen 1962 und 1964, nachdem er sein Studium hier in Chicago aufgegeben und sich per Autostopp in den Süden durchgeschlagen hatte, um der erste fest angestellte Fotograf des SNCC zu werden, das, wie Sie sich vielleicht erinnern, die Abkürzung von –«

»*Student Nonviolent Coordinating Committee* ist, ja ich erinnere mich sehr gut. Ich war damals vierzehn Jahre alt. Und Sie waren höchstens ein hübscher Gedanke Ihres Vaters.«

Den er sich sehr schnell aus dem Kopf geschlagen hat, als er uns verließ, dachte Mattie. »Ich bin zufällig 1962 geboren«, sagte sie. Doch ja, er flirtete mit ihr, eindeutig.

»Das heißt, Sie sind –«

»Etwa doppelt so alt wie Ihre derzeitige Freundin.« Mattie wies mit einer schnellen Bewegung zu der ersten Serie von Fotografien. »Also, was meinen Sie? Ist etwas dabei, das Ihnen besonders gefällt?«

Roy Crawford lachte. »Vieles«, antwortete er, den Blick nicht auf die Fotografie gerichtet, sondern auf Mattie.

»Flirten Sie mit mir?«, fragte Mattie mit einer Direktheit, die sie beide überraschte.

»Ich glaube, ja.« Roy Crawford lächelte wieder auf diese jungenhafte Art.

»Ich bin eine verheiratete Frau.« Mattie tippte auf den schmalen goldenen Trauring an ihrer linken Hand.

»Und was wollen Sie damit sagen?«

Mattie war sich bewusst, dass dieses Spiel sie mehr amüsierte, als es sich gehörte. »Roy«, sagte sie, um einen ernsten Ton bemüht, der nicht ganz überzeugend klang, »Sie sind jetzt seit wie vielen Jahren mein Klient – fünf oder sechs?«

»Länger jedenfalls, als meine zwei letzten Ehen gehalten haben«, sagte er.

»Und in dieser Zeit habe ich für die künstlerische Ausstattung Ihrer diversen Häuser und Büroräume gesorgt.«

»Sie haben Kunst und Kultur in mein primitives Dasein gebracht«, erklärte Crawford galant.

»Und in der ganzen Zeit haben Sie nie einen Annäherungsversuch gemacht.«

»Hm, ja, das stimmt wohl.«

»Warum also jetzt?«

Crawford schien verwirrt. Er zog die buschigen Augenbrauen zusammen, die im Gegensatz zu seinem grauen Haar noch ganz dunkel waren.

»Was hat sich verändert?«, hakte Mattie nach.

»Sie.«

»Ich habe mich verändert?«

»Ja. Irgendwas an Ihnen ist anders«, behauptete Crawford.

»Sie glauben wohl, nur weil ich vorhin etwas daneben war, wäre ich eventuell leichte Beute?«

»Ich hoffe es.«

Mattie lachte schallend. Das Lachen erschreckte sie, und sie erstickte es hastig. Na prächtig, dachte sie, jetzt habe ich schon vor meinem eigenen Lachen Angst. »Ich denke, wir haben uns für heute genug Fotografien angesehen.«

»Mittagessen?«

Mattie drehte an ihrem Trauring, bis die Haut an der Stelle zu schmerzen begann. Es wäre so einfach, dachte sie. Was zerbrach sie sich den Kopf? Ihr Mann betrog sie doch auch. Und ihre Ehe war ohnehin vorbei.

Oder nicht?

»Würde es Ihnen etwas ausmachen, wenn wir das Mittagessen auf einen anderen Tag verschieben?« Sie senkte wie in Hilflosigkeit die Hände.

Worauf Crawford seinerseits die Hände hochwarf, als beruhte die eine Geste auf der anderen. »Ganz wie Sie wollen«, sagte er leichthin.

»Ich mache es wieder gut«, versprach Mattie ein paar Minuten später und winkte ihm zum Abschied, als sie die Treppe vor dem Gebäude hinunter eilte.

»Ich verlasse mich darauf«, rief er ihr nach.

Das war besonders schlau, dachte Mattie, als sie in ihren Wagen stieg, der auf dem Parkplatz hinter dem Museum stand. Und professionell. Sehr professionell. Wahrscheinlich würde sie nie wieder von Roy Crawford hören, aber noch während ihr der Gedanke durch den Kopf ging, wurde er von einem Bild verdrängt: Sie selbst sich nackt und in herausfordernder Haltung auf einem Stuhl rekelnd, und das schwarz gekleidete Bein Roy Crawfords, das sich listig ins Bild stahl. »Mein Gott, du bist echt krank«, sagte Mattie laut und verbannte die beunruhigende Vorstellung mit einem energischen Kopfschütteln aus ihren Gedanken.

Sie drückte dem Parkwächter ihren Parkschein in die Hand, und der Mann winkte sie zur Straße hinaus. Gleich an der ersten Kreuzung bog sie rechts ab, danach links, ohne sonderlich darauf zu achten, wohin sie fuhr, noch in Gedanken damit beschäftigt, was sie mit dem Rest des Tages anfangen sollte. Eine Frau ohne Plan, sagte sie sich, während sie darüber nachdachte, was sie zu Jake sagen würde, wenn er nach Hause kam – falls er überhaupt nach Hause kam. Vielleicht sollte sie einmal zum Psychiater gehen, einen Fachmann aufsuchen, der ihr helfen könnte, mit ihren Frustrationen und ihrer ganzen aufgestauten Feindseligkeit umzugehen, bevor es zu spät war. Aber es war ja schon zu spät. Ihre Ehe war vorbei. »Meine Ehe ist vorbei«, sagte sie einfach.

Nichts ist so einfach, wie es aussieht.

Mattie sah die Ampel ein paar Kreuzungen weiter, registrierte, dass sie auf Rot stand, und hob den Fuß, um ihn vom Gaspedal auf die Bremse zu verlagern. Aber es war plötzlich keine Bremse mehr da. Mattie pumpte verzweifelt mit der Ferse, aber sie spürte nichts. Ihr Fuß war taub, sie trat in die leere Luft, und der Wagen hielt ein viel zu hohes Tempo. Sie konnte ihn nicht abbremsen, geschweige denn zum Stehen bringen, und auf dem Übergang waren Leute, ein Mann und zwei kleine Kinder, um Gottes willen, sie würde genau in sie hineinfahren und sie konnte nichts tun, um es zu verhindern. Sie war verrückt oder sie hatte irgendeinen Anfall, aber ganz gleich, ein Mann und zwei kleine Kinder würden ums Leben kommen, wenn sie nicht schleunigst etwas dagegen unternahm. Sie musste etwas tun. Irgendetwas.

Im nächsten Augenblick riss Mattie das Lenkrad des Wagens heftig nach links, raste schlingernd auf die Gegenfahrbahn hinüber, direkt einem sich nähernden Fahrzeug in den Weg. Der Fahrer des Wagens, eines schwarzen Mercedes, versuchte auszuweichen, um einen direkten Zusammenstoß zu vermeiden. Mattie hörte Reifen quietschen, sie hörte das kreischende Krachen von Metall und das Klirren splitternden Glases. Es gab einen Knall wie bei einer Explosion, als ihr Airbag sich öffnete und mit einem Schlag wie von einer Riesenfaust gegen ihre Brust prallte, sie in den Sitz presste, gegen ihr Gesicht drückte und ihr allen Raum zum Atmen nahm. Zusammenstoß von Schwarz und Weiß, dachte sie und versuchte sich zu erinnern, was Jake in seinem Schlussplädoyer darüber gesagt hatte, dass es kein Schwarz und Weiß gab, sondern hauptsächlich unterschiedliche Nuancen von Grau. Sie schmeckte Blut, sah, wie der Fahrer des anderen Wagens brüllend und wild gestikulierend auf die Straße sprang. Sie dachte an Kim, ihre süße, wunderbare Kim, und fragte sich, wie ihre Tochter ohne sie zurechtkommen würde.

Dann versank alles um sie herum in unterschiedlichen Nuancen von Grau, und sie nahm nichts mehr wahr.

5

Kims früheste Erinnerung war die an ihre streitenden Eltern.

Sie saß ganz hinten im Klassenzimmer und kritzelte mit blauem Kugelschreiber eine Girlande aus Herzchen quer über den Umschlag ihres Englischhefts. Den Kopf hielt sie zur Tafel erhoben, wo der Lehrer stand, aber sie nahm ihn kaum wahr, hatte die ganze Stunde hindurch nicht ein Wort von dem gehört, was er gesagt hatte. Sie setzte sich ein wenig schräg und blickte zum Fenster hinaus, das eine ganze Wand des Raums einnahm. Nicht dass es da draußen viel zu sehen gegeben hätte. Früher war dort eine Wiese gewesen, aber die hatte man im letzten Jahr betoniert, um drei Pavillons aufstellen zu können, hässliche graue Fertigkästen mit winzig kleinen Fenstern, so hoch in den Wänden, dass man weder hinaus- noch hineinsehen konnte, und Räumen, in denen man entweder fror oder schwitzte. Kim schloss die Augen und lehnte sich zurück, während sie sich fragte, wie es sein würde, wenn sie zur Mathestunde dort hinüber mussten – zu warm oder zu kalt? Was tat sie überhaupt hier, in dieser blöden Schule? War das nicht Sinn und Zweck des Umzugs gewesen, sie aus überfüllten Klassenzimmern herauszuholen in eine Umgebung, die dem Lernen förderlicher war?

Das war doch der Grund für die ganze Brüllerei gewesen.

So viel brüllten ihre Eltern allerdings in Wirklichkeit gar nicht. Ihre Wut war leiser, schwerer zu fassen. Es war die Art von Wut, die im Verborgenen schwelte, bis jemand leichtsinnig wurde und Zunder in die Glut warf, weil er einen Moment lang vergessen hatte, dass die Wut immer da war, bereit, bei der nächsten Gelegenheit heiß aufzuflammen. Wie oft war sie mitten in der Nacht vom Zischen zornig flüsternder Stimmen aus dem Schlaf gerissen worden und ins Schlafzimmer ihrer Eltern gerannt. Dort hatte sie ihre streitenden Eltern vorgefunden – ihren Vater, der wütend auf und ab ging, ihre Mutter in Tränen aufgelöst. »Was ist passiert?«, schrie sie dann jedes Mal ihren Vater an. »Warum weint Mama? Was hast du ihr getan?«

Sie erinnerte sich noch genau an ihre Angst, als sie das erste Mal Zeuge einer solchen Szene geworden war. Wie alt war sie damals? Drei, vier vielleicht? Sie hatte in ihrem kleinen Messingbett gelegen und ihren Mittagsschlaf gemacht, einen großen ausgestopften Big Bird in einem Arm, einen schon etwas abgelutschten Winnie Puh im anderen. Vielleicht hatte sie geträumt; vielleicht aber auch nicht. Jedenfalls war sie plötzlich hellwach und hatte große Angst, ohne zu wissen, wovor oder warum. Dann hörte sie aus dem anderen Zimmer gedämpfte Geräusche, die flüsternden Stimmen ihrer Mutter und ihres Vaters, aber sie flüsterten nicht so, wie die Leute normalerweise flüsterten. Sie flüsterten richtig laut, und ihre Stimmen waren so kalt und bissig wie ein Winterwind. Sie machten ihr solche Angst, dass sie Big Bird und Winnie Puh unter der Bettdecke versteckte, ehe sie aufstand, um nachzusehen, was los war.

Kim rutschte noch etwas tiefer in ihrer Bank und betastete mit der rechten Hand geistesabwesend den ordentlichen kleinen Dutt auf ihrem Kopf, um sich zu vergewissern, dass keine widerspenstigen Härchen herabhingen, dass alles sicher gebändigt und ordentlich an seinem Platz war, wie sie es gern hatte, Schulmamsell, neckte ihre Mutter sie manchmal und lachte dabei.

Kim mochte es, wenn ihre Mutter lachte. Sie fühlte sich dann sicher. Wenn ihre Mutter lachte, so hieß das, dass sie glücklich war, und wenn sie glücklich war, dann war alles gut und ihre Eltern würden zusammenbleiben. Es bestand keine Gefahr, dass sie in einer traurigen Statistik landen und zum hoffnungslosen Klischee werden würde, ein Kind aus einer zerrütteten Ehe, eine

Scheidungswaise wie so viele ihrer Freundinnen und Schulkameradinnen.

Wenn ihre Mutter lachte, war die Welt in Ordnung, versicherte sich Kim und versuchte, das gespenstische Gelächter zu vergessen, das sie am Morgen aus dem Mund ihrer Mutter gehört hatte. Es war so schrecklich schrill gewesen, überhaupt nicht glücklich, eher gequält als gelöst, der Hysterie weit näher als echter Fröhlichkeit und, wie das zornige Flüstern aus Kims früher Kindheit, zu laut. Viel zu laut.

War es das vielleicht? Hatte es wieder Krach gegeben zwischen ihren Eltern? Ihr Vater war gestern Abend nach dem Essen noch einmal weggefahren, vorgeblich in die Kanzlei, um sich auf den heutigen Prozess vorzubereiten. Aber eben das war doch einer der Gründe gewesen, in ein Haus am Stadtrand zu ziehen – ihm die Möglichkeit zu schaffen, sich zu Hause ein Büro einzurichten, komplett mit Computer, Drucker und Fax. Hatte wirklich seine Arbeit ihn gezwungen, noch einmal in die Stadt zu fahren? Oder steckte ein anderer Grund dahinter? Eine andere Frau vielleicht, hübsch und halb so alt wie er, wie die Frau, die für Andy Reeses Vater Grund genug gewesen war, seine Familie im Stich zu lassen?

Oder vielleicht die Frau, mit der Kim ihn an einem sonnigen Nachmittag etwa um die Zeit ihres Umzugs nach Evanston gesehen hatte? Rundlich und dunkelhaarig sah sie ihrer Mutter überhaupt nicht ähnlich, und er hatte sie an einer Straßenecke voll auf den Mund geküsst.

War das vielleicht der Grund dafür, dass sie ihre Mutter heute Morgen, als sie zum Frühstück hinuntergekommen war, allein und wie eine Irre lachend hinten im Pool vorgefunden hatte?

Kim hatte ihrer Mutter nie erzählt, dass sie ihren Vater mit einer anderen Frau gesehen hatte. Vielmehr hatte sie versucht, sich einzureden, die Frau wäre nur eine Freundin, nein, weniger als das, eine Bekannte, vielleicht sogar nur eine Berufskollegin oder eine dankbare Mandantin. Allerdings – seit wann küsste man seine Mandantinnen, und mochten sie noch so dankbar sein, mitten auf den Mund? Mitten auf den Mund, dachte sie, so wie Teddy Cranston sie am Samstagabend geküsst hatte, als seine Zunge ganz sachte die ihre gesucht hatte.

Kim hob ihre Finger an die Lippen und spürte wieder das Prickeln der zarten Berührung von Teddys Lippen. Er küsste ganz anders als die übrigen Jungs ihres Alters. Aber er war natürlich auch ein paar Jahre älter als die anderen Jungs, mit denen sie bisher gegangen war. Er war siebzehn, in der letzten Klasse, und wollte im kommenden Herbst mit dem Studium anfangen, entweder an der Columbia Universität oder der New York Universität, erklärte er ihr selbstsicher; es komme ganz darauf an, ob er sich für Medizin oder Film entscheide.

Aber am Samstagabend war er mehr daran interessiert gewesen, mit seiner Hand irgendwie unter ihren Pullover zu kommen, als an irgendeiner Eliteuniversität angenommen zu werden. Und sie war drauf und dran gewesen, es ihm zu erlauben. Die anderen Mädchen taten es ja auch alle. Und sie taten noch viel mehr. Viele Mädchen in ihrem Alter waren sogar schon bis zum Letzten gegangen. Sie hörte sie immer darüber kichern und gackern, wenn sie in den Schultoiletten bei den Kondomautomaten rumhingen. Die Jungs hassten Kondome, pflegten sie sich zu beschweren, darum machten sie es meistens ohne, besonders wenn sie es schon ein paarmal getan hatten und wussten, dass der Typ in Ordnung war.

»Du solltest es mal versuchen, Kimbo«, hatte eines der Mädchen sie geneckt und ein Päckchen Kondome nach ihr geworfen.

»Ja, genau«, stimmten die anderen Mädchen ein und bombardierten sie ebenfalls mit Kondomen. »Versuch's doch mal! Es macht dir bestimmt Spaß!«

Wirklich, fragte sich Kim, die wieder Teddys Hand an ihrer Brust fühlte.

Dieser Busen, dachte sie beinahe mit Ehrfurcht, den Blick auf die Rundungen ihrer längst nicht mehr kindlichen Brüste gerichtet, die sich mit jedem ihrer Atemzüge hoben und senkten. Im letzten Jahr um diese Zeit hatte sie null Busen gehabt, und ungefähr sechs Monate später war er plötzlich da gewesen. Ganz ohne Vorwarnung, praktisch über Nacht. Von einem Tag auf den anderen hatte sie von einem A- Körbchen auf ein C-Körbchen umsteigen müssen, und alle hatten sie auf einmal mit ganz anderen Augen angesehen.

Kim erinnerte sich, wie die Jungs gejohlt und gepfiffen hatten, als sie im letzten Frühjahr das erste Mal mit ihrem neuen weißen Gap T-Shirt in die Schule gekommen war. Wie neidisch die anderen Mädchen sie angesehen und wie die Lehrer sie beäugt hatten. Über Nacht hatte sich alles verändert. Sie war plötzlich allseits beliebt, Gegenstand von Mutmaßungen und Klatsch. Jeder, so schien es, hatte eine Meinung über dieses neue Mädchen – sie war »eine Schlampe«, »ein Eiszapfen«, sie war »eine, die einen nur aufgeilt und dann nichts rausrückt«. Als hätte ihr Busen ihr ganzes früheres Selbst verdrängt und wäre jetzt allein verantwortlich für ihr Verhalten. Kim entdeckte zu ihrer Überraschung, dass Meinungen von ihr nicht mehr verlangt wurden. Es reichte, dass sie einen Busen hatte. Ja, ihre Lehrer schienen erstaunt, dass sie überhaupt fähig war, einen logischen Gedanken zu fassen.

Selbst das Verhalten ihrer Eltern ihr gegenüber veränderte sich mit dieser plötzlichen und unerwarteten Entwicklung. Ihre Mutter betrachtete sie mit einer Mischung aus ungläubiger Verwunderung und Besorgnis, und ihr Vater schaute sie überhaupt nicht mehr an. Wenn sich Blickkontakt gar nicht vermeiden ließ, fixierte er so krampfhaft ihr Gesicht, dass sie jedes Mal meinte, ihn würde gleich der Schlag treffen.

Ihr Telefon läutete auf einmal Tag und Nacht. Mädchen, die nie auch nur einen Blick an sie verschwendet hatten, wollten plötzlich mit ihr befreundet sein. Jungs, die in der Schule nie ein Wort mit ihr gewechselt hatten, riefen nach dem Unterricht bei ihr an, weil sie was mir ihr unternehmen wollten: Gerry McDougal, Kapitän der Football Mannschaft, Marty Peshkin, Klassensprecher, Teddy Cranston mit den schokoladenbraunen Samtaugen.

Kim musste wieder an ihr letztes Zusammensein mit Teddy denken, an seine zarten Küsse, an die Berührung seiner Hand, die so leicht, als wäre es ungewollt, ein Zufall, ihre Brust gestreift hatte. Aber natürlich war es nicht ungewollt gewesen.

»Nicht«, hatte sie leise gesagt, und er hatte so getan, als hätte er sie nicht gehört. Daraufhin hatte sie es noch einmal gesagt, lauter diesmal, und da hatte er endlich auf sie gehört. Trotzdem hatte er es später noch einmal versucht, und sie hatte es von neuem sagen müssen. »Nicht«, sagte sie und dachte dabei an ihre Mutter. »Bitte nicht.«

»Lass dir Zeit«, hatte ihre Mutter bei einem ihrer Gespräche über Jungs und Sex geraten. »Du brauchst es überhaupt nicht eilig zu haben. Du hast dein ganzes Leben vor dir. Und Unfälle können trotz aller Verhütungsmaßnahmen der Welt passieren.« Sie war ein wenig errötet bei diesen Worten.

»So wie ich?«, fragte Kim, die sich längst ausgerechnet hatte, dass ein Kind, das bei der Geburt vier Kilo gewogen hatte, wohl kaum drei Monate zu früh gekommen war.

»Der schönste Unfall, der mir je passiert ist.« Ihre Mutter war sensibel genug, ihre Intelligenz nicht mit einem Versuch zu beleidigen, das Offenkundige zu leugnen. Sie nahm Kim in die Arme und gab ihr einen Kuss auf die Stirn.

»Hättet ihr beide, du und Daddy, sowieso geheiratet?«, bohrte Kim weiter.

»Auf jeden Fall«, versicherte ihre Mutter, die Kim die Antwort gab, die diese hören wollte.

Aber ich glaub's dir nicht mehr, dachte Kim jetzt. Sie war schließlich nicht blind, sie sah die Blicke, die zwischen ihren Eltern hin und her flogen, schnelle Blicke in unbedachten Momenten, die ihre wahren Gefühle noch deutlicher verrieten als das wütende Geflüster, das mit zunehmender Regelmäßigkeit hinter ihrer geschlossenen Schlafzimmertür hervordrang. Nie im Leben wären ihre Eltern zusammengeblieben, wenn sie sich nicht unversehens angemeldet hätte. Sie hatten nur ihretwegen geheiratet und die Ehe vermutlich beide von Anfang an als Falle empfunden. Und je länger sie in der Falle saßen, desto heftiger wurde ihr Verlangen, ihr zu entkommen. Es war nur noch eine Frage der Zeit, bevor einer von ihnen die Willenskraft und den Mut aufbringen würde, sich zu befreien. Und was würde dann aus der lieben kleinen Kim werden, hm?

Eines war gewiss: Sie würde sich niemals von ihren Hormonen in eine Ehe ohne Liebe treiben lassen. Sie würde klug und gut wählen. Aber hatte sie überhaupt die Freiheit der Wahl? Waren nicht ihre beiden Großmütter von ihren Ehemännern verlassen worden? Kim rutschte unbehaglich auf ihrem Sitz hin und her. Waren die Frauen ihrer Familie vielleicht dazu verdammt, treulose Männer zu wählen, die sie eines Tages im Stich ließen? Vielleicht war es unvermeidlich, vielleicht sogar genetisch bedingt. Vielleicht war es so was wie ein alter Familienfluch.

Kim zuckte mit den Achseln, als könnte sie sich so von dem beunruhigenden Gedanken befreien, und fegte mit einer unüberlegten Handbewegung ihr Heft zu Boden. Der Lehrer, Mr. Loewi mit der breiten Nase und dem roten Gesicht, das seine Vorliebe für Alkohol verriet, wandte sich von der Tafel ab und blickte nach hinten, zur letzten Bank.

»Gibt's Probleme?«, fragte er, als Kim sich hastig bückte, um ihr Heft aufzuheben, und dabei ihre Ausgabe von *Romeo und Julia* mit sich riss.

»Nein, Sir«, antwortete sie schnell und griff nach dem Buch.

Caroline Smith, die in der Bankreihe neben ihr saß und immer eine große Klappe hatte, beugte sich zum Gang und griff im selben Moment wie Kim nach dem dünnen Büchlein.

»Du denkst wohl an Teddy?«, flüsterte sie. Sie bildete mit

Daumen und Zeigefinger ihrer linken Hand einen Ring, schob den Zeigefinger ihrer Rechten hindurch und stieß ihn anzüglich ein und aus.

»Spinn dich aus«, zischte Kim.

»Bums mal wieder«, kam es augenblicklich zurück.

»Wollt ihr uns nicht auch an eurem Gespräch teilhaben lassen?«, fragte Mr. Loewi.

Caroline Smith kicherte. »Nein, Sir, lieber nicht.«

»Nein, Sir«, sagte auch Kim, legte ihr Buch auf ihr Pult und richtete ihren Blick nach vorn.

»Ich schlage dir vor, wir lesen eine Szene aus *Romeo und Julia*«, sagte Mr. Loewi. »Seite vierunddreißig. Wo Romeo Julia seine Liebe erklärt. Kim«, sagte er zu Kims Busen, »lies du doch die Julia.«

Nach der Stunde wartete Teddy auf sie. Er hockte neben ihrem Garderobenschrank auf der Bank, als sie kam, um ihr Pausenbrot zu holen.

»Ich hab mir gedacht, wir könnten draußen essen«, meinte er, während er schlaksig aufstand und sich zu seiner vollen Größe von etwas über einem Meter achtzig aufrichtete. Er nahm Kim bei der Hand und ging mit ihr durch den langen Korridor, ohne scheinbar auf die Blicke und das Getuschel der anderen zu achten. Er war Aufmerksamkeit gewöhnt. Sie folgte einem auf Schritt und Tritt, wenn man im Sport ein Ass war, dazu reich und »ein irre toller Typ«, wie es im letzten Schuljahrbuch unter seiner Fotografie hieß.

»... ist echt schön draußen«, sagte er gerade.

»Hey, dann lass'n doch draußen«, johlte Caroline Smith irgendwo neben ihm. Annie Turofsky und Jodi Bates lachten wie die Wilden.

Die drei Muskatitten, dachte Kim spöttisch. Immer waren sie gleich angezogen, knallenge Jeans und noch engere Pullis, trugen das glatte braune Haar lang und auf der Seite gescheitelt und hatten sich alle drei vom selben Schönheitschirurgen niedliche Stupsnäschen ins Gesicht pflanzen lassen, wenngleich Caroline behauptete, sie hätte sich die Nase nur wegen einer schiefen Scheidewand operieren lassen.

»Ihr drei seid 'ne echte Clownsnummer«, sagte Teddy, legte Tempo zu und schob Kim zur Seitentür hinaus.

»Hey, am Samstagabend ist 'ne Party«, rief Caroline ihnen nach. »Bei Sabrina Hollander. Ihre Eltern sind übers Wochenende nicht da.«

»Eine Party mit lauter besoffenen Fünfzehnjährigen«, sagte Teddy sarkastisch. »Ich kann's kaum erwarten.«

»Ich bin auch fünfzehn«, erinnerte ihn Kim.

»Aber du bist anders.«

»Ach ja?«

»Du bist reifer.«

Ja, ich brauch ein C-Körbchen, dachte Kim, sagte es aber nicht laut. Sie wollte Teddy nicht mit zu viel Schlagfertigkeit und *Reife* vergraulen.

»Gehen wir da rüber?«, Teddy wies zum Schülerparkplatz.

»Was ist da drüben?«, fragte Kim.

»Mein Auto.«

»Ach so.« Sie ließ ihre Pausenbrottüte fallen, hörte das Zischen der Coladose, die sie am Morgen eingepackt hatte, und fragte sich, ob das Ding gleich explodieren würde. »Ich dachte, du wolltest draußen essen.«

»Es ist doch kälter, als ich gedacht habe.« Er hob die Tüte auf, nahm Kim beim Ellbogen und schob sie zu dem nagelneuen dunkelgrünen Chevrolet, der in der entferntesten Ecke des Platzes stand.

Hatte er absichtlich dort geparkt? Kim bekam plötzlich heftiges Herzklopfen und hatte Mühe zu atmen.

Teddy zielte mit einer Fernbedienung auf den Wagen, der daraufhin zu quietschen begann wie ein angestochenes Schwein, das Zeichen, dass die Türen jetzt entriegelt waren.

»Gehen wir hinten rein«, sagte er lässig. »Da ist mehr Platz.«

Kim kroch hinten in den Wagen und schnappte sich sofort ihr Brot aus der Tüte. »Tunfisch«, sagte sie verlegen und hielt es hoch wie zur Inspektion. »Ich hab's selbst gemacht.« Sie begann, das Brot auszupacken, hielt inne, als sie seinen Atem auf ihrer Wange fühlte, und wandte sich ihm zu. Ihre Nasen stießen sachte aneinander. »Entschuldige, ich wusste nicht, dass du so nahe bist«, begann sie, dann brachte er sie mit einem Kuss zum Schweigen. Sie hörte ein leises Stöhnen und fuhr hastig zurück, als ihr bewusst wurde, dass es von ihr selbst kam.

»Was ist denn?«

»Gar nichts.« Sie starrte so stur nach vorn durch die Windschutzscheibe, als säßen sie in einem Autokino, und begann zu quasseln wie ein Wasserfall, wie sie das immer tat, wenn sie nervös war und die Kontrolle wieder gewinnen wollte. Es war ja nicht so, dass sie ihn nicht küssen *wollte* – im Gegenteil, sie wollte es so sehr, dass sie kaum an sich halten konnte. »Ich hab nur gedacht, wir sollten vielleicht was essen. Ich hab den ganzen Nachmittag Unterricht, und danach muss ich noch zu meiner Großmutter, die Mutter meiner Mutter, Grandma Viv«, erklärte sie umständlich, obwohl sie genau wusste, dass Teddy, der mit einer Hand ihren Nacken streichelte, bestimmt kein Interesse an ihrer Grandma Viv hatte. »Ich hab ihr versprochen, dass ich nach der Schule bei ihr vorbeikomme. Sie musste nämlich gestern einen von ihren Hunden einschläfern lassen. Er war schwer krank und so, und sie sagte, er hätte sie dauernd mit diesem Blick angesehen, du weißt schon, diesem Blick, der sagt, es ist Zeit, aber es geht ihr natürlich trotzdem furchtbar nah, darum hab ich gesagt, ich würde bei ihr vorbeikommen. In ein paar Tagen wird's schon wieder besser werden, wenn einer von ihren anderen Hunden wirft. Dann hat sie wieder was, was sie von Duke ablenkt. So hieß der Hund. Er war halb Collie, halb Cockerspaniel. Unheimlich gescheit. Meine Großmutter sagt, dass Mischlinge viel intelligenter sind als reinrassige Hunde. Hast du einen Hund?«

»Einen goldenen Labrador«, sagte Teddy. Ein listiges Lächeln spielte um seinen Mund, als er Kim das Tunfischbrot aus der Hand nahm und es wieder in die Tüte steckte. »Reinrassig.«

Kim verdrehte die Augen, dann schloss sie sie. »Er ist bestimmt superklug.«

»Er ist strohdumm.« Teddy strich mit den Fingern über Kims Lippen. »Deine Großmutter hat schon Recht.«

»Ich habe keinen Hund«, sagte Kim und machte die Augen wieder auf, als Teddys Finger in ihren Mund spazierten und ihr das Sprechen fast unmöglich machten. »Meine Mutter hasst Hunde«, erklärte sie und sprach hartnäckig trotz seines Fingers. »Sie behauptet, sie wäre allergisch, aber ich glaube, das stimmt gar nicht. Ich glaube, sie mag sie einfach nicht.«

»Und du?«, fragte Teddy mit heiserer Stimme, als er sich vorbeugte, um Kim auf den Mundwinkel zu küssen. »Was magst du?«

»Was ich mag?«

»Magst du das?« Er begann, ihren Hals zu küssen.

O ja, antwortete Kim lautlos und hielt den Atem an vor Wonne.

»Und das?« Seine Lippen wanderten zu ihren Augen, streiften die Wimpern ihrer geschlossenen Lider. »Oder das?« Er drückte seinen Mund auf den ihren. Sie spürte, wie er behutsam ihre Lippen öffnete, während er mit einer Hand ihren Nacken liebkoste und die andere langsam vorn ihren Pullover hinuntergleiten ließ. Gab es etwas, das köstlicher war als dieses Gefühl?, fragte sie sich, während ihr ganzer Körper vibrierte.

Aber das war gar kein inneres Vibrieren. Die Vibrationen kamen von irgendwo außerhalb ihres Körpers.

»Ach, du lieber Gott!«, rief sie und schlug mit der Hand auf die Tasche ihrer Jeans. »Das ist mein Piepser.«

»Lass ihn doch«, sagte Teddy und versuchte, sie wieder in seine Arme zu ziehen.

»Das kann ich nicht. Ich bin so ein zwanghafter Mensch. Ich

muss wissen, wer es ist.« Kim zog den Piepser aus der Tasche, drückte den Knopf, um zu sehen, wer sie anpiepste. Die Nummer, die im Display aufleuchtete, war ihr unbekannt, aber was die darauf folgende Nummer 911 bedeutete, war klar: ein Notfall. »Es ist was passiert«, sagte sie. »Ich muss sofort zu einem Telefon.«

6

»O Gott, holen Sie mich hier raus. Holen Sie mich hier raus!«

»Versuchen Sie, ruhig zu bleiben, Mattie. Sie müssen still halten. Das ist ganz wichtig.«

»Holen Sie mich hier raus. Ich krieg keine Luft. Ich krieg keine Luft.«

»Sie atmen sehr gut, Mattie. Bleiben Sie einfach ruhig. Ich hole Sie jetzt heraus.«

Mattie spürte, wie der schmale Tisch, auf dem sie lag, sich in Bewegung setzte und sie mit den Füßen voran aus dem entsetzlichen MRT-Gerät hinausbeförderte. Sie schnappte gierig nach Luft, aber es war, als stünde jemand mit unglaublich spitzen Absätzen auf ihrer Brust. Die Absätze bohrten sich durch das dünne blaue Krankenhaushemd, durchdrangen ihr Fleisch, durchstachen ihre Lunge und machten jeden auch noch so flachen Atemzug zu einer Qual.

»Sie können die Augen jetzt wieder aufmachen, Mattie.«

Mattie öffnete die Augen. Sie war den Tränen nahe. »Entschuldigen Sie«, sagte sie zu der Röntgenassistentin, einer kleinen, dunklen und beunruhigend jungen Person. »Ich glaube, ich schaffe das nicht.«

»Ja, es ist ziemlich unangenehm«, stimmte die junge Frau zu und tätschelte behutsam Matties bläulich verfärbten Unterarm. »Aber der Arzt möchte dringend die Ergebnisse haben.«

»Hat jemand meinen Mann angerufen?«

»Ich glaube, man hat ihn benachrichtigt, ja.«

»Und Lisa Katzman?« Mattie richtete sich auf und stützte sich auf ihre Ellbogen, wobei sie versehentlich die Kissen verschob, die man ihr zu beiden Seiten des Kopfes gelegt hatte. Ein Schmerz wie von tausend winzigen Dolchen schoss durch alle ihre Gelenke. Es gab keinen Teil an ihr, der schmerzfrei war. Dieser verdammte Airbag hätte mich beinahe umgebracht, dachte Mattie und griff sich an ihren schmerzenden Unterkiefer.

»Dr. Katzman erwartet Sie, wenn wir hier fertig sind.« Die Röntgenassistentin, die ihrem Namensschildchen zufolge Noreen Aliwallia hieß, schob mit einem kleinen Lächeln die Kissen wieder auf ihren Platz.

»Und wie lange wird das dauern?«

»Ungefähr fünfundvierzig Minuten.«

»Fünfundvierzig Minuten!«

»Ich weiß, das hört sich an wie eine lange Zeit –«

»Es *ist* eine lange Zeit. Haben Sie eine Ahnung, wie man sich in diesem Monstrum fühlt? Wie lebendig begraben!« Warum mache ich dem armen Ding das Leben schwer?, fragte sich Mattie, die sich nur nach der vertrauten Stimme ihrer Freundin Lisa sehnte, dieser Stimme der Vernunft und Gelassenheit, die es schon in ihrer Kindheit stets verstanden hatte, sie zu beruhigen.

»Sie hatten einen ziemlich schweren Autounfall«, erklärte Noreen Aliwallia geduldig. »Sie waren bewusstlos. Sie haben eine Gehirnerschütterung. Wir brauchen die Aufnahmen, um ganz sicher zu gehen, dass keine versteckten Hämatome vorhanden sind.«

Mattie nickte, während sie sich zu erinnern suchte, was genau die Abkürzung MRT bedeutete. Irgendwas mit Magnetresonanz oder so, was immer das auch hieß. Ein hochgestochenes Wort für Röntgenaufnahmen. Der Neurologe hatte es ihr bereits erklärt, als sie in der Notaufnahme wieder zu Bewusstsein gekommen war, aber da hatte sie kaum auf seine Worte geachtet. Sie war zu sehr damit beschäftigt gewesen zu begreifen, was eigentlich geschehen war. Ihr dröhnte der Kopf, in ihrem Mund hatte sie den Geschmack von geronnenem Blut, und es bereitete ihr Schwierigkeiten, sich zu erinnern, was passiert war. Alles tat ihr weh, obwohl wundersamerweise nichts gebrochen war, wie man ihr versicherte.

Dann wurde sie unversehens ins Souterrain dieses Krankenhauses gerollt – sie hatten ihr gesagt, welches es war, aber sie hatte es schon wieder vergessen –, und diese junge Frau, diese Röntgenassistentin mit dem blumigen Namen, Noreen Aliwallia, die aussah, als hätte sie gerade die High School hinter sich, verfrachtete sie auf diesen schmalen Tisch und stülpte ihr einen sargähnlichen Kasten über den Kopf.

Der MRT war eine enge Röhre aus dickem Stahl. Er nahm den größten Teil des kleinen fensterlosen Raums mit den kahlen schmuddelig weißen Wänden ein. Am Eingang zur Röhre befand sich ein rechteckiger Kasten mit einem kreisrunden Loch. Man gab Mattie ein Paar Ohrstöpsel – »es wird ein bisschen laut werden, da drinnen« – und legte rechts und links von ihrem Kopf je ein Polster, um den Kopf zu fixieren. Dann drückte man ihr noch einen Summer in die Hand, den sie betätigen sollte, wenn sie niesen oder husten oder sonst etwas tun zu müssen meinte, was die Arbeit des Geräts stören könnte. Jede Bewegung während der Untersuchung, erklärte ihr Noreen, würde die Aufnahmen verderben, und sie müssten dann wieder ganz von vorn anfangen. Schließen Sie die Augen, hatte die junge Frau ihr geraten, und denken Sie an etwas Schönes.

Die Panik setzte schon ein, als man ihr den Kasten über den Kopf stülpte, der beinahe bis zu ihrer Brust hinunter reichte, sodass sie selbst bei geschlossenen Augen das Gefühl hatte, in einem Grab zu liegen, in dem sie keine Luft bekam. Dann begann der Tisch, auf dem sie lag, seine langsame Fahrt in die lange, enge Röhre, und sie kam sich vor wie eine russische Puppe, eine Puppe in einer Puppe in einer Puppe. Sie wusste, sie musste auf der Stelle raus aus dieser gottverdammten Maschine, das war ja schlimmer als der ganze Unfall, schlimmer als der

Airbag, schlimmer als alles, was sie in ihrem ganzen Leben erlebt hatte. Sie musste raus oder sie würde krepieren, und so begann sie zu schreien, die junge Frau anzuflehen, ihr zu helfen, vergaß den Summer, vergaß alles außer ihrer Panik, bis Noreen ihr sagte, sie könne die Augen aufmachen, und sie zu weinen anfing, weil sie am ganzen Körper Schmerzen hatte und sich aufführte wie ein kleines Kind und sich in ihrem ganzen Leben nie so verlassen gefühlt hatte.

Und nun verlangte diese Frau von ihr, alle Todesfurcht und Verlassenheitsgefühle zu überwinden und sich dieser Prozedur noch einmal auszusetzen. Nein, dachte Mattie, nein, ich kann das nicht. Lieber nehme ich das Risiko einer Gehirnblutung in Kauf oder was sonst noch alles passieren kann. Schon als Kind hatte sie Angst vor dem Ersticken gehabt, Angst davor, lebendig begraben zu werden. Sie schaffte das nicht. Sie würde sich da nicht noch einmal hineinbegeben.

»Aber Sie holen mich gleich wieder raus, wenn ich Panik kriege?«, hörte sie sich fragen. Was war eigentlich los mit ihr? War sie völlig verrückt geworden?

»Sie brauchen nur auf den Summer zu drücken. Dann hole ich Sie sofort heraus.« Mit überraschend kräftigen Händen ließ Noreen Mattie wieder auf den Tisch hinunter. »Versuchen Sie, sich zu entspannen. Vielleicht schlafen Sie sogar ein.«

O Gott, o Gott, o Gott, dachte Mattie mit krampfhaft zugedrückten Augen, den Summer fest an ihr hämmerndes Herz gepresst, als ihr Kopf von neuem in den Kasten gesteckt wurde, dessen Oberseite über ihr Gesicht bis zu ihrer Brust hinunterreichte, sodass sie in undurchdringlicher Finsternis und schwarzer Verzweiflung versank. Ich kriege keine Luft, dachte Mattie. Ich ersticke.

»Wie lange kennen Sie denn Dr. Katzman schon?«, fragte Noreen, offensichtlich bemüht, Mattie abzulenken.

»Ach, wir kennen uns schon ewig«, antwortete Mattie mit zusammengebissenen Zähnen und sah Lisa wieder als das sommersprossige kleine Mädchen vor sich, das sie einmal gewesen war. »Wir sind seit unserem dritten Lebensjahr befreundet.«

»Alle Achtung!«, sagte Noreen, und ihre Stimme bekam einen gedämpfteren Ton, als sie von Matties Seite wegtrat. »Ich schalte die Maschine jetzt ein, Mattie. Wie geht es Ihnen?«

Nicht besonders, dachte Mattie, als der Tisch unter ihr sich in Bewegung setzte und sie in die Röhre hineintrug. Bleib ruhig. Bleib ganz ruhig. Bald ist es vorbei. Fünfundvierzig Minuten. Das ist nicht so wahnsinnig lang. Das ist verdammt lange. Das ist fast eine Stunde, Herrgott noch mal! Ich schaff das nicht. Ich muss raus hier. Ich krieg keine Luft. Ich ersticke.

»Die erste Serie von Aufnahmen beginnt jetzt«, sagte Noreen. »Das Geräusch klingt ein bisschen wie das Hufgetrappel von Pferden, und es dauert ungefähr fünf Minuten.«

»Und dann?« Atme, befahl Mattie sich selbst. Bleib ruhig. Denk an was Schönes.

»Dann folgt eine kleine Pause, ein paar Minuten nur, dann machen wir die nächste Serie von Aufnahmen. Insgesamt läuft das fünfmal so ab. Sind Sie bereit?«

Nein, ich bin nicht bereit, schrie Mattie lautlos, während sich aus der Ferne schon das Hufgetrappel einer Horde von Pferden näherte. Das ist interessant, dachte Mattie und vergaß über dem lauten Klipp-Klopp, Klipp-Klopp einen Moment ihre Panik, während sie hinter fest geschlossenen Augen eine Schar schwarz-weißer Hengste herangaloppieren sah. Schwarz und Weiß, dachte sie. Nichts ist je rein schwarz oder weiß, es gibt nur unterschiedliche Nuancen von Grau. Wo hatte sie das gehört?

Der Unfall, dachte sie, saß plötzlich wieder in ihrem Wagen und sah hilflos zu, wie er in den Gegenverkehr hineinraste. Ein Zusammenstoß von Weiß und Schwarz. Unterschiedliche Nuancen von Grau. Was hatte sie sich gedacht?

»Alles in Ordnung, Mattie?«

Mattie brummte zustimmend und versuchte sich vorzumachen, sie hätte weit offenen Raum um sich und nicht einen Kasten über dem Kopf, der nur Zentimeter von ihrer Nase entfernt war. Ich liege an einem leeren, weißen Sandstrand auf den Bahamas, sagte sie sich. Meine Augen sind geschlossen, und das Meer plätschert mir um die Füße. Und hundert Pferde galoppieren auf mich zu, um mich lebendig unter dem Sand zu begraben, dachte sie mit neu aufflammender Panik, als der Lärm von neuem begann. Bleib ruhig. Bleib ruhig. Du hast den Summer in der Hand. Du kannst jederzeit drücken. Denk an was Schönes. Beruhige dich. Du liegst an einem Strand auf den Bahamas. Nein, das funktioniert nicht. Du liegst nicht an einem Strand auf den Bahamas. Du liegst auf einem Tisch in einer Röhre in einem Krankenhaus in Chicago. Sie schauen sich an, wie dein Kopf von innen aussieht, und fotografieren es. Was werden sie sagen, wenn sie entdecken, dass da drinnen gähnende Leere ist?

Ich krieg keine Luft. Ich ersticke. Ich muss raus hier.

Denk an was Schönes. Stell dir vor, du lägst in deinem Bett. Nein, das ist nicht schön. Wann hast du dich in deinem Bett das letzte Mal sicher und geborgen gefühlt? Nicht mehr seit ich klein war, dachte Mattie und sah sich augenblicklich als kleines Mädchen mit ernstem Gesicht, wie sie unter dem blau-weißen Quilt in ihrem Bett lag. Ihr Vater saß neben ihr, den Rücken an das Kopfbrett gelehnt, und las ihr eine Gute-Nacht-Geschichte vor, die sie besonders gern hatte.

»So, Mattie, das ist alles für heute Abend«, sagte er und gab ihr einen Kuss auf die Stirn. Sie spürte das Kitzeln seines Schnurrbarts, der ihre Haut streifte.

»Bleibst du hier, bis ich eingeschlafen bin?« Jeden Abend pflegte sie diese Frage zu stellen.

Und jeden Abend antwortete er, »Du bist doch jetzt ein großes Mädchen, da muss ich doch nicht hier bleiben und an deinem Bett sitzen«, während er es sich schon am Fußende ihres Betts bequem machte. Auch wenn ihre Mutter ihn rief, selbst wenn sie, eine Hand ungeduldig über die andere geschlagen, direkt an der Tür stand – er blieb am Fußende ihres Betts sitzen, bis sie eingeschlafen war, ganz gleich, wie lange es dauerte.

»Jetzt kommt die dritte Serie«, kündigte Noreen an.

Wie viel Zeit war inzwischen um? Mattie wollte die Frage gerade laut stellen, als eine neue Pferdehorde herangaloppierte und sie daran hinderte. Gleich darauf stellten sich noch andere Geräusche ein, laut und dröhnend, als schlüge jemand mit einem Hammer auf die Röhre. Wie sollte sie bei diesem Getöse einschlafen?

Der Krach erinnerte sie an die Küchenrenovierung, als die Handwerker die vorhandenen Schränke herausgerissen hatten, um sie durch moderne zu ersetzen. Jake hatte ihr nicht erlaubt, den alten Elektroherd rauszuwerfen und dafür einen Gasherd installieren zu lassen, den sie viel lieber gehabt hätte. Er beschwerte sich ständig nur über das Riesendurcheinander, dass er in diesem Chaos seine Sachen nicht finden und bei dem Krach keinen klaren Gedanken fassen könne.

O Gott – Jake! Heute Morgen im Gerichtssaal. Sein Schlussplädoyer. Ihr Gelächter. So unerwartet, so unpassend. Jakes Gesichtsausdruck, als er sie angesehen hatte. Die Richterin, die mit ihrem Hämmerchen auf den Tisch hieb – ein unangenehmes Geräusch, das schon das Hämmern dieser grässlichen Maschine vorweggenommen hatte. So wahnsinnig laut. Musste das denn so laut sein? Und dieses Vibrieren in ihren Ohren, als sauste ein Bienenschwarm in ihrem Schädel herum und suchte verzweifelt nach einem Ausgang.

»Ist es bald vorbei?«, fragte Mattie, als das Pferdegetrappel verhallte und die Vibrationen mit einem leichten Nachbeben aufhörten.

»Drei haben wir geschafft. Jetzt noch zwei. Sie machen das sehr gut so.«

Nur ein paar Minuten noch, Mattie, hörte sie ihren Vater sagen. Du machst das sehr gut so.

»Wann kann ich es sehen?«, fragte ihre Kinderstimme ungeduldig.

»Gleich... jetzt!« Ihr Vater trat von seiner provisorischen Staffelei zurück, die unten im halb ausgebauten Keller aufgestellt war, und richtete sich stolz auf, als sie zu ihm lief.

Mattie betrachtete das Porträt, das ihr Vater in wochenlanger Arbeit von ihr gemalt hatte, lange mit unverwandtem Blick, verzweifelt bemüht, sich ihre Enttäuschung nicht anmerken zu lassen. Das Bild hatte überhaupt keine Ähnlichkeit mit ihr.

»Was meinst du?«

»Ich würde sagen, du solltest bei deiner Versicherungsvertretung bleiben«, ertönte wie aus dem Nichts die Stimme ihrer Mutter. Mattie hatte sie nicht einmal herunterkommen gehört.

»Ich finde es schön«, sagte Mattie, augenblicklich bereit, für ihren Vater in die Bresche zu springen.

Was ist eigentlich aus dem Bild geworden?, fragte Mattie sich jetzt. Hatte ihr Vater es mitgenommen, als er Hals über Kopf seine Arbeit an den Nagel gehängt und die Stadt verlassen hatte? Beinahe hätte sie laut aufgeschrien. Gerade noch gelang es ihr, den Schrei hinunterzuschlucken, der die Aufnahmen verdorben und sie gezwungen hätte, sich der Prozedur noch einmal ganz von vorn zu unterziehen. Mit meinem Leben würde ich das gern tun, dachte sie, noch einmal ganz von vorn anfangen. Es diesmal richtig machen. Mir einen Vater suchen, der nicht wegginge. Mir einen Mann suchen, dem ich wichtiger wäre als andere Frauen. Etwas an mir selbst entdecken, das ein anderer lieben könnte.

»So, jetzt kommt Nummer vier.«

Gleich ist es vorbei, tröstete sich Mattie, als die Vibrationen begannen, die die vierte Serie von Aufnahmen begleiteten, und zunehmend stärker von ihr Besitz ergriffen. Sie hatte ein Gefühl, als hielte sie unter Wasser die Luft an; als würde ihre Lunge jeden Moment bersten. Sie sah sich gekrümmt über dem Rand des Schwimmbeckens in ihrem Garten hängen, während sie darauf wartete, dass das Kribbeln in ihrem Fuß aufhörte. Ein unglaublicher Tag, dachte sie bei der Erinnerung an ihren Sturz, als ihr Fuß ihr den Dienst versagt hatte. Sie hatte den Tag mit Überlegungen darüber begonnen, wie sie ihren Mann umbringen könnte, und hatte am Ende beinahe sich selbst umgebracht. Ganz zu schweigen von ihrer kleinen Einlage bei Gericht.

Sie fragte sich, ob Jake sie erwarten würde, wenn sie aus dem Krankenhaus kam, oder ob er bereits seine Sachen gepackt und das Weite gesucht hätte. Wie ihr Vater, der auf der Suche nach weiteren Horizonten die Familie verlassen hatte. Auf Nimmerwiedersehen. Das Wandern ist des Müllers Lust... Lieber Gott, hilf mir! Ich muss hier raus, dachte Mattie, bevor ich völlig den Verstand verliere.

»Letzte Serie.«

Mattie holte tief Atem, wenngleich ihr Körper stocksteif blieb. Vorzeitiger rigor mortis, dachte sie, bestens geeignet zum Begräbnis bei lebendigem Leibe. Sie wappnete sich gegen das Donnern der Hufe, der heranfliegenden Herde, gegen das Hämmern über und neben ihrem Kopf, gegen ihre Angst vor den kommenden Vibrationen. War Jake hier, im Krankenhaus? Hatten sie ihn erreichen können? Wie hatte er auf die Nachricht von ihrem Unfall reagiert? Interessierte es ihn überhaupt? War er erleichtert oder enttäuscht gewesen, als er gehört hatte, dass sie am Leben war?

Die Vibrationen füllten ihren Mund, drangen wie der Bohrer des Zahnarzts in ihre Zähne ein. Gleich würde der Bohrer ihre Zähne sprengen und auf die Wurzeln treffen, durch ihr Zahnfleisch hindurch ein Loch direkt in ihr Gehirn bohren. Wenn das keine versteckten Hämatome gab! Sie durfte das nicht geschehen lassen. Sie musste raus hier. Jetzt gleich. Es war ihr egal, dass die Qual fast vorbei war, dass die Aufnahmen verpfuscht wären. Sie musste raus aus dieser verdammten Röhre. Auf der Stelle.

»So, das war's. Wir sind fertig«, sagte Noreen Aliwallia, und Mattie fühlte, wie ihr Körper aus der Röhre glitt und der Sargdeckel über ihrem Kopf sich hob. So begierig wie eine Ertrinkende sog sie die frische Luft in ihre Lunge.

»Das haben Sie großartig gemacht«, sagte Noreen Aliwallia.

»Jetzt erzähl mir erst mal, was genau passiert ist«, sagte Lisa Katzman, klein und zierlich wie ein Vogel, mit überraschend tiefer und kräftiger Stimme. Kurzes braunes Haar schmiegte sich um ein schmales sommersprossiges Gesicht, in dem die Nase leicht aufgeworfen war und der Mund an den Winkeln stets ein wenig abwärts hing, sodass man in Lisas Augen blicken musste, um zu erkennen, ob sie lächelte oder nicht. In einem weißen Kittel über schwarzem Pulli und schwarzer Hose saß sie auf Matties Bett und gab sich sehr sachlich, aber Mattie sah dennoch die Besorgnis in den weichen braunen Augen der Freundin.

»Wenn ich das wüsste.« Mattie zog das dünne Kissen in ihrem Rücken zurecht und starrte auf das Blümchenmuster der blassgrünen Wand hinter Lisas Kopf.

»Du hast dem Neurologen gesagt, dir sei der Fuß eingeschlafen?«

»Ja. Es war der reine Wahnsinn, Lisa. Als wäre die Bremse gar nicht vorhanden. Ich habe mit dem Fuß immer wieder nach der Stelle getreten, wo sie eigentlich hätte sein müssen, aber ich habe überhaupt nichts gespürt. Es war richtig unheimlich.«

»Ist das schon früher einmal vorgekommen?«

»Heute Morgen, ja. Ich konnte den Boden nicht spüren und bin gestürzt. Ist Jake hier?«

»Er war hier. Er musste wieder in die Kanzlei.«

»Wie war er?«

»Jake? Ganz in Ordnung. Besorgt um dich natürlich.«

Natürlich, dachte Mattie.

»Also, heute Morgen und heute Nachmittag – sonst hast du keine ähnlichen Erfahrungen gemacht?«

»Doch, schon. Du kennst das doch auch, dass einem der Fuß einschläft.« Mattie schwieg. Warum stellte Lisa ihr all diese Fragen. »Worauf willst du hinaus?«

»Wie oft ist so was in letzter Zeit vorgekommen?«, fragte Lisa, ohne Matties Frage zu beantworten. Ihre Augen lächelten noch, sie tat so, als gehörten diese Fragen zur Routine. »Einmal die Woche? Jeden Tag?«

»Vielleicht ein paar Mal pro Woche.«

»Und wie lange geht das schon so?«

»Keine Ahnung. Zwei Monate vielleicht.«

»Warum hast du nie ein Wort darüber gesagt?«

»Ich hielt es nicht für so wichtig. Ich kann dich doch nicht wegen jeder Kleinigkeit anrufen.«

Lisa warf ihr einen Blick zu, der sagte: Seit wann denn das nicht?

»Ich verstehe das Problem nicht«, fuhr Mattie fort. »Kommt das nicht bei jedem mal vor, dass ihm der Fuß einschläft?«

»War das heute Morgen das erste Mal, dass du gestürzt bist?«

Mattie nickte nachdrücklich. Dieses Gespräch gefiel ihr immer weniger, sie hatte überhaupt kein Interesse daran, es weiter fortzusetzen. Wo war Lisa, die Freundin, geblieben? Lisa, die Ärztin, begann ihr auf die Nerven zu gehen.

»Hat jemand Kim benachrichtigt?«

»Jake hat sie angerufen. Er kommt später mit ihr her. Er meint, sie solle bei deiner Mutter bleiben, bis du nach Hause kommst.«

»Bei meiner Mutter? Das arme Kind! Das wird sie mir nie verzeihen.«

»Na komm, du wirst gar nicht so lang hier drinnen sein, dass sie einen unversöhnlichen Hass aufbauen kann. Jake hat mir erzählt, dass du heute, als er mitten in seinem Plädoyer war, laut gelacht hast«, bemerkte Lisa, als folgte der eine Gedanke ganz natürlich auf den anderen.

»Das hat er dir erzählt? Mist! War er sehr wütend?«

»Ich dachte, du hättest dich entschieden gehabt, nicht zur Verhandlung zu gehen.« Lisas Blick sagte: Was fragst du mich um Rat, wenn du ihn dann doch nicht befolgst?

Mattie schwieg. Es waren keine Worte nötig.

»Warum hast du gelacht?«, fragte Lisa.

»Das weiß ich selbst nicht«, antwortete Mattie aufrichtig. »Es kam einfach so.«

»Hast du an irgendwas Komisches gedacht?«

»Nicht, dass ich wüsste.«

»Du hast ohne allen Grund angefangen zu lachen?«

»Ja«, bestätigte Mattie. »Warum fragst du? Was tut das hier zur Sache?«

»Ist dir das schon früher mal passiert?«

»Was?«

»Dass du ohne Grund lachen musstest. Oder weinen. Dass du Reaktionen hattest, die der Situation überhaupt nicht angemessen waren.«

»Ja, ab und zu«, antwortete Mattie und dachte an ihren Tränenausbruch auf der Treppe vor dem Museum. Sie fühlte sich zunehmend unsicher und bedrängt.

»In den letzten Monaten?«

»Ja.«

»Wie ist es mit den Händen? Kennst du dieses Kribbeln da auch?«

»Nein.« Sie hielt kurz inne. »Das heißt, manchmal habe ich Schwierigkeiten mit dem Schlüssel.«

»Was heißt das?«

»Na ja, ich kriege ihn nicht immer gleich ins Schloss.«

Lisa schien erschrocken, versuchte es zu verbergen, indem sie hinter vorgehaltener Hand hüstelte. »Hast du Beschwerden beim Schlucken?«

»Nein.«

»Du verschweigst mir doch nichts?«

»Was sollte ich verschweigen?«, entgegnete Mattie. »Du weißt doch, dass ich dir immer alles sage.« Sie schwieg einen Moment und strich über die Stirn. Sie hatte Lisa von Jakes letzter Affäre erzählt. »Meinst du, das könnte von der seelischen Belastung kommen?«

»Möglich.« Lisa neigte sich zu Mattie, umfasste ihre Hände

und bemühte sich zu lächeln. »Warten wir ab, bis wir die Ergebnisse der heutigen Untersuchung haben.«

»Und dann?«

Lisa straffte die Schultern und gab sich wieder ganz professionell. »Dann sehen wir weiter. Immer schön eins nach dem anderen, hm?« Aber das Lächeln in ihren Augen war erloschen.

7

Zwei Tage später holte Jake Mattie vom Krankenhaus ab. Sie wirkte ungewohnt zart in den Jeans und dem Sweatshirt, die er ihr auf ihre Bitte von zu Hause mitgebracht hatte – so schmal, so verwundet, so vorsichtig in ihren Bewegungen, dass er fürchtete, sie würde zusammenbrechen, bevor er sie zum Wagen bringen konnte. Er wurde sich bewusst, dass er sie so nicht sehen wollte. Nicht weil er ihren Schmerz mitfühlte – ein Teil von ihm war immer noch so wütend auf sie, dass er ihr den Schmerz gönnte –, sondern weil solche Zerbrechlichkeit eine Form von Abhängigkeit war und er Mattie nicht abhängig wissen wollte. Er wollte diese Belastung nicht. Jetzt nicht mehr.

Erschrocken über seinen Egoismus, wartete er, indes der Pfleger ihr aus dem Rollstuhl half, in dem sie den Vorschriften des Krankenhauses gemäß ins Foyer gefahren worden war. Mattie lächelte, ein zaghaftes Angebot, das nur ihr offenkundiges Unbehagen unterstrich, und kam langsam, mit schleppendem Schritt auf ihn zu. Schon verblassende violette Flecken lagen auf ihren Wangen, und die Augen waren gelblich umschattet. Jake wusste, dass er ihr hätte helfen, Worte der Ermutigung hätte sprechen sollen, aber er brachte nicht mehr zu Stande als ein trübes Lächeln und eine schnoddrige Bemerkung darüber, dass sie ziemlich hübsch aussehe für eine Frau, der man das Auto unterm Hintern zusammengeschoben hatte wie ein Akkordeon.

Er nahm pflichtschuldig ihren Arm und glich seinen Schritt dem ihren an, als er sie zum Hauptportal des Krankenhauses führte. Sofort hob Mattie eine zitternde Hand zur Stirn, um ihre Augen vor dem grellen Licht der Mittagssonne abzuschirmen.

»Warte hier«, sagte Jake, als sie draußen an der Treppe standen. »Ich hole den Wagen.«

»Ich kann doch mitkommen«, sagte sie mit müder Stimme.

»Nein. So geht es schneller. Ich bin in einer Sekunde wieder da. Das Auto steht gleich dort drüben.« Er machte eine unbestimmte Geste zum Parkplatz hin. »Also, ich bin gleich zurück.«

Mit gesenktem Kopf schritt er rasch durch die kühle Herbstbrise auf den Parkplatz und stieg, das Geld zum Bezahlen des Parkwächters schon in der Hand, in seinen dunkelgrünen BMW. Als er höchstens zwei Minuten später am Krankenhaus vorfuhr, war Mattie schon die Treppe heruntergekommen und erwartete ihn am Straßenrand. Sie war offensichtlich entschlossen, ihre Selbstständigkeit zu behaupten und ihn wissen zu lassen, dass sie sehr gut allein zurechtkam. Wunderbar, dachte er. Genau das wollen wir doch.

Wie kam es nur, dass ein Killer wie dieser Douglas Bryant tiefes Mitgefühl in ihm wecken konnte und der Schmerz seiner Frau ihn völlig kalt ließ? War er denn nicht fähig, seinen Zorn über ihr groteskes Verhalten zu vergessen und wenigstens ein Mindestmaß an echter Sorge um ihr Wohlbefinden aufzubringen? Sie war doch über das, was da geschehen war, offensichtlich genauso verwirrt wie er. Das war zu spüren, auch wenn sie bisher nicht miteinander darüber gesprochen hatten. Aber wozu auch jetzt noch darüber reden? Es war vorbei.

Genau wie am Ende dieses Tages ihre Ehe vorbei sein würde.

Er hatte bereits den größten Teil seiner Kleider zu Honey gebracht und seine Toilettensachen im unteren Badezimmer deponiert. Kim war noch bei Matties Mutter. Wenn sie morgen nach Hause kam, würde er praktisch schon weg sein. Natürlich würde er mit seinem endgültigen Auszug noch ein paar Tage warten, bis Mattie sich ein wenig erholt hatte und bis er sich mit gutem Gewissen darauf verlassen konnte, dass sie seine Hilfe nicht brauchte. Mit Kim würde er später sprechen, versuchen, ihr seinen Entschluss zu erklären und sie davon zu überzeugen, dass er wohl begründet war. Jake musste innerlich lachen, als er den Wagen vor Mattie an den Bordstein fuhr und heraussprang, um ihr die Tür zu öffnen. Kim würde weit schwerer zu überzeugen sein als alle Geschworenen. Sie war ganz die Tochter ihrer Mutter. Er bezweifelte stark, dass er überhaupt eine Chance hatte.

»Vorsicht mit deinem Kopf«, sagte er, als er Mattie ins Auto half.

»Keine Sorge«, sagte sie.

Keine Sorge, wiederholte Jake erleichtert in Gedanken. Ihr fehlte nichts. Keine Knochenbrüche, keine schweren Verletzungen, keine Wunden, die nicht bis zum Ende des nächsten Monats verheilt wären. Die Kernspintomographie hatte keinerlei Blutungen im Gehirn, keine Tumoren, nichts irgendwie Auffälliges gezeigt. »In meinem Kopf ist gar nichts«, hatte Mattie am Telefon gesagt und erleichtert gelacht. Ihr Lachen hatte in ihm eine bittere Erinnerung an die Szene im Gerichtssaal hervorgerufen.

»Müde?«, fragte er sie jetzt, als er den Wagen zur Straße hinaus lenkte und Richtung Lakeshore Drive fuhr.

»Ein bisschen.«

»Vielleicht kannst du dich eine Weile hinlegen, wenn wir zu Hause sind.«

»Vielleicht.«

Mehr sprachen sie auf der Fahrt nach Evanston nicht mehr. Wie hatte er sich nur dazu überreden lassen können, hier heraus zu ziehen, mitten in die Prärie?, fragte er sich, als sie die Sheraton Road erreichten, und ließ seinen Blick von den stattlichen Herrenhäusern zur Linken zum kalten Wasser des Michigan-Sees zur Rechten schweifen. Automatisch sah er auf die Uhr und stellte mit Überraschung fest, dass es fast zwei war. Er überlegte, was Honey jetzt wohl gerade tat und ob sie sich wohl die gleiche Frage in Bezug auf ihn stellte.

»Glaubst du, sie weiß Bescheid?«, hatte Honey ihn neulich Abend erst gefragt. »Über mich, meine ich«, hatte sie überflüssigerweise hinzugefügt, als er nicht geantwortet hatte. »Glaubst du, dass sie es deshalb getan hat? Aus bösem Willen?«

Er hatte den Kopf geschüttelt. Bei Frauen wusste man doch nie, warum sie dies oder jenes taten.

»Sie ist sehr hübsch.«

»Kann sein, ja«, hatte er gesagt.

»Wie geht es weiter, wenn sie aus dem Krankenhaus kommt?«, hatte Honey, als sie neben ihm im Bett lag, gefragt.

»Wie geht's jetzt weiter?«, fragte Mattie, als sie neben ihm im Auto saß.

»Wie bitte?« Jake umfasste das Lenkrad plötzlich so krampfhaft, dass ihm die Finger wehtaten. Mattie war wirklich die reinste Gedankenleserin. Es war, als brauchte sie nur in sein Gehirn hineinzugreifen, um sich irgendeinen Gedanken herauszupicken, der da gerade herumflatterte. Er musste vorsichtiger sein. Nicht einmal seine Gedanken waren vor ihr sicher.

»Fährst du noch einmal in die Kanzlei, wenn du mich abgesetzt hast?«

»Nein«, antwortete er. »Das hatte ich eigentlich nicht vor.«

»Wie schön«, sagte sie schlicht. Nicht: Aber bleib bitte nicht meinetwegen zu Hause. Nicht: Das ist wirklich nicht nötig. Keine falschen Gefühle. Kein Versuch, ihm das zu sagen, was er ihrer Meinung nach vielleicht hören wollte.

Sie würde es ihm nicht leicht machen.

»Nochmals meinen Glückwunsch«, sagte sie leise, den Blick zu Boden gerichtet.

Sie hatte ihn kurz nach der Urteilsverkündung in der Kanzlei angerufen. Siebenundzwanzig Stunden nachdem die Geschworenen sich zur Beratung zurückgezogen hatten, war Douglas Bryant ein freier Mann und Jake Hart ein Star.

»Ich habe von deinem Erfolg gehört«, hatte sie vorsichtig gesagt. »Ich wollte dir gratulieren.«

Er hatte ihre Glückwünsche mit einem kurzen Danke weggefegt und war im Begriff, jetzt das Gleiche zu tun, als sie sagte, »Es tut mir Leid –«

»Nicht nötig«, unterbrach er.

»– dass ich dieses Riesentheater gemacht habe.«

»Es ist ja vorbei.«

»Ich weiß nicht, was in dem Moment in mich gefahren ist.«

»Es spielt doch jetzt keine Rolle mehr.«

»Lisa meint, es gäbe womöglich eine medizinische Erklärung dafür.«

»Eine medizinische Erklärung?« Jake spürte, wie sich Wut in ihm aufbaute und seine Worte in Hohn tränkte. »Also, das ist wirklich gut!«

»Du bist immer noch wütend«, stellte Mattie fest.

»Nein, bin ich nicht. Vergiss es.«

»Ich finde, wir sollten darüber reden.«

»Was gibt's da groß zu reden?«, fragte er, und plötzlich kam ihm der geräumige BMW wie eine enge kleine Zelle vor. Musste sie denn solche Diskussionen jedes Mal an Orten vom Zaun brechen, wo er nicht einfach aufstehen und gehen konnte? War das der Grund, weshalb sie so häufig wartete, bis sie im Wagen saßen, ehe sie loslegte? Weil er ihr dann nicht entkommen konnte?

»Du musst doch wissen, dass ich dich niemals absichtlich derartig in Verlegenheit bringen würde.«

»Muss ich das?« Er spürte, wie er sich trotz aller festen Vorsätze in die Diskussion hineinziehen ließ. »Warum bist du zum Prozess gekommen, Mattie?«

»Warum hast du gesagt, ich soll nicht kommen?«, konterte sie.

»Einspruch«, sagte er. »Irrelevant und polemisch.«

»Tut mir Leid«, entschuldigte Mattie sich sofort. »Ich wollte dich nicht ärgern.«

Das brauchst du gar nicht zu wollen, du tust es ganz von selbst, dachte Jake, sagte aber nichts. Es war das Beste, einfach den Mund zu halten, bis sie zu Hause waren. Er nahm eine Hand vom Lenkrad, um das Radio lauter zu drehen, und sah aus dem Augenwinkel, wie Mattie das Gesicht verzog. Ein medizinischer Grund für dieses Affentheater im Gerichtssaal, dachte er ungläubig. Es war wirklich höchste Zeit, dass er ging.

Erst als sie nach ihrem Nickerchen aufstand, bemerkte sie, dass alle seine Kleider fort waren.

Er hörte sie oben umhergehen, Schranktüren öffnen und schließen, Kommodenschubladen aufziehen und wieder zustoßen. Er stellte sich den Ausdruck der Verwunderung in ihrem ebenmäßigen Gesicht vor, wie sie die Brauen zusammenzog, wie der hübsche Schwung ihres Mundes sich verzerrte.

»Jake?«, hörte er sie rufen und vernahm zugleich ihre Schritte auf der Treppe.

Er saß auf dem kleineren der beiden burgunderroten Ledersofas in seinem Arbeitszimmer vor einem eleganten offenen Marmorkamin, der auf beiden Seiten von eingebauten Bücherregalen flankiert war. Die Bücher standen ordentlich in alphabetischer Reihenfolge, auf der einen Seite die Romane, auf der anderen Sach- und Fachbücher. An den holzgetäfelten Wänden hingen diverse Universitätsurkunden, und auf dem dunklen Holzfußboden lag ein Petit-Point-Teppich mit Blumenmuster in Blau und Rosé. Sein Schreibtisch, eine Spezialanfertigung nach seinen Angaben, Eiche, von Hand geschnitzt, stand, mit einer kompletten Computeranlage ausgerüstet, am anderen Ende des Raums vor einer Fensterwand mit Blick auf die breite, von Bäumen gesäumte Straße. Das Zimmer war praktisch und dem Auge gefällig zugleich, ein Raum, in dem man arbeiten oder entspannen konnte. Mattie hatte ihre Sache gut gemacht. Ich hätte öfter mal hier arbeiten sollen, dachte er und verscheuchte sofort die unerwünschten Schuldgefühle.

Nicht schuldig!, wollte er laut rufen. Ich bin nicht schuldig. Nicht schuldig. Nicht schuldig.

»Was geht hier vor, Jake?«, fragte Mattie, die im Türrahmen stehen geblieben war.

Widerstrebend drehte er den Kopf nach ihr, und ein unwillkürliches Zurückzucken störte die äußere Ruhe, in der er sich geübt hatte, seit sie sich einige Stunden zuvor hingelegt hatte. Musste sie aber auch so verdammt verletzlich aussehen? Er wollte die Schwellungen unter ihren Augen nicht sehen. Und auch nicht die Blutergüsse, die im Schlaf dunkler geworden zu sein schienen, die Schrammen im Gesicht und am Hals, die der Schlaf vertieft zu haben schien. Wahrscheinlich war dies genau der falsche Moment, ihr seinen Entschluss mitzuteilen. Vielleicht wäre es besser zu warten, bis sie vollständig wiederhergestellt war.

Aber darüber würde ein weiterer Monat ins Land ziehen, ein weiterer Monat der Schuldgefühle und des Grolls, und bis dahin würde bestimmt wieder irgendetwas geschehen, was ihn hier halten würde. Das konnte er nicht riskieren. Er würde ersticken, wenn er blieb. Wenn er nicht ging, wenn er nicht auf der Stelle ging, jetzt, sofort, würde er umkommen. So einfach war das.

Rückblickend war Matties bizarrer Ausbruch im Gerichtssaal in gewisser Weise ein Segen gewesen. Er hatte ihm den Mut gegeben, endlich zu tun, was getan werden musste. Er brauchte sich nicht schuldig zu fühlen. Er würde nur das aussprechen, was sie beide schon seit Jahren dachten.

Jake stand auf und forderte Mattie mit einer Handbewegung auf, sich zu ihm zu setzen, aber sie schüttelte ablehnend den Kopf und blieb stehen. Stur wie immer, dachte Jake. Und hart. Viel härter als er. Sie würde glänzend zurechtkommen.

»Wo sind deine ganzen Sachen?«, fragte sie.

Jake setzte sich wieder und hörte das Knarren des Leders, als er es sich bequem zu machen suchte.

»Ich halte es für das Beste, wenn ich ausziehe«, sagte er.

Sie wurde bleich, und die nuancenreichen Blau- und Violetttöne der Blutergüsse in ihrem Gesicht traten so stark hervor, dass sie einem Porträt eines dieser deutschen Expressionisten glich, für die sie so sehr schwärmte.

»Wenn es hier um den Vorfall bei Gericht geht –«

»Nein, darum geht es nicht.«

»Ich habe mich entschuldigt.«

»Darum geht es nicht!«

»Worum geht es dann?« Ihr Mund war starr, ihre Stimme ohne Ausdruck.

»Es geht nicht um Schuld. Keiner hat Schuld.« Er versuchte, in die Rede hineinzufinden, die er seit Wochen geprobt hatte.

»Worum geht es dann?«, wiederholte sie.

Jake sah, wie sie sich an die Wand sinken ließ, als brauchte sie Halt. Würde sie etwa ohnmächtig werden?

»Wär's nicht besser, du würdest dich setzen?«

»Ich möchte mich nicht setzen!« Sie spie ihm die einzelnen Wörter ins Gesicht. »Ich kann nicht glauben, dass dir das gerade jetzt einfällt.«

»Ich gehe ja nicht sofort. Erst in ein paar Tagen«, fügte er beschwichtigend hinzu, als sie seine Worte mit einer wegwerfenden Handbewegung und einem Kopfschütteln abtat.

»Ich bin gerade erst aus dem Krankenhaus gekommen! Ich hatte einen Autounfall, oder hast du das vergessen? Ich bekomme kaum Luft.«

Ich bekomme auch kaum noch Luft, hätte Jake am liebsten geschrien. Stattdessen sagte er: »Es tut mir Leid.«

»Es tut dir Leid?«

»Ich wollte, die Dinge lägen anders.«

»Ja, das sieht man«, höhnte Mattie und zog mit ihrer blaugrün verfärbten Hand so gewaltsam an ihrem Haar, als wollte sie es sich ausreißen. »Also, dann lass mich mal sehen, ob ich das richtig verstanden habe«, begann sie, ohne ihm die Chance zu einem

Einwurf zu lassen. »Du verlässt mich, aber es hat überhaupt nichts mit der Szene zu tun, die ich neulich im Gerichtssaal hingelegt habe. Die war wahrscheinlich nur der Auslöser. Niemand hat Schuld, es geht hier nicht um Schuld. Richtig? Und es tut dir Leid, aber du musstest es mir gleich nach meiner Heimkehr aus dem Krankenhaus sagen, du weißt, dass der Moment schlecht gewählt ist, aber für so etwas gibt es nun mal keinen guten Moment. Na, liege ich so weit richtig? Ach ja, wir sind schon seit Jahren nicht glücklich, wir haben ja überhaupt nur geheiratet, weil Kim unterwegs war, wir haben uns nach Kräften bemüht, fünfzehn Jahre sind kein Pappenstiel. Wir sollten stolz sein, nicht traurig. Richtig? Das ist für uns beide die beste Lösung. Ja, wahrscheinlich tust du mir sogar einen Gefallen.« Sie machte eine Pause und zog eine Augenbraue hoch. »Was meinst du? Bin ich auf dem richtigen Weg?«

Jake stieß einen Schwall angehaltener Luft aus und sagte nichts. Wie hatte er so naiv sein können zu glauben, er würde unbeschadet aus dieser Diskussion hervorgehen? Mattie würde ihn nicht ungeschoren davonkommen lassen. Wenn er dieses Haus verließ, würde er so verwundet und zerschrammt sein wie sie.

Mattie ging zum Kamin und lehnte sich, ihm den Rücken zugedreht, an den Sims. »Ziehst du zu deiner Geliebten?«

Jake erstarrte. »Was?«

»Du hast mich genau gehört.«

Er sah zum Fenster hinaus, unsicher, wie er jetzt reagieren sollte. Was lief hier ab? Einen Ausbruch von Mattie hatte er erwartet, aber das nicht. Das gehörte nicht zum Drehbuch. Was sollte er ihr sagen? Wie viel sollte er ihr sagen? Wie viel wollte sie in Wirklichkeit wissen? Und wie viel wusste sie bereits?

»Ich weiß nicht, ob ich dich recht verstanden habe?« Er musste Zeit schinden.

Mattie drehte sich mit einem Ruck herum. Ihre Augen sprühten kampfbereit. »Bitte beleidige jetzt nicht auch noch meine Intelligenz. Glaubst du im Ernst, ich wüsste nichts von deiner neuesten Freundin?«

Woher konnte sie davon wissen?, fragte sich Jake und verstand in diesem Moment nicht, wieso er so unvorbereitet in diese Konfrontation hatte hineingehen können. Jeder gute Anwalt bereitete sich auf eine Auseinandersetzung gründlich vor und trat mit allen relevanten Fakten zur Hand vor das Gericht, um keine unerfreulichen Überraschungen zu erleben. Trotzdem, woher konnte Mattie von Honey wissen? Wollte sie ihm vielleicht nur auf den Zahn fühlen? Sollte er fortfahren, den Verständnislosen zu spielen? Sie zwingen, Farbe zu bekennen?

»Wie bist du dahinter gekommen?«, entschied er sich schließlich für Offenheit.

»Wie ich immer dahinter gekommen bin.« Sie schüttelte voller Abscheu den Kopf. »Dafür, dass du so ein toller Anwalt bist, kannst du wirklich erschreckend dumm sein.«

Jake fuhr hoch. »Ich hatte gehofft, wir könnten das abmachen, ohne persönlich zu werden«, sagte er scharf.

»Ohne persönlich zu werden? Du verlässt mich wegen einer anderen Frau und findest das nicht persönlich?«

»Ich hatte gehofft, wir würden einander Beschimpfungen ersparen. Wir könnten weiterhin Freunde bleiben«, fügte er lahm hinzu.

»Du möchtest mit mir befreundet sein?«

»Wenn es möglich ist.«

»Wann waren wir je Freunde?«, rief sie in ungläubigem Ton.

Er blickte zu Boden, fixierte die Wirbel und Bögen in der Maserung des dunklen Holzes. »Bedeutet dir das gar nichts?«

»Nein. Was sollte es mir bedeuten?«

»Mattie«, begann Jake und brach ab. Was wollte er denn vorbringen? Sie hatte ja Recht. Sie waren nie Freunde gewesen. Warum sollten sie nun plötzlich welche werden? »Wie lange weißt du schon davon?«

»Von dieser Geschichte? Nicht allzu lange.« Sie zuckte mit

den Schultern, verzog in plötzlichem Schmerz das Gesicht, ging zum Fenster und starrte zur Straße hinaus. »Wie war übrigens euer Zimmer im Ritz-Carlton? Das ist immer eines meiner Lieblingshotels gewesen.«

»Da hast mich überwachen lassen?«

Mattie lachte, hart und zornig, ein Geräusch so scharf wie Katzenkrallen, das Wunden riss. »Irrelevant und polemisch«, sagte sie schnippisch, seine früheren Worte als Waffe gegen ihn einsetzend.

»Was wolltest du deswegen tun?«

»Ich hatte mich noch nicht entschieden.«

Ihren Worten folgte ein langes Schweigen.

Sie wusste also Bescheid. Jake fragte sich, ob sie vielleicht Honey im Gerichtssaal gesehen und das ihren Auftritt ausgelöst hatte. War sie wirklich so rachsüchtig? Oder hatte das Gelächter sie tatsächlich so spontan überfallen, wie sie behauptete, und sie selbst so sehr aus der Fassung gebracht wie ihn? Er hatte keine Ahnung. Er begriff, dass er die Frau, mit der er seit fünfzehn Jahren verheiratet war, kaum kannte, und diese Einsicht war schmerzhaft.

»Vielleicht hat aber dein Unbewusstes schon entschieden«, sagte Jake.

»Vielleicht«, stimmte sie leise zu und drehte sich mit langsamer Bewegung nach ihm um. Ihre Gestalt hob sich scharf umrissen aus dem schwindenden Tageslicht hinter ihr. Selbst bei dieser Beleuchtung konnte Jake erkennen, dass Zorn und Wut aus ihrem Blick gewichen waren. Ihre Haltung war weicher geworden, die Verkrampfung der hochgezogenen Schultern hatte sich gelöst. Sie wirkte kleiner, ungleich verletzlicher, als er sie je gesehen hatte.

»Es ist also vorbei«, sagte sie nur.

Jake war nicht sicher, was diesen plötzlichen Stimmungswandel bewirkt hatte. Sah Mattie ein, dass er Recht hatte und durch Streit nichts zu gewinnen war, oder besaß sie einfach nicht die Kraft zu weiteren Diskussionen? Vielleicht war sie so froh wie er, dass endlich alles offen auf dem Tisch lag und so jeder von ihnen die Möglichkeit hatte, die Konsequenzen zu ziehen und neu anzufangen. Sie war noch jung. Sie war unbestreitbar eine attraktive Frau. Bestürzt über das unerwartete Verlangen, das sich in ihm regte, wandte er sich ab. Was zum Teufel war los mit ihm? Hatte nicht genau das sie beide ins Schlamassel gebracht?

»Ich denke, du solltest jetzt gehen«, sagte Mattie.

»Was?« Der plötzliche Rollentausch irritierte Jake. Er fühlte sich aus der Bahn geworfen. Er hatte ihr doch gesagt, dass er noch einige Tage bleiben würde, bis sie sich wieder kräftiger fühlte. Er hatte ihr doch gezeigt, dass er trotz allem immer noch bereit war, Verantwortung zu tragen, sich zu kümmern, Großmut zu zeigen. Wie konnte sie alles einfach so hinschmeißen?

»Es gibt keinen Grund für dich zu bleiben«, sagte sie sachlich. »Ich komme schon zurecht.«

»Wie wär's, wenn ich bis morgen bleibe –«, begann er.

»Mir wäre es lieber, du tätest das nicht. Es ist wirklich nicht nötig.«

Ein paar Sekunden blieb Jake reglos sitzen, dann stand er vom Sofa auf, ging ein paar Schritte und blieb in der Mitte des Zimmers stehen, erneut reglos, ungewiss, was von ihm jetzt erwartet wurde. Sollte er an seinem Plan festhalten und darauf bestehen zu bleiben? Sollte er ihr freundlich zuwinken und zur Tür hinausmarschieren oder ihr zum Abschied noch einen letzten Kuss geben?

»Tschüss, Jake«, sagte Mattie in gleichmütigem Ton und nahm ihm damit die Entscheidung ab. »Du tust schon das Richtige«, versicherte sie ihm zu seiner Überraschung. »Wenn auch vielleicht nicht aus den richtigen Gründen. Aber es ist das Richtige.«

Jake lächelte, hin und her gerissen zwischen dem Wunsch, sie in die Arme zu nehmen, und dem Impuls, Freudensprünge zu vollführen. Es war vorbei, er war frei, und abgesehen von den paar unangenehmen Momenten war alles relativ schmerzlos abgelaufen. Natürlich war dies erst der Anfang. Noch hatten sie nicht über Geld gesprochen, über die Aufteilung ihrer Habe. Wer weiß, was geschehen würde, wenn erst die Anwälte mitmischten.

Anwälte, dachte er, als er aus dem Zimmer trat und quer durch das große Vestibül zur Haustür ging. Entschieden eine Rasse für sich.

»Ich rufe dich morgen an«, sagte er, als Mattie, die nur ein paar Schritte hinter ihm war, an ihm vorbeihuschte, um ihm die Tür zu öffnen, als wäre er ein Gast in ihrem Haus, und ein unwillkommener Gast obendrein. Jake hörte die Haustür ins Schloss fallen, noch ehe er bei seinem Wagen war.

8

»Du hast ihn einfach gehen lassen? Hast du völlig den Verstand verloren?«

»Lisa, es geht mir gut! Es gab keinen Grund, ihn zu halten.«

»Keinen Grund, ihn zu halten?« Lisa schob sich mit heftiger Handbewegung eine Haarsträhne aus der Stirn. Mattie war klar, dass die Heftigkeit mehr ihrem Ärger über sie – Mattie – entsprang als dem Unmut über ihr Haar, das wie immer perfekt saß. »Dass du einen schweren Autounfall mit nachfolgender Gehirnerschütterung hattest und gerade erst aus dem Krankenhaus entlassen worden bist, spielt wohl gar keine Rolle?«

»Ach, ich komme schon zurecht.«

»Ja, klar, du kommst zurecht«, wiederholte Lisa verdrossen und stand von ihrem Stuhl am Küchentisch auf, um sich noch eine Tasse Kaffee einzugießen.

Sie war gleich nach ihrer Sprechstunde nach Evanston hinausgefahren, um nach Mattie zu sehen, und trug über Pulli und Hose noch den weißen Arztkittel. Mattie hatte Kaffee gemacht, ein paar Preiselbeermuffins aus der Tiefkühltruhe aufgebacken und ihrer entsetzten Freundin seelenruhig mitgeteilt, dass sie und Jake beschlossen hatten, sich zu trennen.

»Was ist, wenn du stürzt?«, fragte Lisa, und Mattie, die seit Jakes Auszug einmal schon einem Sturz nahe gewesen war, musste im Stillen zugeben, dass die Frage berechtigt war. Aber Lisa sagte sie nichts davon.

»Dann steh ich wieder auf«, versetzte sie.

»Du hast doch immer auf alles eine Antwort.«

»Und hör du auf, Quatsch zu reden!«

Die unerwartete Zurechtweisung traf Mattie wie ein Schlag ins Gesicht. Tränen des Zorns schossen ihr in die Augen. Lisa Katzman mochte aussehen wie ein zierlicher kleiner Spatz, aber sie konnte zuschlagen wie ein Adler.

»Sie haben ja eine tolle Art, mit Ihren Patienten umzugehen, Frau Doktor.«

Lisa verschränkte die mageren Arme über dem flachen Busen, presste kurz die Lippen aufeinander und holte einmal tief Atem. »Ich spreche als Freundin mit dir.«

»Bist du da sicher?«

Lisa kam ohne ihre Kaffeetasse an den Tisch zurück. Sie setzte sich und umfasste Matties Hände. »Okay, ich gebe zu, dass meine Besorgnis nicht nur persönlicher Natur ist.«

»Eben, und genau das verstehe ich nicht«, entgegnete Mattie, die sich nicht sicher war, ob sie sich gerade jetzt auf eine Erörterung dieser Frage einlassen wollte. »Der Neurologe hat gesagt, das MRT sei völlig in Ordnung. Das heißt, mir fehlt nichts.«

»Das MRT war in Ordnung, ja«, stimmte Lisa zu.

»Und mir fehlt nichts«, wiederholte Mattie und wartete auf die Bestätigung der Freundin.

»Ich hätte gern, dass du dich noch einer weiteren Untersuchung unterziehst.«

»Was? Wieso?«

»Nur um ganz sicher zu gehen.«

»Was soll das heißen? Was ist das für eine Untersuchung?«

»Ein Elektromyogramm.«

»Und was ist das?«

»Eine Untersuchung, um die Aktionsströme der Muskeln zu registrieren«, erklärte Lisa. »Leider müssen dazu Elektroden direkt in die Muskeln eingeführt werden, und das kann ein wenig unangenehm sein.«

»Ein wenig unangenehm?«

»Es knistert, wenn die Nadeln in die Muskeln eingeführt werden. So ähnlich wie beim Popcorn-Braten«, erklärte Lisa. »Das kann etwas beunruhigend sein.«

»Ach, was? Tatsächlich?« Mattie versuchte gar nicht, ihren Sarkasmus zu verbergen.

»Ich denke, du wirst es aushalten«, sagte Lisa.

»Ich denke, ich passe.«

»Ich denke, du solltest es dir überlegen.«

Mattie rieb sich die Stirn, als könnte sie so den Kopfschmerz vertreiben, der sich hinter ihren Augen zusammenzuziehen begann. Sie fand dieses Gespräch noch belastender als das mit Jake und wünschte plötzlich, sie stünde mit Roy Crawford zusammen draußen auf der Treppe vor dem Art Institute.

»Was läuft hier eigentlich, Lisa? Was für eine grässliche Krankheit habe ich denn deiner Meinung nach?«

»Soviel ich weiß, hast du gar nichts«, antwortete Lisa ruhig. »Ich möchte nur nichts versäumen.«

»Du möchtest nichts versäumen?«, wiederholte Mattie.

»Ja, ich möchte gewisse muskuläre Erkrankungen ausschließen. Ich versuche, einen Termin für nächste Woche zu bekommen, okay?«

Mattie fühlte sich von einer gewaltigen Woge der Müdigkeit erfasst. Sie wollte nicht streiten. Nicht mit ihrem Mann. Nicht mit ihrer besten Freundin. Sie wollte nur in ihr Bett und diesen grauenvollen Tag endlich hinter sich lassen.

»Wie lange dauert diese Untersuchung?«

»Ungefähr eine Stunde. Manchmal auch länger.«

»Wie viel länger?«, wollte Mattie wissen.

»Sie kann zwei, gelegentlich sogar drei Stunden dauern.«

»Zwei oder drei Stunden? Du verlangst von mir allen Ernstes, dass ich mich brav hinsetze und mir von irgendeinem Sadisten zwei oder drei Stunden lang Nadeln in die Muskeln stechen lasse?«

»Im Allgemeinen dauert es nur eine Stunde«, versicherte Lisa, bemüht, ihre Freundin zu beruhigen, jedoch ohne Erfolg.

»Das kann doch nur ein schlechter Witz sein!«

»Es ist kein Witz, Mattie. Ich würde es nicht von dir verlangen, wenn ich es nicht für wichtig hielte.«

»Ich werd's mir überlegen«, sagte Mattie nach einer langen Pause, in der sie ganz bewusst an gar nichts dachte.

»Versprichst du es mir?«

»Ich bin kein Kind mehr, Lisa. Ich habe gesagt, ich werd's mir überlegen, und genau das werde ich tun.«

»Ich habe dich erschreckt«, sagte Lisa leise. »Das tut mir Leid. Das wollte ich nicht.«

Mattie nickte. Sie fühlte sich so hilflos wie in den Sekunden unmittelbar vor dem Unfall, so als wäre sie immer noch in dem rasenden Auto eingesperrt und könnte die Bremse nicht finden. Sie konnte nicht anhalten, sie konnte nicht abbremsen. Ganz gleich, was sie tat, ganz gleich, was sie versuchte, es würde zum Crash kommen, und sie würde verbrennen.

Light my fire. Light my fire. Light my fire.

»Soll ich mal mit Jake reden?«, fragte Lisa.

»Ganz bestimmt nicht«, erwiderte Mattie in einer Schärfe, die von einer erneuten Zorneswelle befeuert wurde. »Warum solltest du wohl mit Jake reden wollen?«

»Einfach um ihn auf dem Laufenden zu halten.«

»Er will gar nicht auf dem Laufenden gehalten werden.«

»Der Mistkerl!«, schimpfte Lisa.

»Nein«, protestierte Mattie. »Doch«, sagte sie dann und lachte und war dankbar, als Lisa mit ihr lachte. Wenn Lisa lachte, dann war alles nicht so schlimm, wie es zunächst ausgesehen hatte. Ihr fehlte nichts. Sie würde diese scheußliche Untersuchung, wo sie einem Nadeln ins Fleisch stachen und die Muskeln wie Popcorn knackten, nicht über sich ergehen lassen müssen, und selbst wenn, würde nichts dabei herauskommen, genau wie bei der Kernspintomographie.

»Ich hab eine Idee«, verkündete Lisa. »Wie wär's, wenn ich heute hier übernachte?«

»Was? Das ist eine ausgesprochen blöde Idee.«

»Na hör mal. Fred wird einen Abend schon mal allein mit den Jungs fertig werden. Wir machen es wie früher bei unseren Pyjama-Partys, weißt du noch? Wir bestellen Pizza, hocken uns vor die Glotze und machen uns gegenseitig verrückte Frisuren. Hey, das wird doch toll.«

Mattie musste lächeln über so viel Edelmut. »Lisa, du brauchst dir keine Sorgen um mich zu machen. Es geht mir gut. Wirklich. Fahr du ruhig nach Hause. Trotzdem, danke für dein Angebot. Das ist sehr lieb.«

»Die Vorstellung, dass du gleich in der ersten Nacht nach dem Krankenhaus ganz allein bist, ist mir einfach unsympathisch.«

»Vielleicht möchte ich ja gern allein sein.«

»Ehrlich?«

Mattie dachte einen Moment ernsthaft über die Frage nach. »Ja«, sagte sie dann. »Ja, ich möchte gern allein sein.«

Nie war ihr das Haus so groß, so leer, so still vorgekommen.

Nachdem Lisa gefahren war, ging sie wie in Trance von Raum zu Raum, strich mit leichten Fingern über die blassgelben Wände und bewunderte die Einrichtung, als sähe sie alles zum ersten Mal. Gleich hier drüben haben wir das Esszimmer mit einem großen Tisch, an dem bequem zwölf Personen Platz haben, genau das, was eine frisch gebackene Alleinstehende unbedingt braucht. Und dort ist das großzügige Wohnzimmer, komplett mit überdimensionaler Couch in weichem beigefarbenem Alpaka, der ideale Ruheplatz für den hart arbeitenden Gatten, wenn er abends müde nach Hause kommt, nur kam der hart arbeitende Gatte nicht mehr nach Hause.

Wo bist du, Jake Hart?, fragte Mattie stumm, obwohl sie die Antwort wusste. Er war natürlich bei *ihr*, seiner neuen Liebe, in ihrer Wohnung oder vielleicht auch in einem eleganten Zimmer im Ritz-Carlton, wo die beiden mit Bettgeflüster und Champagner seine neu gewonnene Freiheit feierten und sich königlich amüsierten, während Mattie ziellos durch das große leere Haus draußen am Stadtrand irrte und sich über irgendeine idiotische Untersuchung, bei der ihre Muskeln knistern würden, Gedanken machte.

Sie ging einmal im großen Vestibül im Kreis herum, dann noch einmal, und noch mal und noch mal in immer engeren Kreisen. Meine schrumpfende Welt, dachte sie, während sie mal wieder über ihre Füße stolperte. Würde sie in diesem Haus bleiben können, oder würde ihre Welt auf eine kleine Drei-Zimmer-Wohnung zusammenschnurren?

Sie schlenkerte ihren prickelnden Fuß hin und her und hüpfte auf einem Bein zur Treppe gleich rechts von Jakes Arbeitszimmer. Dort setzte sie sich auf die unterste Stufe und massierte den Fuß, bis das Prickeln aufhörte. »Schlechte Blutzirkulation, das ist alles. Liegt in der Familie.« Stimmt das? Sie blickte nachdenklich zur Küche hinüber, während sie sich fragte, was sie jetzt tun sollte. »Ich kann tun, was ich will«, verkündete sie dem leeren Haus. »Ich kann mir einen neuen Gasherd kaufen. Ich kann bis morgens um drei fernsehen. Ich kann die ganze Nacht telefonieren. Ich kann die Zeitung lesen und sie überall auf dem weißen Teppich im Schlafzimmer rumschmeißen. Ich kann sogar fernsehen und Zeitung lesen zu gleicher Zeit«, fuhr sie lachend fort, »und auch noch telefonieren dazu, wenn ich Lust habe. Keiner kann es mir verbieten. Keiner kann mich dafür ausschimpfen. Keiner kann mich daran hindern zu tun, was ich will.

Ja, aber was will ich eigentlich?, fragte sich Mattie.

Was wollte sie jetzt, da Jake nicht mehr dazugehörte, mit ihrem Leben anfangen?

Sie hatte gewusst, was die Stunde geschlagen hatte, sobald sie den Kleiderschrank im Schlafzimmer geöffnet und gesehen hatte, dass fast alle seine Sachen fehlten. Und dennoch hatte sie ihren eigenen Augen nicht geglaubt, hatte das Wissen verdrängt, wie sie solches Wissen seit Jahren stets verdrängt hatte, und nach anderen Erklärungen gesucht: Er hatte alles in die Reinigung gegeben; er hatte beschlossen, sich eine ganz neue Garderobe zu leisten; er hatte seine Sachen ins Gästezimmer verlegt, um ihr mehr Raum zu geben während ihrer Genesung. Die Liste unwahrscheinlicher Erklärungen hatte sie die Treppe hinunter in Jakes Arbeitszimmer begleitet.

»Was geht hier vor, Jake?«, hatte sie gefragt. »Wo sind deine ganzen Sachen?«

Und dann die überflüssigen Schönfärbereien: Keiner hat Schuld – es geht nicht um Schuld – es tut mir Leid – ich hoffe, wir können weiterhin Freunde bleiben. Ha!

Mattie griff zum Handlauf des Treppengeländers hinauf und zog sich daran in die Höhe. Vorsichtig belastete sie einen Fuß nach dem anderen und stieg so langsam die Treppe hoch ins obere Stockwerk, wo ihr Schlafzimmer lag. Vielleicht, überlegte sie, als sie den oberen Flur erreicht hatte, würde sie einfach das ganze Haus neu machen lassen. Man könnte die Wände in einem tiefen Orange streichen, der Farbe, die Jake am wenigsten mochte. Das ganze maskuline Leder könnte man durch etwas Feminineres wie geblümten Chintz ersetzen und an den Fenstern statt der schlichten hellen Jalousien duftige Wolken aus Spitze anbringen, obwohl sie Chintz und Spitzen hasste. Aber darauf kam es nicht an. Das Entscheidende war, dass *Jake* solches Gefummel hasste und sie jetzt in diesem Haus tun und lassen konnte, was ihr Spaß machte. Niemand konnte ihr irgendwelche Vorschriften machen. Am wenigsten Jake. Sie brauchte keinen um seine Meinung zu fragen. Sie brauchte keine Kompromisse zu schließen.

Jedenfalls vorläufig nicht. Irgendwann würde Jake natürlich mit einer Liste von Forderungen antanzen, und dann würde man ja sehen, wie ernst es ihm mit dem schönen Gerede von Freundschaft gewesen war. Sie dachte an ihre Freundin Terry, der ihr Ex-Mann das Leben zur Hölle gemacht hatte, indem er sich so lange geweigert hatte, das Haus zu verlassen, bis sie auf den ihr zustehenden Anteil an seiner Pension verzichtet hatte. Um jeden Penny hatte er gefeilscht, und er war mit den Unterhaltszahlungen für die Kinder ständig in Verzug. Würde es ihr ähnlich ergehen, wenn Jakes Gewissen sich erst beruhigt hatte?

Mattie verdiente als Kunsthändlerin ganz gut. Sie war es gewöhnt, für sich selbst aufzukommen, hatte sogar etwas Geld gespart. Sie hatte immer gehofft, sie könnte das Geld einmal in einer Parisreise für Jake und sich anlegen, einer verspäteten Hochzeitsreise, aber es sah nicht danach aus, als würde sie so bald wieder eine Hochzeitsreise machen. Wie weit, dachte sie jetzt, würde sie mit dem Geld kommen? Geld war in ihrer Ehe mit Jake nie ein Thema gewesen. Würde sich das ändern, wenn er in die Sozietät aufgenommen würde? Würde er dann alles für die neue Frau und sein neues Leben behalten wollen?

Im Schlafzimmer schaltete sie den Fernsehapparat ein, und die unerfreulichen Gedanken gingen im Geschützdonner eines Wild-West-Films unter. Ihr Blick flog zu dem überbreiten Doppelbett mit der königsblauen Steppdecke, die von ihrem Nickerchen noch zusammengeschoben war. Es sah aus, als läge dort noch jemand.

»Ich kann mir aussuchen, auf welcher Seite ich schlafe«, sagte sie und ließ sich auf Jakes Seite aufs Bett hinunterfallen. Sie warf das Kopfkissen, aus dem noch sein Geruch aufstieg, zu Boden, stand wieder auf und trat mitten darauf.

»Ich kann endlich das gottverdammte Fenster zumachen.« Mehr als fünfzehn Jahre lang Nacht für Nacht sibirische Kälte, nur weil Jake sich einbildete, bei geschlossenem Fenster nicht schlafen zu können. Zielstrebig marschierte sie zum Fenster und knallte es mit Nachdruck zu.

Dann sah sie die Fernbedienung für den Fernsehapparat auf dem blauen Cordsessel auf Jakes Seite des Zimmers liegen und nahm sie zur Hand. »Hier bestimme ich«, rief sie lachend und zappte sämtliche Programme durch, bevor sie das Gerät wieder auf den Sessel warf und ins Bad ging. Vor der Spiegelwand, die das weiße Porzellanbecken umrahmte, zog sie Jeans und Sweatshirt aus. Als Erstes, dachte sie, werde ich alle diese Spiegel abmontieren lassen.

Sie legte Büstenhalter und Höschen ab und betrachtete mit Bestürzung ihren nackten zerschundenen Körper. »Fit for Fun«, sagte sie dumpf und drehte das Wasser auf, um sich ein Bad einlaufen zu lassen. Ich werde jetzt das ganze heiße Wasser verbrauchen«, verkündete sie so laut, dass der Schall ihrer Stimme sich an den mandelfarbenen Marmorkacheln der Wände brach und in ihren Ohren widerhallte. Ich werde das ganze heiße Wasser verbrauchen, und dann weise ich mich selbst in die nächste Klapsmühle ein, dachte sie und merkte, dass es in ihrer rechten Fußsohle schon wieder zu kribbeln begann.

Sie humpelte zur Toilette, klappte den Deckel herunter, setzte sich und begann, den Fuß zu massieren. Aber diesmal ließ das Kribbeln auch nach mehreren Minuten energischer Massage nicht nach, und sie musste auf dem kalten Fußboden zur Wanne robben, um das Wasser abzudrehen, bevor das Bad überschwemmt wurde. Einen Moment lang erblickte sie sich, auf allen vieren kriechend, in einem schmalen Stück Spiegel, das nicht von Wasserdampf beschlagen war, und musste sich abwenden, weil ihr plötzlich schwindelig war. »Ach was, nichts als schlechte Blutzirkulation«, sagte sie laut und ließ sich vorsichtig ins heiße Wasser gleiten. Sie sah zu, wie ihre Haut rot anlief, und dachte, die Farben zählend, Rot, Violett, Gelb und Braun, mein Körper als Farbkomposition. Sie schloss die Augen und lehnte den Kopf an die Rundung am Ende der Wanne. Das Wasser benetzte die Schrammen an ihrem Kinn, und sie musste an ihre Mutter denken, die sich von ihren Hunden das Gesicht lecken ließ.

Merkwürdig, das Haus ohne Jake.

Dabei war seine Abwesenheit nichts Ungewohntes für sie. Jake arbeitete praktisch Tag und Nacht und war im Grunde genommen selbst dann nicht anwesend, wenn er direkt neben ihr saß. Ab und zu hatte er geschäftlich verreisen müssen, und dann hatte sie die Nacht allein in ihrem gemeinsamen Bett geschlafen. Aber das hier war etwas anderes. Diesmal würde er nicht zurückkehren.

Als er verkündet hatte, er werde sie verlassen, dachte Mattie im ersten Moment, ein Faustschlag habe sie in den Magen getroffen. Sie musste ihre ganze Energie zusammennehmen, um sich nicht zu krümmen und laut aufzuschreien. Warum? War es denn nicht eine Erleichterung, endlich klare Verhältnisse zu haben, anstatt in täglicher Erwartung der Katastrophe zu leben? Sicher, sie würde einsam sein. Aber die vergangenen fünfzehn Jahre hatten sie gelehrt, dass man nirgends einsamer war als in einer unglücklichen Ehe.

Das Telefon läutete.

Mattie überlegte, ob sie hingehen sollte oder nicht, legte sich dann ein Badetuch um und humpelte zum Telefon, das auf Jakes Seite des Betts stand. Vielleicht war es Lisa, die noch einmal anrief, um sich zu erkundigen, wie es ihr ging. Oder Kim. Oder Jake, dachte sie, als sie den Hörer an ihr Ohr hob. »Hallo?«

»Martha?« Der Name sauste wie ein Hackebeil durch die Luft.

Mattie ließ sich aufs Bett sinken, verletzt, noch ehe das Gespräch begonnen hatte. »Mutter«, sagte sie und wagte nicht, mehr zu sagen.

»Ich will dich nicht lange aufhalten«, begann ihre Mutter. Mattie verstand sofort, dass ihre Mutter keine Lust hatte, lange zu telefonieren. »Ich rufe nur an, um zu fragen, wie es dir geht.«

»Es geht mir gut, danke«, sagte Mattie zum Hundegekläff aus dem Hintergrund. »Und dir?«

»Na, du weißt ja, Altwerden ist kein Honigschlecken.«

Du bist knapp sechzig, dachte Mattie, aber sie sagte es nicht. Was hätte es gebracht?

»Es tut mir Leid, dass ich dich nicht im Krankenhaus besucht habe. Aber du weißt ja, wie es mir mit Krankenhäusern geht.«

»Du brauchst dich nicht zu entschuldigen.«

»Jake sagt, du bist noch ganz schön mitgenommen.«

»Wann hast du mit Jake gesprochen?«, fragte Mattie.

»Er war hier, um Kim abzuholen. Er wollte mit ihr essen gehen.«

»Ach was?«

»Ja, vor ungefähr einer Stunde.«

»Hat er sonst noch was gesagt?«

»Zum Beispiel?«

»Wie geht es Kim?«, wechselte Mattie geschickt das Thema.

»Sie ist ein süßes Ding«, sagte ihre Mutter mit der Wärme, die sie normalerweise ihren Hunden vorbehielt. »Sie war mir eine große Hilfe, als Lucy geworfen hat.«

Mattie hätte beinahe gelacht. Natürlich, das also war der wahre Grund, dachte sie, während sie ihren rechten Fuß, der immer noch prickelte, kreisen ließ. »Hör zu, Mama, ich war gerade in der Wanne, als du angerufen hast, und jetzt stehe ich tropfnass hier herum.«

»Dann machen wir jetzt besser Schluss.« Mattie hörte die Erleichterung im Ton ihrer Mutter. »Ich wollte nur wissen, wie es dir geht.«

Es ging mir gut, dachte Mattie. »Es geht mir gut«, sagte sie. »Tschüss, Mutter. Danke, dass du angerufen hast.«

»Auf Wiedersehen, Martha.«

Nachdem Mattie aufgelegt hatte, verlagerte sie ihr ganzes Körpergewicht auf den renitenten rechten Fuß und atmete tief aus vor Erleichterung, als sie das Teppichgewebe unter ihren Zehen spürte. »Es geht mir gut«, sagte sie noch einmal, als sie ins Bad zurückkehrte und wieder in die Wanne stieg, in der das Wasser nicht mehr so warm und beruhigend war wie zuvor. »Es geht mir gut.«

9

»Alles in Ordnung?« Kim räusperte sich in dem erfolglosen Bemühen, das Zittern aus ihrer Stimme zu verbannen. Warum stellte sie diese Frage? Lag denn die Antwort nicht auf der Hand. Nie zuvor hatte sie ihre Mutter so offensichtlich nicht ›in Ordnung‹ gesehen. Ihre Haut war beinahe durchsichtig unter dem Farbenspiel der allmählich verblassenden Quetschungen und Blutergüsse. Ihre sonst so lebendigen blauen Augen waren ohne Glanz, wie von einem matten Schleier der Furcht und des Schmerzes überzogen. Tränen hatten Spuren in der Schminke hinterlassen, die sie nur Stunden zuvor mit so viel Sorgfalt aufgelegt hatte. Ihre Hände zitterten. Ihre Schritte waren klein und unsicher. Kim hatte ihre Mutter nie so hilflos erlebt. Es kostete sie all ihre Willenskraft, nicht in Tränen auszubrechen.

»Mama, geht es dir gut?«

Sag ja, sag ja, sag ja.

»Deine Mutter braucht ein paar Minuten Ruhe«, hörte Kim jemanden sagen und bemerkte erst jetzt die kräftige Frau an der Seite ihrer Mutter.

Musst du so gesund aussehen?, dachte sie ärgerlich. Die glänzende olivbraune Haut der Frau und ihre blitzenden dunklen Augen erschienen ihr wie eine Herausforderung. »Wer sind Sie?«, fragte sie.

»Rosie Mendoza«, antwortete die Frau und tippte mit einem Finger auf das Namensschild, das um ihren Hals hing. Dann führte sie Mattie zu einem der Stühle, die im Korridor des Krankenhauses an der Wand verteilt waren. »Assistentin von Dr. Vance.«

»Ist mit meiner Mutter alles in Ordnung?«

»Mir geht es gut, Schatz«, flüsterte Mattie, obwohl sie gar nicht den Eindruck machte. Ihre Stimme klang schwach, sie wirkte ängstlich und als hätte sie starke Schmerzen. »Ich muss mich nur ein paar Minuten setzen.«

»Sie gehört nach Hause in ihr Bett«, bemerkte Rosie Mendoza.

»Aber dann geht's ihr schnell wieder besser, nicht?« Kim setzte sich neben ihre Mutter und nahm deren Hand.

»Die Ergebnisse müssten in ein, zwei Tagen da sein«, sagte Rosie Mendoza. »Dr. Vance meldet sich bei Dr. Katzman, sobald er etwas hat.«

»Danke.« Mattie saß reglos, den Blick auf die Spitzen ihrer braunen Stiefel gesenkt, die unter ihrer braunen Hose hervorkamen.

»Hat es wehgetan?«, fragte Kim ihre Mutter, nachdem Rosie Mendoza gegangen war.

Sag nein, sag nein, sag nein.

»Ja«, sagte Mattie. »Es hat scheußlich wehgetan.«

»Wo haben sie dir die Nadeln reingesteckt?«

Sag's mir nicht.

Mattie wies vorsichtig zu ihren Schultern und ihren Oberschenkeln, zeigte ihre geöffneten Hände. Erst da fiel Kim das Heftpflaster auf der Innenfläche der Hand ihrer Mutter auf. »Wie viele waren es?«

»Zu viele.«

»Tut es immer noch weh?«

Sag nein, sag nein, sag nein.

»Es geht«, sagte Mattie, aber Kim sah ihr an, dass sie log.

Warum stellte sie ihrer Mutter diese Fragen, wenn sie doch die Antworten gar nicht hören wollte? Es reichte doch zu wissen, dass ihre Mutter sich in den letzten anderthalb Stunden einer unangenehmen und, wie sie ihr versichert hatte, völlig überflüssigen Untersuchung unterzogen hatte, die über die Aktivität der Nerven in ihrem Körper Auskunft geben sollte, und dass sie diese Untersuchung nur Lisa Katzman zuliebe auf sich genommen hatte. Kim fragte sich zornig, warum Lisa es für nötig gehalten hatte, ihre Mutter dieser Tortur zu unterwerfen, wenn sie absolut überflüssig war.

»Möchtest du eine Tasse Kaffee oder etwas anderes?«, fragte sie, um nicht darüber nachdenken zu müssen, dass Lisa vielleicht bezüglich der Notwendigkeit der Untersuchung anderer Ansicht war.

Mattie schüttelte den Kopf. »Ich will nur hier einen Moment sitzen bleiben. Dann können wir gehen.«

»Wie kommen wir nach Hause?«, fragte Kim plötzlich.

Ihre Mutter hatte darauf bestanden, selbst ins Krankenhaus zu fahren, obwohl Lisa ihr geraten hatte, sich von jemandem bringen zu lassen, da sie nach der Untersuchung vielleicht zu geschwächt und nervös sein könnte, um sich selbst ans Steuer zu setzen, zumal nach dem schweren Unfall, von dessen Folgen sie sich immer noch nicht ganz erholt hatte. Aber Mattie hatte sich hartnäckig geweigert, eine ihrer Freundinnen zu bitten, und sie hatte Kim auch nicht erlaubt, die Großmutter anzurufen. Die sei in Notlagen nicht zu gebrauchen, behauptete sie, jedenfalls in Notlagen, bei denen es um Menschen ging. Was Jake anging, so dachte Mattie gar nicht daran, ihn zu bitten, und Kim war in dieser Hinsicht ganz konform mit ihr. Sie brauchten Jake nicht. Was sollten sie mit einem Mann, der keinen Zweifel daran gelassen hatte, dass er lieber mit einer anderen Frau zusammen war? Mattie brauchte die Hilfe ihres Ex-Mannes in spe so wenig wie Kim ihren Ex-Vater in spe.

»Ich bin immer für dich da«, hatte er ihr an diesem fürchterlichen Abend vor genau einer Woche versichert, als er sie bei ihrer Großmutter abgeholt hatte, die in einem kleinen Haus in dem früher ziemlich heruntergekommenen, heute ausgesprochen schicken Viertel der Stadt lebte, das Old Town genannt wurde. »Ich bin immer noch dein Vater, und daran wird sich nie etwas ändern.«

»Du hast es schon geändert«, widersprach sie.

»Ich bin aus dem Haus ausgezogen, aber nicht aus deinem Leben.«

»Aus den Augen, aus dem Sinn«, erwiderte Kim kalt.

»Es hat mit dir überhaupt nichts zu tun.«

»Es hat alles mit mir zu tun«, konterte Kim.

»Manchmal passiert eben etwas.«

»Ach, wirklich? Es passiert? Ganz von selbst? Einfach so?« Kim war sich bewusst, dass sie laut wurde. Sie genoss den Klang der Empörung in ihrer Stimme, sie genoss es zu sehen, wie ihr Vater, der ihr in dem kleinen italienischen Restaurant gegenüber saß, sich wand. »Willst du vielleicht behaupten, dass das höhere Gewalt ist?«

»Ich versuche nur, dir zu sagen, dass ich dich lieb habe und immer für dich da sein werde.«

»Nur wirst du irgendwo anders sein.«

»Ich werde irgendwo anders wohnen.«

»Genau. Und dort wirst du für mich da sein«, versetzte Kim, stolz auf ihre Schlagfertigkeit. Sie gab ihr das Gefühl, Macht zu besitzen, und verhinderte, dass es ihr das Herz in tausend Fetzen zerriss.

»Ich habe dich lieb, Kim«, sagte ihr Vater noch einmal.

»Jetzt bin ich genau wie die anderen«, war Kims Antwort.

Und darum hatte sie sich, als Lisa anrief, um Mattie mitzuteilen, dass sie für den Donnerstag der folgenden Woche einen Termin für das Elektromyogramm vereinbart hatte, sofort erboten, ihre Mutter ins Krankenhaus zu begleiten, auch wenn sie deshalb einen Nachmittag Schule versäumen würde. Zu ihrer Überraschung war ihre Mutter einverstanden gewesen.

»Wir Frauen müssen zusammenhalten«, sagte Kim später, als sie zu ihr ins Bett kroch, wie sie das jeden Tag tat, seit Jake gegangen war. Sie legte ihren Arm beschützerisch über die Hüfte ihrer Mutter und atmete langsamer, um sich dem Rhythmus ihrer Mutter anzupassen. Und so lagen sie, zwei Körper, die sich in harmonischem Einklang hoben und senkten, während ihr Atem kam und ging wie aus einem Mund.

»Kannst du nach Hause fahren?«, fragte Kim ihre Mutter jetzt.

»Lass mir noch ein paar Minuten Zeit«, antwortete Mattie.

Aber zwanzig Minuten später saß Mattie immer noch reglos auf ihrem Stuhl und starrte zu ihren Füßen hinunter. Ihr Gesicht war geisterhaft bleich, und ihre Hände zitterten.

»Ich glaube, du rufst am besten deinen Vater an«, sagte sie und begann zu weinen.

»Wir können doch ein Taxi nehmen«, entgegnete Kim.

»Ruf deinen Vater an.«

»Aber –«

»Bitte! Keine Widerreden jetzt. Ruf ihn an.«

Kim gehorchte widerstrebend. An einem öffentlichen Telefon neben den Aufzügen am Ende des langen Korridors wählte sie den privaten Anschluss ihres Vaters in der Kanzlei und hoffte, er wäre bei Gericht, in einer Besprechung, aus sonstigen Gründen nicht erreichbar. »Ich verstehe nicht, warum wir nicht einfach ein Taxi nehmen können«, murrte sie vor sich hin, während sie einen alten Mann in einem fleckigen blauen Krankenhaushemd beobachtete, der, das Gestell mit seinem Tropf neben sich her schiebend, durch den Korridor schlurfte. Sie konnte jetzt die Aversion ihrer Großmutter gegen Krankenhäuser verstehen. Das waren gnadenlose, traurige Orte voll verwundeter Körper und verlorener Seelen. Selbst Menschen, die wie ihre Mutter völlig gesund hier hereinkamen, schleppten sich schwach und von Schmerzen geplagt wieder heraus, nur noch gebrechliche Schatten ihrer selbst. Kim überkam ein Ekelgefühl, als sie sich fragte, ob sie sich vielleicht irgendeinen tödlichen Virus geholt hatte, während sie vor dem Sprechzimmer des Arztes gewartet hatte. Wie viele Hände hatten in diesen alten Zeitschriften geblättert? Was für Bakterien war sie ausgesetzt gewesen in den endlosen Minuten des Wartens auf ihre Mutter? Kim rieb sich die Hand an ihrer Jeans ab, als wollte sie sich von Krankheitskeimen befreien. Ihr war schwindlig und heiß, als würde sie gleich in Ohnmacht fallen.

»Jake Hart«, meldete sich plötzlich ihr Vater, und seine Stimme traf sie wie ein Guss eiskalten Wassers.

Sie richtete sich auf. Sie straffte die Schultern, während ihre Knie einzuknicken drohten. Sie strich sich über die Stirn und starrte auf die Reihe geschlossener Aufzugtüren. Was sollte sie sagen? Hallo, Daddy? Hallo, Vater? Hallochen, Jake?

»Ich bin's Kim«, sagte sie schließlich, als der alte Mann mit seinem Gestell eine abrupte Kehrtwendung machte und in der anderen Richtung den Korridor wieder zurückschlurfte. Kim sah flüchtig weiße Gesäßbacken im klaffenden Rückenschlitz des Anstaltshemds aufleuchten. Was hatten sie wohl mit dem armen Mann für Untersuchungen gemacht.

»Kim, mein Liebes –«

»Ich bin mit Mama im Michael-Reese-Krankenhaus«, sagte Kim ohne Umschweife.

»Was ist passiert?«

Kim drückte ihr Kinn in den Rollkragen ihres roten Pullovers, schob die Unterlippe vor und seufzte gereizt. »Wir brauchen deine Hilfe«, sagte sie.

Vierzig Minuten später holte Jake seine Frau und seine Tochter im Foyer des Krankenhauses in der Innenstadt ab. »Entschuldigt bitte, dass ich so lang gebraucht habe«, sagte er, als Kim mit finsterer Miene ihren Unmut signalisierte. »Ich bin in der Kanzlei aufgehalten worden, als ich gerade wegwollte.«

»Natürlich, du bist ja ein viel beschäftigter Mann«, sagte Kim höhnisch.

»Danke, dass du gekommen bist«, sagte Mattie.

»Steht der Wagen auf dem Parkplatz?«

Mattie reichte ihm die Schlüssel für den Mietwagen. Ihr Intrepid hatte bei dem Unfall einen Totalschaden davongetragen. »Es ist ein weißes Oldsmobile.«

»Ich find ihn schon. Alles in Ordnung?«

»Es geht ihr gut«, sagte Kim und hakte ihre Mutter unter.

»Und wie geht es dir, Liebes?«, fragte Jake seine Tochter und machte eine Bewegung, als wollte er ihr übers Haar streichen.

»Gut, danke«, antwortete Kim förmlich. Sie lehnte sich zurück, sodass seine Hand sie nicht erreichen konnte, und genoss den verletzten Blick in seinen Augen. »Könntest du jetzt das Auto holen? Mama muss ins Bett.«

»In bin sofort wieder da.«

Minuten später fuhr Jake das weiße Oldsmobile vor und sprang heraus, um Mattie beim Einsteigen zu helfen.

Kim tat so, als hätte sie Mühe, hinten bequem zu sitzen. Demonstrativ warf sie sich auf dem Sitz hin und her und stieß rücksichtslos mit den klobigen Absätzen ihrer schwarzen Lederstiefel gegen den Rücken des Sitzes ihres Vaters, während sie mehrmals die Beine bald so, bald so übereinander schlug. Wer entwarf diese Autos überhaupt? Glaubten die, alle, die in einem Auto hinten saßen, wären unter zehn? Wussten die nicht, dass Erwachsene mehr Beinfreiheit brauchten? Dass sie vielleicht nicht unbedingt mit dem Kinn auf die Knie schlagen wollten? Sie hatte in letzter Zeit häufig den Rücksitz genossen, fiel ihr ein, als sie an den vergangenen Samstagabend zurückdachte und wieder Teddys flehentliche Stimme an ihrem Ohr hörte. *Komm doch, Kim. Du willst es doch auch.*

»Alles okay da hinten, Liebes?« Die Stimme ihres Vaters verscheuchte Teddy.

Für wen zum Teufel hältst du dich eigentlich?, fragte Kim stumm und bohrte mit wütendem Blick tiefe Löcher in den Hinterkopf ihres Vaters. Bildest du dir vielleicht ein, du wärst der edle Ritter, der auf seinem weißen Ross herbeistürmt, um die Situation zu retten? Falls du dich so sehen solltest, habe ich Neuigkeiten für dich, Jake Hart, Staranwalt und Mistkerl. Das hier ist kein weißes Ross. Das ist ein weißer Oldsmobile. Und wir brauchen deine Hilfe nicht. Wir brauchen dich überhaupt nicht. Wir kommen sehr gut ohne dich zurecht. Wir haben nicht mal gemerkt, dass du weg bist.

»Es tut mir Leid, dass ich dich bei der Arbeit stören musste«, hörte sie ihre Mutter sagen, deren Stimme jetzt kräftiger war als zuvor, wenn ihr auch die gewohnte Resonanz fehlte. Wieso war sie nicht wütend? Wieso war sie so ätzend höflich?

»Du hättest mich gleich anrufen sollen«, sagte Jake. »Es war doch nicht nötig, dass du selbst fährst.«

»Mama ist kein Krüppel«, warf Kim ein.

»Nein, aber sie hatte einen schweren Autounfall, und das ist noch keine zehn Tage her. Sie ist noch nicht wieder ganz auf dem Damm.«

»Du hörst dich an wie Lisa.«

»Das ist nichts als Vernunft.«

»Es geht mir gut«, sagte Mattie.

»Es geht ihr gut«, plapperte Kim nach wie ein Papagei. Was fiel ihm ein, an ihrer Mutter herumzukritteln! Was Mattie tat, was beide taten, ging ihn nichts mehr an. Er hatte überhaupt kein Recht, irgendetwas zu kritisieren oder zu verurteilen. Dieses Recht hatte er an dem Tag verwirkt, an dem er gegangen war. Kim beugte sich vor und legte ihrer Mutter die Hand auf die Schultern. Sie hätte ihn nicht anrufen sollen. Sie hätte ihre Großmutter anrufen sollen oder Lisa oder eine der vielen Freundinnen ihrer Mutter. Jeden außer Jake. Sie brauchten Jake nicht.

Ihr Vater hatte in ihrem täglichen Leben nie eine große Rolle gespielt. So weit Kim zurückdenken konnte, war er immer nur der Mann gewesen, der ihr jeden Morgen zuwinkte, bevor er zur Arbeit fuhr, und ihr abends einen Gute-Nacht-Kuss gab, wenn er zeitig genug nach Hause kam, um sie noch wach anzutreffen.

Ihre Mutter war diejenige, die sie zur Schule brachte, mit ihr zum Arzt und zum Zahnarzt ging, sie zu ihren Klavier- und Ballettstunden fuhr, bei jedem Elternsprechabend, jeder Schüleraufführung, jedem außerschulischen Sportereignis zur Stelle war und bei ihr am Bett saß, wenn sie krank war. Ihr Vater war nicht etwa gleichgültig – er hatte nur so viel anderes zu tun. So viel anderes, das er *lieber* tat.

Später, als Kim ins Teenageralter kam, sah sie, nun selbst von Terminen gejagt, ihn noch seltener, und seit dem Umzug der Familie nach Evanston hatte sie ihn fast gar nicht mehr zu Gesicht bekommen. Jake Hart war nicht mehr greifbar, nur sein Geist spukte noch in den Räumen, die er nicht mehr bewohnte, und anwesend war er nur noch in seiner Abwesenheit.

Anfangs hatte Kim Angst gehabt, ihre Mutter könnte unter dem Schlag, den ihr Vater ihr versetzt hatte, zusammenbrechen. Aber sie war trotz der Verletzung durch den Unfall erstaunlich gut mit der Situation fertig geworden. Ihre Sorgen galten einzig Kim.

»Es sieht viel schlimmer aus, als es ist«, hatte sie hastig versichert, als Kim beim Anblick des verunstalteten Gesichts zu weinen angefangen hatte. Und später: »Wir fühlst du dich, Schatz? Möchtest du darüber sprechen?« Sie hatte sogar versucht, Jake in Schutz zu nehmen. »Geh nicht zu hart mit ihm ins Gericht, Schatz. Er ist dein Vater und er hat dich lieb.«

Nichts als Scheiß, dachte Kim. Ihr Vater liebte sie nicht. Er hatte sie nie gewollt.

Und jetzt wollte sie ihn auch nicht mehr.

Danach sprach sie kaum noch von ihm. Die Blutergüsse im Gesicht ihrer Mutter wechselten die Farbe wie das Laub an den Bäumen und wurden von Tag zu Tag blasser. Die Schrammen verheilten. Die Gliederschmerzen ließen nach. Sie ging den Geschäften des Alltags nach, mietete einen Wagen, fuhr einkaufen, meldete sich bei verschiedenen Kunden, vereinbarte Termine für die kommende Woche. Bis auf das kleine Problem mit dem Fuß, der immer wieder mal einschlief, fehlte ihrer Mutter nichts.

Und ihr – Kim – auch nicht.

Sie brauchten ihn nicht.

»Hallo, Kim, lebst du noch da hinten?«, fragte ihr Vater im zweiten Anlauf.

Sie sah im Rückspiegel seine Augen voll Besorgnis und Hoffnung und brummte nur statt einer Antwort. Wenn ihre Mutter meinte, höflich sein und die Trennung mit Anstand hinnehmen zu müssen, so war das ihre Sache. Kim sah das anders. Jemand musste schließlich die verlassene Ehefrau spielen.

»Sieht ganz so aus, als würden sie mir demnächst die Aufnahme in die Sozietät anbieten«, bemerkte Jake. »Darum habe ich so lange gebraucht, um hierher zu kommen. An jeder Ecke hat mich ein Mitarbeiter aufgehalten, um mir zu gratulieren.«

»Das freut mich«, hörte Kim ihre Mutter sagen. »Du hast hart genug dafür gearbeitet. Du verdienst es.«

Du verdienst, in der Hölle zu braten, dachte Kim bockig.

»Wie kommst du nachher zurück zur Stadt?«, fragte Mattie, als Jake in den Walnut Drive einbog.

»Ich werde in ungefähr einer halben Stunde abgeholt.«

»Von deiner Freundin?« Kims Stimme war scharf und beißend. »Schau Mama nicht so an«, fuhr sie ihn an, bevor er etwas erwidern konnte. »Sie hat nichts gesagt.«

»Wir müssen miteinander reden, Kimmy«, begann ihr Vater.

»Nenn mich nicht Kimmy. Ich hasse das.« Er hatte sie Kimmy genannt, als sie noch ein kleines Mädchen gewesen war. Sie erinnerte sich, und ganz gegen ihren Willen schossen ihr Tränen in die Augen.

»Bitte, Kim«, sagte er. »Ich finde, es ist wichtig.«

»Wen interessiert schon, was du findest?«

»Was soll das?«, rief ihre Mutter, und einen Moment lang glaubte Kim, sie spräche mit ihr, glaubte, ihre Mutter wäre zornig und hätte gegen sie seine Partei ergriffen. Aber dann sah sie den Streifenwagen vor ihrem Haus und die beiden uniformierten Beamten, die vor der Tür warteten.

»Es geht wahrscheinlich um den Unfall«, meinte Jake.

»Aber ich habe doch schon mit der Polizei gesprochen«, sagte Mattie, als Jake den Wagen in die Auffahrt lenkte und anhielt.

»Was gibt's denn?«, fragte er, nachdem er ausgestiegen war.

Kim half ihrer Mutter aus dem Wagen und musterte dann neugierig den jungen Mann und die Frau in den adretten blauen Uniformen. Der Mann, der sich als Officer Peter Slezak vorstellte, war ungefähr einen Meter achtzig groß, hatte Arme wie ein Gewichtheber und trug sein Haar so kurz, dass man kaum erkennen konnte, welche Farbe es hatte. Seine Partnerin, Officer Judy Taggart, war vielleicht einen Meter siebzig groß und sehr schlank. Sie hatte das braune Haar zu einem Pferdeschwanz gebunden, und auf ihrem Kinn saß ein dicker Pickel, den sie mit Make-up zu vertuschen versucht hatte. Kim hob automatisch die Hand zum Kinn, um bei sich selbst nach Pickeln zu suchen.

»Ist das Ihr Haus?«, fragte Officer Slezak.

»Ja«, antwortete Jake.

Nein, hätte Kim beinahe geschrien. Es ist nicht dein Haus.

»Was ist denn nun eigentlich los?« Mattie trat vor, um die Sache selbst in die Hand zu nehmen.

»Ist Ihnen was passiert, Madam?« Officer Taggart starrte Mattie erschrocken ins Gesicht.

»Geht es um den Unfall?«, fragte Jake.

»Na, einen Unfall kann man es wirklich nicht nennen«, versetzte Officer Slezak.

»Wie bitte?«, sagte Mattie pikiert.

»Vielleicht verraten Sie uns jetzt erst einmal, warum Sie hier sind«, verlangte Jake, die Kontrolle wieder übernehmend.

»Wir suchen eine Kim Hart.«

»Kim?«, fragte ihre Mutter erschrocken.

Kim trat vor, ein unangenehmes Flattern in der Magengegend. »Ich bin Kim Hart.«

»Wir haben ein paar Fragen an Sie.«

»Worüber?«, fuhr Jake dazwischen.

»Gehen wir doch erst mal rein«, meinte Mattie und ging schon die Treppe hinauf zur Haustür.

Kim sah, dass ihre Mutter mit dem Schlüssel Probleme hatte.

Sanft nahm sie ihn ihr aus der Hand, schob ihn ins Schloss und sperrte auf.

Alle zusammen gingen sie in die Küche und setzten sich, nachdem die Beamten die angebotene Tasse Kaffee abgelehnt hatten, an den Tisch.

»Was können Sie uns über die Party bei Sabrina Hollander am vergangenen Samstagabend sagen?«, begann Officer Slezak und starrte ganz unverhohlen auf Kims Busen, während seine Kollegin ein kleines Notizbuch und einen Stift aus der hinteren Tasche ihrer tadellos gebügelten Hose zog.

»Es war eben eine Party.« Kim zuckte mit den Schultern. Sie merkte, dass ihr Herz wie rasend schlug, und fragte sich, ob Officer Slezak es auch merkte und sie darum so anstarrte.

»Waren Sie dort?«

»Für eine Stunde vielleicht.«

»Um welche Zeit war das?«

»So gegen neun.«

»Sie sind dann also um zehn wieder gegangen?«

»Früher«, sagte Kim.

»Und was war los auf der Party?«

»Nicht viel.« Die Leute hatten getanzt, Bier getrunken, ab und zu einen Joint herumgehen lassen. Teddy hatte sie überredet, auch ein paar Züge zu nehmen, ehe sie sich in sein Auto verdrückt hatten. Hatte jemand sie angeschwärzt, weil sie gekifft hatte? War die Polizei deshalb hier? Um sie festzunehmen?

»Worauf wollen Sie hinaus, mein Herr?«, fragte Jake.

»Sabrina Hollander hat eine kleine Party geschmissen, während ihre Eltern verreist waren. Es waren zweihundert junge Leute da.«

»Zweihundert!«, wiederholte Kim ungläubig. Sie musste wohl im Auto eingeschlafen sein, denn davon hatte sie nichts mitbekommen.

»Ja, und irgendjemand kam auf die Idee, das Haus zu zerlegen«, fuhr Officer Slezak fort. »Die Bande hat Gemälde zerschnitten, die Teppiche rausgerissen, auf die Möbel uriniert, Löcher in die Wände geschlagen. Der Schaden beläuft sich auf an die hunderttausend Dollar.«

»Oh, mein Gott!« Mattie hielt vor Schreck ihre bandagierte Hand vor den Mund.

»Darüber weiß ich nichts«, erklärte Kim wie erstarrt.

»Sie haben nichts bemerkt, als Sie dort waren, haben nichts gehört, mit niemanden geredet?«

»Nein. Gar nichts.«

»Aber die Leute haben getrunken und gekifft«, sagte Officer Taggart, als wäre das eine Tatsache, die über jeden Widerspruch erhaben war.

»Die Leute haben Bier getrunken«, schränkte Kim leise ein. Ihr Blick wanderte in den Garten zum Pool. Sie wünschte, sie könnte spurlos in dem blauen Wasser verschwinden.

»Und Sie sagen also, dass Sie die Party um zehn Uhr verlassen haben?«

»Diese Frage hat sie bereits beantwortet«, warf Jake ein.

Ein besserer Anwalt als Vater, dachte Kim, und in ihren Groll gegen ihn mischte sich unwillige Dankbarkeit.

»Aber Sie wussten von der Sache«, sagte Officer Slezak.

»Ich hörte ein paar Leute in der Schule darüber reden«, bekannte Kim und sah den Ausdruck der Überraschung auf dem Gesicht ihrer Mutter.

»Was haben sie denn geredet?«

»Eigentlich nur, dass sie gehört hätten, dass es ziemlich wüst zugegangen sei. Dass das Haus ein Trümmerhaufen wäre.«

»Haben sie etwas darüber gesagt, wer dafür verantwortlich war?«

»Anscheinend sind ein paar Leute aufgekreuzt, die nicht eingeladen waren. Keiner hat sie gekannt.«

»Sind Sie sicher?«

»Sie hat die Frage beantwortet.« Jakes Stimme war ruhig, aber entschieden. »Ich sollte Sie vielleicht darauf aufmerksam machen, dass ich Anwalt bin.«

Und Ehebrecher, fügte Kim im Stillen hinzu.

»Ich dachte mir doch, dass Sie mir bekannt vorkommen«, sagte Officer Slezak, seinem Tonfall nach entschieden unbeeindruckt. »Sie sind doch der, der diesem Typen, der seine Mutter umgebracht hat, einen Freispruch verschafft hat.«

Klasse, Dad, dachte Kim. Ich kann wahrscheinlich von Glück sagen, wenn sie mich nicht hängen.

Ein paar Minuten danach schlug Officer Slezak sich auf seine Ringerschenkel und stand auf. Officer Taggart klappte ihr Büchlein zu und steckte es wieder ein. Kim brachte sie zur Tür, schloss sie hinter ihnen und lehnte ihren Kopf an das Holz.

»Verschweigst du uns etwas?«, fragte ihr Vater, der ihr gefolgt war.

»In ein paar Monaten hab ich meinen Führerschein, dann brauchen wir dich nicht mehr anzurufen«, entgegnete Kim trotzig. Sie drängte sich an ihm vorbei und lief die Treppe hinauf. Ein paar Minuten später sah sie vom Fenster ihres Zimmers aus ihren Vater zur Straße hinausgehen. Er blickte zurück, als wüsste er, dass sie dort oben saß, und winkte.

Sie winkte nicht zurück.

10

Am folgenden Montag telefonierte Mattie gerade mit Roy Crawford, als ihr das Signal meldete, dass noch ein Anrufer in der Leitung war. »Können Sie einen Moment dranbleiben, Roy? Ich bin gleich wieder da.«

Mattie fragte sich, warum sie das Zeichen nicht einfach ignoriert hatte, wie sie das häufig zu tun pflegte, wenn sie gerade mit einem wichtigen Kunden telefonierte. Sie hatte bereits eine Mailbox, um Nachrichten in Empfang zu nehmen, was brauchte sie da auch noch diese Meldeeinrichtung für wartende Anrufe? Aber Kim war ganz scharf darauf gewesen, und dieser Tage waren die meisten Anrufe, die eingingen, für Kim. Vielleicht war es Zeit, ihr einen eigenen Anschluss einrichten zu lassen. Die Frage war allerdings, ob das unter den gegebenen Verhältnissen nicht zu teuer werden würde. Sie würde demnächst einmal ernsthaft über ihre finanzielle Lage nach der Trennung nachdenken müssen.

»Hallo«, sagte Mattie ins Telefon, verblüfft, was für ein Wust völlig irrelevanter Überlegungen im Raum einer Sekunde Platz hatte.

»Mattie? Hier ist Lisa.«

Mattie starrte mit leerem Blick auf die Glasscheibentür ihrer Küche und stellte fest, dass trotz des verhangenen grauen Himmels verrückterweise die Sonne schien. Sie wollte nicht mit Lisa sprechen. Lisa würde ihr nur wieder Dinge sagen, die sie nicht hören wollte.

»Lisa, kann ich dich in ein paar Minuten zurückrufen? Ich bin gerade an der anderen Leitung.«

»Die Sache kann nicht warten.«

Mattie spürte, wie sie am ganzen Körper stocksteif wurde. »Irgendwie gefällt mir das nicht.«

»Ich muss dich in der Praxis sehen.«

»Ich sag's dir gleich: keine Untersuchungen mehr.«

»Nein, nein. Hör zu, ich habe Jake schon angerufen. Er holt dich in einer halben Stunde ab.«

»Was?«, rief Mattie empört. »Du hast Jake angerufen? Was soll das? Das kannst du doch nicht machen.«

»Ich hab's aber schon getan.«

»Dazu hattest du kein Recht. Das ist ja wirklich absurd. Bleib mal einen Moment dran.« Mattie stellte um. »Roy«, sagte sie atemlos, »kann ich Sie gleich zurückrufen?«

»Wie wär's, wenn ich Sie so um zwölf zum Lunch abhole?«

»Gut«, sagte Mattie und kehrte sofort wieder zu dem Gespräch mit Lisa zurück. »Wie kommst du dazu, Jake anzurufen?«, fragte sie scharf. »Ich habe dir keine Genehmigung gegeben, meine Angelegenheiten mit ihm zu besprechen.«

»Ich habe nichts mit ihm besprochen.«

»Wieso holt er mich dann in einer halben Stunde ab?«

»Weil ich ihm gesagt habe, dass es wichtig ist.«

»Wenn es wirklich so wichtig ist, kann ich doch jetzt gleich zu dir kommen.«

»Ich möchte aber nicht, dass du Auto fährst.«

»Mach dich nicht lächerlich«, entgegnete Mattie. Irgendwie musste sie dieses Gespräch, die Entwicklung der Dinge in den Griff bekommen.

»Mattie«, sagte Lisa stockend, »Dr. Vance hat mich gerade angerufen und mir die Untersuchungsergebnisse mitgeteilt.«

Mattie blieb einen Moment die Luft weg. »Und?« Sie platzte mit dem Wort heraus, ehe sie überlegen konnte.

Lisa blieb lange still, dann sagte sie: »Es ist ein bisschen kompliziert, weißt du. Ich würde es lieber mit dir persönlich besprechen.«

»Warum hast du Jake angerufen?«

»Er ist dein Mann, Mattie. Er sollte wissen, was vorgeht.«

»Wir sind getrennt.«

»Er sollte hier sein.«

»Ist er aber nicht.« Mattie stützte ihren Kopf in die offene Hand, die von der Untersuchung noch verpflastert war, und meinte wieder das unangenehme Knacken ihrer Muskeln zu hören.

»Hör zu.« Lisa hatte ihre Stimme wieder ganz in der Gewalt und schlug den gleichen Ton an, den Mattie oft gebrauchte, wenn sie ihre Tochter bewegen wollte, etwas zu tun, was diese nicht tun wollte. »Lass dich von Jake fahren, nimm ihn als Chauffeur. Sonst nichts. Wenn du ihn bei der Besprechung nicht dabeihaben willst, kannst du das sagen, wenn du hier bist. Aber so ist wenigstens jemand da, der dich fahren kann. Bitte, Mattie, tu mir den Gefallen.«

»Jake hat viel zu tun«, sagte Mattie. »Er kann nicht einfach an einem Montagmorgen alles hinschmeißen und gehen. Was hast du zu ihm gesagt, Lisa?«

»Nur dass ich seine Anwesenheit für sehr wichtig halte.«

»Ach, es geht wohl um Leben und Tod?«, hörte Mattie sich sagen.

Lisa antworte nicht gleich.

»Es ist schwierig«, sagte Lisa nach einer Pause, die eine Spur zu lang gedauert hatte, und zum ersten Mal hörte Mattie Tränen in der beherrschten Stimme ihrer Freundin. »Bitte, Mattie. Lass dich von Jake abholen. Wir reden, wenn du hier bist.«

Mattie nickte nur und legte ohne ein Wort auf. Sie hatte Mühe, die wachsende Panik in Schach zu halten. Schwierig, dachte sie. Warum musste immer alles so verdammt schwierig sein? Sie verglich ihre Uhr mit den beiden anderen in der Küche und stellte fest, dass sie fünf Minuten nachging. »Das heißt, ich habe noch weniger Zeit als gedacht«, murmelte sie und musste gegen Tränen ankämpfen. Sie war froh, dass Kim nicht hier war.

Kim hatte bereits Probleme genug. Blind tappte sie aus der Küche hinaus und ging benommen nach oben. Im Schlafzimmer schlug sie die blaue Steppdecke auf und kroch voll bekleidet in das frisch gemachte Bett. Dort lag sie immer noch, die Decke bis zum Kinn hochgezogen, als es eine halbe Stunde später läutete. Gleich darauf hörte sie das Geräusch des Türschlüssels, und dann machte unten jemand auf.

»Mattie?«, rief Jake aus dem Vestibül. »Mattie, ich bin's. Bist du fertig? Wir müssen fahren.«

Mattie richtete sich auf, fuhr sich durch das dunkelblonde Haar, das links platt an ihrer Wange klebte, stopfte die grüne Seidenbluse in ihre schwarze Hose und holte einmal tief Atem. Sie würde Jake die Hausschlüssel abnehmen müssen, schoss es ihr durch den Kopf.

»Ich komme gleich«, rief sie.

Fünf Minuten später hörte sie Jake die Treppe herauflaufen und wurde sich bewusst, dass sie sich nicht von der Stelle gerührt hatte.

»Du leidest an einer Krankheit, die Amyoptrophische Lateralsklerose heißt«, erklärte Lisa mit brüchiger Stimme und sah Mattie an, die wie erstarrt neben Jake in einem von Lisas kleinen Untersuchungsräumen saß.

»Das klingt ernst.« Mattie wich dem Blick der Freundin aus und fixierte die Wand hinter ihr.

»Es *ist* ernst«, sagte Lisa leise.

»Wieso habe ich noch nie von dieser Krankheit gehört?«, fragte Mattie scharf, als machte das irgendeinen Unterschied, als hätte sie, wäre die Krankheit ihr bekannt gewesen, verhindern können, von ihr befallen zu werden.

»Du kennst sie wahrscheinlich unter dem bei uns geläufigeren Namen Lou-Gehring-Krankheit.«

»O Gott!«, keuchte Mattie und spürte zugleich, wie neben ihr Jake in seinem Stuhl zusammensank.

»Ist dir nicht gut? Möchtest du ein Glas Wasser?«

Mattie schüttelte den Kopf. Sie wollte ganz andere Dinge: nicht in diesem Zimmer sein, in ihrem Bett liegen und schlafen, ihr Leben zurückhaben.

»Was heißt das genau? Ich weiß, dass Lou Gehrig ein berühmter Baseballspieler war. Ich weiß, dass er an einer schrecklichen Krankheit gestorben ist. Und du sagst jetzt – was? Dass ich die gleiche Krankheit habe? Woher weißt du das?«

»Dr. Vance hat mir die Ergebnisse des Elektromyogramms heute Morgen gefaxt. Sie sind eindeutig.« Lisa hielt Mattie den hellen Hefter mit den Unterlagen hin. Jake nahm ihn, als Mattie sich nicht rührte. »Er fragte mich, ob ich es dir sagen wolle –«

Sag es mir nicht, dachte Mattie.

»Sag es mir«, forderte sie, in ihren Ohren ein schreckliches Dröhnen.

»Der Test zeigt beträchtliche Denervierung –«

»Lass den Jargon!«, fuhr Mattie sie an.

»An den motorischen Neuronen in Rückenmark und Hirnstamm sind irreversible Schäden festzustellen.«

»Und was heißt das?«

»Die Nervenzellen sterben«, erklärte Lisa.

»Die Nervenzellen sterben«, wiederholte Mattie. »Die Nervenzellen sterben. Was heißt das? Heißt das, dass *ich* sterbe?«

Es war völlig still. Keiner rührte sich. Keiner atmete.

»Ja«, sagte Lisa schließlich kaum hörbar. »O Gott, Mattie, es tut mir so entsetzlich Leid.« Ihre Augen waren voller Tränen.

»Warte! Warte!« Mattie sprang auf und begann, in dem kleinen Raum zwischen dem Untersuchungstisch und der Tür hin und her zu laufen. »Ich verstehe das nicht. Wenn ich diese amyotrophische weiß-der-Teufel-was-Krankheit habe, wieso hat sich das dann bei der Kernspintomographie nicht gezeigt? Den Bildern zufolge war doch alles in bester Ordnung«, erinnerte sie Lisa.

»Mit der Kernspintomographie werden andere Dinge dargestellt.«

»Ja, zum Beispiel Multiple Sklerose«, sagte Mattie. »Sie hat gezeigt, dass ich keine habe, es ist aber eine Sklerose.«

»ALS ist etwas anderes«, erklärte Lisa.

»ALS?«, fragte Mattie.

»Das ist die Abkürzung für –«

»Ich weiß, wofür es die Abkürzung ist«, fiel Mattie ihr ins Wort. »Ich bin nicht schwachsinnig. Meine Gehirnzellen sind noch nicht tot.«

»Mattie –«, sagte Jake und brach ab.

»Die Krankheit wird deine Geisteskräfte nicht angreifen.«

»Nein?« Mattie blieb stehen. »Was wird sie denn angreifen?«

»Vielleicht solltest du dich lieber setzen.«

»Vielleicht will ich mich aber nicht setzen, Lisa. Vielleicht möchte ich, dass du mir einfach sagst, was auf mich zukommt, damit ich endlich hier abhauen und mein Leben leben kann.« Mattie hätte beinahe gelacht. Mein Leben, dachte sie. Ein Witz. »Wie lange habe ich noch?«

»Das können wir nicht genau sagen. Es ist ungewöhnlich, dass jemand in deinem Alter ALS bekommt –«

»Wie lange, Lisa?«, beharrte Mattie.

»Ein Jahr.« Die Tränen stürzten ihr aus den Augen. »Vielleicht zwei«, fügte sie hastig hinzu. »Möglicherweise sogar drei.«

»Mein Gott!« Mattie fühlte, wie ihre Beine nachgaben, ihr Körper sich unter ihr auflöste, sodass ihr Kopf sich wie ein gigantischer Ballon anfühlte, der unter einem stürmischen Himmel kreiselte und jeden Moment abstürzen würde.

Lisa und Jake sprangen von ihren Stühlen auf und hielten sie, bevor sie fallen konnte.

»Atme tief durch«, drängte Lisa, während Mattie fühlte, wie Hände sie sanft auf dem Stuhl festhielten. Sie hörte Wasser rauschen und spürte den Druck eines Glases an ihren Lippen. »Trink langsam«, mahnte Lisa, als sich auf Matties Zunge das kühle Wasser mit dem warmen Salz ihrer Tränen mischte.

»Geht es wieder?«, fragte Lisa nach einer Weile.

»Nein«, antwortete Mattie leise. »Ich muss sterben. Wusstest du das nicht?«

»Ach, Mattie, es tut mir so Leid!« Lisa weinte und umklammerte Matties Hände.

Jake, bemerkte Mattie, hing so schlaff an der Tür wie jemand, dem sie das letzte Quäntchen Luft aus der Lunge geschlagen hatten. Hey, was ist los mit dir?, hätte sie gern gefragt. Es geht dir wohl an die Nieren, dass du hier mit deinem Hokuspokus nichts ausrichten kannst? Es geht dir wohl an die Nieren, dass du mir die Todesstrafe, die mir soeben von einem höheren Gericht aufgebrummt wurde, nicht ersparen kannst?

»Ein Jahr«, sagte Mattie.

»Vielleicht auch zwei oder drei«, sagte Lisa hoffnungsvoll.

»Und worauf muss ich mich in diesem einen oder den zwei oder drei Jahren gefasst machen?«

»Es ist unmöglich, den genauen Verlauf der Krankheit vorherzusagen«, antwortete Lisa. »Sie verläuft bei jedem anders, und selbst im Einzelfall gibt es keine symmetrische Entwicklung.«

»Bitte, Lisa! Ich habe nicht viel Zeit.« Mattie lächelte, und Lisa lachte unwillkürlich todtraurig.

»Okay«, sagte Lisa. »Okay. Du willst die nüchternen Fakten? In Ordnung.« Sie machte eine Pause, schluckte, holte einmal Luft und dann noch einmal. »Die ALS ist eine beständig fortschreitende Krankheit, die letztlich zum Tod führt. Sie greift Geist und Bewusstsein ihrer Opfer nicht an, sie raubt ihnen aber in zunehmendem Maß die Kontrolle über ihren Körper«, zitierte sie, unter Tränen, als hätte sie den Text auswendig gelernt, »mit dem Fortschreiten der Krankheit wirst du deine Beine nicht mehr gebrauchen können. Du hast das Prickeln in den Füßen schon kennen gelernt. Du stürzt schon jetzt häufiger als normal. Das alles wird sich beständig verschlimmern. Irgendwann wirst du nicht mehr gehen können. Du wirst im Rollstuhl sitzen.« Sie holte so tief Atem, als zöge sie an einer Zigarette. »Du hast mir erzählt, dass du manchmal Schwierigkeiten hast, den Schlüssel ins Schloss zu stecken. Das ist ein frühes Symptom der ALS. Irgendwann wirst du auch deine Hände nicht mehr gebrauchen können. Dein ganzer Körper wird langsam untauglich werden, während dein Geist und dein Bewusstsein scharf und klar bleiben.«

»Ich werde also eine Gefangene meines eigenen Körpers sein«, sagte Mattie leise.

Lisa nickte. Sie ließ ihren Tränen jetzt freien Lauf. »Du wirst nicht mehr richtig sprechen können und anfangen zu lallen. Du wirst beim Schlucken Schwierigkeiten bekommen, und irgendwann wirst du wahrscheinlich künstlich ernährt werden müssen.«

»Und wie werde ich sterben?«

»Mattie, bitte –«

»Sag es mir, Lisa. Wie werde ich sterben?«

»Du wirst Atembeschwerden bekommen, Erstickungsanfälle. Am Ende wirst du ersticken.«

»O Gott!« Mattie erinnerte sich ihrer Panik, als sie bei der Kernspintomographie in der Röhre gelegen hatte. Fünfundvierzig Minuten lang das Gefühl, lebendig begraben zu sein. Und nun sollte sie dieses selbe Gefühl vielleicht drei Jahre lang aushalten. Nein, das war nicht möglich. Sie fühlte sich absolut gesund. Sie musste ganz sicher nicht sterben. Das konnte nur ein Irrtum sein.

»Ich möchte eine zweite Meinung.«

»Natürlich.«

»Aber keine Untersuchungen mehr. Bevor es mit diesen Untersuchungen losging, war ich bei bester Gesundheit.«

»Keine Untersuchungen mehr«, stimmte Lisa zu und wischte sich jetzt die Tränen ab. »Ich spreche mit Dr. Vance. Er kann sicher jemanden empfehlen.«

»Denn das kann nur ein Irrtum sein«, fuhr Mattie fort. »Nur weil mir ab und zu mal der Fuß einschläft und ich mit dem Schlüssel ein bisschen ungeschickt bin –«

»Matties Lachanfall im Gerichtssaal –«, begann Jake und hielt inne, als Mattie ihm einen wütenden Blick zuwarf.

»Auch das ist ein Teil der Krankheit«, sagte Lisa. »Man weiß im Grunde nicht, warum das so ist, aber plötzliche, unerklärliche Anfälle, Lachen oder Weinen ohne offenkundigen Anlass, gehören in einigen Fällen zu den Kennzeichen der Krankheit.«

»Ich möchte jetzt wirklich nicht mehr darüber sprechen«, sagte Mattie und sprang auf.

»Dr. Vance möchte, dass du gleich anfängst, ein Medikament mit dem Wirkstoff Riluzol zu nehmen«, sagte Lisa rasch. »Das ist ein Mittel, das den vorzeitigen Tod der Zellen verhindert. Man nimmt eine Tablette pro Tag. Nebenwirkungen sind nicht zu befürchten. Das Medikament ist teuer, aber es ist sein Geld wert.«

»Kannst du mir mal sagen, wozu ich dieses Mittel nehmen soll?«, fragte Mattie, deren früherer Zorn zurückkehrte. Hatte sie Lisa nicht gesagt, dass sie eine zweite Meinung einholen wollte? Wieso sprachen sie hier über Medikamente, als stünde bereits fest, wie diese zweite Meinung ausfallen würde?

»Es gibt dir ein paar Monate mehr.«

»Ja, Monate, in denen ich mich nicht bewegen kann, wo ich mit Erstickungsanfällen kämpfe, wo ich geistig voll da bin, während mein Körper zum Wrack wird? Besten Dank, Lisa, aber das brauche ich wirklich nicht.«

»Das Riluzol verlangsamt den Krankheitsverlauf.«

»Mit anderen Worten, es schiebt das Unausweichliche hinaus.«

»Die wissenschaftliche Forschung entdeckt ständig neue Behandlungsmethoden«, begann Lisa.

»Bitte, Lisa«, unterbrach Mattie, »erspar mir den Sermon von den Großtaten der medizinischen Forschung und den Wundern, die immer wieder geschehen. Das steht dir nicht.«

»Hier, Mattie.« Lisa schrieb ein Rezept aus und hielt es Mattie hin.

Die lehnte es ab. »Ich habe gesagt, ich möchte eine zweite Meinung einholen.«

Jake nahm das Rezept an sich und schob es in die Tasche seines grauen Nadelstreifenjacketts. Zu der Rechnung für ein Zimmer im Ritz-Carlton, dachte Mattie mit Bitterkeit.

»Wozu gibst du ihm das?«, fuhr sie Lisa an.

»Ich dachte nur, wir sollten es dahaben«, sagte Jake lahm.

»Wir? Wer ist wir?«

»Mattie –«

»Nein! Du hast überhaupt keine Rechte hier. Du hast diese Rechte aufgegeben, erinnerst du dich? Ich habe dich nur als Chauffeur mitgenommen.«

»Mattie –«

»Nein. Das alles geht dich überhaupt nichts an. *Ich* gehe dich nichts an.«

»Du bist die Mutter meines Kindes«, sagte Jake ruhig.

O Gott, Kim, dachte Mattie. Sie drückte die Arme auf den Magen und krümmte sich wie unter Schlägen. Wie sollte sie es Kim sagen? Dass sie ihren Schulabschluss nicht mehr miterleben würde, ihr nicht würde winken können, wenn sie zum Studium von zu Hause fortging, nicht auf ihrer Hochzeit tanzen würde, niemals ihr erstes Enkelkind im Arm halten würde. Dass sie vor den schönen, angstgeweiteten Augen ihrer Tochter langsam ersticken würde.

»Die Mutter deines Kindes«, wiederholte Mattie. Natürlich. Mehr war sie ihm nie gewesen. Die Mutter seines Kindes. Jammer nicht, dachte sie, und damit richtete sie sich auf, straffte die Schultern und hob den Kopf. »Ich möchte jetzt gehen!« Sie warf einen raschen Blick auf ihre Uhr und sah, dass es fast halb zwölf war.

»Ich habe eine Verabredung.«

»Was?« Jakes Gesicht war Gold wert.

»Ist Sex erlaubt?«, fragte Mattie Lisa unvermittelt.

»Was?«, rief Jake noch einmal.

»Ist es erlaubt?«, wiederholte Mattie, ohne ihren Mann zu beachten.

»Solange es angenehm ist«, antwortete Lisa.

»Gut«, sagte Mattie. »Ich brauche nämlich ein bisschen Sex.«

»Mattie –«, rief Jake und brach ab. Seine Arme fielen wie leblos herab.

»Nicht mit dir«, sagte Mattie zu ihrem Mann. »Na, ist das nicht eine Erleichterung? Deine Dienste auf diesem Gebiet werden nicht länger benötigt. Du bist gerade noch rechtzeitig ausgestiegen. Kein Mensch kann dir vorwerfen, du wärst ein gewissenloser Schuft, der seine Frau genau in dem Moment sitzen lässt, wo er erfährt, dass sie eine tödliche Krankheit hat. Dein Timing ist wieder einmal perfekt.«

»Und was tun wir jetzt?«, fragte er hilflos.

»Ganz einfach«, sagte Mattie. »Du lebst. Ich sterbe. Also, könntest du mich jetzt vielleicht nach Hause fahren? Ich habe wirklich eine Verabredung.«

Jake sagte nichts. Er öffnete die Tür des kleinen Raums und holte tief Atem.

»Ich rufe dich an, sobald ich einen Termin habe«, sagte Lisa.

»Keine Eile«, erwiderte Mattie und ging hinaus.

11

Auf der Heimfahrt sprachen sie kein Wort. Mattie war zu fassungslos und zu wütend, Jake zu fassungslos über ihre Wut, um etwas zu sagen. Stattdessen hörten sie Radio, lauter als Jake es normalerweise einstellte, lauter als Mattie es mochte, aber an diesem Tag war die Lautstärke gerade richtig. Die Rockmusik füllte den BMW wie Wasser ein langsam untergehendes Auto, drang durch ihre Öffnung ein, füllte rasch alle leeren Räume, überschwemmte alles. Der Lärm stopfte ihnen die Ohren und verschloss ihnen die Münder. Mattie hatte keine Ahnung, was die Sänger grölten, aber das störte sie nicht. Sie brauchte nicht zu wissen, was sie grölten, es reichte, dass sie grölten.

Jake fuhr von der Old Orchard Road, wo Lisa ihre Praxis hatte, in südlicher Richtung auf den Edens Expressway. Er hielt das Lenkrad so fest umklammert, als fürchtete er, wenn er locker ließe, würde er ganz die Kontrolle verlieren. Mattie sah, wie straff sich die Haut über seinen Handknöcheln spannte, so straff, dass die Narbe, die über drei Knöchel verlief – eine Erinnerung an einen Unfall in der Kindheit, über den zu sprechen er stets abgelehnt hatte –, rot und verzerrt hervortrat. War er wegen der bestürzenden Nachricht, die Mattie soeben erhalten hatte, so angespannt oder weil er glaubte, sie zu einem Stelldichein mit einem anderen Mann zu fahren? Berührte ihn das eine oder das andere überhaupt?

Mattie hatte vom Auto aus ihren Anrufbeantworter abgehört und auf diesem Weg erfahren, dass Roy Crawford sich etwa eine Stunde verspäten würde. Er hatte vorgeschlagen, sich mit ihr in einem Steakhaus zu treffen, das in der Oakton Road in Des Plaines war. Kein Problem, dachte Mattie – bis auf Jake, der darauf bestand, sie zu fahren.

»Du kannst mich da drüben absetzen«, sagte Mattie plötzlich und wies auf das Old Orchard Einkaufszentrum, nicht weit vom Expressway an der Gold Road.

Jake schaltete abrupt das Radio aus. Die Stille war so ohrenbetäubend wie vorher das Gegröle. »Warum dort?«

»Ich hab noch ein bisschen Zeit totzuschlagen.« Mattie hätte beinahe gelacht über ihre Wortwahl. »Ich werde einfach noch eine Weile bummeln.«

»Und wie kommst du dann ins Restaurant?«

Hätte er sich nur so sehr um sie gesorgt, bevor er gegangen war! Dann wären sie jetzt vielleicht noch zusammen, dachte Mattie.

»Jake, ich bin völlig in Ordnung.«

»Nein, bist du nicht«, widersprach er, deutlich unsicher und verwirrt.

»Aber ich habe noch ein ganzes Jahr, da brauchst du dir wirklich keine Sorgen um mich zu machen.«

»Mein Gott, Mattie, darum geht's doch nicht.«

»Genau. Es geht darum, dass ich eine erwachsene Frau bin. Du bist nicht für mich verantwortlich. Ich glaube nicht, dass ich deine Erlaubnis brauche, um im Einkaufszentrum bummeln zu gehen.«

Jake seufzte gereizt, schüttelte den Kopf und bog in die Golf Road ab.

»Gehen wir doch irgendwo zusammen einen Kaffee trinken«, meinte er, es mit einer anderen Taktik versuchend.

»Ich bin in einer Stunde zum Mittagessen verabredet«, erinnerte sie ihn.

»Wir müssen miteinander reden.«

»Ich will aber nicht reden.«

»Mattie!« Jake manövrierte den Wagen in die erstbeste Parklücke zwischen einem roten Dodge und einem silbernen Toyota und schaltete den Motor aus. »Du hast gerade einen furchtbaren Schock erlitten. Wir haben beide einen fürchterlichen Schock erlitten.«

»Ich habe gesagt, ich will nicht darüber reden«, fuhr Mattie ihn an. »Für mich ist das Ganze ein riesiger Irrtum. Ende der Diskussion.«

»Wir müssen uns überlegen, was wir tun wollen, wie wir es Kim sagen, was wir unternehmen sollten –«

»Sag mal, wie kommt es eigentlich, dass immer dann, wenn du nicht über die Dinge reden willst, das Thema sofort ad acta gelegt wird, ich dagegen, so oft ich will, Ende der Diskussion sagen kann, ohne dass es ankommt?«, rege Mattie sich auf.

»Ich möchte dir doch nur helfen.« Jakes Stimme schwankte und klang sehr brüchig.

Mattie wandte sich ab. Sie wollte Jakes Schmerz nicht zur Kenntnis nehmen. Täte sie es, würde sie ihn fühlen müssen, und das konnte sie sich nicht erlauben. »Kopf hoch, Jake«, sie öffnete die Wagentür, »es gibt keinen Anlass zur Sorge. Es ist, wie gesagt, alles nur ein Riesenirrtum. Ich bin kerngesund.«

Jake lehnte sich in dem Sitz aus dunklem Leder zurück und blickte zum getönten Schiebedach über seinem Kopf hinauf. »Kann ich dich später anrufen?«

»Was wird denn deine Freundin dazu sagen?« Mattie stieg aus dem Wagen, ohne auf seine Antwort zu warten.

»Mattie –«

»Woher hast du eigentlich die Narbe auf deinem Handrücken?«, fragte sie, sich und ihn überraschend, und wartete dann an die offene Wagentür gelehnt. Sie sah, wie Jake bleich wurde und seine blauen Augen sich trübten. Jetzt ist der Scheinwerfer auf dich gerichtet, mein Lieber, dachte sie, wohl wissend, wie unangenehm ihm jedes Gespräch über seine Vergangenheit war. Würde er Vergessen vortäuschen, mürrisch der Frage ausweichen? Oder würde er irgendetwas erfinden, ihr ein Märchen erzählen, um sie abzuwimmeln?

Jake strich sich geistesabwesend über die Stelle auf seinem Handrücken. »Als ich ungefähr vier Jahre alt war, hat meine Mutter mal ein heißes Bügeleisen über meine Hand gehalten«, sagte er leise.

»Mein Gott!« Mattie kamen die Tränen. »Warum hast du mir das nie erzählt?«

Er zuckte die Achseln. »Wozu?«

»Ich war immerhin deine Frau.«

»Und was hättest du tun können?«

»Ich weiß es nicht. Vielleicht hätte ich helfen können.«

»Genau das möchte ich jetzt tun, Mattie«, sagte Jake und schaffte es, wieder sie in den Mittelpunkt zu rücken und sich selbst aus dem Rampenlicht zurückzuziehen. »Helfen, so weit ich kann.«

Mattie richtete sich auf. Sie sah zum Einkaufszentrum hinüber und blickte dann wieder Jake an. »Ich werd's mir merken.« Ihre Stimme war kalt und gepresst. »Fahr vorsichtig«, sagte sie. Sie schlug die Wagentür zu und ging ohne einen Blick zurück davon.

Eine halbe Stunde später trat sie in ein kleines Reisebüro ganz am westlichen Ende des Old Orchard Einkaufszentrums und ließ die zwei großen Einkaufstüten, die sie mitschleppte, einfach vor dem ersten freien Schalter fallen. »Ich möchte gern eine Reise nach Paris buchen«, sagte sie und setzte sich, ohne auf eine Aufforderung zu warten. Lächelnd sah sie die rundliche Frau mittleren Alters an, die ihrem Namensschildchen zufolge Vicki Reynolds hieß, und kam rasch zu dem Schluss, dass Vicki Reynolds zu den Leuten gehörte, die sich gern beschäftigter gaben, als sie es tatsächlich waren. Ihre Hände waren in ständiger hektischer Bewegung und ihre Gesichtszüge angespannt vor lauter Scheinkonzentration. Im Augenblick gab sie mit großem Getue irgendwelche Daten in ihren Computer ein.

»Nur eine Sekunde«, sagte sie, ohne aufzublicken.

»Ich habe nicht viel Zeit«, erklärte Mattie und musste schon wieder lachen.

Die Frau warf einen Blick zu den zwei anderen Schaltern, aber vor beiden warteten Kunden. »Ich stehe sofort zu Ihrer Verfügung.«

Mattie lehnte sich zurück, froh, eine Weile sitzen zu können. Seit sie sich von Jake getrennt hatte, war sie wie eine Wahnsinnige von einem Geschäft ins andere gerannt, hatte sich hier etwas zeigen lassen, dort etwas anprobiert, bis sie schließlich nicht nur mit drei neuen Pullovern, einer davon in pinkfarbenem Angora, abgezogen war, sondern dazu mit zwei schwarzen langen Hosen, weil man schwarze Hosen nie genug haben konnte, einem Paar waldgrüner Wildlederschuhe von Robert Clergerie, von denen der Verkäufer ihr versichert hatte, man könne sie zu allem tragen, und einer irren knallroten Lederjacke von Calvin Klein. Die Jacke kostete ein kleines Vermögen, aber die Verkäuferin hatte behauptet, sie sei ein Klassiker und würde nie aus der Mode kommen. Die würde sie ewig tragen können. »Ewig«, hatte Mattie wiederholt, während sie sich im Ankleidespiegel bewunderte. Darüber, wie sie das Ding bezahlen sollte, würde sie sich später den Kopf zerbrechen.

Sie sollte auch daran denken, sich einen neuen Wagen zu kaufen. Sie konnte schließlich nicht auf Dauer in einem gemieteten Oldsmobile herumkurven. Früher oder später würde sie sich einen eigenen Wagen kaufen müssen, warum also nicht früher. Sie hatte sich noch nie ein Auto gekauft, das würde also eine ganz neue Erfahrung werden. Wunderbar, dachte Mattie. Es war an der Zeit, Neues auszuprobieren. Vielleicht würde sie sich einen Sportwagen kaufen, so einen schnittigen kleinen Ausländer in leuchtendem Tomatenrot. Oder vielleicht was Amerikanisches, wie eine Corvette. Ja, eine Corvette hatte sie sich schon immer gewünscht. Jake hatte ihn ihr mit der Begründung ausgeredet, dass so ein Wagen total unpraktisch wäre, besonders wenn sie Kim und ihre Freunde herumkutschieren müsse. Aber

Jake hatte zu ihren Entscheidungsprozessen nichts mehr beizutragen, und die meisten von Kims Freunden fuhren mittlerweile ihre eigenen Autos. Wenn es also überhaupt den rechten Zeitpunkt für einen knalligen roten Sportwagen gab, dann war er jetzt, und zum Teufel mit den Finanzen. Morgen früh würde sie ihren pinkfarbenen Angorapulli anziehen, ihre schwarze Hose, die grünen Wildlederschuhe und ihre Calvin-Klein-Lederjacke und losziehen, um sich eine funkelnagelneue Corvette zu kaufen. Vielleicht würde sie Roy Crawford bitten mitzukommen.

»Also, was kann ich für Sie tun?« Vicki Reynolds sah endlich von ihrem Computer auf und strahlte Mattie mit einem beunruhigend faltenfreien Gesicht an, die Haut so stramm und straff, als wäre das Gesicht aus Stein.

»Ich möchte ein Erste-Klasse-Ticket nach Paris«, sagte Mattie und bemühte sich redlich, die Frau nicht anzustarren.

»Klingt gut«, sagte Vicki Reynolds mit geschäftig flatternden Händen und verzog die steifen Lippen zu einer Grimasse, die einem Lächeln nur entfernt ähnelte. »Wann möchten Sie fliegen?«

Mattie ging die verschiedenen Möglichkeiten durch. Es war bereits Oktober, keinesfalls wollte sie Paris bei ihrem ersten Besuch im Winter erleben, wo sich vermutlich alles Grau in Grau zeigen würde. Im Sommer war es zu voll, da wimmelte es dort von Studenten und Touristen, und außerdem, was würde sie mit Kim tun? So gern sie ihre Tochter hatte, Paris, die Stadt der Liebe, wollte sie ohne Kind genießen. Sie wünschte sich ihren ersten Aufenthalt dort romantisch und unbeschwert. Vielleicht würde sie sogar Roy Crawford überreden, mit ihr zu fliegen.

»Im April«, sagte sie mit Entschiedenheit. »April in Paris. Das ist doch perfekt.«

»Gut, April in Paris«, stimmte Vicky Reynolds zu, ihr Lächeln eine starre gerade Linie, die nur an den Enden leicht zuckte, während Mattie sich auf ihrem Stuhl zurücklehnte und über das ganze Gesicht strahlte.

»Und warum tun Frauen ihren Gesichtern solche grässliche Dinge an?«, fragte Roy Crawford bei seinem zweiten Glas teuren roten Burgunders.

Sie saßen in einer intimen Ecke des kleinen Restaurants, dessen Dekor dem der meisten Steakhäuser glich: holzgetäfelte Wände, robustes Mobiliar, dunkel selbst mitten am Tag. Sie aßen saftige Steaks und gebackene Kartoffeln mit Sauerrahm, ein Genuss, den Mattie sich seit Jahren nicht mehr erlaubt hatte.

»Warum Frauen solche Dinge tun?«, wiederholte Mattie ungläubig. »Das fragen ausgerechnet Sie?«

»Was soll das heißen, ›ausgerechnet ich‹?« Roy Crawford strich sich über das üppige graue Haar und glättete ein nicht vorhandenes Fältchen in seiner blassblauen Seidenkrawatte.

»Sie gehören doch zu denen, die ihre Frauen ständig gegen jüngere Modelle eintauschen. Sie leben mit einem Girlie zusammen.«

»Das hat weniger mit ihrem Aussehen zu tun als mit ihrem Temperament. Sie sehen übrigens sehr schön aus, wenn ich das hinzufügen darf«, fuhr er ohne Pause fort.

»Danke, aber –«

»Wenn Sie mir nicht von dem Unfall erzählt hätten, hätte ich nichts davon gemerkt.«

»Danke«, sagte Mattie ein zweites Mal und fragte sich, warum sie Roy Crawford dafür dankte, dass er so wenig aufmerksam war. »Aber Sie wollen doch nicht im Ernst behaupten, das Aussehen hätte nicht damit zu tun, dass Männer auf jüngere Frauen fliegen.«

»Ich habe nicht gesagt, dass das Aussehen *nichts* damit zu tun hat. Ich sagte, dass Aussehen weniger wichtig ist als Temperament.«

»Wenn also jetzt eine Frau mittleren Alters mit tollem Temperament und eine blutjunge schwüle Blondine mit tollem Busen hier hereinkämen, würden Sie dann Alter oder Schönheit wählen?«

»Keines von beiden, da ich bereits mit einer der attraktivsten Frauen von Chicago am Tisch sitze.«

Wider Willen musste Mattie lächeln. »Ich würde sagen, dass Frauen wie die im Reisebüro, von der ich Ihnen erzählt habe, sich deshalb unters Messer legen, weil sie glauben, gar keine Wahl zu haben. Sie müssen auf einem ständig schrumpfenden Markt von Männern, die noch zu haben sind, mit Frauen konkurrieren, die halb so alt sind wie sie.«

»Vielleicht konkurrieren sie gar nicht mit anderen Frauen«, entgegnete Roy Crawford. »Vielleicht tun sie es gar nicht für die Männer.«

»Wie meinen Sie das?«

»Vielleicht konkurrieren sie mit sich selbst, mit dem Bild der Frau, die sie einmal waren. Vielleicht wollen sie einfach nicht alt werden.«

»Es gibt Schlimmeres als das Altwerden«, sagte Mattie.

»Und das wäre?« Lachend schob sich Crawford ein Stück Steak in den Mund.

»Jung sterben«, sagte Mattie. Sie legte ihre Gabel aus der Hand, der Appetit war ihr plötzlich vergangen.

»Leb aus dem Vollen, stirb jung und werd eine schöne Leiche«, sagte Roy Crawford. »So ähnlich lautet doch der Spruch?«

»Wollen Sie so sterben?«

»Ich? Sterben? Kommt nicht in Frage. Ich habe das ewige Leben.«

»Holen Sie sich deshalb immer jüngere Frauen? Wollen Sie damit den Tod abwehren?«

Roy Crawford starrte sie über den kleinen Tisch hinweg an, während er mit einer Hand unsichtbare Krümel vom blütenweißen Tischtuch fegte. »Sie hören sich ein bisschen an wie meine Ex-Frauen«, flüsterte er.

»Warum betrügen Männer ihre Frauen?«, wechselte Mattie unvermittelt das Thema.

Crawford lehnte sich zurück. »Ist das so etwas wie ein Test?«

»Ein Test?«

»Bekomme ich einen Preis für die richtige Antwort?«

»Wissen Sie denn die richtige Antwort?«

»Ich habe auf alles eine Antwort.«

»Darum habe ich Sie gefragt.«

Crawford trank einen Schluck Wein und beugte sich über den Tisch. »Haben Sie unter dieser hübschen Seidenbluse vielleicht ein Tonbandgerät versteckt?«

»Wollen Sie mich durchsuchen?« Mattie klang bewusst herausfordernd.

»Das ist ein interessanter Gedanke.«

»Zuerst müssen Sie meine Frage beantworten.«

»Die habe ich vergessen«, sagte Crawford, und sie lachten beide.

»Warum betrügen Männer ihre Frauen?«

Crawford zuckte mit den Schultern, lachte und sagte: »Sie kennen doch den alten Witz: Warum leckt der Hund seine Genitalien?«

»Nein, den kenn ich nicht.« Mattie fragte sich, wo da die Verbindung war.

»Weil er kann«, Crawford lachte wieder.

»Sie sagen, Männer betrügen ihre Frauen, weil sie können? Ist das alles?«

»Männer sind im Grunde einfache Geschöpfe«, erklärte Crawford.

»Sind Sie deswegen jetzt mit mir hier?«

»Ich bin hier, weil Sie mich zum Mittagessen eingeladen haben, um den Ankauf neuer Kunstgegenstände für meine Wohnung zu besprechen«, erinnerte er sie.

»Für die, die Sie mit Miss Teenieland teilen.«

»Sie ist sehr reif«, sagte Crawford mit einem verschmitzten Augenzwinkern.

Mattie lächelte. »Und hat bestimmt eine Menge Temperament.«

Crawford warf den Kopf zurück und lachte mit blitzend weißen Zähnen. »Das auch.«

»Dann frage ich Sie noch einmal: Was tun Sie hier mit mir?«

»Vielleicht sollte die Frage besser lauten: Was tun *Sie* hier mit *mir*?«

»Mein Mann hat eine Affäre mit einer anderen Frau«, sagte Mattie ruhig.

Crawford nickte, das also war des Rätsels Lösung. »Sie wollen Gleiches mit Gleichem vergelten?«

»Das ist ein Aspekt.«

»Und der andere Aspekt?«

Mattie ließ ihren Blick ziellos durch den abgedunkelten Raum schweifen und bemühte sich, nicht hinter jedem Frauengesicht die Züge ihrer Freundin Lisa zu sehen, nicht in jeder gedämpften Frauenstimme die grausamen Worte zu hören.

»Vielleicht gibt es keinen anderen Aspekt.«

Wieder lachte Crawford. »Nun, wenigstens vielen Dank für Ihre Aufrichtigkeit.«

»Sie sind verärgert«, sagte Mattie.

»Im Gegenteil. Ich fühle mich geschmeichelt. Natürlich hätte ich mich noch mehr geschmeichelt gefühlt, wenn Sie mir gesagt hätten, was für ein attraktiver Mann ich bin und dass Sie mich unwiderstehlich finden. Aber Rache ist gut. Ich bin bereit, mich mit Rache zu begnügen. Und wann? Was schwebt Ihnen da vor?«

Mattie sah ihm forschend in die Augen. Machte er sich über sie lustig? Sie fand keine Anzeichen dafür. »Ich habe heute Nachmittag eigentlich nichts weiter vor«, sagte sie.

»Na, dann schlag ich vor, wir schreiten gleich zur Tat.« Er warf seine Serviette auf den Tisch und winkte dem Kellner, um sich die Rechnung bringen zu lassen. »Wohin soll's gehen?«

Mattie war etwas erschrocken über das Tempo, mit dem die Dinge sich entwickelten. Aber das wolltest du doch, hielt sie sich vor und dachte an die neue Satinunterwäsche, die sie sich auf dem Weg aus dem Einkaufszentrum hinaus noch gekauft hatte.

»Am besten gehen wir zu mir«, meinte sie. Sie wusste, dass Kim nach der Schule zu einem Football-Spiel wollte und erst zum Abendessen nach Hause kommen würde.

»Keine gute Idee«, widersprach Crawford. »Gehörnte Ehemänner haben eine besondere Gabe dafür, genau dann aufzukreuzen, wenn man sie am wenigsten erwartet.«

»Da besteht keine Gefahr«, erklärte Mattie.

»Er ist verreist?«

»Für immer, ja«, sagte Mattie. »Er ist vor zwei Wochen ausgezogen.«

»Sie leben getrennt?« Crawford wirkte beinahe erschrocken.

»Ist das ein Problem?«

»Es ist eine Komplikation.« Crawford lächelte etwas mühsam.

»Eine Komplikation? Ich hätte gedacht, es sei das Gegenteil.«

»Tja, wie soll ich es sagen?« Crawford schüttelte den massigen Kopf. »Ich bin mit sechzehn von der Schule abgegangen und habe nie einen Abschluss gemacht. Aber ich hatte Erfolg im Leben – und warum? Aus zwei Gründen: Erstens, ich nutze die Gelegenheiten, und zweitens, ich halte alles so einfach wie möglich. Also, wenn Sie noch mit Ihrem Mann zusammen lebten, dann wäre eine Affäre mit Ihnen eine dieser großartigen Gelegenheiten, die man nutzen muss, eine einfache Geschichte, bei der sich zwei Erwachsene zusammentun, um ein bisschen Spaß zu haben. Mehr würden Sie von mir nicht erwarten. Ein nettes Abenteuer ohne Verpflichtung.« Er hielt inne und winkte den Kellner weg, der mit der Rechnung an den Tisch getreten war. »Die Tatsache, dass Sie sich von Ihrem Mann getrennt haben, macht alles wesentlich komplizierter. Es bedeutet nämlich, dass Ihre Erwartungen ganz andere sind.«

»Ich erwarte gar nichts von Ihnen«, widersprach Mattie.

»Jetzt vielleicht nicht. Aber das wird sich ändern. Glauben

Sie mir, ich spreche aus Erfahrung.« Er hielt inne, sah sich um und neigte sich über den Tisch, als wollte er sie in ein dunkles Geheimnis einweihen. »Das Mindeste, was Sie erwarten werden, ist eine Beziehung. Sie *verdienen* eine Beziehung. Aber *ich* will keine Beziehung mehr. Ich möchte nicht an Ihren Geburtstag denken oder mit Ihnen ein neues Auto aussuchen müssen.«

Mattie schnappte hörbar nach Luft.

»Ich habe Sie beleidigt. Verzeihen Sie, das wollte ich nicht.«

»Nein«, entgegnete Mattie, immer noch verblüfft über die unverblümte Zurückweisung und die Richtigkeit seiner Vorhersage. »Sie haben mich nicht beleidigt. Sie haben vollkommen Recht.«

»Was?« Crawford lachte. »Ich glaube, Sie sind die erste Frau, die das zu mir gesagt hat.«

»Überraschung!«, sagte Mattie. Eine Frau mit kurzem welligem Haar ging an ihrem Tisch vorüber, und einen Moment lang glaubte sie, Lisa sei ihr hierher gefolgt und würde gleich allen, die es hören wollten, lauthals ihre Diagnose verkünden. »Es würde wohl nichts ändern, wenn ich Ihnen sagte, dass ich wahrscheinlich nicht mehr sehr lange hier sein werde.«

»Sie ziehen um?«

Mattie lächelte bitter. »Ich spiele mit dem Gedanken, ja.«

»Dann ziehen Sie aber nicht zu weit fort.« Wieder winkte Crawford dem Kellner. »Meine Wände wären ohne Sie verloren.«

Leb aus dem Vollen, stirb jung, dachte Mattie, während Roy Crawford dem Kellner seine Kreditkarte reichte. Sei eine schöne Leiche.

12

»Du sagst mir nie, dass ich schön aussehe.«

Jake stöhnte, warf sich auf den Rücken, dann auf die linke Seite und zog sich die kratzige rosarote Wolldecke über die Ohren, um die Stimme seiner Mutter nicht hören zu müssen.

»Wieso sagst du mir nie, dass ich schön aussehe?«

»Ich sag es dir dauernd. Aber du hörst nicht zu«, versetzte Jakes Vater unwirsch, desinteressiert.

Jake hörte das ferne Rascheln der Zeitung in den Händen seines Vaters. Er stöhnte lauter, wünschte vergeblich, er würde nicht hören müssen, was, wie er wusste, gleich kommen würde. Er hatte es schon so oft gehört, er wollte es nicht schon wieder hören.

»Warum gehen wir nicht ein bisschen aus? Komm, gehen wir tanzen«, drängte seine Mutter und tanzte in den Vordergrund von Jakes Traum, verdrängte mit ihrem blonden Haar und ihren dunklen Augen alle anderen Bilder. In ihrem weiten Blumenrock schwenkte sie verführerisch die Hüften vor ihrem Mann, der verbissen seine Zeitung las und keine Notiz von ihr nahm.

»Hast du gehört? Ich hab gesagt, gehen wir tanzen.«

»Du hast getrunken.«

»Nein, hab ich nicht.«

»Ich riech den Alkohol doch bis hierher.«

Der schmollende rote Mund seiner Mutter füllte den riesigen Bildschirm, der Jakes Unterbewusstsein war. »Na schön, dann gehen wir eben nicht tanzen. Hast du wenigstens Lust, ins Kino zu gehen? Wir waren seit Monaten nicht mehr.«

»Ich will nicht ins Kino. Ruf eine von deinen Freundinnen an, wenn du ins Kino gehen willst.«

»Ich hab keine Freundinnen«, gab Eva Hart schnippisch zurück. »Die Freundinnen hast du.«

Jake warf sich wieder auf den Rücken. Zeit zum Aufwachen, flüsterte es in seinem Kopf. Wimmerte es. Du willst das doch nicht hören.

»Sprich nicht so laut«, sagte sein Vater. »Du weckst die Jungs.«

»Ich wette, deinen Freundinnen verbietest du nicht den Mund. Denen sagst du bestimmt nicht, sie sollen leise sein, wenn sie ihre Lustschreie loslassen –«

»Herrgott noch mal, Eva –«

»Herrgott noch mal, Warren!«, äffte sie ihn spöttisch nach, und Jake sah, wie ihr Gesicht sich vor Wut verzerrte.

Warren Hart sagte nichts. Er vertiefte sich wieder in seine Zeitung, hob sie vor sein Gesicht, um seine Frau nicht sehen zu müssen. Nein, dachte Jake. Nein, das ist das Schlimmste, was du tun kannst. Du darfst nicht versuchen, sie zu ignorieren. Sie lässt sich nicht ignorieren. Seine Mutter war wie ein tropischer Sturm, ihre Wut pflegte sich langsam zu steigern und an Gewalt zu gewinnen, bis sie über alles in ihrer Umgebung hinwegfegte, ohne Rücksicht darauf, wen sie verletzte, einzig auf Chaos und Zerstörung gerichtet. Sie war eine Naturgewalt, und man durfte sie nicht ignorieren. Wusste denn sein Vater das nicht? Hatte er es nicht inzwischen begriffen?

»Glaubst du, ich weiß nichts von deinen Freundinnen?«, fragte Eva Hart. »Bildest du dir ein, ich wüsste nicht, was du vorhast, wenn du sagst, du müsstest noch mal ins Büro? Glaubst du wirklich, ich wüsste nicht alles über dich, du elendes Schwein?«

Tu's nicht, tu's nicht, tu's nicht.

Eva Hart durchstieß mit der geballten Faust die Zeitung ihres Mannes.

Die Erinnerung riss Jakes Arm in die Höhe und schleuderte ihn mit dumpfem Aufprall wieder aufs Bett hinunter.

Sein Vater sprang aus dem Sessel am offenen Kamin und warf die zerfetzte Zeitung auf den beigefarbenen Spannteppich. Das kleine Wohnzimmer schien mit seiner wachsenden Wut zu schrumpfen.

»Du bist ja verrückt!«, brüllte er und lief hinter dem braunen Velourssofa hin und her. »Du bist vollkommen verrückt.«

»Du bist ein Verrückter!« Jakes Mutter wollte sich auf ihren Mann stürzen, verlor das Gleichgewicht und stieß beinahe eine Stehlampe um.

»Ja, ich bin verrückt, bei einer Verrückten zu bleiben.«

»Warum haust du dann nicht ab, du dreckiger Mistkerl?«

»Vielleicht tu ich das. Vielleicht werd ich genau das tun.« Jake sah zu, wie sein Vater sein Jackett aus dem Schrank im Flur riss und zur Haustür rannte.

Du darfst nicht gehen. Du darfst uns nicht mit ihr allein lassen. Bitte kehr um, komm zurück. Du darfst nicht gehen.

»Glaub bloß nicht, ich weiß nicht, wohin du jetzt gehst! Denkst du vielleicht, ich weiß nicht, dass du das hier nur als Vorwand benutzt? Was zum Teufel bildest du dir eigentlich ein? Du kannst nicht einfach hier rausmarschieren. Du gemeiner Hund. Du kannst mich nicht einfach allein hier lassen!«

Geh nicht, geh nicht, geh nicht.

»Nein!«, hörte Jake seine Mutter schreien. Sie schlug mit den Fäusten auf die Tür, die ihr Mann vor ihr zugeschlagen hatte, und ihre verzweifelten Schreie jagten durch den kleinen Flur des adretten Bungalows und stießen die Tür zu Jakes Schlafzimmer auf, zu dem Zimmer, in das seine Brüder sich beim ersten Anzeichen einer Szene zwischen den Eltern geflüchtet hatten und wo sie jetzt alle drei Berge von Büchern und Spielsachen hinter der Tür aufbauten als provisorischen Schutzwall, der gegen die Gewalt ihrer Mutter in ihrer ausufernden Hysterie wirkungslos war.

Hinter geschlossenen Lidern sah Jake, wie die drei Brüder,

drei, fünf und sieben Jahre alt, sich in dem Versteck zusammendrängten, das er hinten in seinem Kleiderschrank geschaffen hatte. Sein älterer Bruder Luke starrte mit leerem Blick vor sich hin, und der kleinere, Nicholas, drückte sich zitternd vor Furcht in Jakes Arme.

»Es passiert schon nichts«, flüsterte Jake. »Wir haben Wasser und einen Erste-Hilfe-Koffer.« Er wies auf die Sachen, die er für eben einen solchen Notfall gehortet hatte. »Wir müssen nur leise sein, dann passiert uns gar nichts.«

»Wo zum Teufel seid ihr, ihr Gesindel?«, schrie Eva Hart. »Seid ihr auch abgehauen?«

»Nein«, stöhnte Jake und warf sich in dem breiten Doppelbett hin und her. Jake, das Kind, legte ihm die Finger auf die Lippen. »Pscht!«

»Was fällt euch ein, mich ganz allein zu lassen?«, schrie seine Mutter in der Dunkelheit des kleinen Zimmers. »Liebt mich denn keiner in dieser fürchterlichen Familie?«

Jake spürte in seiner Lunge den Druck des angehaltenen Atems der drei Kinder. Er stöhnte vor Schmerz und wälzte sich auf seine rechte Seite.

»Ich kann so nicht mehr leben«, jammerte Eva Hart laut schluchzend. »Hört ihr mich? Ich kann so nicht mehr leben. Keiner liebt mich. Keinen interessiert es, was aus mir wird. Euch ist es doch egal, ob ich lebe oder sterbe.«

Nicholas begann zu weinen. Jake legte ihm behutsam die Hand auf den Mund und küsste ihn auf das weiche braune Klein-Jungen-Haar.

»Da seid ihr also«, sagte Jakes Mutter, und ihre Schritte knallten dumpf auf dem braunen Teppich, als sie sich dem Kleiderschrank näherte. Luke sprang auf, umklammerte den Griff der verschlossenen Schranktür und hielt diese zu, als der Knauf sich unter seinen Händen zu drehen begann. »Verdammte Brut!«, kreischte ihre Mutter und trat mit den Füßen gegen die Tür, bevor sie aufgab. »Es ist sowieso egal. Alles ist egal.«

Sie hörten ein Krachen. Mein Modellflugzeug, dachte Jake. Er hatte Stunden gebraucht, um es zu bauen. Er biss sich auf die Lippe. Er wollte nicht weinen.

»Wisst ihr, wo ich jetzt hingehe? Wisst ihr, was ich jetzt tue?« Ihre Mutter wartete. »Ihr braucht mir nicht zu antworten. Ich weiß genau, dass ihr mich hört. Und drum sag ich euch, was ich tun werde, weil keiner mich liebt und es euch allen egal ist, ob ich lebe oder sterbe. Ich geh jetzt in die Küche und mach das Gas an, und morgen früh, wenn euer Vater von seiner Freundin nach Hause kommt, findet er uns alle tot in unseren Betten.«

»Nein«, schluchzte Nicholas in Jakes Armen.

»Nein!«, rief Jake, schob die Decke von seinen Schultern und strampelte sie sich von den Beinen.

»Ich tu euch einen Gefallen«, rief ihre Mutter, die draußen über Bücher und Spielsachen stolperte, hinfiel, wieder aufstand, einen Schuh an die verschlossene Schranktür schleuderte. »Ihr werdet nicht mal merken, was passiert. Ihr werdet ganz friedlich im Schlaf sterben«, sagte sie und torkelte lachend wie eine Wahnsinnige aus dem Zimmer.

»Nein!«, rief Jake, das Kind, und klammerte sich an seine Brüder.

»Nein!«, rief Jake, der Erwachsene, und schlug mit beiden Armen wild um sich. Er hörte einen Aufschrei, fühlte Haut und Fleisch und Knochen unter seiner offenen Hand und öffnete die Augen.

»Mein Gott, Jason, was ist denn los?«, rief Honey erschrocken.

Das Kind brauchte einige Sekunden, um wieder zum Mann zu werden, und der Mann brauchte einige Sekunden, um die Orientierung zu finden.

»Entschuldige, es tut mir Leid«, flüsterte er. Der Schweiß rann ihm von der Stirn in die Augen und mischte sich mit seinen Tränen. »Ach Gott, Honey, es tut mir so Leid. Habe ich dir wehgetan?«

Honey zupfte sich an der Nase. »Ich glaube, sie ist nicht gebrochen«, sagte sie und neigte sich ihm zu, um seinen Arm zu streicheln. »Was war denn? War es wieder dieser Traum?«

Jake senkte den Kopf in die Hände. Er war am ganzen Körper nass geschwitzt, und ihn fror. »Ich weiß nicht, was mit mir los ist.«

»Du hast eine Menge im Kopf.« Honey drehte sich zur anderen Seite und knipste die Lampe auf dem Nachttisch an.

Die tristen Brauntöne seiner Kindheit wichen dem warmen Apricot von Honeys Schlafzimmer. Honey warf die roten Locken in den Nacken. »Willst du drüber reden?«

Er schüttelte den Kopf. »Ich erinnere mich kaum.« Eine Lüge. Er erinnerte sich an jedes Achselzucken, jedes Zittern, jedes Wort. Selbst jetzt, mit weit geöffneten Augen, konnte er sich selbst sehen, ein fünfjähriger Junge, der aus seinem Versteck kroch, um das Fenster neben seinem Bett zu öffnen. Mehr als einen Spalt brachte er es nicht auf, aber der sei groß genug, versicherte er seinen Brüdern wiederholt, während sie den Rest der Nacht dicht aneinander gekuschelt im Dunklen hockten, um ausreichend frische Luft hereinzulassen. Das Gas könne ihnen jetzt nichts anhaben.

»Ich nehme an, ich kann mich einfach nicht daran gewöhnen, bei geschlossenem Fenster zu schlafen«, sagte Jake verlegen.

»Du meinst, das Fenster ist an deinen Albträumen schuld?« Honey war verwundert.

Jake antwortete mit einem verneinenden Kopfschütteln und verscheuchte ihre Besorgnis mit hektischen Handbewegungen. Was zum Teufel, er war ein erwachsener Mann. Seine Mutter war seit Jahren tot. Er würde sich doch wohl daran gewöhnen können, bei geschlossenem Fenster zu schlafen.

»Das tut mir wirklich Leid, Jason. Aber es ist wegen der Katzen. Einmal hat irgendjemand das Fenster nur einen Spalt aufgemacht, und schon war Kanga weg. Ich habe ihn erst nach Tagen zurück bekommen.«

Wie auf Kommando sprangen die beiden Katzen aufs Bett.

Kanga war eine achtjährige rote Tigerkatze; Roo war vier Jahre alt und rabenschwarz. Beide waren männlichen Geschlechts und überhaupt nicht begeistert darüber, sich die Zuneigung ihrer Herrin mit einem dahergelaufenen Zweibeiner teilen zu müssen. Jake erwiderte die Abneigung. Er hatte nie viel für Katzen übrig gehabt. Hunde waren ihm lieber, wenn auch Mattie es immer abgelehnt hatte, einen Hund ins Haus zu holen. Mattie!, dachte er. Mit Schwung schob er Kanga von seinem Bein, stand auf und schlüpfte in seinen dunkelblauen Bademantel. Warum musste er gerade jetzt an Mattie denken?

Er blickte Honey nach, die mit herausfordernd wackelndem nackten Gesäß und zerzaust abstehendem roten Haar im Badezimmer verschwand. Wenig später kam sie in einem weißen Frotteemantel wieder heraus, das Haar mit einem Gummiband hoch oben am Hinterkopf zusammengehalten, was allerdings bei der widerspenstigen Pracht nicht allzu viel half. Schon hatten sich die ersten Löckchen wieder gelöst und ringelten sich in ihrem Nacken.

»Ich mach uns Kaffee, okay?« Honey warf einen Blick auf die Uhr auf dem Nachttisch. »Es ist ohnehin gleich Zeit aufzustehen.«

»Klingt gut.«

»Magst du Schinken und Eier dazu?«

»Nur Kaffee, bitte.«

»Gut, Kaffee.«

Na bitte, dachte Jake. Genau da war der große Unterschied zwischen Honey und Mattie. Mattie hätte auf den Eiern mit Schinken bestanden. »Ganz sicher nicht?«, hätte sie gefragt. »Du solltest was essen, Jake, du weißt, dass das Frühstück die wichtigste Mahlzeit des Tages ist.« Und irgendwann hätte er nachgegeben, die Eier mit Schinken hinuntergewürgt, die er gar nicht haben wollte, und sich den Rest des Vormittags voll und aufgebläht gefühlt.

Honey nahm ihn beim Wort. Da gab es kein zweifelndes

Nachfragen, keine Unsicherheit darüber, ob er meinte, was er sagte. Wenn er sagte, er wolle nur Kaffee, dann würde er auch nur Kaffee bekommen.

Honey schloss die Arme um ihn und küsste ihn auf den Mund. Er schmeckte noch die Zahnpasta in ihrem Atem, roch den Flieder auf ihrer Haut. »Vielleicht wären Eier mit Schinken doch nicht so übel«, sagte er.

Sie lächelte. »Hast du Lampenfieber?«

»Ein bisschen vielleicht.« Vor ihm lag eine wichtige Besprechung mit einem möglichen neuen Mandanten, einem vermögenden Geschäftsmann mit beträchtlichem Einfluss, der beschuldigt wurde, vor mehr als zwanzig Jahren mehrere Frauen vergewaltigt zu haben, was er entschieden bestritt. Es versprach, einer dieser publicityträchtigen, interessanten Fälle zu werden, die Jake liebte. Aber er war nicht wegen des Zusammentreffens mit diesem Mann nervös. Er war nervös wegen der Zusammenkunft mit Mattie, die für den Nachmittag vereinbart war.

Beinahe zwei Wochen waren seit Lisas vernichtender Diagnose vergangen. In dieser Zeit hatte Mattie eine zweite und dann noch eine dritte Meinung eingeholt. Die Ärzte – der Chef der neurologischen Abteilung im Northwest General Hospital sowie ein Neurologe an einer Privatklinik in Lake Forest – stimmten in ihrer Diagnose überein: Amyotrophische Lateralsklerose. ALS. Eine schnell fortschreitende neuro-muskuläre Krankheit, die die motorischen Neuronen angriff. Die Folge waren Schwächung und Verkümmerung der Muskeln in Armen, Beinen, Mund, Hals, kurz, im ganzen Körper, die schließlich zur völligen Lähmung führen würden, während Geist und Bewusstsein klar und scharf blieben.

Und wie hatte Mattie auf jeden neuen Befund reagiert? Sie war losgezogen und hatte sich eine nagelneue Corvette gekauft, obwohl sie wegen der damit verbundenen Gefahr eigentlich überhaupt nicht mehr Auto fahren sollte. Sie hatte für beinahe zwanzigtausend Dollar mit ihrer Kreditkarte eingekauft. Sie hatte für das Frühjahr eine Reise nach Paris gebucht. Und sie lehnte es immer noch ab, das verschriebene Medikament einzunehmen, das Jake ihr längst besorgt hatte. Wozu sie Medikamente nehmen sollte, fragte sie, wenn es ihr absolut glänzend gehe! Das Taubheitsgefühl in ihren Füßen sei nicht wieder aufgetreten, ihre Hände funktionierten bestens, sie habe keinerlei Beschwerden, weder beim Schlucken noch beim Sprechen oder Atmen. Die Ärzte hätten sich geirrt. Wenn sie wirklich ALS habe, sei offensichtlich eine Remission eingetreten.

Für Jake war klar, dass sie entschlossen war, die Krankheit zu leugnen, und er fragte sich, wie er selbst in einem solchen Fall reagiert hätte. Mattie war eine junge, schöne Frau, die sich gerade auf ein ganz neues Leben vorbereitet hatte. Und plötzlich – wumm – hatte man ihr Todesurteil gefällt. Kein Wunder, dass sie sich weigerte, es zu glauben. Und vielleicht, vielleicht hatte sie ja Recht, und alle anderen irrten sich. Es wäre nicht das erste Mal. Mattie war stark, sie war hartnäckig, sie war unzerstörbar. Sie würde sie alle überleben.

»Woran denkst du?«, fragte Honey, und Jake sah an ihrem Blick, dass sie es schon wusste. »Sie wird es schon packen, Jason.«

»Sie wird es nicht packen«, entgegnete er ruhig.

»Entschuldige«, sagte Honey. »Ich wollte damit nur sagen, dass sie sich ganz sicher mit dem, was ihr geschieht, auseinander setzen wird. Dann wird sie auch die Medikamente nehmen. Du solltest dir nicht so schreckliche Sorgen machen. Mattie weiß, du wirst dafür sorgen, dass sie die besten Ärzte hat und die beste Behandlung bekommt, und sie weiß auch, dass du immer für Kim da sein wirst. Mehr kannst du nicht tun.« Sie küsste ihn auf den Mundwinkel und nahm ihn bei der Hand. »Komm. Machen wir dir was zu essen. Heute ist ein wichtiger Tag für dich.«

»Ich komme sofort«, sagte Jake. »Ich möchte nur schnell duschen und mir die Zähne putzen –«

»Okay, ruf, wenn du soweit bist.«

Sein Blick folgte ihr, als sie aus dem Schlafzimmer hinausging. Selbst durch das dicke Frotté des Bademantels konnte er die Rundungen und Mulden ihres tollen Körpers erkennen. Er hätte gestern Abend mit ihr schlafen sollen, anstatt Müdigkeit vorzuschützen und sich von den peinigenden Sorgen um Mattie fertig machen zu lassen. Er würde es heute Abend wieder gutmachen. Oder vielleicht sogar heute Morgen.

Er blickte zum Bett, das er völlig zerwühlt hinterlassen hatte, die Decke halb auf dem Boden, die Laken zerknittert, die Daunenkissen zusammengedrückt und zerknautscht. Aber eigentlich passte das unordentliche Bett zu diesem chaotischen Zimmer. Honey gehörte zu den Menschen, die nichts wegwerfen konnten. Sie war eine Sammlerin – alter Zeitschriften, altmodischen Modeschmucks, ungewöhnlicher Füllhalter –, die einfach alles sammelte, was ihr in die Finger fiel. Kein Wunder, dass es in der ganzen Wohnung kaum ein freies Plätzchen gab. Münzen und zarte Chiffonschals tummelten sich auf ihrer antiken Frisierkommode; über dem Zeitungsstapel auf dem kleinen Sessel hing ein ganzes Sortiment von Seidenblusen, die sie einfach hingeworfen hatte, weil es ihr zu anstrengend war, sie in den Schrank zu hängen, der ohnehin bereits voll gestopft war mit Kleidern und Kostümen, die sie nie anzog. Antike Puppen in weißer Spitze saßen zusammengedrängt unter dem Fenster neben einer bunten Sammlung von Stofftieren aus Honeys Kindheit. Und überall standen Körbe herum. Sie hatten bereits davon gesprochen, eine größere Wohnung zu suchen, weil er für seine Sachen hier kaum Platz fand.

Diese ganze Geschichte konnte für Honey nicht leicht sein, sagte sich Jake, als er ins Bad ging und seinen Bademantel auf die beiden Katzen hinunterwarf, die mit seinen nackten Zehen spielten. Unter lautem Protestgeschrei flüchteten sie aus dem kleinen Bad, als er in die Dusche trat und den Hahn ganz aufdrehte. Ein spitzer Strahl heißen Wassers traf sein Gesicht und stach wie tausend bösartige Insekten. Böser Jason, zischte das Wasser.

Böserjason. Böserjason. Böserjason.

Das alles hat Honey weiß Gott nicht verdient, dachte Jake und hielt den Kopf direkt unter den breiten dampfenden Strahl, der die Stimme seiner Mutter fortschwemmte. Honey hatte sich in einen unglücklich verheirateten Mann verliebt. Sie hatte vielleicht gehofft, er werde seine Frau verlassen. Sie hatte vielleicht gehofft, sie würden irgendwann in eine gemeinsame Wohnung ziehen. Ganz sicher hatte sie sich nicht vorgestellt, dass er so bald schon und so überstürzt bei ihr einziehen würde. Ganz sicher war sie nicht auf die dramatischen Auswirkungen der heimtückischen Krankheit und des vorzeitigen Todes seiner Frau vorbereitet – und schon gar nicht darauf, einem zornigen und verwirrten jungen Mädchen in der Pubertät die Mutter zu ersetzen.

Die letzten Wochen war für sie alle eine rasende Berg-und-Tal-Fahrt gewesen. Und es warf sie immer noch hin und her, sie bangten immer noch um ihr Leben. Nur würden er und Honey mit dem Leben davonkommen. Mattie würde nicht so viel Glück haben.

In den Wochen nach dem Besuch in Lisa Katzmans Praxis hatte er sich eingehend über die Krankheit informiert. Nicht alle ihre Opfer starben so rasch, wie Lisa zunächst behauptet hatte. Manche lebten noch bis zu fünf Jahren, und bei 20 Prozent der Menschen, die an ALS litten, erreichte die Krankheit ein Stadium, wo sie sich ohne ersichtlichen Grund stabilisierte und nicht weiter fortschritt. Bei Menschen wie Stephen Hawking, dem berühmten britischen Physiker, der seit mehr als fünfundzwanzig Jahren mit der Krankheit lebte und immerhin noch im Stande gewesen war, um einer anderen willen der Frau den Laufpass zu geben, die in den meisten dieser Jahre zu ihm gestanden hatte. Männer, dachte Jake und drehte mit einem scharfen Ruck des Handgelenks das Wasser aus. Wir sind alle Schurken.

Er trat aus der Dusche, und während er sich mit einem von Honeys roséfarbenen Badetüchern abtrocknete, fragte er sich, ob er sich je an so viel Rosa gewöhnen würde. War es möglich, dass Mattie vielleicht noch fünfundzwanzig Jahre leben, oder, genauer gesagt, dahinsiechen würde? Würde sie das wollen?

»Jason?«, rief Honey aus ihrer kleinen Küche. »Bist du soweit?«

»Zwei Minuten«, rief er zurück und begann, mit dem Badetuch den Spiegel über dem Waschbecken blank zu wischen, in dessen Glas sein Bild nur verschwommen erschien und gleich wieder unter dem feinen feuchten Dunst verschwand. Ich kann sie doch nicht einfach verlassen, dachte er, als Matties Gesicht unversehens das seine überlagerte. Sie hatte beinahe sechzehn Jahre lang sein Leben geteilt. Er konnte sie doch jetzt nicht verlassen, wo ihr höchstens ein oder zwei Jahre blieben.

Oder drei. Oder fünf.

Er konnte sie doch nicht einfach dem Verfall überlassen.

Du hast selbst bereits mehr als fünfzehn Jahre deines Lebens verfallen lassen.

Er konnte sie doch nicht ganz allein sterben lassen.

Wir sterben alle allein. Denk an deinen Bruder. Denk an Luke.

Er konnte sie doch nicht einfach hilflos zurück und an ihrer eigenen Angst ersticken lassen.

Ich bin mein ganzes Leben lang dabei, langsam zu ersticken.

Was ist schon ein Jahr mehr, oder auch zwei?«

Oder drei. Oder fünf.

Er konnte doch nicht jetzt, wo er endlich den Mut aufgebracht hatte, sie zu verlassen, zu ihr zurückkehren. Er liebte sie ja gar nicht.

Du brauchst sie nicht zu lieben. Du brauchst nur für sie da zu sein.

Welcher Mann würde sie gerade jetzt im Stich lassen? Wie würde er als Mensch dastehen?

Böser Jason. Böser Jason. Böser Jason.

Böserjason, böserjason, böserjason.

Sechzehn Jahre lang hatte Mattie ihn in der Falle gefangen gehalten, und jetzt fing sie ihn wieder ein. Es spielte keine Rolle, dass sie dem Tod nahe war, dass sie keine Kontrolle über die Situation hatte, dass sie dies so wenig wünschte wie er. Das Resultat war das gleiche. Er saß in der Falle. Er würde mit ihr zusammen lebendig begraben werden.

»Scheiße! Gottverdammte Scheiße!«, schrie er laut und schlug auf den Spiegel, auf dessen beschlagenem Glas ein klarer Abdruck seiner Faust zurückblieb.

»Jason? Ist irgendwas?« Honey stand an der Tür.

Sie schien Jake sehr weit weg zu sein, und er hatte Angst, wenn er wegsähe, würde sie ganz verschwinden. Wie lange würde sie zu warten bereit sein?, fragte er sich. »Honey …«

»O-oh! Ich glaube, der Ton gefällt mir gar nicht.«

Jake trat zu ihr und nahm sie bei den Händen. Er zog sie mit sich ins Schlafzimmer und drückte sie auf das Bett hinunter. »Wir müssen miteinander reden«, sagte er.

13

»Ich will nicht reden!« Mattie stürmte wütend aus der Küche. »Das habe ich dir bereits gesagt. Ich dachte, ich hätte mich klar genug ausgedrückt.«

»Wir haben keine Wahl, Mattie«, entgegnete Jake, der ihr ins Wohnzimmer gefolgt war. »Wir können nicht einfach ignorieren, was geschieht.«

»Es geschieht überhaupt nichts!«

Mit ausgestreckten Armen, wie um ihren Mann auf Abstand zu halten, begann Mattie in dem großen Raum im Kreis herum zu gehen. Sie trug Jeans, einen alten roten Pulli und abgetragene karierte Hausschuhe, die ziemlich schäbig aussahen. Jake war in seiner Anwaltstracht – konservativer grauer Flanell, blassblaues Hemd, dunkelblauer Schlips. Wenn wir kein ungleiches Paar sind, dachte Mattie. Hätte sie wenigstens anständige Schuhe angehabt! Aber mit ihren Schuhen hatte sie in den letzten Tagen Probleme gehabt. Beim Gehen war sie immer wieder mit den Schuhspitzen am Boden hängen geblieben und gestolpert. In Hausschuhen kam sie besser zurecht.

Sie sah zu der Reihe von Fenstern hinüber, die den größten Teil der Südwand des Wohnzimmers einnahm, und dachte an den Pool, aus dem vor kurzem das Wasser abgelassen worden war. Jetzt war er, für den Winter eingemottet, mit einer hässlichen Plastikplane zugedeckt, die einem riesigen grünen Müllsack glich. In den ersten Wochen, in denen sie morgens auf den Sprung in den Pool verzichten musste, litt sie stets an Entzugserscheinungen. Aber in diesem Jahr war es schlimmer als sonst. Vielleicht würde sie das Becken nächstes Jahr überdachen lassen. Das würde teuer werden, aber die Ausgabe würde sich lohnen. Sie würde dann das ganze Jahr durch schwimmen können. Jake würde wahrscheinlich meutern, aber zum Teufel mit ihm. Soll er doch.

Vielleicht, überlegte Mattie, würde sie auch die beiden Sessel vor den Fenstern neu beziehen lassen, das steife gestreifte Leinen durch etwas Weicheres ersetzen, Samt vielleicht. Aber den Ohrensessel mit dem beige-goldenen Bezug und den Petit-Point-Teppich mit dem Blumenmuster würde sie behalten. Jake konnte den Stutzflügel haben, der in der Südwestecke des Zimmers stand und nur noch ein Staubfänger war, seit Kim vor mehreren Jahren mit dem Klavierunterricht aufgehört hatte. Aber kämpfen würde sie mit allen Mitteln um die kleine Bronzestatue von Trova, die neben dem Klavier stand, die beiden Diane-Arbus-Fotografien an der Wand dahinter, den Ken Davis, der über Eck dazu hing, und die Rothenberg-Lithographie, die fast die ganze Wand gegenüber dem Sofa einnahm.

War Jake nicht aus diesem Grund gekommen? Um die Beute zu teilen?

Sie hatte es angenommen, als er am vergangenen Abend angerufen und gesagt hatte, er würde am folgenden Nachmittag gegen zwei vorbeikommen, es gäbe einiges zu besprechen. Aber als sie bei seiner Ankunft das traurige Lächeln gesehen hatte, so ein Lächeln, bei dem sie Lust bekam, ihm die ebenmäßigen weißen Zähne einzuschlagen, und die Schmerzensmiene, die, noch ehe er den Mund aufmachte, verriet, wie ernst es ihm mit seinem Vorhaben war, hatte sie gewusst, dass es bei dem bevorstehenden Gespräch nicht um die Scheidung oder die Aufteilung des Vermögens gehen würde. Alles würde wiedergekäut werden, die Worte und der sanfte Druck der letzten Wochen, alles, was vielleicht bei Geschworenen wirkte, auf sie aber überhaupt keinen Eindruck machte: die bittenden Vorhaltungen, doch zur Vernunft zu kommen, die Versuche, sie zu zwingen, einer Wahrheit ins Auge zu sehen, die sie nicht bereit war, zur Kenntnis zu nehmen oder zu akzeptieren.

In den vergangenen zwei Wochen hatte Jake mindestens einmal am Tag angerufen; er hatte darauf bestanden, sie zu ihren Terminen im Northwest General Hospital und in der Klinik in Lake Forest zu begleiten; er hatte in der Apotheke das von Lisa verschriebene Medikament geholt, obwohl sie ihm klipp und klar gesagt, dass sie nicht die Absicht hatte, es zu nehmen; er hatte sich ständig zu ihrer Verfügung gehalten. Kurz gesagt, er hatte sich unversehens in etwas verwandelt, was er in den nahezu sechzehn Jahren ihrer Ehe nie gewesen war – einen Ehemann.

»Fahr wieder in deine Kanzlei«, sagte Mattie jetzt zu ihm. »Du hast doch so viel zu tun.«

»Ich bin für heute fertig.«

Mattie bemühte sich nicht, ihre Überraschung zu verbergen. »Gott, da muss ich ja wirklich schwer krank sein«, sagte sie.

»Mattie –«

»War nur ein Scherz, Jake. Was man Galgenhumor nennt. Aber wie dem auch sei«, fuhr sie fort, »wenn du für heute fertig bist, wieso verbringst du dann die Zeit nicht mit deiner Freundin? Sie wäre bestimmt überglücklich, dich so früh zu Hause zu sehen.«

»Ich gehe nicht mehr zu ihr«, sagte Jake so leise, dass Mattie nicht sicher war, recht gehört zu haben.

»Was?«, fragte sie, obwohl sie das gar nicht wollte.

»Ich kann nicht mehr zu ihr gehen«, korrigierte er sich, fügte dem aber nichts mehr hinzu.

»Sie hat dich rausgeworfen?«, fragte Mattie ungläubig. Er hatte sie nach mehr als fünfzehn Jahren wegen einer Frau verlassen, die ihn nach nicht einmal drei Wochen an die Luft gesetzt hatte? Und jetzt erwartete er, dass sie seinen Verrat ohne mit der Wimper zu zucken vergessen, ihre Wut und ihre verletzten Gefühle begraben und ihn mit offenen Armen wieder aufnehmen würde? Mein Haus steht dir immer offen? Da täuschst du dich gewaltig, mein Junge. So funktioniert das nicht.

»Es war ein gemeinsamer Beschluss«, erläuterte Jake.

»Und was genau habt ihr beschlossen?«

»Dass ich nach Hause zurückkehre.«

»Nach Hause«, wiederholte Mattie. »Das heißt, du hast vor, wieder hier einzuziehen?«

»Das heißt, ich *möchte* wieder hier einziehen.«

»Und warum, wenn ich fragen darf?«, erkundigte sich Mattie spitz, obwohl sie die Antwort schon wusste. Er wollte nicht nach Hause zurückkehren, weil er sie liebte oder weil ihm klar geworden war, dass er einen schrecklichen Fehler gemacht hatte, oder weil er ihr Ehemann sein wollte; nicht einmal weil seine Freundin ihn vor die Tür gesetzt hatte. Er wollte nach Hause zurückkehren, weil er überzeugt war, dass sie bald sterben würde. »Diese Ehe braucht keine zweite Meinung, Jake«, sagte Mattie ärgerlich. »Sie ist aus und vorbei. Tot und begraben. Es hat sich nichts geändert, seit du gegangen bist.«

»Alles hat sich geändert.«

»Ach, wirklich? Liebst du mich?«

»Mattie –«

»Weißt du, dass du mir in den mehr als fünfzehn Jahren unserer Ehe nicht ein einziges Mal gesagt hast, dass du mich liebst? Willst du behaupten, das hätte sich plötzlich geändert?«

Jake sagte nichts.

»Ich will es dir leicht machen, Jake. Du liebst mich nicht.«

»Du liebst *mich* nicht«, konterte er.

»Also, was streiten wir dann überhaupt? Wir sind uns doch einig. Es gibt keinen Grund für dich, hierher zurückzukommen.«

»Aber es ist das Richtige«, sagte Jake.

»Und wer sagt das?«

»Wir wissen beide, dass es die richtige Entscheidung ist.«

»Und wann genau hast du diese Entscheidung getroffen?«

»Ich hatte schon seit mehreren Tagen darüber nachgedacht. Und heute Morgen wurde es mir plötzlich klar.«

»Aha. Und wann ist es deiner Freundin klar geworden?«

Jake fuhr sich mit den Fingern durch das dunkle Haar und setzte sich auf das Sofa, das hinter ihm stand. »Mattie, das ist doch alles nicht relevant.«

»Sie sind hier nicht bei Gericht, Herr Anwalt. Hier bin ich die Richterin, und ich finde es ausgesprochen relevant. Beantworten Sie also gefälligst die Frage.«

Jake wandte sich ab, tat so, als betrachtete er Ken Davis' impressionistische Wiedergabe einer stillen Straßenecke im rosigen Licht, das durch belaubte Sommerbäume fiel. »Wir haben es heute Morgen besprochen. Sie war meiner Meinung.«

»Inwiefern?«

»Sie ist auch der Meinung, dass ich hier bei dir und Kim sein sollte.«

»Deine Freundin ist der Meinung, du solltest daheim bei Frau und Tochter sein. Wie ungeheuer aufgeschlossen von ihr. Und was tut sie, während du hier bei Weib und Kind bist?«

Jake schüttelte den Kopf, breitete die Hände aus, als wollte er sagen, er wisse es nicht, als wollte er andeuten, es gehe ihn nichts mehr an.

»Was hast du zu ihr gesagt, Jake? Ich finde, ich habe ein Recht, das zu wissen«, fuhr Mattie fort, als er schwieg.

»Sie weiß über die Situation Bescheid«, sagte Jake schließlich.

»Sie denkt also, dass ich sterbe.« Mattie begann wieder im Zimmer herumzugehen wie ein Tiger im Käfig, gereizt und bereit zuzuschlagen. »Und jetzt hat sie wohl vor, einfach zu warten, bis ich tot bin, wie? Ein, zwei Jahre, denkt sie sich, wird sie es schon aushalten, wenn ich es nur nicht zu lang verschleppe, stimmt's?«

»Sie versteht, dass ich hier sein muss.«

»Ja, sie ist sehr verständnisvoll. Das ist mir klar. Und weiter? Hast du vor, dich weiterhin mit ihr zu treffen? Sieht so euer Plan aus? Auf die Weise schlägt sie zwei Fliegen mit einer Klappe: Sie kann edel und aufgeschlossen und ach so verständnisvoll sein und gleichzeitig mit dir in die Koje hüpfen.«

»Herrgott noch mal, Mattie –«

»Wie heißt sie übrigens?«

Mattie sah ein kurzes Flackern in Jakes Augen, erkannte es als ein Zeichen der Unschlüssigkeit. Sollte er es ihr sagen oder doch lieber nicht? Würde es irgendetwas nützen? Würde es ihm zugute kommen? Was würde sie mit der Information anfangen? Könnte sie sie gegen ihn verwenden?

»Honey«, antwortete er leise.

Und eine Sekunde lang glaubte Mattie, er hätte sie mit diesem Namen, der ein Kosename war, angesprochen. Sie spürte, wie sich ihr Körper ihm zuneigte, ihr Herz schneller klopfte, die Abwehrmauern zu bröckeln drohten.

»Honey Novak.«

»Was?«

»Sie heißt Honey Novak«, sagte er, und Matties Körper erstarrte.

»Honey«, sagte sie. »Das Honigplätzchen! Wie süß! Verzeih das Wortspiel«, fügte sie hinzu und lachte, kurz und bitter. Was war sie doch für eine Idiotin! Nur ein Augenblick eingebildeter Zärtlichkeit, und sie war bereit, die Waffen zu strecken, aufzugeben, sich hinzugeben, sich mit allem einverstanden zu erklären. »Ist das ihr richtiger Name?«

»Soviel ich weiß, wurde sie in ihrer Kindheit so genannt, und der Name blieb an ihr hängen.«

»Na klar, so was Klebriges muss ja an einem hängen bleiben. Honig bleibt hängen, weil Honig klebrig ist.« Wieder begann Mattie zu lachen, es klang schärfer, schriller als zuvor. »Das klebrige kleine Honigplätzchen«, sagte sie und versuchte, das Gelächter einzudämmen, suchte sich dagegen zu stemmen, dass es wuchs und wucherte, und sein Gift sich ausbreitete. Aber es war, als besäße das Gelächter ein eigenes Leben, als hätte etwas Fremdes von ihrem Körper Besitz ergriffen und bediente sich ihrer Lunge und ihres Mundes, um seine bösen Schwingungen in die Welt zu entsenden. Sie konnte nichts dagegen tun. Sie war seine Gefangene.

»O Gott«, schrie sie. »O Gott, o Gott, o Gott!« Und dann begann sie nach Luft zu schnappen, um Atem zu ringen, aber sie bekam keine Luft, sie konnte nicht atmen. Eine fremde Macht lachte und schrie und schnappte nach Luft und hustete und presste das Leben aus ihr heraus.

Jake war augenblicklich auf den Beinen. Er umschloss sie mit beiden Armen und hielt sie fest, bis sie spürte, wie die grauenvollen Laute in ihrer Kehle erstarben, das Husten allmählich zum Stillstand kam, ihr Atem langsam wieder ruhig und regelmäßig wurde. Sofort entwand sie sich Jakes Armen, holte mehrmals tief Atem und fuhr mit dem Handrücken über ihre Nase. Wie lange noch, bis die Hände ihr den Dienst versagen würden? Sie spürte die Panik, die sich in ihrem Magen zusammenballte. Wie lange noch, bis sie nicht mehr fähig sein würde, sich selbst die Tränen aus dem Gesicht zu wischen? Sie ging zum Klavier in der anderen Ecke des Zimmers und schlug mit der flachen Hand krachend auf die Tasten. Heulender Missklang schoss in die Luft, eine schrille Kakophonie des Protests.

»Verdammt noch mal!«, schrie Mattie und senkte den Kopf.

Einen Moment lang rührte sich keiner, und keiner sprach. Dann sagte Jake: »Kann ich dir irgendwas bringen?« Seine Stimme war ruhig, aber sein Gesicht hatte alle Farbe verloren.

Mattie schüttelte den Kopf. Sie wagte nicht zu sprechen. Wenn sie jetzt spräche, würde sie eingestehen müssen, was sie beide schon wussten: dass an den Untersuchungsergebnissen nicht zu rütteln war, dass sie schon zu sterben begonnen hatte, dass Jake Recht hatte – alles hatte sich geändert.

»Ich fliege im April nach Paris«, sagte sie schließlich.

»Das ist gut.« Jakes äußere Ruhe widersprach der Verzweiflung in seinem Blick. »Ich komme mit.«

»Du kommst mit?«

»Ich war noch nie in Paris.«

»Du wolltest doch nie hin. Du hattest nie die Zeit«, erinnerte Mattie ihn.

»Ich werde mir Zeit schaffen.«

»Weil ich bald sterbe«, sagte Mattie ruhig, eine Feststellung, keine Frage.

»Bitte, lass mich dir helfen, Mattie.«

»Wie willst du mir helfen?« Mattie sah ihren Mann an. »Wer kann mir noch helfen?«

»Lass mich nach Hause kommen«, sagte er.

Mattie saß allein auf dem Sofa im Wohnzimmer, auf dem Platz, den vorher Jake innegehabt hatte, und versuchte, sich über diesen Nachmittag, über die letzte Woche, die vergangenen sechzehn Jahre klar zu werden. Was zum Teufel, dachte sie, wenn ich schon mal dabei bin, kann ich gleich die letzten sechsunddreißig Jahre unter die Lupe nehmen. Sie schob sich das Haar aus dem Gesicht und wischte sich die Tränen weg, die immer noch flossen, als entsprängen sie einer unerschöpflichen Quelle.

Ihr Blick wanderte zu der sonnengesprenkelten Straße auf Ken Davis' großem Ölgemälde, die ganz ähnlich aussah wie die Straße, in der sie aufgewachsen war. Es war das erste Mal, dass Mattie diese Parallele bewusst wahrnahm, und sofort sah sie ein achtjähriges kleines Mädchen mit blondem Wuschelkopf, das auf dem Heimweg von Lisa Katzmans Haus diese sonnenhelle Straße entlanghüpfte, um pünktlich zum Mittagessen zu Hause zu sein. Ihr Vater wollte sie am Nachmittag ins Art Institute mitnehmen, zu einer großen Impressionismus-Ausstellung. Er hatte seit Wochen kaum von etwas anderem gesprochen. Und heute war endlich der große Tag.

Aber wo war sein Auto? Es stand nicht in der Einfahrt. Heute Morgen, als sie weggegangen war, zu Lisa, die nur ein paar Häuser weiter wohnte, war das Auto noch da gewesen. Aber jetzt war es fort. Vielleicht hatte er ja rasch noch einmal wegfahren müssen, um etwas zu besorgen, und würde gleich wieder da sein. Nur keine Angst, Daddy würde früh genug zurückkommen.

Aber er kam nicht. Er kam nie wieder. Ihre Mutter erklärte ihr, ihr Vater sei mit irgendeinem Flittchen aus seinem Büro auf und davon gegangen, und obwohl Mattie nicht verstand, was ein Flittchen war, begriff sie, dass ihr Vater nicht rechtzeitig zurückkommen würde, um mit ihr ins Museum zu gehen.

In den Wochen nach dem Verschwinden ihres Vaters saß Mattie an der Seite ihrer Mutter, während diese systematisch jede Spur Richard Gills im Hause tilgte. Seine Kleider sandte sie in Kartons verpackt an die Heilsarmee, alle Papiere und Unterlagen, die er zurückgelassen hatte, verbrannte sie, aus jedem Familienfoto schnitt sie sein Gesicht heraus. Und bald war es, als hätte er nie existiert.

Nach einer Weile fiel Mattie auf, dass ihre Mutter sie nicht mehr ansah. »Immer wenn ich dich anschaue, sehe ich deinen Vater«, erklärte sie dem Kind gereizt und scheuchte es davon, um sich mit dem jungen Hund beschäftigen zu können, den sie sich gekauft hatte. Und Mattie rannte jeden Tag, wenn sie von der Schule nach Hause kam, sofort zu den Fotoalben, um sich zu vergewissern, dass sie nicht enthauptet worden war, dass es sie noch gab. Sie schöpfte aus ihrem Kinderlächeln die Hoffnung, dass doch noch alles gut werden würde.

Aber nichts wurde gut. Ganz gleich, wie sehr sie sich bemühte und wie verzweifelt sie betete, nichts brachte ihren Vater zurück, nichts erwirkte ihr die Liebe ihrer Mutter. Weder ihre guten Noten in der Schule noch die Stipendien, die sie sich verdiente. Ganz gleich, was sie tat, sie erreichte nichts.

Was ist aus meinem Leben geworden?, fragte sie sich jetzt, nachdem sie sich wieder von dem Bild gelöst hatte. Sie stand vom Sofa auf und schlurfte in ihren schäbigen karierten Hausschuhen in die Küche. Sie hatte nur ein liebloses Heim gegen ein anderes eingetauscht – sie hatte sechzehn Jahre ihres Lebens einem Mann gegeben, der dann *sie* eines Flittchens wegen verlassen hatte.

Letztlich lief alles auf zwei kleine Wörter hinaus – ich sterbe.

Sie lachte leise und bekam plötzlich Angst. Angst vor ihrem eigenen Lachen, wie sie deprimiert erkannte. Und es würde nur schlimmer werden.

Natürlich bestand immer noch eine entfernte Möglichkeit, dass die Ärzte sich täuschten. Wenn sie noch einen anderen Spezialisten aufsuchte, sich bereit erklärte, weitere Untersuchungen auf sich zu nehmen, nach Mexiko reiste, um dort die Wunderkur zu finden, würde sie vielleicht jemanden auftreiben, der ihr eine andere Prognose stellen konnte, und das Happy End erleben, das sie ihr Leben lang erstrebt hatte. Aber in Wirklichkeit gab es eben kein Happy End. Es gab keine Heilung. Es gab nur einen Wirkstoff Riluzol. Und das Medikament verhieß nicht mehr als ein paar zusätzliche Monate. Mattie holte die Flasche mit den Tabletten aus dem Küchenschrank.

»Auch nur, wenn ich sie nehme«, sagte sie laut und stellte die Flasche ungeöffnet auf die weiße Arbeitsplatte zurück.

Wie würde ihre Mutter auf die Neuigkeit reagieren? Sie war versucht, jetzt gleich, in dieser Sekunde, den Hörer abzunehmen und sie anzurufen. Würde sie sofort darangehen, das Gesicht ihrer Tochter aus den Familienfotos herauszuschneiden, oder würde sie, indem sie die Krankheit nachahmte, langsam beginnen, zuerst mit den Füßen, dann weiter wandern zu den Armen und später zum Rumpf, bis schließlich nur noch der Kopf ihrer Tochter übrig war?

Ein Vater ohne Gesicht. Eine Tochter ohne Körper. Eine Mutter ohne einen blassen Schimmer. Eine tolle Familie.

Und jetzt wollte Jake nach Hause zurückkehren und wieder an ihrem Leben, so viel davon noch übrig war, teilhaben. Er hatte gesagt, er wolle es, weil es das Richtige sei. Aber war es wirklich das Richtige? Und für wen?

»Du wirst jemanden brauchen, der dich fährt«, hatte er an Matties praktische Seite appelliert, als alle anderen Argumente nicht fruchteten.

»Ich kann selbst fahren.«

»Du kannst nicht selbst fahren. Stell dir vor, du hast noch einen Unfall. Stell dir vor, du fährst jemanden tot!«

»Kim macht in ein paar Monaten ihren Führerschein. Dann kann sie mich fahren.«

»Findest du nicht, dass du Kim damit überforderst?«

Mit dieser Frage, so einfach und selbstverständlich, hatte er Mattie zur Kapitulation gezwungen. Unmöglich, von Kim zu verlangen, ihr emotionale Stütze zu sein, ihr aufzuhelfen, wenn sie fiel, ihr nachzuräumen, wenn sie selbst ihre Sachen nicht mehr aufräumen konnte, dieses kaputte Leben zusammenzuhalten, ohne selbst daran kaputtzugehen. Mein schönes kleines Mädchen, dachte Mattie, meine süße kleine Schulmamsell. Was würde ohne sie aus ihrer Tochter werden?

»Wie soll ich dir sagen, dass ich dich verlassen werde?«, fragte sie laut, als sie draußen den Schlüssel im Schloss hörte.

»Mama?«, rief Kim aus dem Vestibül. »Was ist los?«, fragte sie, als Mattie an die Küchentür kam. »Du siehst ganz verweint aus.«

Mattie wollte etwas sagen, aber das Geräusch eines Autos, das in die Einfahrt einbog, lenkte sie ab.

Kim drehte sich herum und sah durch das kleine Fenster neben der Haustür hinaus. »Es ist Daddy«, sagte sie verwirrt, als sie sich wieder nach ihrer Mutter umdrehte. »Was will der denn hier?«

14

»Schwören Sie, die Wahrheit zu sagen, die ganze Wahrheit und nichts als die Wahrheit?«

»Ich schwöre.«

»Bitte nennen Sie Ihren Namen und Ihre Adresse.«

»Leo Butler. State Street einhundertsiebenundvierzig, Chicago.«

»Bitte nehmen Sie Platz.«

Von seinem Platz am Verteidigertisch aus sah Jake zu, wie Leo Butler, ein gut gekleideter Mann von zweiundsechzig Jahren mit schütterem Haar, die große, derbe Hand von der Bibel nahm und sich vorsichtig auf seinen Stuhl hinunterließ. Selbst im Sitzen blieb er eine imposante Gestalt, die, groß und breitschultrig, den kleinen Zeugenstand zu sprengen drohte. Manche Menschen legen ihre Vergangenheit nie ab, dachte Jake. Das traf jedenfalls auf Leo Butler zu, ehemaliger Abwehrspieler bei einer Universitäts-Footballmannschaft, der mit fünfundzwanzig Jahren das Textilimperium seines Vaters geerbt und binnen zehn Jahren praktisch zu Grunde gerichtet hatte. Seine Ehefrau Nora hatte ihn gerettet. Sie hatte ihn kurz nach ihrer Heirat vor dem Konkurs bewahrt, und einunddreißig Jahre später hatte sie am Vorabend ihrer Scheidung versucht, ihn zu erschießen.

Jake sah die zierliche kleine Frau mit dem weißen Haar, die neben ihm saß, lächelnd an. Die Brillanten an den schmalen, blaugeäderten Händen, die adrett auf dem grauen Seidenkleid gefaltet waren, versprühten ein Feuerwerk an Glanz. »Ich hab die verdammten Dinger bezahlt«, hatte sie bei ihrem ersten Gespräch zu Jake gesagt. »Warum soll ich sie da nicht tragen?« Eindeutig nicht so zart, wie sie wirkte – das war Jake schon in diesem Moment klar geworden. Harter Kern und zarte Schale – die ideale Kombination für eine Angeklagte, der versuchter Mord vorgeworfen wurde. In so einem Prozess war Ausdauer so wichtig wie äußere Erscheinung und die äußere Erscheinung häufig so entscheidend wie konkretes Beweismaterial. Jake wusste aus Erfahrung, dass die Geschworenen nicht selten dazu neigten, zu ignorieren, was sie hörten, und sich lieber auf das verließen, was sie sahen. Und brachten sie einem im Studium nicht als Erstes bei, dass den Schein der Gerechtigkeit zu wahren mindestens genauso wichtig war, wie Gerechtigkeit walten zu lassen?

In diesem Fall würden die Geschworenen von einer verbitterten, unglücklichen und zutiefst gekränkten Frau hören, dass ihr Mann sie wegen einer Frau verlassen hatte, die ihre Tochter hätte sein können. Dass sie sich bloßgestellt fühlte durch die Rücksichtslosigkeit ihres Mannes, der sich bald gar nicht mehr bemüht hatte, seine Affäre geheim zu halten, und dass sie verzweifelt darum kämpfte, innerhalb ihres Kreises nicht ins gesellschaftliche Abseits geschoben zu werden.

Die Staatsanwältin würde darlegen, wie sie ihren Mann am 31. Dezember abends vor etwas mehr als einem Jahr unter einem Vorwand in sein früheres Zuhause gelockt und angefleht hatte, wieder zu ihr zurückzukehren. Es war zum Streit gekommen. Er hatte gehen wollen. Da hatte sie von hinten sechs Mal auf ihn geschossen. Seine Freundin, die draußen im Wagen wartete, hatte die Schüsse gehört und die Polizei angerufen. Nora Butler hatte sich von den herbeigeeilten Beamten widerstandslos festnehmen lassen.

Ein ganz klarer Fall, behauptete die Polizei. Schuldig im Sinne der Anklage, meinten die Zeitungen. Nicht so schnell, sagte Jake Hart und übernahm die Verteidigung.

Die Staatsanwältin Eileen Rogers, eine aggressive und attraktive Brünette im dunkelblauen Schneiderkostüm, stand vor der

Geschworenenbank und bat den Zeugen um Auskunft über sein Vermögen und seine gesellschaftliche Stellung, geleitete ihn flott und routiniert durch die Jahre seiner Ehe, ließ ihn insbesondere die erbitterten Auseinandersetzungen beschreiben, die Trunksucht seiner Frau, seine eigene Verzweiflung und Hoffnungslosigkeit bis zu dem Tag, an dem er um die Scheidung gebeten hatte.

An dieser Stelle legte Eileen Rogers eine kurze Pause ein, holte tief Luft und senkte ihre Stimme zu theatralischem Flüstern: »Mr. Butler, bitte berichten Sie uns, was am Abend des 31. Dezember 1997 geschah.«

Jake drehte sich auf seinem Stuhl herum und ließ seinen Blick rasch über die Zuschauerreihen fliegen, bis er gefunden hatte, was er suchte. Anders als die übrigen Zuschauer hockte Kim tief zusammengesunken auf ihrem Platz in der Mitte der vierten Reihe. Sie wirkte müde und uninteressiert. Auch wer sie nicht kannte, konnte ihrer Haltung sofort entnehmen, dass sie viel lieber woanders gewesen wäre. Ihr dunkelblondes Haar war hoch oben am Hinterkopf zu einem festen kleinen Knoten zusammengezurrt, und genauso fest zusammengezurrt war der Mund mit dem hübsch geschwungenen Amorbogen, unmissverständlicher Ausdruck ihres Unmuts. Sie schien mit leerem Blick vor sich hin zu starren, aber Jake wusste, dass sie seiner Aufmerksamkeit gewahr war. Pass auf, Kim, hätte er am liebsten gerufen. Du wirst das, was ich tue, vielleicht sogar interessant finden. Du wirst vielleicht etwas über deinen Vater erfahren.

Aber sie interessierte sich natürlich nicht im Entferntesten für ihn, das hatte Jake inzwischen begriffen. Sie hatte es ihm in den drei Monaten seit seiner Rückkehr gründlich klar gemacht. Sie pflegte nur mit ihm zu sprechen, wenn er das Wort direkt an sie richtete, sah ihn nur an, wenn er ihr in den Weg trat, nahm von seiner Existenz mit Blicken Notiz, die sagten, sie wünschte, er sei tot. So fürsorglich sie sich um ihre Mutter kümmerte, so abfällig behandelte sie ihn, gerade als bedingte die eine Haltung die andere. Ganz klar, wenn Jake hoffte, eine Beziehung zu seiner Tochter aufbauen zu können, hatte er ein Stück harte Arbeit vor sich. Darum hatte er den so genannten Berufserfahrungstag an Kims Schule genutzt, um seiner Tochter anzubieten, mit ihm zu Gericht zu kommen.

»Ich glaube, es würde dich interessieren«, hatte er gesagt. »Es ist ein Aufsehen erregender Fall mit viel Dramatik. Ich lade dich zum Lunch ein. Wir machen uns einen schönen Tag.«

»Kein Interesse«, kam es prompt.

»Sei um acht Uhr fertig«, sagte er trotzdem und hörte noch jetzt Kims übertrieben genervtes Stöhnen.

Aber irgendetwas in seinem Ton musste sie davon überzeugt haben, dass sie sich in diesem Fall besser fügte, oder vielleicht hatte auch Mattie sie davon überzeugt. Wie auch immer, um Punkt acht Uhr stand Kim fertig angezogen, wenn auch in ausgebeulten Jeans und einem uralten Sweatshirt, zur Abfahrt bereit. Auf der Fahrt zum Gerichtsgebäude mimte sie tiefen Schlaf, was Jake ganz recht war, da es ihm Gelegenheit gab, noch einmal die Strategie für das bevorstehende Kreuzverhör durchzugehen.

»Hier sind wir.« Er tippte Kim leicht an, als er den Wagen in die Parkgarage hinunterfuhr, die zum Gericht gehörte. Sie zog ihren Arm so heftig weg, dass er einen Moment lang glaubte, sein eigener Arm würde ihm aus dem Körper gerissen. Gib mir doch eine Chance, Kim, hätte er am liebsten gerufen, als sie, ohne auf ihn zu warten, zielstrebig zu den Aufzügen marschierte.

»Kim«, begann er, als sie im Gerichtsgebäude waren. »Wir –«

»Ich muss mal zur Toilette.« Sie verschwand hinter der Tür zur Damentoilette und erschien erst nach über einer Viertelstunde wieder, als Jake bereits Zweifel kamen, ob sie überhaupt wieder herauskommen würde.

Und jetzt saß sie da hinten in der vierten Reihe in der Mitte und machte ein Gesicht wie drei Tage Regenwetter. Es sah aus, als hätte sie gute Lust, einfach aufzustehen und zu gehen. Ich hätte nicht darauf bestehen sollen, dass sie mitkommt, dachte Jake und fragte sich, was er damit überhaupt hatte erreichen wollen.

»Nora hat an dem Abend um sieben Uhr bei mir angerufen«, begann Leo Butler mit tiefer Baritonstimme, die ruhig und selbstsicher klang. »Sie behauptete, sie müsste mich sofort sehen, es gäbe Probleme mit Sheena, unserer Tochter. Mehr wollte sie mir nicht dazu sagen.«

»Und daraufhin sind Sie nach Lake Forest hinausgefahren?«

»Ja.«

»Was geschah, als Sie dort ankamen?«

»Nora erwartete mich an der Haustür. Ich sagte zu Kelly, sie solle im Wagen warten –«

»Kelly?«

»Kelly Myerson, meine Verlobte.«

»Fahren Sie fort.«

Leo Butler hüstelte gekünstelt hinter vorgehaltener Hand. »Ich bin mit Nora ins Haus gegangen. Sie hat geweint und war völlig außer sich. Es war kein vernünftiges Wort aus ihr rauszukriegen. Ich hab gleich gesehen, dass sie getrunken hatte.«

»Einspruch«, rief Jake.

»Euer Ehren«, sagte die Anklägerin schnell, »Leo und Nora Butler waren mehr als dreißig Jahre lang miteinander verheiratet. Ich denke, da ist Mr. Butler sehr wohl im Stande zu erkennen, wann sie getrunken hat und wann nicht.«

»Ich werde das zulassen«, sagte Richter Pearlman.

»Fahren Sie fort, Mr. Butler«, forderte Eileen Rogers ihren Zeugen auf.

»Nora gab zu, dass es unserer Tochter gut ging und sie sie nur als Vorwand benutzt hatte, um mich nach Lake Forest rauszulotsen. Sie sagte, sie habe die Scheidungsunterlagen von meinen Anwälten erhalten und sich wahnsinnig aufgeregt, mein Angebot sei eine Unverschämtheit und sie sei überhaupt nicht bereit, sich scheiden zu lassen. Ich solle wieder nach Hause kommen, ich solle nicht mit Kelly auf die Party gehen, und so ging es unentwegt weiter. Sie wurde immer hysterischer. Ich hab versucht, vernünftig mit ihr zu reden. Ich habe sie daran erinnert, dass unsere Ehe schon seit langer Zeit nicht mehr in Ordnung war und wir uns eigentlich nur noch gegenseitig unglücklich gemacht haben.«

Keiner habe Schuld, sie sei ohne ihn bestimmt besser daran, fuhr Jake im Stillen fort und fühlte sich dabei äußerst unbehaglich.

»Auf einmal hörte Nora auf zu weinen«, sagte Leo Butler, und sein Blick spiegelte selbst jetzt noch seine Verwirrung. »Sie wurde ganz still, und ihr Gesicht veränderte sich, es bekam einen ganz fremden Ausdruck. Sie sagte, wenn ich schon den weiten Weg nach Lake Forest auf mich genommen hätte, könnte ich mir vielleicht mal das Neonlicht über der Arbeitsplatte in der Küche ansehen, es mache seit einiger Zeit so ein komisches Geräusch. Ich sagte, wahrscheinlich müsste nur die Röhre ausgewechselt werden, und sie fragte, ob ich das für sie tun würde. Ich dachte, okay, du wechselst das blöde Ding aus und verschwindest dann auf schnellstem Weg. Ich ging also in die Küche, und plötzlich hörte ich so einen dumpfen Knall und kriegte im selben Moment einen Schlag gegen die Schulter. Es war fast so, als hätte mich jemand mit Wucht gestoßen. Dann hörte ich noch so einen Knall und dann wieder einen. Im nächsten Moment lag ich auf dem Boden, und Nora stand mit einer Pistole in der Hand über mir. Ihr Gesicht hatte immer noch diesen unheimlichen Ausdruck. Erst da wurde mir klar, dass mich ein Schuss getroffen hatte. Ich sagte so was wie ›Mein Gott, Nora, was hast du getan?‹, aber sie reagierte gar nicht. Sie setzte sich nur neben mich auf den Boden. Es war wirklich gespenstisch. Ich sagte, sie solle neun-eins-neun anrufen, und das tat sie. Später hörte ich, dass Kelly schon vorher angerufen hatte. Ich habe im Rettungswagen auf dem Weg ins Krankenhaus das Bewusstsein verloren.«

»Wie oft war auf Sie geschossen worden, Mr. Butler?«

»Sechs Mal. Es ist ein Wunder, dass keiner der sechs Schüsse ein lebenswichtiges Organ getroffen hat. Ich bin heute nur noch am Leben, weil meine Ex-Frau so eine lausige Schützin ist.«

Im Gerichtssaal wurde gelacht. Jake lauschte, versuchte zu hören, ob seine Tochter mitlachte, und war froh, als er keine an ihre Stimme erinnernden Klänge vernahm.

»Danke«, sagte die Staatsanwältin. »Ich habe keine weiteren Fragen.«

Augenblicklich sprang Jake auf. Er trat vor die Geschworenen, vier Männer und acht Frauen sowie zwei Ersatzleute, ebenfalls Frauen.

»Mr. Butler, Sie sagten eben, Ihre Frau habe Sie an dem fraglichen Abend etwa um sieben Uhr angerufen.«

»Meine Ex-Frau«, korrigierte Butler.

»Natürlich, Ihre Ex-Frau«, bestätigte Jake. »Die Frau, der Sie nach einunddreißig Jahren Ehe den Laufpass gegeben haben.«

»Einspruch!«

»Herr Verteidiger!«, warnte der Richter.

»Tut mir Leid«, versicherte Jake hastig. »Ihre Ex-Frau rief sie also um sieben Uhr an, sagte, sie brauche Sie dringend, weil es mit Ihrer Tochter Probleme gebe, und Sie sind daraufhin sofort zu ihr gefahren. Ist das richtig so?«

»Äh, nein. Kelly und ich waren gerade dabei, uns für die Sylvesterparty anzuziehen. Wir beschlossen, uns fertig zu machen und auf dem Weg zur Party bei Nora vorbeizufahren.«

»Aha. Und um welche Zeit sind Sie bei Ihrer Ex-Frau in Lake Forest angekommen? Halb acht? Acht?«

»Ich glaube, es war kurz nach neun.«

»Um neun Uhr? Volle zwei Stunden, nachdem Ihre Frau Sie angerufen und dringend um Ihre Hilfe bei einem Problem mit Ihrer gemeinsamen Tochter gebeten hatte?« Jake schüttelte wie voll abgrundtiefer Verwunderung den Kopf.

»Nora hatte früher auch schon solche Nummern abgezogen«, versetzte Butler, unfähig, seinen Ärger ganz zu unterdrücken. »Ich war nicht überzeugt, dass die Sache so dringend war.«

»Nein, offensichtlich nicht.« Jake lächelte eine der älteren Frauen unter den Geschworenen an. Sind Sie von Ihrem Ehemann auch schon einmal so rücksichtslos behandelt worden?, fragte das Lächeln.

»Und ich hatte ja Recht.« Wieder hüstelte Butler hinter vorgehaltener Hand.

»Sie sagten eben, Sie wollten zu einer Sylvesterfeier in der Gegend Ihres früheren Zuhauses«, wechselte Jake unvermittelt das Thema.

»Ja, die Party war in Lake Forest.«

»Bei Freunden von Ihnen?«

»Einspruch, Euer Ehren. Das ist ohne Belang.« Ungeduldig zog die Staatsanwältin die schmalen Augenbrauen hoch.

»Es wird sich gleich zeigen, dass das sehr wohl von Belang ist«, entgegnete Jake.

»Dann fahren Sie fort«, sagte der Richter.

»Also eine Feier bei Freunden von Ihnen?«, wiederholte Jake.

»Ja«, antwortete Butler. »Bei Rod und Anne Turnberry.«

»Aha. Sind die Turnberrys neuere Bekannte?«

»Nein, nein, ich kenne sie seit vielen Jahren.«

»Seit wie vielen?«

»Bitte?«

»Seit wie vielen Jahren sind Sie mit den Turnberrys bekannt? Seit fünf? Seit zehn? Oder seit zwanzig Jahren?«

»Seit mindestens zwanzig Jahren.« Butlers dicker Hals lief rot an.

»Gehe ich richtig in der Annahme, dass die Turnberrys auch Freunde Ihrer Ex-Frau waren?«

»Ja, das ist richtig.«

»Aber Ihre Ex-Frau war zu der Sylvesterfeier nicht eingeladen?«

»Nein. Rod Turnberry meinte, unter den gegebenen Umständen wäre es ein bisschen peinlich, uns beide einzuladen.«

»Womit gemeint war, dass Sie Ihre neue Freundin mitbrachten?«

»Womit gemeint war, dass Nora und ich in Scheidung lagen und ich im Begriff war, mir ein neues Leben aufzubauen.«

»Ein neues Leben, das die Angeklagte ausschloss, aber praktisch alle ihre alten Freunde einschloss«, stellte Jake fest.

»Einspruch, Euer Ehren.« Die Staatsanwältin war aufgesprungen. »Wir warten immer noch auf die Relevanz.«

»Ich versuche, die seelische Verfassung der Angeklagten herauszuarbeiten, Euer Ehren«, erklärte Jake. »Es war Sylvester, die Angeklagte verbrachte den Abend allein, während ihr Mann ein Fest besuchte, zu dem alle ihre alten Freunde eingeladen waren. Sie fühlte sich einsam und im Stich gelassen.«

»Einspruch!«, rief Eileen Rogers wieder. »Euer Ehren, Mr. Hart hält hier ja ganze Vorträge!«

»Ja, sparen Sie sich das für Ihr Schlussplädoyer«, sagte der Richter und ermahnte die Geschworenen, Jakes letzte Ausführungen nicht zu beachten. Den Einspruch der Anklage lehnte er jedoch ab.

»Also, Mr. Butler«, fuhr Jake fort und sah wieder in den Zuschauerraum in der Hoffnung, dem Blick seiner Tochter zu begegnen. »Sie haben uns gesagt, dass Sie Ihre Frau in einem Zustand heftiger Erregung vorfanden, als Sie schließlich in dem Haus eintrafen, das einmal auch Ihr Zuhause gewesen war.«

»Aber mit unserer Tochter hatte das nichts zu tun«, gab Butler aufgebracht zurück.

»Nein«, stimmte Jake zu. »Ihre Frau war erregt, weil sie die Scheidungspapiere erhalten hatte, sagten Sie uns vorhin. Sie war mit der von Ihnen vorgeschlagenen finanziellen Regelung nicht einverstanden. Ist das richtig?«

»Ja, das stimmt.«

»Wie sah denn Ihr Vorschlag aus?«

»Wie bitte?«

»Was haben Sie Ihrer sechzig Jahre alten Ehefrau nach mehr als dreißig Jahren Ehe als Abfindung angeboten?«

»Mein Angebot war sehr großzügig.« Butler sah die Anklägerin um Hilfe flehend an, aber die ließ die Frage stehen. Jake konnte förmlich hören, was sie dachte: Wunderbar, er nimmt mir die ganze Arbeit ab und arbeitet schon mal das Motiv für den Mordversuch heraus. Da werde ich doch keinen Einspruch erheben. »Ich wollte ihr das Haus lassen, den Wagen, Schmuck, Pelzmäntel und bot ihr dazu sehr großzügige Unterhaltszahlungen«, sagte Butler.

»Und was ist mit der Firma?«

»Die Firma habe ich von meinem Vater geerbt«, erklärte Butler. »Ich bin nicht der Meinung, dass Nora ein Anteil daran zusteht.«

»Obwohl die Firma kurz vor dem Ruin stand, als Sie die Angeklagte heirateten? Obwohl die Angeklagte Sie vor dem Bankrott bewahrt hat.«

»Das ist doch etwas übertrieben –«

»Wollen Sie bestreiten, dass sie praktisch ihr gesamtes eigenes Erbe dafür verwendet hat, *Ihre* Gläubiger zu befriedigen?«

»Die genauen Zahlen sind mir nicht bekannt.«

»Oh, ich bin sicher, die lassen sich feststellen.«

»Nora hat mir sehr geholfen«, bekannte Butler widerstrebend.

»Aber was hatte sie in letzter Zeit schon groß für Sie getan?«

»Einspruch!«

»Ich ziehe die Frage zurück.«

»Sie sagten, Ihre Frau hätte vor Ihrer Ankunft getrunken gehabt.«

»Stimmt.«

»Sie sagten ferner, sie hätte während Ihrer ganzen Ehe immer stark getrunken. Wann genau hat sie angefangen zu trinken?«

»Das kann ich wirklich nicht sagen.«

»Hat sie vielleicht zu der Zeit angefangen, als Sie anfingen, sie zu prügeln?«

Die Staatsanwältin warf beinahe ihren Stuhl um, so hastig sprang sie auf, um Einspruch zu erheben. »Also wirklich, Euer Ehren, das geht zu weit! ›Wann haben Sie aufgehört, Ihre Frau zu prügeln!‹«

»Die Frage lautete: Wann haben Sie *angefangen*, Ihre Frau zu prügeln«, korrigierte Jake unter allgemeinem Gelächter, »aber ich bin gern bereit, sie umzuformulieren.« Er machte eine kurze Pause. »Mr. Butler, was würden Sie sagen, wie oft Sie Ihre Frau im Lauf Ihrer Ehe geprügelt haben?«

»Einspruch, Euer Ehren!«

»Bestreiten Sie, Ihre Frau geprügelt zu haben?«, beharrte Jake.

»Einspruch.«

»Abgelehnt«, sagte der Richter, und Eileen Rogers ließ sich mit einem hörbaren Plumps auf ihren Stuhl fallen. »Der Zeuge wird die Frage beantworten.«

»Ich habe meine Frau nicht geprügelt.« Butler senkte die grobschlächtigen Hände zu seinen Knien hinunter, als wollte er sie vor den Geschworenen verstecken.

»Sie leugnen also, sie von Zeit zu Zeit geschlagen zu haben?«

»Es kann schon sein, dass ich ihr ein- oder zweimal im Streit eine Ohrfeige gegeben habe.«

»Ein- oder zweimal im Monat, in der Woche, am Tag?«, fragte Jake mit einem Blick zu Nora Butler, deren stolzes Bemühen, die mageren Schultern zu straffen, sie umso verletzlicher erscheinen ließ.

»Einspruch.«

»Stattgegeben.«

»Trifft es nicht zu, Mr. Butler, dass Sie Ihrer Frau einmal einen so heftigen Schlag versetzt haben, dass ihr Trommelfell platzte?«

»Das war ein Unfall.«

»Daran zweifle ich nicht.«

Jake drehte sich in einem schnellen kleinen Kreis und zog die Geschworenen mühelos in seinen Bann. Sein Blick schweifte über die Reihen der Zuschauer, bis er mit dem seiner Tochter zusammentraf, die jetzt vorgebeugt saß. Aber sobald sie seinen Blick wahrnahm, zuckte sie zurück und flegelte sich so lässig wie vorher in den Stuhl. Jake hätte beinahe gelächelt.

»Trifft es nicht zu, dass praktisch alle Ihre Auseinandersetzungen damit endeten, dass Sie Ihre Frau schlugen, Mr. Butler?«, fragte er.

»Einspruch, Euer Ehren. Mr. Butler steht hier nicht unter Anklage.«

»Stattgegeben. Fahren Sie fort, Herr Verteidiger.«

»Am fraglichen Abend kam es zwischen Ihrer Frau und Ihnen zum Streit, ist das richtig?«, fragte Jake.

»Ich habe sie nicht geschlagen«, erklärte Butler sofort.

»Aber sie hatte begründeten Anlass zu der Befürchtung, dass Sie es tun würden«, versetzte Jake und wartete auf den unvermeidlichen Einspruch, der auch prompt folgte. »Sie haben weiter berichtet, dass Ihre Frau plötzlich sehr ruhig wurde und Sie bat, eine Neonröhre in der Küche auszuwechseln.«

»Ja.« Butler atmete auf, sichtlich erleichtert über den Themawechsel.

»Wie hat sie ausgesehen?«

»Wie bitte?«

»Ihre Frau. Ihre Ex-Frau«, korrigierte sich Jake mit einem neuerlichen Lächeln zu einigen der älteren Frauen unter den Geschworenen. »Wie würden Sie ihr Verhalten beschreiben?«

Butler zuckte die Achseln, als hätte er nie groß darüber nachgedacht, wie er die Frau beschreiben würde, mit der er länger als dreißig Jahre verheiratet gewesen war. »Sie ist einfach nur sehr still geworden«, sagte er schließlich. »Und die Augen wurden irgendwie glasig.«

»Glasig? Sie meinen, als hätte sie sich in einer Art Trance befunden?«

»Einspruch!«, rief Eileen Rogers. »Mr. Hart legt dem Zeugen Worte in den Mund.«

»Im Gegenteil, ich suche lediglich Klärung der Tatsachen.«

»Abgelehnt.«

»Schien also Nora Butler sich in einer Art Trancezustand zu befinden?«, wiederholte Jake.

Butler wand sich. Er hüstelte, brummte, rieb sich die Hände. »Ja«, gab er schließlich zu.

»Und nachdem sie auf Sie geschossen hatte, wie wirkte sie da?«

»Genauso.«

»Als befände sie sich in einer Art Trance«, wiederholte Jake ein drittes Mal.

»Ja.«

»Wie hat sie reagiert, als Sie sie baten, neun-eins-neun anzurufen?«

»Sie hat angerufen.«

»Ohne Widerrede?«

»Ja.«

»Wie, würden Sie sagen, hat sie sich bewegt? Flott? Schwerfällig? Ist sie zum Telefon gerannt?«

»Sie hat sich langsam bewegt.«

»Als befände sie sich in einer Art Trance?«

»Ja«, bestätigte Butler.

»Keine weiteren Fragen«, sagte Jake, und der Richter entließ den Zeugen.

Jake beobachtete Butler, als dieser schnell und leicht vorgebeugt, als wollte er sich kleiner machen, als er war, zu seinem Platz neben der Staatsanwältin ging. Eins zu null für die Guten, dachte er und stahl wieder einen Blick in den Zuschauerraum, weil er hoffte, vielleicht ein beifälliges Lächeln seiner Tochter aufzufangen. Aber der Platz, auf dem Kim gesessen hatte, war leer. Er hörte gedämpfte Bewegung hinter sich und drehte sich gerade rechtzeitig um, um zu sehen, wie sie durch die hohe Tür am Ende des Saals hinausschlüpfte.

15

»Na, was meinst du? Wie war's?«

Kim zog kurz die Schultern hoch und ließ sie wieder fallen, während sie sich in der schmuddeligen Kaschemme an der Ecke California Avenue und 28th Street umsah. Ihr Vater hatte sich bereits mehrmals dafür entschuldigt, dass es in dieser Gegend kein einziges anständiges Restaurant gab, und viel zu oft versichert, dass man bei *Fredo* dafür einen Spitzenhamburger bekäme.

»Ich esse kein Fleisch«, war ihr einziger Kommentar.

»Wieso isst du kein Fleisch?«

»Weil es abstoßend und grausam und ungesund ist.«

»Du isst doch Hühnchen.«

»Ich esse kein *rotes* Fleisch. Bin ich hier vielleicht im Verhör?«

»Nein, natürlich nicht. Es hat mich nur interessiert. Ich hatte keine Ahnung, dass du kein rotes Fleisch isst.«

Kim zog nur ein desinteressiertes Gesicht. Es gibt massenhaft Dinge, von denen du keine Ahnung hast, dachte sie und überlegte, wie sie darum herumkommen könnte, sich nach dem Mittagessen noch einmal in den Gerichtssaal zu setzen.

Dann fragte er, was sie von der morgendlichen Veranstaltung gehalten habe, aber Kim wusste genau, dass er in Wirklichkeit nur hören wollte, was sie von *seiner* Vorstellung hielt.

»War ganz okay.« Nochmals zuckte sie mit den Achseln, die Bewegung nicht ganz so nachdrücklich und ausgeprägt wie die zuvor.

»Nur okay?«

»Was willst du denn hören?«, fragte sie.

»Es würde mich einfach interessieren, wie du es gefunden hast.«

»Ich fand's ganz okay.« Diesmal machte sich Kim nicht einmal die Mühe eines Achselzuckens. »Können wir jetzt bestellen?«

Jake winkte dem Kellner, der mit gezücktem Block an ihren Tisch rechts vom belagerten Tresen trat.

»Haben Sie Thai Geflügelsalat?«, fragte Kim, die keinen Blick in die Speisekarte geworfen hatte.

Der Kellner, dessen welliges Haar so dunkel war wie seine Haut, sah sie verständnislos an. »Wir haben Geflügelsalat-Sandwiches«, antwortete er mit starkem spanischen Akzent.

»Ich will aber kein Geflügelsalat-Sandwich«, entgegnete Kim bockig. »Da sind immer Riesenladungen Mayonnaise drauf. Genauso gut könnte man ein Pfund Butter verdrücken.«

»Also, ich finde, das Geflügelsalat-Sandwich klingt gut. Ich nehme es«, sagte Jake, klappte die Speisekarte zu und sah den Kellner lächelnd an.

Kim fragte sich, ob ihr Vater es darauf anlegte, sie zu ärgern.

»Zwei Geflügelsalat-Sandwiches?«, fragte der Kellner.

»Nein!« Kim schrie beinahe. »Oder doch, okay, bringen Sie mir auch eines. Aber machen Sie's mit fettarmer Mayonnaise.«

»Fritten oder Salat?«, fragte der Kellner Jake, ohne auch nur einen Blick an Kim zu verschwenden.

»Fritten«, sagte Jake.

»Salat«, sagte Kim, obwohl die Pommes frites auf dem Nachbartisch köstlich dufteten. »Und würden Sie mir die Salatsoße bitte extra bringen?«

»Etwas zu trinken?«, fragte der Kellner Jake.

»Kaffee.«

»Diätcola«, bestellte Kim.

»Ich habe irgendwo gelesen, dass diese Diätlimonaden gar nicht gesund sind«, bemerkte Jake, nachdem der Kellner kopfschüttelnd gegangen war.

»Das Gleiche habe ich über Kaffee gelesen«, gab Kim zurück.

Jake lächelte, und Kim fragte sich irritiert, warum. Sie hatte nichts Komisches oder Originelles gesagt. Ihre Bemerkung war nicht einmal freundlich gewesen. Wollte er sie ganz bewusst herausfordern? Erst schleppte er sie aufs Gericht, wo sie zusehen musste, wie er so einen armen Kerl im Zeugenstand fertig machte, bis der Dummkopf mit eingekniffenem Schwanz Leine zog, obwohl er doch derjenige war, auf den geschossen worden war, und das gleich sechsmal! Und dann gab er ihr die Wahl zwischen der Gerichtskantine und dieser miesen Spelunke hier. Wer hatte schon mal von einem Imbiss mit Bar gehört, wo sich Anwälte mit Pennern am Tresen herumdrückten, nur durch die Klamotten voneinander zu unterscheiden.

»Was hast du eigentlich heute Morgen getrieben, als du so lange verschwunden warst?«, fragte ihr Vater.

»Es war überhaupt nicht lang.«

»Fast eine halbe Stunde«, sagte ihr Vater.

Kim seufzte und schaute zur Tür. »Ich brauchte frische Luft.«

»Frische Luft oder eine Zigarette?«

Kims Blick flog zu ihm. »Wer sagt, dass ich geraucht hab?«

»Das braucht mir niemand zu sagen. Ich rieche den Rauch in deinen Haaren bis hierher.«

Kim wollte protestieren, ließ es dann aber sein. »Und?«, fragte sie trotzig.

»Du bist noch nicht einmal sechzehn. Du weißt, wie gefährlich das Rauchen ist.«

»Ach, du meinst, ich werde eines Tages dran sterben?«

»Kann schon sein.«

»Mama hat nie geraucht.«

»Das stimmt.«

»Und sie muss sterben«, sagte Kim in sachlichem Ton, obwohl es sie Anstrengung kostete, die Worte auszusprechen.

»Kim –«

»Ich will nicht drüber reden.«

»Ich finde, wir sollten aber darüber reden.«

»Aber nicht jetzt.«

»Wann dann?«

Kim zuckte die Achseln. »Hab ich was Interessantes verpasst, als ich draußen war?«, fragte sie. »Hast du noch einen anderen arglosen Idioten auseinander genommen.«

Ihr Vater schien ehrlich erstaunt. »Siehst du das so?«

»Ist es denn nicht so?«

»Ich dachte immer, ich versuche, der Wahrheit auf den Grund zu gehen.«

»Die Wahrheit ist, dass deine Mandantin ihrem Mann sechsmal in den Rücken geballert hat.«

»Die Wahrheit ist, dass meine Mandantin sich zu dem Zeitpunkt in einem Zustand hysterischer Dissoziation befand.«

»Die Wahrheit ist, dass deine Mandantin die ganze Sache geplant hatte.«

»Es war vorübergehende Zurechnungsunfähigkeit.«

»Es war kaltblütiger Vorsatz.«

Verblüffenderweise lächelte ihr Vater. »Du würdest eine ziemlich gute Anwältin abgeben«, sagte er.

Kim hörte den Stolz in seinem Ton. »Kein Interesse«, sagte sie schnippisch und freute sich, als er zusammenzuckte. »Ich meine, mal ehrlich – wie kannst du solche Leute verteidigen? Du weißt doch, dass die Frau schuldig ist.«

»Glaubst du denn, dass alle Menschen, denen ein Verbrechen vorgeworfen wird, schuldig sind?«

»Die meisten bestimmt.« Glaubte sie das wirklich, fragte sich Kim.

»Selbst wenn das zuträfe«, entgegnete Jake, »müssen wir uns an unser Rechtssystem halten, das vorsieht, dass jeder Bürger ein Recht auf bestmögliche Verteidigung vor Gericht hat. Wenn die Anwälte anfingen, sich als Richter und Geschworene aufzuspielen und sich weigerten, solche Menschen zu verteidigen, die sie für schuldig halten, würde das ganze System aus den Fugen gehen.«

»Es geht doch sowieso schon aus den Fugen. Schau dich an – du kriegst doch dauernd Schuldige frei. Nennst du das vielleicht Gerechtigkeit?«

»Um Oliver Wendell Holmes zu zitieren – mein Job ist es nicht, für Gerechtigkeit zu sorgen. Mein Job ist es, das Spiel nach den Spielregeln zu spielen.«

»Dann ist das nichts als ein Spiel für dich?«

»Das habe ich nicht gesagt.«

»Entschuldige, so hatte ich es verstanden.«

»Willst du damit sagen, dass es bei dir für mildernde Umstände keinen Platz gibt?«, fragte ihr Vater.

Kim zog ein Gesicht. Was redete er jetzt wieder. »Was soll das sein?«

»Mildernde Umstände«, wiederholte ihr Vater. »Umstände, die eine gewisse Rechtfertigung dafür liefern, dass –«

»– man seinem Mann sechsmal in den Rücken schießt? Gut, dass Mama keine Pistole hatte.«

Ihr Vater wurde blass. Er krümmte sich, beinahe als hätte ihn selbst ein Schuss getroffen. »Ich sage ja nur, dass die Dinge nicht immer so klar und eindeutig sind. Manchmal gibt es gültige Gründe –«

»Jemanden zu töten? Da bin ich anderer Meinung. Und ich finde es abstoßend, dass du so denkst.«

Kim machte sich auf einen Zornesausbruch ihres Vaters gefasst. Stattdessen jedoch sah sie ein kleines Lächeln um seine Mundwinkel. »Wie wär's mit ›grausam und ungesund‹?«, fragte er.

»Was?«

»Entschuldige. Es sollte ein Witz sein.«

»Ein Witz auf meine Kosten?«

»Entschuldige«, sagte ihr Vater wieder, und sie musste plötzlich gegen Tränen kämpfen. Dabei hatte sie doch von ihrem Vater einen Ausbruch erwartet, nicht von sich. »Wirklich, Kimmy, ich wollte dich nicht verletzen.«

»Wer sagt, dass du mich verletzt hast? Glaubst du vielleicht, ich gebe was auf deine Meinung?«

»Ich gebe etwas auf deine«, erwiderte ihr Vater.

Kim lachte einmal kurz und spöttisch, dann sah sie weg und konzentrierte ihre Aufmerksamkeit auf den jungen Mann, der hinter dem Tresen arbeitete. Sie beobachtete ihn, während er einem der Gäste ein Glas Whisky eingoss, starrte ihn weiter an, während er den Tresen abwischte, jemand anderem einen Wodka einschenkte. Es dauerte nicht lange, da bemerkte er Kims Blick und lächelte. Kim machte etwas mit Zunge und Lippen, von dem sie hoffte, es würde sexy und herausfordernd wirken.

»Ist was?«, fragte ihr Vater. »Hast du was zwischen den Zähnen?«

»Wie? Wovon redest du?«

Der Kellner brachte die Getränke. »Die Sandwiches kommen auch gleich«, sagte er.

»Ich kann's kaum erwarten«, versetzte Kim, während sie die Frauen und Männer am Tresen musterte. »Wer ist das?«, fragte sie, als eine gut aussehende Frau am Ende der Bar in ihre Richtung winkte. »Eine von deinen Freundinnen?«

»Das ist Jess Koster«, antwortete ihr Vater ruhig. Aber Kim bemerkte sehr wohl das feine Zucken eines Muskels an der Schläfe. Er hob die Hand und erwiderte das Winken. »Sie ist Staatsanwältin.«

»Sie ist sehr hübsch.«

Ihr Vater nickte.

»Hast du schon mal mit ihr geschlafen?«

»Was?«

Ihrem Vater wäre beinahe die Kaffeetasse aus der Hand gefallen. »Hast du schon mal mit ihr geschlafen?«, wiederholte sie und stellte sich vor, ihr Vater würde über den schmalen zerschrammten Tisch springen, der zwischen ihnen stand, ihr an die Gurgel gehen und ihr den Hals so lange zudrücken, bis kein

Funken Leben mehr in ihrem Körper war. Worauf würde er unter der Anklage, sein einziges Kind ermordet zu haben, plädieren? Vorübergehend unzurechnungsfähig? Notwehr? Mildernde Umstände?

»Mach dich nicht lächerlich«, sagte ihr Vater, und seine Worte trafen sie viel schmerzhafter, als ein körperlicher Angriff das gekonnt hätte.

Sie spürte, wie ihr die Tränen in die Augen schossen, und senkte den Kopf, ehe ihr Vater etwas merkte. Hastig stand sie auf, nahm ihre schwarze Ledertasche und sah sich ratlos im Raum um.

»Was tust du da? Wo willst du hin?«, fragte ihr Vater.

»Wo ist die Toilette?«, fragte Kim den Kellner, als dieser ihre Sandwiches brachte.

Der Mann wies mit dem Kinn zum hinteren Ende des Raums. »Die Treppe runter«, rief er ihr nach.

Kim ging schnell. Raum und Menschen verschwammen in ihren Tränen. So was Gemeines, dachte sie. Wie konnte er sie so geringschätzig behandeln? Ihre Frage war vielleicht unverschämt gewesen, aber das gab ihm noch lange nicht das Recht, sich über sie lustig zu machen und sie als lächerlich zu bezeichnen. Sie war nicht lächerlich. Der Lächerliche war er mit seinem spießigen blauen Anzug und dem angepappten Haar, mit seinem überlegenen Grinsen und seinem allwissenden Getue. Hielt ihr einen Vortrag über Recht und Gerechtigkeit, wo doch jeder wusste, dass es keine Gerechtigkeit gab. Wenn es sie gäbe, dann müsste ihre Mutter, die ihr Leben lang keiner Fliege was zu Leide getan hatte, jetzt nicht an irgendeiner fürchterlichen Krankheit sterben, von der kein Mensch je gehört hatte, während ihr Vater, der immer nur gelogen und betrogen und es sich zum Beruf gemacht hatte, Killer und andere miese Typen vor dem Knast zu bewahren, bei bester Gesundheit war. Wo war da bitte die Gerechtigkeit?

Langsam, eine Hand an die Wand gestützt, stieg Kim die

Treppe am Ende des schlecht beleuchteten Raums hinunter. Im Hintergrund sang John Denver von der Herrlichkeit der Natur. Klar, dachte Kim, als sie die Tür zu der kleinen Damentoilette am Fuß der Treppe aufstieß. Der arme Kerl singt sein Leben lang über Berge und Sonnenschein und die Freuden des einfachen Lebens, und was passiert? Dem Testflugzeug, mit dem er unterwegs ist, geht der Treibstoff aus, es stürzt ins Meer, und er ist auf der Stelle tot. Erzähl mir einer was von Gerechtigkeit.

Kim trat in die einzige Kabine, klappte den Toilettendeckel herunter und setzte sich. Sie musste nicht pinkeln. Sie brauchte eine Zigarette. Und nicht so eine blöde normale Zigarette, sondern eine von der besonderen Sorte, die Teddy ihr am Wochenende gedreht hatte. »Komm raus, los, zeig dich«, murmelte sie, während sie in ihrer großen schwarzen Ledertasche kramte. Auf ihrem Grund stieß sie schließlich auf mehrere lose Joints und steckte sich einen zwischen die Lippen. »Was ist? Hast du was zwischen den Zähnen?«, äffte sie ihren Vater nach, als sie sich die nachlässig gedrehte Zigarette anzündete, und lachte, noch bevor sie den ersten Zug tat. Dann sog sie den Rauch tief ein und spürte das Brennen in ihrer Lunge, als sie volle fünf Sekunden die Luft anhielt, genau wie Teddy es ihr gezeigt hatte. »Alle meine Probleme lösen sich in Rauch auf«, sagte sie und ließ langsam ihren Atem entweichen, während der süßliche Geschmack des Marihuanas auf ihrer Zunge zurückblieb.

Sie nahm noch einen Zug, lehnte sich an die Rohre vor der krankenhausgrünen Wand und versuchte, sich zu entspannen. Teddy hatte Recht. Nur zwei Züge, und schon taten die Worte ihres Vaters nicht mehr halb so weh. Jake Hart, Herr über Selbstgerechtigkeit und mildernde Umstände. Noch ein Zug, und nichts, was er sagte, würde sie mehr verletzen können. Noch ein paar mehr, und es würde vielleicht sogar die Gerechtigkeit zurückkehren. Mein Job ist es nicht, für Gerechtigkeit zu sorgen, hatte er gesagt und dazu Sherlock Holmes oder so jemanden zitiert. Sein Job war es, das Spiel nach den Spielregeln zu spielen.

Aber genau das tat er ja nicht. Die Spielregeln in der Ehe verlangten Treue, Loyalität, Liebe. Hier hielt sich Jake Hart überhaupt nicht an die Regeln.

Kim schloss die Augen und genoss die Anspannung in ihrem Brustkorb. Warum hatte ihre Mutter überhaupt zugelassen, dass ihr Vater nach Hause zurückkehrte? Sie brauchten ihn doch gar nicht. Sie selbst konnte sich um ihre Mutter kümmern, bis es dieser wieder besser ging. Es würde ihr ganz bestimmt wieder besser gehen, auch wenn Kim vorhin etwas anderes gesagt hatte. Die Tabletten, die sie einnahm, schienen zu wirken. Sie hatte keine Schmerzen. Sie sah toll aus. Manchmal schlief ihr der Fuß ein und sie verlor die Balance, oder sie ließ was fallen, aber das konnte schließlich jedem passieren. Nie im Leben würde es dazu kommen, dass ihre Mutter eines Tages nicht mehr laufen, nicht mehr sprechen, nicht mehr schlucken konnte, wie die Ärzte das behauptet hatten. Außerdem waren die Forscher ganz, ganz nahe daran, ein Heilmittel zu entdecken – das hatte ihre Mutter selbst gesagt. Sie hätten gut ohne ihren Vater fertig werden können.

Draußen kam jemand die Treppe herunter. Kim lauschte. Sie hörte, wie die Tür zur Toilette geöffnet wurde und zufiel, bückte sich und sah ein Paar hochhackige Schuhe und wohlgeformte Waden in dem schmalen Raum zwischen der Toilettenkabine und dem Waschbecken. Sie stand auf, hob den Deckel und warf den Rest ihrer Zigarette ins Klo. Dann betätigte sie die Spülung und sah zu, wie der Stummel in die Tiefe gesogen wurde. Mit hektischem Händewedeln versuchte sie, den Rauch aus der kleinen Kabine zu vertreiben. Erst als sie den Eindruck hatte, die Luft sei wieder klar, wagte sie sich hinaus.

Sie erkannte die Frau sofort, die neben dem Waschbecken wartete. Es war die Staatsanwältin, die ihrem Vater zugewinkt hatte, Jess Cousins oder Costner oder so ähnlich. Kim sah sie an und lächelte. Die Frau erwiderte ihren Blick, aber sie lächelte nicht. Saure Gurke, dachte Kim, während sie sich die Hände wusch, obwohl das gar nicht nötig war, und ging danach ohne einen Blick zurück hinaus.

»Alles in Ordnung?«, fragte ihr Vater, als sie sich wieder an den Tisch setzte.

Kim nickte und versuchte, sich auf das Sandwich auf ihrem Teller zu konzentrieren. Aber es waberte ständig auf und nieder, mal glasklar, mal völlig verschwommen, und sie hatte größte Mühe, es fest ins Auge zu fassen.

»Ich hab dir ein paar Fritten aufgehoben«, sagte ihr Vater.

Kim schüttelte den Kopf und wünschte augenblicklich, sie hätte es nicht getan. Einen Moment lang drehte sich alles um sie herum. Sie hob das Sandwich zum Mund und biss kräftig hinein. »Schmeckt gut«, hörte sie sich sagen, als gehörte die Stimme einer anderen.

»Kimmy, mein Kind«, sagte ihr Vater, »ich weiß, dass du jetzt schwere Zeiten durchmachst. Ich möchte dir nur sagen, dass ich für dich da bin, wenn du reden willst.«

»Ich hab dir doch vorhin schon gesagt, dass ich nicht drüber reden will.«

»Aber ich will«, entgegnete ihr Vater, und Kim lachte laut heraus.

»In Wirklichkeit meinst du also, dass *ich* für *dich* da bin, wenn du reden willst.« Sie lachte wieder, stolz auf ihre Schlagfertigkeit.

»Kim, geht es dir nicht gut?«

»Doch, mir geht's prima.« Kim biss wieder in ihr Sandwich. Ein wenig Mayonnaise rann ihr über das Kinn. »Das schmeckt wirklich gut«, sagte sie. »Bei *Fredo* kriegt man echt ein *Spitzensandwich.*«

»Ich weiß, du bist durcheinander, weil ich nach Hause zurückgekommen bin.«

»Warum bist du überhaupt zurückgekommen?« Kim war selbst überrascht, wie aggressiv die Frage klang, die sie eigentlich gar nicht hatte stellen wollen. »Und sag jetzt bloß nicht, du hättest es für mich getan.«

Es folgte eine lange Pause.

»*Weißt* du denn überhaupt, warum du zurückgekommen bist?«, fragte Kim und sagte dann: »Ach, lass nur. Es ist nicht mehr wichtig. Du bist wieder zu Hause. Die Frage ist rein akademisch. So sagt man doch, nicht wahr?« Sie griff zur zweiten Hälfte ihres Sandwichs.

»Du bist sehr zornig, Kim. Ich kann das verstehen.«

»Du verstehst gar nichts. Du hast nie was verstanden.«

»Wenn du mir eine kleine Chance gäbst –«

»Weißt du was?« Kim knallte den Rest ihres Sandwichs auf den Teller, dass es spritzte. »Wenn meine Mutter damit einverstanden war, dass du nach allem, was du getan hast, zurückkommst, dann ist das ihre Sache. Ich hab ihr gesagt, was ich davon halte, aber sie war offensichtlich anderer Meinung. Was blieb mir da anderes übrig, als klein beizugeben. Was Jake Hart will, das kriegt er auch. Hat er Lust fremdzugehen, dann geht er fremd. Hat er Lust abzuhauen, dann haut er ab. Hat er Lust zurückzukommen, dann kommt er zurück. Meine einzige Frage ist, wie lange du vorhast zu bleiben, wenn es Mama wieder besser geht.« Kim versuchte, ihr Brot wieder zusammenzuklappen und die herausgefallenen Fleischstücke zwischen die Scheiben zu drücken.

»Kim, Schatz, es wird ihr nicht wieder besser gehen.«

»Das weißt du doch gar nicht.« Kim sah ihren Vater nicht an. Sie wusste, wenn sie ihn ansähe, würde sie ihm womöglich das zermanschte Brot ins Gesicht werfen.

»Ihr Zustand wird sich verschlechtern.«

»Ach, Arzt bist du auch noch!«

»Wir müssen versuchen zusammenzuhalten, Kim. Wir –«

»Ich hör dir gar nicht zu.«

»– müssen alles tun, was in unserer Macht steht, um deiner Mutter das Leben angenehm zu machen und dafür zu sorgen, dass sie glücklich ist.«

»Um dein Gewissen zu beruhigen?«, schoss Kim zurück. »Damit du dich gut fühlen kannst?«

»Vielleicht«, bekannte ihr Vater. »Ja, vielleicht spielt das auch eine Rolle.«

»Es ist das Einzige, was für dich eine Rolle spielt, und das weißt du auch ganz genau.«

Ihr Vater rieb sich die Stirn, schüttelte den Kopf, stützte schließlich das Kinn in die offene Hand. »Du hasst mich wirklich, nicht wahr?« Es war mehr eine Feststellung als eine Frage.

Kim zuckte wieder einmal mit den Achseln. »Gehört es nicht dazu, dass Kinder ihre Eltern hassen?«, fragte sie. »Du hast deine doch auch gehasst.«

»Das stimmt«, bestätigte er.

Kim wartete darauf, dass er sich verteidigen, ihr den Unterschied zwischen ihrer und seiner Situation aufzeigen würde, aber er sagte nichts. Ihr Vater sprach fast nie von seiner Kindheit. Kim wusste, dass er und seine Brüder misshandelt worden waren. Oft hatte sie ihn danach fragen wollen, und jetzt bot er ihr die perfekte Gelegenheit dazu, aber sie würde ihm den Gefallen nicht tun. Er sieht ziemlich erschöpft aus, dachte sie und hatte beinahe Mitleid mit ihm.

»Müssen wir nicht ins Gericht zurück?«, fragte sie.

Er sah auf seine Uhr und bestellte sofort beim Kellner die Rechnung. In Windeseile legte er das Geld passend auf den Tisch und stand auf, um mit Kim zu gehen.

»Jake«, rief irgendwo hinter ihnen eine Frau.

Kim drehte sich herum. Jess Cousins oder Kostner oder wie sie sonst hieß, kam auf sie zu. Ihr Vater machte sie und Kim miteinander bekannt.

»Wie geht es Ihnen?«, fragte Jake.

»Gut, danke.« Jess Koster blickte von Jake zu Kim und dann wieder zu Jake. »Kann ich Sie einen Moment sprechen?«

»Gern.«

»Ich warte draußen«, sagte Kim.

»Ist etwas nicht in Ordnung?«, hörte sie ihren Vater fragen, als sie die Tür aufdrückte und zur Straße hinaustrat, wo sogleich der Wind seine Worte aufgriff. Etwas nicht in Ordnung?, pfiff der Wind. Etwas nicht in Ordnung? Etwas nicht in Ordnung?

16

Mattie stand an der offenen Tür zum Gästezimmer und betrachtete Jakes ungemachtes Bett. Er hatte zwar, typisch für ihn, die gelb-weiß gestreifte Steppdecke über das Bett geworfen, sodass es aussah, als wäre es gemacht, aber die zerknitterten Lakenzipfel, die überall heraushingen, verrieten Mattie, dass der Schein trog. Wie kann ein Mensch in einem völlig zerwühlten Bett gut schlafen?, dachte sie und ging hin, um ein bisschen Ordnung zu machen. Aber als sie eines der Kissen ergriff, um es aufzuschütteln, musste sie mit ansehen, wie es ihr aus der Hand flog und auf dem Nachttisch landete, wo es beinahe den weißen Schirm von der Porzellanlampe gerissen hätte.

»Hey, das war klasse«, sagte sie laut und ließ sich aufs Bett fallen. »Und nun meine nächste Nummer.« Sie packte das Kissen, drückte es hinter sich an die Rückenlehne und legte die Beine hoch.

Es war fast fünf, stellte sie mit einem Blick auf ihre Uhr fest. Jake und Kim würden bald nach Hause kommen. Sie sollte mit dem Abendessen anfangen, aber ihr fehlte die Lust. Vielleicht würden sie einfach etwas kommen lassen.

Mattie schloss die Augen und atmete Jakes Geruch ein, der dem Kissen in ihrem Nacken entströmte. Das Kitzeln des Kissenzipfels an ihrem Hals war wie die Liebkosung eines Liebhabers. Sie gestand sich ein, dass sie Jakes Duft immer geliebt hatte, und stellte sich Jakes Lippen an ihrem Hals vor, seine Zunge an ihrem Haaransatz, als er sein Gesicht tief in ihr Haar grub. Sie hörte sich seufzen und machte die Augen auf. »Lass das«, sagte sie laut und konnte doch nicht verhindern, dass die Erinnerung an Jakes Hände sie berührte, zärtlich über ihre Brüste und ihren Bauch strich. Sie schloss die Augen wieder und rutschte tiefer, bis sie lang ausgestreckt auf dem Bett lag. Plötzlich war Jake überall – neben ihr, über ihr, unter ihr, auf ihr. Sie fühlte das Gewicht seines Körpers, spürte, wie er mit seinen Beinen behutsam die ihren auseinander drückte.

»Kommt nicht in Frage!« Energisch setzte sie sich mit einem Ruck auf. »Das tu ich nicht.«

Ganz bestimmt nicht, dachte sie. In den drei Monaten seit Jakes Rückkehr hatten sie praktisch überhaupt keinen körperlichen Kontakt gehabt. Er hatte ohne Diskussion seine Sachen ins Gästezimmer gebracht, als hielte er es für selbstverständlich, dass Mattie es so wollte. Wahrscheinlicher war, dass er es so wollte. Sie lebten de facto getrennt. Jakes Zuhause war sein Arbeitszimmer und das Gästezimmer, während Mattie sich mit Kim den Rest des Hauses teilte. Jake kam gelegentlich zu Besuch, aber meistens blieb er der Außenseiter, der er immer gewesen war. Er bemühte sich, da zu sein, hielt aber immer sicheren Abstand.

Selbst an seinem Tageslauf hatte sich nicht viel geändert. Er arbeitete immer noch durchschnittlich zehn Stunden am Tag – vorausgesetzt natürlich, er arbeitete tatsächlich und verbrachte die Zeit nicht mit seiner Freundin, seinem Honigplätzchen Honey, dachte Mattie mit bitterem Spott. Sie wusste, dass Jake, selbst wenn er zu Hause war, mit seinen Gedanken Lichtjahre entfernt war. In der Kanzlei. Im Gericht. In ihrer Wohnung. Auch wenn er ausnahmsweise einmal einen ganzen Abend lang körperlich an ihrer Seite saß, war er im Geist doch ganz woanders.

Sein Körper. Mattie sah ihn neben sich liegen, nackt und entspannt, während ihre Hand von seiner Brust zu seinem straffen, glatten Bauch hinunterwanderte und von dort zu seinen kräftigen Schenkeln.

Irgendwo neben ihrem Kopf läutete das Telefon. Ohne die

Augen zu öffnen, griff sie nach dem Apparat auf dem Nachttisch.

»Hallo?«

»Hier ist Stephanie. Habe ich dich geweckt?«

Mattie zwang sich, die Augen zu öffnen, setzte sich aufrecht und schwang die Beine zum Boden hinunter. »Nein, natürlich nicht. Wie geht's dir?« Sie sah die Freundin vor sich: kurzes, hell gesträhntes Haar, braune Augen, runde Wangen, die zu ihrem molligen Körper passten.

»Wie geht's *dir*? Du klingst ein bisschen müde.«

»Ach was, mir geht's gut, Steph«, sagte Mattie mit nur einem leisen Anflug von Ungeduld.

Seit sie ihren Freundinnen von ihrer Krankheit erzählt hatte, überschütteten diese sie mit Hilfsangeboten und Fürsorge, erboten sich, sie zu ihren Terminen zu fahren, für sie einzukaufen, Besorgungen in der Stadt für sie zu erledigen, kurz, sie überschlugen sich vor Hilfsbereitschaft.

Und waren damit hauptsächlich lästig, dachte Mattie und wechselte den Hörer von einer Hand in die andere. Sie lauerten. Wie die Katze auf die Maus.

»Was gibt's denn?«, fragte sie.

»Habt ihr beide nicht Lust, morgen Abend mit Enoch und mir essen zu gehen? Wir wollen zu Fellini, drüben in der East Hubbard Street. Das hat in der letzten Wochenendausgabe eine erstklassige Kritik bekommen.« Stephanie kicherte. Sie hörte sich an wie eine ihrer zehnjährigen Zwillingstöchter. Enoch Porter war vor sechs Monaten in Stephanies Leben getreten, beinahe auf den Tag genau drei Jahre, nachdem ihr Ex-Mann das gemeinsame Konto abgeräumt und sich mit der Babysitterin nach Tahiti abgesetzt hatte. Enoch war Stephanies Rache – zehn Jahre jünger als sie, hoch gewachsen, toll gebaut und kohlrabenschwarz.

»Klingt gut«, sagte Mattie. »Wir sind am Spätnachmittag in einer Ausstellung in der Pende Galerie, wenn ihr Lust habt, dahin zu kommen.«

»Ich glaube, Kunst ist nicht unbedingt Enochs Ding«, sagte Stephanie und kicherte wieder. »Du arbeitest doch hoffentlich nicht zu viel?«

»Wann wollen wir uns treffen?«, fragte Mattie, ohne auf die besorgte Frage ihrer Freundin zu reagieren.

»Wär euch sieben recht?«

»Wunderbar. Wir sehen uns dort. Um sieben.«

Wahrscheinlich, dachte Mattie, als sie auflegte, sollte ich das erst noch mit Jake absprechen. Es konnte ja sein, dass er andere Pläne hatte. »Na und? Zum Teufel damit!«, sagte sie laut bei dem Gedanken an Honey, mit der er sie betrog. In der nächsten Sekunde lag der Telefonhörer schon wieder an ihrem Ohr. Sie tippte 4-1-1 ein und wartete.

»Welche Stadt wünschen Sie?«, fragte eine Computerstimme.

»Chicago«, antwortete Mattie klar und deutlich. Was war in sie gefahren?

»Wünschen Sie eine Nummer für einen privaten Anschluss?«, fragte die Automatenstimme weiter.

»Ja«, stammelte Mattie.

»Der Name bitte?«

»Novak.« Mattie räusperte sich. War sie völlig verrückt geworden? Was um alles in der Welt tat sie da? »Honey Novak. Die Adresse weiß ich nicht.« Warum hatte sie das überhaupt hinzugefügt? Dem Automaten war das bestimmt piepegal. Was wollte sie mit Honey Novaks Nummer? Hatte sie allen Ernstes vor, die Frau anzurufen? Wozu? Was wollte sie zu ihr sagen?

»Ich habe keinen Eintrag für eine Honey Novak.« Diesmal war es zu Matties Überraschung eine menschliche Stimme. Sie nickte erleichtert, schon im Begriff, den Hörer aufzulegen. Da gab es offensichtlich jemanden, der ein Auge auf sie hatte. Was hatte sie sich bei dieser Aktion bloß gedacht?

»Aber ich habe drei Einträge unter H. Novak«, fuhr die Frau von der Auskunft fort. Beinahe wäre Mattie der Hörer aus der Hand gefallen. »Wissen Sie die Adresse?«

»Nein«, antwortete Mattie. »Aber wenn Sie mir alle drei Nummern geben könnten...«

»Das kostet jedes Mal extra«, erklärte die Frau, während Mattie, die in der Nachttischschublade einen Kugelschreiber gefunden hatte, vergeblich nach einem Stück Papier suchte. Sie schrieb sich die drei Nummern schließlich auf ihre linke Handfläche.

Ohne sich Zeit zum Überlegen zu lassen, wählte sie die erste der drei Nummern. Nach dem dritten Läuten wurde abgehoben. Mattie hielt unwillkürlich die Luft an. Was sollte das Ganze? Was wollte sie damit erreichen?

»Hallo?« Eine Männerstimme.

Kurzatmig vor Aufregung, knallte Mattie den Hörer hin.

Gleich darauf begann das cremefarbene Telefon auf dem Nachttisch zu läuten. Sie starrte es erschrocken an, bevor sie vorsichtig den Hörer ans Ohr hob. »Hallo?«

»Wer ist da?«, fragte die Männerstimme ungehalten.

»Und wer sind *Sie*?«, fragte Mattie zurück.

»Harry Novak«, antwortete der Mann. »Sie haben eben bei mir angerufen.«

Rufnummernanzeige!, dachte Mattie entsetzt. Oder irgendein anderes dieser technischen Horrorsysteme, die in wachsender Zahl in das moderne Leben eindrangen. Daran hatte sie nicht gedacht. Sie hatte überhaupt nicht gedacht. Wie konnte man nur so albern sein?

»Ich hatte mich verwählt«, erklärte sie Harry Novak. »Bitte verzeihen Sie die Störung.« Der Mann legte auf, ehe sie sich noch lächerlicher machen konnte.

»Na, das wird mir ja wohl eine Lehre sein«, flüsterte sie und sah, wie ihre Hand zitterte, als sie den Hörer auflegte. Aber noch während sie die Worte sprach, rief sie sich die Nummer ins Gedächtnis, mit der man die Rufnummernanzeige unterdrücken konnte. Wieder hob sie den Hörer und wählte *e67, bevor sie die nächste Nummer eintippte.

Diesmal wurde beinahe sofort abgehoben, als hätte die Person am anderen Ende neben dem Telefon gesessen und auf sein Läuten gewartet. Typisch für eine Frau, die mit einem verheirateten Mann liiert ist, dachte Mattie.

»Hallo?«, die Stimme der Frau war tief und ein wenig rauchig. Eine sympathische Stimme, dachte Mattie. Ziemlich kess. War sie das?

»Hallo?«, sagte die Frau noch einmal. »Hallo-o?«

Nein, dachte Mattie. Der Ton war zu unbekümmert, zu selbstsicher. Das war nicht der Ton einer Frau, die allein lebte und einen anonymen Anruf bekam.

Sie wollte schon auflegen und sich der dritten und letzten Nummer zuwenden, da sagte die Frau plötzlich »Jason?«, und dann, während Mattie noch nach Luft schnappte, »Jason, bist du das?«

Mattie schleuderte den Hörer weg, sah, wie er am Apparat vorbeiflog und mit dumpfem Aufprall auf dem weißen Teppichboden landete. Sie grapschte nach ihm, aber er sprang ihr aus der Hand, als hätte er plötzlich ein Eigenleben entwickelt. Erst beim dritten Versuch schaffte sie es, ihn aufzulegen.

»Wahnsinn!«, flüsterte sie heiser. Ihr Atem ging in flachen Stößen, die beinahe schmerzten, weil sie kaum Luft bekam.

Ein paar Minuten lang blieb sie auf der Bettkante sitzen. Unablässig dröhnte ihr der Name ihres Mannes, von den Lippen der anderen Frau gesprochen, in den Ohren. »Jason«, sagte sie nach einer Weile laut. Er hatte diesen Namen doch immer gehasst. Sie legte den Kopf weit in den Nacken und versuchte, ihren Atem unter Kontrolle zu bringen, während sie gleichzeitig eine zitternde Hand in die andere drückte.

»Das war wirklich ausgesprochen blöd«, beschimpfte sie sich selbst. Dann stand sie vom Bett auf und ging schnell aus dem Zimmer. Reiß dich zusammen, sagte sie sich. Wasch dir das Gesicht, leg ein bisschen Make-up auf, bescher deinem Mann einen erfreulichen Anblick, einen Grund, zu Hause zu bleiben.

Als sie kurz danach in ihrem Badezimmer vor dem Spiegel stand und nach ihrem Rouge griff, fragte sie sich, wie diese Honey wohl aussah. War sie groß oder klein, blond oder dunkel, mollig oder spindeldürr? Mit geübter Hand trug sie das Rougepuder auf ihre Wangen auf. »Na also, sieht doch gleich besser aus. Ein bisschen Farbe war dringend nötig.«

So, und jetzt noch die Wimpern. Sie nahm den langen silbernen Zylinder mit der Wimperntusche und führte das Bürstchen zu ihren Wimpern hinauf. Aber die kleinen Borsten trafen nicht ihre Wimpern, sondern stachen ihr direkt ins Auge.

»Aua! Verdammt noch mal!«, rief Mattie, als ihr das Bürstchen aus der zitternden Hand fiel und ins Waschbecken rollte. Sie zwinkerte heftig, die schwarze Tusche lief aus ihrem Auge auf die rosig gefärbte Wange und hinterließ dort ein Netz feiner schwarzer Haarstriche, die wie winzige Krater aussahen. »Na wunderbar«, sagte Mattie seufzend. »Ich sehe ja hinreißend aus. Die Anti-Honey!« Sie schluckte die aufsteigenden Tränen hinunter und griff nach einem Papiertuch, um sich die schwarzen Krähenfüße aus dem Gesicht zu wischen. »Jetzt seh ich aus, als hätte ich einen Boxkampf hinter mir. Und ich hab ihn verloren«, sagte sie. Du hast verloren, warf sie ihrem Spiegelbild lautlos vor, während sie sich mit einem feuchten Waschlappen das Gesicht abtupfte.

»Unsinn! Ich hab gerade erst angefangen zu kämpfen«, sagte Mattie mit Nachdruck und trug von neuem Rouge auf. Aber ihre Hand versagte ihr plötzlich den Dienst, ihre Finger, die den Pinsel hielten, öffneten sich, und dieser fiel ihr aus der Hand. Sie stand da und starrte auf ihre Finger, die zitterten wie von unsichtbaren Winden geschüttelt. »Lieber Gott«, sagte sie. »Das ist nicht wahr. Das ist nicht wahr.« Du bist nur total von der Rolle, weil du vorhin diesen hirnverbrannten Quatsch gemacht hast. Das ist alles. Atme tief durch. Und noch mal. Bleib ruhig. Du wirst dich gleich wieder beruhigen. Das ist wirklich kein Grund, die Fassung zu verlieren. Du nimmst regelmäßig deine Tabletten. Du wirst nicht sterben. Du fliegst im April nach Paris. Mit deinem Mann zusammen. »Du wirst nicht sterben.«

Mit beiden Händen nahm Mattie den Zylinder mit dem Wimpernbürstchen aus dem Waschbecken. Langsam und sorgfältig trug sie die Tusche auf ihre Wimpern auf. »Das ist doch schon viel besser«, sagte sie, als das Zittern allmählich nachließ. »Du bist nur müde und durcheinander – und unheimlich scharf«, bekannte sie sich lachend. »Dir zittern immer die Hände, wenn du scharf bist.«

Hier wird sich ab heute einiges ändern, beschloss sie. Angefangen mit einem Hauch Wimperntusche. Weiter mit einem Glas Wein zum Abendessen. Vielleicht einem Mitternachtsbesuch im Gästezimmer. Sie hatte nie Mühe gehabt, Jake Hart zu verführen. Aber es war natürlich Jake gewesen, nicht Jason. Diesen Jason kannte sie überhaupt nicht.

Sie hörte das Surren des Garagentors. »Sie sind da«, verkündete sie ihrem Spiegelbild, zufrieden mit ihrem Aussehen. Sehr zufrieden sogar! Sie hielt die Hände vor ihr Gesicht, um sich zu vergewissern, dass sie nicht mehr zitterten. Dann fuhr sie sich noch einmal durch die Haare, straffte unter ihrem roten Pulli die Schultern, hob den Kopf und machte sich auf den Weg nach unten.

Sie war fast da, als sie hörte, wie die Haustür aufflog, und ihr Mann und ihre Tochter hereinstürmten.

»Es reicht!«, schrie Kim wütend. »Ich will nichts mehr hören.«

»Augenblick mal«, brüllte Jake zurück. »Ich bin noch nicht fertig mit dir!«

»Aber ich mit dir!«

»Das sehe ich anders.«

»Was ist denn los?« Mattie hatte den Fuß der Treppe erreicht, als Kim und Jake ins Blickfeld kamen. Sie sehen ja zum Fürchten aus, dachte sie. Ihre Augen schleuderten Blitze, ihre Gesichter waren zorngerötet. »Was ist denn passiert?«

»Dad ist gerade total ausgerastet.« Kim warf die Arme hoch und nahm Kurs auf die Küche.

»Wohin willst du?«, rief Jake ihr scharf nach.

»Ich wollte mir nur ein Glas Wasser holen, wenn's dir recht ist.« Die Verachtung in Kims Ton war nicht zu überhören. Was zum Teufel ist da passiert, fragte sich Mattie und sah Jake Hilfe suchend an.

»Sie ist doch tatsächlich mit Marihuana in der Tasche in den Gerichtssaal marschiert. Ist das zu fassen?« Jakes Miene war so empört wie der Ton seiner Stimme.

»Was? Nein! Das ist doch nicht möglich!«

»Wie kann ein Mensch nur so unglaublich blöd sein«, rief Jake erregt.

»Das hast du jetzt schon mindestens hundert Mal gesagt«, schrie Kim aus der Küche.

»Ich versteh das nicht«, sagte Mattie. »Das kann doch nur ein Irrtum sein.«

»Der Irrtum war, dass wir unsere Tochter wie einen verantwortungsbewussten Menschen behandelt haben.«

»Verantwortungsbewusst?«, rief Kim wütend. »Wie du, meinst du wohl?«

»Bitte, Jake. Sag mir endlich, was passiert ist.«

»Kannst du dir vorstellen, was geschehen wäre, wenn man sie erwischt hätte?«

»Ja, stell dir die Schande vor«, höhnte Kim, die an der Küchentür stand, und hob spöttisch ihr Glas wie zum Toast.

»Du hättest festgenommen werden können. Du hättest angeklagt werden und ins Jugendgefängnis wandern können.«

»Würde mir jetzt endlich jemand erklären, was passiert ist!« Mattie war den Tränen nahe.

»Gar nichts ist passiert«, antwortete Kim verächtlich. »Dad regt sich wegen nichts und wieder nichts auf.«

»Du hast im Gerichtsgebäude Marihuana geraucht?«, fragte Mattie ungläubig.

Kim lachte. »Wohl kaum.«

»Nein«, sagte Jake. »Diese kleine Nummer hat sie sich für das Restaurant aufgespart.« Er begann, vor Mattie auf und ab zu gehen. »Ich nehme sie mit rüber zu Fredo –«

»– ein ätzender Laden«, warf Kim ein.

»– und sie benimmt sich wie ein verwöhnter Fratz –«

»Hey, ich wollte da überhaupt nicht hin. Das war doch alles deine Idee.«

»Das ganze Restaurant ist voller Anwälte und Polizisten, und da geht sie in die Toilette runter und raucht Gras. Zum Glück war die Frau, die sie erwischt hat, eine Bekannte von mir.«

»Ja, ein Riesenglück, echt«, sagte Kim. »Die hätte sich mal um ihren eigenen Dreck kümmern sollen.«

»Sie ist Staatsanwältin, Herrgott noch mal. Sie hätte dich festnehmen lassen können.«

»Aber sie hat's nicht getan. Was machst du also für einen Terror? Ich hab eine Dummheit gemacht. Ich hab mich dafür entschuldigt. Ich tu's nicht wieder. Fall erledigt. Du hast gesiegt. Wieder hat ein armes Schwein dran glauben müssen.«

»Kim, ich verstehe das nicht«, sagte Mattie, die vergeblich versuchte, aus dem Gehörten klug zu werden.

»Kannst du mir mal sagen, was du daran nicht verstehst, Mutter?«, fuhr Kim sie an.

Mattie empfand das Wort *Mutter* wie einen Schlag ins Gesicht. Die Tränen schossen ihr in die Augen.

»Lass diesen Ton deiner Mutter gegenüber«, sagte Jake scharf.

»Meine Mutter kann für sich selbst sprechen. Sie ist noch nicht tot.«

»Mein Gott!« Mattie fiel in sich zusammen, als würde ihr alle Luft aus dem Körper gepresst.

Jake lief rot an. Er sah aus, als würde er gleich explodieren. »Wie kannst du so etwas sagen?«

»Ich hab's nicht so gemeint«, beteuerte Kim. »Mama, du

weißt, dass ich es nicht so gemeint habe, wie es rausgekommen ist.«

»Du ekelst mich an«, sagte Jake zu seiner Tochter.

»Und *du* ekelst *mich* an«, kam es unverzüglich zurück.

»Das reicht. Hört auf. Alle beide!«, rief Mattie, die spürte, wie es in ihren Fußsohlen zu kribbeln begann. »Könnten wir uns vielleicht ins Wohnzimmer setzen und das in Ruhe besprechen?«

»Ich geh in mein Zimmer.« Kim strebte mit großen Schritten der Treppe zu.

»Du gehst nirgendwohin.« Mattie packte ihre Tochter beim Arm.

»Was? Du ergreifst seine Partei?«

»Du lässt mir ja keine Wahl.«

Kim riss sich mit solcher Gewalt von ihrer Mutter los, dass diese das Gleichgewicht verlor. Ein paar Sekunden lang hielt sie sich noch schwankend auf den Füßen, die sie kaum noch fühlte, dann stürzte sie, die zitternden Hände vergeblich vor sich ausgestreckt, um den Fall abzufangen.

Sofort war Kim bei ihr, warf sich neben ihr auf die Knie und versuchte, ihr aufzuhelfen. »Mama, es tut mir so Leid«, rief sie immer wieder. »Das wollte ich nicht. Du weißt, dass ich das nicht wollte.«

»Lass sie in Ruhe!«, befahl Jake. Er drängte sich zwischen Mutter und Tochter und nahm Mattie in die Arme. »Geh weg! Lass sie in Ruhe!«

»Es tut mir Leid. Es tut mir Leid«, jammerte Kim und umklammerte Matties Arm, als diese sich mit Mühe aufrichtete und wieder aufstand.

»Hast du nicht für einen Tag genug Schaden angerichtet?«, rief Jake und stieß Kim zur Seite, sodass die nun die Balance verlor. In einem Reflex warf sie die Arme hoch, und das Glas, das sie in der Hand hielt, flog zur Decke hinauf. Wasser spritzte in einem Schwall in die Luft, bevor das Glas zu Boden schlug, über den Teppich rollte und an der Wand zersprang.

»Schau an, was du jetzt wieder angerichtet hast!«, brüllte Jake.

»Was ich angerichtet habe?«, brüllte Kim noch lauter zurück.

»Bitte, könntet ihr jetzt nicht endlich aufhören?«, flehte Mattie.

»Mach die Schweinerei sauber«, befahl Jake.

»Du hast sie angerichtet. Du kannst sie sauber machen.«

»Verdammt noch mal!«, schrie Jake. Sein Arm flog hoch, um zuzuschlagen.

»Du willst mich schlagen?«, schrie Kim. »Bitte. Tu's doch! Schlag mich, Daddy. Schlag mich doch!«

Mattie hielt den Atem an. Jakes Arm hing in der Luft, verweilte eine Ewigkeit, wie es schien, über seinem Kopf, bevor er ihn schließlich an seiner Seite herabfallen ließ. Hinter sich hörte sie Kims hastige Schritte auf der Treppe, dann das Krachen ihrer Zimmertür. Die Hände auf die Augen gedrückt, sank Jake an die Wand. Sein Gesicht war aschfahl.

»Jake? Ist dir nicht gut?«, fragte sie.

»Ich hätte sie beinahe geschlagen.«

»Aber du hast es nicht getan.«

»Ich wollte. Ich war ganz nahe daran.«

»Aber du hast es nicht getan«, wiederholte Mattie. Sie bot ihm die Hand, zog sie zurück, als sie sah, dass sie zitterte. Sie wusste, wie enttäuscht Jake sein musste, wie sehr er sich gewünscht hatte, seine Tochter wäre stolz auf ihn. *Ich* bin stolz auf dich, hätte sie gern gesagt, aber sie schwieg und blieb still an seiner Seite stehen, bis sie die Sohlen ihrer Füße überhaupt nicht mehr spürte. »Ich glaube, ich muss mich setzen.«

Er führte sie ins Wohnzimmer, wischte sich die Tränen aus dem Gesicht, half ihr in das beigefarbene Sofa hinunter. Und die ganze Zeit sprach er kein Wort.

»Setz dich doch«, sagte sie.

Er trat unschlüssig von einem Fuß auf den anderen, als bedächte er die Alternativen, die ihm offen standen. »Mattie, meinst du, du kommst zurecht, wenn ich ein paar Minuten verschwinde. Ich brauche unbedingt frische Luft.«

Mattie schluckte ihre Enttäuschung hinunter. Warum erlaubst du mir nicht, dich zu trösten?, fragte sie stumm. »Aber natürlich komme ich zurecht«, sagte sie laut.

»Ich mach das alles hier sauber, wenn ich zurückkomme.«

»Soll ich mitkommen?« Törichte Frage, begriff Mattie, als Jake den Kopf schüttelte. Natürlich wollte er sie nicht dabei haben. Welcher Mann nimmt schon seine Ehefrau mit, wenn er seine Freundin besucht?«

»Du bist sicher, dass du zurechtkommst?«

»Ganz sicher.«

»Ich bin bald wieder da«, sagte er.

Matties Blick folgte ihm, als er hinausging. »Fahr vorsichtig«, sagte sie.

17

»Jake? Jake, bist du fertig?«

Mattie warf im Badezimmer einen letzten Blick auf ihr Spiegelbild und stellte erleichtert fest, dass alles so war, wie es sein sollte: keine unerwünschten schwarzen Krakel unter ihren Augen, keine widerspenstigen Haarbüschel, die sich aus der Spange in ihrem Nacken gelöst hatten. Sie strich sich noch einmal über den Satinkragen ihres neuen pinkfarbenen Kaschmirpullis und vergewisserte sich, dass die alten Strassclips an ihren Ohren sicher saßen. Alles in Ordnung. Das Einzige, was nicht ganz ins perfekte Bild passte, waren die drei Telefonnummern auf Matties linker Handfläche, die sie an die Torheit des vergangenen Tages erinnerten. Sie hatten sich, hartnäckig wie eine Tätowierung, trotz gründlichen Schrubbens mit Bürste und Seife nicht entfernen lassen. Blieb nur zu hoffen, dass sie Jake nicht auffallen würden. Mattie beschloss, sich keine Sorgen zu machen. Es war zweifelhaft, ob Jake ihr überhaupt nahe genug kommen würde, um etwas zu bemerken. Ein ganz leichtes Zittern war in ihren Fingern spürbar. Sie schob die Hände in die Taschen ihrer grauen Hose und ging hinaus.

»Jake? Bist du soweit?«

Noch immer keine Antwort.

»Jake?«

Mattie ging durch den Flur zum Gästezimmer und warf einen Blick durch die offene Tür. »Jake?«

Aber das Zimmer war leer, die gelb-weiße Steppdecke achtlos über das Bett geworfen, genau wie am Tag zuvor. Hatte er überhaupt in dem Bett geschlafen?

Mattie machte kehrt. Die geschlossene Tür zu Kims Zimmer baute sich vor ihr wie ein stummer und unversöhnlicher Vorwurf auf. Ihre Tochter hatte sich am vergangenen Abend in ihrem Zimmer verschanzt und seither nicht mehr blicken lassen. Sie hatte das Abendessen verweigert und war weder zum Frühstück noch zum Mittagessen erschienen. Sie hat inzwischen bestimmt einen Bärenhunger, dachte Mattie, die wusste, wie stolz ihre Tochter war, wie starrköpfig sie sein konnte. Genau wie ihr Vater. Mattie klopfte leise an die Tür und stieß diese vorsichtig auf, als sie auf ihr Klopfen keine Antwort erhielt.

Das Zimmer war dunkel, die Jalousie heruntergelassen, es brannte kein Licht. Mattie musste einen Moment warten, ehe ihre Augen sich auf die Dunkelheit eingestellt hatten und sie Einzelheiten im Raum unterscheiden konnte: das Bett an der gegenüberliegenden Wand, die Kommode daneben, den Schreibtisch, der rechts von ihr stand, und den Stuhl davor. Überall im Zimmer lagen Kims Kleider herum. Mattie tastete sich langsam durch das Chaos und stieß mit der Schuhspitze gegen eine hingeworfene Kassette, die krachend gegen die Schranktür flog.

Die Gestalt im Bett rührte sich, setzte sich auf, schob sich zerzaustes Haar aus dem Gesicht, starrte Mattie an, sagte nichts.

»Kim? Alles in Ordnung?«

»Wie spät ist es?«, fragte Kim mit schlafheiserer Stimme.

Mattie blickte durch das Halbdunkel zu der Uhr an der Wand. Eine Uhr, die aussah wie eine kleine Wassermelone, mit rotem, wie von schwarzen Kernen durchsetzten Zifferblatt und einem grünen Gehäuse.

»Fast vier«, sagte sie. »Hast du den ganzen Tag geschlafen?«

Kim zuckte mit den Schultern. »Die meiste Zeit, ja. Wie ist es draußen?«

»Sonnig. Kalt. Januar«, antwortete Mattie. »Ist alles in Ordnung?«, fragte sie noch einmal.

»Ja, ja, alles okay.« Kim strich sich mit einer Geste, die sehr an ihren Vater erinnerte, die Haare aus der Stirn. Es war eine Geste, die verriet, dass sie ungeduldig zu werden begann. Sie sah zum Fenster.

»Geht ihr weg?«, fragte sie.

»Zu einer Fotoausstellung, und hinterher treffen wir uns mit Stephanie Slopen und einem Freund von ihr zum Essen. Willst du mitkommen?«

Selbst in der Dunkelheit konnte Mattie mühelos die spöttische Miene ihrer Tochter erkennen. »Ich hab Stubenarrest bis zu meinem vierzigsten Geburtstag, weißt du das nicht mehr?«

»Was du getan hast, war wirklich nicht in Ordnung«, sagte Mattie.

»Bist du deshalb zu mir gekommen? Um mir das zu sagen?«

»Nein.«

»Warum dann?«

»Ich mache mir Sorgen um dich.«

»Hast du nicht schon Sorgen genug, ohne dich auch noch um mich zu sorgen?«

Mattie begann im Geist, das Zimmer aufzuräumen, die Kleider ihrer Tochter vom Boden aufzusammeln und zu ordnen. Kim war immer so ordentlich und genau gewesen. Wann hatte sie sich in so eine Schlampine verwandelt?

»Ich kann's nicht ändern. Ich mache mir trotzdem Sorgen um dich. Ich weiß, was für eine schwierige Zeit du jetzt durchmachst.«

»Es geht mir gut, Mama«, versicherte Kim.

»Vielleicht täte es dir gut, wenn du jemanden hättest, dem du dich anvertrauen kannst…«

»Was soll das heißen? Redest du von einem Psychiater?«

»Vielleicht.«

»Glaubst du, dass ich verrückt bin?«

»Aber nein, natürlich nicht«, sagte Mattie rasch. »Ich denke nur, es wäre eine Hilfe für dich, wenn du dich irgendwo aussprechen könntest.«

»Ich hab doch dich.« Kims Blick flog durch die Dunkelheit zu ihrer Mutter. »Oder nicht?«

»Doch, natürlich. Aber ich bin Teil des Problems, Kim«, sagte Mattie.

»Du bist nicht das Problem. Er ist es.«

»Dein Vater hat dich sehr lieb. Das weißt du.«

»Ja, klar. Viel Vergnügen heute Abend.« Kim ließ sich wieder in die Kissen fallen und zog sich die Decke über den Kopf. Es war klar, dass das Gespräch für sie beendet war.

Mattie zögerte einen Moment, dann ging sie leise hinaus und schloss die Tür hinter sich. Es gab noch eine Menge zu sagen, aber sie besaß nicht die Kraft dazu. Und nicht die Zeit, dachte sie mit einem Blick auf ihre Uhr. Wo war Jake? Sie sollten jetzt fahren.

»Jake?«, rief sie wieder, als sie die Treppe hinunterging.

Sie wusste sofort, dass er am Telefon war, als sie die geschlossene Tür seines Arbeitszimmers sah. Und sie wusste, dass er mit Honey telefonierte, noch ehe sie in der Küche den Hörer des anderen Apparats abhob.

»Es tut mir Leid«, sagte er gerade.

»Hör auf, dich zu entschuldigen«, erwiderte Honey mit ihrer rauchigen Stimme, die Mattie nie mehr vergessen würde.

»Sie hat das ohne mein Wissen geplant. Ich kann da jetzt nicht mehr abspringen.«

»Ich bin diejenige, die sich entschuldigen sollte. Ich hätte gestern für dich da sein sollen.«

»Du konntest doch nicht wissen, dass ich komme.«

»Ich weiß nicht, warum ich ausgerechnet gestern so früh ins Fitness-Studio gegangen bin.«

»Macht ja nichts. Dann eben morgen Abend«, unterbrach Jake. »Morgen Abend, komme, was da wolle.«

»Klingt gut. Was unternehmen wir?«

»Ich hoffte, wir würden zu Hause bleiben.«

»Klingt noch besser. Um sieben?«

»Ich kann's nicht erwarten, dich zu sehen«, sagte Jake.

»Ich liebe dich.«

Mattie legte auf, bevor sie die Erwiderung ihres Mannes hören musste.

»Was meinst du?«, fragte Mattie, die neben Jake in der kleinen Galerie in der Erie Street stand und immer noch das belauschte Gespräch in den Ohren hatte. Der Boden aus gebleichtem Holz glänzte im Licht der indirekten Beleuchtung. Ein breites Fenster nahm die Hälfte der Nordwand des Ausstellungsraums ein. An den übrigen Wänden hing eine aufregende Auswahl an großen Farbfotografien: eine junge Mexikanerin in einem leuchtenden Kleid, mit Blumen im Haar und einem Kruzifix um den Hals, posierte vor dem Gemälde einer Jungfrau Maria, die vor einem mit Wölkchen gesprenkelten Himmel schwebte, und die gemalten Blumen zu Füßen der Jungfrau vermischten sich mit den Blumen am Saum des Kleides, das das junge Mädchen trug; auf einer rissigen türkisgrünen Wand eine Schar gemalter Engel, die über ein kleines Schwarz-Weiß-Foto eines jungen Mannes wachten, ein großer Fernsehapparat, der völlig unmotiviert auf einem Tisch vor dem gemalten Hintergrund einer altmodischen Landschaft stand; eine dicke, grimmig dreinschauende Lateinamerikanerin in einem goldgesprenkelten blauen Kleid, die anklagend in die Kamera blickte, furchterregender als die Reihe uniformierter Generäle hinter ihr.

»Sie gefallen mir«, sagte Jake.

Ich liebe dich, flüsterte Honey.

»Warum?«, fragte Mattie. *Warum bist du hier?*

Jake lachte etwas verlegen. »Ich bin Jurist, Mattie«, sagte er. »Ich verstehe nichts von Kunst. Gefallen sie dir?«

»Ich liebe sie«, sagte Mattie überschwänglich und biss sich auf die Zunge.

Ich liebe dich, flüsterte Honey.

»Warum?«

Warum bin ich hier?, fragte sie sich und versuchte, sich das frühere Gespräch aus dem Kopf zu schlagen. »Der Gebrauch von Farbe und Komposition«, erklärte sie, mit dem Klang ihrer eigenen Stimme die unerwünschten Echos bannend. »Die Art, wie der Fotograf Natur und Künstlichkeit verbindet, das eine benutzt, um das andere zu ergänzen und zu akzentuieren. Wie er manchmal die Grenzen zwischen beiden verschwimmen lässt. Er hat eine wunderbare Art, bestimmte unbelebte Objekte herauszugreifen, um durch sie etwas über das Selbstbild einer Kultur auszusagen. Und wie sich in diesen Bildern visuelle Sprache mit persönlichem Verständnis verbinden!«

»Das alles siehst du?«

Mattie musste lachen. »Ich habe den Katalog gelesen, bevor wir hergekommen sind.«

Auch Jake lachte, und Mattie wurde bewusst, wie sehr sie dieses Lachen mochte, das sie in den langen Jahren ihrer Ehe so selten gehört hatte. Lachte er mit Honey zusammen? *Ich kann es nicht erwarten, dich zu sehen*, hatte er gesagt.

Sie richtete ihre Aufmerksamkeit auf die Fotografie eines jungen Mannes, der in herausfordernder Haltung vor einer Wand stand, die mit gemalten Bildern des Krieges bedeckt war – Soldaten, Panzer, Kanonen, Explosionen. Der Junge stand mit dem Rücken zur Kamera. Er hatte das rote T-Shirt über der Blue Jeans hochgezogen, um einen breiten weißen Verband zu enthüllen, der sich wie eine Narbe quer über seinen Rücken zog.

»Stark«, sagte Jake. »Wer ist der Fotograf?«

»Rafael Goldchain. 1956 in Chile geboren. Seine jüdischen Großeltern emigrierten in den Dreißigerjahren aus Deutschland nach Argentinien. Seine Eltern sind dann irgendwann nach Chile übergesiedelt, wo Rafael geboren wurde, und ließen sich schließlich Anfang der Siebzigerjahre in Mexiko nieder. Rafael ging nach Israel. Er studierte dort an der Hebräischen Universität in Jerusalem und emigrierte 1976 nach Toronto in Kanada, wo er seither lebt.«

»Ziemlich konfuser Typ.«

Da ist er nicht der Einzige, dachte Mattie. Sie sah wieder in den Katalog in ihrer Hand. »Hier steht, wenn er in Lateinamerika fotografiert, habe er das Gefühl, eine sinnvolle und zielgerichtete Art der Selbstfindung zu betreiben«, zitierte sie. »Indem er innerhalb dieser Kultur in einen Schaffensprozess eintritt, vertieft er sein Gefühl der Zugehörigkeit.«

»Er benutzt also seinen Beruf, um sich mit sich selbst auseinander zu setzen«, sagte Jake.

Das tun wir bis zu einem gewissen Grad wahrscheinlich alle, dachte Mattie.

»Und was ist dein nächster Schritt, wenn du die Ausstellung gesehen hast?«, wollte Jake wissen.

Er fragt mich tatsächlich danach, wie ich die letzten sechzehn Jahre gearbeitet habe. Mattie wusste nicht recht, ob sie ärgerlich oder erfreut sein sollte. Wenn du dir die Zeit genommen hättest, mich kennen zu lernen, dachte sie, so viel Zeit wie du im Lauf der Jahre an Frauen wie Honey Novak verschwendet hast, dann würdest du vielleicht nicht fragen müssen.

Morgen Abend, hörte sie Jake sagen. *Morgen Abend, komme, was da wolle.*

»Ich überlege mir, ob es unter meinen Kunden jemanden gibt, den solche Bilder ansprechen würden«, erklärte sie und wies auf eine Fotografie an der Wand gegenüber.

Das Bild zeigte eine Jukebox in der Ecke eines blau-grünen Zimmers, die förmlich erdrückt wurde von den Postern halb nackter Frauen ringsum an den Wänden. Besonders auffallend war das Bild einer Frau in einem pinkfarbenen Korsett und schwarzen Nylonstrümpfen, die ihre Finger seitlich in ihr Höschen geschoben hatte, als wollte sie es gleich über ihr wohlgerundetes Gesäß herunterziehen.

»Ich könnte mir vorstellen, dass das über dem Sofa in deinem Arbeitszimmer ganz toll aussieht.«

Jake lachte, nicht sicher, ob es ihr ernst war. »Ich weiß nicht, ob meine Partner das zu würdigen wüssten. Sie haben immer noch an der gebackenen Kartoffel zu kauen.«

Mattie wusste, dass er von der Claes-Oldenburgh-Lithografie sprach, die er sich auf ihr Betreiben an die Wand hinter seinen Schreibtisch gehängt hatte. »Ich dachte an dein Arbeitszimmer zu Hause.«

Jake nickte und wurde plötzlich rot wie ein ertappter Missetäter. »Entschuldige bitte, Mattie«, stammelte er. »Ich hatte wirklich vor, mehr zu Hause zu sein.«

Mattie brauchte einen Moment, um die Verbindung herzustellen. »Jake, das sollte doch nicht heißen –«

»Es war nur eine solche Hektik –«

»Ich wollte doch bloß –«

»– mit dem Prozess und –«

»Wirklich, Jake, ich wollte nicht sagen –«

»Sobald der Prozess vorbei ist –«

»Hör auf, dich zu entschuldigen«, sagte Mattie.

Hör auf, dich zu entschuldigen, kam das Echo aus Honeys Mund.

Mattie drückte hastig eine Hand auf die Lippen und sah ihren Mann an. Würde er sein Leben damit verbringen, sich bei Frauen zu entschuldigen. Um Verzeihung und Absolution zu bitten?

»Was ist das?«, fragte Jake.

»Was?« Matties Blick schweifte zu einem jungen Paar, das heftig gestikulierend vor dem Foto der grimmig dreinschauenden Frau im goldgesprenkelten blauen Kleid stand.

»An deiner Hand.« Jake hielt Matties linke Hand fest und drehte sie herum, ehe Mattie sie ihm entziehen konnte.

Sie murmelte etwas davon, dass sie sich eine Telefonnummer habe aufschreiben müssen und keinen Zettel zur Hand gehabt hätte. Keine Lüge. Aber auch nicht die Wahrheit. Jake schien die Erklärung zu akzeptieren. Warum auch nicht?, dachte Mattie, als sie ihre Hand in die Tasche schob. Sie hatte Genuschel dieser Art jahrelang akzeptiert.

»Meinst du wirklich, dass das über dem Sofa in meinem Arbeitszimmer gut aussehen würde?« Jake hatte sich wieder der Fotografie zugewandt.

Jetzt wusste sie nicht, ob es ihm ernst war. »Was meinst du denn?«, fragte sie.

»Ich finde, es ist perfekt.« Er lachte.

»Das Bild geht an den Herrn mit dem ansteckenden Lachen.« Mattie lachte mit ihm.

»Danke, dass du mich mitgenommen hast«, sagte Jake, nachdem sie die Formalitäten für den Kauf des Bildes erledigt hatten. »Es hat mir wirklich gefallen.«

»Danke dir«, erwiderte Mattie. »Ich kann mir vorstellen, dass du lieber woanders gewesen wärst.«

Sie hat das ohne mein Wissen geplant. Ich kann da jetzt nicht mehr abspringen.

»Nicht dass ich wüsste.« Jake schaffte es, die Worte überzeugend klingen zu lassen. »Hey, es ist schon spät. Hast du Hunger?«

Mattie nickte, als er ihren Arm nahm. »Und wie«, sagte sie.

Das Restaurant war bereits hoffnungslos überfüllt, als Mattie und Jake um kurz nach sieben durch die Glastür traten. In einem kleinen Vestibül standen die Gäste, die auf Tische warteten, zusammengepfercht wie herausgeputzte Sardinen. Diverse zarte Düfte kämpften auf verlorenem Posten mit einer Anzahl derberer Gerüche, wie etwa das Aroma eines Zigarillo in der Hand einer jungen Frau mit Pferdeschwanz, die an der Bar saß.

»Entschuldigen Sie, aber wir haben reserviert«, hörte Mattie jemanden sagen.

»Jeder hier hat reserviert«, lautete die ernüchternde Erwiderung des Obers, der die Tische zuwies.

»Hier scheint ja halb Chicago angetanzt zu sein.« Jake musste schreien, um das Stimmengewirr der ungeduldig Wartenden zu übertönen.

»So ist das, wenn ein Restaurant gute Kritiken bekommt«, sagte Mattie.

Jake deutete ihr mit einer Handbewegung, dass er sie nicht verstehen konnte, und neigte sich ihr entgegen, um sein Ohr näher an ihren Mund zu bringen. Mattie beugte sich vor und wiederholte, was sie gesagt hatte. Ihre Nase streifte leicht seinen Hals, und sie dachte gerade, wie wunderbar er roch, als eine Frau sie von hinten anrempelte. Sie verlor den Halt, stolperte, und ihre Lippen berührten Jakes Ohr.

Er hielt sie fest, ehe sie fallen konnte. »Alles okay?«

Sie nickte und spähte über die Menge hinweg in den Saal, der sich kaum von anderen teuren Restaurants in der Gegend unterschied – ein großer quadratischer Raum, in dem zu viele Tische auf zu wenig Fläche zusammengedrängt waren, zu viele Spiegel, auf der einen Seite Nischen mit samtbezogenen Sitzbänken, auf der anderen Seite eine Bar.

»Da ist Stephanie!« Mattie wies zur hintersten Nische, wo eine Weiße mittleren Alters mit hell gesträhntem Haar gerade einen jungen Schwarzen leidenschaftlich umarmte.

Im Zickzackkurs suchten sich Mattie und Jake einen Weg zwischen den Tischen.

»Mattie?«

Jemand berührte ihren Arm.

Sie sah sich um. Roy Crawford sprang von seinem Stuhl auf und trat auf Mattie zu, um ihr einen Kuss auf die Wange zu geben. »Ich sehe, ich bin nicht der Einzige, der die Restaurantbesprechungen liest. Wie geht es Ihnen? Sie sehen großartig aus.«

»Danke. Sie aber auch.« Mit einem Lächeln sah Mattie ihm in die leicht spöttisch blitzenden Augen.

»Darf ich Sie mit Tracey bekannt machen.« Roy Crawford wies auf die Blondine, die mit ihm am Tisch saß.

»Mit e-y«, spezifizierte Tracey.

Mattie nahm die überflüssige Information mit einem Nicken

zur Kenntnis und machte ihrerseits Jake mit Roy und seiner Begleiterin bekannt.

»Sehr erfreut.« Die beiden Männer tauschten einen Händedruck.

»Roy ist ein Kunde von mir.«

»Ah ja«, sagte Jake leichthin, als wäre ihm etwas anderes nie in den Sinn gekommen. »Dann muss Mattie Ihnen unbedingt von der hervorragenden Ausstellung erzählen, die wir eben besucht haben.«

»Das will ich hoffen«, sagte Roy Crawford augenzwinkernd.

»Ein sympathischer Mann«, bemerkte Jake, als sie weitergingen. »Seine Tochter ist ein hübsches Ding.«

Mattie lächelte, ohne sich die Mühe zu machen, ihn aufzuklären. Tracey mit e-y, dachte sie, und da hatten sie schon ihren Tisch erreicht, wo Stephanie und Enoch ganz ineinander versunken auf der roten Plüschbank saßen und keinen Blick an ihre Umwelt verschwendeten.

Mattie räusperte sich. »Entschuldigt. Ich störe wirklich nicht gern«, sagte sie und wurde sich bewusst, dass das genau der Wahrheit entsprach.

Stephanie sprang auf. »Ach, da seid ihr ja! Ich habe mir schon Sorgen gemacht.«

»Das sieht man.«

»Kommt, ich mache euch mit meinem Herzblatt bekannt.«

Mattie und Jake blickten peinlich berührt zu Boden.

Jedem sein Herzblatt, dachte Mattie. Sein Herzblatt oder sein Honigplätzchen.

Enoch Porter küsste sie leicht auf die Wange, beinahe auf dieselbe Stelle, die kurz vorher Roy Crawford geküsst hatte.

»Ist er nicht absolut hinreissend?«, flüsterte Stephanie begeistert.

»Doch, er ist ziemlich hinreißend«, stimmte Mattie zu, während Enoch und Jake sich miteinander bekannt machten.

»Eine Haut, sag ich dir! Wie Samt«, schwärmte Stephanie.

»Ja, er scheint nett zu sein.«

»Was heißt hier nett?«, flüsterte Stephanie. Sie hielt die Hand vor den Mund und sagte in vertraulichem Ton: »Im Bett ist er der absolute Wahnsinn!«

Mattie lächelte höflich. Das interessierte sie nun etwa genauso brennend wie die Tatsache, dass die blonde Tracey sich mit einem E vor dem Y schrieb.

»Entschuldige mich einen Moment, Steph. Ich bin gleich wieder da«, sagte sie und stand auf.

»Geht's dir nicht gut?«, rief Stephanie ihr gedämpft nach.

»Doch, doch. Alles in Ordnung.«

»Soll ich mitkommen?«

Mattie winkte ab. Aber Stephanie hatte sich ohnehin schon wieder ihrem Herzblatt zugewandt und drückte ihm, mit einem Arm seinen Hals umschlingend, ihren großen Busen in die Seite. Alle haben Sex, nur ich nicht, dachte Mattie und trat in die feudalen Toilettenräume neben der Bar.

Was dachte sich Stephanie eigentlich dabei? Wie konnte sie so schamlos sein? So ordinär! Sie hatte zwei zehnjährige Kinder, Herrgott noch mal! Wie die sich wohl fühlen würden, wenn sie wüssten, dass ihre Mutter sich total lächerlich machte, indem sie sich einem Kerl an den Hals warf, der zehn Jahre jünger war als sie, und sich vor aller Augen von ihm betatschen ließ? Besaß sie denn überhaupt keinen Stolz? Keine Selbstachtung? Keinen Anstand? Ihr musste doch klar sein, dass eine Beziehung zwischen so ungleichen Partnern auf die Dauer niemals halten würde.

Na und?, dachte Mattie. Sie und Jake waren im gleichen Alter, hatten die gleiche Hautfarbe, kamen aus den gleichen Verhältnissen – und hatte es gehalten? »Nichts als Eifersucht«, sagte Mattie zu ihrem Spiegelbild, das prompt beschämt den Kopf hängen ließ. Was würde sie nicht für die Gelegenheit geben, sich einem jungen Liebhaber an den Hals zu werfen, seine Samthaut an ihrem Körper zu spüren, sich vor den Augen ihrer neidischen Freundinnen nach Herzenslust von ihm betatschen zu lassen!

Jedem sein Herzblatt, dachte sie wieder und nahm ihren Lippenstift heraus, um noch einmal Farbe nachzulegen, obwohl das gar nicht nötig war. Aber der Lippenstift sprang ihr plötzlich aus den Fingern und schoss über ihre Wange, wo er eine blasse rote Spur hinterließ, die aussah wie ein Blutspritzer.

»Scheiße!« Mattie griff in ihre Handtasche, um ein Papiertuch herauszuholen, und konnte nur hilflos zusehen, wie ihr die Tasche entglitt und der gesamte Inhalt sich auf den schwarz-weißen Fliesenboden ergoss. Ganz langsam ließ sie sich auf die Knie hinunter und begann, die verstreuten Gegenstände einzusammeln: mehrere Filzstifte, ein Päckchen Kleenextücher, ihre Sonnenbrille, ihre Geldbörse, ihr Scheckheft, die Hausschlüssel.

In dem offenen Raum unter einer der Kabinentüren bemerkte sie ein Paar Füße in hochhackigen Sandaletten mit Pfennigabsätzen und wurde sich erst in diesem Moment bewusst, dass sie nicht allein war. Wie kann man in solchen Dingern überhaupt laufen?, fragte sie sich. Sie richtete sich auf, versuchte, wieder auf die Beine zu kommen, und stand einen Moment lang gefährlich schwankend auf Füßen, die sie nicht tragen wollten. »Bitte«, flüsterte sie in den Kragen ihres pinkfarbenen Pullis und hielt sich am Waschtisch fest. Bitte, wiederholte sie lautlos.

Sie hörte das Rauschen der Toilettenspülung und lächelte der jungen Frau zu, die aus der Kabine trat und überhaupt keine Mühe hatte, sich auf ihren hohen Absätzen zu halten. Die junge Frau betrachtete sich im Spiegel, während sie sich die Hände wusch, und schien erfreut von ihrem Anblick. Mit Recht, dachte Mattie, die ihr nachblickte, als sie hinausging. Sie war jung und schön. Ihr Körper funktionierte reibungslos. Zweifellos kehrte sie jetzt zu einem Mann zurück, der sie anbetete.

Und jetzt ich, dachte Mattie, straffte die Schultern und ging aus der Toilette hinaus.

Direkt vor der Tür stand Roy Crawford. »Sie waren aber lange da drinnen«, stellte er fest.

»Mir war meine Handtasche runtergefallen.« Was für eine dumme Antwort, dachte sie. Hatte er auf sie gewartet?

»Was haben Sie denn da im Gesicht?« Ohne auf eine Antwort zu warten, rieb Roy Crawford behutsam über die Haut neben ihrem Mund. »Scheint Lippenstift zu sein.« Er hob seinen Zeigefinger zum Mund, befeuchtete mit der Zunge die Fingerspitze und drückte diese an ihre Wange. Dabei sah er ihr die ganze Zeit tief in die Augen.

»Na also! Alles wieder in Ordnung.«

»Danke«, sagte Mattie, ein wenig atemlos, als sie seinen kühlen Speichel auf ihrer Haut fühlte.

»Das ist also Ihr Mann«, sagte Crawford, als wäre eine solche Bemerkung unter den Umständen das Normalste der Welt.

Mattie, die ihrer Stimme nicht traute, nickte nur.

»Ich dachte, Sie wären getrennt.«

»Er ist zurückgekommen.«

Roy Crawford lächelte träge. »Rufen Sie mich an«, sagte er.

18

Sie lagen in Honeys Bett, adrett in neu gekaufter rosa-weiß karierter Bettwäsche. »Für den besonderen Anlass«, hatte Honey gescherzt, als sie Jake gleich bei seiner Ankunft ins Schlafzimmer gezogen hatte und sie wie Ausgehungerte über einander hergefallen waren.

Eine halbe Stunde später nun lagen sie in enger Umarmung beieinander, nackt, verschwitzt und unbefriedigt, verwirrt aber einträchtig, und unten am Ende des Betts spielten die Katzen mit ihren Zehen.

»Es tut mir Leid, Honey.« Ungeduldig versuchte Jake, die Katzen von seinen Füßen zu vertreiben. »Ich weiß nicht, was da los ist.«

»Das macht doch nichts, Jason. So was kommt vor. Du brauchst dich nicht zu entschuldigen.«

»Dabei möchte ich so gern.« Jake rieb sich verärgert die Augen.

»Das weiß ich doch.«

»Den ganzen Tag hab ich nur daran gedacht.«

»Vielleicht ist genau das das Problem – du denkst zu viel.« Honey setzte sich auf. Das Laken fiel ihr zur Taille herab und entblößte ihre schweren Brüste. Sie verscheuchte die Katzen von Jakes Füßen. Die eine sprang zornig miauend zu Boden, die andere blieb auf dem Fußende des Betts hocken und starrte Jake mit ihren gelben Augen anklagend an.

»Ich bin wahrscheinlich einfach müde.«

»Ja, das waren ja auch anstrengende Wochen.«

Honey ließ sich wieder niedersinken, kuschelte sich in Jakes angewinkelten Arm und liebkoste sanft seine Brust. »Wie läuft der Prozess?«

»Hervorragend. Ich glaube, wir haben eine gute Chance, einen Freispruch zu bekommen.«

Jake musste lachen. Den ganzen Tag lang hatte er nur darauf gewartet, dass es endlich sieben Uhr werden würde – hatte, seit er am Morgen erwacht war, kaum an etwas anderes gedacht. Beim Frühstück hatte er sich mit Mattie unterhalten und sich dabei die ganze Zeit Honeys Körper vorgestellt und sich bis ins Detail ausgedacht, was alles sie einander zu Lust und Gefallen tun würden. Nicht einen Moment lang war in diesem ausgeklügelten Liebes-Szenario eine Auszeit zur Diskussion geschäftlicher Angelegenheiten vorgesehen gewesen. Und noch nie hatte er derartige Startschwierigkeiten gehabt.

»Es ist tatsächlich so«, hörte Jake sich weitersprechen, »dass die Zeugen der Anklage den Prozess für mich gewinnen.«

»Wie ist das möglich?«

War es Einbildung oder hörte er in Honeys Ton die gleiche Verwunderung über diese ungewohnte Redseligkeit, die auch er verspürte?

»Nicht nur das Opfer selbst, sondern auch der Polizeibeamte, der meine Mandantin festgenommen hat, haben zugegeben, dass die Frau zum Zeitpunkt der Schießerei total weggetreten war. Sogar der vom Gericht bestellte psychiatrische Gutachter musste einräumen, dass meine Mandantin höchstwahrscheinlich vorübergehend nicht zurechnungsfähig war.«

»Wieso musste er das einräumen?«

Jake lachte. »Nun ja, weil ich ihn dazu gezwungen habe.«

»Du warst also gut, hm?«

»Ich war sehr gut.« Er verspürte ein leichtes Prickeln der Erregung.

»Das glaube ich gern.« Honey schob ihre Hand zwischen seine Schenkel und heizte das feine Prickeln mit sanfter Massage weiter an.

Jake stöhnte, als könnte er mit dieser lautlichen Äußerung seinen Körper noch ein wenig mehr erhitzen. »Das ist gut.« Ein wenig verbale Ermunterung, dachte er, konnte auch nicht schaden. Er verstand sowieso nicht, was mit seinem verdammten Schwanz eigentlich los war. Wieso lag er da so schlapp herum? Das war ja zum Heulen! Noch nie zuvor war ihm so etwas passiert. Zornig blickte er abwärts, als hoffte er, so etwas in Bewegung setzen zu können.

»Entspann dich einfach«, sagte Honey und küsste mit weichen Lippen seine Brust. Er fühlte die Wärme ihres Atems und die sanfte Berührung ihrer Lippen, als diese sich auf die seinen drückten und ihr Mund sich öffnete.

»Das ist schon viel besser«, flüsterte sie, ein Lächeln in der Stimme.

Jake schloss die Augen und vergrub seine Hände in Honeys roten Locken, als sie ihren Kopf zwischen seine Schenkel schob, um mit zarten Lippen sein Geschlecht zu umschließen und mit ihm zu spielen, bis es sich zu regen begann. Sie war eine wunderbare Geliebte, so aufregend, so leidenschaftlich, immer bereit, alles zu tun, was ihn glücklich machte. Und in dieser schwierigen Situation mit Mattie war sie so geduldig und verständnisvoll. Wie viele andere Frauen hätten für ihn ihr Leben auf Eis gelegt, wie sie das tat? Wie Mattie es beinahe sechzehn Jahre lang getan hatte, erkannte er mit plötzlichem Erschrecken.

»Jason, was ist?«

»Wieso?« Jakes Blick flog von Honeys verwirrtem Gesicht zu seinem neuerlich erschlafften Mannesstolz.

»Ich dachte einen Moment lang, es täte sich was.«

»Entschuldigung.«

»Woran hast du gedacht?«

»An nichts.« Er holte tief Atem und seufzte, den Blick auf die Katze gerichtet, die ihn vom Fußende des Bettes aus fixierte. Wieder musste er an Mattie denken. Sie hatte den ganzen Tag verdächtig heiter gewirkt. Er hatte sie zur Radiomusik singen gehört, als er im Arbeitszimmer am Schreibtisch gesessen hatte, und er sah jetzt noch das Mona-Lisa-Lächeln vor sich, mit dem sie ihm geantwortet hatte, als er gesagt hatte, er müsse heute Abend noch einmal weg und käme wahrscheinlich erst spät nach Hause. Sie hatte nicht einmal gefragt, wohin er gehe, dabei hatte er sich extra eine Erklärung zurechtgelegt. Sie hatte nur gesagt: »Ich gehe auch aus.«

»Du denkst an Mattie, richtig?«

»Mattie? Aber nein.« War er so leicht zu durchschauen?

»Wie geht es ihr?« Honey war offensichtlich nicht überzeugt von seiner Antwort.

»Eigentlich immer gleich.«

»Hoffentlich weiß sie, was für ein wunderbarer Mann du bist.«

Jake zwang sich zu einem Lächeln. Mattie weiß genau, was für ein Mann ich bin, dachte er mit bitterer Ironie. Darin lag der Unterschied zwischen den beiden Frauen: Die eine kannte ihn nur allzu gut, die andere kannte ihn überhaupt nicht. War das der Grund, weshalb er hier war?

»Ich liebe dich, Jason«, flüsterte Honey und hob ihm ihr Gesicht entgegen.

»Entschuldige«, sagte Jake. »Was sagtest du?«

»Ich sagte, ich liebe dich.«

»Warum?«, fragte Jake zu seiner eigenen Überraschung. »Warum liebst du mich?« Warum stellte er diese Frage? Er hasste es, wenn Frauen so etwas fragten, als gäbe es Gründe für Gefühle. Und jetzt tat er genau das Gleiche. Warum?, fragte er sich und hätte beinahe gelacht.

»Warum ich dich liebe?«, wiederholte Honey. »Ich habe keine Ahnung. Warum liebt man einen anderen Menschen?«

Diese Antwort, beinahe Wort für Wort die, welche er gegeben hätte, war seltsam, beinahe irritierend unbefriedigend. Es gab eine Zeit für die Wahrheit und eine Zeit, wo die Wahrheit nicht ausreichte. Das erkannte er jetzt.

»Lass mich überlegen«, kehrte Honey zu seiner Frage zurück, als spürte sie sein Missvergnügen. »Ich liebe dich, weil du klug bist, sensibel, sexy –«

»Heute Abend nicht besonders«, schränkte er ein.

»Ach was, der Abend fängt ja gerade erst an«, sagte Honey. Sie lachte, aber das Lachen klang hohl, wie Matties Lachen manchmal, wenn sie unglücklich war. Jake schüttelte den Kopf, als könnte er sich damit von den Gedanken an Mattie befreien. Du warst nicht eingeladen zu diesem Ausflug, schimpfte er im Stillen. Geh nach Hause.

Aber sie war nicht zu Hause. Sie war aus. Wo? Wahrscheinlich mit Lisa oder Stephanie oder irgendeiner anderen Freundin im Kino. Mattie hatte massenhaft Freundinnen, wohingegen er selbst, abgesehen von den Freundschaften, die er über Mattie geschlossen hatte, keine eigenen Freunde hatte.

»Wie geht's mit deinem Buch voran?«, fragte er Honey, deren Zunge an seinen Brustwarzen spielte.

»Mein Buch? Du willst über mein Buch reden?«

Das Thema, sagte sich Jake, war so gut wie jedes andere. Wenigstens so lange, bis es ihm gelang, Mattie aus seinen Gedanken zu vertreiben. Mattie war das Hindernis, das seine Lust blockierte. Er musste versuchen, sie loszuwerden.

»Es interessiert mich nur, wie du vorankommst.«

Honey setzte sich auf, kreuzte die Beine und zog sich das rosa-weiße Laken züchtig über den Schoß. Sie sah aus, als würde sie gleich in Tränen ausbrechen. Jake tat so, als bemerkte er es nicht.

»Ich komme gut voran.«

»Das freut mich.«

»Heute Nachmittag bin ich mit Kapitel drei fertig geworden.«

»Gut.«

»Ja, gut«, wiederholte sie.

»Großartig.«

»Großartig.«

Dann folgte Schweigen. Was ist los mit mir?, dachte Jake. Mache ich allen Ernstes lieber Konversation mit ihr, wo ich doch mit ihr schlafen könnte?«

»Worum geht's in dem Buch?«, hörte er sich fragen, obwohl er wusste, dass Honey am liebsten nicht darüber sprach.

»Um eine Frau, die sich mit einem verheirateten Mann eingelassen hat.« Honey lächelte befangen, und ihre Stimme zitterte. »Es heißt doch, man soll über das schreiben, was man kennt.« Sie begann plötzlich zu weinen.

»Honey ...«

»Ist schon gut. Es ist nichts. Verdammt noch mal. Geht gleich vorbei.« Zornig wischte sie die Tränen weg. »Ich habe mir fest vorgenommen, dass ich das nicht tun werde, und ich werde es nicht tun. Ich werde es nicht tun«, wiederholte sie, als wollte sie sich selbst überzeugen. »Ich hasse Heulsusen.«

»Du bist alles andere als eine Heulsuse.« Jake zog sie in seine Arme und küsste sie auf die Stirn. Du bist nur durcheinander, dachte er. Beinahe so sehr durcheinander wie ich. »Es ist doch kein Wunder, dass dich das quält.«

»Ich weiß, dass diese ganze Sache nicht deine Schuld ist. Und ich habe Verständnis, wirklich. Ich weiß, dass wir beide der Meinung waren, es sei das Beste, wenn du zu deiner Frau zurückkehrst, und ich will dich auch nicht unter Druck setzen. Mir ist klar, dass du eine fordernde Geliebte jetzt am allerwenigsten brauchst. Aber es ist eben nicht leicht für mich, Jason. Ach, Mensch! Ich hatte mich so sehr auf heute Abend gefreut.« Von neuem begannen die Tränen zu fließen.

»Bitte, Honey, hör auf zu weinen.«

»Manchmal habe ich einfach das Gefühl, du entgleitest mir.«

»Ich gehe nirgendwohin.«

»Ich will dich nicht verlieren.«

»Das wirst du auch nicht.«

»Ich bin keine Kämpfernatur, Jason. Das war immer schon

ein Problem von mir. Ich habe mich nie wirklich auf etwas eingelassen. Nicht auf meine Ehe und nicht auf meinen so genannten Roman. Immer halte ich etwas zurück. Ich riskiere nie etwas, und ich werfe viel zu schnell die Flinte ins Korn. Aber jetzt nicht mehr«, erklärte sie und straffte mit neuer Entschlossenheit die Schultern. »Zum ersten Mal in meinem Leben riskiere ich mich selbst. Ich warne dich, Jason. Ich werde um dich kämpfen. Und ich werde vor nichts zurückschrecken, wenn es darum geht, dich zu halten.«

Jake küsste ihr die Tränen vom Gesicht. Es ist das erste Mal, dass ich dich weinen sehe, dachte er, während er die Tränen an ihrem Mundwinkel ableckte und mit seiner Zunge ihre Lippen öffnete. Honey schlang ihm mit einem Stöhnen die Arme um den Hals und öffnete ihre Schenkel. Jake spürte, wie endlich sein Geschlecht sich regte, und drang mit einem heftigen Stoß in Honey ein. Honey schrie laut auf und grub ihre Fingernägel in seine Schulter.

»Es wird alles gut«, flüsterte Jake. »Es wird alles gut.« Er flüsterte es immer wieder, während er in sie hineinstieß, so lange, bis er es beinahe selbst glaubte.

»Champagner?«, fragte Roy Crawford.

»Wieso habe ich gewusst, dass Sie Champagner dahaben würden?« Mattie, die auf der Kante des Doppelbetts saß, lächelte ihn an.

»Weil ich hoffnungslos berechenbar bin?«

Matties Lächeln wurde breiter. »Weil Sie ein hoffnungsloser Romantiker sind.«

»Und Sie haben es nicht so mit der Romantik?«

»Ich? Nein. Ich bin eher praktisch und nüchtern.«

Roy Crawford lachte. »Mal sehen, ob wir das nicht ändern können.«

»Darum bin ich hier.«

Hier, das war ein elegantes, ganz in Blau und Elfenbein ausgestattetes Zimmer im achtundzwanzigsten Stockwerk des Ritz-Carlton mitten in Chicago. Mattie hatte diesen Treffpunkt vorgeschlagen, als sie Crawford am Morgen angerufen hatte. Sie hatte bekommen, was sie gewollt hatte: Ein französisches Bett, Champagner, einen Mann, der mit einem humorvollen Blitzen in den Augen und zwei Gläsern Dom Perignon in den Händen auf sie zukam. Den ganzen Tag hatte Mattie an diesen Abend gedacht.

Roy Crawford setzte sich neben sie. Die blaue Satindecke knisterte leise, und sein Knie streifte das ihre, als er ihr eines der Gläser reichte und mit ihr anstieß. »Auf den heutigen Abend«, sagte er.

»Auf den heutigen Abend«, wiederholte Mattie und hob ihr Glas an die Lippen. Sie trank langsam, um das Prickeln des Champagners auf ihrer Zunge auszukosten. »Sehr gut«, sagte sie.

»So ist es«, sagte Roy Crawford, obwohl er noch gar nicht getrunken hatte.

Mattie bekam auf einmal heftiges Herzklopfen. Wie lange war es her, dass ein Mann sie mit so viel unverhohlener Lust angesehen hatte?

»Ich nehme an, Sie hatten keine Schwierigkeiten, heute Abend wegzukommen?«, fragte sie.

»Nein, keine. Tracey weiß, dass mein Leben ziemlich unregelmäßig ist.«

»Tracey mit e-y?«

Crawford lächelte. »Sie ist sehr genau.« Er trank einen Schluck von seinem Champagner und nickte beifällig. »Und Sie? Hatten Sie Probleme?«

»Nein, nein. Mein Mann führt selbst ein ziemlich unregelmäßiges Leben.« Mattie lachte, obwohl der Gedanke daran, was Jake vielleicht jetzt gerade tat, ihr so sehr zusetzte, dass sie sich an ihrem Champagner verschluckte und einen Moment verzweifelt nach Luft schnappte.

»Ist Ihnen nicht gut?«

»Doch, doch«, keuchte Mattie. »Alles okay.«

»Schauen Sie nach oben«, befahl Crawford. »Halten Sie die Hände hoch.«

»Was? Warum denn?«

»Ich weiß auch nicht.« Roy Crawford machte ein angemessen verlegenes Gesicht. »Meine Mutter hat immer gesagt, wenn man keine Luft bekommt, soll man nach oben schauen und die Hände hoch halten.«

»Ich bekomme doch Luft«, widersprach Mattie, richtete aber dennoch ihren Blick nach oben und hielt die Hände hoch.

»Besser?«

Mattie nickte.

»Und zwischen Ihnen und Ihrem Mann läuft's gut?«, erkundigte sich Roy Crawford, und einen Moment sah Mattie etwas wie Besorgnis in seinem Blick.

»Sehr gut«, versicherte sie ihm.

»Und das hier – das soll die süße Rache werden?«

Mattie stand auf und ging zum Fenster. In kleinen Schlucken trank sie aus ihrem Glas. »Nein, ich glaube nicht«, antwortete sie nach einer kleinen Pause aufrichtig. »Ich glaube nicht, dass ich das hier tue, um mich an Jake zu rächen. Jetzt nicht mehr.« Sie hielt inne, holte Luft und merkte, dass ihre Atemwege wieder frei waren. »Ich tue es für mich.«

Crawford war hinter sie getreten. Seine Lippen berührten ihren Nacken. »Ich glaube, ich fühle mich geschmeichelt.«

Mattie spürte seinen warmen Atem an ihrem Hals. »Ich könnte noch ein Glas Champagner gebrauchen«, sagte sie.

Crawford füllte ihr Glas sofort auf und wartete schweigend, während sie den Champagner hinunterkippte.

»Sind Sie ganz sicher, dass Sie das hier wollen?«, fragte er dann.

»Absolut.« Mattie stellte das Glas auf den Tisch, hob ihre Hände zu Crawfords Gesicht und näherte ihre Lippen den seinen.

Sein Mund war weich und groß, größer als Jakes, dachte sie, als er ihren Kuss erwiderte, den Mund öffnete, aber nur ein wenig mit der Zunge tastend. Genau das richtige Maß an Druck, dachte Mattie. Er war offensichtlich ein Mann, der gern küsste und sich meisterlich darauf verstand.

»Sie machen das sehr gut«, neckte sie ihn, als er langsam mit ihr zum Bett tänzelte.

»Ich habe vier Schwestern. Wir haben als Kinder immer zusammen geübt.«

Vor dem Bett hielten sie an. Er küsste sie von neuem. Diesmal war es ein tieferer Kuss, wenn auch seine Zunge immer noch nur sanft neckte. Ja, er hatte gut geübt, das musste man sagen. Nicht dass Jake nicht auch gut geküsst hätte. Er küsste sehr gut. Es war nur sehr lange her, seit er sie das letzte Mal auf diese Weise geküsst hatte. Hatte er sie überhaupt je so geküsst?, fragte sie sich, als sie mit den Waden gegen das Bett stieß. Geh weg, Jake. Mattie öffnete die Augen. Roy Crawfords großes Gesicht unter dem weißen Haar verschwamm unter ihrem Blick.

Crawford lehnte sich ein wenig zurück, doch seine Lippen ließen die ihren nicht los. Seine Hände fanden ihren Busen, und seine Finger zogen immer kleinere Kreise. So weit, so gut, dachte Mattie, als er begann, die weißen Perlknöpfe zu öffnen. Sie spürte ein vertrautes Kribbeln an der Sohle ihres rechten Fußes. Kein Grund zur Beunruhigung, sagte sie sich. Es kribbelte sie im ganzen Körper. Kein Grund zur Beunruhigung.

»Wie ist es?«, flüsterte Crawford.

»Wunderbar«, sagte sie.

»Wunderbar«, wiederholte er und schob ihr die grüne Seidenbluse von den Schultern. »Du bist so schön«, sagte er, während seine Hände zu ihren Hüften hinunterglitten.

Er nahm sich Zeit, streifte ihr jedes Kleidungsstück mit Muße ab, bewunderte ihre weiche Haut, die zarten Rundungen ihres Körpers, ihren Duft, die Art, wie sie jede neue Liebkosung entgegennahm. »Sieh dich an«, sagte er, als er sich auf dem weißen

Laken neben ihr ausstreckte. »Weißt du eigentlich, wie unglaublich schön du bist?«

»Sag mir das noch einmal«, bat sie mit Tränen in den Augen.

Und er tat es. Er sagte es ihr immer wieder, während seine Hände sie liebkosten, ihre Brüste, ihr Haar, ihren Bauch, ihre Scham, und er seine Lippen der Spur seiner Hände folgen ließ. Mattie schloss die Augen, öffnete sie, als sie hinter ihren Lidern Jake entdeckte. Geh nach Hause, Jake, sagte sie zu ihm. Dieses Bett ist nicht groß genug für uns alle.

»Bist du soweit?«, fragte Roy Crawford.

»Noch nicht.« Mattie setzte sich auf und stieß Roy Crawford spielerisch aufs Bett hinunter. »Jetzt bin ich an der Reihe«, erklärte sie und betrachtete ausgiebig seinen nackten Körper. Als sie ihren Mann das letzte Mal betrogen hatte, hatte sie die Augen zugekniffen und weggeschaut. Das würde sie jetzt auf keinen Fall tun. Nein, diesmal würde sie jede Sekunde auskosten. Sie ging mit weit offenen Augen in dieses Abenteuer hinein.

Roy war glänzend in Form für einen Mann seines Alters, stellte sie fest und strich mit den Fingern über seine Brust. Schlank, straff, muskulös. Er achtete offensichtlich sehr auf seinen Körper. Geht wahrscheinlich ein paarmal in der Woche ins Fitness-Studio. Wie Jake, dachte Mattie. Das Fitness-Studio, wo Jake Honey kennen gelernt hatte. Honey mit e-y, dachte sie.

Sie spürte, wie Roy Crawford unter ihren Fingern zurückzuckte. »Oh, entschuldige«, sagte sie hastig. »Hab ich dir wehgetan?«

»Immer schön sanft«, sagte Roy Crawford.

»Ich bin wahrscheinlich außer Übung.«

»Du machst deine Sache großartig«, versicherte er, als Matties Mund von den Händen übernahm.

In der nächsten Minute lag Mattie auf ihm, passte ihren Körper dem seinen an. Sie schrie laut auf, als er in sie eindrang, und er richtete sich auf und hielt sie fest, während er sich in ihr bewegte. Sie wechselten die Stellung, einmal, zweimal, bald lag er über ihr, bald lagen sie seitlich, dann wieder war sie auf ihm. »Du bist so schön«, sagte er immer wieder. »So schön. So schön.« Er zog ihre Beine über seine Schultern, erhob sich auf die Knie und drang immer tiefer in sie ein, während Mattie ihm mit gewölbtem Rücken entgegenkam und ihn, sein Gesäß umschlungen, immer tiefer in sich hineinstieß, als wollte sie ihn ganz in sich aufnehmen. Sie fühlte sich berauscht und euphorisch, und ihr Körper vibrierte, als wollte er bersten. Die reine Magie, dachte sie, als sie den Höhepunkt erklomm.

Wie sehr ihr diese Magie gefehlt hatte! Wie dringend sie sie in ihrem Leben brauchte.

»Fühlst du dich gut?«, fragte Roy von irgendwo neben ihr.

»Herrlich«, sagte Mattie mit einem dankbaren Lächeln. »Und du?«

Er beugte sich über sie und küsste ihre nackte Schulter. »Gut«, sagte er.

Schweigen. Der magische Moment war vorüber.

Wie bei jedem guten Zauberkunststück war keine Spur von ihm geblieben. Ein phantastischer Trick, all der Jubelrufe würdig, mit denen er gepriesen wurde, aber vorbei, ehe man es sich versah, ehe man nach raffinierten Täuschungen und doppelten Böden suchen konnte. Man mochte ooh und aah schreien, so viel man wollte – am Ende war da gar nichts.

War das wirklich das, was sie wollte? Wollte sie so das letzte Jahr ihres Lebens verbringen?

Darum liebte sie die Kunst, das wurde ihr in diesem Moment klar. Weil sie präzise war, dauerhaft, genau, geordnet. Selbst das unmöglichste Gekrakel war im Allgemeinen vorher bedacht worden. Das Leben hingegen war flüchtig, vergänglich, chaotisch. Es dachte überhaupt nicht daran, sich an eine Ordnung zu halten – im Gegenteil, es machte jede Ordnung nieder.

Sie sah Roy Crawford an, den millionenschweren Selfmademan und ewigen Jüngling, der nackt neben ihr lag, keine Spur von Vortäuschung falscher Tatsachen. Ich bin was ich bin was ich bin was ich bin. Popeye als Plato. Die Einfachheit selbst. Wie angekündigt. Sie schloss die Augen. Wenn mehr in ihm steckte, wollte sie es nicht wissen.

Der magische Moment war vorüber.

Nach einigen Minuten sah Mattie auf die Uhr neben dem Bett. Schon zwölf nach neun. »Ich sollte langsam daran denken, nach Hause zu fahren«, sagte sie in Gedanken an die lange Taxifahrt, die sie vor sich hatte.

Roy Crawford fuhr sich mit der Hand durch das volle weiße Haar. »Ja. Ich muss auch los.«

Sie waren wie zwei Fremde, die nach einer Nacht wilder Ausschweifung nackt und mit einer diffusen Angst vor dem anderen nebeneinander erwachten, dachte Mattie, als sie Roy Crawford auf seinem Weg ins Badezimmer nachblickte.

Gleich darauf hörte sie das Rauschen der Dusche. Sie griff nach ihren Kleidern und begann sich anzuziehen. Zum Duschen blieb noch Zeit genug zu Hause. Es war unwahrscheinlich, dass Jake sich vor Mitternacht blicken lassen würde.

Sie nestelte immer noch an den Perlknöpfen ihrer grünen Seidenbluse, als Roy mit einem weißen Badetuch lässig um die Hüften aus der Dusche kam.

»Probleme?«, fragte er.

»Ich krieg die Knöpfe nicht zu.« Mattie versteckte ihre zitternden Hände auf dem Rücken.

»Darf ich?« Seine Hände näherten sich ihr. Er zögerte, seine Finger schon fast an ihrer Brust. »Besser nicht«, sagte er schließlich und schloss sorgfältig einen Knopf nach dem anderen.

»Danke«, sagte Mattie aufrichtig.

»Es war mir ein Vergnügen.« Roy küsste sie sacht auf den Mund.

»Danke«, sagte Mattie wieder.

Roy Crawford sah sie erstaunt an. »Wofür?«

»Dass du mir das Gefühl gegeben hast, ein Lustobjekt zu sein.«

Sie lachten. »Es war mir ein Vergnügen«, sagte er ein zweites Mal und bückte sich nach seinen Socken. »Weißt du was? Ich würde mir die Ausstellung, von der dein Mann gestern Abend gesprochen hat, wirklich gern ansehen.« Er stieg in seine schwarze Hose, zog den blauen Pulli über seinen Kopf.

»Das solltest du auch«, stimmte Mattie zu, die vor dem Spiegel stand und sich das Haar bürstete. »Es sind einige Aufnahmen darunter, die dir, denke ich, sehr gefallen werden.«

»Ich ruf dich an. Dann machen wir was aus.«

»Klingt gut.«

»Gut«, wiederholte er.

»Gut«, sagte sie.

19

»Komm rein. Beeil dich!« Kim schob Teddy Cranston hastig ins Haus und warf einen ängstlichen Blick die dunkle stille Straße hinunter, wo neugierige Nachbarn lauern konnten. Dabei tat sie ja eigentlich gar nichts Verbotenes, wenn man es ganz genau nahm. Sie hatte Hausarrest. Das hieß, sie durfte nicht außer Haus gehen. Aber es hieß nicht, dass sie niemanden zu sich einladen durfte. Außerdem waren ihre Eltern beide nicht da, was spielte es da schon für eine Rolle, wenn jemand zu ihr kam! Hauptsache, sie erfuhren nichts davon. Irgendwann im Lauf des Abends würden sie, ihre Mutter oder ihr Vater oder vielleicht auch beide, zu Hause anrufen, um zu prüfen, ob sie da war, und sie würde für sie bereit sein. So wie sie für Teddy bereit war. Heute Nacht oder nie, hatte sie am Telefon zu ihm gesagt. Entweder du schwingst dich innerhalb der nächsten halben Stunde zu mir rüber, oder du hast deine Chance verpasst. Genau neunundzwanzig Minuten später hatte er bei ihr geklingelt.

»Mein Zimmer ist oben.« Kim ging ihm voraus. Wozu die Zeit mit langen Vorbereitungen vertun? Das hatten sie monatelang praktiziert. Jetzt hatten sie zwei Stunden Zeit, um die Sache zu erledigen.

»Schönes Haus«, bemerkte Teddy, als er seine schwere braune Lederjacke auszog und sie über das Treppengeländer warf, bevor er Kim nach oben folgte.

»Ganz okay, ja.«

Sie sprachen erst wieder, als sie die Tür zu ihrem Zimmer erreichten. Kim warf sicherheitshalber einen schnellen Blick hinein, um sich zu vergewissern, dass es halbwegs präsentabel war.

Nach dem Anruf bei Teddy hatte sie in aller Eile alles, was nicht niet- und nagelfest war, in ihren Schrank gestopft. Sie hatte sogar ihr Bett gemacht. Ihre Mutter regte sich dauernd darüber auf, wie schlecht man in einem ungemachten Bett schliefe. Aber viel schlafen, dachte Kim mit einem innerlichen Lächeln, würden sie bestimmt nicht.

»Cool«, sagte Teddy, als er eintrat und sich umsah. »Klasse, die Decke«, fügte er mit einem Blick auf das französische Doppelbett hinzu.

Kim nickte. Die Decke war ein Quilt aus bunten Stoffquadraten in unterschiedlichen Mustern: rot-weiße Streifen neben blau-weißem Karo neben gelben Blumen neben großen grünen Punkten. Ihre Mutter hatte die Decke ausgesucht, genau wie alles andere in diesem Zimmer, wenn sie auch scheinbar Kim die Entscheidungen überlassen hatte. »Es kommt ganz auf dich an«, hatte sie gesagt, als sie in das Haus eingezogen waren. »Du bist jetzt ein großes Mädchen. Wir richten dein Zimmer genau so ein, wie du es haben möchtest.«

Aber woher sollte Kim wissen, was sie wollte? Sie war ja zum Zeitpunkt des Einzugs erst elf gewesen und hatte noch gar keine Zeit gehabt, einen eigenen Geschmack zu entwickeln. Also hatte sie sich in allem nach den Vorschlägen ihrer Mutter gerichtet. Selbst die Wände ihres Zimmers spiegelten die Persönlichkeit ihrer Mutter. Während die meisten Mädchen ihres Alters ihre Wände mit Postern von Hollywood-Stars oder Jugendbands bepflasterten, hingen an den sandfarbenen Wänden von Kims Zimmer gerahmte Poster aus dem Art Institute, signierte Lithografien von Künstlern wie Joan Miró und Jim Dine, sogar eine wunderbare Schwarz-Weiß-Aufnahme einer Mutter, die ihre Tochter umarmte, von der berühmten Fotografin Annie Leibowitz.

Was sollte sie tun, wenn ihre Mutter nicht mehr da war, fragte sich Kim hilflos. Wenn niemand mehr da war, der ihr sagen konnte, was sie mochte und was nicht? Wenn niemand mehr da war, der ihr half, ihr Gefühl für sich selbst zu entwickeln?

»Das ist ja echt cool«, sagte Teddy und trat näher an eines der Bilder heran, die Zahl 4 in leuchtendem Gelb vor einem schwarz-roten Hintergrund. »Hast du das gemalt?«

Kim suchte in Teddys Gesicht nach einem Anzeichen dafür, dass das ein Scherz sein sollte. »Wohl kaum«, antwortete sie. »Es ist von Robert Indiana.« Und biss sich sofort auf die Unterlippe. War sie mit ihrer Besserwisserei zu weit gegangen? Hatte sie ihn in Verlegenheit gebracht? Würde er jetzt mit irgendeiner blöden Entschuldigung, dass er woanders hin müsste, abhauen und ihre lästige Jungfräulichkeit unversehrt lassen?

»Aha.« Teddy zuckte die Achseln. »Cool.«

»Es ist ein Druck.« Wie konnte er einen Druck mit einem Originalgemälde verwechseln? Wie konnte sie was mit einem Jungen anfangen, der diesen Unterschied nicht sah?

»Cool«, sagte er wieder und ließ sich mitten auf ihr Bett fallen.

War das alles, was ihm einfiel? Kim blieb in der Mitte des Zimmers stehen. Sicher, er war nicht der Hellste in der Schule, aber der Dümmste war er auch nicht. Denk positiv, forderte Kim sich auf. Halt nicht am Negativen fest. Denk an alles, was du an Teddy magst – seine schokoladenbraunen Augen, die Grübchen in seinen Wangen, wenn er lächelt, seinen straffen, sehnigen Körper, die langen schmalen Finger, seine Küsse, seine Hände an deiner Brust. Soll ihn doch jemand anders seines Verstandes wegen lieben, dachte Kim, während sie Teddy anstarrte, der neben sich aufs Bett klopfte. Reichte es nicht, dass er älter und erfahrener war, dass er sie unter den vielen anderen Mädchen ausgewählt hatte, die er hätte haben können? Reichte es nicht, dass alle ihre Freundinnen sie beneideten?

Aber in Wirklichkeit waren das gar keine Freundinnen. Caroline Smith, Annie Turofsky, Jodi Bates – die gaben sich doch nur mit ihr ab, weil sie Teddys Freundin war. Sie würden sie fallen lassen wie eine heiße Kartoffel, sobald Teddy genug von ihr hatte. Nein, in Wahrheit hatte sie überhaupt keine engen Freundinnen. In Wahrheit war immer ihre Mutter ihre beste Freundin gewesen. *You and me against the world*, wie oft hatte ihre Mutter das gesungen, als sie – Kim – noch ein kleines Mädchen gewesen war! Was würde aus ihr werden, wenn ihre Mutter sie allein ließ? Zu wem konnte sie dann gehen? Zu ihrem Vater?

»Dein Vater ist ein Wahnsinnstyp«, hatte Jodi ihr vorgeschwärmt, nachdem er sie einmal von der Schule abgeholt hatte.

»Ich hätte nichts dagegen, es mal mit ihm zu probieren«, hatte Caroline mit einem anzüglichen Lachen gesagt.

Dann probier's doch, hätte Kim am liebsten zurückgegeben, hatte es aber nicht getan. Wenn Caroline einmal ihre Krallen in etwas geschlagen hatte, ließ sie erfahrungsgemäß nicht mehr locker, und Caroline Smith als Stiefmutter, das war echt das Letzte, was Kim brauchte. Kim war entsetzt über sich selbst. Wie konnte sie nur so etwas denken? Ihre Mutter war noch nicht einmal tot, und sie dachte schon an ihren Ersatz.

»Komm doch zu mir«, sagte Teddy und sah Kim erwartungsvoll an.

Sie schob die Gedanken an ihre Mutter gewaltsam weg und ging langsam zum Bett. Dabei zog sie sich ihren weißen Rolli über den Kopf und ließ ihn lässig zu Boden fallen.

»Wau!«, sagte Teddy, als sie ihren schlichten weißen Büstenhalter aufhakte und wegwarf.

Kim spürte, wie sie am ganzen Körper rot wurde vor Verlegenheit. Was tat sie da? Wollte sie sich Teddy wirklich nackt zeigen?

»Warte auf mich!« Teddy sprang auf und entledigte sich mit einer einzigen schnellen Bewegung seines Hemds, seiner Jeans und seiner Socken, gerade so, als wären die verschiedenen Teile aus einem Stück. Er warf sie so selbstverständlich ab wie eine alte Haut und pflanzte sich nackt, mit erigiertem Penis, der vor Erwartung förmlich tanzte, vor ihr auf.

»Oh«, sagte Kim.

»Ziehst du das nicht aus?« Teddy wies auf Kims Jeans und die schweren schwarzen Stiefel.

Kim setzte sich aufs Bett und versuchte, Teddys unternehmungslustigen Penis zu ignorieren, während sie die Stiefel von ihren Füßen zog und die Jeans abstreifte. »Hast du ein Kondom dabei?«

»In meiner Tasche.« Er wies mit einer Kopfbewegung zum Boden.

»Findest du nicht, dass du eines überziehen solltest?«

Teddy bewegte sich wie ein Roboter zu seiner Jeans, fand schnell das kleine Päckchen, das er suchte, und riss es auf. Kim schlug die Bettdecke zurück und schlüpfte darunter. Sie zog die blassgelben Laken bis zu ihrem Kinn hinauf, während Teddy mit dem Kondom kämpfte.

»Bestens ausstaffiert«, verkündete er schließlich mit einem triumphierenden Lächeln.

»Bist du sicher, dass das Ding wirklich schützt?«

»Ich pass schon auf, dass nichts passiert«, versicherte er und kroch zu ihr ins Bett. »Ich versprech's dir.«

»Und wenn es reißt?«

»Es reißt nicht. Die Dinger sind eisern.« Er schob seine Hand auf ihre Brust.

Kim stieß ihn weg. »Könntest du das Licht ausmachen?«

Ohne ein Wort sprang Teddy aus dem Bett und schaltete das Licht aus. Kim hatte kaum Zeit, seine Abwesenheit zu registrieren, da war er schon zurück.

»Vielleicht sollten wir es lieber doch nicht tun«, stammelte Kim, die Decke an ihr Kinn drückend.

»Was? Ach Mensch, Kim. Du machst mich seit Monaten scharf.«

»Ist gar nicht wahr!«

»Du hast mich ganz verrückt gemacht. Echt.« Seine Zunge kitzelte sie am Ohr.

Ist Sex eigentlich das Einzige, was du im Kopf hast?, hätte

Kim am liebsten gefragt, aber sie wusste die Antwort selbst. Natürlich war Sex das Einzige, was er im Kopf hatte. Alle Jungs hatten immer nur Sex im Kopf, ganz anders als Mädchen, die nur ab und zu mal daran dachten. Kein Wunder, dass sie kaum zwei zusammenhängende Sätze bilden konnten. Kein Wunder, dass sie den Unterschied zwischen einem Gemälde und einem Druck nicht erkannten.

Aber der heutige Abend war ihre Idee gewesen, nicht seine. Sie hatte ihn angerufen und ihm praktisch den Befehl erteilt herzukommen. Sie hatte ihn in ihr Zimmer geholt. Sie hatte die Sache ins Rollen gebracht, indem sie ihren Pulli ausgezogen hatte. Sie lag nackt neben einem nackten Mann, Herrgott noch mal. Sie konnte doch jetzt nicht einfach alles abblasen?

»Aber du passt auf?«, fragte sie.

»Ich pass auf, dass nichts passiert«, sagte er wie vorher. »Ich versprech's dir.«

Und ehe sie sich's versah, drang Teddy ganz unzart in sie ein, oder versuchte es jedenfalls.

»Du musst dich entspannen«, flüsterte er unter angestrengtem Stöhnen. »Entspann dich einfach. Lass locker.«

»Du bist an der falschen Stelle«, sagte sie gereizt.

»Was soll das heißen, ich bin an der falschen Stelle.«

»Ich glaube, das ist nicht die richtige Stelle«, sagte Kim und versuchte, ihre Lage zu verändern, unter ihm hervorzukriechen, was Teddy veranlasste, umso kräftiger zu drängen.

Zufällig oder wohlgezielt rutschte er schließlich in die dafür gedachte Körperöffnung und begann sogleich, stoßend tiefer in sie einzudringen. Kim schrie auf, als ein spitzer Schmerz ihren Körper durchschoss und ihr ganzes Inneres sich zu weiten schien, um ihn aufzunehmen. Die Teilung des Roten Meeres, dachte sie, fühlte die klebrige Flüssigkeit an den Innenseiten ihrer Oberschenkel und fragte sich, ob Blut auf das Laken gelangt war und wie sie ihrer Mutter die Flecken erklären sollte. Ich sag einfach, ich hab meine Periode gekriegt, dachte sie und umklammerte Teddys Gesäß, um ihn in seinem Bemühen zu bremsen. Aber entweder missverstand er ihre Absicht, oder er hatte keine Lust, auf sie zu achten. Er steigerte seine Bemühungen zum rasenden Crescendo und fiel schließlich mit einem spitzen Schrei, der klein und jämmerlich war, als hätte er eine Verletzung erlitten, auf ihr zusammen. Wenig später glitt er von ihr herab und blieb, einen Arm entweder im Triumph oder in tiefer Erschöpfung über dem Kopf hochgeworfen, auf dem Rücken neben ihr liegen.

Das war's?, dachte Kim. Und darum machen sie alle so einen Wirbel? Sie streckte den Arm aus, um die Decke wieder hochzuziehen.

»Alles okay?«, fragte Teddy, als fiele ihm plötzlich ein, dass sie auch noch da war.

»Ja. Und du?«

»Klasse. Du warst echt klasse.« Er drehte sich auf die Seite und küsste ihre nasse Wange. »Heulst du?«

»Nein«, antwortete Kim entrüstet und wischte sich das Gesicht ab. War *das* alles?

»Das nächste Mal wird's besser.«

»Es war schon diesmal ganz toll«, log sie mit einem Blick auf seinen nackten Körper und sah sein eben noch so aggressives Glied schlaff und verletzlich im dunklen Gewirr seines Schamhaars liegen. Wo ist das Kondom?, dachte sie plötzlich.

»Wo ist das Kondom?«, fragte sie.

Das Kondom steckte natürlich noch in ihr, wie ihr mit Schrecken klar wurde.

»Mein Gott, was tun wir jetzt?«, jammerte sie verzweifelt.

»Wir holen's raus«, sagte Teddy.

»Was soll das heißen, wir holen's raus?«

»Na ja, du langst rein und holst es raus.«

»Das schaffe ich nicht.«

»Warum nicht?«

»Weil ich's nicht schaffe.« Was war los mit ihm? »Du hast mir versprochen, dass du aufpasst. Du hast mir versprochen, dass nichts passiert.«

»Ich hab ja auch aufgepasst.«

»Wieso hab ich dann das blöde Ding noch in mir drinnen?«

»Es ist wahrscheinlich abgegangen, als ich raus bin.«

»O Gott. Was soll ich bloß tun?«

»Du brauchst nur –«

»Ich tue gar nichts. *Du* tust es. O Gott, o Gott«, stöhnte sie und schlug die Hände vors Gesicht, als Teddy unter die Decke kroch und an ihr zu fummeln begann.

»Ich hab's«, verkündete er ein paar Sekunden später und zeigte triumphierend das Kondom. »Schau her, alles okay. Es ist nicht zerrissen. Es ist alles noch drinnen.«

»Gott, wie ekelhaft«, rief Kim, der ganz übel wurde, als sie zusah, wie Teddy das Kondom in den Papierkorb warf. »Woher weißt du, dass nichts rausgelaufen ist?«

»Es ist nichts rausgelaufen«, versicherte er, als reichte das, um Kim von ihrer Panik zu befreien.

»Woher weißt du das?«

»Ich weiß es eben.«

»O Gott!«

»Du brauchst keine Angst zu haben.«

»O Gott!«

»Könntest du mal damit aufhören?«, sagte Teddy. »Du machst mich noch ganz nervös.«

»Und wenn ich nun schwanger bin?«, sagte Kim.

»O Gott!«, rief Teddy prompt.

Keine Panik, sagte sich Kim. Du brauchst dir keine Sorgen zu machen. Er hatte ein Kondom an. Es ist nicht zerrissen. Es sind keine ekligen kleinen Spermien entkommen. Außerdem hast du gerade erst deine Periode gehabt. Du kannst gar nicht schwanger sein. Bestimmt nicht. Hatte so ihre Mutter sich vor sechzehn Jahren gefühlt? Und hatte sie – ihre Tochter – diese gefährliche Dummheit gemacht, um ihre Mutter besser kennen zu lernen?

»Kim?«, sagte Teddy. »Alles in Ordnung? Du bist auf einmal so still geworden.«

»Alles in Ordnung«, versicherte Kim, die sich merkwürdig ruhig fühlte.

»Kim?«

»Ja?« Sie spürte, wie sein Körper neben ihr sich wieder anspannte.

»Möchtest du's nochmal tun?«

Mattie saß hinten im Taxi und versuchte, nicht auf das Prickeln in ihrem Schoß, dort wo Roy Crawford gewesen war, zu achten. Sie spürte das jetzt ferne Echo seiner heftigen Bewegungen in ihr wie einen Phantomschmerz. Die Empfindung der Abwesenheit, dachte Mattie. Der Abwesenheit der Empfindungen bei weitem vorzuziehen.

Was sagte man vom Sex? Wenn es gut war, dann war es großartig, und wenn es schlecht war, dann war es immer noch gut. Genauso war es.

»Biegen Sie hier ab«, sagte Mattie zum Fahrer. »Es ist das fünfte Haus von hinten.«

Der Fahrer, ein Mann mittleren Alters mit weißem Stiftenkopf, der seinem Namensschild zufolge Yuri Popovitch hieß, bremste vor Matties Haus ab. Mattie bemerkte das Licht im Vestibül, der Rest des Hauses war dunkel. Sie sah auf ihre Uhr. Gleich zehn. Gut möglich, dass Kim schon schlief. Mattie hatte sich nicht die Mühe gemacht anzurufen, um zu prüfen, ob sie wirklich zu Hause geblieben war. Wenn Jake seine Tochter kontrollieren wollte, dann sollte er das tun. Mattie hatte beschlossen, ihr einfach zu vertrauen.

»Danke.« Mattie gab dem Fahrer sein Geld und ein Trinkgeld dazu. Sie stieß die Autotür auf und schwang die Beine nach draußen. Aber ihre Füße fanden den Boden nicht. Ihre Knie gaben unter ihr nach, und sie stürzte mit dem Gesicht voraus in die dünne Schneedecke, die sich auf der Einfahrt gebildet hatte.

Der Fahrer rannte zu ihr, half ihr auf, klopfte ihr den Schnee von den Kleidern. »Haben Sie sich verletzt? Was ist denn passiert?«

»Tut mir Leid«, entschuldigte sich Mattie, die ohne die Hilfe des Mannes nicht stehen konnte. »Ich habe anscheinend ein bisschen zu viel getrunken.« Ja, genau das war es, versicherte sie sich selbst. Zu viel Champagner und Sex – eine tödliche Mischung. Besonders wenn man sie nicht gewöhnt war.

»Ein Glück, dass Ihnen nicht im Auto schlecht geworden ist.« Yuri Popovitch half ihr die Treppe zur Haustür hinauf und wartete, während sie in ihrer Handtasche nach dem Schlüssel kramte.

»Könnten Sie netterweise…« Sie reichte ihm den Schlüssel.

Er sperrte auf und gab ihr den Schlüssel zurück. »Alles okay, Madam? Kommen Sie jetzt zurecht?«

»Ja, danke, es geht gut. Nochmals vielen Dank.« Sie hielt sich an der Türklinke fest, als er sie losließ, und sah ihm nach. Er rannte die Treppe hinunter zu seinem Auto und fuhr ab, ohne sich noch einmal umzusehen. »Es geht gut«, murmelte sie vor sich hin. »Aber das stimmt gar nicht«, rief sie, als sie zu Boden stürzte. »Jake?«, rief sie laut. Keine Antwort. Was hatte sie denn geglaubt? Ihr Mann war natürlich noch nicht zu Hause. »Kim!«, rief sie, aber auch von Kim kam keine Antwort.

Sie ist wahrscheinlich früh zu Bett gegangen, dachte Mattie, der nichts anderes übrig blieb, als auf dem Bauch über den Gobelinteppich in die Küche zu robben. »Verdammt noch mal!«, rief sie, während sie über die Fliesen zum Küchentisch kroch, ihren Mantel auszog und auf dem Boden liegen ließ und sich dann an der Lehne eines der Küchenstühle hochzog. Schluchzend und fluchend, erschöpft von der Anstrengung, ließ sie sich auf den Stuhl fallen. »Was zum Teufel ist nur mit mir los?«

Du weißt genau, was mit dir los ist, flüsterte eine innere Stimme erbarmungslos.

»Nein«, insistierte sie. »Nicht jetzt. Noch nicht.«

Du leidest an einer Krankheit, die Amyotrophische Lateralsklerose heißt, hörte sie Lisa sagen und sah das Bild ihrer Freundin neben ihrem eigenen im Glas der Schiebetür zur Terrasse.

»Das klingt ernst.«

Es ist ernst.

»Wie lange habe ich noch?«

Ein Jahr. Vielleicht zwei oder sogar drei.

Mattie schloss die Augen und löschte Lisas Bild aus ihren Gedanken. Aber die Stimmen ließen sich nicht zum Schweigen bringen. Es war wie bei einem Fernseher, dessen Bildröhre versagt. Der Schirm ist plötzlich leer, aber der Ton bleibt laut und klar.

»Und was geschieht in diesem einen oder auch zwei oder auch drei Jahren mit mir?«, hörte Mattie sich fragen, obwohl sie die Hände auf ihre Ohren drückte.

Mit dem Fortschreiten der Krankheit werden deine Beine dir den Dienst versagen, und du wirst nicht mehr gehen können. Du wirst in einem Rollstuhl sitzen. Du wirst deine Hände nicht mehr gebrauchen können. Dein Körper wird verkümmern.

»Ich werde eine Gefangene meines Körpers sein«, sagte Mattie. Sie nahm die Hände von den Ohren und öffnete die Augen. Mit hämmerndem Herzen starrte sie in die Dunkelheit hinaus. »Ich muss sterben«, sagte sie und zwang sich aufzustehen. Mühsam schlurfte sie zur Schiebetür, entriegelte sie und schob sie auf und trat langsam, vorsichtig, auf die Terrasse hinaus. Die kalte Nachtluft legte sich um ihre Schultern und hüllte sie ein, während sie zum Pool hinausblickte, der unter der Schutzdecke für den Winter verborgen war. Würde sie dort noch einmal schwimmen? Unwahrscheinlich, dachte sie. »Ich muss sterben«, wiederholte sie flüsternd, und die Worte blieben trotz der Wiederholung so unbegreiflich und unwirklich wie zuvor. »Aber noch nicht. Erst werde ich noch Paris sehen.«

Mattie lachte. Mit eisernem Willen schob sie ihre Füße über den Boden der Terrasse zum Geländer und lehnte sich dagegen. Bis Paris waren es noch drei Monate. Bis dahin würde sie vermutlich noch einigermaßen funktionieren. Episoden wie diese hier hatte sie schon ein paarmal erlebt. Sie kamen und gingen. Jede allerdings hielt länger an, jede schwächte sie mehr. Aber was würde nach Paris kommen? Bis dahin wäre beinahe ein halbes Jahr seit Lisas tödlicher Diagnose vergangen. Sechs Monate der kurzen Zeit, die ihr noch blieb, würden verstrichen sein. Und die folgenden sechs Monate? Was würde da auf sie zukommen? Würde sie es ertragen, einfach dazusitzen und hilflos zuzusehen, wie ihre Nervenzellen langsam eingingen, bis sie nicht mehr sprechen konnte, nicht mehr essen oder atmen, ohne Erstickungsanfälle zu bekommen? Würde sie das schaffen?

Hatte sie denn eine Wahl?

Wir haben immer eine Wahl, dachte Mattie. Sie brauchte nicht zu warten, bis die Krankheit ihren Körper restlos verwüstet hatte und sie ihr hilflos ausgeliefert war. Sie konnte die Dinge selbst in die Hand nehmen, solange ihre Hände noch zu gebrauchen waren. Sie hatte keine Schusswaffe – sich selbst eine Kugel in den Kopf zu jagen war also ausgeschlossen. Und sie bezweifelte, dass sie selbst jetzt noch die Kraft und die ruhige Hand besaß, mit denen ein Messer geführt werden musste. Hängen war zu kompliziert, und bei einem Sturz die Treppe hinunter war der Erfolg nicht garantiert.

»Ich könnte ins Wasser gehen«, sagte sie und glitt in Gedanken unter die hässliche grüne Plane des Pools. Man deckte den Pool ein paar Wochen früher ab als sonst. Warte, bis alle aus dem Haus sind und verschwinde schnell und lautlos ohne großes Theater unter der Wasserfläche.

Und dann findet mich Kim, dachte Mattie voller Entsetzen. Nein, das konnte sie nicht riskieren. Komme, was da wolle, Kim musste geschützt werden.

Sie musste eine andere Möglichkeit finden.

Mattie stieß sich vom Terrassengeländer ab, schwankte gefährlich auf unwilligen Füßen, die erst jetzt langsam wieder spürbaren Kontakt mit dem Boden hatten. Langsam ging sie in die Küche zurück. »Ich werde sterben«, sagte sie ungläubig zu sich selbst, während sie durchs Vestibül zur Treppe schlurfte. »Ich habe noch ein Jahr. Vielleicht länger.« Ihre Hand, die nach dem Geländer griff, berührte eine braune Lederjacke, die Mattie nicht kannte.

Sie sah sich die Jacke näher an. Es war eine Herrenjacke, aber nach Jake sah sie nicht aus. Gehörte sie Kim? Hatte sie sich die Jacke vielleicht von einem der Jungen in der Schule ausgeliehen?

Die Jacke wurde Matties Händen zu schwer, sie entglitt ihren Fingern und fiel zu Boden.

»Vielleicht nicht einmal mehr ein Jahr«, flüsterte Mattie, und die Tränen stiegen ihr in die Augen, als sie langsam und vorsichtig die Treppe hinaufzugehen begann.

Weniger als ein Jahr.

Im oberen Flur verschnaufte sie ein paar Sekunden. Die Tür zu Jakes Zimmer war offen, ebenso die zu Kims Zimmer. Das war ungewöhnlich. Kim schlief immer bei geschlossener Tür. War es möglich, dass Kim ihr Verbot einfach missachtet hatte und ausgegangen war?

»Kim?«, rief Mattie leise und näherte sich der offenen Tür. Sie blickte hinein.

Das Zimmer war dunkel, aber selbst in der Dunkelheit konnte Mattie erkennen, dass Kim gründlich aufgeräumt hatte. Armes Kind, dachte sie. Sie ist wahrscheinlich todmüde gewesen danach. Darum ist sie so früh zu Bett gegangen. Darum hat sie mich nicht gehört. Darum hat sie vergessen, ihre Tür zu schließen.

Mattie ging leise ins Zimmer. Sie wollte ihrer Tochter einen Gute-Nacht-Kuss geben, wie sie das jeden Abend getan hatte, als Kim noch klein gewesen war. Mein süßes kleines Mädchen, dachte Mattie und näherte sich vorsichtig dem Bündel unter der schweren Steppdecke. Sie zog die Decke zurück, wollte ihre Tochter auf die Stirn küssen, als sich das Bündel neben Kim plötzlich rührte.

Plötzlich war die Hölle los.

Mattie schrie, Kim kreischte. Der Junge, wer immer er war, tobte wie ein Wahnsinniger durch das Zimmer, um seine Sachen einzusammeln, und rannte dann, Entschuldigungen brüllend, hinaus und die Treppe hinunter.

»Wie konntest du nur so etwas tun?«, schrie Mattie, die unten die Haustür zufallen hörte.

»Glaubst du vielleicht, wir sind mit Absicht eingeschlafen?«, schrie Kim zurück. »Wieso musstest du mich in so eine peinliche Situation bringen?«

Mattie starrte ihre trotzige Tochter an, die im folgenden Monat sechzehn Jahre alt werden würde. Mein Baby, dachte sie und schüttelte ungläubig den Kopf. Am liebsten hätte sie Kim gepackt und kräftig geschüttelt, aber hatte sie ein Recht, ihre Tochter dafür anzuschreien, dass sie das Gleiche getan hatte wie ihre Mutter?

»Ich kann mich damit jetzt nicht befassen«, sagte Mattie steif und zog sich in die Sicherheit ihres eigenen Zimmers zurück. Sie hörte, wie Kim die Tür hinter ihr zuknallte.

Wie betäubt setzte sie sich auf dem Bett nieder, starrte einen Moment erschöpft ins Leere. Was für ein Abend, dachte sie und ließ sich ans Kopfbrett des Betts zurücksinken. »Und er ist noch nicht vorbei.« Sie griff zum Telefon und tippte die Nummer ein, die sie sich gemerkt hatte. Es läutete ein-, zwei-, dreimal, dann wurde abgehoben.

»Hallo?« Die leicht rauchige Stimme, die sie nun schon kannte.

»Ist dort Honey Novak?«, fragte Mattie der Form halber.

»Ja. Wer spricht denn da?«

»Mattie Hart«, antwortete Mattie ruhig und versuchte, sich das Gesicht der Frau vorzustellen, als sie diese nach Luft schnappen hörte. »Ich möchte gern meinen Mann sprechen.«

20

Keine Stunde später hörte Mattie das Brummen des Garagentors, als dieses sich öffnete und wieder schloss. Langsam stand sie aus dem Sessel im Wohnzimmer auf und setzte mit peinlicher Präzision einen Fuß vor den anderen. Ihr Herz tobte, als wollte es ihr aus der Brust springen. Wie bei diesem Geschöpf in *Alien*, dachte sie und fand den Vergleich sehr passend. Ihr Körper war von einer geheimnisvollen Macht in Besitz genommen worden, über die sie keine Kontrolle hatte und die sie nicht verstand: die sie zu einem Verhalten zwang, das ihrem Wesen völlig fremd war. Was also war sie anderes als ein seltsames Geschöpf, das sich sogar selbst fremd war?

Bleib ruhig, ermahnte sie sich, während sie unsicher zur Haustür tappte und sich mit der zitternden Hand durch das frisch gewaschene Haar fuhr, ehe sie sie in der Tasche ihres blauen Morgenrocks versteckte. Das ist wirklich nicht der Moment für theatralisches Getue. Ach nein?, fragte eine feine Stimme. Du betrügst deinen Ehemann, dein Ehemann betrügt dich, und du hast deine fünfzehnjährige Tochter mit irgendeinem Kerl, den du nicht mal kennst, im Bett erwischt. Ganz zu schweigen von der Tatsache, dass du demnächst sterben wirst. Gibt es einen besseren Moment für theatralisches Getue?

Mattie erreichte das Vestibül in dem Moment, als Jake draußen den Schlüssel ins Schloss schob. Sie blieb stehen und atmete noch einmal tief durch, als Jake die Haustür aufstieß und vom dramatischen Heulen des Windes und einem Flockenwirbel begleitet ins Haus trat. Ein großer Auftritt, dachte Mattie. Sehr passend.

Zuerst bemerkte Jake sie gar nicht. Er hielt den Kopf gesenkt, als trotzte er immer noch Wind und Schneetreiben, und klopfte den Schnee, den er auf dem kurzen Weg von der Garage ins Vestibül mitgenommen hatte, von seinen Stiefeln. Erst als er die Stiefel und den Mantel ausgezogen hatte, sah er sie.

»Da draußen stürmt es ganz schön«, sagte er, während er seinen Mantel aufhängte und sich den Schnee aus dem Haar schüttelte. »Zum Glück hatte ich Stiefel im Wagen.« Er hielt inne und sah Mattie zum ersten Mal, seit er zur Tür hereingekommen war, direkt an. Genug der leichten Plaudereien, sagte sein Blick. »Wie fühlst du dich? Geht's dir gut? Ist etwas passiert?«

»Mir geht's gut«, sagte Mattie.

Jake zog irritiert die Augenbrauen zusammen. »Ich verstehe nicht. Am Telefon sagtest du doch, ich müsste sofort nach Hause kommen. Das klang ziemlich dringend. Stimmt denn was nicht?«

»Du meinst, abgesehen davon, dass ich demnächst sterbe und du andere Frauen vögelst?«

Eine Sekunde blieb es grabesstill.

Ich bin zu weit gegangen, dachte Mattie und hielt den Atem an.

»Abgesehen davon, ja«, sagte Jake.

Und plötzlich lachten sie. Erst war es nur ein nervöses, zaghaftes Kichern, aber es wuchs sich rasch zu schallendem Gelächter aus, das, von Schock und Spannung hervorgetrieben und getragen, mühelos die Kluft zwischen ihnen überbrückte. Sie lachten mit hemmungsloser Hingabe, bis ihnen alles wehtat, bis ihr Innerstes zu bersten drohte, bis sie kaum noch zu Atem kamen. Sie lachten wie toll und vergaßen darüber zeitweise, dass sie sterben musste und er mit anderen Frauen schlief.

Und dann fiel ihnen alles wieder ein, und das Lachen versiegte abrupt.

»Entschuldige«, sagte Mattie.

»Wofür musst du dich entschuldigen?«

»Dafür, dass ich bei deiner Freundin angerufen habe. Dass ich dir den Abend verpfuscht habe.«

Jake besaß Anstand genug, ein betretenes Gesicht zu machen. Voll Unbehagen trat er von einem Fuß auf den anderen. »Woher hast du überhaupt gewusst, wo du mich findest?«

»Na, das war nicht gerade das Geheimnis des Jahrhunderts.« Mattie lächelte. Waren Männer wirklich so schlicht, wie Roy Crawford behauptet hatte. »Hast du im Ernst geglaubt, ich wüsste nicht, wo du hinwolltest?«

»Ich hab wahrscheinlich versucht, nicht darüber nachzudenken«, bekannte Jake nach einer kleinen Pause. »Eigentlich sollte wohl ich mich bei dir entschuldigen.«

»Was soll eine Entschuldigung, wenn es dir in Wahrheit gar nicht Leid tut?«

Jake nickte. Eine Härte trat plötzlich in seine Augen, als wäre ihm eben klar geworden, dass seine Frau ihn ohne ersichtlichen Grund nach Hause beordert hatte. »Was ist eigentlich los, Mattie?» Ungeduld verdrängte die frühere Besorgnis in seiner Stimme und tilgte alle Spuren des Gelächters, als er sie zum eigentlichen Thema zurückbrachte.

»Vielleicht setzen wir uns besser.« Mattie wies zum Wohnzimmer.

»Kannst du's nicht einfach sagen? Ich bin hundemüde. Wenn es nichts Dringendes ist –«

»Kim hatte einen Jungen im Bett«, platzte Mattie heraus. War das der Grund, warum sie mit ihm reden wollte?

»Was?« Jakes Blick flog zur Treppe.

»Er ist schon weg«, erklärte Mattie, die fürchtete, er würde sofort die Treppe hinauflaufen und auf Kim losgehen. »Es war vorhin.«

»Vorhin? Wann vorhin?«

»Als ich nach Hause kam.« Warum sprach sie jetzt darüber mit ihm? Deswegen habe ich ihn nicht nach Hause geholt. »Ich habe sie überrascht.«

»Du hast sie beim Sex überrascht?«

»Nein, das Gott sei Dank nicht.« Zu spät jetzt zur Umkehr, dachte sie. »Sie waren schon fertig. Sie haben geschlafen.« Sie beobachtete Jake, wie er sich bemühte, diese Neuigkeit zu begreifen und zu verarbeiten.

»Was heißt sie?«

»Kim und der Junge. Ich weiß nicht, wer es war.« Mattie sah einen hoch aufgeschossenen, gut aussehenden und eindeutig nackten jungen Mann auf einem Bein im Kreis herumhüpfen, während er sich abmühte, in seine Jeans hineinzukommen. »Wir wurden einander nicht offiziell vorgestellt.«

Jake begann, vor Mattie auf und ab zu gehen. Sein Zorn und sein Frust waren greifbar. »Ich versteh das nicht. Was ist denn nur in letzter Zeit in sie gefahren? Sie raucht in aller Öffentlichkeit Marihuana. Sie treibt es praktisch vor unserer Nase mit jungen Kerlen. Was zum Teufel denkt sie sich dabei?«

»Ich glaube nicht, dass sie derzeit in der Lage ist, klar zu denken.«

»Will sie sich mit AIDS anstecken? Will sie schwanger werden. Will sie –« Er brach abrupt ab.

»– so enden wie wir?«, vollendete Mattie für ihn.

»Das wollte ich nicht sagen.«

»Warum nicht? Es ist doch sehr angebracht.«

»Sie ist einfach noch so jung. Es ist noch so viel Zeit.«

»Nicht immer«, sagte Mattie leise.

Jake wurde blass. »O Gott, Mattie, entschuldige. Wie gedankenlos von mir.« Er hob die Hand zu seinem Gesicht, rieb sich Stirn und Augen. »Du weißt, dass ich nicht –«

»Ich weiß. Ist schon okay.«

»Nein, es ist nicht okay.«

»Doch, Jake«, beharrte Mattie. »Du hast ja ganz Recht – sie ist jung, sie hat Zeit.«

»Was hast du zu ihr gesagt?«

»Was konnte ich schon sagen? Dass es in Ordnung ist, wenn

ihre Mutter und ihr Vater rumschlafen, aber nicht, wenn sie es tut?« Mattie hielt den Atem an. Du lieber Gott, was hatte sie da gesagt. Sie hatte Jake nichts von ihrer eigenen Untreue verraten wollen. Oder vielleicht doch? War das vielleicht der wahre Grund dafür, dass sie Jake von seiner Freundin weggeholt hatte?

»Das ist ja wohl kaum das Gleiche.«

Mattie atmete vorsichtig auf. »Nein, da hast du Recht.« Ihre Worte waren offenbar nicht angekommen.

Einen Moment blieb es still. Sie sah Verwirrung und Ungläubigkeit in Jakes Augen aufflackern.

»Was soll das heißen, es ist in Ordnung, wenn Mutter und Vater rumschlafen?«, fragte er, als hätte er Matties Bemerkung eben erst aufgenommen. »Was willst du damit sagen?«

»Jake, ich –«

»Hast du eine Affäre?«

Zu spät, um zu leugnen. Außerdem – wozu? »Na ja, eine Affäre würde ich es nicht gerade nennen.«

»Das hattest du also heute Abend vor. Du warst mit einem anderen Mann zusammen?«

»Stört dich das?«

»Ich weiß nicht.« Jake schien völlig entgeistert.

Mattie merkte, wie Jakes Reaktion sie zu reizen begann. »Du glaubst wohl, du wärst der Einzige, der ein Recht auf Sex und Erotik hat?«

»Nein, natürlich nicht.«

»Ich finde, du hast überhaupt kein Recht, dich aufzuregen.«

»Ich glaube, ich bin vor allem verblüfft.«

Jetzt wurde Mattie zornig. »Wieso zum Teufel bist du verblüfft? Glaubst du vielleicht, Männer finden mich nicht attraktiv?«

»Das meinte ich nicht.«

»Wie deine Tochter es neulich so zutreffend ausdrückte – ich bin noch nicht tot.«

Jake taumelte, als hätte er einen Stoß erhalten. »Mattie, hör auf! Gib mir wenigstens eine Minute Zeit, um Luft zu holen. Ich hab eben erfahren, dass sowohl meine Tochter als auch meine Frau ein Verhältnis haben.«

»Jeder von uns hat ein Verhältnis«, unterbrach Mattie ihn, immer noch aufgebracht.

»Jeder von uns hat ein Verhältnis«, wiederholte Jake benommen. »Weißt du, vielleicht sollten wir uns doch lieber setzen.«

Mattie ging ins Wohnzimmer und ließ sich auf das beigefarbene Sofa fallen. Müdigkeit umfing sie augenblicklich, kroch in alle ihre Glieder, zerrte an ihrem Hals und ihren Schultern wie ein ungebärdiges kleines Kind. Warum hatte sie Jake von ihrem Seitensprung erzählt? Hatte sie es wirklich nur versehentlich getan, in der Hitze des Moments unbesonnen ausgeplaudert? Oder waren da heimliche Kräfte am Werk? Hatte sie ihn vielleicht ganz bewusst schockieren wollen? Verletzen wollen? Wenn ja, warum war sie so wütend angesichts seiner Reaktion? Was hatte sie denn erreichen wollen? Warum hatte sie ihn aus Honeys Wohnung nach Hause beordert? Was wollte sie ihm wirklich sagen?

Sie wartete schweigend, während er sich in einen der Sessel ihr gegenüber setzte und die Beine in voller Länge vor sich ausstreckte. Neugierig sah er sie an. »Kenne ich ihn?«

Einen Moment lang wusste Mattie nicht, wovon Jake sprach. »Was? Ach so, nein«, antwortete sie und sah ihren Mann und Roy Crawford beim höflichen Händedruck. »Nein, es ist niemand, den du kennst.«

»Wie hast du ihn kennen gelernt?«

»Spielt das eine Rolle?«

Jake schüttelte den Kopf. »Nein, eigentlich nicht.« Er sah sich hilflos um. »Liebst du ihn?«

Mattie hätte beinahe gelacht. »Nein.«

Ein langes Schweigen folgte, in dem Mattie Ordnung ins Chaos ihrer Gedanken zu bringen suchte. In ihrem Kopf ging alles so durcheinander, dass sie kaum wusste, wo sie anfangen sollte. Warum hatte sie ihn nach Hause geholt? Was wollte sie ihm sagen? »Warum bist du zurückgekommen, Jake?«, fragte sie schließlich.

»Du hast angerufen. Du sagtest, ich müsste sofort nach Hause kommen.«

»Ich spreche nicht von heute Abend.«

Jake schloss die Augen. »Ich verstehe nicht.«

»Du warst gegangen. Du wolltest neu anfangen. Dann rief Lisa uns in ihre Praxis und eröffnete uns, dass ich –« Mattie geriet ins Stolpern, raffte sich aber gleich wieder auf. »Dass ich eine tödliche Krankheit habe«, sagte sie mühsam. »Dass ich sterben muss.« Noch immer wartete sie darauf, dass sie die Worte begreifen würde.

Jake machte die Augen wieder auf und sah sie schweigend an.

»Es fällt mir entsetzlich schwer, das auszusprechen«, sagte Mattie. »Und es fällt mir noch schwerer, es zu glauben. Ich meine, ich denke ständig, dass es nicht möglich sein kann. Wieso soll ich sterben, wo ich doch erst sechsunddreißig Jahre alt bin? Ich sehe immer noch ganz gut aus. Ich *fühle* mich immer noch ziemlich gut. Nur weil ich ab und zu mal stürze, und meine Hände fast die ganze Zeit zittern –«

»Sie zittern die ganze Zeit?« Jake richtete sich mit einem Ruck in seinem Sessel auf. »Hast du das Lisa gesagt?«

»Ich sag es dir«, entgegnete Mattie leise.

»Aber Lisa kann vielleicht was verschreiben.«

»Ich werde ganz gut damit fertig, Jake. Außerdem geht es nicht darum.«

»Es geht aber darum, dass du Schwierigkeiten hast –«

»Es geht darum, dass ich sterben muss«, sagte Mattie noch einmal. »Und ich kann es auf die Dauer nicht mehr leugnen, so sehr ich das versucht habe. Mein Körper macht einfach nicht mit. Jeden Tag, wenn ich erwache, nehme ich eine winzige Veränderung wahr. Ich versuche mir einzureden, das wäre Einbildung, aber ich weiß, dass es das nicht ist. So sonderlich blühend war meine Phantasie nie.« Sie versuchte zu lachen, aber der Laut verhieß Tränen. »Ich kann nicht mehr so tun, als würde ich bald wieder gesund, als würden diese Symptome einfach wieder verschwinden«, sagte sie. »Das ist zu anstrengend. Dazu fehlt mir die Kraft.«

»Niemand verlangt von dir, etwas vorzutäuschen.«

»Du verlangst jedes Mal, wenn du zur Haustür hinausgehst, dass ich etwas vortäusche«, entgegnete Mattie ruhig. Sie merkte, wie ihr Kopf plötzlich klar wurde und die Gedanken scharfe Form annahmen. »Jedes Mal, wenn du anrufst und mir erzählst, dass du länger in der Kanzlei bleiben musst oder mit einem Mandanten zum Abendessen gehen musst, jeden Samstagnachmittag, wenn du behauptest, du müsstest noch mal in die Kanzlei und ein paar Stunden arbeiten. Du hast heute Abend von mir verlangt, etwas vorzutäuschen«, sagte Mattie, lauter werdend. »Ich kann nicht mehr, Jake. Ich kann nicht mehr so tun als ob. Deshalb habe ich dich bei Honey angerufen. Deshalb habe ich dich gebeten, nach Hause zu kommen.«

Ein paar Sekunden lang sagte Jake gar nichts. Dann sagte er: »Erkläre mir, was du von mir erwartest. Ich weiß ja nicht, was du von mir willst.«

»Warum bist du zurückgekommen, Jake?«, fragte Mattie noch einmal. »Was, dachtest du, würde geschehen? Was hattest du im Sinn?«

»Ich hatte das Gefühl, ich sollte hier sein«, antwortete er, wie er schon früher gesagt hatte. »Ich sollte für dich und für Kim da sein. Wir haben das doch besprochen. Du warst einverstanden.«

»Ich sehe das jetzt anders.«

»Was?«

»Es reicht nicht«, sagte Mattie einfach. »Ich brauche mehr.« Sie dachte an Roy Crawford, an seine Berührungen. »Und ich rede nicht einfach von Sex.« Sie stieß Roy weg. »Ich brauche mehr«, wiederholte sie.

Jake öffnete den Mund, um etwas zu sagen, und schloss ihn wieder, als die Worte ihn verließen. Hilflos schüttelte er den Kopf.

»Ist dir aufgefallen, wie glücklich Stephanie gestern Abend aussah?«, fragte Mattie.

»Was hat denn Stephanie damit zu tun?«

»Sie hat strahlend ausgesehen«, fuhr Mattie fort, ohne seine Frage zu beachten. Ihre Worte waren mehr an sie selbst als an Jake gerichtet. »Ich musste sie dauernd ansehen, und immer dachte ich bei mir, so möchte ich mich auch fühlen. Bitte, lieber Gott, gib mir noch eine Chance, mich so zu fühlen. So glücklich und strahlend. Verstehst du, was ich sagen will?«

Jake schüttelte den Kopf. »Ich bin nicht sicher.«

Mattie richtete sich auf und rutschte zur Sofakante vor. »Ich werde versuchen, es einfach zu machen, Jake. Der Arzt sagt dir, dass du noch ein Jahr zu leben hast. Was machst du mit diesem einen Jahr?«

»Mattie, das ist doch irrelevant.«

»Im Gegenteil, es ist sehr relevant. Beantworten Sie die Frage, Herr Rechtsanwalt. Ein Jahr – was tun Sie damit?«

»Ich weiß es nicht.«

»Würdest du es mit einer Frau verbringen, die du nicht liebst?«

»So einfach ist es nicht«, behauptete er.

»Es ist sogar sehr einfach. Du hast mich damals geheiratet, weil ich schwanger war, weil du im Grunde deines Herzens ein anständiger Mensch bist, der das Rechte tun wollte. Aus dem gleichen Grund bist du zu mir zurückgekehrt, als wir von meiner Krankheit erfuhren. Und das ist wirklich edel und bewundernswert. Ich weiß es zu würdigen. Jake, glaub mir. Aber du hast deine Strafe verbüßt. Du wirst wegen guter Führung vorzeitig entlassen. Du musst nicht länger hier bleiben.«

»Aber du wirst jemanden brauchen, der sich um dich kümmert, Mattie.«

»Ich brauche keinen Babysitter«, widersprach Mattie. »Ich brauche einen Menschen in meiner Nähe, der mich liebt. Was ich bestimmt nicht brauche, ist jemanden, der eine andere liebt.«

»Was soll ich denn tun? Sag mir, was ich tun soll, und ich tu's.«

»Du sollst dir genau überlegen, warum du zurückgekommen bist«, verlangte Mattie. »Hast du es für mich getan oder für dich? Wenn du es nämlich für dich getan hast, damit du dir nichts vorzuwerfen brauchst und dich gut fühlen kannst, bin ich nicht interessiert. Ich habe keine Lust, mich von dir dazu benutzen zu lassen, dir ein gutes Gefühl zu verschaffen. Ich bin nämlich diejenige, der nur noch eine begrenzte Zeit bleibt, sich gut zu fühlen, und ich möchte diese Zeit nicht mit jemandem verbringen, an dessen Seite ich mich schlecht fühle.«

»Mein Gott, Mattie, ich hatte nie die Absicht, dir wehzutun.«

»Deine Absichten sind mir scheißegal!«, schrie Mattie. »Ich will deine Leidenschaft. Ich will deine Loyalität. Ich will deine Liebe. Und wenn du mir diese Dinge nicht geben kannst, wenn du nicht wenigstens vortäuschen kannst, und zu lieben«, sagte sie, wieder dieses Wort gebrauchend, »in dieser kurzen Zeit, die mir noch bleibt, dann will ich dich hier nicht haben.«

Danach schwiegen sie beide und sahen einander nicht an. Mattie starrte auf die Fenster hinter Jakes Rücken, Jake auf die Rothenberg Lithographie hinter Matties rechter Schulter. Was für eine Ironie, ging es Mattie durch den Kopf. Sie, die nicht länger so tun konnte als ob, verlangte von ihrem Mann, genau dies zu tun. Nur für ein oder zwei oder drei oder fünf Jahre? War das wirklich so viel verlangt? War sie wirklich so schwer zu lieben?

Für ihren Vater war sie es offensichtlich gewesen. Er hatte sich aus ihrem Leben verabschiedet und sich nie wieder um sie gekümmert. Jahre später war es ihr gelungen, ihn in einer Künstlerkolonie in Santa Fe aufzuspüren, und sie hatte ihn angerufen und gefragt, warum er nicht ein einziges Mal versucht hatte, mit ihr Kontakt aufzunehmen. Ihm war nichts Besseren eingefallen, als unverbindlich zu sagen, so sei es das Beste, schlafende Hunde soll man nicht wecken, eine Wendung, die ihre Mutter gewiss zu würdigen gewusst hätte, wenn Mattie ihr von dem Gespräch erzählt hätte. Aber auch ihre Mutter hatte sie ja längst verlassen, emotional jedenfalls, wenn auch nicht körperlich. Und Jake hatte sie einzig deshalb geheiratet, weil sie schwanger gewesen war. Tja, von Liebe geradezu umzingelt.

Was würde sie tun, wenn Jake jetzt aus dem Sessel aufstand und ging? Lisa anrufen? Fragen, ob sie ihren Mann ausleihen könnte? Oder Stephanie? Fragen, ob Enoch einen Freund hätte? Oder Roy Crawford? Denk bloß mal dran, wie dieser Mann auf einen Rollstuhl reagieren würde, dachte sie, zu müde, um zu lachen. Und zu heftig von Angst geplagt.

Es war nur eine Frage der Zeit, bis sie tätsächlich in einem Rollstuhl sitzen würde. Und dann? Professionelle Pflege war teuer. Sie würde sich das nicht leisten können. Und der nächste Schritt? Ein Pflegeheim? Ein staatliches Krankenhaus? Ein Ort, wo man sie abgeben und letztlich vergessen konnte? Kein Mensch hatte Lust, seine Zeit mit einer Frau zu verbringen, die einen mit jedem Atemzug an die eigene Sterblichkeit erinnerte. Jake war wenigstens bereit gewesen zu bleiben. Was spielten seine Motive schon für eine Rolle? Was bildete sie sich ein, so hochmütig und so töricht zu sein?

»Könntest du das, Jake?« Matties Stimme war dünn und klein, aber ihr Ton erstaunlich hartnäckig. »Könntest du vortäuschen, mich zu lieben?«

Jake starrte Mattie an. Es kam ihr vor wie eine Ewigkeit. Sein sonst so ausdrucksstarkes Gesicht war völlig leer. Langsam stand er auf und ging zu ihr. Vor ihr blieb er stehen und bot ihr die Hand. »Komm, gehen wir zu Bett«, sagte er.

Sie schliefen nicht miteinander.

Für diesen Abend reichte es an sexuellen Aktivitäten, da waren sie sich beide einig.

Mattie zog ihren Morgenrock aus, ließ ihn zu Boden fallen und kroch ins Bett, während Jake zum Fenster ging.

»Bitte lass es zu«, sagte Mattie. »Es ist so kalt draußen.«

Jake zögerte. Einige Sekunden lang blieb er wie gelähmt vor dem Fenster stehen, stumm mit schwankendem Körper.

»Ist was?«

Jake schüttelte den Kopf. Dann ging er vom Fenster weg und kleidete sich schnell aus bis auf seine Shorts, ehe er zu ihr ins Bett kam. Mattie spürte, wie die Matratze unter seinem Gewicht einsank. Er streckte sich aus, den Kopf auf dem Kissen, und starrte mit weit offenen Augen zur Zimmerdecke hinauf.

Er denkt darüber nach, was er hier tut, sagte sich Mattie, die ihn beobachtete. Er versucht zu begreifen, wie er wieder in dieser verunglückten Ehe gelandet ist, aus der er sich endlich befreit zu haben glaubte, und er versteht nicht, was geschehen ist. Wäre es dir eine Hilfe zu wissen, dass ich es genauso wenig verstehe wie du? hätte Mattie ihn gern gefragt und fühlte sich plötzlich unglaublich müde. Kannst du so tun als ob, Jake?, fragte sie stumm. Kannst du vortäuschen, mich zu lieben?

Als hätte er ihre Gedanken erraten, drehte Jake sich auf die Seite, sodass er sie ansehen konnte. Er küsste sie weich auf den Mund. »Dreh dich um«, sagte er liebevoll. »Dreh dich um, dann halte ich dich im Arm.«

Anfangs glaubte Mattie, die Geräusche wären Teil ihres Traums. Sie wurde von einem jungen Schwarzen, der mit langer, gespaltener Zunge wie eine Schlange nach ihr schnappte und sie einzufangen suchte, durch die Straßen von Evanston gejagt. Verzweifelt versuchte sie, ihm zu entkommen, während sie immer krampfhafter um Atem rang, bis ihr Keuchen so laut war wie ihre Schritte auf dem harten Pflaster. »Nein!«, stieß sie zwischen steifen Lippen hervor. »Nein!«

Plötzlich fand sich eine Menschenmenge ein, und Mattie merkte, dass sie nackt war. Auch der Schwarze, der sie hetzte, war nackt. Seine langen muskulösen Beine kamen immer näher, und er streckte die Arme aus, um nach ihr zu schlagen. Sie spürte einen Faustschlag im Rücken, der ihr den Atem raubte, stolperte und stürzte. »Vorsichtig mit der Hauptgasleitung«, warnte irgendjemand laut. »Vorsicht, Gas!«

»Nein!«, schrie jemand anderes und schlug ihr auf den Arm. »Nein!«

Mattie riss mit Gewalt die Augen auf, als ihr plötzlich bewusst wurde, dass Jake neben ihr laut stöhnte. Sie brauchte einen Moment, um zu erkennen, was los war, dass Jake neben ihr im Bett lag, dass ihre Träume sich miteinander verwoben, dass sie Teile seines Albtraums in ihren eigenen eingeflochten hatte.

»Kein Gas!«, murmelte er unaufhörlich. »Kein Gas!«, und schlug in wachsender Panik um sich, sodass Mattie ausweichen musste, um nicht weitere Schläge abzubekommen. »Nein. Kein Gas. Nicht! Nicht!«

»Jake«, sagte Mattie behutsam und berührte seine Schulter. Seine Haut war kalt und feucht unter ihren Fingern. »Jake, wach auf. Es ist nur ein Traum.«

Jake öffnete die Augen und starrte Mattie an, als hätte er sie nie gesehen.

»Du hattest einen Albtraum«, erklärte sie, während sie zusah, wie sein Gesicht sich bei der Rückkehr in die Realität veränderte. Er sieht richtig erleichtert aus, dachte Mattie und lächelte ihn in der Dunkelheit an. »Es hörte sich an, als wolltest du jemanden daran hindern, das Gas anzudrehen. Erinnerst du dich?«

Jake nickte. »Meine Mutter«, sagte er. Er setzte sich auf und schob sich das dunkle Haar aus der Stirn.

»Deine Mutter?«

Sein Blick flog zum Fenster. Mattie erwartete, dass er ihre Teilnahme mechanisch wie immer beiseite wischen würde, ihr sagen würde, sie solle weiterschlafen, es sei nicht der Rede wert.

Aber zu ihrer Überraschung sagte er: »Als ich klein war, hat meine Mutter sich oft betrunken und dann gedroht, sie würde den Gasherd anmachen, und wir würden alle im Schlaf sterben.«

»Das ist ja furchtbar!«

»Es ist lange her. Man sollte meinen, ich wäre mittlerweile darüber hinweg.« Er versuchte zu lachen, aber es gelang ihm nicht. »Es tut mir Leid, dass ich dich geweckt habe.«

Mattie neigte sich zu ihm und wischte ihm mit der Hand den Schweiß von der Stirn. Es gab so vieles, was sie von ihrem Mann nicht wusste – vieles, was er ihr nie erzählt hatte. »Ist das der Grund –«, begann sie und brach ab, weil sich auf einmal die Dinge zusammenfügten.

Langsam schob sie sich von Jake weg, rutschte aus dem Bett und ging zum Fenster. Mit einer schnellen Bewegung zog sie den schweren hellen Vorhang auf und öffnete das Fenster. Die kalte Nachtluft sprang ins Zimmer wie eine hungrige Katze. Ohne ein Wort ging Mattie zum Bett zurück und kroch zu ihrem Mann unter die Decke. »Dreh dich um«, flüsterte sie. »Dann halte ich dich im Arm.«

21

»Und wie fanden Sie den Artikel im *Chicago*-Magazin?«

Jake warf einen kurzen Blick auf die Zeitschrift auf seinem Schreibtisch, bevor er die schöne junge Frau wieder ansah, die ihm gegenüber saß. Ihr Name war Alana Istbister – »*War*bister«, hatte sie scherzend gemeint, als sie einander vorgestellt worden waren. »Ich bin geschieden.« Jake registrierte die offensichtliche Einladung und forderte die Reporterin des *Now*-Magazins lächelnd auf, Platz zu nehmen. Vor einem Jahr wäre ihm eine entsprechend witzige und verführerische Replik eingefallen, ein beiläufig dahingeworfener Satz, der ihr buchstäblich das Höschen vom Hintern charmiert hätte. Selbst vor einem halben Jahr, auf dem Höhepunkt seiner Beziehung mit Honey, wäre er versucht gewesen, darauf einzugehen. Doch heute hatte er weder die Energie noch die Kraft noch die Lust, irgendetwas Komplizierteres anzufangen als das Vorgespräch zu einem Interview, um das sie gebeten hatte, also lächelte er einfach und beantwortete ihre Frage.

»Ich fand den Artikel überaus schmeichelhaft«, sagte Jake.

»Das Foto wird Ihnen nicht gerecht.« Alana Istbister verzog ihre kaffeefarbenen Lippen zu einem provozierenden Schmollmund.

Jake schob die Zeitschrift aus seinem Blickfeld. Fotografien seiner selbst hatten ihn immer verlegen gemacht. Sie waren alle so falsch. Er spürte jedes Mal den schieren Ekel in sich aufsteigen, wenn er ein Bild von sich betrachtete wie das hier, das ihn in anwaltgemäßem grauen Flanell auf dem Titelbild des *Chicago*-Magazins zeigte, jedes Haar penibel gelegt inklusive einiger kunstvoll arrangierter, in die Stirn fallender Fransen, sein gewinnendes Lächeln ein Abbild bescheidenen Selbstvertrauens, der Farbton der Krawatte, der das Blau seiner Augen noch intensiver leuchten ließ. »Star-Anwalt Jake Hart: Ein blendender Stratege«, verkündete die fette Schlagzeile. »Ein strategischer Blender« kam der Sache schon näher.

»Ihr Redakteur meinte, dass Sie sich eine andere Art von Artikel vorstellen würden«, gab Jake ihr das Stichwort und blickte verstohlen auf die kleine Digital-Uhr auf seinem großen Eichenholz-Schreibtisch. Schon viertel nach zwei. In nicht einmal einer Stunde musste er Kim in der Schule einsammeln und sie zu dem Termin bei ihrer Therapeutin bringen. Dann musste er Mattie zu Hause abholen, damit sie Kim nach ihrer Sitzung gemeinsam in Empfang nehmen konnten, bevor sie alle zusammen zu Matties Mutter fahren wollten, wovor es Jake beinahe genauso graute wie Mattie. Er wusste, dass der Besuch Mattie aufregen würde, und wenn sie sich aufregte, schien sich ihr Zustand immer zu verschlimmern. Sie würde mehr denn je seiner Unterstützung bedürfen, und er brauchte ein wenig Zeit für sich, um sich auf einen Nachmittag vorzubereiten, der garantiert schwierig werden würde. Seine Zeit im Gespräch mit der Reporterin eines albernen Avantgarde-Magazins zu vergeuden war so ziemlich das Letzte, was er gebrauchen konnte, egal wie populär die Zeitschrift auch sein mochte und wie attraktiv die betreffende Reporterin fraglos war.

Jake hatte dem Vorgespräch mit dieser Frau von *Now* nur zugestimmt, weil die designierten Machthaber der Kanzlei, dieselben Mächte, die ihn als gleichberechtigten Partner in Betracht zogen, nachdrücklich angedeutet hatten, dass er weiter gut mit der Presse zusammenarbeiten sollte. Diese Art von Publicity könne man mit Geld nicht kaufen, hatte man ihm erklärt. Es kommt nicht darauf an, was sie über dich schreiben, Hauptsache, sie buchstabieren den Namen der Kanzlei richtig.

»Wir glauben, unsere Leser würden Sie gern persönlich besser kennen lernen«, sagte Alana Istbister, strich sich ihr langes, glattes, braunes Haar hinter ein Ohr und klimperte mit ihren sorgfältig getuschten Wimpern. »Über Jake Hart, den Anwalt, ist schon so viel geschrieben worden – Glückwunsch übrigens zu Ihrem Sieg im Fall Butler –, aber über Jake Hart, den Menschen, hat man bisher kaum etwas gelesen.«

»Miss Istbister –«

»*War*bister«, unterbrach sie ihn lachend und hob ihre unberingten Ringfinger.

»*War*bister«, wiederholte er.

»Warum einigen wir uns nicht einfach auf Alana?«

Jake nickte. War Flirten schon immer so anstrengend gewesen? Vielleicht brauchte er einfach mal wieder eine ganze Nacht Schlaf. Seit er vor sechs Wochen in Matties Bett zurückgekehrt war, hatte er kaum einmal durchgeschlafen. Nachts zuckte oder hustete Mattie ständig, fuhr nach Luft ringend im Bett hoch und stürzte auf dem Weg zur Toilette. Er wachte auf, nahm sie in den Arm und versicherte ihr, dass er ohnehin wach gewesen sei. Sie redeten ein paar Minuten und versuchten sich wieder zu entspannen. Anfangs war es schwer gewesen, diese Wachheit und das Interesse vorzutäuschen, so zu tun, als hätte er nichts dagegen, mitten in der Nacht stundenlang wach zu liegen. Doch schon bald erzählte er ihr beinahe unwillkürlich von seinem Tag und seiner wachsenden Verärgerung über die Intrigen und Machtspiele in der Kanzlei oder unterhielt sie mit Geschichten von früheren Triumphen im Gerichtssaal. Manchmal konnte er wegen eines Problems bei der Arbeit nicht schlafen, und er ertappte sich dabei zu hoffen, dass Mattie aufwachen würde, damit er es mit ihr besprechen konnte. Und manchmal, wenn keiner von beiden einschlafen konnte, schliefen sie miteinander. Danach grübelte er über den anderen Mann, mit dem sie etwas gehabt hatte, und fragte sich, ob sie überhaupt noch an ihn dachte und mit ihm zusammen sein würde, wenn die Dinge anders lägen. Waren das die Art persönliche Informationen, die

die Leute von *Now* sich vorstellten? »Außerhalb des Gerichtssaals bin ich eigentlich nicht besonders interessant«, wandte Jake ein. »Spannend sind meine Fälle, nicht ich.«

Alana Istbister sah sich skeptisch um. »Irgendwie möchte ich das bezweifeln. Einen Mann, der sich ein Gemälde mit einer gebackenen Kartoffel an die Wand hinter seinem Schreibtisch hängt, sollte man nicht unterschätzen.«

»Sämtliche Kunstwerke in diesem Zimmer hat meine Frau ausgesucht.« Jake war selbst überrascht über seinen stolzen Unterton.

»Wie lange sind Sie verheiratet?«

»Sechzehn Jahre.«

Du hast mich damals geheiratet, weil ich schwanger war, hörte er Mattie dazwischen gehen. *Du hast deine Strafe verbüßt. Du wirst wegen guter Führung vorzeitig entlassen. Du musst nicht länger hier bleiben.*

»Faszinierend«, sagte Alana Istbister und fummelte an einem kleinen Kassetten-Rekorder in ihrem Schoss herum. »Sie haben doch nichts dagegen, wenn ich das hier einschalte, oder?«

Jake zuckte mit den Achseln und tippte auf die Hörmuschel seines anthrazitfarbenen Telefons. Er hatte Honey versprochen, sie vor drei Uhr anzurufen.

Ich brauche keinen Babysitter, fuhr Mattie unaufgefordert fort. *Ich brauche einen Menschen in meiner Nähe, der mich liebt. Was ich bestimmt nicht brauche, ist jemanden, der eine andere liebt.*

Er wusste, dass Honey sich bemühte, Verständnis für seine Entscheidung aufzubringen, sie in den nächsten paar Monaten nicht zu treffen, doch diese erzwungene Trennung machte ihr trotzdem zu schaffen. Genau wie ihm selbst, versicherte er ihr, obwohl er diese verdammten Katzen ganz bestimmt nicht vermisste.

Wenn du nicht wenigstens vortäuschen kannst, mich zu lieben, dann will ich dich hier nicht haben, beharrte Mattie.

Könntest du das, Jake? Könntest du vortäuschen, mich zu lieben?

Er hatte ihr nicht geantwortet. Stattdessen hatte er seine Ängste und Zweifel beiseite geschoben und Mattie wortlos die Treppe hinauf in ihr gemeinsames Schlafzimmer begleitet, war nicht seinem Verstand, sondern seinem Instinkt gefolgt und hatte sich seither geweigert, weiter darüber nachzudenken. »Verzeihung. Haben Sie etwas gesagt?«, fragte Jake und beobachtete, wie Alana Istbister unter ihrem Minirock eines ihrer wohl geformten langen Beine über das andere schlug und wieder zurückzog.

»Ich fragte, ob es von Ihrer Sorte zu Hause noch mehr gab.«

Jake begriff die Frage nicht sofort. »Mein älterer Bruder ist tot«, antwortete er dann tonlos. Was hatte seine Familiengeschichte damit zu tun? Diese Fragen waren ja noch aufdringlicher als die nach seiner Ehe. Wenn sie das gemeint hatte, als sie von »persönlich kennen lernen« gesprochen hatte, stand er nicht zur Verfügung. »Meinen jüngeren Bruder habe ich seit fast zwanzig Jahren nicht mehr gesehen.«

Alana Istbister rutschte ein paar Zentimeter auf ihrem Stuhl nach vorn und präsentierte ihren beeindruckenden Ausschnitt. »Sehen Sie, das ist doch enorm faszinierend. Erzählen Sie mir mehr.«

»Da gibt es nichts zu erzählen.« Jake hoffte, dass ihm sein wachsendes Unbehagen nicht allzu deutlich anzusehen war. Hauptsache, sie buchstabieren den Namen der Kanzlei richtig, sagte er sich. »Mein älterer Bruder ist im Alter von achtzehn Jahren bei einem Bootsunfall ums Leben gekommen. Und mein jüngerer Bruder und ich haben uns einfach aus den Augen verloren, als ich von zu Hause weggegangen bin.«

»Und wie alt waren Sie, als Sie von zu Hause weggegangen sind?«

»Siebzehn.«

»Das ist ja noch faszinierender.«

»Eigentlich nicht.» Jake stand auf, trat vor das Bücherregal neben seinem Schreibtisch und tat so, als würde er etwas Bestimmtes suchen.

»Wohin sind Sie von zu Hause gegangen?«

»Ich habe ein paar Jahre in einem kleinen Souterrain-Apartment in der Carpenter Street gewohnt. Ein schreckliches Loch, aber ich mochte es.«

»Wovon haben Sie gelebt?«

»Ich hatte drei Jobs«, erklärte Jake und nahm ein Buch über Straf- und Strafprozessrecht aus dem Regal. »Morgens habe ich Zeitungen ausgetragen, nach der Uni habe ich in einer Eisenwarenhandlung gearbeitet und am Wochenende Telefon-Marketing gemacht.«

»Und Ihre Eltern? Wie fanden die das alles?«

»Da müssten Sie sie schon selbst fragen«, sagte Jake ungehalten und ging um den Schreibtisch herum. Der Kragen seines blassblauen Hemdes drückte gegen seinen Adamsapfel und drohte, ihm langsam die Luft abzuschnüren. »Miss Istbister –«

»Alana.«

»Miss Istbister«, wiederholte er und hüstelte in seine Hand. »Ich glaube nicht, dass aus diesem Interview etwas werden wird.« Er wies vage zur Tür.

Alana Istbister war sofort auf den Beinen und versuchte, ihren Kassettenrekorder in der Hand zu balancieren, während sie gleichzeitig ihren kurzen Rock über ihren schlanken Schenkeln glatt strich. »Ich verstehe nicht. Habe ich etwas gesagt, was Sie beleidigt hat?«

»Mit Ihnen hat das nichts zu tun. Es liegt an mir. Ich fühle mich einfach nicht sehr wohl, wenn ich über mein Privatleben sprechen soll.«

»Jake ...«, sagte sie.

»Mr. Hart«, verbesserte er sie und beobachtete, wie ihre grünen Augen verblüfft blinzelten. »Ich fürchte, ich muss darauf bestehen.« Er griff zur Tür, öffnete sie und blieb wartend daneben stehen.

»Sie werfen mich raus?«

»Ich bin sicher, es gibt in dieser Firma zahllose andere Anwälte, die Sie ebenso faszinierend finden würden.«

Er wartete, bis Alana Istbister ihren Kassettenrekorder wieder in ihrer bauchigen Handtasche verstaut und sich ihren langen grünen Tweed-Mantel über den Arm gehängt hatte. Sie ging zur Tür, blieb vor ihm stehen und hielt ihm ihre Visitenkarte hin.

»Warum denken Sie nicht noch mal darüber nach und rufen mich an, wenn Sie es sich anders überlegt haben.«

Jake nahm die Karte entgegen. Sobald die Reporterin außer Sichtweite war, warf er sie in den Papierkorb seiner Sekretärin.

»Dieses Interview war ja fast so kurz wie ihr Rock«, bemerkte seine Sekretärin mit unter einem rotblonden Fransenpony listig funkelnden Augen.

»Keine Journalisten und keine Interviews mehr«, erklärte Jake tonlos und wollte gerade die Tür zu seinem Büro hinter sich zuziehen, als ihn die unverkennbare Stimme von Owen Harris, einem der Senior-Partner der Kanzlei, aufhielt.

»Jake. Gut, dass Sie da sind. Ein viel gesuchter Mann dieser Tage. Ich möchte Ihnen Thomas Maclean vorstellen. Sein Sohn Eddy.« Owen Harris war ein in jeder Hinsicht kompakter kleiner Mann. Er war untersetzt, mit kurzem Haar, seine Diktion so penibel wie seine maßgeschneiderten dunkelblauen Anzüge, ein Mann, der nur so viel Worte machte, wie unbedingt nötig waren. Er ließ routinemäßig Vokale und ganze Verben aus und hielt von Konjunktionen offenbar grundsätzlich nichts. Trotzdem war er ein Experte darin, seine Botschaft an den Mann zu bringen.

Jake. Gut, dass Sie da sind. Ein viel gesuchter Mann dieser Tage. Diese Stichelei war ziemlich unmissverständlich. War er wirklich so oft nicht in seinem Büro gewesen?

Jake schüttelte dem imposanten Pärchen aus Vater und Sohn die Hand und bemerkte, dass der Vater der weitaus Attraktivere der beiden war, obwohl sein Sohn ihn locker überragte. Er führte die drei Männer in sein Büro und wies auf das grün-blaue Sofa an der einen Wand des kleinen Zimmers. Nur Eddy Maclean nahm Platz, schlug ein Bein achtlos über das andere und ließ seinen Kopf an die Sofalehne sacken, als würde ihn die ganze Prozedur schon langweilen, bevor sie überhaupt begonnen hatte.

»Interessantes Kunstwerk«, meinte Maclean, der Ältere, der stehen blieb, selbst als Jake einen der Stühle vor seinem Schreibtisch herüberzog.

»Jake ist der Einzelgänger der Firma«, stellte Owen Harris fest, und in seinen knappen Worten lagen gleichermaßen Respekt und Verärgerung.

»Einen braucht jede Firma.« Jake zwang sich zu einem Lächeln und fragte sich, was sie von der Raphael-Geldchain-Fotografie halten würden, die jetzt an der Wand seines Arbeitszimmers zu Hause hing. Er blickte verstohlen auf seine Uhr. Fast halb zwei. Das Treffen würde hoffentlich nicht lange dauern. Wenn das so weiterging, würde er kaum Zeit haben, Honey anzurufen.

»Sie kennen Mr. Macleans Kette von Discount-Drogerien«, begann Owen Harris.

»Ich kaufe dort ein«, sagte Jake. »Gibt es ein Problem?«

»Tom wird Ihnen alles erklären«, sagte Owen Harris, schon in der Tür mit einem bekräftigenden Nicken seines beinahe kahlen Kopfes. »Mich braucht ihr nicht«, sagte er noch und zog die Tür hinter sich zu.

»Halten wir Sie von irgendwas ab?«, fragte Thomas Maclean.

Offenbar ein Mann, dem nichts entging, stellte Jake fest und nahm sich vor, vorsichtiger zu sein. »Wir haben Zeit«, sagte er. »Was kann ich für Sie tun?«

Der ältere Maclean blickte zu seinem Sohn, der ein Abbild aufgesetzter Gleichgültigkeit abgab. »Setz dich gerade hin, Herrgott noch mal«, knurrte Thomas Maclean, und der gut durchtrainierte Körper seines Sohnes nahm Haltung an, während sein Gesichtsausdruck weiterhin desinteressiert und gelangweilt wirkte. »Allem Anschein nach wurde mein Sohn gestern Abend in einen recht unglücklichen Zwischenfall verwickelt.«

»Was für ein Zwischenfall?«

»Mit einer jungen Frau.«

»Sie ist ein Flittchen. Das weiß jeder«, höhnte Eddy, verdrehte seine hellbraunen Augen und strich sich träge durch sein schulterlanges braunes Haar.

»Was für ein Zwischenfall?«, wiederholte Jake.

»Offenbar wurde bei irgendwem eine Party gefeiert. Die Eltern waren im Urlaub. Mein Sohn trifft dieses Mädchen –«

»Warum lassen Sie nicht Ihren Sohn erzählen, was passiert ist?«, unterbrach Jake.

Thomas Maclean zog seine breiten kantigen Schultern zurück, kratzte sich seine lange Nase, setzte sich auf den blauen Stuhl, den Jake bereitgestellt hatte, und deutete mit einer Handbewegung an, dass die Bühne seinem Sohn gehörte.

»Sie hat mich voll angemacht«, sagte Eddy Maclean sofort. »Sie ist eine total hässliche Schnalle, Mann. Ich hätte sie nie angerührt, wenn sie mich nicht angemacht hätte.«

»Sie haben sie also angerührt«, sagte Jake und kannte den Rest der Geschichte schon.

»Nicht so, wie sie behauptet. Ich hab nichts gemacht, was sie nicht wollte.«

»Was genau haben Sie denn gemacht?«, fragte Jake.

Eddy Maclean zuckte die Achseln. »Sie wissen schon.«

»Offenbar«, unterbrach Maclean senior, »hatten sie Sex.«

»Wie alt sind Sie, Eddy?«, fragte Jake.

»Neunzehn.«

»Und das Mädchen?«

»Fünfzehn.«

»Ihr Alter hat er erst hinterher erfahren«, stellte Thomas Maclean klar. »Das Mädchen wirkt offenbar sehr viel reifer.«

»Hat dieses Mädchen auch einen Namen?« Jake verdrängte das Bild seiner nackten Tochter in einem Bett mit Eddy Maclean.

»Sarah Soundso.«

»Sarah Soundso«, wiederholte Jake und unterdrückte den Drang, den jungen Mann zu Boden zu ringen und ihn bewusstlos zu schlagen. Nannte der erste Liebhaber seiner Tochter sie auch so? Kim Soundso?

»Eine hässliche Schnalle. Wir hätten sie nie angerührt, wenn sie nicht angefangen hätte.«

»Wir?«

»Offenbar waren noch zwei weitere Jungen in die Sache verwickelt«, sprang Thomas Maclean erneut ein.

Jake ging zu seinem Schreibtisch und stützte sich mit beiden Händen ab. Die Tatsache, dass sie Kim mit diesem Jungen erwischt hatten, hatte ihnen zumindest den benötigten Hebel geliefert, Kim zum Besuch eines Therapeuten zu bewegen. Sie hatte viel zu verarbeiten und musste mit jemandem reden. »Ich denke, wir sollten am Anfang beginnen.«

»Offenbar –«, setzte Maclean senior an.

»In Eddys eigenen Worten«, unterbrach Jake. »Wenn Sie erlauben.«

Thomas Maclean gab mit einem kurzen Nicken sein Einverständnis. Während Jake wartete, hörte er das Ticken der kleinen Uhr auf dem Schreibtisch hinter sich.

»Wir sind zu dieser Party gegangen.«

»Wer ist wir?«

»Ich, Mike Hansen, Neil Pitcher.«

»Und was ist auf dieser Party passiert?«

»Nichts. Es war echt öde. Ein Haufen Teenybopper, die zu den Spice Girls rumhüpfen. Wir wollten eigentlich schon wieder gehen. Da kommt diese Schnalle auf uns zu und sagt, wir sollen noch nicht gehen, die Party würde gerade erst losgehen.«

»Und dieses Mädchen war Sarah?«

»Ja. Sie meinte, sie kennt mich vom Sehen und fände mich echt süß. So'n Mist halt. Was soll ich denn da denken?«

»Was haben Sie denn gedacht?«

»Dasselbe, was jeder Typ gedacht hätte. Sie wissen schon – dass sie Interesse hat eben.«

»Und was ist geschehen?«

»Ich hab gesagt, wir bleiben, wenn sie dafür sorgt, dass wir auf unsere Kosten kommen. Sie sagt, klar. Wir gehen hoch in eins der Schlafzimmer.«

»Und was dann?«

Er lächelte. »Wir haben gebumst.«

»Und wo waren Ihre Freunde Neil und Mike, während das passierte?«

»Erst standen sie vor der Tür. Um aufzupassen – verstehen Sie?«

»Um worauf aufzupassen?«

Der Junge zuckte die Achseln. »Wir wollten nicht gestört werden.«

Jake rieb sich die Stirn und versuchte, seinen aufkeimenden Kopfschmerz zu unterdrücken. »Sie haben gesagt ›erst‹. Ich nehme an, Neil und Mike ist es irgendwann langweilig geworden aufzupassen, und sie sind hereingekommen.«

»Sie wollten auch was von der Action abkriegen.«

»Und die Action war ein fünfzehnjähriges Mädchen?«

»Einen Moment mal«, unterbrach Thomas Maclean.

»Ich dachte, die wäre älter«, wiederholte sein Sohn.

»Was hielt sie denn davon, dass die anderen mitmachen wollten?«, fragte Jake und strengte sich an, die Abscheu aus seiner Stimme und das Bild seiner Tochter aus seinem Kopf zu bannen.

»Sie hatte nichts dagegen.«

»Sie hat also zu keinem Zeitpunkt Nein gesagt oder darum gebeten aufzuhören?«

»Sie hat alles Mögliche geredet, Mann. Wir haben schließlich nicht auf jedes Wort geachtet, das die Schnalle gesagt hat.«

»Sie könnte also Nein gesagt haben«, stellte Jake fest.

»Sie wollte es, Mann. Sie schreit bloß Vergewaltigung, weil sie rausgekriegt hat, wer mein Alter ist, und ein Stück vom Kuchen abhaben will.«

»Sie behauptet, Sie hätten sie vergewaltigt?«

»Große Überraschung«, spuckte der junge Mann verächtlich aus.

»Ich habe einen Freund, der im Büro des Distriktstaatsanwalts arbeitet«, erklärte Thomas Maclean. »Er hat mich angerufen, um mir mitzuteilen, dass das Mädchen mit ihrer Familie zur Polizei gegangen ist und dass es so aussieht, als würde Haftbefehl gegen meinen Sohn erlassen. Wir sind sofort hergekommen.«

Jake ging um seinen Schreibtisch, setzte sich und starrte unverhohlen auf die Uhr. 14.48 Uhr. »Was noch?«, fragte er.

»Was soll das heißen, was noch?«, fragte Thomas Maclean, beinahe entrüstet.

Jake wies mit dem Kinn auf Eddy Maclean. »Er weiß, was ich meine.« Jake wusste, dass es immer noch etwas gab, und wartete.

»Sie behauptet, sie wäre noch Jungfrau gewesen.«

»Und Sie bestreiten das?«

»Schwer zu sagen, Mann. Ich meine, wenn man durch die Hintertür reingeht, blutet es halt manchmal.«

Jake brauchte einen Moment, bis er begriffen hatte, was der junge Mann genau meinte. »Wollen Sie damit sagen, Sie hätten Analverkehr gehabt?«

»Ich doch nicht, Mann. Das ist nicht meine Welt. Aber Neil ist schon immer der Arsch-Typ gewesen.«

»Ist das von Belang?«, wollte Thomas Maclean mit der brutalen Logik der Menschen wissen, die reich und mächtig genug waren, stets ihren Willen zu bekommen. »Welchen Unterschied macht das, wenn das Mädchen eingewilligt hat?«

»Ich mag keine Überraschungen«, erwiderte Jake ruhig. »Wenn ich Ihren Sohn vertreten soll, was vermutlich der Anlass Ihres Besuches ist, muss ich alle Fakten kennen.«

»Natürlich.« Thomas Maclean trat den Rückzug an.

»Ich würde Ihnen raten, zur Polizei zu gehen, wo sich Ihr Sohn freiwillig stellen sollte. Ich werde einen meiner Kollegen rufen, damit er Sie begleiten kann –«

»Was soll das heißen, einen Ihrer Kollegen? Was ist mit Ihnen?«

»Ich fürchte, ich habe bereits eine andere Verpflichtung –«

»Dann sagen Sie ab.«

»Das geht nicht.« Jakes Stimme war fest. Er drückte auf eine Taste seiner Gegensprechanlage. »Natasha, treiben Sie Ronald Becker auf und bitten Sie ihn, sofort in mein Büro zu kommen. Danke«, sagte er und schaltete ab, bevor seine Sekretärin antworten konnte. »Ronald Becker ist ein sehr kompetenter junger Anwalt, und es handelt sich erst einmal um reine Routine, Formalitäten.«

»Owen Harris hat mir versichert, dass Sie sich um alles kümmern würden.«

»Ich kümmere mich auch um alles.«

»Persönlich.«

Persönlich, wiederholte Jake stumm. Wieder dieses Wort.

Konnte er das wirklich tun? Konnte er wirklich einen wichtigen Mandanten an einen Kollegen weiterreichen, Routinesache hin oder her, um seine Tochter zu ihrer Therapeutin und seine Frau zu ihrer Mutter zu chauffieren?

Es klopfte, und Ronald Becker, ein junger Mann mit lockigen, leicht angegrauten, schwarzen Haaren und einem Bauchansatz, der sein braunes Nadelstreifen-Jackett spannte, betrat mit auf und ab wippendem Kopf den Raum. Wie eine Taube, dachte Jake und machte die Herren miteinander bekannt.

»Ich möchte, dass Sie die Macleans zur Polizei begleiten«, sagte er. »Eddy wird sich stellen, jedoch jede Aussage verweigern. Sie werden mit ihm zum Gericht gehen, wo er auf nicht schuldig plädieren wird, egal was man ihm vorwirft, und anschließend die festgesetzte Kaution stellen.« Er wandte sich Vater und Sohn zu, die beide aufgestanden waren und ihn mit offenem Mund anstarrten. »Mr. Becker wird auf der Fahrt zur Wache alle Ihre Fragen beantworten. Glauben Sie mir, das Ganze ist vollkommen unkompliziert. Zum Abendessen sind Sie wieder zu Hause. Ich werde meine Sekretärin anweisen, Anfang nächster Woche einen Termin mit Ihnen zu vereinbaren.«

»Nächste Woche?«

»Ich werde mir den Fall am Wochenende durch den Kopf gehen lassen und entscheiden, wie am besten weiter vorzugehen ist«, sagte Jake, mit einem Fuß bereits aus der Tür. »Mr. Becker wird sich hervorragend um Sie kümmern.«

Erst als Jake allein im Aufzug stand, wurde ihm das volle Ausmaß dessen, was er gerade getan hatte, bewusst. Er warf den Kopf in den Nacken und lachte laut. Als der Fahrstuhl in der Lobby hielt, lachte er immer noch.

22

»Und wie ist es mit Rosemary gelaufen?«, fragte Mattie, drehte sich um und sah Kim erwartungsvoll an.

Kim zuckte mit den Achseln, drückte ihre Nase ans Fenster und spürte es kalt an ihrer Wange, während ihr warmer Atem die Scheibe beschlug. Mit ihrem Zeigefinger malte sie die Strichfigur einer Frau mit krausem Haar auf das Glas. »Gut«, sagte Kim und wischte das Bild mit dem Ärmel ihres Mantels sofort wieder weg.

»Sie macht einen sehr netten Eindruck.«

»Ja, kann sein.« Kim schloss die Augen und wartete, bis sie hörte, dass ihre Mutter sich wieder wegdrehte, bevor sie sie wieder öffnete. Sie ließ sich in die weichen Ledersitze des Wagens ihres Vaters zurückfallen und starrte auf die hartnäckigen Schneehaufen am Straßenrand. Wollte der Winter denn gar nicht mehr aufhören? Anfang März, und der Schnee lag noch immer fast dreißig Zentimeter hoch. Je schneller die Zeit verging, desto weniger blieb natürlich. Zumindest für ihre Mutter. Kim beugte sich vor und wollte ihre Hand auf die Schulter ihrer Mutter legen. Doch die tuschelte vertraulich mit ihrem Vater, sodass Kim ihre Hand rasch wieder zurückzog.

»Ja, mein Schatz?«, fragte ihre Mutter, als hätte sie Augen im Hinterkopf. »Wolltest du was sagen?«

Kim brummte und beobachtete, wie ein Sportwagen sie rechts überholte. Ihrem Vater war es irgendwie gelungen, den Autohändler davon zu überzeugen, die rote Corvette zurückzunehmen, die ihre Mutter sich gekauft hatte, als sie von ihrer Krankheit erfahren hatte. Warum sollte sie das überraschen?, fragte Kim sich, während sie abwesend die roten Autos zählte, die auf der Straße unterwegs waren, wie sie es als kleines Kind immer getan hatte. Wenn ihr Vater scheinbar vernünftige Menschen davon überzeugen konnte, Mörder laufen zu lassen, war es ihm bestimmt ein Leichtes, Autohändler zu überreden, rote Corvettes zurückzunehmen. Schließlich war er der Staranwalt Jake Hart, so gut wie heilig gesprochen von der aktuellen Ausgabe des *Chicago*-Magazins. Er könnte jeden von allem überzeugen.

»Hat in der Schule irgendwer was wegen des Artikels über deinen Vater gesagt?«, fragte Mattie, als wäre sie in jeden Gedanken ihrer Tochter eingeweiht.

»Nein«, sagte Kim, obwohl ihn tatsächlich mehrere Lehrer erwähnt hatten.

»Wie fandest du ihn, Kimmy?«, fragte ihr Vater.

»Ich hab ihn nicht gelesen«, log Kim. In Wahrheit hatte sie ihn so oft gelesen, dass sie ihn auswendig hätte vortragen können.

»Ich fand ihn überaus schmeichelhaft«, sagte Mattie, und Kim hörte ihren Vater lachen.

»Was ist daran so komisch?«, fragte ihre Mutter.

»Dieselben Worte, die ich heute Nachmittag verwendet habe«, sagte Jake, und Kim wand sich auf ihrem Sitz.

Auf einmal passten sie so verdammt gut zueinander, dachte sie. Sie stritten sich nie mehr, schrien nie, hoben nicht einmal mehr die Stimme. Seit ihr Vater ins Schlafzimmer ihrer Mutter zurückgekehrt war, waren sie zu Mr. und Mrs. Seelenverwandt mutiert. Manchmal wachte sie mitten in der Nacht auf, lag im Bett und wartete auf das einst beunruhigende Geräusch ihres angespannten Flüsterns, mit dem sie aufgewachsen war, das Zeichen für sie, aus dem Bett zu springen und zur Verteidigung ihrer Mutter zu eilen. Doch das einzige Flüstern, das Kim in letzter Zeit gehört hatte, wurde für gewöhnlich von gedämpften Kicheranfällen gefolgt, und einmal, als sie auf Zehenspitzen zum Schlafzimmer ihrer Eltern geschlichen war, um sich zu vergewissern, dass alles in Ordnung war, hatte sie gesehen, wie sich der Körper ihres Vaters unter der Decke gewunden hatte, als er sich auf ihre Mutter legte, und sie hatte mit beträchtlichem Ekel erkannt, dass ihre Eltern miteinander schliefen.

So ging es dieser Tage zu im Haus der Harts: Ihre Eltern waren sich ständig einig, lachten gegenseitig über ihre schlappen Witze und berieten sich gemeinsam, wie man schwierige Situationen am besten anging. Genauso, wie sie darauf bestanden hatten, dass sie zu einem Therapeuten ging, als sie sie mit Teddy erwischt hatten, dachte Kim und unterdrückte ein Stöhnen. Nicht dass das Herumprobieren mit Sex gleichbedeutend mit einer Geisteskrankheit wäre, hatten sie hastig erklärt. Es war nur natürlich, dass Teenager sexuelle Erfahrungen machten, hatten sie betont und auf keinen Fall zu streng oder kritisch wirken wollen. Doch im Licht ihres Verhaltens in jüngster Zeit sowie angesichts der kürzlich erfolgten Trennung und Versöhnung ihrer Eltern, von Matties Zustand ganz zu schweigen, habe Kim doch offensichtlich eine Menge zu verarbeiten. Sie brauchte jemanden, mit dem sie reden konnte, der ihr helfen konnte, ihre Gefühle in dieser schwierigen Phase ihres Lebens zu sortieren.

Was gab es da zu reden?, fragte Kim sich und schwieg störrisch fast durch die gesamte erste Sitzung mit ihrer Therapeutin. Teddy hatte sie seit jenem Abend und seinem überhasteten Abgang aus ihrem Zimmer nicht einmal angerufen. Wenn sie sich in der Schule trafen, wich er ihr aus. Und natürlich hatte die ganze Schule gehört, was passiert war, wie das Kondom abgerutscht war, wie sie gekreischt hatte, er solle es rausholen, und wie ihre Mutter hereingeplatzt war, als sie eingeschlafen waren, wie er seine Kleider gegriffen hatte und um sein Leben gerannt war. Entjungfert und verlassen, dachte Kim mit einem stillen Glucksen. Ein denkwürdiges erstes Mal.

»Wie hast du dich gefühlt, als du deine Mutter da stehen sahst?«, fragte Rosemary Colicos Kim bei ihrer ersten Sitzung.

Kim dachte nur, dass die Frau auf eine beinahe aggressive Art unattraktiv war.

»Verlegen«, antwortete Kim widerwillig. »Wütend.«

»Erleichtert?«, fragte Rosemary.

Dumme Frage. Warum sollte sie erleichtert sein, dass ihre Mutter sie mit Teddy Cranston im Bett erwischt hatte? Und doch schien die Frage, je mehr Sitzungen Kim mit der mittelalten Frau hatte, deren strähniges blondes Haar aussah, als wäre es direkt an eine Steckdose angeschlossen worden, immer weniger dumm.

Das ging mit fast allen Fragen so, die Rosemary stellte: »Was glaubst du, hat dich bewogen, unter dem Dach deiner Eltern mit Teddy zu schlafen?« »Bist du wütend auf deine Mutter, weil sie krank ist?« »Was würdest du verlieren, wenn du deinem Vater verzeihen würdest?«

»Lust.« »Natürlich nicht.« »Nichts«, lauteten Kims spontane Antworten. Aber natürlich hatte Rosemary sie im Verlauf der vergangenen sechs Wochen subtil dazu genötigt, ihre Antworten zu überdenken. Vielleicht hatte sie tatsächlich insgeheim gehofft, erwischt zu werden, als sie Teddy eingeladen hatte. Und wenn sie nicht wütend auf ihre Mutter war, warum ärgerte sie dann in letzter Zeit alles, was ihre Mutter sagte und tat? Und was sie aufgeben würde, wenn sie es irgendwie schaffen könnte, ihrem Vater zu verzeihen, konnte Kim in einem Wort zusammenfassen – Macht.

»Und wie kommt es, dass wir zu Grandma Viv fahren?«, fragte Kim, mit einem vorsätzlich provokanten Unterton. »Ich dachte, du besuchst sie nicht gerne.«

»Es ist lange her«, gab Mattie zu.

»Und warum jetzt? Was ist der besondere Anlass?« Kim sah, wie ihre Mutter die Schultern versteifte, und den starren Ausdruck in den Augen ihres Vaters im Rückspiegel, und sie begriff plötzlich, dass sie ihrer Großmutter von Matties Zustand erzählen wollten. Sie wollten ihrer Großmutter erzählen, dass ihre

Tochter starb. »Mir ist schlecht«, rief Kim plötzlich. »Halt an. Ich glaube, ich muss mich übergeben.«

Sofort hielt ihr Vater am Straßenrand, Kim stieß die Tür auf, sprang aus dem Auto und ging mitten auf dem Bürgersteig in die Hocke. Ihr schmaler Körper wurde von trockenem Würgen geschüttelt. Sie spürte, wie ihre Mutter sich neben sie hockte und schützend ihren Arm um ihre Schultern legte. »Tief atmen, mein Schatz«, ermunterte sie sie und strich ihr das Haar aus dem Gesicht. »Tief atmen.« Würde sich ihre Mutter so fühlen?, fragte Kim sich und rang nach Luft. Fühlte es sich so an zu ersticken?

Es war nicht das erste Mal, dass so etwas passierte. Neulich war sie in der Schule auf dem Weg in die Kantine davon überrascht worden. Diese schreckliche Kurzatmigkeit, die Luft, die ihr buchstäblich im Mund gefror, als ob ein großer Brocken Eis in ihrer Kehle steckte. Sie war in die nächste Toilette gerannt und hatte sich in einer Kabine eingeschlossen, wo sie in dem schmalen Raum vor der Schüssel auf und ab gelaufen war wie ein Tiger im Zoo und verzweifelt nach Luft ringend die Hände vor dem Gesicht gewedelt hatte. In jenem Augenblick hatte sie begriffen, dass sie starb. Sie hatte die Krankheit ihrer Mutter geerbt.

Amyotrophe Lateralsklerose.

Ganz gewöhnliche Angst.

Sagte zumindest Rosemary Colicos. »Das heißt nicht, dass diese Angstzustände nicht unheimlich und erschreckend sind«, erklärte ihre Therapeutin ihr. »Nur nicht tödlich.«

»Und was ist damit, dass mein Fuß dauernd einschläft?«, wollte Kim in der heutigen Sitzung wissen.

»Es wäre vielleicht keine schlechte Idee, hin und wieder diese schweren Stiefel auszuziehen«, schlug Rosemary vor und wies auf Kims kniehohe schwarze Lederstiefel. »Wenn du den ganzen Tag in solchen Stiefeln rumsitzt, werden deine Füße garantiert hin und wieder einschlafen. Du stirbst nicht, Kim«, versicherte sie ihr. »Mit dir wird schon alles wieder werden.«

Wirklich? Und wenn ja, warum würgte sie jetzt an einem Freitagnachmittag im Winter auf allen Vieren hockend Galle auf einen Bürgersteig mitten in Chicago?

Nach einer kleinen Ewigkeit ließ der Würgereflex nach, und Kim spürte, wie Luft in ihre Lungen strömte. Sie wischte sich die Tränen aus den Augen, legte ihren Kopf an die Schulter ihrer Mutter und spürte die kalte Sonne überraschend warm auf ihrer Wange.

Und dann fiel der Schatten ihres Vaters auf sie und verdeckte die Sonne. »Alles in Ordnung?«

Kim nickte, rappelte sich langsam auf die Füße und drehte sich dann um, um ihrer Mutter zu helfen. Doch Jake stand schon neben Mattie, einen Arm unter ihre Achsel geschoben, den anderen um ihre Hüfte gelegt, und Mattie stützte ihr ganzes Gewicht auf ihn. Sie brauchte Kims Hilfe nicht.

»Alles in Ordnung, Schatz?«, fragte Mattie, als sie wieder in den Wagen stiegen.

»Bestens«, sagte Kim. »Muss das Hot Dog gewesen sein, das ich zum Mittagessen runtergeschlungen habe.«

»Ich dachte, du isst kein rotes Fleisch«, sagte ihr Vater.

Und dann sagte niemand mehr etwas, bis der Wagen vor dem Haus ihrer Großmutter hielt.

»Nur zu, such dir einen aus.« Ihre Mutter zeigte aufgeregt auf den großen Pappkarton in Grandma Vivs Küche, in dem acht neugeborene Welpen über- und untereinander krabbelten. Mattie hatte ein breites schräges Grinsen aufgesetzt, und in ihren Augen standen Tränen, die Art Tränen, die man vergoss, wenn man etwas tat, von dem man wusste, dass es einen anderen Menschen sehr glücklich machen würde. Selbst ihrem Vater war ein dümmliches Lächeln ins Gesicht gekleistert. Und Kim spürte, wie der selbe blödsinnige Ausdruck an ihren eigenen Lippen zerrte. Ihre Großmutter, die diskret lächelnd neben dem alten avocadofarbenen Ofen am anderen Ende der grünweißen Küche stand, um ihre dicklichen Knöchel sechs weitere Hunde, war die einzige Person im Raum, die nicht aussah wie ein beschränkter Außerirdischer, sondern wie ein normaler Mensch.

»Soll das ein Witz sein?«, fragte Kim misstrauisch und näherte sich ängstlich dem zappelnden Bündel in dem Pappkarton.

»Welchen möchtest du haben?«, fragte ihre Mutter.

»Ich glaub das einfach nicht. Ihr erlaubt mir, einen kleinen Hund zu haben?«

»Happy Birthday, Kimmy«, sagte ihr Vater.

»Happy Birthday«, wiederholte ihre Mutter wie ein Echo.

»Aber mein Geburtstag ist doch erst nächste Woche.« Kim wich von dem Karton zurück. Gab es irgendeinen Grund, ihren Geburtstag eine Woche früher zu feiern? Gab es irgendein neues Problem mit ihrer Mutter?

»Es ist alles in Ordnung«, erklärte ihre Mutter ihr, erneut unerlaubt in die hintersten Winkel des Gehirns ihrer Tochter eindringend. »Wir wollten bloß, dass es eine Überraschung ist. Wir hatten Angst, wenn wir bis nächste Woche warten –«

»Ich weiß nicht, welchen ich nehmen soll«, jammerte Kim und stürzte sich, bevor ihre Mutter ihre Erklärung beenden konnte, auf den Karton und hob ein kleines weißes Bündel nach dem anderen hoch. »Sie sind alle so süß. Sind sie nicht das Süßeste, was du je gesehen hast?« Sie hielt einen der Welpen am ausgestreckten Arm vor sich und beobachtete, wie seine kleinen Beinchen zwischen ihren Fingern zappelten, während er sie aus kleinen dunkelbraunen Knopfaugen ansah. Teddys Augen, dachte Kim, setzte den Welpen zurück in den Karton und nahm einen anderen, der die Augen noch halb geschlossen hatte.

»Was für Hunde sind das?«, fragte Mattie. Kim fiel auf, dass Mattie jeden direkten Augenkontakt mit ihrer Mutter sorgfältig mied.

»Pekipus«, verkündete Grandma Viv, straffte ihre ohnehin geraden Schultern und tätschelte ihr kurzes, grau meliertes

Haar. »Halb Pudel, halb Pekinese, aber intelligenter als beide Rassen zusammen.«

»Ich will diesen hier«, sagte Kim und übersäte das weiße Fell des Welpen mit Küssen, bis der Kleine den Kopf hob und Kims Kinn abschleckte.

»Pass auf, dass er deine Lippen nicht ableckt«, mahnte Mattie.

Doch Kim beachtete ihre Mutter gar nicht, sondern ließ sich von dem Welpen weiter den Mund ablecken und spürte, wie seine feuchte Zunge zwischen ihre Lippen drängte.

»Kim …«, sagte ihr Vater.

»Himmel Herrgott, ihr zwei, das ist schon in Ordnung. Ihre Münder sind sauberer als unsere«, meinte Grandma Viv und wischte ihre Befürchtungen mit einem ungeduldigen Winken beiseite. »Wie willst du ihn nennen, Kimmy?« Kims Blick schoss aus Angst, zu lange irgendwo zu verweilen, zwischen ihrer Großmutter, ihrem Vater und ihrer Mutter hin und her. Warum? Ihre Mutter hatte Hunde immer gehasst. Sie war sogar so weit gegangen, eine Allergie vorzutäuschen, als Kim eines Sommers einen streunenden Hund vom See mit nach Hause gebracht hatte, und hatte darauf bestanden, ihn zu Grandma Viv zu bringen. Kim hatte ihn jede Woche besucht, aber das war nicht dasselbe, wie einen Hund bei sich zu Hause zu haben, einen, der einem von Zimmer zu Zimmer folgte und sich im Bett an die Füße kuschelte. Warum der plötzliche Sinneswandel? Warum gerade jetzt, wo ein noch nicht erzogener Welpe das Letzte war, was ihre Mutter gebrauchen konnte? Es war die Bestätigung, begriff Kim in diesem Moment und kämpfte gegen die plötzliche Kurzatmigkeit an. Ihre Mutter starb.

»Was denkst du, was ein guter Name wäre, Mama«, sagte Kim mit einem dicken Kloß im Hals.

»Er ist dein Baby«, sagte Mattie. »Such du einen aus.«

»Das ist aber eine schwierige Entscheidung.«

»Ja, das ist es«, stimmte ihre Mutter ihr zu.

»Wie wäre es mit George?«

»George?«, fragten Mattie und Jake im Chor.

»Wunderbar«, sagte Grandma Viv. »George ist der perfekte Name für ihn.«

»George und Martha«, sagte Kim und lächelte ihre Mutter an. »Das passt gut zusammen.«

»Ich habe nie verstanden, warum deine Mutter den Namen Martha so gehasst hat«, grummelte Grandma Viv. »Ich fand ihn immer wunderschön. Und man hat auch nicht davon gehört, dass sich Martha Stewart in Mattie umbenannt hat, oder? Wer möchte eine Tasse Tee?«, fragte sie im selben Atemzug.

»Tee klingt gut«, sagte Jake.

»Tee wäre nett«, stimmte Mattie zu.

Kim beobachtete, wie ihre Mutter aus dem Augenwinkel Grandma Viv beobachtete, und versuchte, ihre Großmutter mit den Augen ihrer Mutter zu sehen. Sie sahen sich nicht ähnlich. Ihre Großmutter war kleiner und untersetzter als ihre Mutter, und ihr kurzes dunkelbraunes Haar war lockig und von grauen Strähnen durchzogen. Ihre Gesichtszüge waren gröber als die ihres einzigen Kindes, die Nase breiter und flacher, das Kinn rundlicher, die Augen grün im Gegensatz zu den blauen Augen ihrer Tochter. Mattie hatte immer behauptet, sie würde genauso aussehen wie ihr Vater, obwohl es keine Bilder gab, die diesen Anspruch belegen könnten. Ihre Großmutter trug im Gegensatz zu ihrer Mutter niemals Make-up, aber ihre Wangen glühten auch so dunkelrot, wenn sie wütend oder aufgeregt war, Flecken, die Matties perfekten Teint selten verunzierten. Trotzdem konnte Kim Spuren ihrer Großmutter in den stolz gestreckten Schultern ihrer Mutter erkennen, in der Art, wie beide Frauen ihren Kopf hielten und sich auf ihre Hände verließen, wenn es darum ging, Gedanken auszudrücken, die zu schwierig waren, um nur ausgesprochen zu werden.

»Was ist zwischen dir und Grandma Viv passiert?«, hatte Kim immer wieder gefragt.

»Nichts ist passiert«, pflegte ihre Mutter zu antworten.

»Wie kommt es dann, dass du sie nie besuchst? Warum kommt sie nie zu uns zum Essen?«

»Das ist eine lange Geschichte, Kim. Und deine Fragen sind nicht einfach zu beantworten. Warum fragst du deine Großmutter nicht?«

»Das habe ich getan.«

»Und?«

»Sie hat gesagt, ich soll dich fragen.«

In den Augen ihrer Mutter lag ein seltsamer Ausdruck, dachte Kim jetzt, als wäre sie in das falsche Haus gestolpert und wüsste nicht, wie sie sich höflich wieder herauswinden sollte, was wahrscheinlich genau das war, was sie empfand. Wie lange war es überhaupt her, seit sie zum letzten Mal in Grandma Vivs Haus gewesen war? Wie alt war sie, als sie zum letzten Mal aus dieser Haustür getreten war? Wahrscheinlich nicht viel älter als ihr Vater zu dem Zeitpunkt, an dem er sein Zuhause verlassen hatte, vermutete Kim. Es war komisch, dachte sie und küsste ihren neuen kleinen Hund auf den weichen Kopf. Ihre Eltern waren sich ähnlicher, als sie gedacht hatte.

»Hast du den Artikel über Jake im *Chicago*-Magazin gesehen?«, fragte Mattie ihre Mutter in dem offensichtlichen Bemühen, das Gespräch wieder in Gang zu bringen.

»Nein, habe ich nicht.« Grandma Viv ging zum Waschbecken und füllte den Kessel mit kaltem Wasser. »Hast du ein Exemplar mitgebracht?«

»Ich habe zufällig eins in meiner Handtasche.« Mattie griff nach ihrer braunen Handtasche auf dem Tisch.

»Du hast doch nicht etwa...«, protestierte Jake.

Wurde er tatsächlich rot? Kim verdrehte die Augen zur Decke.

»Habe ich doch.« Mattie kicherte stolz, öffnete ihre Handtasche, zog die Zeitschrift heraus und wollte sie ihrer Mutter gerade geben, als sie ihr entglitt, durch den Raum flog und die

Hunde um die Füße ihrer Mutter erschreckt und laut bellend auseinander stieben ließ.

»Nun, du musst ja nicht gleich damit nach mir werfen«, sagte Grandma Viv gereizt. »Schon gut, meine Kleinen«, sagte sie zu den diversen Hunden, die sich zögerlich in die Küche zurück trauten.

Kim sah, dass ihre Mutter aschfahl geworden war, ihre Augen vor Entsetzten erstarrt und weit aufgerissen.

»Es tut mir so Leid. Ich weiß auch nicht, was passiert ist.«

»Geht es dir gut?«, fragte Jake.

»Natürlich geht es ihr gut.« Grandma Viv bückte sich, um die Zeitung aufzuheben. »Sie war schon immer ein kleiner Tollpatsch. Nettes Bild von dir, Jake. Und sogar auf dem Titel.«

»Der Artikel ist offenbar überaus schmeichelhaft.« Kim benutzte bewusst die Worte ihrer Mutter, dieselben, die angeblich zuvor auch ihr Vater schon verwendet hatte, während sie beobachtete, wie langsam die Farbe in das Gesicht ihrer Mutter zurückkehrte. Familien halten zusammen, dachte sie und kämpfte mehrmals tief durchatmend gegen den Drang zu würgen an.

»Geht es dir gut, mein Schatz?«, fragte ihre Mutter.

Sie bekommt alles mit, dachte Kim und beobachtete, wie ihre Großmutter den Kessel aufsetzte und eine große weiße Geburtstagstorte aus einem Karton auf dem Tresen zog.

»Warum fragt ihr euch ständig gegenseitig, ob es euch gut geht?«, wollte Grandma Viv wissen und stellte den Kuchen mitten auf den Küchentisch. »Mir ist aufgefallen, dass mich noch niemand gefragt hat, wie ich mich fühle.«

»Geht es dir gut, Grandma Viv?«

»Prächtig, mein Liebes. Nett, dass du fragst. Und wer will eine Marzipanrose?«

»Ich«, sagten Kim und ihre Mutter gleichzeitig.

Sie setzten sich gemeinsam an den runden Resopal-Tisch. Der kleine Welpe schlief auf Kims Schoß ein, und auch Grandma Viv hob einen rastlosen schwarzen Terrier hoch, um ihn zu beruhigen.

»Meinst du, du könntest den Hund von dem Kuchen fern halten?«, fragte Mattie ihre Mutter, obwohl es offensichtlich mehr eine Forderung als eine Bitte war.

»Er ist ja nicht mal in der Nähe des Kuchens.« Wie von Zauberhand tauchten kleine rote Flecken auf Grandma Vivs Wangen auf, als sie den Hund auf dem Boden absetzte und aufsprang. »Sieht so aus, als hätte ich die Kerzen vergessen.« Geräuschvoll begann ihre Großmutter Küchenschubladen aufzuziehen und wieder zuzuschieben. »Ich weiß, dass ich irgendwo welche habe.«

»Schon gut, Grandma Viv. Ich brauche keine Kerzen.«

»Papperlapapp! Natürlich brauchst du Kerzen. Was ist denn eine Geburtstagstorte ohne Kerzen?«

»Kimmy«, sagte ihr Vater, »kannst du George auf den Boden setzen, während wir essen?«

»George bleibt auf meinem Schoß«, fauchte Kim. »Und nenn mich nicht Kimmy.«

»Ich habe sie gefunden«, verkündete ihre Großmutter triumphierend, kehrte zum Tisch zurück und steckte die Kerzen in vier ordentlichen Reihen auf die Torte. »Sechzehn Stück«, sagte sie und lächelte ihr einziges Enkelkind an, als sie eine zusätzliche Kerze in die Mitte der weichen rosafarbenen Rose steckte. »Und eine Glückskerze.«

23

»Mutter, kann ich kurz mit dir reden?«

»Natürlich, Martha.«

Mattie atmete tief ein und langsam wieder aus, während sie versuchte zu lächeln. Sie hat dich dein ganzes Leben lang Martha genannt, erinnerte sie sich selbst. Es ist zu spät, von ihr zu erwarten, dass sie das jetzt noch ändert.

Ihre Mutter saß am Küchentisch, zwei kleine Hunde im Schoß, und sah Mattie erwartungsvoll an. Neben ihr saß Jake, las die *Chicago-Sun-Times* und blickte hin und wieder mit einem aufmunternden Lächeln zu Mattie. Kim hockte im Schneidersitz neben dem Pappkarton mit den Welpen und wiegte George in ihren Armen wie ein Baby. Das einzige Enkelkind, das ich je sehen werde, dachte Mattie wehmütig und ging zur Tür zwischen der Küche und dem L-förmigen Wohnbereich. »Im Wohnzimmer, wenn du nichts dagegen hast.« Mattie registrierte den verwirrten Ausdruck im Gesicht ihrer Mutter, als diese die Hunde auf den Boden setzte und sich erhob.

»Soll ich mitkommen?«, fragte Jake zum wiederholten Male.

Das Letzte, was Mattie sah, bevor sie die Küche verließ, war Kims Blick, der ihr folgte. Sei vorsichtig, schienen ihre Augen zu mahnen. Obwohl sie sich nicht sicher war, wem die Warnung galt, nickte Mattie stumm und verließ den Raum.

Das Wohnzimmer sah im Wesentlichen aus, wie es schon immer ausgesehen hatte: hellgrüne Wände mit einem passenden Teppichboden, einer unvorstellbaren Anhäufung von Möbeln, die eindeutig eher zweckdienlich als dekorativ waren, sowie eine Reihe von blassen Audubon-Drucken an den Wänden.

Mattie suchte sich einen relativ sauberen Platz auf einem mintfarbenen Sofa mit gerader Rückenlehne am Fenster und tat so, als würde sie die feine Schicht Hundehaare nicht bemerken, die den Samtbezug wie eine Decke überzog. Sie setzte sich, die Hände im Schoß gefaltet, die Beine an den Knöcheln übereinander geschlagen, den Rücken durchgedrückt und steif, um das Sofa so wenig wie möglich zu berühren.

»Ich habe gleich nach deinem Anruf gestaubsaugt«, sagte ihre Mutter spitz, ließ sich in einen grün-weiß gestreiften Kordsamtsessel zu Matties Linken fallen, legte den Kopf zur Seite wie einer ihre Hunde und wartete, dass Mattie etwas sagte.

»Hübsches Zimmer«, sagte Mattie, als ein kleiner brauner Hund mit unverhältnismäßig langen ausgefransten Ohren neben sie auf das Sofa sprang. Mattie hatte keine Ahnung, um was für eine Rasse es sich handelte. Wahrscheinlich wusste ihre Mutter es auch nicht, dachte sie, setzte den Köter wieder auf den Boden und verscheuchte ihn mit ihrer Schuhspitze. Solange sie denken konnte, kämpfte sie mit Hunden um die Aufmerksamkeit ihrer Mutter. Und die Hunde gewannen jedes Mal.

»Komm her, Dumpling«, befahl ihre Mutter dem Hund, fischte ihn vom Boden und legte ihn auf ihren Schoß wie eine Serviette. »Martha mag keine Hunde«, entschuldigte sie sich bei ihm, küsste ihn auf den Kopf und entfernte geschickt einen Schleimklumpen aus seinem Auge. Sofort schwärmten weitere Hunde herbei und lagerten sich um ihre Füße wie eine Ansammlung von Pantoffeln.

»Es ist nicht, dass ich sie nicht mag«, setzte Mattie an, brach ab und wandte den Blick von den anklagenden Hundeblicken zu der Wand gegenüber. Ich muss mich nicht vor einem Rudel Hunde verteidigen, dachte sie. »Wie dem auch sei, was ich mag oder nicht, ist unwichtig. Heute ist wichtig, was Kim mag, und die ist auf jeden Fall ganz begeistert von George, auch wenn er noch zu jung ist, um ihn direkt mit nach Hause zu nehmen. Und dafür möchte ich dir danken.«

Ihre Mutter zuckte die Achseln, wand sich auf ihrem Sessel und errötete leicht. »Du solltest Daisy danken, dass sie so kurz vor Kims Geburtstag geworfen hat.«

»Ich schicke ihr eine Karte«, sagte Mattie und wünschte sofort, sie hätte es nicht getan. Welchen Sinn hatte es, sarkastisch zu werden? Gerade jetzt. Außerdem war jede Form von Ironie an ihre Mutter verschwendet, weil die sowieso alles wörtlich nahm. »Hast du für die anderen Welpen auch schon ein Zuhause gefunden?«, fragte sie rasch und erinnerte sich, wie überrascht ihre Mutter gewesen war, als sie vor einigen Wochen angerufen und gefragt hatte, ob sie zufällig gerade einen Welpen für sie hatte.

»Noch nicht. Ich wollte, dass Kim bei diesem Wurf die erste Wahl hat. Aber es ist nie ein Problem, Leute zu finden, die sie nehmen. Vielleicht behalte ich auch ein oder zwei selbst.«

»Gibt es nicht eine städtische Verordnung, die das Halten von so vielen Hunden verbietet?«

»Hast du mich deswegen ins Wohnzimmer gebeten?«, fragte ihre Mutter, ohne sich die Mühe zu machen, ihre Verärgerung zu verbergen. Wieder legte sie wartend den Kopf zur Seite.

»Nein, natürlich nicht«, sagte Mattie und stockte dann, unfähig weiterzusprechen. Wie erzählt man seiner Mutter, dass man stirbt, fragte sie sich – selbst einer Mutter, die die eigene Existenz kaum zur Kenntnis genommen hatte, als man noch lebte? »Ich muss dir etwas sagen.«

»Na, dann los. Spuck's aus. Sieht dir gar nicht ähnlich, diese Schüchternheit.«

Woher willst denn du das wissen?, dachte Mattie, stellte die Frage jedoch nicht laut. »Erinnerst du dich an den Schauspieler aus einer der Seifenopern, die du dir immer ansiehst, *Die Springfield-Story* war es, glaube ich –«

»*Die Springfield-Story* gucke ich nie«, verbesserte ihre Mutter sie. Nur *General Hospital* und *Zeit der Sehnsucht*. Oh, und manchmal *Schatten der Leidenschaft*, obwohl ich es unmöglich finde, wie sie die Geschichte immer endlos in die Länge ziehen.«

»In einer der Serien hat jedenfalls ein Schauspieler mitgespielt – er ist vor kurzem an einer Krankheit namens amyotrophe Lateralsklerose gestorben«, sagte Mattie, das Ende des Satzes ihrer Mutter kaum abwartend. »Die Lou-Gehring-Krankheit«, fügte sie erklärend hinzu.

Der Blick ihrer Mutter blieb aufreizend ausdruckslos, sodass Mattie sich nicht sicher war, ob ihre Mutter überhaupt eine Ahnung hatte, worauf sie hinauswollte.

»O ja, an den erinnere ich mich, Roger Zaslow, nein Michael Zaslow, hieß er, glaube ich. Und du hast Recht – er hat bei *Springfield-Story* mitgespielt. Früher hieß es *Die Springfield-Story*, aber sie haben den Titel geändert. Warum, habe ich nie ganz begriffen. Sie haben gesagt, sie wollten die Serie moderner machen, mehr up to date. Ich verstehe allerdings nicht, wie man durch das Weglassen eines Artikels –«

»Mutter –«

»Ich habe im *People*-Magazin darüber gelesen«, fuhr ihre Mutter ohne Punkt und Komma fort. »Sie haben ihn gefeuert. Sie meinten, was würde ihnen ein Schauspieler nützen, der seinen Text nicht aufsagen kann oder etwas in der Richtung, jedenfalls laut *People*. Er war sehr verbittert darüber, habe ich gelesen, und ich kann es ihm, ehrlich gesagt, nicht verübeln. Eine schreckliche Krankheit«, murmelte sie, wandte den Blick ab, biss sich auf die Unterlippe und weigerte sich, das Offensichtliche zur Kenntnis zu nehmen und zu fragen, warum sie darüber sprachen.

»Ich bin krank, Mama«, sagte Mattie und antwortete so auf die nicht gestellte, unerwünschte Frage. Sie beobachtete, wie ihre Mutter in ihrem Sessel erstarrte und ihr Blick glasig wurde wie immer, wenn sie mit unangenehmen Nachrichten konfrontiert wurde. Sie hatte kaum begonnen, da zog sich ihre Mutter bereits zurück, bemerkte Mattie, beugte sich auf dem Sofa vor und zwang ihre Mutter, sie direkt anzusehen. »Weißt du noch, als ich nach meinem Autounfall im Krankenhaus war?«

Ihre Mutter reagierte mit einem kaum wahrnehmbaren Nicken.

»Nun, im Krankenhaus haben sie eine Reihe von Tests durchgeführt und festgestellt, dass ich dieselbe Krankheit habe wie der Schauspieler aus *Springfield Story*.«

Mattie hörte, wie ihrer Mutter der Atem im Hals stockte, obwohl ihr Gesicht unbeweglich blieb. »Die Ärzte sagen, dass sie kurz vor dem Durchbruch zu einer möglichen Heilung stehen, und hoffentlich –« Mattie hielt inne, räusperte sich und setzte neu an. »Realistischerweise«, sagte sie dann, »habe ich vielleicht noch ein oder zwei Jahre. Aber unter uns«, fügte sie flüsternd hinzu, »glaube ich nicht, dass es noch so lange dauern wird. Es passieren jeden Tag neue Dinge, als ob die Krankheit jetzt richtig in Fahrt kommen würde.«

»Ich verstehe das nicht«, sagte ihre Mutter und starrte an Mattie vorbei aus dem Fenster auf die Straße, während ihre langen Finger bedächtig den Hund in ihrem Schoß kraulten. »Du wirkst vollkommen gesund.«

»Im Moment funktioniere ich auch noch ganz gut. Ich kann meine Arme und Beine normal bewegen, aber das wird sich ändern. Die Zeitschrift, die mir eben entglitten ist – so etwas passiert mir in letzter Zeit immer häufiger. Bald werde ich nicht mehr laufen und nichts mehr mit meinen Händen machen können. Ich werde nicht mehr sprechen können. Na ja, den Rest weißt du ja.« Mattie versuchte, den Ausdruck im Gesicht ihrer Mutter zu deuten, doch ihre Miene hatte sich kaum verändert, seit sie Platz genommen hatte. »Geht es dir gut?«

»Natürlich geht es mir nicht gut«, sagte ihre Mutter leise. »Meine Tochter hat mich gerade darüber informiert, dass sie stirbt. Hast du vielleicht geglaubt, es würde mir gut gehen?«

»Ich wollte nicht –«

»Ich wusste, dass irgendwas war«, sagte ihre Mutter, weiter

entschlossen ins Nichts starrend. »Ich meine, warum sonst der plötzliche Sinneswandel, Kim zu erlauben, einen Hund zu haben? Und wann hast du mich zum letzten Mal angerufen, um zu sagen, dass du vorbeikommen wolltest? Nie. Also wusste ich, dass irgendwas war. Ich dachte, du würdest mir vielleicht erzählen, dass ihr nach New York oder Kalifornien zieht, nachdem Jake jetzt so ein bedeutender Mann geworden ist, oder dass er dich wegen einer anderen Frau verlässt. Das Übliche halt. Irgendwas. Irgendwas anderes. Jedenfalls nicht das. Nicht das.«

»Mama, sieh mich an.«

»Es ist nie das, was man erwartet«, fuhr ihre Mutter fort, als hätte sie Mattie nicht gehört. »Wenn jemand dir eröffnet, dass er dir etwas sagen muss, versuchst du zu erraten was und gehst alle Möglichkeiten durch, und trotzdem ist es am Ende immer das, was du dir nicht vorgestellt hast, die eine Möglichkeit, die du nicht bedacht hast. So geht es doch immer, findest du nicht auch?«

»Mama«, wiederholte Mattie, »bitte sieh mich an.«

»Es ist nicht fair, dass du mir das antust.«

»Es geht nicht um dich«, erwiderte Mattie schlicht, beugte sich vor, fasste das Kinn ihrer Mutter und zwang sie, sie anzusehen. Der Hund im Schoß ihrer Mutter knurrte leise. »Du musst mir zuhören. Einmal in meinem Leben brauche ich deine volle, ungeteilte Aufmerksamkeit. Ist das möglich?«

Wortlos setzte ihre Mutter den immer noch knurrenden Hund zu Boden.

»Im Augenblick befinde ich mich noch in einem frühen Stadium der Krankheit und komme ziemlich gut zurecht. Ich kann nach wie vor arbeiten und die meisten Dinge erledigen, die ich vorher auch erledigt habe. Auto fahre ich natürlich nicht mehr, stattdessen nehme ich oft ein Taxi, und Jake und ich haben angefangen, den Einkauf gemeinsam zu machen. Kim hilft, wo sie kann –«

»Kim weiß es?«

Mattie nickte. »Es war sehr schwierig für sie. Sie versteckt sich hinter einer rauen Fassade, aber ich weiß, dass sie eine schwere Zeit durchmacht.«

»Deswegen hast du ihr einen Hund erlaubt.«

»Wir haben gehofft, dass es ihr helfen würde, den Schmerz zu lindern, wenn wir ihr etwas schenken, dem sie ihre Aufmerksamkeit widmen kann.«

»Sie ist ein braves Mädchen.«

»Das weiß ich.« Mattie kämpfte mit den Tränen. Aber es war wichtig, dass sie ohne Tränen durch den Rest der Tagesordnung kam.

»Was soll ich machen? Sie kann gern ein paar Wochen zu mir kommen. Kim hat mir erzählt, dass du mit Jake im April nach Paris fliegen willst. Dann würde ich sie gern zu mir nehmen«, sagte ihre Mutter, das größere Bild bewusst ausblendend, ihre traditionelle Methode, mit Krisen umzugehen. Sich auf eine unbedeutende Nebensächlichkeit konzentrieren und sie so lange aufblasen, bis sie alles andere überdeckt.

»Darüber können wir später reden«, sagte Mattie. »Im Augenblick brauche ich dich, Mama. Nicht Kim.«

»Ich verstehe nicht.« Wieder wanderte der Blick ihrer Mutter zum Fenster. »Soll ich Erledigungen für dich machen?«

Mattie schüttelte den Kopf. Wie konnte sie ihrer Mutter begreiflich machen, worum sie sie bitten wollte? Ein mittelgroßer schwarzer Hund sprang auf das Sofa, machte es sich auf dem Polster neben Mattie bequem und betrachtete sie mit einem argwöhnischen Blick aus halb geschlossenen Augen. »Erinnerst du dich noch an den Hund, den wir hatten, als ich fünf war?«, fragte Mattie. »Er hieß Queenie. Erinnerst du dich an Queenie?«

»Natürlich erinnere ich mich an Queenie. Du hast sie immer über deine Schultern geworfen und an den Hinterbeinen baumeln lassen, und sie hat sich nie beschwert. Sie hat sich von dir alles gefallen lassen.«

»Und dann wurde sie krank, und du hast gesagt, wir müssten

sie einschläfern, und ich habe geweint und dich angefleht, es nicht zu tun.«

»Das ist schon sehr lange her, Martha. Du kannst doch nach all den Jahren nicht noch immer böse auf mich sein. Sie war sehr krank. Sie hat Schmerzen gelitten.«

»Und sie hat dich mit diesen Augen angesehen, hast du gesagt, diesen Augen, die dir gesagt haben, dass es an der Zeit war, sie von ihrem Elend zu erlösen, weil es grausam wäre, sie am Leben zu lassen.«

Ihre Mutter rutschte unruhig auf ihrem Sessel hin und her. »Ich frage mich, wie Kim mit George zurechtkommt.«

»Hör mir zu, Mom«, sagte Mattie. »Es wird eine Zeit kommen, wenn ich dich mit diesen Augen ansehe.«

»Wir sollten zurück nach vorne zu den anderen gehen. Es ist nicht richtig –«

»Ich werde praktisch gelähmt sein«, drängte Mattie weiter und hinderte ihre Mutter am Aufstehen, »ich werde mich nicht bewegen könne, meine Beine nicht und auch meine Hände nicht. Ich werde nicht in der Lage sein, etwas zu unternehmen, um meinem Leiden ein Ende zu setzen. Ich werde hilflos sein. Ich werde die Sache nicht selbst in die Hand nehmen können.« Mattie hätte beinahe über ihre eigenen Worte gelacht. »Die Krankheit funktioniert so«, zügelte sie sich, »dass die Muskeln in meiner Brust schwächer und schwächer werden, sodass mein Atem flacher und flacher wird und ich unter permanenter Kurzatmigkeit leide.«

»Ich will das nicht hören.«

»Du musst das aber hören. Bitte, Mama. Lisa hat mir Morphium verschrieben für die Zeit, wenn es anfängt.«

»Morphium?« Das Wort kam ihrer Mutter nur zitternd über die Lippen und stand zwischen ihnen im Raum.

»Morphium lindert offenbar den Stress der Kurzatmigkeit. Es wirkt auf das Atmungssystem ein, und die Atmung wird verlangsamt. Lisa sagt, Morphium wäre erstaunlich wirkungsvoll, wenn es darum geht, Angst zu lindern, Panik unter Kontrolle zu bekommen und die innere Ruhe wiederherzustellen. Doch irgendwann wird ein Zeitpunkt kommen, wo das Morphium auf meinem Nachttisch liegt, ich es aber nicht mehr erreichen kann. Ich werde nicht in der Lage sein, das Medikament so zu dosieren, dass es meinem Leiden ein Ende bereitet. Ich werde nicht mehr in der Lage sein zu tun, was getan werden muss. Verstehst du, Mama? Verstehst du, was ich dir sagen will?«

»Ich möchte nicht mehr darüber reden.«

»Zwanzig Pillen, Mama. Mehr braucht es nicht. Du musst sie zerstampfen, in Wasser auflösen und mir einflößen. Ein paar Minuten später schlafe ich sanft ein. Zehn oder fünfzehn Minuten später falle ich ins Koma und wache nicht wieder auf. Nach ein paar Stunden bin ich tot. Sanft. Schmerzlos. Mein Leiden ist zu Ende.

»Bitte nicht mich, das zu tun.«

»Wen kann ich sonst fragen?«

»Frag Lisa. Oder Jake.«

»Ich kann Jake nicht bitten, gegen das Gesetz zu verstoßen. Das Gesetz ist sein ganzes Leben. Und ich kann Lisa nicht bitten, ihre ganze Karriere aufs Spiel zu setzen. Und Kim kann ich ganz bestimmt nicht fragen.«

»Aber deine Mutter.«

»Das fällt mir nicht leicht, Mama. Wann habe ich dich zum letzten Mal um irgendwas gebeten?«

»Ich weiß, dass du denkst, dass ich eine schlechte Mutter war. Ich weiß, dass du denkst –«

»Das spielt jetzt alles keine Rolle mehr. Mutter. Bitte, du bist die Einzige, die ich fragen kann. Ich habe wochenlang darüber nachgedacht. Und ich frage dich jetzt, weil ich dich, wenn es soweit ist, möglicherweise nicht mehr fragen kann. Ich kann dich nur noch mit diesen Augen ansehen.«

»Das ist nicht fair. Das ist nicht fair.«

»Nein, das ist es nicht. Nichts von all dem ist fair«, stimmte

Mattie ihr zu, mit den Händen immer noch die Lehnen des Sessels ihrer Mutter gepackt, um ihr den Fluchtweg zu versperren, obwohl ihre Mutter mittlerweile reglos dasaß. »Aber so ist es nun mal. Und du musst mir versprechen, dass du das für mich tun wirst, Mama«, erklärte Mattie ihr. »Du wirst wissen, wann es Zeit für mich ist zu gehen. Du wirst wissen, wann es grausam wäre, mich weiter am Leben zu halten, und du wirst mir helfen.«

»Das kann ich nicht.«

»Bitte«, beharrte Mattie mit lauter werdender Stimme, »wenn du mich jemals geliebt hast, dann musst du mir versprechen, mir zu helfen.« Mattie sah ihrer Mutter direkt in die Augen, sodass diese den Blick weder abwenden noch die Augen verschließen konnte vor der Wahl, vor die sie gestellt war. Die Hunde um sie herum hechelten im Chor, als würden auch sie auf ihre Entscheidung warten.

»Ich weiß nicht, ob ich das kann.«

»Du musst.«

Mattie sah, wie ihre Mutter in stummer Zustimmung die Schultern sacken ließ und ihren Blick niederschlug.

»Versprich es«, drängte Mattie. »Du musst es mir versprechen.«

Ihre Mutter nickte. »Ich verspreche es«, sagte sie schließlich.

»Und du darfst kein Wort von all dem zu Jake sagen. Du darfst nichts –«

»Was ist hier los?«, fragte Kim von der Tür.

Mattie fuhr so hastig herum, dass sie um ein Haar das Gleichgewicht verloren hätte und von dem Sofa gerutscht wäre. Sie stützte sich mit einer Hand ab und rappelte sich auf die Füße. »Wie lange stehst du schon da?«

»Ich habe gehört, wie du Grandma Viv angeschrien hast.«

»Ich habe nicht geschrien.«

»Also für mich hat es sich wie Schreien angehört.« Kim

drängte schrittweise weiter ins Zimmer, den tief schlummernden, winzigen weißen Welpen im Arm.

»Du weißt doch, dass deine Mutter manchmal einfach ein bisschen aufgeregt ist«, sagte Grandma Viv.

»Und worüber ist sie aufgeregt?«

»Über deinen neuen kleinen Hund natürlich«, antwortete Mattie und ging auf Kim zu. »Darf ich ihn mal halten?«

»Du musst ganz vorsichtig sein«, ermahnte Kim sie, und ihr Blick wanderte besorgt von ihrer Mutter zu ihrer Großmutter, als sie den Welpen in Matties zitternde Hände legte.

Der kleine Hund war so weich und warm, dass Mattie ihn, selbst überrascht und mit sichtbar bebenden Händen, an ihre Wange drückte und sanft an ihre Haut schmiegte.

»Du wirst ihn doch nicht fallen lassen, oder?«, fragte Kim.

»Vielleicht nimmst du ihn besser wieder.« Mattie drückte den Welpen in die wartenden Hände ihrer Tochter und warf einen Blick zu ihrer Mutter, die, rote Flecken im ansonsten blassen Gesicht, wie vom Donner gerührt dasaß. »Wir sollten wohl demnächst aufbrechen«, sagte Mattie.

»Ich komme nicht mit«, verkündete Kim.

»Was?«

»Wer kommt wohin nicht mit?«, fragte Jake, der in diesem Moment den Raum betrat, von Mattie zu ihrer Mutter und wieder zurück sah und mit Blicken fragte, ob alles in Ordnung war.

Mattie versuchte zu lächeln und nickte.

»Ich übernachte heute hier«, erklärte Kim. »Ich möchte George nicht alleine lassen. Das heißt, wenn du nichts dagegen hast, Grandma Viv.«

»Wenn deine Eltern es erlauben«, hörte Mattie ihre Mutter mit ungewohnt monotoner Stimme sagen.

»Natürlich«, sagte Mattie, plötzlich voller Stolz auf ihr einziges Kind. »Du bist wirklich süß«, erklärte sie Kim ein paar Minuten später auf der Schwelle der Haustür und hauchte einen Kuss auf ihre Wange. Sie verstand, dass Kims Entscheidung zu bleiben nicht nur ihren neuen kleinen Hund betraf, sondern dass sie ihre Großmutter genauso wenig allein zurücklassen wollte.

»Süße sechzehn«, erwiderte Kim mit einem verlegenen Knicks.

»Vorsichtig«, mahnte Matties Mutter, als Jake Matties Ellbogen fasste und sie zum Wagen führte. »An machen Stellen ist es immer noch glatt.«

»Ich melde mich, Mama.«

Ihre Mutter nickte, von bellenden Hunden umringt, und schloss die Tür.

»Und, wie ist es gelaufen?«

»Es war schwerer, als ich gedacht hatte«, erklärte Mattie Jake.

»Sie ist deine Mutter, Mattie. Sie liebt dich.«

Mattie legte ihre Hand auf Jakes, denn sie wusste, wie schwer ihm dieser Satz über die Lippen kam. Nicht immer liebten Mütter ihre Kinder, wie sie beide wussten. »Ich glaube, auf ihre eigene seltsame Art tut sie das wirklich«, gab Mattie zu, lehnte sich zurück und schloss die Augen, während Jake rückwärts aus der Einfahrt auf die Hudson Avenue setzte. Sie sah die versteinerte Miene ihrer Mutter vor sich in dem Moment, als sie ihr die Neuigkeit von ihrem Zustand anvertraut hatte. Würde ihre Mutter ihr gegenüber Wort halten? War es realistisch zu erwarten, dass sie im Tod für sie da sein würde, wie sie es im Leben nie gewesen war? War diese Bitte überhaupt vernünftig? Mattie schüttelte den Kopf, entschlossen, nicht über etwas zu grübeln, das nicht in ihrer Macht stand.

»Hast du Lust, ins Kino zu gehen?«, fragte Jake.

»Ich bin irgendwie müde. Hättest du was dagegen, wenn wir einfach nach Hause fahren?«

»Nein, kein Problem. Was immer du willst.«

Mattie lächelte, die Augen noch immer geschlossen. Was immer du willst. Wie oft hatte sie ihren Mann das in den vergangenen sechs Wochen sagen hören? Er strengt sich so sehr an, dachte sie. Er war jeden Abend zum Essen zu Hause, arbeitete nach Möglichkeit in seinem heimischen Büro, machte am Wochenende Besorgungen mit ihr, guckte neben ihr im Bett Fernsehen und überließ ihr sogar die Fernbedienung. Wenn er nicht arbeitete, war er an ihrer Seite. Und wenn er an ihrer Seite war, hielt er ihre Hand oder umfasste ihre Hüfte, und wenn sie miteinander schliefen, was sie mehrmals die Woche taten, war es so gut wie immer. Stellte er sich Honey vor, wenn er ihren Nacken liebkoste? fragte Mattie sich. Waren es Honeys Brüste, an denen er saugte, Honeys Beine, die er spreizte, wenn er in sie eindrang? Rasch verdrängte sie das ungebetene Bild. Soweit sie wusste, hatte er Honey überhaupt nicht gesehen. Schließlich hatte sein Tag auch nicht mehr als 24 Stunden und jeder Mensch nur ein begrenztes Maß an Energie. Trotzdem, wo ein Wille ist, ist auch ein Weg. Lautete so nicht das alte Sprichwort?

Wo ein Wille ist, ist auch ein Weg, wiederholte Mattie stumm und fragte sich, warum die Menschen Klischees verachteten. Klischees hatten etwas ungeheuer Beruhigendes. Sie kündeten von Vorhersagbarkeit, Vertrautheit und Dauer. Je unsicherer ihre Gesundheit wurde, desto mehr wusste Mattie diese einfachen Wahrheiten und pauschalen Verallgemeinerungen zu schätzen: Liebe bewegt die Welt, Liebe überwindet alles, im zweiten Anlauf klappt die Liebe besser.

Nur, dass es nie einen Ersten gegeben hatte.

»Wie wär's, wenn wir beim Supermarkt anhalten und ein paar Steaks mitnehmen?«, fragte Jake. »Ich brate phantastische Steaks, wenn du dich erinnerst.«

»Klingt himmlisch.« Mattie bewunderte die Begeisterung in der Stimme ihres Mannes. Er hätte auch einen großen Schauspieler abgegeben, dachte sie, bevor ihr der Gedanke kam, dass es wahrscheinlich gar keinen so großen Unterschied machte, ob man vor Gericht oder auf einer Bühne Gefühle vorspielte. Oder im Schlafzimmer.

Der Wagen kam abrupt zum Stehen, und als Mattie die Augen aufschlug, parkten sie vor einem mittelgroßen Supermarkt an der Norton Avenue. »Ich bin gleich wieder da«, sagte Jake im Aussteigen.

»Ich komme mit dir.«

Sofort war er auf ihrer Seite, öffnete ihre Tür, half ihr aus dem Wagen und eskortierte sie in den hell erleuchteten Laden. »Hier entlang«, wies Jake den Weg und führte Mattie durch die Lebensmittelabteilung, vorbei an Gängen mit Dosenfrüchten und Corn-Flakes-Packungen, Fruchtsäften und Papierhandtüchern, zu einer überraschend großen Fleischabteilung am Ende des Ladens. Die Art, wie er sich mühelos und zielstrebig durch die Gänge bewegte, verriet Mattie, dass er schon einmal hier gewesen war. Mit Honey?, fragte sie sich und versuchte ihre plötzliche Traurigkeit mit einem Lächeln zu kaschieren.

»Du scheinst dich ja gut auszukennen«, bemerkte sie trotz aller guten Vorsätze, den Mund zu halten.

»Supermärkte sind im Grunde doch alle gleich, oder?«, bemerkte er leichthin, griff nach mehreren in Plastikfolie verpackten Steaks, musterte sie sorgfältig, legte sie ins Regal zurück und wählte ein paar andere.

»Wie wär's mit denen?«, fragte Mattie und griff nach einem Fleischpaket. »Die sehen ziemlich gut aus.« Sie wollte Jake die Steaks gerade zur Begutachtung anreichen, als ein plötzliches Zittern wie ein kleines Erdbeben ihren Arm erfasste und hoch riss, als wäre er schwerelos und nicht mehr mit dem Rest ihres Körpers verbunden. Die Steaks flogen aus ihrer Hand durch den Gang und verfehlten nur knapp eine andere Kundin, bevor sie eine Pyramide mit exotischen Käsesorten zum Einsturz brachten.

»Was zum –?«, rief die Kundin und starrte Mattie wütend an.

»O Gott«, rief Mattie und vergrub ihre Hände in ihren Achselhöhlen. Ihr war plötzlich übel und schwindlig, die aufsteigende Panik trieb ihr kalten Schweiß auf die Stirn. Es passierte schon wieder. Genau wie in der Küche ihrer Mutter. Nur, dass sie nicht mehr in der Küche ihrer Mutter war. Sie befand sich an einem öffentlichen Ort. Wie konnte sie Jake das antun? Sie wagte es nicht, ihn anzusehen, weil sie wusste, dass sie den Ausdruck des Entsetzens und Ekels nicht ertragen würde, den sie dort sicher erblicken würde.

Und dann segelte ein zweites Steakpaket durch den Gang. Und dann noch eins.

Matties Blick schoss zu ihrem Mann, der sich lausbübisch von einem zum anderen Ohr grinsend über die Fleischtruhe beugte und weitere Pakete herausnahm.

»Mein Gott, was machst du denn da?«, fragte Mattie, unsicher, ob sie lachen oder weinen sollte, während er zwei weitere Steaks durch den Gang segeln ließ.

»Das macht Spaß«, sagte Jake und schleuderte zwei weitere Fleischpakete. »Komm, jetzt bist du wieder dran.« Die Kundin rannte in Deckung, als Jake Mattie ein weiteres Steak in die Hand drückte.

Bevor sie lange überlegen konnte, schleuderte Mattie das verpackte Fleisch über ihre Schulter und hörte, wie es krachend in ihrem Rücken landete, dicht gefolgt von Jakes Sperrfeuer aus Lammkoteletts. Als der Supermarktleiter mit einem Mann vom Sicherheitsdienst kam, war der komplette Inhalt der Fleischtruhe über den Fußboden verteilt, und Mattie und Jake waren vor Lachen so erschöpft, dass sie sich weder erklären noch entschuldigen konnten.

24

»Ich glaube, ich könnte noch ein Gläschen vertragen.« Jake sah sich in der altmodischen italienischen Trattoria um und signalisierte dem beschäftigten Kellner, dass er noch einen Rotwein wollte. Das bekannte Restaurant lag an der East Chestnut Street, gleich nördlich des Water Tower Place, nur ein paar Blocks von seinem Büro entfernt, und zählte zu den Lieblingsläden der Anwälte in seiner Kanzlei, von denen auch zwei in einer schummrig beleuchteten Ecke mit ihren Gattinnen speisten. Bis jetzt hatten sie ihn noch nicht entdeckt, und dafür war Jake über die Maßen dankbar. Es waren die beiden Kollegen, die er am wenigsten mochte – privat nannte er sie Tweedle-Dumm und Tweedle-Dümmer –, außerdem hatte er für einen Tag genug Aufregung gehabt. Er grübelte erneut darüber nach, welche seltsame Macht im Supermarkt von ihm Besitz ergriffen hatte, und beschloss, dem Ganzen keine allzu große Bedeutung zuzuschreiben, sondern es als schlichte Spontanität abzutun. Die Sache war nur, dass Jake Hart alles andere als ein spontaner Typ war. Honey behauptete, dass sogar seine scheinbar beiläufig und unüberlegt dahingeworfenen Bemerkungen sorgfältig recherchiert und einstudiert waren. Honey, dachte er und schloss bestürzt die Augen, als ihm einfiel, dass er sie den ganzen Tag nicht angerufen hatte und wie enttäuscht sie sein würde – mit der Situation an sich und mit der Art, wie sich die Dinge zwischen ihnen entwickelten. (»Ein Anruf dauert nur eine Minute«, konnte er sie sagen hören. »Das ist doch nun wirklich nicht zu viel verlangt, Jason.«)

Böser Jason, böser Jason, böser Jason.

Böserjason, böserjason, böserjason.

»Irgendwas nicht in Ordnung?«, fragte Mattie.

Jake öffnete die Augen und sah die Frau, mit der er seit sechzehn Jahren verheiratet war, über die rot-weiß karierte Tischdecke hinweg an. Sie sah nicht viel älter aus als an dem Tag, an dem sie geheiratet hatten, dachte er, während er beobachtete, wie die auf dem Tisch brennende Kerze ein warmes Licht auf ihren normalerweise blassen Teint warf. Sie trug ihre Haare ein wenig länger als bei ihrem Kennenlernen und hatte in den letzten Monaten leicht abgenommen, sodass ihr von Natur ovales Gesicht ein wenig hager wirkte, doch sie war noch immer eine wunderschöne Frau, wahrscheinlich die schönste Frau, die er je gesehen hatte. »Mir ist gerade aufgefallen, dass ich unseren Hochzeitstag vergessen habe«, sagte er und merkte, dass das sogar stimmte. »Der 12. Januar, nicht wahr?«

Mattie lächelte. »Knapp daneben.«

Er lachte. »Tut mir Leid.«

»Das macht nichts. Das hast du vorhin wettgemacht.« Ihr Lächeln wurde breiter. »Das war das erste Mal, dass ich aus einem Supermarkt rausgeflogen bin.«

»Ich muss zugeben, dass ich mich prächtig amüsiert habe.«

Sie lachten gemeinsam, ein Lachen das Echo des anderen, bis ihr Gelächter sich überlappte, miteinander verband und eins wurde.

»Das ist ein nettes Restaurant«, sagte Mattie und sah sich um. »Die Plastiktrauben und alten Weinflaschen sind super. Eine nette Abwechslung zu dem High-Tech-Ambiente, das man jetzt sonst überall sieht.

»Diesen Laden gibt es schon ewig«, sagte Jake. »Und das Essen ist großartig.«

»Ich freue mich jedenfalls schon drauf. Ich habe einen Riesenhunger.«

Jake sah auf seine Uhr. Fast halb acht. Der Service war heute Abend besonders langsam. Sie hatten ihre Bestellung – Fettucine mit roter Muschelsauce für Mattie, mit Rindfleisch gefüllte Ravioli und einen Caprese-Salat für Jake – vor fast vierzig Minuten aufgegeben. Jake hatte schon zwei Gläser Wein verputzt. Er hätte gleich eine Flasche bestellen sollen, dachte er, obwohl es immer irgendwie unangemessen wirkte, für sich alleine gleich eine ganze Flasche zu bestellen. Mattie hielt sich an Mineralwasser, was wahrscheinlich eine gute Idee war. Sie hatte wahrlich einen ziemlich anstrengenden Tag hinter sich. Er streckte den Arm aus, nahm ihre Hand in seine und spürte das vertraute Zittern.

»Alles okay, Jake«, versicherte sie ihm.

Er lächelte. Sollte er nicht eigentlich sie aufbauen?

»Du hast mir noch gar nicht von dem Interview mit *Now* erzählt«, sagte Mattie

»O Gott, nein.« Jake schüttelte den Kopf. »Es war eine einzige Katastrophe.«

»Eine Katastrophe? Wie das?«

Jake wedelte eine Hand vor dem Gesicht, als wollte er eine allzu unangenehme Erinnerung verscheuchen. »Miss Istbister –«

»Wer?«

»*War*bister.«

»Was?«

Sie brachen unvermittelt erneut in Gelächter aus, obwohl Jake an Matties verwirrtem Gesichtsausdruck erkannte, dass sie nicht genau wusste, warum eigentlich. »Die fragliche Autorin«, erklärte Jake und dachte glucksend daran, wie die überraschte Reporterin mit ihrem Kassetten-Rekorder gekämpft hatte, als er sie aus seinem Büro geworfen hatte, »war an einem persönlicheren Ansatz interessiert, als ich zu liefern gewillt war.«

Mattie legte den Kopf zur Seite. »Wie persönlich?«

»Sie hat nach meinen Eltern und meinen Brüdern gefragt«, sagte Jake, und das Bild der Journalistin wurde von den traurigen Gesichtern seiner Brüder Luke und Nicholas überlagert. Er versuchte vergeblich, sie wegzublinzeln.

Der Kellner kam mit Jakes Wein. »Das geht auf Kosten des Hauses«, sagte er, als Jake nach dem Glas griff, »mit unserer aufrichtigen Entschuldigung für die Verzögerung. Wir hatten in der Küche ein paar Probleme, doch jetzt ist alles geklärt, und Ihr Essen sollte jeden Augenblick kommen.«

»Kein Problem«, sagte Jake, hob das Glas zu einem Salut und sah in der dunkelroten Flüssigkeit das Spiegelbild seines Bruders.

»Pas de problème«, wiederholte Mattie leise auf Französisch. »Merci.«

»Das ist nicht fair. Du hast geübt.«

»Bei jeder Gelegenheit. Ich kann immer noch nicht glauben, dass wir wirklich fliegen.«

»Glauben Sie es ruhig, meine Dame. Alles bestätigt und im Voraus bezahlt. Noch fünf Wochen, und wir sind auf dem Weg nach Paris, in die Hauptstadt Frankreichs.«

»Du klingst ja richtig aufgeregt.«

»Ich bin aufgeregt«, sagte Jake und merkte, dass es stimmte. Er hatte so lange so getan, als würde er sich auf diese Reise freuen, dass seine Freude echt geworden war. Und diese unerwartete Entwicklung überraschte niemanden mehr als ihn selbst. »Mein Bruder Luke hat immer davon gesprochen, Europa zu bereisen«, hörte er sich sagen. Warum hatte er das jetzt erwähnt?

»Irgendein bestimmtes Ziel?«, fragte Mattie.

»Nicht, dass ich mich erinnern könnte. Er sprach davon, von einem Ende des Kontinents zum anderen zu trampen.« Was war mit ihm los? Hatte er nicht gerade erfolgreich von seiner Vergangenheit abgelenkt? Warum kreisten seine Gedanken jetzt dorthin zurück? Die Ereignisse des Nachmittags hatten ihn offensichtlich verwirrt, und der Zwischenfall in dem Supermarkt in Verbindung mit mehreren Gläsern teurem Rotwein hatte sein übliches Gleichgewicht offenbar gestört und seine Zunge gelöst. Jake führte das Glas an die Lippen und trank einen großen

Schluck. Er konnte sie genauso gut noch ein wenig mehr lösen, dachte er, als Luke ihm vom Boden des Glases zuzwinkerte.

»Rede mit mir, Jake«, machte Mattie ihm leise Mut. »Erzähl mir von Luke.«

Sofort spürte Jake ein Zerren an seinem Herzen, als ob es von einem Angelhaken aufgespießt worden wäre und jeden Moment hilflos zappelnd aus seiner Brust gerissen zu werden drohte. Er blickte zu der Ecke des Restaurants, wo die Kollegen Tweedle Dumm und Dümmer mit ihren Gemahlinnen saßen und entspannt lachten. Eine der Ehefrauen ertappte ihn und stieß ihren Mann an, der sich umdrehte, Jake erkannte und rasch seinen Partner anstieß. Bald winkten ihm alle vier Tweedles lächelnd quer durch den Raum zu. Pflichtschuldig erwiderte Jake ihr Lächeln und parodierte ihre übertrieben fröhlichen Gesten. »Meine früheste Erinnerung ist, wie mein Bruder Luke schreit«, sagte er mit zusammengebissenen Zähnen und konzentrierte sich wieder ganz auf Mattie. Schließlich hatte er diesen verdammten Weg selbst eingeschlagen. Nun konnte er ihn auch zu Ende gehen.

»Warum hat er geschrien?«

»Meine Mutter hat ihn geschlagen«, erwiderte Jake achselzuckend. Nichts Außergewöhnliches, sollte diese Geste sagen.

Mattie verzog mitleidig das Gesicht. »Wie alt war er?«

»Vier ... fünf ... sechs ... sieben ... siebzehn«, leierte Jake herunter. »Die vielen Schreie haben sich mit der Zeit zu einem einzigen Schreien vermischt. Sie hat ihn an jedem Tag seines Lebens geschlagen.«

»Das ist ja furchtbar.« In Matties Augen standen Tränen. »Und er hat nie zurückgeschlagen?«

»Er hat nie zurückgeschlagen«, wiederholte Jake. »Nicht einmal, als er größer war als sie. Nicht einmal, als er die böse Hexe mit einem einzigen kurzen Schlag ins Himmelreich hätte schicken können.«

»Und dein Vater?«

Jake sah seinen Vater vor sich, in seinem braunen Sessel vor dem Kamin im Wohnzimmer, das Gesicht verborgen hinter der allgegenwärtigen Zeitung in seinen Händen, deren dünnes Papier schützend und abweisend war wie eine schwere Rüstung. »Er hat nie etwas unternommen. Er hat einfach dagesessen und seine verdammte Zeitung gelesen. Und wenn es wirklich schlimm wurde, hat er die Zeitung beiseite gelegt und das Haus verlassen.«

»Er hat nie versucht, sie aufzuhalten?«

»Er hatte Wichtigeres zu tun, als der Vater seiner Kinder zu sein.« Jake hielt inne und sah Mattie direkt in die Augen. »Genau wie ich.«

»Du bist nicht wie er, Jake.«

»Nicht? Wo war ich denn, als Kim aufgewachsen ist?«

»Du warst da.«

Jake lachte höhnisch. »Ich war morgens aus dem Haus, bevor sie aufgestanden ist, und bin in der Regel abends nicht nach Hause gekommen, bevor sie schlief. Wann war ich wirklich für sie da?«

»Du bist jetzt da.«

»Jetzt ist es zu spät.«

»Es ist nicht zu spät.«

»Sie hasst mich.«

»Sie liebt dich.« Mattie streckte den Arm aus und ergriff Jakes Hand. »Du darfst bei ihr nicht aufgeben, Jake. Sie wird dich in der nächsten Zeit sehr dringend brauchen. Sie wird ihren Vater brauchen. Ein Mädchen braucht seinen Vater immer«, flüsterte Mattie und dachte an den Nachmittag, an dem sie in Santa Fe angerufen hatte, um ihrem Vater von seinem neuen Enkelkind zu erzählen, und nur erfahren hatte, dass Richard Gill drei Monate zuvor unerwartet an einem Herzinfarkt verstorben war. »Du bist ein guter Vater, Jake«, versicherte Mattie ihm. »Ich habe euch beide beobachtet. Du bist ein wunderbarer Vater.«

Jake versuchte zu lächeln. Seine Lippen zuckten, bis sie vor der Anstrengung kapitulierten, sich aufeinander pressten und schmal wurden, während die Tränen mit Macht in seine Augen drängten. Er spürte, wie sein Arm bebte, und war sich nicht mehr sicher, ob es seine oder Matties Hand war, die zitterte. »Ich bin ein Schwindler, Mattie, ich bin mein ganzes Leben lang ein Schwindler gewesen. Meine Mutter wusste das. Sie hat das ziemlich von Anfang an erkannt. Sie könnte dir einen Vortrag halten, wenn sie jetzt hier wäre.«

»Warum sollte ich auf irgendetwas hören, was diese furchtbare Frau zu sagen hat?«, erwiderte Mattie heftig. »Und warum solltest du das tun?«

»Du kennst nicht die ganze Geschichte.«

»Ich weiß, dass du deinen Bruder sehr geliebt hast.«

Jake trank sein Glas mit einem weiteren großen Schluck leer. Er verspürte einen sanften Glimmer, ein wohliges Gefühl am Ende der Wirbelsäule, das seinen Hals ein kleines bisschen von seinen Schultern absetzte, sodass sein Kopf sich anfühlte, als würde er frei schweben. Er stellte sich vor, dass Luke neben ihm schwebte, ein großer schlaksiger Junge, der sich in seiner Haut nie wirklich wohl gefühlt hatte. Immer sehr still, sehr sensibel. »In vielerlei Hinsicht war es, als ob ich und nicht Luke der Älteste gewesen wäre«, sagte Jake, und seine Gedanken verwandelten sich in Worte, die ihm erstaunlich leicht über die Lippen kamen. »Ich war der Anstifter, der Organisator, der Alleswisser, derjenige, der sich um die Sachen gekümmert hat. Er war der Träumer, der davon sprach, durch Europa zu trampen und sich einer Rock'n'Roll-Band anzuschließen...«

Mattie nickte aufmunternd und sah durch Jakes nachdenklich verschleierte blaue Augen direkt in seine Seele. Er wollte den Blick abwenden, konnte es jedoch nicht. Er wollte nicht, dass jemand in seine Seele blickte. Es war ein dunkler, böser Ort, den er mit niemandem teilte. Deshalb war er erstaunt, als er seine Stimme fortfahren hörte, als verfügte sie über einen eigenen Willen.

»Als ich in Kims Alter war«, hörte er sich in das einlullende Brummen hinein sagen, das sich in seinen Ohren eingenistet hatte, »mieteten meine Eltern für ein paar Wochen eine Hütte am Michigansee. Es war ein ziemlich einsamer Ort mit nur wenigen anderen Hütten in der Umgebung. Luke war gerade achtzehn geworden. Nicholas war vierzehn. Nick war schon damals ein ziemlicher Einzelgänger, der gleich morgens früh verschwand und, bis es dunkel wurde, nicht wieder gesehen wurde. Deshalb haben Luke und ich mehr oder weniger den ganzen Tag zusammengehangen.

Anfangs war es okay. Solange das Wetter gut war, gingen wir schwimmen, unternahmen Kanufahrten oder warfen einen Baseball hin und her. Mein Vater saß auf dem Steg und las seine Zeitung. Meine Mutter lag in der Sonne. Doch dann fing es an zu regnen und hat bestimmt drei Tage lang nicht wieder aufgehört. Uns hat es nichts ausgemacht, aber meine Mutter ist völlig durchgedreht. Ich kann sie immer noch zetern hören. ›Wir haben doch das ganze Geld nicht ausgegeben, um den lieben langen Tag in einer verdammten hässlichen Hütte zu hocken!‹ Und dann fiel sie über jeden her, der gerade in ihrer Nähe saß, und das war meistens Luke. ›Leg das verdammte Buch weg. Was bist du bloß für ein Junge? Etwa so eine Schwuchtel?‹« Jake schüttelte den Kopf, so als wollte er die unangenehme Erinnerung abschütteln.

»An einem dieser verregneten Tage saßen Luke und ich jedenfalls am Küchentisch und spielten Monopoly. Meine Mutter langweilte sich und war gereizt und fing an, auf Luke rumzuhacken, sie höhnte, dass er seinen kleinen Bruder nicht einmal bei einem einfachen Brettspiel besiegen könnte, der übliche Mist halt, der schon, so lange wir uns erinnern konnten, aus ihrem Mund quoll. Und Luke saß einfach da, nahm es wie immer hin und wartete, dass der Sturm wieder abflaute. Normalerweise ging ihr nach einer Weile der Dampf aus, doch sie war wütend, weil mein Vater in die Stadt gefahren war, und sie hatte getrunken. Als Luke nicht reagierte, nahm sie seine ordentlich sortierten kleinen Spielgeld-Häufchen vom Tisch und warf sie in die Luft. Luke rührte sich nicht, sondern saß bloß da und warf mir diesen winzigen Blick zu, den wir uns immer zuwarfen, wenn es besonders schlimm wurde – es war eine Art Zeichen zwischen uns, dass wir die Sache unter Kontrolle hatten. Was natürlich nicht der Fall war.«

»Was ist passiert?«

»Sie fing an, Luke einen Schwulen und widerlichen Homo zu nennen, jedes nur erdenkliche Schimpfwort warf sie ihm an den Kopf. Ich erklärte ihr, sie solle den Mund halten, was ihre Wut normalerweise auf mich umlenkte, zumindest ein paar Minuten lang, doch dieses Mal beachtete sie mich gar nicht. Ich meine, sie kochte vor Wut, sie war regelrecht in Rage. Sie warf Karten, Würfel und Spielgeld in der ganzen Hütte herum, bevor sie schließlich das Brett nahm und Luke damit auf den Kopf schlug.

Keine Reaktion. Er hat nicht mal die Hand gehoben, um den Schlag abzuwehren. Er hat mir nur erneut diesen winzigen Blick zugeworfen. Und das hat meine Mutter mitbekommen, was sie natürlich noch wütender gemacht hat. Sie nahm eine Ketchup-Flasche, die auf der Anrichte stand, und warf sie an seinen Hinterkopf.«

»Mein Gott.«

Jake folgte der Szene, die sich vor seinem inneren Auge abspulte wie ein Film im Fernsehen, schilderte sie in Echtzeit weiter. »Die Flasche prallte von seinem Hinterkopf ab, fiel auf den Boden und zerbrach. Alles war voller Ketchup. Meine Mutter schrie Luke an, er solle das sauber machen. Und Luke erhob sich ganz langsam vom Tisch, langsamer, als ich ihn je hatte aufstehen sehen, und ich dachte, das ist es, jetzt bringt er sie um. Er bringt sie um.

Doch stattdessen nahm er einfach ein paar Papiertücher von der Anrichte und fing an, die Sauerei wegzumachen. Und er hörte nicht auf, bis er nicht jede winzige Scherbe aufgehoben und jeden Klecks Ketchup vom Boden, vom Tisch und sogar von den Wänden gewischt hatte. Und meine Mutter stand die ganze Zeit da, lachte ihn aus und nannte ihn immer wieder eine dumme Schwuchtel. Er hockte auf allen Vieren und warf mir erneut diesen winzigen Blick zu, und ich wusste, dass er wollte, dass ich ihn erwidere, aber ich konnte nicht. Ich war so angeekelt von ihm, ich schämte mich so für ihn, ich war so wütend auf ihn, weil er sie nicht umgebracht hatte, dass ich dachte, ich müsste platzen. Willst du wissen, was ich getan habe?«

Mattie sagte nichts, sondern sah Jake nur mit diesen wundervollen blauen Augen an, Augen, die ihm sagten, dass es in Ordnung war, dass sie verstand. Auch wenn er selbst es nicht begreifen konnte.

»Ich habe ihn eine dumme Schwuchtel genannt und bin weggelaufen.«

Mattie hielt den Blick unbeirrt auf ihn gerichtet, selbst als die ersten Tränen über ihre Wangen kullerten.

»Und meine Mutter hat den Kopf in den Nacken geworfen und gelacht«, fuhr Jake fort, der dieses triumphierende Gelächter bis heute hören konnte, ein grausamer Widerhall seines Verrats. »Ich bin nach draußen in den strömenden Regen gelaufen und immer weiter gerannt, bis ich nicht mehr konnte. Dann habe ich mich im Wald versteckt, bis es zu regnen aufhörte und dunkel wurde.

Als ich zurückkam, haben alle schon geschlafen. Ich ging in Lukes Zimmer, um mich zu entschuldigen, um ihm zu sagen, dass die Person, auf die ich wirklich wütend war, für die ich mich ehrlich schämte und die ich in Wahrheit widerlich fand, nicht er war, sondern ich. Weil ich sie nicht selbst getötet hatte.

Aber er war nicht da.

Ich blieb die ganze Nacht wach und wartete auf ihn, doch er kam nicht zurück.« Jake hielt die Luft an und stieß sie in einem schmerzhaften Stöhnen wieder aus. »Am nächsten Morgen haben wir erfahren, dass er in die Stadt getrampt ist, sich gründlich betrunken, ein Boot gestohlen und in einen Pier gerast ist. Er war sofort tot. Wir haben nie erfahren, ob es ein Unfall war oder nicht.«

»Mein Gott, Jake, es tut mir so Leid.«

»Netter Typ, den du da geheiratet hast, was?«

»Du warst damals sechzehn Jahre alt, Jake.«

»Alt genug, um es besser zu wissen.«

»Du konntest es nicht wissen.«

»Er ist tot«, erklärte Jake schlicht. »Das weiß ich.«

Mattie wischte sich die Tränen aus den Augen. »Und Nicholas?«

Jake stellte sich den leicht verwahrlosten Jugendlichen mit den traurigen Augen vor, den er seit mehr als fünfzehn Jahren nicht mehr gesehen hatte. »Nicks Art, mit all dem umzugehen, bestand aus Alkohol, Drogen und die Schule schmeißen. Er ist ein paar Mal mit dem Gesetz in Konflikt geraten, hat ein paar Nächte im Knast verbracht und ist vor etwa zehn Jahren weggezogen und vom Erdboden verschwunden. Ich habe keine Ahnung, wo er jetzt ist.«

»Hast du versucht, es herauszufinden?«

Jake schüttelte den Kopf. »Wozu?«

»Für deinen Seelenfrieden«, antwortete sie schlicht.

»Du glaubst, ich verdiene Seelenfrieden?«

»Ja, das glaube ich«, sagte sie.

Jake spürte frische Tränen in den Augenwinkeln. War Mattie schon immer so verdammt verständnisvoll gewesen?, fragte er sich und sah sich nach dem Kellner um. Hatte er nicht gesagt, dass das Essen jeden Moment kommen würde? Was zum Teufel war los? Wie schwierig konnte es sein, zwei Portionen Pasta zuzubereiten?

»Kurz nach Lukes Tod ist mein Vater bei seiner Freundin eingezogen«, fuhr Jake unaufgefordert fort. »Ein paar Jahre später ist er an Krebs gestorben. Meine Mutter behauptet, sie hätte ihn mit einem Fluch belegt, was ich keinen Moment lang bezweifle, aber es muss sie umgekehrt auch mit einem Fluch belegt haben, denn sie starb im ersten Jahr meines Jurastudiums an demselben Krebs.« Jake hielt inne und lachte laut. Besser als weinen, dachte er. »Jetzt kennst du sie«, sagte er in seinem besten Anwaltston, »die ganze schmutzige Geschichte.«

»Und du hast diese Schuld all die Jahre mit dir herum geschleppt.«

»Eine Schuld, die ich verdient habe, meinst du nicht?«

Mattie schüttelte den Kopf. »Ich finde, mit Schuldgefühlen verschwendet man bloß kostbare Zeit.«

Jake verspürte einen Anflug von Ärger, obwohl er nicht wusste, warum. »Und was schlägst du stattdessen vor?«

»Lass los«, sagte Mattie.

»Einfach so?«

»Es sei denn, es bereitet dir Vergnügen, dich selbst zu quälen?«

Jake spürte, wie der Ärger in das Zentrum seines Gehirns vordrang, den angenehmen Glimmer zerriss und die Fetzen in alle Richtungen schleuderte. »Glaubst du, es macht mir Spaß, mich schuldig zu fühlen?«

Mattie senkte den Blick und zögerte. »Ist es möglich, dass deine Schuldgefühle deine Art sind, an Luke festzuhalten?«

»Das ist doch ein Haufen Blödsinn«, fauchte Jake zurück und überraschte nicht nur Mattie, sondern auch sich selbst mit seiner unvermittelten Heftigkeit. Was redete Mattie da? Mit was für einem primitiven New-Age-Unsinn kam sie ihm da? Wie konnte sie es wagen! Auch wenn sie starb, was gab ihr das Recht? Für wen hielt sie sich, verdammt noch mal, für die beschissenen Joyce Brothers? Sie konnte ihn mal. Was glaubte sie, wer sie war?

»Es tut mir Leid«, entschuldigte Mattie sich hastig. »Ich wollte dich nicht aufregen. Ich wollte bloß he-hel- haln.«

Jake beobachtete, wie Matties Mund sich um diese eigenartige Lautfolge verzerrte. Sofort war sein Ärger vergessen. »Mattie, was ist los?«

»A-ll-besn-«

Jake sah die wachsende Panik in den Augen seiner Frau. Was zum Teufel war los? Er hätte sie nicht so anraunzen dürfen. Verdammt. Das Ganze war seine Schuld. »Möchtest du einen Schluck Wasser?«

Mattie nickte und wollte das Glas, das Jake ihr hinhielt, entgegennehmen, doch ihre Hand zitterte so sehr, dass Jake das Glas nicht loslassen konnte. Sie nippte behutsam daran und schluckte vorsichtig. »Mir geht es gut«, sagte sie langsam nach einer kleinen Ewigkeit. Doch so sah sie nicht aus, dachte Jake. Sie wirkte erregt und verängstigt, in ihren Augen der Blick einer Frau, die sich einem potenziellen Angreifer gegenüber sah.

»Möchtest du gehen?«

Sie nickte wortlos.

Der Kellner kam mit ihrem Essen. »Ich fürchte, wir können nicht bleiben.« Jake warf einen Hundert-Dollar-Schein auf den Teller mit dampfenden Ravioli, half Mattie auf und führte sie, verfolgt vom perplexen Blick des sprachlosen Kellners, eilig zum Ausgang.

»Jake ... Jake!« Jake erkannte die Stimme seiner im Chor nach ihm rufenden Partner und hörte ihre Schritte in seinem Rücken, als er dem Empfangskellner seinen Garderobenschein gab. »Sie wollten doch bestimmt nicht gehen, ohne an unseren Tisch zu kommen und Hallo zu sagen.«

Jake drehte sich zu den beiden Tweedles um, besser bekannt als Dave Corber und Alan Peters. »Tut mir Leid. Meine Frau fühlt sich nicht besonders wohl.«

Die beiden Männer musterten Mattie argwöhnisch. Jake vermutete, dass sie sich an ihren berüchtigten Ausbruch im Gerichtssaal im vergangenen Herbst und die seither in der Kanzlei kursierenden Gerüchte über den Zustand seiner Ehe erinnerten.

»Ich glaube nicht, dass wir schon das Vergnügen hatten.« Dave Corber packte Matties Hand, noch während sie sie mühsam durch den Ärmel ihres Mantels schob.

Mattie lächelte matt. »Ma-Mor-Mana-«

»Verzeihung. Ich habe Sie nicht verstanden.«

»Wir müssen jetzt wirklich gehen«, sagte Jake, legte den Arm um Mattie und spürte, wie sie unter ihrem schweren Wollmantel zitterte, als er sie zur Tür schob.

»Das kleine Frauchen hat also ein großes Problem mit dem Alkohol«, hörte Jake Alan Peters gerade noch laut genug flüstern.

Bevor er sich zurückhalten konnte, bevor er auch nur begriffen hatte, was er tat, fuhr Jake herum, packte seinen überraschten Partner am Kragen, hob ihn von seinen kurzen Beinen und beobachtete, wie die blassen Augen des Mannes in Todesangst hervorquollen, während sein rundes Gesicht vom plötzlichen Sauerstoffmangel rot anlief. »Was haben Sie gesagt?«, wollte Jake wissen, während die Gäste in seiner Nähe den Atem anhielten oder von ihren Plätzen aufsprangen. »Hast du eine Ahnung, was für ein unglaublicher Schwachkopf du bist? Ich bring dich um, du blöder Wichser!«

»Hilfe! Hilfe!«, krächzte Alan Peters panisch.

»Jake, was machen Sie? Lassen Sie ihn um Himmels willen los«, brüllte Dave Corber.

»Irgendjemand soll die Polizei rufen.«

Jake spürte Hände auf seinem Rücken, an seinen Seiten und Armen, die alle miteinander versuchten, seinen Griff um den kurzen gedrungenen Hals von Alan Peters zu lösen.

»Er kriegt keine Luft, Jake. Lassen Sie ihn los. Was haben Sie denn vor?«, wollte Dave Corber wissen, sein Gesicht mittlerweile beinahe so rot wie das seines Partners.

Und dann hörte er sie, ihre Stimme, die sich erst leise und unsicher, dann klarer und fester über den Tumult erhob. »Jake«, flehte Mattie. »Jake, lass ihn los. Bitte lass ihn los.«

Sofort löste Jake seinen Griff um den Hals des Mannes und sah zu, wie er nach Luft ringend auf den Boden sackte. Ohne das fortgesetzte Gekreische der Tweedle-Gattinnen und die erstaunten Rufe der diversen Zuschauer zu beachten, drehte Jake sich um, nahm Mattie in den Arm und drängte mit ihr aus dem Restaurant hinaus in die Dunkelheit.

25

»Jake, haben Sie einen Moment Zeit?«

Es war auf jeden Fall mehr ein Befehl als eine Bitte, Jake wusste das.

»In meinem Büro«, sagte Frank Richardson und legte auf, bevor Jake Zeit hatte zu fragen, worum es ging.

Aber auch das wusste er natürlich längst. Jeder in der Kanzlei wusste es. Jeder im ganzen Gebäude. Ach was, mittlerweile war zweifelsohne der gesamte Juristenstand im Bilde über den Zwischenfall, der sich am vergangenen Freitagabend in der Trattoria ereignet hatte. Ein Anwalt, der in einem voll besetzten italienischen Restaurant auf einen anderen losging, das rangierte gleich neben der Schießerei am O. K. Corral. Vor allem, wenn einer der beteiligten Anwälte der Staranwalt Jake Hart persönlich war.

Gerüchten zufolge war seine Frau irgendwie in die Sache verwickelt. So betrunken, dass sie gelallt hatte, hieß es. Ja, Sir, vollkommen unverständlich, konnte nicht mal ihren Namen sagen. Kaum überraschend. War sie nicht auch verantwortlich für diesen Lachanfall vor Gericht im vergangenen Herbst? Und hatte sie danach nicht betrunken ihren Wagen zu Schrott gefahren und war im Krankenhaus gelandet? Irgendwas in der Richtung. Hatte Jake sie nicht kurz darauf verlassen und war bei einer Freundin eingezogen? Hatte er nicht sowieso immer was nebenbei laufen gehabt? Vielleicht hatten sie darüber in der Trattoria gestritten. Vielleicht hatte sie deswegen so viel getrunken. Der arme Alan Peters. Er wollte nur Hallo sagen. Haben Sie schon gehört? Man konnte die Abdrücke von Jakes Fingern auf seinem Hals sehen. Der arme Mann war von Blutergüssen regelrecht übersät. Er konnte eine ganze Woche lang nicht sprechen.

Jake ließ den Prospekt, in dem er geblättert hatte, eine Broschüre des im Herzen des Quartier Latin gelegenen Hotel Danielle, auf den kleinen Stapel mit Reiseprospekten fallen, der sich im Laufe der Wochen angesammelt hatte, und schob seinen Stuhl zurück. Er stand auf, knöpfte die Jacke seines olivgrünen Anzugs zu, strich die nicht existenten Falten seiner gelb-grünen Krawatte glatt und atmete tief ein, bevor er seine Bürotür aufriss und ins Vorzimmer trat. »Ich bin in Frank Richardsons Büro, wenn Sie mich erreichen müssen«, informierte er seine Sekretärin.

»Sie haben in zwanzig Minuten einen Termin. Cynthia Brome«, fügte sie hinzu, als sie seinen fragenden Blick bemerkte.

»Habe ich die schon mal getroffen?« Warum konnte er sich an nichts mehr erinnern? Diesen Wortwechsel hatten sie heute schon mindestens einmal geführt.

»Nein, es ist der erste Termin.«

Jake nickte halb erleichtert, halb beunruhigt und ging ohne einen Blick für die sanften Landschaften und Blumenstillleben, die die Wände zierten, den langen Flur hinunter. Seit er angefangen hatte, Mattie bei Erkundungsmissionen in diverse Galerien zu begleiten, hatte er gelernt, zwischen echter und lediglich dekorativer Kunst zu unterscheiden. Jake hatte der Kunst zuvor nie viele Gedanken gewidmet und ihr Studium offen gestanden stets für Zeitverschwendung gehalten, eine Ablenkung von wirklich wichtigen Dingen. Worin bestand letztendlich der Unterschied zwischen Impressionismus und Expressionismus, Klassizismus und Kubismus, zwischen Monet und Mondrian, Dalí und Degas?

Jake lachte. Es war ein Riesenunterschied, wie er eines Besseren belehrt worden war. Er wusste, dass ihm mindestens ein Dutzend Augenpaare folgten. Was glotzt ihr so? Er war versucht, die Sekretärinnen anzubrüllen, damit sie auf ihre Kosten kamen, als er an einem unaufgeräumten Schreibtisch nach dem anderen vorbeiging. Doch er sagte nichts, ignorierte ihr vielsagendes Lächeln und das vernehmliche Getuschel, als er um die Ecke bog und auf die Tür am anderen Ende des crèmefarbenen Flures zuging. »Cynthia Broome«, wiederholte er mehrmals laut, um seine Gedanken wieder auf seinen Job zu lenken, und fragte sich, wer sie war und was sie von ihm wollte. Hoffentlich nicht wieder so eine verdammte Reporterin, dachte er und wünschte sich nur, dass es ein leichter Fall sein würde, etwas, was ihm nicht allzu viel Konzentration abverlangen würde. Er hatte schon die ganze Woche Probleme, sich zu konzentrieren. Wahrscheinlich weil er insgeheim damit gerechnet hatte, dass jeden Moment die Polizei bei ihm hereinplatzte, ihm seine Rechte vorlas und ihn wegen tätlichen Angriffs gegen einen Kollegen seines hoch geachteten Standes verhaftete.

»Du solltest ihn wirklich anrufen und dich entschuldigen«, hatte Mattie ihn die ganze Woche gedrängt. Ihre Sprechfähigkeit war mehr oder weniger wiederhergestellt.

»Kommt überhaupt nicht in Frage«, beharrte Jake stur. Nie im Leben würde er sich bei einem eierköpfigen Wichser entschuldigen, der seine Frau beleidigt hatte. Das Arschloch hatte gut daran getan, ihm die ganze Woche aus dem Weg zu gehen. Jake wusste nicht, was er vielleicht tun würde, wenn er ihm im Flur begegnete. Peters fetter Hals hatte sich verdammt gut angefühlt zwischen seinen Händen.

Nicht, dass Jake sich in den vergangenen Tagen nicht ausgiebig entschuldigt hätte. »Tut mir Leid, dass ich so ein Arsch war«, erklärte er Mattie wiederholt.

»Ich war diejenige, die sich danebenbenommen hat«, erwiderte sie jedes Mal rasch. »Was musste ich auch die Amateurpsychologin spielen.«

»Du hast gesagt, meine Schuldgefühle wären eine Art, an Luke festzuhalten. Glaubst du das wirklich?«

»Ich weiß nicht«, gab sie zu.

Was sollte das heißen, sie wusste es nicht? Jake erstarrte. Wie konnte Mattie das tun? Eine riesige Dose mit Würmern aufmachen und sie dann einfach fallen lassen, damit die Würmer aus ihrer behaglichen Dunkelheit ans gefährliche Tageslicht krabbeln konnten.

Jake machte einen kurzen Umweg und verschwand in der Herrentoilette, die zum Glück leer war. Frauen suchten ständig nach einem tieferen Sinn, wo keiner existierte, dachte er, starrte auf sein Bild in dem großen Spiegel über dem grünen Marmorbecken und stellte überrascht fest, wie gefasst und kontrolliert er wirkte. Wenn man einen Mann fragte, warum er ein Sportfan war, antwortete der in der Regel, weil er Sport eben mochte. Und wenn man noch tiefer bohrte, würde man bestenfalls darauf stoßen, dass er Sport eben *wirklich* mochte. Doch das konnten Frauen nicht akzeptieren. Deswegen war es laut Mattie nicht genug, dass er Schuldgefühle hatte, weil er seinen Bruder im Stich gelassen und mit diesem Verrat zu seinem Tod beigetragen hatte. Nein, der eigentliche Grund, warum er sich nach all den Jahren noch immer an diese Schuld klammerte, lag darin, dass es seine Art war, nicht loszulassen, seine Art, alle anderen Gefühle in Schach zu halten. Solange er sich schuldig fühlte, musste er sonst nicht viel empfinden. Schließlich gab es nur begrenzten Raum. Und Schuldgefühle neigten dazu, viel Platz einzunehmen.

Jake benetzte sein Gesicht mit kaltem Wasser. Davon, dass er seine Schuldgefühle benutzte, um seine anderen Gefühle unter Kontrolle zu halten, hatte Mattie gar nichts gesagt. Wer spielte hier jetzt den Amateurpsychologen?, fragte er sich wütend und stieß die Toilettentür heftiger auf als beabsichtigt. Sie krachte gegen die Wand und verfehlte einen nahenden Steuerexperten nur knapp. »Verzeihung«, entschuldigte Jake sich bei dem erschreckten Anwalt, der sich eilig verdrückte. Langsam werde ich richtig gut darin, mich zu entschuldigen, dachte Jake.

Frank Richardson residierte im südöstlichen Eckbüro des 32. Stocks, das mit Abstand größte und begehrenswerteste Arbeitszimmer der Etage, was dem Status des älteren Mannes als einem der Gründungsväter der Kanzlei entsprach. Myra King, seine Sekretärin, die mit siebenundsechzig Jahren beinahe so alt war wie ihr Chef, stand bereits vor der Tür und wartete darauf, Jake hereinzuführen.

»Myra«, begrüßte Jake sie und ging an ihr vorbei in Frank Richardsons Büro.

»Mr. Hart«, erwiderte sie und schloss die Tür hinter ihm, um sich wieder hinter ihrem sicheren Schreibtisch zu verschanzen.

Frank Richardson stand am Fenster und täuschte Interesse für das Geschehen auf der Straße vor. Er war ein Mann von mittlerer Größe und Statur mit einigen widerspenstigen Strähnen, die sich verwegen an seine Schläfen klammerten. Sein Profil war nicht besonders imposant, die Stirn zu ausgeprägt, das Kinn zu fliehend, die Nase zu flach. Doch all das änderte sich, wenn er einem sein Gesicht zuwandte. Denn erst dann spürte man die volle Kraft seiner beinahe einschüchternden Intelligenz hinter seinen dunkelbraunen Augen, die alle seine anderen Züge zweitrangig erscheinen ließen. »Jake«, sagte Frank Richardson freundlich und machte ihm ein Zeichen, auf einem der drei dunkelroten Cocktail-Sessel Platz zu nehmen, die auf einer Seite des Büros um einen gläsernen Couchtisch gruppiert waren. Die andere Hälfte des Raumes wurde von einem halbmondförmigen Schreibtisch beherrscht, der mit Bildern von Franks Kindern und Enkeln voll gestellt war. An der Wand hinter dem Schreibtisch hingen gerahmte Examensurkunden und Ehrungen. Ein großes Gemälde hätte an der Stelle besser gewirkt, etwas Kühnes und Dramatisches von einem Künstler wie Tony Sherman, dachte Jake selbst überrascht und musste an die Ausstellung denken, zu der Mattie ihn in der vergangenen Woche mitgenommen hatte. Oder vielleicht eine von Rafael Goldchains exotischen Fotografien, etwas, das einer ansonsten öden Wand einen Tupfer Farbe und Extravaganz verleihen würde. Jake setzte sich auf einen der Cocktail-Sessel und wurde in seiner Vermutung bestätigt, dass sie nicht besonders bequem waren. Setzen Sie sich, aber bleiben Sie nicht zu lange, sagten die Stühle, während Frank Richardson neben ihm Platz nahm.

»Ich habe gehört, dass Sie den Maclean-Fall abgelehnt haben«, sagte Frank, ohne Zeit mit irgendwelchen Vorreden zu vergeuden.

Offensichtlich ein Mann, der nicht ans Vorspiel glaubte, dachte Jake, und seine Gedanken wanderten zurück in die vergangene Nacht, als Mattie seinen Schwanz geleckt hatte. Sie wollte alles probieren, erklärte sie ihm. »Ich werde schon nicht zerbrechen. Behandle mich nicht wie eine Porzellanpuppe.«

»Jake«, sagte Frank, und seine Augen bohrten sich in Jakes Gehirn. »Der Maclean-Fall«, wiederholte er. »Haben Sie etwas dagegen, mir zu erklären, warum Sie ihn abgelehnt haben.«

Jake verdrängte Matties Zunge in den hintersten Winkel seines Gehirns, nicht zuletzt, um sie vor Franks durchdringendem Blick zu schützen. »Der Junge ist schuldig.«

Frank Richardson sah ihn perplex an. »Und?«

»Ich dachte, dass ich nicht in der Lage sein würde, ihm die bestmögliche Verteidigung zu garantieren, auf die er von Rechts wegen Anspruch hat«, sagte Jake trocken.

»Darf ich Sie daran erinnern, dass der Vater des Jungen Thomas Maclean ist, Gründer und Vorstandsvorsitzender von Maclean's Discount Drugstores, eine der am schnellsten wachsenden Franchise-Ketten in Michigan. Er ist für die Kanzlei Millionen wert, ganz zu schweigen davon, dass der Fall wie für Sie gemacht ist. Er wird monatelang die Titelseiten beherrschen.«

»Eddy Maclean und zwei seiner Neandertaler-Kumpel haben ein fünfzehnjähriges Mädchen vergewaltigt.«

»Nach Angaben des Vaters des Jungen sah das Mädchen eher aus wie zwanzig und hat mehr als bereitwillig mitgemacht.«

»Wollen Sie mir erzählen, dass sie Geschlechts- und Analverkehr mit gleich einer ganzen Bande zugestimmt haben soll? Frank, ich habe eine Tochter, die fünfzehn Jahre alt ist.«

»Aber Ihre Tochter hat nicht irgendeinen Jungen, den sie gerade auf einer Party getroffen hat, ins nächste Schlafzimmer eingeladen.« Frank Richardson faltete seine langen eleganten Finger in seinem Schoß. »Finden Sie irgendwas komisch?«, wollte er wissen, als Jake versuchte ein Lächeln zu unterdrücken.

»Nein, Sir.« Jake hätte beinahe laut losgelacht. Wann hatte er zum letzten Mal jemanden »Sir« genannt? Und warum musste er grinsen, Herrgott noch mal? Er versuchte nicht an Matties Beschreibung des schlaksigen jungen Mannes zu denken, der nackt durch das Zimmer seiner Tochter gehüpft war.

»Hören Sie, Jake, ich verstehe Ihre Empfindlichkeit in diesem Bereich, aber dieser Fall ist wie maßgeschneidert für Sie, und das wissen Sie auch. Sie könnten ihn im Schlaf gewinnen.«

»Ich habe ihn bereits an Taupin übergeben.«

»Maclean will aber Sie.«

»Ich bin nicht interessiert.«

Frank stand auf, trat wieder ans Fenster und gab erneut vor, die Straße zu betrachten. »Wie läuft es zu Hause, Jake?«

Die Maclean-Präambel war also doch ein Vorspiel gewesen, staunte Jake. »Bestens, Sir«, sagte Jake und fühlte sich, als wäre er gerade in die Armee eingezogen worden.

»Ihre Frau –«

Jake spürte, wie sich sein Hals zuschnürte. »Bestens«, wiederholte er, das Wort zwischen widerwilligen Stimmbändern heraus pressend.

»Natürlich hat man mich über die unselige Episode vom vergangenen Freitagabend informiert.«

»Ich bin sicher, Alan Peters konnte es kaum erwarten, Sie über alle grausamen Einzelheiten in Kenntnis zu setzen.«

»Um ehrlich zu sein, doch«, sagte Frank Richardson zu Jakes Überraschung. »Es war Dave Corber, der mir berichtet hat, was geschehen ist. Alan hat kein Wort gesagt. Soweit ich weiß, hat er entschieden, die Sache auf sich beruhen zu lassen.«

Jake entwischte ein Seufzer der Erleichterung.

»Er hatte offenbar den Eindruck, dass Sie unter beträchtlichem Stress stehen und zu Hause offenbar Probleme haben, von denen wir nichts wissen.«

Jake sprang auf. »Wenn Sie nichts dagegen haben, möchte ich mein Privatleben auch privat halten. Es ist wirklich niemandes Angelegenheit –«

»Alles ist meine Angelegenheit, wenn es die Kanzlei betrifft«, unterbrach Frank ihn und wies erneut auf die Stühle. »Bitte setzen Sie sich. Ich bin noch nicht fertig.«

»Bei allem gebotenen Respekt –«, setzte Jake an.

»Sparen Sie sich Ihren gebotenen Respekt«, unterbrach Frank ihn. »Meiner Erfahrung nach neigt jeder, der seine Sätze mit ›bei allem gebotenen Respekt‹ anfängt, dazu, einem genau den nicht zu erweisen.«

»Hören Sie, Frank«, lenkte Jake ein und senkte die Stimme. »Ich habe am letzten Freitag Mist gebaut, ich habe die Fassung verloren und unangemessen reagiert. Ich versichere Ihnen, dass das nicht noch einmal vorkommen wird.« Sollte er Frank die Wahrheit über den Zustand seiner Frau offenbaren?, fragte er sich schwankend. Mattie hatte es all ihren Freunden, den meisten Geschäftspartnern und einigen Kunden erzählt, während er bisher niemanden eingeweiht hatte. Er hatte monatelang eine ungeheure Last mit sich herumgetragen und geriet nun unter ihrem Gewicht ins Straucheln. Sie beeinträchtigte seine Urteilskraft, seine Arbeit und vielleicht sogar seine Karriere. Vielleicht würde es helfen, wenn er sich Frank anvertrauen und die Last von der Seele reden würde.

»Jan Stephens hat mir erzählt, dass Sie ihr Angebot abgelehnt haben, im Ausschuss zur Förderung junger Anwälte mitzuarbeiten«, fuhr Frank Richardson fort, ohne Jakes inneren Monolog zu ahnen.

»Dafür habe ich im Augenblick wirklich keine Zeit, Frank.«

»Wirklich nicht? Nach meinen Informationen sollten Sie über reichlich Zeit verfügen, da Ihre berechenbaren Arbeitsstunden im letzten halben Jahr drastisch abgenommen haben. Sie sind nur selten vor neun Uhr morgens im Büro und um vier häufig schon wieder weg, ganz zu schweigen davon, dass man Sie seit Monaten nicht mehr am Wochenende in der Kanzlei gesehen hat. Oder irre ich mich?«

»Ich arbeite in meinem Arbeitszimmer zu Hause.«

»Soweit ich unterrichtet bin, planen Sie im April einen Urlaub«, fuhr Frank fort, nachdem er Jakes Erklärung mit leicht hoch gezogenen Brauen abgetan hatte. »Ich möchte, dass Sie ihn verschieben.«

»Verschieben? Warum?«

»Wie Sie zweifelsohne wissen, findet in der Stadt im April ein internationaler Juristenkongress statt, und Richardson, Buckley und Lang hat sich bereit erklärt, als einer der Gastgeber zu fungieren. Dabei wird von allen Partnern eine aktive Rolle erwartet.«

»Aber ich hatte nie etwas damit –«

»Höchste Zeit, damit anzufangen, meinen Sie nicht auch?«

»Bei allem gebotenen Resp –«, begann Jake, brach ab und setzte neu an. »Ich fürchte, ich kann meine Pläne nicht ändern, Frank.«

»Würden Sie mir vielleicht erklären, warum nicht?«

»Ich habe seit meinem Eintritt in die Kanzlei keinen Urlaub genommen«, sagte Jake in der Hoffnung, dass das den hochrangigsten Partner der Kanzlei zufrieden stellen würde, obwohl er schon wusste, dass dem nicht so sein würde. »Ich habe ein Versprechen gegeben, Frank. Bitten Sie mich nicht, es zu brechen.«

»Ich fürchte, genau das muss ich tun.«

»Sie bringen mich in eine unmögliche Lage.«

»In unmöglichen Lagen sind Sie besonders gut«, erinnerte Frank ihn, ging zur Tür und legte die Hand auf die Klinke. »Sie stehen kurz davor, zum gleichwertigen Partner ernannt zu werden, Jake. Ich bin sicher, Sie wollen diese Berufung nicht gefährden. Reden Sie noch einmal mit Tom Maclean. Ich weiß, dass ihm sehr daran gelegen ist, Sie an der Seite seines Sohnes zu wissen.«

»Frank –«, begann Jake, als dieser die Tür öffnete. »Es gibt etwas, worüber ich mit Ihnen sprechen muss.«

Frank Richardson schloss die Tür unverzüglich wieder und deutete mit sorgenvoll zur Seite gelegtem Kopf an, dass er ganz Ohr war.

»Es geht um meine Frau.« Jake zögerte und atmete langsam aus. »Sie ist sehr krank.«

»Ich habe entsprechende Gerüchte gehört«, räumte Frank ein, und ein Hauch von Verlegenheit huschte über sein Gesicht und nistete sich in den tiefen Falten unter seinen durchdringenden braunen Augen ein. »Alkoholismus ist eine ernste Krankheit. Ihre Frau verdient Ihr Mitgefühl und Ihre Unterstützung. Aber Sie dürfen nicht zulassen, dass sie Sie mit nach unten zieht. Es gibt zahlreiche Kliniken, an die sie sich wenden kann.«

»Sie stirbt, Frank«, stieß Jake wütend hervor.

»Ich verstehe nicht.«

»Sie hat kein Problem mit dem Trinken. Sie hat eine Krankheit namens amyotrophe Lateralsklerose. Die Lou-Gehrig-Krankheit.«

»Gütiger Gott.«

»Wir wissen nicht, wie lange sie noch –« Jake spürte, wie seine Stimme brach wie ein Abzug, der entsichert wurde, hörte, wie die Worte explodierten und aus seinem Mund schossen wie Granatsplitter, während in ihm ein Damm brach und Tränen über seine Wangen strömten wie Blutstropfen. Was war mit ihm los, verdammt noch mal? »Verzeihen Sie«, schluchzte Jake und sah den Ausdruck des Entsetzens in Frank Richardsons Blick, während er versuchte den unangemessenen Tränenfluss zu dämmen. Doch die Tränen strömten weiter und wollten nicht abebben, wie heftig er auch dagegen ankämpfte. »Ich weiß nicht, was mit mir los ist…« Hatte er gerade wirklich einen Zusammenbruch vor dem hochrangigsten Partner seiner Kanzlei?

Was war mit ihm los? Wo war seine Selbstkontrolle? Warum war er so verdammt erschüttert?

Sicher, er und Mattie waren sich in den vergangenen Monaten näher gekommen, seit er eingewilligt hatte, ihr den Liebhaber vorzuspielen. Aber das war auch alles – reine Schauspielerei. Er versuchte lediglich, einer Sterbenden ihre letzten Monate so angenehm wie möglich zu machen. Mein Gott, er liebte sie doch nicht wirklich. Was war mit ihm los? Was sollte dieser Zusammenbruch in der Öffentlichkeit? Warum gefährdete er seine gesamte Karriere?

»Hören Sie, wegen der Konferenz im April –«, begann Jake.

»Ich bin sicher, wir werden eine Lösung finden, Jake, selbst wenn es bedeutet, die Partnerschaft um ein Jahr zu verschieben.«

»Ich bin sicher, dass ich meinen Terminplan umorganisieren kann.« Jake räusperte sich und hüstelte in seine Hand. »Es gibt keinen Grund, warum Mattie und ich unsere Reise nicht auch im Mai oder Juni machen können.«

»Das wäre natürlich wunderbar«, stimmte Frank zu, und seine Gesichtsmuskeln entspannten sich wieder, auch wenn sein Blick wachsam blieb, auf der Hut vor einem erneuten Ausbruch.

»Und ich setze mich mit Tom Maclean in Verbindung. Ich bin sicher, irgendwas lässt sich arrangieren.«

»Er erwartet Ihren Anruf«, sagte Frank, als hätte es nie einen Zweifel gegeben.

Jake atmete tief ein und zwang sich zu einem Lächeln. »Vielen Dank«, sagte er, obwohl er nicht genau wusste, wofür er sich bei dem älteren Mann bedankte. Wahrscheinlich dafür, dass er die Dinge wieder in die richtige Perspektive gerückt hatte, dachte er und trat auf den Flur.

»Vielen Dank, dass Sie Zeit für mich hatten«, sagte Frank.

»Und bitte richten Sie Ihrer Frau meine herzlichsten Grüße aus.«

»Scheiße, verdammter Mist, Scheiße!«, murmelte Jake vor sich hin, als er an seiner Sekretärin vorbei in sein Büro marschierte. Was zum Teufel sollte er jetzt machen? Wie sollte er Mattie erklären, dass die Reise abgesagt war, wenn auch nur vorübergehend. Gab es irgendetwas, was er vorbringen konnte, um diesen Schlag zu dämpfen? Was konnte er ihr sagen? Dass er nichts dafür konnte? Dass es mildernde Umstände gab? Dass nichts sie davon abhalten konnte, im Mai zu fliegen? Ein Monat würde doch bestimmt keinen so großen Unterschied machen. Mattie würde die unmögliche Zwangslage, in die sie ihn brachte, gewiss verstehen. Sie hatte bestimmt nicht die Absicht gehabt, seine Karriere zu ruinieren. Aber genau das passierte. Und nur, weil er eingewilligt hatte, bei diesem andauernden Vortäuschen einer Ehe mitzuspielen, musste er doch nicht alles abschreiben, wofür er all die Jahre so hart gearbeitet hatte. Es wurde Zeit, die Dinge wieder in der richtigen Perspektive zu sehen und sein Leben wieder aufs Gleis zu setzen. So tun als ob ging eben nur so weit. Irgendwann musste man in die Realität zurückkehren. Das würde Mattie einfach verstehen müssen.

»Cynthia Broome wartet –«, sagte seine Sekretärin und folgte Jake. »In Ihrem Büro«, fuhr sie fort, als die Frau, die auf dem Stuhl vor seinem Schreibtisch saß, aufblickte und ihn anlächelte.

Jake spürte, wie ihm der Atem stockte.

»Kann ich Ihnen noch eine Tasse Kaffee bringen, Miss Broome?«, fragte die Sekretärin.

»Nein, vielen Dank.«

»Ich sitze im Vorzimmer, falls Sie Ihre Meinung ändern.« Jakes Sekretärin trat eilig den Rückzug an und zog die Tür hinter sich zu.

Jake starrte die kleine Frau vor seinem großen Schreibtisch an, während sie sich aus ihrem Stuhl erhob, das runde Gesicht von einem Wust roter Locken umrahmt, der Kragen ihrer weißen Seidenbluse halb unter, halb über ihrer dunkelblauen Kostümjacke. Was machte sie hier?

»Planst du eine Reise?«, fragte Honey und wies auf die Prospekte auf Jakes Schreibtisch. »Vom Hotel Danielle habe ich schon gehört. Es soll überaus reizend sein.«

»Honey, was zum Teufel ist los? Was machst du hier?«

Honey errötete, ihr Gesicht strahlte gleichermaßen Verlegenheit, Scham, Trotz und Hoffnung aus. »Ich wollte dich sehen. Das war die einzige Möglichkeit, die mir eingefallen ist.«

»Und wer ist verdammt noch mal Cynthia Broome?«

»Sie ist die Heldin meines Romans.«

Jake lächelte und machte einen Schritt auf sie zu, zögerte jedoch, sie zu umarmen. »Entschuldige, dass ich die ganze Woche nicht angerufen habe.«

»Das ist schon okay.«

»Es war ziemlich hektisch hier in der Kanzlei.«

»Das verstehe ich. Ich weiß doch, wie beschäftigt du bist.«

»Wie geht es dir?«, fragte Jake.

»Gut. Und dir?«

»Auch gut.«

Honey lächelte gekünstelt. »Hör uns an. Als Nächstes werden wir uns wahrscheinlich noch über das Wetter unterhalten.«

»Honey –«

»Jason«, sagte sie und lächelte unsicher.

Beim Klang seines Taufnamens zuckte Jake unmerklich zusammen. »Du siehst toll aus.«

»Ich war jeden Tag im Sportstudio in der Hoffnung, dass du mir dort über den Weg läufst.«

»Ich war seit Urzeiten nicht mehr im Studio. Tut mir Leid.«

»Das muss dir nicht Leid tun. Ich glaube, ich habe ein paar Pfund abgespeckt.« Honey versuchte zu lachen, doch es klang mehr wie ein verzagtes Schluchzen. »Ich habe dich so vermisst, Jason.«

»Ich dich auch.«

»Wirklich?«

Hatte er sie vermisst, fragte Jake sich. In Wahrheit hatte er sie in eine derart entlegene Nische seines Gehirns verdrängt, dass er die ganze Woche kaum an sie gedacht hatte.

Honey strich ihre widerspenstige rote Mähne aus dem Gesicht. »Ich habe überlegt, sie ganz abzuschneiden«, sagte sie.

»Tu's nicht.«

»Ich weiß nicht. Ich glaube, es ist Zeit für eine Veränderung.«

»Ich liebe dein Haar.«

»Ich liebe *dich*«, erklärte sie mit Tränen in den Augen. »Verdammt, ich habe mir fest vorgenommen, dass ich das nicht tun wollte.« Sie wischte ihre Tränen weg, atmete tief ein, lächelte ihr schiefes Grinsen und steckte trotzig einen Finger in die Nase. »So besser?«, fragte sie.

»Viel besser.«

Sie lachten leise. »Ich könnte es wirklich brauchen, dass du mich in den Arm nimmst«, sagte sie.

»Honey –«

»Nur kurz. Nur lange genug, dass ich weiß, dass du keine Fantasiegestalt bist wie Cynthia Broome.«

Was konnte das schaden?, dachte Jake und nahm sie in die Arme.

»Mein Gott, wie ich das vermisst habe«, flüsterte sie und streckte ihm ihr Gesicht entgegen – ihre Lippen bettelten förmlich um einen Kuss.

Sie fühlte sich eigenartig an in seinen Armen, merkte Jake. Klein, während Mattie groß war. Rund, wo Mattie fest war. Füllig, wo Mattie flach war. Er war es nicht mehr gewohnt, sie in den Armen zu halten, nicht mehr gewohnt, sich zu verrenken, damit ihre Körper sich aneinander schmiegen konnten. Mattie passte viel natürlicher zu ihm, dachte er und zog Honey fester an sich, als wollte er Mattie mit Macht aus seinen Gedanken drücken.

»Ich liebe dich«, sagte Honey noch einmal.

Jake wusste, dass sie darauf wartete, dass er das Gleiche sagte, er wusste, dass ihre Liebeserklärung in Wahrheit eine Bitte war, es von ihm zu hören. Warum konnte er es nicht sagen? Er liebte Honey doch, oder? Hatte er für sie nicht seine Frau und seine Tochter verlassen? Er war nur nach Hause zurückgekehrt, weil Mattie schwer krank war. Er hatte nur zugestimmt, Honey nicht mehr zu treffen, um Mattie glücklich zu machen, weil er sich besser auf die eine konzentrieren konnte, wenn er die andere nicht sah. Er hatte auf jeden Fall die Absicht, zu Honey zurückzukehren, sobald diese ganze schreckliche Geschichte vorbei war. Oder nicht?

Oder nicht?

Was war mit ihm los? Er hätte nicht nur um ein Haar seine Karriere versenkt, wenn er nicht aufpasste, würde er auch noch Honey verlieren, und das alles nur, weil ihm ein kleines Täuschungsmanöver gefährlich entglitten war. Wie sein Termin mit Frank ein Weckruf gewesen war, so war auch Honeys unerwartetes Auftauchen als Cynthia Broome eine Erinnerung an all das, was er zu verlieren hatte, wenn er sich von der fortgesetzten Scharade, die er mit seiner Frau spielte, einlullen ließ.

Er blickte auf Honey hinunter, die ihn mit noch tränenfeuchten, golden schimmernden, braunen Augen erwartungsvoll ansah. Sie war so geduldig und verständnisvoll gewesen. Und sie fühlte sich so gut an, dachte er, küsste sie fest auf die Lippen und umfing ihre Pobacken mit beiden Händen, während er sich die weiche Haut unter ihrer rauen Jeans vorstellte.

»O Jason. Jason«, stöhnte sie, griff mit der Hand unter sein Jackett und zerrte an seinem Hemd. »Schließ die Tür ab«, sagte sie, zog ihre Bluse aus der Jeans und legte seine Hände auf ihre Brüste, während sie ihn wieder und wieder küsste, als wollte sie ihn mit ihrem hungrigen Mund mit Haut und Haaren verschlingen. »Schließ die Tür ab«, drängte sie und führte ihn zu dem Sofa auf der anderen Seite des Büros.

Es wäre so leicht, dachte Jake. Die Tür abschließen, seiner Sekretärin erklären, dass er von niemandem gestört werden wollte. Weder von seinen Partnern noch von seinen Mandanten, noch von seiner Frau. Seine Frau, dachte Jake, während Honeys Zunge sich zwischen seine geöffneten Lippen drängte. Konnte er Mattie das wirklich antun? War es nicht schon schlimm genug, dass er sein Versprechen wegen ihrer Paris-Reise brechen musste? Musste er auch noch ihr Herz brechen?

Mein Gott, Mattie, ich hatte nie die Absicht, dir wehzutun.

Deine Absichten sind mir scheißegal! Ich will deine Leidenschaft. Ich will deine Loyalität. Ich will deine Liebe.

Wie sollte sie es je erfahren?, dachte Jake und küsste die Tränen aus Honeys Augenwinkeln, bevor er ihre Umarmung löste, als ihn plötzlich Matties Augen aus Honeys Gesicht ansahen.

Er begriff, dass Mattie es trotzdem wissen würde. So wie sie es immer wusste.

»Ich kann nicht«, sagte er und ließ hilflos die Arme sinken.

»Jason, bitte –«

»Ich kann nicht. Verzeih mir.«

Honey sagte nichts, nur ihre Unterlippe bebte, während ihr Blick rastlos durch den Raum huschte.

Jake beugte sich vor und vergrub sein Gesicht in Honeys weichen roten Locken, die sich so anders anfühlten als Matties Haar, das feiner und samtiger war. Der unverkennbare Geruch von abgestandenem Zigarettenrauch stieg ihm in die Nase. »Ich dachte, du hättest das Rauchen aufgegeben«, sagte er leise.

»Man kann sich schließlich nicht alles auf einmal abgewöhnen«, erklärte Honey ihm, halb schluchzend, halb resigniert. »Außerdem habe ich einen Bericht gelesen. Man hat zweihundert Leute ausgewählt, von denen hundert geraucht haben und hundert nicht. Und rate mal, was? Sie sind alle gestorben.«

Jake lächelte. Er freute sich tatsächlich, sie zu sehen. Er hatte sie wirklich vermisst.

»Apropos sterben, wie geht's Mattie?« Honey stockte,

schloss die Augen und fuhr sich frustriert mit der Hand durchs Haar. »Ich kann nicht glauben, dass ich das gesagt habe. Bitte verzeih mir, Jason. Es tut mir schrecklich Leid. Mein Gott, das war furchtbar. Wie konnte ich so etwas Schreckliches sagen?«

»Das ist schon okay«, versuchte Jake sie zu beruhigen, obwohl seine Gedanken rasten. Wie konnte sie etwas so Gefühlloses sagen? »Ich weiß, dass du es nicht so gemeint hast.«

»Wirklich?«

»Natürlich.«

»Gut. Denn ich bin mir«, fügte Honey hinzu, während erneut Tränen in ihren großen braunen Augen schimmerten, »ehrlich gesagt nicht mehr so sicher.«

»Was?«

»Ich habe Angst, Jason. Irgendetwas Schreckliches passiert mit mir.«

»Das verstehe ich nicht.«

»Ich auch nicht. Deswegen habe ich ja Angst.«

»Ist mit dir alles in Ordnung?«

»Das hat nichts mit meiner Gesundheit zu tun«, fauchte Honey. »Nicht jeder leidet unter einer tödlichen Krankheit, Jason. Mein Gott, jetzt fange ich schon wieder an. Ich verwandele mich in eine Art Monster.«

»Du bist kein Monster.«

»Nicht? Was bin ich denn? Ich sitze die ganze Zeit da und warte, dass ein Mensch stirbt, ich *bete*, dass er stirbt.«

Jake sagte nichts. Was konnte er sagen?

»Hast du eine Ahnung, wie es ist, jeden Abend mit der Hoffnung einzuschlafen, dass du am nächsten Morgen anrufst, um mir zu erzählen, dass Mattie tot ist? Mein Gott, manchmal hasse ich mich selber dafür.«

»Es tut mir wirklich Leid.«

»Ich habe solche Angst, dich zu verlieren.«

»Du wirst mich nicht verlieren«, sagte Jake, überrascht, wie wenig überzeugend das selbst in seinen eigenen Ohren klang.

»Ich bin schon dabei, dich zu verlieren.« Honey ging zurück zu Jakes Schreibtisch und nahm die Paris-Prospekte in die Hand. »April in Paris. Was für eine wunderbar romantische Idee. Wann wolltest du mir davon erzählen? Oder wolltest du mir bloß eine Postkarte schicken?«

»Es war nur so eine Idee. Im Moment sieht es so aus, als würden wir doch nicht fahren.«

Honey ließ die Prospekte wieder auf den Schreibtisch fallen. »Ich bin eifersüchtig, Jason. Ich bin tatsächlich eifersüchtig auf eine Sterbende.«

»Es gibt keinen Grund, eifersüchtig zu sein. Du weißt, warum ich nach Hause zurückgegangen bin. Du warst einverstanden.«

»Ich war damit einverstanden, mich im Hintergrund zu halten. Ich war nie damit einverstanden zu verschwinden.« Sie schüttelte ihren Kopf, dass ihre roten Locken hin und her flogen. »Ich glaube nicht, dass ich das noch länger aushalte.«

»Bitte, Honey. Wir müssen nur noch ein klein wenig länger durchhalten.«

»Schläfst du mit ihr?«

»Was?«

»Schläfst du mit deiner Frau?«

Jake sah sich hilflos um, während ein plötzliches Pochen in seinen Schläfen eine Kopfschmerzattacke ankündigte. Dies war noch schlimmer als die Auseinandersetzung in dem Restaurant oder der Termin mit Frank. »Ich kann sie nicht verlassen, Honey. Das weißt du.«

»Das habe ich dich nicht gefragt, Jason.«

»Ich weiß.«

Jake wartete, dass Honey die Frage erneut stellte, doch das tat sie nicht. Stattdessen setzte sie ihr schiefes Grinsen auf, wischte sich die Tränen aus den Augen und steckte ihre Bluse wieder in ihre Jeans. Dann straffte sie die Schultern, atmete tief durch und ging zur Tür.

»Honey –«, rief er ihr nach. Doch sie war schon verschwunden.

26

Mattie saß am Küchentisch, vor sich ein aufgeschlagenes Französisch-Lehrbuch, und starrte durch die Glasschiebetür in den Garten. Als ihr Blick auf die beiden Uhren auf der anderen Seite des Zimmers fiel, bemerkte sie, dass sie schon mehr als eine halbe Stunde so dagesessen hatte. Es war erstaunlich, wie viel Zeit sie damit verbringen konnte, absolut nichts zu tun – sich nicht zu bewegen, nicht zu sprechen, kaum zu atmen. So schlimm war es gar nicht, entschied sie und versuchte sich vorzustellen, wie es sein würde, wenn diese Unbeweglichkeit nicht mehr freiwillig sein würde, wenn sie gezwungen sein würde, Stunden, Tage, Wochen, vielleicht sogar Jahre so zu verbringen, unbeweglich, unfähig zu sprechen, kaum in der Lage zu atmen. »O Gott«, seufzte sie, als sie spürte, wie sich die Panik in ihrer Brust breit machte. Das würde sie nie zulassen.

Doch es blieb eine unausweichliche Tatsache, dass sie sich jeden Tag schwächer fühlte, als hätten ihre Muskeln ein kleines Leck wie Reifen, in die sich winzige Nägel gebohrt hatten. Jeden Tag verlor sie auf ihrem Weg ein bisschen mehr Energie. Beim Gehen zog sie die Beine nach, als würde sie schwere Stahlträger schleppen. Und was ihre Hände betraf, hatte Mattie manchmal das Gefühl, dass ihr sogar die Kraft fehlte, sie auch nur zur Faust zu ballen. Bisweilen hatte sie Schluck- und Atembeschwerden. Immer häufiger glitten Stifte aus ihren Händen, die nicht mehr so wollten wie sie, Knöpfe blieben offen, Sätze unbeendet, Mahlzeiten unangerührt.

Sie versuchte, optimistisch zu bleiben, indem sie sich an die jüngsten medizinischen Wunder erinnerte. Mittels genetischer

Manipulation war es einem Wissenschaftler in Montreal gelungen, das Fortschreiten der Amyotrophen Lateralsklerose bei Labormäusen um 65 Prozent zu verlangsamen. Nachdem man das Gen isoliert hatte, versuchten Mediziner jetzt, Medikamente zu entwickeln, die dieses Gen aktivieren konnten, damit es mehr von dem Protein produzierte, das man brauchte, um das Fortschreiten der Krankheit zu hemmen. Doch Mattie wusste, dass es, egal wie schnell die Wissenschaftler auch arbeiteten, zu langsam sein würde, zumindest für sie. »Lasst mir nur noch Paris«, sagte sie leise und wandte ihre Aufmerksamkeit wieder dem Lehrbuch auf dem Tisch zu.

Wie würde sie in Paris zurechtkommen?, fragte sie sich, als die Seiten durch ihre Finger glitten, bis sie sich auf Seite eins wiederfand. Wie sollte sie die charmanten Kopfsteinpflasterstraßen im Quartier Latin bewältigen? Wie die lange Treppe am Montmartre? Wie viel Kraft würde ihr bleiben für die großartigen Schätze des Louvre, des Grand Palais und des Quai d'Orsay? Würde der Zeitunterschied sie beeinträchtigen? Würde sie unter Jetlag leiden? Und wie würde sie den langen Flug überstehen? Lisa hatte sie bereits gewarnt, dass ihr der schwankende Sauerstofflevel im Flugzeug größere Unpässlichkeiten bereiten könnte. Würde sie damit umgehen können?

Es würde schon gehen, hatte Mattie sich beruhigt. Jake hatte ihr einen Stock gekauft, und sie hatte eingewilligt, auf den Flughäfen in Chicago und Paris einen Rollstuhl zu benutzen. Sie hatte Schlaftabletten, Riluzol und ihre treue Flasche Morphium. Wenn sie müde wurde, würde sie sich ausruhen. Sie würde nicht zu stolz sein zu sagen, wenn es ihr zu viel wurde. Vielleicht würde sie sich auch eines dieser motorisierten Dreiräder mieten, von denen Lisa erzählt hatte, und damit durch die Straßen von Paris flitzen.

Das Telefon klingelte.

Mattie überlegte, ob sie warten sollte, bis der Anrufbeantworter ansprang, beschloss jedoch, lieber selbst dranzugehen für den Fall, dass es Kim oder Jake war. In letzter Zeit hatte Mattie ihre Tochter kaum gesehen – wenn Kim nicht in der Schule war, war sie bei der Großmutter und verhätschelte ihren neuen Welpen, bis er alt genug war, von seiner Mutter getrennt zu werden. Und was Jake betraf, so wusste Mattie, dass ihm in den letzten Wochen irgendwas Sorgen bereitet hatte. Sie fragte sich, ob und, wenn ja, wann er ihr erzählen würde, was es war. »Ich sollte lieber drangehen«, sagte Mattie laut, kämpfte sich auf die Beine und schleppte sich langsam zum Telefon. »Hallo?«

»Mrs. Hart?«

»Am Apparat.« Die Frauenstimme am anderen Ende klang unbekannt.

»Hier ist Ruth Kertzer aus Tony Grahams Büro bei Richardson, Buckley und Lang.«

Mattie hatte alle Mühe, sich dieses Sperrfeuer von Namen in der richtigen Reihenfolge zu merken. Warum sollte jemand aus der Firma ihres Mannes bei ihr anrufen? War Jake irgendwas zugestoßen?

»Mr. Graham ist verantwortlich für die Koordination der privaten Dinnerpartys, zu denen einige der Partner während des internationalen Juristenkongresses in Chicago im nächsten Monat einladen, und wollte mit Ihnen ein paar mögliche Termine besprechen.«

»Verzeihung?« Wovon um alles in der Welt redete die Frau? »Ich fürchte, ich kann Ihnen nicht folgen.«

»Mr. Graham dachte, es wäre eine nette Geste, wenn wir statt zu größeren, förmlichen Empfängen in Restaurants oder Hotels zu einer Reihe von kleineren Abendessen mit etwa zwölf bis vierzehn Personen in privater Umgebung einladen würden. Der Name Ihres Mannes steht auf der Liste der Gastgeber. Natürlich kommt die Kanzlei für sämtliche Unkosten auf. Hat Ihr Mann möglicherweise vergessen, das zu erwähnen?«

Offenbar, dachte Mattie und fragte sich, ob es das war, was Jake bekümmert hatte. Wie würde sie mit zwölf bis vierzehn

Fremden in ihrem Haus zurechtkommen? Nun ja, solange sie nicht kochen musste, würde sie es schon irgendwie hinkriegen. Sie fühlte sich offen gestanden sogar ein wenig geschmeichelt. In der Vergangenheit hatte Jake stets davor zurückgeschreckt, sie in offizielle Kanzlei-Termine einzubinden. Dass er sie für stark genug hielt, zu diesem Zeitpunkt ein derartiges Ereignis zu bewältigen, machte sie glücklich, ja, regelrecht optimistisch. »Wann genau soll das Ganze denn stattfinden?«

»Der Kongress geht vom 14. bis zum 20. April. Die betreffenden Abende sind –«

»Das ist unmöglich. Wir sind vom 10. bis zum 21. April nicht da.«

»Sie sind nicht da? Aber Mr. Hart leitet eines der Seminare.«

»Was?« Mattie biss sich auf die Unterlippe. »Nein, das ist unmöglich.«

»Ich habe neulich noch mit ihm gesprochen«, sagte Ruth Kertzer.

»Ähm, hören Sie, es hat da offenbar irgendein Missverständnis gegeben. Kann ich Sie deswegen zurückrufen?«

»Selbstverständlich.«

Mattie legte auf, ohne sich zu verabschieden. Was ging hier vor? Jake hatte nichts von einem Kongress im April gesagt, und sie hatten ihre Reise nach Paris monatelang geplant. Das Ganze musste ein Irrtum sein. Reg dich nicht auf, ermahnte sie sich, als sie spürte, wie ihr Herz schneller zu schlagen begann. Die dumme Frau hatte offensichtlich ihre Termine durcheinander gebracht. Der Kongress war wahrscheinlich erst im Mai oder möglicherweise sogar erst im April nächsten Jahres. Wurden diese Veranstaltungen nicht üblicherweise Jahre im Voraus geplant? Nie würde Jake sein Versprechen brechen, sie nach Paris zu begleiten, vor allem jetzt nicht, wo die Reise nur noch wenige Wochen entfernt war. Nein, das würde Jake ihr niemals antun.

Der alte Jake vielleicht. Der Jake, der kalt, distanziert und zurückhaltend war, der seine Arbeit wichtiger fand als seine Familie, wichtiger als alles andere. Der Jake, der sich nichts dabei gedacht hätte, ihre Pläne in der letzten Minute abzusagen. Der alte Jake, der keinen Gedanken darauf verschwendet hätte, ob er ihre Gefühle verletzt oder ihr den Urlaub verdarb. Aber dieser Jake war vor Monaten ausgezogen. Der Jake, der seinen Platz eingenommen hatte, war ein aufmerksamer, gütiger und sensibler Mann, der ihr zuhörte und sich ihr anvertraute, der mit ihr redete und lachte. Jake Hart war ein Mann geworden, dem Mattie ihre Gefühle anvertrauen konnte, ein Mann, auf den sie sich in Zeiten der Not verlassen konnte. Ein Mann, den sie lieben konnte.

Und ein Mann, dachte sie, der ihre Liebe vielleicht sogar erwidern konnte.

»Das kann nicht sein«, sagte Mattie, nahm den Hörer ab und tippte mit beiden Händen Jakes private Büronummer ein.

»Mattie, was ist los?«, sagte Jake, ohne Hallo zu sagen. In seiner Stimme lag eine Spur seiner alten Ungeduld. Oder bildete sie sich das nur ein. Wahrscheinlich hatte sie ihn bei etwas Wichtigem gestört.

»Ich hatte gerade einen ziemlich irritierenden Anruf«, kam sie gleich zur Sache.

»Was für einen Anruf? Von Lisa?«

»Nein, nichts dergleichen.«

»Ist irgendwas mit Kim? Oder ein Irrer? Oder was?«

»Ruth Kertzer hat angerufen.«

Schweigen am anderen Ende.

»Ruth Kertzer aus Tony Grahams Büro«, stellte Mattie klar, obwohl das andauernde Schweigen deutlich machte, dass er genau wusste, um wen es sich handelte. Die Stille wurde so schwer und dicht, dass Mattie glaubte nach ihr greifen zu können.

»Was wollte sie?«, fragte er schließlich.

»Sie wollte einige Termine mit mir abklären.«

»Termine? Wofür?«

Er klang ehrlich verwirrt. War es möglich, dass er es doch

nicht wusste? Dass das Ganze in der Tat ein Missverständnis war? Dass Ruth Kertzer ihre Termine oder Anwälte durcheinander gebracht hatte?

»Offenbar findet im April in der Stadt irgendein großer Kongress statt«, begann Mattie und bereitete sich darauf vor, mit ihrem Mann über die Unfähigkeit der Sekretärin zu lachen. Doch noch als sie die Worte aussprach, spürte Mattie förmlich, wie ihr Mann aschfahl wurde, und wusste, dass Ruth Kertzer weder ihre Termine noch ihre Anwälte durcheinander gebracht hatte. »Wie ich höre, sind wir Gastgeber eines Abendessens«, sagte sie leise und hielt den Atem an.

»Das ist alles noch gar nicht entschieden«, kam die unbefriedigende Antwort.

»Da ist Ruth Kertzer offenbar anderer Ansicht. Willst du mir erzählen, was eigentlich los ist, Jake?«

»Pass auf, Mattie, das Ganze ist ein bisschen kompliziert. Können wir vielleicht darüber reden, wenn ich nach Hause komme?«

»Sie hat gesagt, du würdest einen Vortrag halten.«

Schweigen. »Man hat mich angesprochen«, sagte er schließlich.

»Und du hast zugesagt?«

Jake räusperte sich. »Es würde nicht bedeuten, dass wir unsere Reise absagen, wir würden sie nur für ein paar Wochen verschieben. Mattie, bitte, ich komme schon zu spät zu einem Termin. Können wir darüber reden, wenn ich nach Hause komme? Ich verspreche dir, dass sich das alles regeln lässt.«

Mattie biss fest auf ihre Unterlippe. »Sicher«, sagte sie. »Wir reden, wenn du nach Hause kommst.« Sie wartete, bis die Leitung tot war, bevor sie den Hörer auf die Gabel knallte und entsetzt zusah, wie das Plastik zerbarst und in Scherben zu Boden fiel. »Zum Teufel mit dir, du elender Mistkerl! Ich verschiebe unsere Reise nicht. Nicht für ein paar Wochen. Nicht einmal für ein paar Tage. Ich fliege wie geplant nach Paris, ob du mitkommst oder nicht. Hast du verstanden?« Und dann brach Mattie in bittere, wütende Tränen aus. »Wie kannst du mir das antun?«, schluchzte sie und spürte, wie ihre Brust sich verkrampfte, sodass ihr Atem in kurzen, abgerissenen, schmerzhaften Stößen kam. Es ist nicht so, dass du keine Luft kriegst, erinnerte sie sich. Deine Brustmuskeln werden nur schwächer, was zu Kurzatmigkeit führt, die wiederum Panik auslöst. Aber dir geht es gut. Alles in Ordnung. »Ganz ruhig bleiben«, keuchte sie, während ihr Blick durch die Küche schoss und hektisch von diversen Oberflächen abprallte wie eine Flipperkugel.

Mattie dachte an das Fläschchen mit Morphium im Badezimmer im ersten Stock. Eine kleine Fünf-Milligramm-Tablette würde ausreichen, ihren Angstzustand zu lösen, die Panik unter Kontrolle zu bekommen und ihre innere Ruhe wiederzufinden.

Zwanzig Tabletten würden ausreichen, damit sie ganz aufhörte zu atmen.

Worauf wartete sie noch? Paris. Das war doch ein Witz. »Wem versuche ich etwas vorzumachen?«, fragte sie laut und mit schweißnassem Gesicht, als ihr Atem wieder normal ging. Wie sollte sie allein irgendwohin fahren? Das Ganze war eine alberne Phantasie gewesen, ein Spiel von so tun als ob, das zu weit gegangen war. Jake hatte zweifelsohne nur mitgemacht, weil er angenommen hatte, dass sie inzwischen schon zu schwach oder behindert sein würde, um überhaupt daran zu denken, den Plan tatsächlich umzusetzen. Wie hatte sie sich zu dem Glauben verleiten lassen können, dass er je die Absicht gehabt hatte, sein Versprechen zu halten? Er hatte ein eigenes Leben, um das er sich kümmern musste, eine Freundin, eine Karriere, seine beschissenen Dinnerpartys und Vorträge, auf die er sich freuen konnte.

Und worauf konnte Mattie sich freuen? Ein Leben im Rollstuhl mit Ernährungsschläuchen und langsamer Strangulation.

Worauf wartete sie noch? Konnte sie sich wirklich auf ihre Mutter verlassen, wenn es darauf ankam, ihrem Leiden ein Ende zu setzen? Vielleicht war der richtige Zeitpunkt genau jetzt. Für den Fall, dass Kim vor Jake nach Hause kam, würde sie eine Notiz hinterlassen, dass sie sich hingelegt hatte und nicht gestört werden wollte. Für Jake würde sie keinen Abschiedsbrief hinterlassen. Wozu? *The time for hesitating's through*, summte Mattie und bewegte sich langsam zur Treppe. *Come on, baby, light my fire.*

Light my fire. Light my fire. Light my fire.

Mattie summte immer noch, als sie vor dem Medizinschrank im Badezimmer stand, summte weiter, als sie das kleine Fläschchen Morphium in ihre zitternden Hände nahm. Sie füllte ein Glas mit Wasser, schüttete alle Tabletten aus dem Fläschchen in ihre offene Hand, zählte zwanzig Stück ab und schob sie auf einmal in den Mund.

»Guten Tag, meine Herren, Miss Fontana«, sagte Jake und nickte den drei jungen Männern, ihren Vätern und Anwälten zu, die um den imposanten langen Konferenztisch saßen, der das Vorstandszimmer beherrschte. Auf beiden Seiten des Tisches standen zwölf rostfarbene Ledersessel mit hoher Rückenlehne. Jake musterte die auf der einen Seite des Tisches Sitzenden: Vergewaltiger, Vater, Anwalt, zählte er still für sich auf. Und auf der anderen Seite wieder Anwalt, Vater, Vergewaltiger. Darin lag eine gewisse Symmetrie, dachte Jake und bemerkte, dass sich lediglich die Macleans ein wenig abgesondert hatten. Maclean junior saß allein am Ende des langen Tisches, während sein Vater vor der beeindruckenden Fensterfront mit Blick auf die Michigan Avenue stand. Es war ein wunderschöner Tag – sonnig und klar. Zu schön, um ihn in geschlossenen Räumen zu vergeuden, dachte Jake rastlos und fragte sich, wie das Wetter in Paris war. Er nahm am Ende des Tisches Platz und machte Thomas Maclean ein Zeichen, sich ebenfalls zu setzen.

»Sie kommen zu spät«, sagte Maclean senior, ohne die Einladung anzunehmen.

»Tut mir Leid. Ich hatte einen unerwarteten Anruf. Es ließ sich nicht vermeiden.« Jake zwang sich zu einem Lächeln. Warum entschuldigte er sich? Er schuldete diesem Mann überhaupt keine Erklärung. Er war schließlich hier, oder nicht? Reichte das nicht? »Habe ich irgendwas verpasst?«

»Die Party fängt immer erst richtig an, wenn Sie da sind, Jake«, sagte Angela Fontana. Sie war eine makellos gekleidete Frau mit dunklen, zu einem Dutt hochgesteckten Haaren und einem breiten Mund, der sich selbst im Ruhezustand quer über ihr schmales Gesicht zu strecken schien. Jake schätzte sie auf Ende vierzig, genauso alt wie Keith Peacock, den anderen anwesenden Anwalt. Seinen schillernden Nachnamen Lügen strafend, war Keith Peacock ein ebenso unscheinbarer wie humorloser Kollege, obwohl er permanent zu lächeln schien. Beide Anwälte waren von großen Kanzleien und genossen einen herausragenden Ruf. Normalerweise hätte Jake es interessiert oder sogar gefreut, mit ihnen zusammenzuarbeiten, doch heute löste ihre Anwesenheit nur eine milde Verärgerung aus. Wie konnten drei der besten juristischen Köpfe der Stadt Sprachrohr für so unreife und verabscheuenswerte junge Männer sein?

Jake lenkte seine Aufmerksamkeit von den Anwälten auf ihre Mandanten. Mike Hanson war ein gut aussehender Junge, genauso groß und schlank wie sein Anwalt, obwohl seine Miene im Gegensatz zu der von Keith Peacock zu einem mürrischen Dauerschmollen erstarrt schien. Sein dunkelbraunes Haar war ordentlich geschnitten, und unter seiner rot-weißen Lederjacke trug er ein weißes Hemd und Krawatte. Der Farbton der Jacke biss sich mit dem der Stühle, dachte Jake, und sein Blick wanderte weiter zu Neil Pilcher, der kleiner und stämmiger war, obwohl auch er unter angenehmeren Umständen möglicherweise als attraktiv durchgegangen wäre. Er kaute nervös an den Nägeln und blickte immer zu Eddy Maclean, der träge ins Leere starrte, während er gelangweilt mit einer unangezündeten Zigarette spielte.

»Leg das verdammte Ding weg«, befahl Thomas Maclean seinem Sohn, und Jake beobachtete, wie der Junge die Zigarette beiläufig in der Hand zerbröselte, bis der Tabak durch seine Finger rieselte und auf dem Eichentisch liegen blieb wie getrockneter Dung.

»Das ist Neil Pilcher«, machte Angela Fontana Jake mit ihrem Mandanten bekannt. »Und das ist sein Vater Larry Pilcher.«

Jake nickte dem blassen Mann zu, dessen Augen von schweren Tränensäcken förmlich nach unten gezogen wurden. Waren die Tränensäcke auch schon dort gewesen, bevor sein Sohn ein fünfzehnjähriges Mädchen vergewaltigt hatte?, fragte Jake sich und versuchte, nicht an Kim zu denken oder wie er sich fühlen würde, wenn sie je das Opfer von solchem Abschaum würde, oder daran, wie sehr sie ihn dafür verachten würde, dass er diesen Fall übernahm.

»Mein Job ist es nicht, für Gerechtigkeit zu sorgen«, hatte er ihr an dem Tag erklärt, als sie ihm im Gericht zugesehen hatte. »Mein Job ist es, das Spiel nach den Spielregeln zu spielen.« Nur dass Jake sich in letzter Zeit nicht mehr sicher war, was die Spielregeln waren.

»Jake –«, sagte Keith Peacock.

»Verzeihung, wie bitte?«

»Ich hatte Ihnen gerade Lyle Hansen, Mikes Vater, vorgestellt.«

»Tut mir Leid«, sagte Jake und nickte einer glatzköpfigen Bulldogge von einem Mann zu, der sich, die muskulösen Arme verschränkt, auf seinem Stuhl vorbeugte. »Ich denke, wir sollten anfangen.« Alle Augen wandten sich ihm zu. Zeig uns, wie brillant du bist, schrien ihn diese Augen unisono an. Zeig uns, wie man drei schuldige, uneinsichtige Vergewaltiger herauspaukt. Gib uns eine Strategie und weise uns den Weg. Es spielt keine Rolle, dass das Mädchen, das sie vergewaltigt haben, genauso alt ist wie deine Tochter oder dass deine Tochter dich für diesen Job ganz besonders hassen wird. Sie wird dich sowieso hassen, nachdem du ihre

Mutter enttäuscht hast. Nachdem du dein Versprechen und Matties Herz gebrochen hast. Aber welchen Unterschied machte das schon? Jake lachte in sich hinein. Sie hasst dich sowieso.

»Gibt es irgendwas, was Sie amüsiert, Herr Anwalt?«, wollte Tom Maclean wissen.

Jake räusperte sich. »Tut mir Leid. Ich habe gerade an etwas gedacht.«

»Wollen Sie Ihre Gedanken vielleicht mit uns teilen?«

»Eigentlich nicht, nein.« Jake wandte sich an Angela Fontana. »Angela, wie wird der Fall Ihrer Meinung nach ablaufen?«

»Ich denke, die Sache ist ziemlich eindeutig – das Wort eines Mädchens mit fragwürdigem Ruf gegen das Wort von drei aufrechten jungen Männern mit einem Stammbaum, der bis zur Mayflower zurückreicht. Ich dachte, Sie würden vielleicht das Eröffnungs- und Abschlussplädoyer halten, ich könnte mich um die Aussagen der Polizeibeamten und Ärzte kümmern, Keith übernimmt das Kreuzverhör des Sachverständigen, und das Mädchen könnten wir uns dann abwechselnd vornehmen.«

»Ungefähr so, wie die Jungen es vorgemacht haben«, sagte Jake.

»Was haben Sie gesagt?«, wollte Thomas Maclean wissen.

»Nur ein bisschen Galgenhumor.« Jake sah, wie Angela erstaunt die Augen aufriss, während das Lächeln auf Keith Peacocks Gesicht schlagartig erstarb.

»Ich fürchte, ich kann weder Ihre Bemerkung noch die Situation amüsant finden.«

Was für ein wichtigtuerischer, selbstgerechter Drecksack, dachte Jake. Das arme Mädchen war Thomas Maclean scheißegal. Selbst sein Sohn war ihm scheißegal, außer dass das Verhalten des Filius seinen kostbaren Ruf zu beschädigen drohte. Nein, der einzige Mensch, für den Thomas Maclean sich wirklich interessierte, war er selbst. Kommt dir das irgendwie bekannt vor, Jake?

»Ich dachte, wir könnten vielleicht einige Termine verabreden«, sagte Keith Peacock.

Ruth Kertzer hat angerufen, hörte Jake Mattie sagen. *Sie wollte einige Termine mit mir abklären.*

Termine? Wofür?

»Ich habe in der kommenden Woche den Montag- und den Mittwochnachmittag frei«, sagte Angela Fontana nach einem Blick in ihren Terminkalender.

»Am Montag habe ich keine Zeit«, sagte Lyle Hansen.

Willst du mir erzählen, was eigentlich los ist, Jake?, fragte Mattie.

Das Ganze ist ein bisschen kompliziert. Können wir vielleicht darüber reden, wenn ich nach Hause komme?

Aber was gab es da zu reden? Er hatte seine Entscheidung getroffen. Er konnte nicht nach Paris fliegen. Nicht jetzt. Nicht, nachdem Frank Richardson ihm unmissverständlich klargemacht hatte, dass er durch diese Reise seine Partnerschaft in der Kanzlei aufs Spiel setzen würde, von seiner gesamten Karriere ganz zu schweigen. Er konnte es nicht tun. Und Mattie hatte kein Recht, das von ihm zu verlangen.

Und sie hatte es ja auch gar nicht verlangt. Er hatte sich freiwillig gemeldet, hatte praktisch darum gebettelt, mitkommen zu dürfen. Sie hatte wider besseres Wissen zugestimmt, und er hatte hart arbeiten müssen, um ihr Vertrauen zurückzugewinnen. Er wusste, wie sehr sich Mattie auf diese Reise freute, wie schon deren bloße Erwähnung ihre Laune und Hoffnung hoch gehalten hatte. Er wusste auch, wie sehr sie in den vergangenen Monaten angefangen hatte, sich auf ihn zu verlassen. Er begriff sogar, dass jede Verschiebung, wie kurz auch immer, zu lange wäre. Wenn sie nicht im April flogen, würden sie nie fliegen, ahnte er, und selbst wenn Mattie einer Verschiebung zustimmen würde, würde sie nie wieder darauf vertrauen, dass er sein Wort hielt, und er selbst auch nicht. Etwas war diesmal dazwischen gekommen – etwas würde auch beim nächsten Mal dazwischen kommen. Für Männer, die ihre Interessen über die aller anderen stellten, kam immer etwas dazwischen. Für Männer wie Thomas Maclean. Für Männer wie Jason Hart.

Böser Jason, böser Jason, böser Jason.

Böserjason, böserjason, böserjason.

Nur dass jetzt alles anders war. Er war nicht mehr der Mann, zu dem seine Mutter ihn programmiert hatte. Seine Prioritäten hatten sich verändert. Indem er so getan hatte, als wäre er ein guter Ehemann und Vater, war er tatsächlich einer geworden, und er stellte überrascht fest, dass er den Mann mochte, der zu sein er vorgegeben hatte. In seiner Haut fühlte er sich wohl, in seiner Anständigkeit geborgen. Am Ende, dachte Jake, ist das Gesicht, das wir der Welt zeigen, wahrer als das, das wir täglich im Spiegel sehen.

Wir sind, wer wir zu sein vorgeben.

Und verdammt, er hatte sich darauf gefreut, Mattie nach Paris zu begleiten. Über all dem Pläneschmieden und der Lektüre von Reiseführern war seine vorgetäuschte Vorfreude im Laufe der vergangenen Monate irgendwann in echte Begeisterung umgeschlagen. Wollte er also wirklich all seine Pläne aufgeben, alles, was er geworden war, nur für das zweifelhafte Vergnügen, zum Partner einer spießigen Kanzlei in der Innenstadt berufen zu werden? Wollte er Paris wirklich verpassen, um an einem einschläfernd langweiligen Juristenkongress in Chicago teilzunehmen? War er bereit, die Achtung seiner Frau und seiner Tochter zu verspielen, um vor Gericht einen unverdienten Freispruch zu erringen? Wollte er riskieren, alles zu verlieren, einschließlich sich selbst?

»Jake –« Angela Fontana sah ihn erwartungsvoll an. Sie hatte ihn offensichtlich nach seiner Meinung gefragt und wartete nun auf seine Antwort.

»Tut mir Leid«, sagte Jake erneut. Wie oft hatte er das schon gesagt, seit er den Raum betreten hatte?

»Langweilen wir Sie?«, fragte Eddy Maclean.

Jake blickte von Eddy zu seinem Vater, zu den beiden anderen Jungen und ihren Vätern und Anwälten und wieder zurück zu Eddy Maclean. »Um ehrlich zu sein, ja«, sagte Jake, stand auf und ging zur Tür.

»Was?«, hörte er Keith Peacock unter dem schockierten Gelächter von Angela Fontana stöhnen.

»Was zum Teufel geht hier vor?«, fragte Thomas Maclean und eilte um den Tisch, um Jake den Weg zu versperren. »Was glauben Sie, wohin Sie gehen?«

»Ich fliege nach Paris«, sagte Jake, öffnete die Tür und trat in den Flur. »Und Sie, Sir«, sagte er lächelnd, »können Ihren missratenen Sohn nehmen und zur Hölle fahren.«

»Mattie?«, rief Jake von der Haustür. »Mattie? Mattie, wo bist du? Mattie!«

Mattie hörte seine Stimme wie aus einem Traum. Sie versuchte sie zu verdrängen und zum Schweigen zu bringen. Sie hatte so friedlich geschlafen. Sie wollte nicht von Träumen gestört werden, nicht von Erinnerungen und falschen Bildern. Geh weg, sagte sie für sich, doch nur ein leises Murmeln kam über ihre Lippen.

»Mattie«, hörte sie noch einmal, als die Schlafzimmertür aufging. »Mattie?«

Vor ihrem inneren Auge sah Mattie sich vor dem Waschbecken im Badezimmer stehen, wie sie zwanzig Tabletten in ihre Hand schüttete wie kleine Salzkörner. Sie blinzelte durch halb geschlossene Augen und sah Jakes attraktives Gesicht über ihr schweben. »Jake? Was machst du denn so früh schon zu Hause?«

»Ich bin für heute fertig.« Er lachte. »Genau genommen besteht durchaus die Möglichkeit, dass ich für immer fertig bin.« Er lachte erneut, mehr ein kurzes manisches Bellen.

Sie schmeckte die bitteren Pillen in ihrem Mund, auf und unter ihrer Zunge in dem Moment, als sie das Glas an die Lippen geführt hatte. »Jake, ist alles in Ordnung?« Mattie richtete sich mühsam auf.

»Ich habe mich nie besser gefühlt«, kam die prompte Antwort. Er beugte sich über sie und küsste sie sanft auf die Stirn.

»Das verstehe ich nicht.«

»Nun, also das war so. Vor einer Stunde habe ich einem Mandanten gesagt, er könne mich mal, Jan Stephens erklärt, dass ich leider nicht im Ausschuss zur Förderung junger Anwälte mitarbeiten könnte, und Ruth Kertzer darüber informiert, dass ich weder irgendwelche Vorträge halten noch den Gastgeber für Dinnerpartys spielen würde, weil ich mit meiner Frau nach Paris fahre.«

Einen Moment lang war Mattie sprachlos. Sie sah sich im Badezimmer stehen, den Mund voller Pillen. Jake würde sie nicht im Stich lassen, erklärte sie dem verängstigten Gesicht im Spiegel. Er würde sie nicht enttäuschen. Und selbst wenn, hatte sie in diesem Moment erkannt und in stummer Entschlossenheit die Schultern gestrafft, würde sie sich nicht hinlegen und sterben. Zumindest noch nicht. Mattie beobachtete, wie ihr Spiegelbild die Pillen ins Waschbecken spuckte, und verfolgte ihren Weg durch das Porzellanbecken, bis sie im Abfluss verschwunden waren. »Was werden die denn jetzt wegen des Vortrags und der Dinnerparty machen?«, fragte sie. »Werden sie jemand anderen finden?«

»Es gibt immer einen anderen, Mattie.«

»Keinen wie dich«, flüsterte Mattie und berührte seinen Hals.

Er nahm sie in die Arme, lehnte sich an die Kopfstütze und schloss die Augen. »Erzähl mir von Paris«, sagte er.

Mattie schmiegte sich an ihren Mann. »Nun, wusstest du, dass die Pariser große Tierliebhaber sind?«, fragte sie, als Jake begann, ihre ungehemmt fließenden Freudentränen von ihrer Wange zu küssen. »Sie erlauben Hunden und Katzen den Zutritt zu Restaurants und lassen sie manchmal sogar mit am Tisch sitzen. Kannst du dir vorstellen, in einem schicken Restaurant neben einer Katze zu sitzen?« Sie lachte und weinte gleichzeitig, bis ihre Tränen die Worte zu ersticken drohten. »Doch so tierlieb sie auch sein mögen, auf Touristen stehen sie nicht so besonders, vor allem nicht auf solche, die kein Französisch können. Was uns aber nicht davon abhalten wird, all die Touristenattraktionen zu besuchen«, betonte sie. »Ich möchte den Eiffelturm und den Arc de Triomphe besteigen. Ich möchte durch die Straßen von Pigalle schlendern, eine Bootstour auf der Seine machen, all die Sachen, Jake. Und der Louvre und der Quai d'Orsay. Und der Jardin du Luxembourg. Und Notre Dame und Napoleons Grab. Ich will alles sehen.« Mattie löste sich aus der Umarmung, sodass sie ihrem Mann direkt in die Augen sehen konnte. »Und ich hatte solche Angst, als du gesagt hast, du könntest nicht mitkommen, weil mir klar geworden ist, dass ich Paris, so sehr ich es auch sehen möchte, nicht ohne dich sehen möchte.« Sie zögerte und fragte sich, ob sie schon zu viel gesagt hatte, fügte jedoch unwillkürlich hinzu: »Ich konnte mir einfach nicht vorstellen, es ohne dich zu sehen.«

Tränen stiegen in Jakes Augen. »Ich würde nie zulassen, dass du es ohne mich siehst«, erklärte er schlicht.

»Ich liebe dich«, hörte Mattie sich sagen und schmiegte sich wieder in seine Arme.

Ich liebe dich, hallte es von den Wänden wider. *Ich liebe dich, ich liebe dich. Ich liebe dich.*

Ichliebedich, ichliebedich, ichliebedich.

27

Es war am 11. April um kurz nach neun, als ihr Taxi vor dem Hotel Danielle in der Rue Jacob im Zentrum des Rive Gauche von Paris hielt. »Ist das nicht die schönste Stadt, die du in deinem ganzen Leben gesehen hast?«, rief Mattie. Wie oft hatte sie ihn das seit ihrer Abfahrt vom Flughafen schon gefragt?

»Es ist mit Abstand die schönste Stadt, die ich in meinem ganzen Leben gesehen habe«, stimmte Jake ihr zu.

Mattie lachte und konnte immer noch nicht richtig glauben, dass sie wirklich hier waren. Und es spielte keine Rolle, dass der Flug sie erschöpft hatte und sie hungrig war, weil sie Probleme hatte, das zähe Stück Fleisch zu schlucken, das vorgeblich Steak Diane war. »Niemand kriegt Flugzeug-Mahlzeiten runter«, versicherte Jake ihr und gab auch sein Tablett unangerührt an die Stewardess zurück.

»Sollen wir?«, fragte er jetzt und half Mattie von der beengten Rückbank des kleinen französischen Wagens, während der Taxifahrer ihr Gepäck in die nachempfundene Art-déco-Lobby des charmanten alten Hotels trug.

»Oh, Jake. Es ist wundervoll. C'est magnifique«, sagte Mattie zu der exotisch aussehenden Dame an der Rezeption. Die Frau, deren Namensschild sie als Chloe Dorleac identifizierte, hatte dunkelviolette Augen, dichtes schwarzes Haar und eine makellose Haltung. Sie sah Mattie an, wie man ein Kind ansieht, das sich anschickt, unartig zu sein, argwöhnisch und skeptisch, als hätte sie Angst, Mattie könnte anfangen, in der Lobby Flickflacks zu schlagen. Diesbezüglich besteht keine Gefahr, dachte Mattie und stützte sich auf ihren Stock.

»Bonjour, Madame, Monsieur. Kann ich Ihnen helfen?«

»Woher wussten Sie, dass wir Englisch sprechen?«, fragte Mattie.

Chloe Dorleac lächelte nachsichtig, sagte jedoch nichts. Mattie bemerkte, dass ihr Mund ein schmaler roter Strich war, der sich ihrem sich verändernden Gesichtsausdruck nur minimal anpasste.

»Wir haben reserviert«, sagte Jake, kramte die entsprechende Bestätigung aus der Tasche und legte sie auf den Tresen. »Hart, Jake und Mattie.« Er gab der Frau ihre Pässe.

»Hart«, wiederholte Chloe Dorleac, während sie ihre Pässe noch sorgfältiger musterte als der Zollbeamte am Flughafen und die Passnummern in ihr Register eintrug. »Jason und Martha.«

Kenne ich die?, fragte Mattie sich, während ihr Blick auf der Suche nach einer Sitzgelegenheit durch den Raum schweifte und in den großen goldfleckigen Spiegeln an den Wänden wiederholt auf ihr eigenes Abbild stieß. Ihr war gar nicht bewusst gewesen, wie erschöpft sie aussah. »Wir sind aus Chicago.«

»Ich glaube, wir haben noch einen Gast aus Chicago«, sagte die Frau.

»Chicago ist eine große Stadt.«

»In Amerika ist alles groß, n'est-ce pas?« Chloe Dorleac bedachte sie mit einem weiteren nachsichtigen französischen Lächeln, obwohl die Unterhaltung sie sichtlich langweilte, und schob ihnen ein grünes Formular über den Tresen. »Würden Sie das bitte ausfüllen?«

Mattie machte einige gemessene Schritte auf das zweisitzige grüne Samtsofa zu, das in einer Nische vor einem Fenster mit Blick auf die Rue Jacob stand. Ich bin in Paris, dachte sie, als sie in die weichen Polster des kleinen Sofas sank. »Ich bin wirklich hier«, flüsterte sie leise und blickte über die Schulter auf die enge geschäftige Straße, die all ihre Fantasien noch übertraf. »Ich habe es geschafft. Wir haben es geschafft.«

Würde sie sich ohne Stock auf dieser Straße mit ihrer ununterbrochenen Parade von Fußgängern, Autos und Motorrädern bewegen können? Wahrscheinlich nicht. Aber der Stock war immer noch besser als der Rollstuhl. Sie hatte an beiden Flughäfen einen Rollstuhl benutzt und festgestellt, dass sie es hasste. Rollstühle schufen Grenzen, egal wie hilfreich sie angeblich waren. Der ganze Blick der Welt veränderte sich. Ständig sah man zu den Menschen auf und sie immer auf einen herunter. Wenn sie einen überhaupt zur Kenntnis nahmen. Selbst der Zollbeamte am Flughafen Charles de Gaulle hatte sie praktisch ignoriert und alle Fragen an Jake gerichtet, auch die, die Mattie betrafen, als wäre sie ein Kind, das zu einer intelligenten Antwort nicht in der Lage war, als hätte sie keine eigene Stimme.

Dabei würde sie ihre Stimme noch früh genug verlieren. Sie hatte bestimmt nicht die Absicht, sie schon vorzeitig aufzugeben.

Mattie spürte eine Bewegung, blickte auf und sah den besorgten Ausdruck in Jakes müdem Gesicht, als er vor ihr stand. »Irgendwas nicht in Ordnung?«

»Sieht so aus, als würde unser Zimmer frühestens in einer Stunde fertig.«

»Oh.« Mattie gab sich Mühe, nicht allzu enttäuscht zu klingen. Sie versuchte zu lächeln, ohne den Mund zu bewegen, wie Chloe Dorleac, doch das Ergebnis wirkte eher angestrengt als nachsichtig. Denn in Wahrheit musste Mattie sich ungeachtet ihrer Begeisterung und ihrem sehnlichen Wunsch, jeden Zentimeter der Stadt zu besichtigen, dringend hinlegen, zumindest für ein paar Stunden. Ihre Beine fühlten sich an, als wäre sie über den Atlantik geschwommen, ihre Arme, als wäre sie selbst geflogen. Sie hatte die ganze Nacht kaum ein Auge zugetan, weil sie trotz ihrer Plätze in der ersten Klasse keine bequeme Position gefunden hatte. Hin und wieder war sie ein paar Minuten eingedöst, um wenig später wieder hochzufahren. Sie musste ihre Batterien aufladen, dafür brauchte sie ein paar Stunden Schlaf. »Wir könnten irgendwo einen Kaffee trinken gehen.«

»Ich denke, wir sollten hier bleiben«, sagte Jake. »Angeblich verfügt das Hotel über einen malerischen Innenhof mit bequemen Liegestühlen, auf denen wir, in eine Decke eingewickelt, ein bisschen schlafen können, bis das Zimmer fertig ist.«

»Klingt gut.«

Jake half Mattie auf die Beine und führte sie durch die Lobby zu einem winzigen Hof, einer briefmarkengroßen Umfriedung mit mehreren unbequem aussehenden Holzstühlen und einer verwitterten Chaiselongue. »Na ja, das Ritz ist es nicht gerade«, meinte Jake.

Nein, ganz bestimmt nicht, dachte Mattie, sagte jedoch nichts. Das Ritz-Carlton schien eine Ewigkeit entfernt. Für sie beide. »Es ist charmant. Sehr französisch. C'est très bon«, sagte sie, als Jake ihr auf den wackeligen Liegestuhl half. »Sehr bequem.« Zu ihrer beider Überraschung stellte sie fest, dass das sogar stimmte. »Aber was ist mit dir?«

Jake setzte sich auf die Kante eines der Holzstühle. »Perfekt«, versicherte er ihr, obwohl sein gequälter Gesichtsausdruck ihn Lügen strafte.

Sie lächelte und spürte, wie der Schlaf ihre Lider schon schwer machte. Jake ist genauso erschöpft wie ich, dachte sie. Die letzten Wochen konnten trotz seiner gegenteiligen Beteuerungen nicht leicht für ihn gewesen sein. Unbezahlten Urlaub zu nehmen, seine Karriere zu gefährden, sein Leben auf Eis zu legen, wie viele Männer würden das tun? Vor allem für eine Frau, die sie nicht liebten. Jake sprach schon davon, wohin ihre nächste Reise gehen sollte. Hawaii, hatte er vorgeschlagen. Oder vielleicht eine Mittelmeer-Kreuzfahrt. Sie konnte sich über die Maßen glücklich schätzen, dachte Mattie, ließ ihre Augen zufallen und musste über die Ironie ihrer Gedanken lächeln. Sie starb, und ihr Mann liebte sie nicht, und doch hatte sie mehr Glück als jede andere Frau, die sie kannte.

Als Mattie aus dem Schlaf hochschreckte, wäre sie fast von dem Liegestuhl gefallen. Sie brauchte einen Moment, um sich zu erinnern, wo sie war, wirklich in Paris, in einem reizenden kleinen französischen Hotel, wo sie darauf wartete, dass ihr Zimmer fertig gemacht wurde. Wie lange hatte sie geschlafen? Sie sah sich in dem kleinen Hof um, das schräg einfallende Sonnenlicht verschleierte ihren Blick wie ein träge wehender Chiffon-Schal. Mattie blinzelte in Jakes Richtung, doch auf seinem Stuhl saß jetzt eine Frau mit einem weichen beigen Hut. Mattie lächelte, doch die Frau war in einen Reiseführer vertieft und bemerkte sie nicht. Mattie hörte Stimmen und sah an einer Mauer einen Mann und eine Frau lehnen, die sich munter auf Französisch unterhielten. Sie versuchte ein vertrautes Wort oder eine Redewendung aufzuschnappen, aber das Paar sprach viel zu schnell, sodass Mattie rasch aufgab. Wo war Jake? »Excusez-moi«, sagte Mattie zu niemand Bestimmten. »Mon mari –« Nein, das war hoffnungslos. »Qui a vu –« Was genau wollte sie eigentlich sagen? »Verdammt! So wird das nichts.«

Die Frau mit dem weichen beigefarbenen Hut blickte von ihrem Buch auf. »Das ist schon okay. Sie können ruhig Englisch reden«, sagte sie lachend mit einer Stimme, die Mattie eigenartig bekannt vorkam, vielleicht weil sie so beruhigend amerikanisch klang.

»Ich habe mich gefragt, ob irgendwer meinen Mann gesehen hat. Er scheint verschwunden zu sein.«

»Ja, das tun sie gern. Aber nein, tut mir Leid, ich kann Ihnen leider nicht weiter helfen. Als ich gekommen bin, waren Sie allein. Vor etwa fünf Minuten«, fügte sie hinzu, bevor sie sich wieder dem Buch in ihrem Schoß zuwandte.

Mattie versuchte, sich ein wenig aufzurichten, doch ihre Hände verweigerten den Dienst, sodass sie sich wieder zurücksinken lassen und so tun musste, als läge sie bequem. Ein vernehmlicher Seufzer drang über ihre Lippen.

»Alles in Ordnung?«, fragte die Amerikanerin.

»Alles okay. Nur ein wenig müde.« Mattie strengte sich an, die Gesichtszüge der Frau zu erkennen, was sich jedoch bei der blendenden Sonne und dem breitkrempigen Hut der Frau ziemlich schwierig darstellte.

»Gerade angekommen?«

Mattie blickte auf ihre Uhr. »Vor etwa einer Stunde. Und Sie?«

»Ich bin schon seit ein paar Tagen hier.«

»Können Sie irgendwas besonders empfehlen?«

»Ich bin in der Hauptsache durch die Straßen gelaufen, um mich wieder mit der Stadt vertraut zu machen.« Sie wies auf den Reiseführer in ihrem Schoß. »Ich war seit dem College nicht mehr hier.«

»Dies ist mein erstes Mal in Paris.«

»Nun, das erste Mal ist immer etwas Besonderes.«

Mattie lächelte zustimmend. »Es ist sogar noch schöner, als ich es mir vorgestellt habe.«

»Wir haben großes Glück mit dem Wetter. So schön ist es im April nicht immer.«

»Sind Sie mit Ihrem Mann hier?«, fragte Mattie und spähte in Richtung Lobby. Wohin konnte Jake nur verschwunden sein?

»Nein, ich reise allein.«

»Wirklich. Sie sind sehr mutig.«

Die Frau lachte. »Verzweifelt ist wahrscheinlich ein besseres Wort.«

»Verzweifelt?«

»Manchmal möchte man etwas so sehr, dass man die Sache einfach selbst in die Hand nehmen muss«, sagte sie.

»Das Gefühl kenne ich.« Mattie lächelte. »Ich bin übrigens Mattie Hart.«

Die Frau zögerte einen Moment, während die Sonne auf ihr gespenstisch blasses Gesicht fiel.

»Cynthia«, sagte sie dann und nahm ihren Hut ab. Eine Mähne von roten Locken fiel um ihr Gesicht. »Cynthia Broome.«

»Wo warst du?« Mattie kämpfte sich auf die Beine, als Jake den kleinen Hof betrat und mit einer braunen Papiertüte im Arm auf sie zukam.

»Ich habe beschlossen, ein paar Lebensmittel einzukaufen«, sagte er und wies mit dem Kopf auf die Tüte. »Wasser, Kekse, frisches Obst.« Er küsste Matties Stirn. »Du hast so fest geschlafen, dass ich dich nicht stören wollte. Wann bist du aufgewacht?«

Mattie sah auf ihre Uhr. »Vor etwa zwanzig Minuten. Ich habe eine nette Frau kennen gelernt. Wie sich herausgestellt hat, ist es die Frau aus Chicago, von der die Drachenfrau gesprochen hat.«

»Die Drachenfrau?«

»So nennt Cynthia sie. Cynthia… Mein Gott, ich habe ihren Nachnamen vergessen. Irgendwas mit B.« Mattie zuckte mit den Achseln. »Egal. Irgendwann fällt es mir wieder ein. Sie ist ganz allein hier.«

»Sehr mutig.«

Mattie lächelte. »Das habe ich auch gesagt. Ich dachte, wir könnten sie vielleicht irgendwann mal einladen, sich uns anzuschließen.«

»Natürlich, wenn du möchtest.«

»Nun, vielleicht, wenn wir ihr noch einmal begegnen.« Mattie blickte zur Lobby. »Meinst du, unser Zimmer ist schon fertig?«

»Wir wohnen im zweiten Stock«, sagte Jake und begleitete sie zu dem winzigen Fahrstuhl neben der Wendeltreppe auf der anderen Seite der Hotelhalle. »Unser Gepäck ist schon auf dem Zimmer.«

»Das ist ja wie ein Vogelkäfig«, staunte Mattie, als sie sich in die winzige Kabine gezwängt und die schmiedeeiserne Tür hinter sich zugezogen hatten. Mehrere Sekunden später kam der Fahrstuhl im zweiten Stock ruckelnd zum Stehen. Von einem kleinen Flur, der mit einem ausgebleichten, ausgefransten dunkelblauen Teppich ausgelegt war, ging ein halbes Dutzend Zimmer ab.

Mit einem altmodischen Schlüssel öffnete Jake die schwere Tür zu ihrem Zimmer, das sich als klein, aber geschmackvoll eingerichtet erwies und ein Fenster zur Straße hatte.

»Es ist wunderschön«, sagte Mattie, als ihr Blick auf eine dicke Überdecke aus Baumwollpikee fiel, die das Messing-Doppelbett in der Mitte des Zimmers förmlich verhüllte. An den Wänden hingen Drucke von Impressionisten. Neben dem Fenster stand eine kleine Kommode. Das angeschlossene Bad war mit einer Mosaik-Reproduktion von Renoirs Gemälde *Die Schaukel* dekoriert.

»Wie ich sehe, haben es die Franzosen nicht so mit weiten offenen Räumen«, bemerkte Jake, ging zum Fenster und versuchte es zu öffnen.

»Was ist los?«

»Es scheint zu klemmen.«

»Ist das ein Problem?« Mattie biss sich auf die Zunge. Natürlich war das ein Problem. Wie konnte sie nur so unsensibel sein? »Tut mir Leid, Jake. Wir nehmen ein anderes Zimmer.«

»Nein, sei nicht albern. Dieses ist in Ordnung.«

»Nein, das ist es nicht. Ich bin sicher, sie haben noch andere Zimmer.«

Doch dem war nicht so. Jake rief Chloe Dorleac an, die ihn informierte, dass das Hotel ausgebucht und ein anderes Zimmer frühestens in ein paar Tagen verfügbar sei. »Die Drachenfrau sagt, dass die Amerikaner sich immer beschweren, es wäre bei offenem Fenster zu laut, deshalb haben sie sich mit der Reparatur nicht beeilt«, erklärte Jake Mattie und legte sich neben sie auf das voluminöse weiße Überbett, das sich um sie bauschte wie ein Fallschirm. »Es ist wirklich okay, Mattie. Ich komme schon klar.«

»Bist du sicher?«

»Absolut.« Er starrte an die Decke. »Meine Mutter weiß ja nicht mal, dass ich hier bin.«

»Der Eiffelturm wurde für die Weltausstellung 1889 in einer Rekordzeit von zwei Jahren erbaut«, las Mattie aus dem Reiseführer vor. Sie saß mit Jake auf einer Bank und blickte zur Spitze der prachtvollen Stahlkonstruktion. Es waren angenehme 22 Grad, und sie hatte ihre Reisegarderobe gegen einen unbeabsichtigten Partner-Look aus Khaki-Hose, weißem T-Shirt und leichter Jacke getauscht. »Der Turm sollte ursprünglich kein dauerhaftes Wahrzeichen der Stadt werden, und lediglich seine potenzielle Nutzung als Antennenmast verhinderte seinen Abriss«, fuhr Mattie erstaunt fort. »Doch im Jahr 1910 wurde endgültig entschieden, ihn für die Nachwelt zu erhalten, und er zieht seither jedes Jahr mehr als vier Millionen Besucher an.«

»Die offenbar alle ausgerechnet heute Nachmittag gekommen sind«, meinte Jake.

Mattie lächelte. »Der Turm wiegt mehr als 7700 Tonnen und ist 320 Meter hoch. Er besteht aus 15 000 Stahlelementen, ein Neuanstrich erfordert 55 Tonnen Farbe. Er trägt den Spitznamen ›Treppe zur Unendlichkeit‹ und schwankt auch bei starkem Wind nicht mehr als zwölf Zentimeter. Bisher haben sich insgesamt 370 Menschen von der obersten, 276 Meter hohen Plattform in den Tod gestürzt.«

»Autsch.«

»Er ist wunderschön, nicht wahr? Ich meine, eigentlich sollte es ein Klischee sein, aber das ist es nicht.«

»Er ist wunderschön«, stimmte er ihr zu.

Mattie starrte zunehmend neidisch auf die scheinbar endlose Schlange vor den langsamen Fahrstühlen. Sie und Jake hatten geschätzt, dass sie mindestens eine Stunde anstehen müssten. So lange konnte sie auf gar keinen Fall stehen, und die Hunderte von Stufen zu besteigen kam natürlich erst recht nicht in Frage, sodass sie und Jake sich auf eine leere Bank zurückgezogen hatten und darauf warteten, dass der Ansturm nachließ. Danach sah es im Moment noch überhaupt nicht aus, doch Mattie war glücklich, einfach neben Jake zu sitzen und zu warten.

Es ging doch nichts darüber, Menschen zu beobachten, egal wo man war, dachte sie, als ihre Aufmerksamkeit von einem Teenager-Pärchen in Beschlag genommen wurde, das sich in seliger Weltvergessenheit unter einem prachtvollen Kirschbaum küsste. Neben einem kleinen Kiosk stand ein weiteres Paar in leidenschaftlicher Umarmung, ein weiteres schlenderte über den dicht bevölkerten Weg vor dem Turm und hatte wie das Paar auf der berühmten Fotografie von Robert Doisneau nur Augen füreinander. Die Stadt der Liebe, dachte Mattie und sah Jake an.

»Hier steht, wenn man den Turm abends besichtigt, kann man die langen Schlangen vor den Aufzügen vermeiden«, las Jake aus einem Prospekt vor, den er mitgenommen hatte.

»Wirklich?«

»Angeblich ist es abends sogar romantischer«, sagte Jake, »weil alles erleuchtet ist.«

»Könnten wir das machen – später wiederkommen?«

»Wie wär's, wenn wir nach unserer Bootstour auf der Seine zurückkommen?«

Mattie brach in Tränen aus.

»Was ist los, Mattie? Wenn du zu müde bist, können wir auch einfach hier warten. Ich wollte dich nicht drängen. Wir können die Bootstour auch an einem anderen Abend machen.«

»Ich bin nicht müde«, versicherte sie ihm unter Tränen. »Ich bin einfach so glücklich. Mein Gott, wie kitschig.«

Jake tupfte ihr mit einem Finger sanft die Tränen ab.

»Was ist mit dir? Du musst doch völlig erschöpft sein. Ich habe wenigstens im Hotel ein paar Stunden geschlafen.« Mattie wusste, dass Jake nicht eine Minute die Augen zugemacht hatte.

»Ich habe im Flugzeug geschlafen«, erinnerte er sie. »Was ist los? Glaubst du, ich mache schlapp?« Jake sprang auf und half Mattie auf die Beine. »Nur einen Moment«, sagte er und drückte einem verdutzten japanischen Touristen seine Kamera in die Hand. »Könnten Sie ein Foto machen? Une photo? Drücken Sie einfach da«, fügte er hinzu und eilte an Matties Seite, um vor dem Hintergrund des gewaltigen Turms, einen Arm schützend um ihre Schulter gelegt, in die Kamera zu lächeln. »Noch eins«, wies er den Touristen an und machte ihm mit den Händen Zeichen, den Fotoapparat hochkant zu halten. »Super. Vielen Dank. Das wird bestimmt ein super Bild«, sagte er, nachdem er die Kamera wieder in Empfang genommen hatte und zu Mattie zurückgekehrt war. »Los geht's!«

Mattie hakte sich bei Jake unter und ließ sich von ihm langsam durch die Menge führen. Sie sah eine Frau mit einem breitkrempigen beigen Filzhut und wollte ihr schon zurufen, doch bei näherem Hinsehen erkannte sie, dass die Frau Cynthia Broome überhaupt nicht ähnelte. Broome. Genau, das war ihr Name. Aus Chicago. »Also los«, sagte Mattie.

28

Der Albtraum begann wie immer.

Jakes Mutter tanzte durch das von beige-braunen Farbtönen beherrschte Wohnzimmer seiner Kindheit, warf ihr blondes Haar hin und her, hob ihren weiten Rock mit Blumenmuster, um für Momente provozierend nackte Schenkel aufblitzen zu lassen, während sie versuchte, ihren Mann hinter seiner Zeitung hervorzulocken. »Du sagst mir nie, dass ich schön bin«, klagte sie. »Wie kommt es, dass du mir nie sagst, dass ich schön bin?«

»Das sage ich dir doch ständig«, kam die altbekannte Antwort. »Du hörst bloß nicht zu.«

»Warum gehen wir nicht irgendwohin? Lass uns tanzen gehen. Hast du mich gehört? Ich sagte, lass uns tanzen gehen.«

»Du hast getrunken.«

»Ich habe nicht getrunken.«

»Ich kann deine Fahne bis hierhin riechen.«

Jake stöhnte im Schlaf und versuchte, den Klang ihrer Stimmen auszublenden, wie er es immer tat, auch wenn er schon wusste, dass derlei Anstrengungen nutzlos waren.

»Wie wär's mit einem Film? Wir waren seit Urzeiten nicht mehr im Kino.«

»Ruf eine deiner Freundinnen an, wenn du ins Kino gehen willst.«

»Du bist derjenige mit den Freundinnen«, hörte Jake seine Mutter fauchen.

»Nicht so laut. Du weckst noch die Jungen auf.«

Ja, wach auf, flüsterte eine dünne Stimme in Jakes Kopf. *Wach auf. Du bist kein Kind mehr. Du musst dir das nicht anhören.*

Wach auf. Du bist nicht im Haus deiner Eltern. Du bist auf der anderen Seite der Erdkugel. Und du bist schon erwachsen. Hier kann sie dir nichts tun. Wach auf. Wach auf.

Doch noch während Jake sich selbst ermahnte, die Stimmen in seinem Kopf zu ignorieren, wurde seine Aufmerksamkeit abgelenkt von dem Bild dreier kleiner Jungen in Schlafanzügen, die vor der Tür seines Zimmers eine nutzlose Barriere aus Büchern und Spielzeugen errichteten.

»Meinst du, ich weiß nichts von deinen kleinen Freundinnen? Meinst du, ich weiß nicht, wohin du jeden Abend gehst, du mieser Dreckskerl?« Eva Hart schrie jetzt, steigerte sich in Volumen und Einsatz, und ihre kräftige Stimme drang durch feste Wände, überquerte Ozeane und überspannte Jahrzehnte.

Jake beobachtete, wie seine Mutter ihre Faust durch die Zeitung rammte, und spürte ihre volle Wucht in seinem eigenen Magen. Er krümmte sich im Bett und hielt sich den Bauch, als wäre er von einem Schlag kalt erwischt worden.

Sein Vater sprang von seinem Stuhl auf und warf die Zeitung zu Boden. »Du bist verrückt«, schrie er auf dem Weg zur Tür. »Du bist vollkommen verrückt. Man sollte dich in eine Anstalt stecken.«

Die drei kleinen Jungen rannten zum Kleiderschrank, verriegelten die Tür hinter sich und drängten sich an die Rückwand des beengten Raumes. Luke zitterte in Jakes Armen, Nicholas saß für sich und starrte vor sich hin.

Jake beobachtete, wie seine Mutter Anstalten machte, sich auf ihren Vater zu stürzen, als wollte sie ihn reiten wie einen bockenden Gaul. Doch sie verlor das Gleichgewicht und fiel gegen die schmale Stehlampe neben der Haustür, die hin und her pendelte wie ein Metronom, das die Sekunden bis zum wütenden Abgang des Vaters abzuzählen schien. »Ich bin verrückt, bei einer Verrückten zu bleiben.«

»Ja? Warum gehst du dann nicht, du elender Waschlappen von einem Mann.«

Geh nicht, rief Jake stumm. Bitte, Daddy, verlass uns nicht. Du kannst uns nicht mit ihr alleine lassen. Du weißt nicht, was sie tun wird. »Alles wird gut«, flüsterte er seinen Brüdern zu und erinnerte sie an das gebunkerte Wasser und den Erste-Hilfe-Kasten. »Solange wir keinen Mucks machen, sind wir sicher.«

Du musst dir das nicht ansehen, flüsterte eine leise Stimme in Jakes Ohr. *Das war vielleicht irgendwann einmal deine Wirklichkeit, aber das ist es jetzt nicht mehr. Jetzt ist es nur noch ein böser Traum. Wach auf. Du musst nicht mehr hier sein.*

Doch es war bereits zu spät. Seine Mutter hämmerte schon mit den Fäusten gegen die Tür von Jakes Kleiderschrank und verlangte Zutritt, Treue, ja seine leibhaftige Seele. Er beobachtete, wie sie in trunkener Wut durch das Zimmer stolperte, gegen seine Schuhe trat, Schubladen aufriss und seine Kleider auf den Boden schüttete, wie sie sein Modellflugzeug nahm, das er wochenlang zusammengebaut hatte und in der nächsten Woche in der Schule präsentieren wollte.

Wach auf, bevor sie es in tausend Stücke zerschlagen kann, riet ihm die leise Stimme, während unsichtbare Hände seine Schultern fassten und versuchten, ihn wach zu rütteln, als würde er neben sich stehen. *Wach auf. Wach auf.*

Etliche Sekunden stand Jake mit einem Fuß diesseits, mit dem anderen jenseits der Grenze seines Traums. »Wach auf«, wiederholte er laut, und der Klang seiner Stimme drängte ihn über die Schwelle, über die unsichtbare Grenze, die seine Gegenwart von seiner Vergangenheit trennte.

Jake schlug die Augen auf und hörte seinen abgerissenen Atem von den Wänden des engen Hotelzimmers widerhallen. Es dauerte eine Minute, bis er wusste, wo er war, *wer* er war. Du bist Jake Hart, sagte er sich. Erwachsen. Anwalt. Ehemann. Vater. Du bist kein verängstigter kleiner Junge mehr. Du bist groß und stark. Und noch immer verängstigt, noch immer panisch auf der Flucht, gestand Jake sich ein, wischte sich den Schweiß von der Stirn und atmete tief aus. Wie lange hatte er die Luft angehalten, fragte er sich.

Dein ganzes Leben lang, sagte die leise Stimme.

Jake sah zu Mattie, die neben ihm in dem altmodischen französischen Bett schlief. Wenn die Franzosen von irgendetwas behaupteten, es atme den Charme der Alten Welt, könne man das getrost als ›klein und einfach nur alt‹ übersetzen, hatte Mattie ihm erklärt. Jake lächelte und spürte ihre warmen Beine an seinen. Die erzwungene Intimität eines altmodischen französischen Doppelbetts hatte einiges für sich.

»Was für ein Tag«, sagte Jake laut und bemühte sich, Mattie nicht aufzuwecken, als er aus dem Bett stieg und ans Fenster mit Blick auf die Straße trat. Paris war eine wirklich erstaunliche Stadt. Darin hatte Mattie Recht gehabt, wie in so vielen anderen Dingen auch. Er hätte schon vor Jahren auf sie hören sollen, als sie zum ersten Mal vorgeschlagen hatte, hierher zu kommen, zu einer Zeit, da ihre Beweglichkeit noch ebenso uneingeschränkt war wie ihr Enthusiasmus. Dann hätten sie nicht auf einen vollen, langsamen Aufzug warten müssen, der sie auf die Spitze des Eiffelturms trug. Sie hätte ihn zu einem Rennen bis ganz nach oben herausgefordert. Und gewonnen.

»Fang nicht an, dich schuldig zu fühlen«, hatte sie ihm, seine Gedanken lesend, erklärt, als sie auf der obersten Aussichtsplattform des Turms gestanden und das atemberaubende Panorama von Paris bei Nacht bewundert hatten. »Ich habe eine wunderschöne Zeit. Schöner könnte es gar nicht sein.«

»Schöner als die Bootstour?«, fragte er scherzend, und dann hatten sie gelacht wie so oft dieser Tage. (»Warum heißen die Boote Bateaux Mouches?«, hatte er mit einem Blick in sein Taschenlexikon gefragt, als sie am frühen Abend zu einer einstündigen Tour auf der Seine an Bord eines Schiffes gegangen waren. »Heißt das nicht Schiffsmücken?« Als er und Mattie zehn Minuten später mit den Händen Horden von fliegenden Insekten aus ihren Gesichtern wedelten, wussten sie, warum.)

Sie schien nie zu ermüden, obwohl ihr das Gehen sichtlich Mühe machte. Manchmal schleppte sie ihre Füße regelrecht nach. Trotzdem weigerte sie sich, Feierabend zu machen. Zum Abendessen gingen sie in ein volles Bistro an der Rue Jacob namens Le Petit Zinc, wo am Nebentisch ein junges Paar saß, das heftig miteinander schmuste. Schließlich war Jake derjenige, der auf vollkommene Erschöpfung plädierte. Sofort hakte sich Mattie bei ihm unter, und sie überquerten die viel befahrene Straße zu ihrem Hotel.

Selbst um vier Uhr morgens war auf der Rue Jacob noch Betrieb, staunte Jake jetzt, als ein junger Mann in schwarzer Lederjacke und dunkelviolettem Helm auf einem Motorroller direkt unter dem Fenster hielt. Er blickte auf, als wüsste er, dass er beobachtet wurde, und winkte, als er Jake sah. Jake lächelte, winkte zurück, bis seine Aufmerksamkeit von einer kleinen Horde Teenager abgelenkt wurde, die, die Arme um die Hüften ihrer Freunde gelegt, munter lachend mitten über die Straße hüpften. An der Ecke schmiegte sich ein mittelaltes Paar unter der Markise eines geschlossenen Cafés aneinander. Schliefen die Pariser denn nie?

Vielleicht hatten sie wie er Angst davor.

Jake kehrte zum Bett zurück, setzte sich und beobachtete ein paar Minuten lang das stete Auf und Ab von Matties Atem, das wahrscheinlich dem Morphium zu verdanken war, das er ihr förmlich aufgenötigt hatte. Sie hatte protestiert. »Du musst schlafen, Mattie«, erklärte er ihr. »Du hast uns ein höllisch anstrengendes Programm zusammengestellt. Dafür wirst du all deine Kraft brauchen.«

»Du bist alles, was ich brauche«, sagte sie, zog ihn in ihre Arme und führte ihn sanft in sich.

Doch beim Höhepunkt hatte sie plötzlich Probleme, Luft zu bekommen, ihr Körper war in seinen Armen erstarrt, als sie mit hilflos rudernden Armen nach Atem rang, als ob sie sich an einem Stück Steak verschluckt hätte. Das Gesicht rot, die Augen panisch aufgerissen, versuchte sie, die Luft in ihren offenen Handflächen zu sammeln und den Sauerstoff förmlich in ihre Lunge zu pressen. Schließlich brach sie, am ganzen Körper schweißnass, hustend und weinend neben ihm zusammen. Jake wischte ihre Stirn mit einem weichen weißen Handtuch ab und drückte sie dann fest an seine Brust, als wollte er ihre Atmung durch seine regulieren oder wenn nötig für sie beide atmen.

Danach hatte Mattie eingewilligt, das Morphium zu nehmen, und war wenig später in Jakes Armen zusammengerollt eingeschlummert.

Sie hatte stark abgenommen, erkannte Jake schaudernd, als er auf ihre zarten Arme sah, die auf dem bauschigen weißen Überbett lagen. Mindestens vier Kilo, vielleicht sogar mehr. Sie versuchte es zu verbergen, indem sie tagsüber weite, locker fallende Kleidung und nachts formlose Nachthemden trug. Doch als sie jetzt hier im durch das Fenster schimmernden Pariser Mondlicht neben ihm lag, ließ sich ihr Gewichtsverlust weder verharmlosen noch ignorieren. Sie schien nur noch aus Haut und Knochen zu bestehen. Sogar ihr Haar wurde dünner. Jake strich einige Strähnen von Matties ausgeprägten Wangenknochen, und seine Finger verharrten auf ihrer blassen Haut, als würden sie sich weigern, wieder von ihr zu lassen. Sie schwindet vor meinen Augen dahin, dachte er, beugte sich über sie und strich mit den Lippen sanft wie eine Feder über ihre Stirn. »Du bist so wunderschön«, flüsterte er, mit einem Mal von einer so übermächtigen Trauer übermannt, dass ihm das Atmen wehtat. Und er fragte sich, ob Mattie, wenn sie nach Luft rang, ähnliche Schmerzen fühlte.

»Ich liebe dich«, hatte sie ihm an jenem Tag erklärt, als er früher nach Hause gekommen war, um ihr zu berichten, dass sie doch wie geplant nach Paris fahren würden. Sie hatte die Worte nicht als Aufforderung gemeint, hatte nicht ge- oder erwartet, dass er sie erwiderte. Und das hatte er auch nicht getan. Damals nicht. Und seither nicht. Wie sollte er?, fragte er sich, seiner Stimme misstrauend. Sich selbst misstrauend. Und so lagen ihm diese Worte provozierend auf der Zunge, wenn sie zusammen waren, umspielten seine Lippen und suchten Zuflucht in seinem geschlossenen Mund. Welche Ironie des Schicksals, dachte er, als er wieder unter die Decke krabbelte und sich an Mattie schmiegte, dass er sich, just in dem Moment, in dem ihr Leben endete, kein Leben mehr ohne sie vorstellen konnte.

Mattie rührte sich im Schlaf und kuschelte sich in der Löffelchen-Stellung enger an ihn, als wären sie zwei Teile desselben Puzzles, was Jake ein ebenso zutreffendes Bild ihrer Beziehung schien wie irgendein anderes. Er küsste ihre Schulter, atmete einen Hauch ihres Fliederparfüms ein und hielt den Duft absichtlich so lange wie möglich in seiner Lunge, als könnte er sie so auf irgendeine Weise schützen. Dann atmete er widerwillig aus, seine Lider wurden schwer, und er ließ den Kopf auf sein Kissen sinken.

Er spürte, dass sein Albtraum lauerte und darauf wartete, sich stockend wieder in Bewegung zu setzen wie ein Video, das er angehalten hatte und jetzt ruckartig vor und zurück spulte, um die richtige Stelle zu finden, das Gesicht seines Vaters, die Faust seiner Mutter, der jämmerliche Haufen von Büchern und Spielsachen im Kinderzimmer, seine Mutter, die das Zimmer durchwühlte und bösartige Drohungen gegen die geschlossene Kleiderschranktür ausstieß. »Ich kann so nicht mehr länger leben«, brüllte sie. »Hört ihr mich. Ich kann so nicht mehr länger leben. Keiner liebt mich. Niemanden kümmert es, ob ich lebe oder tot bin.«

Jake war noch wach, als er Nicholas wimmern hörte und sah, wie Luke sich an den Knauf der Kleiderschranktür klammerte. Zitternd löste er seinen Arm von Mattie und hielt sich in Erwartung des widerlichen Geräuschs vom Aufprall seines Modellflugzeugs die Ohren zu.

»Verflucht«, schrie seine Mutter und trat gegen die Tür. »Verflucht alle miteinander, ihre verwöhnten kleinen Gören. Wisst ihr, was ich machen werde? Wisst ihr, was ich jetzt mache? Ich gehe in die Küche und drehe das Gas an, und morgen früh, wenn euer Vater aus dem Bett seiner Freundin nach Hause kommt, wird er uns alle tot in unseren Betten vorfinden.«

»Nein!«, schrie Nicholas und hielt schützend die Hände über den Kopf.

»Ich tue euch einen Gefallen«, schrie Eva Hart, stolperte über die auf dem Boden verstreuten Bücher und Spielsachen und schleuderte einen Schuh gegen die Kleiderschranktür. »Ihr werdet im Schlaf sterben. Ihr werdet nicht so leiden wie ich. Ihr werdet gar nicht wissen, wie euch geschieht.«

»Nein!«, sagte Jake jetzt, schlug die Augen auf und sog Kraft aus Matties gleichmäßigem Atem. Er wollte sich nicht länger einschüchtern lassen. Es gab kein Gas. Es gab nichts, wovor er sich fürchten musste. Er hatte eine Frau, die ihn liebte, die ihn besser kannte als jeder andere und trotzdem noch liebte. Weil er es verdient hatte, geliebt zu werden. Weil er dieser Liebe würdig war, begriff Jake zum ersten Mal. Wenn Mattie sich mit solchem Mut einer grausamen, ungerechten Zukunft stellen konnte, dann konnte er doch gewiss eine Vergangenheit bewältigen, der er schon viel zu lange Kontrolle über sein Leben eingeräumt hatte, einer Vergangenheit, an der er langsam erstickte.

Er blickte zu Mattie. Es gibt keinen Grund, warum wir beide ersticken sollten, hörte er sie augenzwinkernd sagen.

Und mit einem Mal war Jake in dem winzigen Zimmer auf den Beinen, ein erwachsener Mann mitten im Chaos, zwischen den Trümmern seiner Kindheit, und er lachte. Seine Mutter stand an der Tür und hatte ihm den Rücken zugewandt. Sein Gelächter erfüllte den ganzen Raum und versperrte seiner Mutter den Ausgang. Es war die Kraft seines Lachens, die sie an der Schulter packte und herumwirbelte.

Wenn sie überrascht war, ihn zu sehen, ließ sie sich das nicht anmerken. Sie starrte ihren erwachsenen Sohn mit trunkener Trotzigkeit an. »Worüber lachst du?«, knurrte sie. »Was glaubst du, wer du bist, dass du mich auslachst?«

»Ich bin dein Sohn«, erwiderte Jake schlicht.

Eva Hart schnaubte, sichtlich unbeeindruckt. »Lass mich in Ruhe«, sagte sie und wandte sich zur Tür.

»Du gehst nirgendwohin«, erklärte Jake ihr.

»Ich mache, verdammt noch mal, was ich will.«

»Du gehst nirgendwohin«, wiederholte Jake und gab keinen Zentimeter Raum frei. »Niemand verlässt dieses Zimmer. Und niemand dreht das Gas auf.«

Jetzt war es an seiner Mutter zu lachen. »Du willst mir doch nicht erzählen, dass du diese alberne Drohung ernst genommen hast. Du weißt doch, dass ich so was nie machen würde.«

»Ich bin fünf Jahre alt, Mutter«, erwiderte der erwachsene Jake. »Natürlich nehme ich deine albernen Drohungen ernst.«

»Nun, das solltest du nicht tun.« Seine Mutter lächelte beinahe kokett. »Du weißt doch, dass ich nie etwas tun würde, was dir wehtun könnte. Du warst immer mein Liebling.«

»Weißt du eigentlich, wie sehr ich dich hasse?«, fragte Jake. »Wie sehr ich dich immer gehasst habe?«

»Also wirklich, Jason. Was sind denn das für Töne gegenüber deiner Mutter? Du bist wirklich ein sehr böser Junge, Jason.«

Böser Jason, böser Jason, böser Jason.

Böserjason, böserjason, böserjason.

»Ich bin kein böser Junge«, hörte Jason sich sagen.

»Du nimmst alles viel zu ernst. Das hast du schon immer getan. Komm schon, Jason. Sei kein Jammerlappen. Du hörst dich ja bald an wie deine Brüder.«

»Das Einzige, was mit meinen Brüdern verkehrt war, war ihre Mutter.«

»Nun, das ist aber wirklich nicht nett, oder? Ich meine, so eine schlechte Mutter war ich nun auch wieder nicht. Sieh dich an. Aus dir ist doch was geworden.« Sie zwinkerte. »Irgendwas muss ich wohl richtig gemacht haben.«

»Das Einzige, was du je richtig gemacht hast, ist zu sterben.«

»O je, sind wir aber melodramatisch. Vielleicht sollte ich doch gehen und das Gas aufdrehen.«

»Du hast uns lange genug terrorisiert. Verstehst du?« Jake drückte den Arm seiner Mutter so fest, dass er spürte, wie seine Fingerspitzen sich durch ihre Haut berührten.

»Lass mich los«, protestierte seine Mutter. »Ich bin deine Mutter, verdammt noch mal. Wie kannst du es wagen, so mit mir zu reden?«

»Du bist bloß eine brutale Säuferin. Du kannst mir nicht mehr wehtun.«

»Lass meinen Arm los. Geh mir aus dem Weg«, sagte Eva Hart, doch ihre Stimme wurde schwächer, ihr Bild verwischte an den Rändern wie eine Kreidezeichnung und wurde mit jedem Wort blasser.

»Du hast keine Macht mehr über mich«, sagte Jake mit seiner eigenen Stimme, klar und fest.

Ein fragender Ausdruck huschte über ihre haselnussbraunen, kokett aufgeschlagenen Augen, und dann war sie verschwunden.

Jake stand etliche Sekunden vollkommen reglos und genoss die Stille, bevor er ins Bett zurückkehrte, sich neben Mattie legte und abwesend ihre sanft gerundete Hüfte liebkoste, während er im Kopf die auf dem Boden verstreuten Bücher und Spielsachen aufzuheben und an ihren rechtmäßigen Platz zu räumen begann. Vorsichtig sammelte er die Teile seines zerbrochenen Modellflugzeugs ein und legte sie auf das kleine Tischchen, auf dem das Flugzeug normalerweise stand. Dann betrachtete er sich selbst, wie er die Kleiderschranktür öffnete und die drei kleinen Jungen ansah, die zusammengekauert in einer Ecke saßen. »Ihr könnt jetzt rauskommen«, sagte er stumm. »Sie ist weg.«

Sofort schoss Nick aus dem Schrank und stürzte aus dem Zimmer.

»Nick«, rief Jake ihm nach und beobachtete, wie Nick sich in Luft auflöste. »Wir sehen uns später«, sagte er leise und wandte seine Aufmerksamkeit den beiden anderen Jungen zu, die noch in dem Schrank hockten. Luke saß bei der Tür und starrte, die

Augen weit aufgerissen, ins Leere. »Es tut mir so Leid, Luke«, sagte Jake, zwängte seine ausgewachsene Gestalt in den beengten Raum und kniete sich neben den Jungen, der sein älterer Bruder war. »Bitte, verzeih mir.«

Luke sagte nichts. Stattdessen lehnte er seinen kindlichen Körper an Jake, ließ sich von ihm in die Arme nehmen und sanft hin und her wiegen, bis auch er verschwunden war.

Zurück blieb nur der kleine Jake. »Du bist ein guter Junge«, erklärte Jake ihm schlicht und ohne Worte und sah, wie sich das Lächeln des Jungen in seinen Augen spiegelte. »Ein sehr guter Junge, Jason. Ein sehr guter Junge.«

»Jake«, sagte Mattie und richtete sich im Bett neben ihm auf. Ihre Stimme riss ihn aus der Vergangenheit zurück in die Dämmerung des neuen Tages. »Alles in Ordnung?«

»Alles bestens«, antwortete er. »Ich konnte nur nicht schlafen.«

»Ich habe geträumt, du hättest gelacht.«

»Klingt wie ein guter Traum.«

»Was ist mit dir?«, fragte Mattie besorgt. »Noch immer Albträume?«

Jake schüttelte den Kopf. »Nein«, sagte er, legte sich neben sie, nahm sie in beide Arme und schloss die Augen. »Keine Albträume mehr.«

29

Kim träumte wieder vor sich hin.

Sie saß in der letzten Reihe, hatte ihr Mathematik-Buch auf der richtigen Seite aufgeschlagen, und sah den birnenförmigen Lehrer in dem schlabbrigen braunen Anzug an der Tafel an, als würde sie dem, was der alte Mr. Wilkes zu sagen hat, tatsächlich folgen – irgendwas über das X, das man als Stellvertreter des Problems einsetzen sollte, als ob man irgendwas dadurch lösen könnte, indem ein Ding so tat, als wäre es ein anderes – während ihre Gedanken in Wahrheit tausende von Meilen entfernt waren, auf der anderen Seite des Ozeans, in Paris, der Hauptstadt Frankreichs, wo sie mit ihrer Mutter Arm in Arm über die Champs Elysées schlenderte.

Ihre Mutter hatte gestern Abend angerufen, um zu hören, wie Kim in der Schule, mit Grandma Viv, mit ihrem neuen Welpen und mit ihrer Therapeutin zurechtkam.

Gut, gut, gut, gut, beantwortete sie jede neue Frage. Und bei dir?

Alles war toll, lautete die begeisterte Reaktion. Sie hatten schon den Eiffelturm, den Louvre, Montmartre, Notre Dame und den Quai d'Orsay gesehen. Heute standen die Champs Elysées und der Arc de Triomphe auf dem Programm. Das Wetter war wunderbar, Jake war wunderbar, es ging ihr wunderbar.

Doch dann hatte sie angefangen zu husten und zu röcheln, und Jake musste übernehmen und das Gespräch für sie beenden. Wie ging es ihr?, fragte ihr Vater. Wie war die Schule? Wie ging es Matties Mutter? Wie dem neuen Welpen? Wie liefen die Sitzungen mit Rosemary Colicos?

Gut, gut, gut, gut, sagte Kim. Lass mich noch mal mit Mama reden.

Ihre Mutter hätte manchmal Mühe, länger am Stück zu sprechen, erklärte er, obwohl sie allgemein sehr gut zurechtkam, beeilte er sich, ihr zu versichern. Sie würden in ein paar Tagen noch mal anrufen. Paris war toll, sagte er. Nächstes Jahr würden sie sie mitnehmen.

Sicher doch, dachte Kim jetzt, nestelte an ihrem hochgesteckten Haar, sodass sich einige Haarnadeln lösten und von ihrer Schulter zu Boden fielen. Sie bückte sich, um sie aufzuheben, und musterte die seltsame Mischung aus Sommersandalen und schweren Winterstiefeln, die die Füße ihrer Klassenkameraden schmückte. Ein schöner Tag, an dem die Sonne herauskam und die Temperatur ein paar Grad über den Gefrierpunkt stieg, und die Hälfte der Schüler kam ohne Strümpfe und mit kurzärmeligen T-Shirts. Sie konnten den Sommer nicht erwarten, dachte Kim, richtete sich wieder auf und piekste sich mit den aufgehobenen Haarnadeln in die Kopfhaut. Sie konnten es nicht erwarten, dem Tod eine Jahreszeit näher zu kommen.

»Kim?«

Der Klang ihres Namens stieß scheppernd auf ihr Ohr wie ein Beckenschlag, drängte sich in ihre Gedanken und hallte, in der verzweifelten Suche nach einem Ausgang gegen ihre Schädelwände prallend, in ihrem Kopf wider.

»Verzeihung?«, hörte Kim sich fragen, während Mr. Wilkes sie anstarrte, als hätte er eine relevantere Antwort erwartet.

»Ich glaube, ich habe dir eine Frage gestellt.«

»Ich glaube, ich habe sie nicht gehört«, erwiderte Kim, bevor sie Zeit für eine besonnenere Antwort fand.

Unwillen huschte über Mr. Wilkes blassgrüne Augen. »Und warum nicht, Kim? Hast du nicht aufgepasst?«

»Ich würde meinen, das ist doch ziemlich offensichtlich, Sir«, gab Kim zurück, selbst überrascht über ihre Unhöflichkeit, obwohl sie das atemlose Stöhnen und unterdrückte Kichern diverser Klassenkameraden durchaus genoss. Es war mehr an Reaktion, als sie irgendeinem von ihnen seit Wochen hatte entlocken können.

Es klingelte. 27 wie somnabul auf ihren Stühlen hängende Teenager erwachten schlagartig zum Leben, sprangen wie ein Mann auf und stürmten lärmend zur Tür. »Kim?«, fragte der Lehrer, als sie gerade gehen wollte.

»Ich weiß von der Situation bei dir zu Hause«, begann er. »Dein Vater hat die Schule über den Zustand deiner Mutter informiert«, fuhr er fort, als sie nichts sagte. »Ich wollte bloß, dass du weißt, dass ich für dich da bin, falls du mal mit jemandem reden möchtest.«

»Mir geht es gut, Sir«, erklärte Kim ihm und drückte ihre Bücher fest an die Brust.

Gut. Gut. Gut. Gut.

Wie konnte es ihr Vater wagen, die Schule anzurufen? Wie konnte er es wagen, die Lehrer über die Krankheit ihrer Mutter zu informieren? Welches Recht hatte er, so etwas zu tun? »Kann ich jetzt gehen?«, fragte sie.

»Selbstverständlich.«

Kim flüchtete durch die Flure zu ihrem Spind. Worüber hatte ihr Vater die Schule sonst noch informiert? Star-Anwalt Jake Hart, dachte sie spöttisch. Das große Plappermaul, kam der Sache schon näher, dachte sie, während sie an ihrem Zahlenschloss herumfummelte, die Zahlen durcheinander brachte und von vorne anfangen musste. Beim dritten Versuch schaffte sie es schließlich, warf ihre Bücher in den Spind, entnahm ihr Mittagessen und ging in die Kantine.

Sie fand einen leeren Tisch in einer entlegenen Ecke und wandte den anderen Schülern den Rücken zu. Sie öffnete ihre Butterbrotdose und musterte stirnrunzelnd das Sandwich mit Erdnussbutter und Marmelade, das ihre Großmutter ihr geschmiert hatte. »Ich will schließlich nicht, dass deine Mutter sagt, ich hätte dir nichts Anständiges zu essen gegeben«, erklärte

Grandma Viv. »Was glaubst du wohl, wessen Schuld es ist, wenn du bei ihrer Rückkehr aus Frankreich nur noch aus Haut und Knochen bestehst?«

Das würde ihnen Recht geschehen, dachte Kim manchmal und warf das Brot in Richtung des großen Mülleimers in der Ecke. Das Sandwich prallte gegen die Kante, die beiden Brotscheiben lösten sich voneinander und landeten beide mit der klebrigen Seite auf dem Boden. »Verdammt«, sagte Kim, hob das Sandwich auf und warf die beiden Hälften in den Müll, ohne sich um die Marmeladen- und Erdnussbutterreste auf dem Fußboden zu kümmern. Ja, das würde ihren Eltern Recht geschehen, wenn sie bei ihrer Rückkehr aus dem malerischen Paris nur noch ein Bündel aus Haut und Knochen wäre. Das würde ihnen eine Lehre sein, sie nicht mehr allein zu lassen. Sie konnte ihr Bedürfnis, allem zu entfliehen, durchaus verstehen, aber das machte es auch nicht leichter oder weniger einsam für sie.

Kims Magen knurrte, zum Teil aus Hunger, zum Teil aus Protest. Sie überprüfte den weiteren Inhalt ihrer Frühstücksdose. Eine kleine Tüte Milch und ein Snickers. Kim spürte, wie ihr das Wasser im Mund zusammenlief. Sofort nahm sie den Schokoriegel aus der Dose und schleuderte ihn in den Mülleimer, wobei sie dieses Mal einen direkten Treffer landete. Schokoriegel hatte sie ganz aufgegeben. Sie waren nicht gut für einen. Zu viel Fett. Zu viel Zucker. Es war wichtig, dass sie ihre Ernährung kontrollierte, dass sie genau überwachte, was sie sich in den Mund steckte. Wenn ihre Mutter vorsichtiger gewesen wäre, wenn sie all die süßen Desserts und die albernen Marshmallow-Erdbeeren, die sie so gern aß, gemieden hätte, würde es ihr jetzt wahrscheinlich gut gehen. Nein, man konnte gar nicht vorsichtig genug sein. In allen Lebensmitteln steckten so viele Chemikalien, Zusätze und Farbstoffe, dass man jedes Mal, wenn man den Mund aufmachte, praktisch eine Entscheidung über Leben und Tod traf.

Sogar Milch, dachte Kim, riss den Karton auf der falschen Seite auf und sah zu, wie die warme Milch Blasen schlug und über ihre Finger sickerte. Wer wusste schon, was die Landwirtschaftsindustrie der Milch beimischte, um die Gifte zu überdecken, die Kühe täglich in sich aufnahmen. Man musste sich nur ansehen, wie viele Laktose-Allergiker es heutzutage gab. Es musste doch einen Grund geben, warum die Leute immer anfälliger für alle möglichen schrecklichen Krankheiten wurden.

Kim führte den Karton an die Lippen, roch die lauwarme Milch und schmeckte sie auf der Zungenspitze. Kurz darauf und ehe Kim wusste, was sie tat, war die Milch bei dem Rest ihres Mittagessens im Müll gelandet und Kim auf dem Weg in die Sporthalle. Wenn sie schon nichts aß, konnte sie wenigstens früher mit ihrem Fitness-Programm anfangen.

Nach dem Fiasko mit Teddy hatte sie angefangen, regelmäßig an ihrer Fitness zu arbeiten. Anfangs hatte sie nur eine viertel Stunde lang ein paar Übungen für die Bauch- und Oberschenkelmuskulatur, ein paar Dehnungen und ein paar Runden um den Sportplatz absolviert. Doch alle paar Tage kam eine neue Übung hinzu, sodass sie mittlerweile fast zwei Stunden täglich trainierte. Zuerst leichtes Stretching, dann eine halbe Stunde schonende Aerobic, weitere Dehnungen, dann mindestens eine halbe Stunde Aerobic mit voller Kraft, gefolgt von zweihundert Sit-ups und einhundert Liegestützen, weiterem Stretching, Laufen, Hüpfen und Springen und zu guter Letzt ein paar abschließende Dehnübungen. Selbst wenn sie George im Arm hielt, trainierte sie ihre Bauchmuskeln weiter, weil man gar nicht zu fit sein konnte. Man konnte nie zu gesund sein.

Kim schnürte ihre Joggingschuhe und sah auf die Uhr. Bis zum Beginn ihrer nächsten Unterrichtsstunde hatte sie noch mehr als vierzig Minuten Zeit. Genug für eine ordentliche Distanz, dachte sie, als sie ihre erste Runde um die Sporthalle begann. Im nächsten Monat konnte sie noch Schwimmen auf die Liste setzen. Kim stellte sich ihre Mutter vor, wie sie in dem Pool im Garten auf und ab schwamm. Auf und ab, einhundert Mal, jeden Tag von Mai bis Mitte Oktober. Und was hatte ihr das genutzt?, fragte Kim sich und blieb abrupt stehen. Und das ganze Chlor im Wasser. Strapazierte die Haare. Gar nicht auszudenken, was es mit den inneren Organen machte. Denn man konnte schließlich gar nicht anders, als hin und wieder etwas zu schlucken. Das war unvermeidlich. Kim setzte sich wieder in Bewegung und entschied, dass Schwimmen vielleicht doch keine so gute Idee war.

»Hey, Kimbo«, rief irgendjemand. »Wohin denn so eilig?«

Kim blickte zu der breiten Doppeltür der Sporthalle und sah Caroline Smith, flankiert von ihren beiden Klonen Annie Turofsky und Jodi Bates, alle in passenden roten Pullovern.

»Wo willst du hin?«, fragte Jodi.

»Bist du vor irgendwem auf der Flucht?«, fragte Annie.

Kim versuchte, sie zu ignorieren. Sie hatten seit Monaten kaum ein Wort mit ihr gewechselt. Sie interessierten sich bloß wieder für sie, weil sie im Unterricht so grob zu dem alten Mr. Wilkes gewesen war, weil sie das potenziell interessant, potenziell gefährlich machte. Warum sollte sie auf ihre grausamen Launen eingehen? Warum sollte sie sich überhaupt verpflichtet fühlen, ihnen zu antworten? Aber sie fühlte sich gar nicht verpflichtet, stellte sie fest, verlangsamte ihre Schritte und lief zu ihnen. Sie war dankbar. »Was gibt's?«, fragte sie, als wären die letzten paar Monate nie gewesen.

»Was wollte denn der alte Wilkes hinterher noch von dir?«, fragte Caroline. »Wir haben gewettet, dass er dich vom Unterricht ausschließen würde.«

»So viel Glück hatte ich nicht.«

»Und wer ist die alte Schachtel, die dich jeden Tag zur Schule fährt«, fragte Annie.

»Meine Großmutter«, antwortete Kim. »Und sie ist keine alte Schachtel.«

Caroline zuckte mit den Achseln, und ihre beiden Begleiterinnen taten es ihr unverzüglich nach. Uninteressant, sollte das heißen.

»Ich wohne bei ihr, solange meine Eltern in Frankreich sind«, fügte Kim ungefragt hinzu.

»Deine Eltern sind weg?«, fragte Caroline.

»Warum hast du uns das nicht erzählt?«, sagte Annie Turofsky schrill und vorwurfsvoll.

»Wann sind sie denn gefahren?«, fragte Jodie Bates.

»Und was noch wichtiger ist«, übernahm wieder Caroline, »wie lange bleiben sie weg?«

»Sie sind letzte Woche geflogen«, antwortete Kim und genoss die wiedererwachte Aufmerksamkeit ihrer Mitschülerinnen. »Und sie kommen am Mittwoch zurück.«

»Verstehe ich das richtig«, sagte Caroline, »dass du bei deiner Großmutter gewohnt hast, während euer schönes Haus leer gestanden hat?«

»Eigentlich eine Schande, oder?«, sagte Kim.

»Eine echte Verschwendung«, stimmte Caroline ihr zu.

»Denkst du dasselbe, was wir denken?«, fragte Jodi Bates.

»Dass es eine Schande ist, wenn ein so schönes großes Haus das ganze Wochenende ganz alleine ist?«

»Vor allem, wo es eine Party gibt, die nur noch einen Ort sucht, wo sie steigen kann.«

»Du stellst die Räumlichkeiten«, schlug Caroline vor. »Wir stellen die Gäste. Jeder bringt seine eigenen Getränke und so mit. Wie klingt das?«

»Klingt super.«

»Ich kann die Nachricht noch vor der nächsten Unterrichtsstunde auf den Weg bringen«, sagte Annie.

Kim atmete tief ein. Was konnte das schaden? Ihre Großmutter würde bestimmt nicht groß nachfragen, wenn sie am Samstagabend ein paar Stunden ausging. Ihre Eltern waren auf der anderen Seite der Welt. Sie würde vorsichtig sein, darauf achten, dass alle sich benahmen. Keine Drogen, keinen hochprozentigen Alkohol. »Keine uneingeladenen Gäste«, sagte sie laut.

»Kein Problem«, sagte Jodi.

»Nur der engere Kreis«, stimmte Caroline ihr zu.

»Ich weiß nicht.« Kim schwankte. »Vielleicht ist es doch keine so gute Idee.«

Doch Annie war schon auf halbem Weg den Flur hinunter und rief jedem, der ihr entgegenkam, zu: »Party bei Kim Hart. Morgen Abend. Neun Uhr.«

Party bei Kim, hallte es von den Wänden wider. *Morgen Abend. Neun Uhr.*

Party bei Kim. Party bei Kim. Party bei Kim.

»Was meinst du, wie stehen meine Chancen, unsere Kellnerin zu überreden, eines dieser Brötchen gegen ein weiteres Croissant einzutauschen?«, fragte Jake und lächelte Mattie an, während er mit dem harten Brötchen gegen die Tischkante klopfte. Sie saßen in dem kleinen, von Fenstern gesäumten Frühstücksraum hinter dem Fahrstuhlschacht auf der Rückseite ihres Hotels. Es war neun Uhr morgens. Draußen prasselte der Regen mit derartiger Heftigkeit nieder, dass er den Blick auf die mittlerweile vertraute Reihe von kleinen Boutiquen und Cafés verschleierte.

Es regnete seit mindestens vier Stunden, schätzte Mattie und unterdrückte ein Gähnen. Es hatte schon geregnet, als sie sich heute Morgen um fünf auf die Toilette geschlichen hatte, ohne Jake zu wecken, der so zufrieden schnarchte, dass sie es nicht übers Herz brachte, ihn zu stören. Als sie fünf Minuten später inzwischen hellwach auf die Toilettenschüssel sank, hatte es sogar noch heftiger geregnet. Regentropfen trommelten gegen das Badezimmerfenster über ihrem Kopf, als verlangten sie Einlass, während sie mit dem Toilettenpapier kämpfte und große Mühe hatte, ein Stück abzureißen und zu benutzen. Wie lange würde es noch dauern, bis diese intimste Körperfunktion nicht mehr ihrer Kontrolle unterlag, bis eine so schlichte Verrichtung, wie sich den Hintern abzuwischen, ihr buchstäblich aus den Händen genommen wurde? Der Regen begleitete sie zurück ins

Bett, wo sie neben ihrem Mann unter die Decke kroch und stundenlang den wütend ans Fenster prasselnden Tropfen lauschte, bis Jake aufwachte. Bei Regen war es leichter, nichts zu denken, stellte Mattie fest und ließ sich von dem immer wütender tobenden Sturm auf eine eigenartige Weise einlullen.

»Du kennst die Gesetze dieses Landes«, sagte sie jetzt. »Ein weiches Croissant, ein kieferbrechendes Brötchen.« Sie führte die Tasse schwarzen Kaffee an ihre Lippen und hoffte, dass ein Koffeinschub sie mit der nötigen Energie für einen Kickstart in den Tag versorgen würde. In Wahrheit wollte sie bloß wieder nach oben gehen und ins Bett kriechen. Hatte sie Jake nicht versprochen, dass sie es nicht übertreiben würde, dass sie ihm sagen würde, wenn sie müde war? Ein paar weitere Stunden Schlaf – das war alles, was sie brauchte. Vielleicht würde es in ein paar Stunden auch aufhören zu regnen.

»Ich freue mich wirklich auf den Vormittag«, sagte Jake, während wundersamerweise ein Reiseführer in seinen Händen auftauchte. »Hör dir das an: ›Das Centre Pompidou ist mit seiner High Tech-Architektur nicht nur eines der markantesten Bauwerke, die die umfangreiche Modernisierung des Pariser Stadtbildes in den vergangenen zwanzig Jahren repräsentieren‹«, las er, »›sondern auch ein Zentrum ständig wechselnder kultureller Angebote und Aktivitäten mit Ausstellungen zur zeitgenössischen Kunst, Architektur, Design, Fotografie, Theater, Film und Tanz, während das hoch aufragende Gebäude selbst einen spektakulären Blick über das Zentrum von Paris bietet.‹«

Mattie ließ schon in Erwartung all dieser Anstrengungen die Schultern sacken. Bildende Kunst, Architektur, Design, Fotografie, Film, Theater, Tanz – die Worte klatschten mit der gleichen achtlosen Präzision gegen ihren Schädel wie der Regen gegen die Fenster.

»›Wir empfehlen eine Fahrt mit der durchsichtigen Rolltreppe für einen Blick aus der Vogelperspektive auf die Piazza‹«, las Jake weiter, »›wo Musiker, Straßenkünstler und Porträtmaler für die wimmelnden Menschenmassen ihrer Kunst nachgehen.‹«

Rolltreppen, Vogelperspektiven, Straßenkünstler, wimmelnde Menschenmassen, wiederholte Mattie stumm, und mit jedem neuen Bild wurde ihr ein wenig schwindeliger.

»Da es regnet«, fuhr Jake fort, »können wir auch ein Taxi bis zur Galerie nehmen und zunächst die Innenräume besichtigen. Vielleicht hat es aufgehört zu regnen, bis wir fertig sind, und wir können nach draußen gehen und uns porträtieren lassen.« Er hielt inne und riss besorgt seine dunkelblauen Augen auf. »Mattie, stimmt irgendwas nicht?«

»Ob was nicht stimmt?« Mattie spürte, wie ihr die Kaffeetasse aus der Hand zu gleiten drohte. Sie versuchte, das feine Porzellan fest zu halten, doch ihre Finger weigerten sich, fester zuzugreifen. Mattie malte sich aus, wie ihr die Tasse entglitt und auf dem Marmorfußboden zerschellte, und wartete hilflos darauf, dass dieses Bild Wirklichkeit wurde.

Plötzlich waren Jakes Hände auf ihren. Ohne den Blick eine Sekunde von Mattie zu wenden, hielt er die Tasse fest, bevor sie fallen konnte, und stellte sie auf die Untertasse, ehe ein Tropfen der schlammig braunen Flüssigkeit das dicke weiße Tischtuch beschmutzen konnte. »Du bist blass wie ein Gespenst.«

»Alles in Ordnung.«

»Es ist nicht alles in Ordnung. Was ist los, Mattie? Was erzählst du mir nicht?«

Mattie schüttelte trotzig den Kopf. »Ehrlich, Jake, mir geht es gut. Ich bin nur ein wenig müde«, räumte sie widerwillig ein, als sie erkannte, dass es zwecklos war, weiter zu leugnen.

»Wenn du sagst, du wärst ein wenig müde, heißt das, du bist völlig erschöpft«, übersetzte Jake. »Die Franzosen sind nicht die Einzigen, die die Kunst der Untertreibung beherrschen.«

Lächelnd gestand Mattie ihre Kapitulation ein. »Ich habe letzte Nacht nicht besonders gut geschlafen. Vielleicht wäre es keine schlechte Idee, wenn ich den Vormittag frei nehme.«

»Großartige Idee. Wir gehen wieder nach oben und legen uns hin, bis es aufgehört hat zu regnen. Ich habe selbst auch nicht so gut geschlafen.«

»Du hast geschlafen wie ein Baby.«

»Dann gucke ich dir beim Schlafen zu.«

Mattie streckte ihren Arm aus und strich mit ihren zunehmend nutzlosen Fingern über die Wange ihres Mannes. Wie lange würde es dauern, bis sie ihn nicht mehr so berühren konnte? Wie lange, bis ihr selbst die kleinste Zärtlichkeit verwehrt blieb? »Ich möchte, dass du ins Centre Pompidou gehst«, erklärte sie ihm.

»Nicht ohne dich«, kam die prompte Antwort.

»Jake, es ist albern, wenn wir es beide nicht sehen.«

»Dann gehen wir eben morgen.«

»Nein, du gehst heute Vormittag«, beharrte Mattie. »Wenn es gut ist, sehen wir es uns nächstes Jahr gemeinsam an. Mit Kim«, fügte sie hinzu, als ihr das Telefonat mit ihrer Tochter wieder einfiel.

Jake führte Matties Hand an seinen Mund und küsste nacheinander jeden Finger. »Ich glaube, sie würde die Stadt lieben.«

»Und du, wirst du sie auch bestimmt hierher bringen?«, sagte Mattie leise und flehend.

»Ich werde sie ganz bestimmt hierher bringen«, versprach Jake flüsternd.

Ein paar Minuten saßen sie schweigend beieinander. »Du solltest dich auf den Weg machen«, sagte Mattie schließlich.

»Ich begleite dich erst noch nach oben.«

»Das ist nicht nötig.«

»Mattie, ich gehe nirgendwohin, bevor ich dich nicht sicher unter deiner Bettdecke weiß.«

»Ich bin kein Krüppel, Jake«, fauchte Mattie, und ihre unvermittelte Schroffheit überraschte sie beide. »Also bitte behandele mich auch nicht so«, fuhr sie in normalem Tonfall fort.

»Mein Gott, Mattie. Es tut mir Leid. Ich wollte nicht –«

»Ich weiß«, versicherte sie ihm eilig. »Ich bin diejenige, der es Leid tun sollte. Ich hatte kein Recht, dich so anzufauchen.«

»Du hattest alles Recht der Welt.«

»Ich habe heute einfach einen schlechten Tag.«

»Was kann ich tun?«, fragte er hilflos.

»Du kannst ins Centre George Pompidou gehen und dich amüsieren, das kannst du tun.«

»Und das ist das, was du wirklich willst?«

»Das ist das, was ich wirklich will.«

Jake nickte und stand auf. »Je schneller ich aufbreche, desto schneller bin ich wieder hier, nehme ich an.«

Mattie blickte lächelnd zu ihm hoch. »Hetz dich nicht. Ich gehe nirgendwohin. Und jetzt lauf. Verschwinde.«

Er beugte sich zu ihr herab und küsste sie, und sie spürte seine Lippen noch auf ihren, lange nachdem er den Raum verlassen hatte. Mattie blieb eine Weile alleine sitzen und beobachtete die anderen Frühstücksgäste: ein junges Paar an einem Ecktisch, das sich leise auf Spanisch stritt; zwei ältere Frauen, die sich aufgeregt auf Deutsch unterhielten; ein amerikanisches Paar, das erfolglos versuchte, seine beiden kleinen Söhne am Aufstehen zu hindern. Was war mit der Frau geschehen, die sie auf dem Hof getroffen hatte, fragte sie sich. Cynthia irgendwas. Broome. Cynthia Broome. Ja, das war's. Sie hatte sie seit jenem ersten Tag nicht mehr gesehen.

Mattie stand mühsam auf und stellte mit einem Blick auf die anderen Tische lächelnd fest, dass sämtliche Croissants aus den Brotkörben verschwunden, die meisten harten Brötchen hingegen unangerührt geblieben waren. Wer hatte auch schon die Kraft, die verdammten Dinger zu kauen? Sie jedenfalls ganz bestimmt nicht, dachte sie, als plötzlich einer der amerikanischen Jungen von seinem Stuhl aufsprang, losrannte und sie anrempelte. Mattie spürte, wie ihre Knie nachgaben. Sie stolperte, klammerte sich an die Lehne eines Stuhles in der Nähe und schaffte es durch schiere Willenskraft, auf den Beinen zu bleiben.

»Wirst du dich wohl hinsetzen!«, fuhr die Mutter den Kleinen an, zerrte den strubbeligen Jungen gewaltsam wieder auf seinen Stuhl und schob diesen so dicht wie möglich an den Tisch. »Es tut mir schrecklich Leid«, sagte sie zu Mattie, als die an ihr vorbei in die Lobby ging, und ihr New-England-Akzent verhallte im Echo des Regens von draußen.

Auf dem Weg zu dem winzigen Aufzug fiel Matties Blick auf Chloe Dorleac, die ihr, herausgeputzt mit dunkelvioletter Seidenbluse und burgunderrotem Lippenstift, kühl zunickte. Die Drachenfrau, dachte sie glucksend, machte auf dem Absatz kehrt und steuerte die Rezeption an. »Kann ich Ihnen helfen?«, fragte Chloe Dorleac, ohne aufzublicken.

»Ich wollte mich nach einem Ihrer Gäste erkundigen«, sagte Mattie und fuhr, als das keine Nachfrage provozierte, fort: »Cynthia Broome. Sie ist Amerikanerin.«

»Cynthia Broome?«, wiederholte die Drachenfrau. »Der Name kommt mir nicht bekannt vor.«

»Sie war schon hier, als wir angekommen sind. Sie hat mir erzählt, dass sie mehrere Wochen bleiben wollte.«

Chloe Dorleac blätterte demonstrativ durch das Anmeldungsregister. »Nein. Niemand dieses Namens hat je hier gewohnt.«

»Aber das kann nicht sein«, beharrte Mattie mit dem plötzlichen Ehrgeiz, der Drachenfrau ihren Irrtum nachzuweisen, obwohl sie nicht wusste, wozu eigentlich. Sie war erschöpft, und ihre Beine fingen an wehzutun. Sie sollte auf ihr Zimmer gehen und sich hinlegen, bevor sie zusammenklappte. »Eher klein. Attraktiv. Rote Locken.«

»O ja.« Die violetten Augen der Drachenfrau leuchteten auf. »Ich weiß, wen Sie meinen. Aber ihr Name ist nicht Cynthia Broome.« Das Telefon klingelte, Chloe Dorleac entschuldigte sich und nahm ab. »Eine Minute«, sagte sie und hielt den Zeigefinger hoch. »Une minute.«

Okay, dachte Mattie und wartete, während sich Mademoiselle Dorleac mit ihrem Gesprächspartner angeregt auf Französisch unterhielt. Gut, der Nachname stimmte also nicht. Es war nicht Broome, sondern irgendetwas anderes mit B. Sie war schlicht zu müde, sich daran zu erinnern. Welchen Unterschied machte es auch? Cynthia Nicht-Broome war offenbar sehr beschäftigt damit, die Sehenswürdigkeiten von Paris abzuklappern, und darüber hinaus glücklich, es für sich alleine zu tun. Warum dachte Mattie überhaupt an sie?

»Vergessen Sie's«, sagte Mattie zu Chloe Dorleac und winkte müde ab. Die Drachenfrau beachtete sie gar nicht, sondern lachte laut in den Hörer, obwohl sich ihr Mund kaum bewegte. Ihr Lachen verfolgte Mattie bis zu dem kleinen schmiedeeisernen Käfig der Fahrstuhlkabine und durch den Schacht bis in den zweiten Stock. Es verfolgte Mattie in ihr Zimmer und bis in ihr Bett, wo es dem Regen Konkurrenz machte, während Mattie die Augen schloss und sich erschöpft dem Schlaf ergab.

30

In ihrem Traum rannte Mattie, um Jake auf dem Arc de Triomphe zu treffen. Jake hatte sie ermahnt, nicht zu spät zu kommen. Mattie sah auf die Uhr und stieg in ein Taxi, das auf dem Place de la Concorde feststeckte.

»Vite! Vite!«, wies Mattie den Fahrer an.

»Hack! Hack!«, kam die Antwort vom Fahrersitz. »Wussten Sie, dass König Ludwig XVI. und Marie Antoinette während der Französischen Revolution auf diesem Platz guillotiniert wurden? Genau genommen haben zwischen 1793 und 1795 insgesamt 1300 Menschen an genau dieser Stelle den Kopf verloren.«

»Mein Vater hat seinen Kopf verloren, als ich acht Jahre alt war«, sagte Mattie. »Meine Mutter hat ihn abgeschnitten.«

Plötzlich war Mattie nicht mehr in dem Taxi, sondern rannte über den bevölkerten Bürgersteig der Champs Elysées. Sie sah erneut auf die Uhr und bemerkte, dass sie nur noch zwei Minuten Zeit hatte, um zum Ende der breiten Allee zu gelangen, deren Name übersetzt elysische, also himmlische Felder bedeutete, die jedoch mittlerweile Heimstatt einer unschönen Ansammlung von Fast-Food-Restaurants, Autosalons und Fluggesellschaftsbüros geworden war. »Verzeihung«, sagte sie, als sie eine Frau mit einem weichen beigen Hut anrempelte.

»Wozu die Eile?«, fragte die Frau, als Mattie an ihr vorbeistürmte.

»Der Arc de Triomphe wurde 1806 von Napoleon in Auftrag gegeben, jedoch erst dreißig Jahre später fertig gestellt«, hörte Mattie einen Touristenführer in der drängelnden Menge auf Englisch rufen, während sie den beschwerlichen Aufstieg zur

Spitze des imposanten Bauwerks begann. »Hat irgendjemand meinen Mann gesehen?«, fragte sie eine Gruppe von Touristen, die die steinerne Wendeltreppe hinuntergerannt kamen.

»Sie haben ihn knapp verpasst«, sagte eine Frau mit rotem lockigem Haar. »Er ist zum Centre George Pompidou gefahren.«

Eine Truppe lärmender Schüler hob Mattie auf ihre Schultern und trug sie wieder nach unten, wo sie prompt verschwanden und Mattie allein in einem kleinen fensterlosen Raum zurückließen. »Hilfe«, rief sie und warf ihren Körper ohnmächtig gegen die schwere Eisentür. Doch je verzweifelter ihre Anstrengungen, desto schwächer wurde ihre Stimme, und bald hörte man nur noch den Widerhall ihres gegen die kalten Steinmauern schlagenden Körpers.

Klopf, klopf.

Wer ist da?

Klopf. Klopf.

Qui est là?

Klopf. Klopf.

Mattie öffnete die Augen. Ihr Atem ging schwer, und ihre Stirn war mit winzigen Schweißperlen bedeckt. Gott, wie sie solche Träume hasste. Sie richtete sich auf und starrte zum Fenster. Es regnete noch immer, dachte sie und stellte fest, dass sie nicht einmal eine Stunde geschlafen hatte. Wahrscheinlich sollte sie sich wieder hinlegen und versuchen, noch ein weiteres Stündchen zu schlafen, damit sie auf jeden Fall ausgeruht war, wenn Jake zurückkam.

Klopf. Klopf.

Es war gar nicht ihr Traum, merkte Mattie. Vor der Tür stand tatsächlich jemand. »Ja? *Qui*? Wer ist da? *Qui est là*?« Wahrscheinlich die Putzfrau, dachte sie und fragte sich, warum die Frau nicht einfach ihren Schlüssel benutzte. Vielleicht auch Jake – vielleicht hatte er seinen vergessen. Mattie schwang ihre Beine seitlich aus dem Bett.

»Mattie?«, fragte die Stimme, und Matties Hand erstarrte am Türknauf.

Sie öffnete und sah sich einer Vision aus feuchten roten Locken gegenüber.

»Scheußlicher Morgen«, sagte die Frau, strich ein paar Regentropfen von den Schultern ihrer dunkelblauen Jacke und sah Mattie aus goldfleckigen braunen Augen an. »Ich habe versucht auszugehen, aber ich musste zurückkommen. Es ist unglaublich da draußen. Ich bin's. Cynthia«, sagte sie beinahe so, als ob das eine Frage wäre. »Cynthia Broome? Die Drachenfrau hat gesagt, dass Sie mich gesucht haben.«

Mattie machte einen Schritt zurück und lud die andere Frau mit einer Handbewegung in das kleine Zimmer, wo sie mit dem Kopf auf einen wackeligen Holzstuhl am Fenster wies. »Ich habe nach Ihnen gefragt, ja.« Mattie ließ sich vorsichtig auf der Bettkante nieder, während Cynthia ihren üppigen Hintern auf den schmalen Sitz platzierte und ihre nasse Jacke auszog. »Madame Dorleac meinte, es gäbe hier niemanden namens Cynthia Broome.«

Die andere Frau wirkte einen Moment lang überrascht. Sie nahm eine Hand voll Locken in die rechte Hand und schüttelte sie aus, sodass etliche Tropfen auf ihre Jeans fielen. »Oh, natürlich. Mein Pass«, sagte sie. »Er lautet immer noch auf den Namen meines Mannes. Das sollte ich wohl mal ändern. Schließlich bin ich schon vier Jahre geschieden.« Cynthia sah sich nervös um. »Wollten Sie mich wegen irgendwas Bestimmtem sprechen?«

Mattie schüttelte den Kopf. »Nein, eigentlich nicht. Ich war bloß neugierig, was aus Ihnen geworden ist. Seit jenem Vormittag im Hof habe ich Sie nicht mehr gesehen.«

»Als Sie nach Ihrem Mann gesucht haben.«

»Ich habe ihn gefunden.«

Cynthia blickte zum Badezimmer. »Wo haben Sie ihn denn versteckt?«

Mattie lachte. »Er ist zum Centre George Pompidou gefahren. Ich war ein wenig müde, deshalb bin ich nach oben gegangen und habe mich hingelegt.«

»Und ich habe Sie aufgeweckt?« Besorgnis legte sich über Cynthias Miene wie ein dunkler Schatten.

»Das macht nichts«, versicherte Mattie ihr. »Wirklich, mir geht es gut.«

»Sind Sie sicher?«

»Ich habe sowieso schlecht geträumt. Sie haben mich gerettet.«

Cynthia lächelte, obwohl die Sorge nicht mehr aus ihrem runden Gesicht verschwand. »Was haben Sie denn geträumt?«

»Ach, bloß einen dieser dummen Träume, in denen man vergeblich versucht, irgendwo anzukommen.«

»Oh, die hasse ich«, stimmte Cynthia ihr zu. »Sie sind so frustrierend.«

»Kann ich Ihnen irgendwas anbieten? Kekse, Wasser, Pralinen?«

»Nein, nichts. Was für Pralinen?«, fragte sie beinahe im selben Atemzug.

»Klebrige Dinger mit dickflüssiger Crème-Füllung. Absolut sündhaft.« Mattie streckte den Arm nach der offenen Schachtel mit Trüffelpralinés aus, die auf dem winzigen Tisch neben ihrem Kopfkissen stand. Doch die Schachtel kam ihr mit einem Mal bleischwer vor und glitt ihr aus der Hand, sodass sich ihr Inhalt auf den Fußboden ergoss. »O nein.«

»Das macht nichts. Ich hebe sie auf«, bot Cynthia eilig an und sammelte die Pralinen mit flinken Fingern ein. Sekunden später ruhten sie wieder sicher in ihren braunen Papierrosetten. »Sehen Sie. Nichts passiert.«

»Es tut mir schrecklich Leid.«

Cynthia griff in die Schachtel, wählte die größte Praline aus und schob sie in den Mund. »Hm, lecker. Champagner-Füllung. Meine Lieblings-Pralinés.«

»Auch wenn sie staubbedeckt sind?«

»Ja, aber mit französischem Staub – nicht zu vergessen. Das macht einen Riesenunterschied.«

Mattie lachte erneut und dachte, dass sie Cynthia Broome mochte. Sie fragte sich, welcher Mann dumm genug gewesen war, sie gehen zu lassen.

»Wo haben Sie die gekauft?«

»Ich weiß nicht. Jake hat sie in irgendeinem kleinen Laden im Rive Gauche gekauft.«

»Wie lange sind Sie schon verheiratet?«, fragte Cynthia, während sie den übrigen Inhalt der Schachtel begutachtete.

»Sechzehn Jahre.«

»Wow. Da müssen Sie ja eine Kind-Braut gewesen sein.«

»Eigentlich eher eine Braut mit Kind«, präzisierte Mattie und war überrascht, dass sie einer praktisch Fremden eine derart persönliche Information anvertraute.

»Aber Sie sind sechzehn Jahre später immer noch zusammen«, sagte Cynthia mit einem milde neidischen Unterton. »Sie mussten vielleicht heiraten, aber Sie mussten nicht zusammenbleiben.«

Mattie nickte. »Das stimmt wahrscheinlich.« Sie lachte. Doch das Lachen blieb ihr im Hals stecken und klebte an ihren Stimmbändern wie eine zähe Praline, sodass keine Luft von außen eindringen konnte. Die Pralinenschachtel fiel erneut zu Boden, als Mattie aufsprang und hektisch mit den Händen vor ihrem Gesicht wedelte.

»Mein Gott, was kann ich tun?«, fragte Cynthia, die ebenfalls sofort aufgesprungen war und hilflos mit den Armen ruderte.

Mattie schüttelte den Kopf. Niemand konnte irgendetwas tun, wusste sie und versuchte, sich zu beruhigen. Sie erstickte nicht wirklich, begann sie sich ihr vertrautes Mantra vorzubeten. Ihre Brustmuskeln wurden nur schwächer, was dazu führte, dass ihr Atem flacher wurde, was ihr das Gefühl gab, keine Luft zu bekommen, während sie in Wirklichkeit wunderbar atmete. Bleib ruhig. Bleib ruhig.

Aber wie konnte sie ruhig bleiben, wenn sie an dem bisschen Luft würgte, das sie in ihre Lunge pressen konnte? Sie würde an Ort und Stelle sterben, wenn sie nicht sofort aus diesem Zimmer herauskam. Sie musste nach draußen, nach draußen, wo es frische Luft gab. Und Regentropfen so groß wie Pampelmusen, um ihre Ängste zu ertränken. Ertrinken war besser als ersticken, beschloss Mattie, setzte sich in Richtung Tür in Bewegung, stolperte über ihre Füße, verlor das Gleichgewicht, taumelte, konnte sich nicht mehr abstützen und schlug mit der Wange auf den dunklen Holzboden. Beim Aufprall platzte ihre Lippe, und sie spürte, wie das Blut in ihren offenen Mund sickerte, während sie dalag, auf die Staubfäden unter dem Bett starrte und nach Luft rang. Wie ein Fisch, der hilflos auf den Planken eines Fischerbootes zappelte, dachte Mattie und spürte Cynthia Broomes Hände auf ihren Schultern, als die andere Frau sie in die Arme nahm, sie an ihre weiße Seidenbluse drückte und sanft hin und her wiegte wie ein Baby, bis Matties Atem wieder normal ging.

»Alles okay«, sagte Cynthia immer wieder. »Alles okay. Sie sind okay.«

»Versauen Sie sich Ihre schöne Bluse nicht mit Blut«, warnte Mattie die andere Frau eine Minute später und wischte sich die Tränen aus den Augen und das Blut von der Lippe.

»Das ist doch egal.«

»Sie sind sehr nett.«

»Nicht wirklich«, erwiderte Cynthia kryptisch. »Geht es Ihnen gut?«

»Nein«, sagte Mattie und fügte leise hinzu: »Ich sterbe.«

Cynthia Broome sagte nichts, doch Mattie spürte, wie sich ihr ganzer Körper versteifte und der Atem unter ihren großen Brüsten einen Moment lang stockte.

»Eine Krankheit namens Amyotrophe Lateralsklerose. Die

Lou-Gehrig-Krankheit«, erklärte Mattie mittlerweile beinahe automatisch.

»Das tut mir sehr Leid«, sagte Cynthia.

»In meiner Handtasche ist Morphium.« Mattie wies auf die braune Leinentasche auf dem Boden neben der Kommode. »Wenn Sie mir eine Tablette und ein Glas Wasser geben könnten.«

Cynthia war sofort auf den Beinen, stieg vorsichtig über die verstreuten Pralinen, kramte durch Matties Tasche und fand das Fläschchen mit den Tabletten. »Nur eine?«

Mattie lächelte traurig. »Für den Augenblick ja«, sagte sie. Kurz darauf spürte Mattie die Tablette auf ihrer Zungenspitze und das Glas an ihren Lippen, spürte, wie das Wasser die Tablette problemlos durch ihren Hals spülte. »Danke.« Cynthia setzte sich wieder neben Mattie auf den Boden, beide Frauen mit dem Rücken an das Fußende des Bettes gelehnt. »Sie müssen nicht bleiben«, erklärte Mattie ihr. »Mein Mann sollte bald zurück sein.«

»Erzählen Sie mir von ihm.« Die andere Frau machte es sich bequem und hatte offensichtlich nicht die Absicht, irgendwohin zu gehen.

Mattie stellte sich Jakes dunkelblaue Augen und sein attraktives Gesicht vor, seine kräftigen Hände und seinen sanften Mund. »Er ist ein wundervoller Mann«, sagte Mattie. »Freundlich. Gut. Liebevoll.«

»Wahrscheinlich sieht er auch noch gut aus.«

»Er sieht phantastisch aus.«

Die beiden Frauen lachten leise. »Dann haben Sie also einen Guten erwischt«, sagte Cynthia.

»Ja, das habe ich«, stimmte Mattie ihr zu.

»Ich hatte auch mal einen Guten.«

»Was ist mit ihm passiert?«

»Umstände«, sagte Cynthia vage.

»Umstände ändern sich.«

Cynthia nickte und blickte zu Boden. »Ja, das tun sie.«

»Reden wir von Ihrem Ex-Mann?«, fragte sie.

»Gott bewahre, nein.« Cynthia lachte. »Obwohl, wer weiß? Er ist nicht lange genug geblieben, als dass ich es hätte herausfinden können.«

»Klingt nicht, als hätten Sie viel verpasst.«

»Ich weiß nicht. Ich hatte immer das Gefühl, ich hätte mich mehr anstrengen müssen, verstehen Sie.« Cynthia klopfte sich an den Kopf. »Was Männer angeht, habe ich mich nie besonders klug angestellt.« Sie sah Mattie an. »Gibt es irgendeinen Grund, warum wir auf dem Boden sitzen?«

»Von da aus fällt man nicht so tief«, sagte Mattie schlicht, als Cynthia ihr wieder aufs Bett half, ihr mit ein paar Kissen den Kopf abstützte und ihre Beine ausstreckte.

»Wir passen schon auf, dass Sie nicht fallen«, sagte Cynthia und musterte Matties Gesicht. »Wissen Sie, ich glaube, wir sollten Ihre Wange ein bisschen kühlen. Sie schwillt langsam an.« Sie ging ins Bad. »Oh«, rief sie, das fließende Wasser übertönend. »Sie haben Renoir als Bodenmosaik. Ich habe Toulouse-Lautrec. Jane Avril tanzt Can-Can im Moulin Rouge. Ziemlich schick, was?«

Bei dem weiter gegen das Fenster prasselnden Regen, dem im Bad laufenden Wasser und Cynthias Stimme hörte Mattie nicht, wie der Schlüssel im Schloss herumgedreht wurde. Sie sah nicht, wie sich der Türknauf drehte, und merkte erst, dass Jake zurück war, als er die Tür hinter sich schloss. »Die verdammte Galerie war wegen Renovierung geschlossen«, sagte er beinahe in Zeitlupe, bevor er sich aus seiner Jacke schälte und sich lächelnd dem Bett zuwandte, wobei das Lächeln schlagartig erstarb. Danach ging plötzlich alles sehr schnell, als ob die ganze Szene vorher aufgenommen worden war und nun im Schnellvorlauf abgespult wurde. Selbst als Mattie sich später an den genauen Ablauf der Ereignisse zu erinnern versuchte, hatte sie Mühe, sie isoliert zu betrachten und eine Entwicklung von der nächsten zu trennen, einen Satz vom anderen. »Mein Gott, was ist denn mit dir passiert?«

»Mir geht es gut, Jake«, versicherte Mattie ihm. »Ich bin bloß ein bisschen hingefallen.«

Sofort war er neben ihr auf den Knien. »Verdammt, ich wusste, dass ich dich nicht hätte allein lassen sollen.«

»Es ist okay, Jake. Ich war nicht allein.«

»Was soll das heißen?« Er blickte zum Badezimmer. »Läuft das Wasser?«

»Cynthia ist hier«, sagte Mattie. »Sie macht mir eine kalte Kompresse.«

»Cynthia?«

»Die Frau aus Chicago, die ich im Hof getroffen habe, als wir angekommen sind. Erinnerst du dich. Ich habe dir von ihr erzählt. Cynthia Broome.«

Alle Farbe wich aus Jakes Gesicht wie Wasser, das aus einem Hahn sprudelt. Erst wurden seine Wangen aschfahl, dann schienen auch seine Augen zu erbleichen. »Cynthia Broome?«

»Habe ich meinen Namen gehört?« Cynthia trat aus dem Bad und ging zu dem Bett, während Jake unbeholfen aufstand. »Sie müssen Jake sein«, sagte sie, nahm das feuchte Handtuch in die linke Hand und streckte die Rechte aus.

»Das verstehe ich nicht«, sagte er, ohne sich zu rühren. »Was will die denn hier?«

»Jake!«, sagte Mattie. »Ist das nicht ein wenig unhöflich?«

»Tut mir Leid«, stotterte er und versuchte zu lachen. »Ich nehme an, ihr habt mich auf dem falschen Fuß erwischt.« Er räusperte sich und warf die Hände in die Luft. »Ich gehe eine Stunde weg, und bei meiner Rückkehr finde ich meine Frau mit einem Bluterguss im Gesicht und eine Fremde im Bad.«

Hatte sie sich das nur eingebildet, fragte Mattie sich, oder war Cynthia bei dem Wort »Fremde« zusammengezuckt, beinahe so, als habe man sie geschlagen? Und was war mit Jake los? Er wahrte doch sonst in praktisch jeder Situation die Haltung.

»Es war ein frustrierender Vormittag für dich«, sagte Mattie, als Cynthia um das Bett ging, sich neben sie setzte und die Kompresse vorsichtig auf Matties Wange drückte.

Jake stand wie angewurzelt da. »Will mir vielleicht irgendwer erzählen, was eigentlich los ist?«

»Ich hatte eine Attacke«, erklärte Mattie. »Ich konnte nicht atmen. Zum Glück war Cynthia hier. Sie hat mir geholfen.«

»Was hat sie überhaupt hier gemacht?«, fragte Jake, als ob Cynthia gar nicht im Zimmer wäre.

»Man hat mir gesagt, dass Ihre Frau mich gesucht hat.« Cynthias Stimme war mit einem Mal so kühl wie die Kompresse. »Ich habe aus reiner Höflichkeit vorbeigeschaut.«

»Aus reiner Höflichkeit?«

Der Ärger in Jakes Stimme war unüberhörbar. Was war mit ihm los?, fragte Mattie sich. Es war untypisch für ihn, dass er sich so abweisend verhielt, obwohl er mit Menschen, die er nicht mochte, schon immer ungeduldig gewesen war. Sie dachte an den Zwischenfall in der Trattoria, seinen Zorn, als sein Partner wegen ihres Verhaltens voreilig falsche Schlüsse gezogen hatte. Aber was hatte er gegen Cynthia Broome? Warum war er so wütend auf sie? Er machte doch bestimmt nicht sie für ihre Attacke verantwortlich. »Jake, was ist los? Alles in Ordnung?«, fragte sie.

Jake fuhr sich mit zitternder Hand durch sein dunkles Haar und atmete tief ein. »Es tut mir Leid«, sagte er noch einmal. »Ich nehme an, der Vormittag hat mir einfach irgendwie zugesetzt. Ich trotte den ganzen Weg durch den Scheißregen bis zu der verdammten Galerie, und dann ist sie geschlossen, und ich habe eine halbe Stunde lang kein Taxi gekriegt, und als ich schließlich zurückkomme, finde ich –«

»– Ihre Frau mit einem Bluterguss im Gesicht und eine Fremde im Bad«, beendete Cynthia den Satz für ihn.

»Vielen Dank, dass Sie meiner Frau geholfen haben«, sagte Jake.

Cynthia nickte. »War mir ein Vergnügen. Ich bin froh, dass ich helfen konnte. Wie dem auch sei«, fuhr sie praktisch im selben Atemzug fort und hielt Jake die Kompresse hin, »jetzt sind Sie dran. Dieses Zimmer ist für drei Menschen wirklich zu eng.« Sie stand vom Bett auf, nahm ihre Jacke und drückte Jake die Kompresse in die Hand, als sie an ihm vorbeiging. »Passen Sie auf die Pralinen auf«, warnte sie ihn.

»Vielleicht könnten wir später zu dritt zusammen Mittag essen«, sagte Mattie, als Cynthia die Tür öffnete.

Cynthia sah auf die Uhr. »Ich habe für heute Nachmittag eine Überraschungs-Tour durch die Stadt gebucht. Die Überraschung wird sein, ob man bei dem Regen überhaupt etwas sieht.«

»Wie wär's dann mit morgen?«, drängte Mattie, obwohl sie nicht genau wusste, warum. Die Frau wollte offensichtlich ebenso dringend weg, wie Jake sie verschwinden sehen wollte. Manchmal stimmte die Chemie zwischen Menschen einfach nicht, musste Mattie zugeben. Ihre Mutter behauptete, dass das für Hunde auf jeden Fall galt, und es gab keinen Grund, warum es bei Menschen nicht so sein sollte. Warum beharrte sie auf etwas, das niemand wirklich wollte?

»Ich bin für den Rest meines Aufenthalts mehr oder weniger ausgebucht.« Cynthia trat von einem Fuß auf den anderen.

»Ich verstehe«, sagte Mattie, obwohl sie im Grunde nichts verstand. »Vielleicht in Chicago. Sie müssen mir Ihre Adresse und Telefonnummer geben.«

»Ich hinterlege sie bei der Drachenfrau.« Cynthia blickte ein weiteres Mal auf die Uhr, allerdings so kurz, dass Mattie bezweifelte, dass sie die Uhrzeit überhaupt hatte registrieren können. »Passen Sie gut auf sich auf«, sagte sie. »Nett, Sie kennen gelernt zu haben, Jason.«

»Ich begleite sie noch nach unten«, bot Jake plötzlich an. »Ich bin sofort zurück«, erklärte er Mattie, die nichts sagte, während er Cynthia in den Flur folgte und die Tür hinter sich zuzog.

»O mein Gott«, flüsterte Mattie, sobald die beiden draußen waren, und die Worte fielen von ihren Lippen, als sie vom Bett aufstand und, ihre Beine nachziehend, auf dem engen Raum zwischen Bett und Fenster auf und ab zu laufen begann. »O mein Gott. O mein Gott.«

Nett, Sie kennen gelernt zu haben, Jason.

Jason. Jason. Jason. Jason.

Was hatte das zu bedeuten? Was *konnte* es nur bedeuten?

Kein Wunder, dass Chloe Dorleac nie von einer Cynthia Broome gehört hatte. Es gab keine Cynthia Broome.

»O Gott, o Gott, o Gott.«

Kein Wunder, dass ihr die Stimme die ganze Zeit so vertraut vorgekommen war. Mattie hatte diese Stimme mehr als einmal am Telefon gehört. *Ich liebe dich, Jason.*

Jason. Jason. Jason. Jason.

Sie war die ganze Zeit hier gewesen und hatte sich wahrscheinlich bei jeder sich bietenden Gelegenheit heimlich mit Jake getroffen. Wie französisch, dachte Mattie. Mit der Ehefrau *und* der Geliebten nach Paris zu reisen. O Gott, o Gott, o Gott.

Ich hatte auch mal einen Guten.

Was ist mit ihm passiert?

Umstände.

»Ich muss hier weg«, murmelte Mattie, durchwühlte die Schublade ihres Nachttischs und fand ihren Pass neben ihrem Rückflugticket nach Chicago. Sie zertrat mehrere Pralinen, als sie um das Bett stolperte, ihre Tasche vom Boden aufhob und Pass und Flugticket hineinstopfte. »Ich muss hier weg.«

Sie öffnete die Tür und spähte in den Flur. Niemand war da, obwohl aus dem Fahrstuhlschacht Stimmen drangen. Sie fragte sich, wo Jake mit Cynthia hingegangen war.

Nein, nicht mit Cynthia.

Mit Honey. Honey Novak.

Honey mit e-y, dachte sie bitter und schleppte sich zu dem Fahrstuhl, wobei ihr auffiel, dass sie ihren Stock vergessen hatte.

Ungeduldig drückte sie mehrmals mit der Hand auf den Knopf. Sie hatte keine Zeit umzukehren. Sie musste dieses verdammte Hotel sofort verlassen. Bevor Jake zurückkam. Sie musste zum Flughafen. Sich auf einen früheren Flug umbuchen lassen. Und wenn sie nach Hause kam, würde sie als Erstes alle Schlösser austauschen.

»Wo bleibt denn dieser verdammte Aufzug?« Mattie schlug mit der flachen Hand erneut auf den Knopf und seufzte erleichtert, als sie hörte, wie der Lift sich in Bewegung setzte. Was, wenn Jake in der Kabine war?, fragte sie sich, machte einen Schritt zurück, drückte sich an die blaue Samttapete und hielt die Luft an.

Sekunden später kam der Aufzug ruckelnd zum Stehen, leer und erwartungsvoll. Mattie stemmte mühsam die schmiedeeiserne Tür auf und betrat die Kabine. Sie fummelte hektisch an den Knöpfen herum und drückte dann aus Versehen zwei auf einmal, sodass der Fahrstuhl einen unerwünschten zusätzlichen Stopp einlegte, bevor er schließlich in der Lobby hielt. Mattie blieb reglos stehen, blickte durch das Gitter wie durch das Fenster einer Gefängniszelle und war sich nicht sicher, ob sie die Kraft hatte weiterzugehen.

»Wollen Sie nicht aussteigen?«, hörte sie eine Kinderstimme fragen.

Mattie nickte dem strubbeligen kleinen Jungen zu, der vor dem Gitter stand, dasselbe nicht zu bändigende Kind, das sie schon im Frühstücksraum getroffen hatte. War das wirklich erst ein paar Stunden her?, fragte sie sich und trat aus dem Fahrstuhl. Es kam ihr so viel länger vor. Ein Leben lang, dachte sie.

»Mach der Dame Platz«, wies die Mutter des Kleinen ihren Sohn an.

»Die geht aber komisch«, hörte Mattie den Jungen quieken, als sie, so schnell sie irgend konnte, auf die Doppeltür des Hotels zustrebte.

»Psst«, sagte seine Mutter.

»Warum weint die Frau?«, fragte der Junge, als die Hoteltür hinter ihr zufiel.

Als Mattie hektisch auf die Straße trat, durchweichte der Regen sofort ihre Kleider und klebte ihr Haarsträhnen ins Gesicht. Sekunden später hielt ein Taxi, und sie stieg ein. »Zum Flughafen Charles de Gaulle«, sagte sie und rieb sich die Mischung aus Regentropfen und Tränen in den Bluterguss auf ihrer Wange. »Vite«, sagte sie und, als ihr ihr Traum wieder einfiel, noch einmal: »Vite.«

31

»Willst du mir erzählen, was zum Teufel hier eigentlich los ist?«, fragte Jake wütend und schob Honey, die Hand an ihrem Ellbogen, in Richtung Treppenhaus.

»Beruhige dich, Jason. Es ist nicht so, wie du denkst.«

»Ach wirklich? Und was genau denke ich?«

»Ich wollte nie, dass das passiert.«

Sie hatten den Absatz der Wendeltreppe erreicht. Jake zögerte, unsicher, wohin er gehen sollte, während seine Finger sich weiter in Honeys Armbeuge gruben. Er wusste, dass er ihr wehtat, doch das war ihm egal. In Wahrheit wollte er sie umbringen. Es bedurfte all seiner Willenskraft, sie nicht drei Stockwerke tief in die Lobby zu werfen. Was zum Teufel tat sie in Paris? In diesem Hotel? Und was hatte sie mit Mattie gemacht? Was hatte sie ihr gesagt?

Als würde sie seine Gedanken lesen, sagte Honey: »Mein Zimmer ist im vierten Stock. Komm mit nach oben, Jason. Wir können reden. Ich werde alles erklären. Ohne sich Zeit zum Nachdenken zu lassen, stieß Jake Honey die zwei Treppenabsätze bis zum vierten Stock vor sich her. Was hatte sie in seinem Hotelzimmer gemacht? Was hatte sie zu Mattie gesagt, was die Attacke provoziert hatte? Wenn Honey irgendetwas gesagt hatte, was Mattie aufgeregt hatte, würde er sie an Ort und Stelle erwürgen.

Mattie hatte allerdings überhaupt nicht erregt gewirkt, erinnerte er sich. Wenn überhaupt, schien sie eher dankbar über Honeys Anwesenheit, enttäuscht über ihren eiligen Abschied und erstaunt über seine Unhöflichkeit gewesen zu sein. Wie sollte er Mattie dieses seltsame Benehmen erklären?

»Der Schlüssel ist in meiner Tasche«, sagte Honey. »Da komme ich nicht dran, wenn du meinen Arm nicht loslässt.«

Jake löste seinen Griff und sah zu, wie Honey das Zimmer aufschloss, bevor er sich verstohlen umsah und sie in ihr Zimmer schubste, das praktisch genauso aussah wie seines. »Was zum Teufel geht hier vor?«, wollte er noch einmal wissen und knallte die Tür zu.

Honey warf ihre Jacke auf das ungemachte Bett über die zerwühlten Blusen, und ihr vertrauter Duft stieg Jake in die Nase und erinnerte ihn an die gemeinsamen Monate, die Tage und Nächte, die er in dem kuriosen Durcheinander ihres Schlafzimmers verbracht hatte. Einen Moment lang spürte er, wie sein Zorn abebbte und seine Spannung sich zu lösen begann, doch dann sah er Mattie zwei Stockwerke tiefer auf dem gleichen Bett vor sich sitzen, einen Bluterguss auf der Wange, verwundbar, und seine Wut flammte wieder auf. Er ballte die Fäuste, wandte den Blick vom Bett und bemerkte die Päckchen, die auf jeder verfügbaren Oberfläche standen – auf dem Stuhl, den Nachttischen, sogar auf dem Koffer, der neben dem Fenster auf dem Boden lag.

»Ich habe angefangen französische Puppen zu sammeln«, erklärte Honey ihm, als sie seinem Blick folgte. »Ich weiß noch nicht genau, wie ich sie alle mit ins Flugzeug –«

»Deine verdammten Puppen interessieren mich nicht«, herrschte Jake sie an. »Ich möchte wissen, was du hier machst.«

»Ich wollte schon immer mal nach Paris«, erwiderte Honey und straffte die Schultern in leisem, aber unverkennbarem Trotz.

»Lass den Quatsch, Honey. Warum bist du hier?«

Die Schärfe seiner Erwiderung traf sie mit beinahe sichtbarer Wucht. Sie sackte zusammen, als hätte man auf sie eingestochen, ihr Körper sank vornüber. Tränen standen in ihren Augen. »Ich würde meinen, das ist ziemlich offensichtlich«, sagte sie nach einer Weile und wandte sich ab.

»Klär mich auf.«

Honey ging zum Fenster und starrte auf die regennasse Straße hinunter. »Nach unserer Begegnung in deinem Büro war ich ziemlich durcheinander«, begann sie, schluckte ihre Tränen hinunter, weigerte sich jedoch weiter, ihn anzusehen. »Durcheinander und wütend. Und ich hatte Angst.«

»Angst?« Wovon redete sie?

»Ich wusste, dass ich dabei war, dich zu verlieren. Dass ich dich schon verloren hatte«, verbesserte sie sich sofort. »Du hast es geleugnet, und ich habe versucht, es zu leugnen, selbst als du wochenlang nicht angerufen hast. So wie die Dinge zwischen uns standen, als ich an jenem Nachmittag einfach so aus deinem Büro marschiert bin, konnte ich sie nicht auf sich beruhen lassen. Ich konnte es nicht ohne einen weiteren Versuch zu Ende gehen lassen. Also habe ich in deinem Büro angerufen, herausgefunden, wann du weg sein würdest, mir ein nicht umtauschbares Ticket gebucht, damit ich keinen Rückzieher machen konnte, das Hotelzimmer im Voraus bezahlt und bin ein paar Tage vor dir hier eingetroffen. Ich hatte eigentlich keinen speziellen Plan. Ich wollte mich Mattie ganz bestimmt nicht zu erkennen geben. Ich wollte einfach für dich da sein, für alle Fälle.«

»Für welchen Fall?«

»Für den Fall, dass du mich brauchen würdest. Für den Fall, dass du mich wolltest?«, fügte sie flüsternd hinzu.

»Es geht nicht darum, was ich will«, sagte Jake. »Ich dachte, das hättest du verstanden.«

»Ich verstehe eine Menge, Jason. Mehr als du denkst. Jedenfalls mehr als *du*, glaube ich.«

»Wovon redest du überhaupt?«

»Ich verstehe, dass der Mann, den ich liebe, eine andere liebt.«

»Hier geht es nicht um Liebe«, protestierte Jake. »Es geht um Bedürftigkeit.«

»Es geht wohl um Liebe«, widersprach Honey ihm entschieden. »Warum fällt es dir so schwer, das zu begreifen? Du liebst deine Frau, Jason. So einfach ist das.«

Jake schüttelte den Kopf, als wollte er Honeys Worte davon abhalten, in seinen Kopf einzudringen.

Du liebst deine Frau, Jason. So einfach ist das.

Du liebst deine Frau, Jason.

Jason. Jason. Jason. Jason.

»O Gott«, stöhnte er laut.

»Was ist denn los?«

»Sie weiß es.«

»Was? Wovon redest du?«

»Mattie weiß es.«

»Das verstehe ich nicht. Wie sollte sie –«

»Du hast mich Jason genannt.«

»Was?«

»Unten. Als du gerade gehen wolltest, hast du gesagt: ›Auf Wiedersehen, Jason.‹«

»Nein, ich… o Gott, ja, das habe ich. Glaubst du, sie hat kapiert –«

Er antwortete nicht, sondern war schon im nächsten Moment aus der Tür und rannte die Treppe hinunter in den zweiten Stock. »Du bleibst hier!«, befahl er Honey auf dem Absatz, bevor er begann, gegen die Tür ihres Zimmers zu pochen. »Mattie! Mattie, lass mich rein. Ich habe meinen Schlüssel vergessen. Mattie!«, rief er erneut, obwohl er ihre Abwesenheit spürte und schon wusste, dass das Zimmer leer und sie bereits weg war. »Mattie!«, brüllte er wieder. Die Tür des Nachbarzimmers ging auf, und eine große Frau in einem gelben Chenille-Bademantel steckte den Kopf in den Flur.

»Amerikaner«, murmelte sie leise, bevor sie sich wieder in ihr Zimmer zurückzog und die Tür hinter sich schloss.

»Verzeihung«, hörte Jake Honey irgendjemandem in einem der oberen Stockwerke zurufen. »Können Sie eine Tür für uns öffnen?«

Mit wem redet sie, fragte Jake sich, drehte sich um und sah eine Putzfrau, die Honey die Treppe hinunter folgte. »Ich habe meinen Schlüssel vergessen«, sagte er, obwohl die Putzfrau sich offenkundig nicht für seine Erklärungen interessierte. Mit einem Schlüssel an einem großen Ring öffnete sie die Tür und zog sich wortlos wieder zurück. »Mattie!«, rief Jake, betrat das leere Zimmer und sah im Bad nach, bevor er die Kommode öffnete und feststellte, dass ihre Kleider noch da waren. Genau wie ihr Koffer, dachte er erleichtert, auch wenn er schon ahnte, dass sie weder Zeit noch Kraft noch das Bedürfnis gehabt hatte zu packen. »Wo zum Teufel ist sie? Wohin ist sie bloß gegangen?«

»Ihr Stock ist noch da«, sagte Honey hoffnungsvoll. »Weit kann sie nicht sein.«

Doch Jake war schon aus der Tür, rannte, jeweils eine Stufe auslassend, die Treppe hinunter und stürzte an den Tresen, wo Chloe Dorleac mit zwei deutschen Touristen über einen Stadtplan gebeugt stand. »Haben Sie meine Frau gesehen?«, wollte Jake wissen. »Ma femme?«, versuchte er es, als Chloe Dorleac sich weigerte, seine Anwesenheit zur Kenntnis zu nehmen. »Verdammt noch mal«, brüllte er und hämmerte auf den Tresen. »Das ist ein Notfall.«

»Ich weiß nicht, wo Ihre Frau ist«, sagte die Drachenfrau kühl, ohne den Blick von der Karte zu wenden.

»Haben Sie sie nicht hinausgehen sehen? Es kann höchstens zehn Minuten her sein.«

»Ich kann Ihnen nicht helfen, Monsieur«, lautete die Antwort.

»Im Frühstücksraum ist sie nicht«, berichtete Honey, die in diesem Moment an seiner Seite auftauchte.

Jake sah sich panisch in der Hotelhalle um. Sein Gebaren hatte die Aufmerksamkeit einer Hand voll Touristen erregt, die herumstanden und darauf warteten, dass der Regen nachließ. »Hat irgendwer meine Frau gesehen?«, flehte er etliche ausdruckslose Augenpaare an. »Spricht irgendjemand Englisch?«

Er hielt inne und blickte zur Straße. »Hat irgendjemand sie gesehen? Groß, schlank, blond, schulterlange Haare. »Sie ist leicht gehbehindert –«

»Ich habe sie gesehen«, ertönte aus einer Ecke der Lobby eine kleine Stimme hinter einer großen Topfpflanze.

Jake war sofort auf den Knien und versuchte, den widerwilligen strubbeligen Jungen hinter der hoch aufragenden Pflanze hervorzulocken. »Du hast sie gesehen?«

»Ich spiele mit meinem Bruder Verstecken«, sagte der Junge.

»Du hast meine Frau gesehen –«

»Sie geht komisch«, sagte der Junge und kicherte.

»Wohin ist sie gegangen?«

Der Junge zuckte die Achseln. »Ich muss mich verstecken, bevor mein Bruder mich findet.«

»Du hast nicht gesehen, wohin sie gegangen ist?«

»Sie ist in ein Taxi gestiegen«, erklärte der Junge. »Ich weiß nicht, wo das hingefahren ist.«

»Ein Taxi?«, wiederholte Jake. Wohin zum Teufel konnte sie gefahren sein? Vor allem bei dem strömenden Regen. Als seine Mutter auftauchte, lief der Junge davon und verschwand um eine Ecke.

»Lance, wo bist du?«, rief die besorgte Frau. »Verdammt. Ich habe genug von diesem Unsinn. Das Spiel ist vorbei.«

»Meinst du, wir sollten die Polizei anrufen?«, hörte Jake Honey fragen, doch er ließ sie einfach stehen und rannte wieder in den zweiten Stock, wo er erleichtert feststellte, dass seine Zimmertür noch offen stand. Er stürzte zu dem Nachttisch auf Matties Seite, riss die Schublade auf, fand seinen Pass und sein Flugticket und wusste schon, dass Matties fehlten, bevor er nachgesehen hatte.

»O Gott«, sagte er, sank erschöpft neben dem Bett zusammen und vergrub das Gesicht in den Händen. Sein Atem ging stoßweise, und er zitterte am ganzen Körper. »Sie ist weg«, sagte er, als Honey das Zimmer betrat. »Sie hat den Pass und ihr Ticket genommen und ist jetzt wahrscheinlich schon auf dem halben Weg zum Flughafen.«

»Dann schlage ich vor«, sagte Honey leise und unverblümt, »dass du deinen Arsch hoch kriegst und dich auf die Socken machst.«

Der Flughafen Charles de Gaulle ist ein riesiger Komplex knapp zwanzig Kilometer außerhalb von Paris. Er hat zwei Hauptterminals, die etliche Kilometer voneinander entfernt liegen, und besteht aus zwei miteinander verbundenen Gebäuden in vier Abteilungen. Darüber hinaus gibt es ein weiteres Terminal für Charterflüge. Alles in allem wird der Flughafen von mindestens vierzig Fluggesellschaften und sechzehn Chartergesellschaften angeflogen. Jake hatte schon genug Probleme gehabt, sich zurechtzufinden, als er mit Mattie gelandet war. Wie würde Mattie alleine klarkommen?, fragte er sich jetzt und drängte den Taxifahrer ungeachtet der verstopften Pariser Straßen zur Eile. Trotz der relativen Stadtnähe des Flughafens riet man Reisenden eine ganze Stunde Anfahrtszeit einzurechnen, und jetzt begriff Jake, warum, vor allem unter erschwerten Verkehrsverhältnissen wie diesen. »Meinen Sie, Sie könnten vielleicht ein wenig schneller fahren?«, drängte Jake. »Plus vite«, sagte er, während der Taxifahrer synchron mit den Scheibenwischern seines Gefährts den Kopf schüttelte. »Es ist sehr wichtig, dass ich so schnell wie möglich zum Flughafen komme.«

»Noch wichtiger, lebend dort ankommen«, erklärte der Fahrer ihm in holperigem Englisch.

Jake lehnte sich in das rissige grüne Kunstlederpolster des uralten Taxis zurück. Zum Glück war der Flughafen Charles de Gaulle sehr behindertengerecht gestaltet. Es gab spezielle Telefondienste sowie Ruheräume, Fahrstühle, Laufbänder, Rollstühle und einen Gepäckdienst. Mitarbeiter in speziellen Uniformen standen zur Unterstützung bereit. Würde Mattie sie finden? Würde sie in der Lage sein, sich verständlich zu machen?

Jake musste beinahe lächeln. Was auch immer das Problem war, Mattie hatte nie Schwierigkeiten gehabt, sich verständlich zu machen.

Würde er sie finden? Würde er noch rechtzeitig kommen? Es war absolut möglich, dass sie sich nicht mal die Mühe machte, ihren Flug umzubuchen, sondern einfach zum erstbesten Schalter ging und das nächste Flugzeug nahm. Sie hatte ihre Kreditkarten. Und es gab kein Gesetz, das besagte, dass sie direkt nach Chicago fliegen musste. Vielleicht entschied sie sich für New York oder Los Angeles, von wo aus sie sich immer noch um einen Anschlussflug kümmern konnte. Jake seufzte vernehmlich und trat das imaginäre Gaspedal unter seinem Fuß durch. Mattie war erregt. Sie war wütend. Sie war unberechenbar. Er musste sie finden.

Das Taxi hielt vor dem Terminal, und Jake warf ein paar 100-Franc-Scheine auf den Vordersitz, ohne auf das Wechselgeld zu warten. Er stürzte in die Halle und suchte die Anzeigetafel mit den Abflügen. »Verzeihung«, fragte er eine Stewardess, »wo gehen die Flüge nach Chicago ab?« Er war schon wieder losgerannt, bevor die erstaunte Frau mit ihrer Erklärung fertig war.

»Verzeihung«, sagte er zu einem älteren Mann, den er anrempelte. »Excusez-moi«, entschuldigte er sich bei einer jungen Frau, deren Koffer er halb zu Boden riss. »Verzeihung. Excusez-moi. Excusez-moi«, wiederholte Jake immer wieder, obwohl er eigentlich allen entgegenschreien wollte: »Aus dem Weg, verdammt noch mal.« Er rannte blindlings weiter, ohne Blick für seine nähere Umgebung, nur sein endgültiges Ziel im Auge. »Excusez-moi. Excusez-moi.«

Und dann sah er sie. Sie saß in einem Rollstuhl am Ende einer Reihe miteinander verbundener, orangefarbener Plastiksitze und starrte in ihren Schoß. Sie hatte es geschafft. Ganz alleine. Sie hatte sich im strömenden Regen ein Taxi organisiert und ohne jede Hilfe seinerseits ihren Weg durch den geschäftigen Flughafen bewältigt. Sie hatte den richtigen Schalter gefunden, sich einen Rollstuhl besorgt und zweifelsohne einen Platz in einem früheren Flug ergattert. Mein Gott, sie war wirklich erstaunlich, dachte Jake und blieb stehen, um zu Atem zu kommen.

Sie raubte ihm den Atem.

Und was jetzt?, fragte er sich, während er im Kopf all die Sätze durchging, die er sich auf der scheinbar endlosen Fahrt aus der City zurechtgelegt hatte. Er hatte einige wohl gewählte Worte zu seiner Verteidigung vorbereitet und stumm einige entscheidende Formulierungen einstudiert. Dies würde das wichtigste Plädoyer seines Lebens werden, erkannte er, als er auf sie zuging. Es war wichtig, dass er es nicht vermasselte.

Plötzlich spürte Jake, wie er von hinten heftig angerempelt wurde, und wahrte nur mühsam das Gleichgewicht, als ein mittelalter Mann mit rotem Gesicht in die entgegengesetzte Richtung an ihm vorbeirannte. »Excusez-moi«, murmelte der Mann, ohne stehen zu bleiben oder sich auch nur umzudrehen, um zu sehen, ob Jake auf den Beinen geblieben war.

Jake hörte irgendwen missbilligend mit der Zunge schnalzen.

»Ça va?«, fragte jemand. Alles in Ordnung.

»Danke, alles bestens«, sagte Jake und richtete sich unsicher auf. »Merci. Merci.« Er blickte zu Mattie.

Sie starrte ihn direkt an, und für einen Moment trafen sich ihre Blicke. Im nächsten Augenblick suchte sie auch schon zu entkommen und den Rollstuhl aus der Nische zu manövrieren, die man ihr zugeteilt hatte. Doch die Räder drehten sich nur wahllos hierhin und dorthin, während Mattie verzweifelt versuchte, die Handbremse zu lösen.

»Mattie! Mattie, bitte!« Jake stürzte auf sie zu und vergaß mit jedem Schritt mehr von dem, was er sich so sorgfältig zurechtgelegt hatte. Mattie schaffte es, die Handbremse zu lösen, und der Rollstuhl schoss nach vorn und wäre um ein Haar über seine Zehen gerollt.

»Geh mir aus dem Weg, Jake«, rief Mattie.

»Bitte, Mattie. Du musst mich anhören.«

»Ich will dich nicht anhören.«

»Gibt es ein Problem?«, fragte eine ihm unbekannte Stimme.

Jake blickte auf und sah, wie ein muskulöser junger Mann, auf dessen Rucksack eine amerikanische Flagge genäht war, sich von seinem Sitz erhob.

»Alles in Ordnung –«, sagte Jake. »Mattie –«

»Sieht so aus, als wollte die Dame nicht mit Ihnen sprechen«, sagte der junge Mann.

»Hören Sie, das geht Sie gar nichts an.« Jake versperrte Mattie weiter den Weg.

»Ist das nicht Jake Hart, der Anwalt?«, fragte eine Frau. »Ich habe sein Bild vor einer Weile auf dem Cover des *Chicago*-Magazins gesehen.«

»Wirklich?«, fragte ihre Begleiterin.

»Ich bin mir ganz sicher. Die Frau in dem Rollstuhl hat ihn Jake genannt.«

»Die Frau ist meine Ehefrau«, fauchte Jake, fuhr wütend herum und sah, wie diverse auf ihren Flug nach Chicago wartenden Reisende tiefer in ihre Sitze rutschten. »Und es ist sehr wichtig, dass ich mit ihr rede.«

»Fahr zurück zum Hotel, Jake«, rief Mattie. »Deine Freundin wartet auf dich.«

»O je«, sagte jemand.

»Bitte, Mattie, es ist nicht so, wie du denkst.«

»Versuche nicht, mir zu erzählen, dass das nicht Honey Novak war«, sagte Mattie. »Wage es nicht, meine Intelligenz derart zu beleidigen.«

»Das will ich ja gar nicht bestreiten.«

»Und was könntest du dann sagen, was mich interessieren sollte?«

»Ich hatte keine Ahnung, dass sie in Paris ist«, begann Jake, und die Wahrheit klang fadenscheiniger als jede Ausrede, die er sich hätte ausdenken können. Seit wann war die Wahrheit eine Verteidigung?, erkannte er. Hatte er in seiner jahrelangen Praxis als Anwalt denn gar nichts gelernt? »Bitte, glaub mir, Mattie. Ich hatte mich von ihr getrennt. Ich hatte sie seit Monaten nicht mehr gesehen.«

»Und woher wusste sie dann von unserer Reise? Woher wusste sie, in welchem Hotel wir wohnen würden?«

»Sie ist im Büro vorbeigekommen –«

»Du hast doch gesagt, du hättest sie seit Monaten nicht gesehen.«

Jake sah sich hilflos in dem großen Wartebereich um und kam sich vor wie ein zögerlicher Zeuge vor Gericht. »Nur für ein paar Minuten. Sie ist unangekündigt vorbeigekommen.«

»Das tut sie offenbar gern.«

»Ich hatte keine Ahnung, dass sie in Paris ist, bis ich sie in unserem Hotelzimmer gesehen habe.«

Mattie schüttelte den Kopf, und bittere Tränen fielen. »Du konntest wohl nicht warten, was? Du konntest so eine romantische Reise nach Paris nicht vergeuden, wie? Jedenfalls nicht allein an deine kränkliche Frau.«

»Das ist nicht wahr, Mattie. Du weißt, dass das nicht wahr ist.«

»Was ist los, Jake?«, brach es aus Mattie hervor. »Brauche ich zu lange zum Sterben?«

Einige der Zuschauer stöhnten unwillkürlich auf.

»Mattie –«

»Weißt du, was komisch ist?«, fuhr Mattie fort. »Ich mag sie. Ich mag sie tatsächlich. Herzlichen Glückwunsch. Was Frauen betrifft, hat Jake Hart einen exquisiten Geschmack.«

»Ich hab dir ja gesagt, dass er es ist«, flüsterte irgendjemand vernehmlich.

»Geh zu ihr zurück, Jake«, sagte Mattie, und ihre Empörung wich sanfter Resignation. »Sie liebt dich.«

»Aber ich liebe sie nicht«, erwiderte er schlicht.

»Dann bist du ein Idiot.«

»Das ist weiß Gott wahr«, stimmte Jake ihr zu.

Einen Moment lang sah es so aus, als würde Mattie sich erweichen lassen, als würde sie ihm doch glauben. Doch dann verschleierte sich ihr Blick mit neuer Entschlossenheit, und sie versuchte abermals, aus dem beengten Raum zu entkommen, obwohl ihre Hände hilflos an ihrem Rollstuhl herabhingen. »Nun fahr schon, verdammt.«

Instinktiv streckte Jake die Hand aus, um ihr zu helfen.

»Geh weg, Jake«, schrie sie. »Geh weg! Ich brauche dich nicht.«

»Vielleicht brauchst du mich nicht, aber ich brauche dich, verdammt noch mal!«, rief Jake und überraschte damit am meisten sich selbst. »Ich liebe dich, Mattie«, hörte er sich sagen. »Ich liebe dich.«

»Nein«, antwortete Mattie. »Bitte sag das nicht.«

»Ich liebe dich«, wiederholte Jake und sank vor ihrem Rollstuhl auf die Knie.

»Steh auf, Jake. Bitte. Du musst mir nichts mehr vormachen.«

»Ich mache dir nichts vor. Ich liebe dich, Mattie. Bitte glaub mir. Ich liebe dich. Ich liebe dich.«

Lange Zeit sagte niemand etwas. Es schien, als ob alle den Atem angehalten hätten. Jake jedenfalls hatte förmlich das Gefühl zu ersticken und erkannte, dass er ohne sie nicht atmen konnte. Was würde er machen, wenn sie ihn jetzt verließ?

»Ich liebe dich«, wiederholte er und sah Mattie in die Augen, bis ihr Bild hinter Tränen verschwamm. »Ich liebe dich«, sagte er noch einmal. Was gab es sonst zu sagen?

Erneutes Schweigen, noch länger als das vorherige. Unendlich.

»Ich liebe dich«, flüsterte Mattie.

»O Gott«, rief Jake. »Ich liebe dich so sehr.«

»Ich liebe dich so sehr«, wiederholte Mattie und weinte mit ihm.

Liebe dich, liebe dich, liebe dich, liebe dich.

»Wir fahren zurück in die Stadt und suchen uns ein anderes Hotel«, begann Jake.

»Nein«, unterbrach Mattie ihn und strich ihm unbeholfen über die Wange. Er fasste ihre Hand und küsste sie. »Es wird Zeit, Jake«, sagte Mattie, und Jake nickte traurig und wissend. »Es wird Zeit heimzukehren.«

32

Zwei Tage früher als geplant trafen sie um vier Uhr nachmittags in Chicago ein. »Irgendwas stimmt nicht«, sagte Mattie, als die Limousine vor ihrem Haus hielt. Neben dem ramponierten alten grünen Ford ihrer Mutter parkte ein weißer Lieferwagen in der Einfahrt. Was wollte ihre Mutter hier?, fragte Mattie sich, während sie die ausführliche Beschriftung des Lieferwagens studierte, die in schnörkeligen roten Lettern verkündete: »Gebäudereinigung Capiletti«.

»Zieh keine voreiligen Schlüsse«, ermahnte Jake sie, bezahlte den Fahrer und half Mattie beim Aussteigen.

»Meinst du, irgendjemand ist eingebrochen? Oder es hat gebrannt?« Mattie suchte die Fassade des Hauses nach Brandspuren ab.

»Sieht alles okay aus.«

»Hallo?«, rief Mattie, als Jake die Haustür öffnete. »Hallo? Mutter?« Mattie trat nervös in den Hausflur. Plötzlich marschierte eine Frau in Jeans, schlabbrigem Hemd und Kopftuch über den braunen Haaren mit einem großen grünen Müllsack durch den Flur Richtung Küche. Sie lächelte. »Wer sind Sie?«, fragte Mattie. »Was ist hier los?«

»Martha?«, rief ihre Mutter von oben, während die fremde Frau in der Küche verschwand. »Bist du das?«

»Mutter? Was ist hier los?«

»Versuche, ganz ruhig zu bleiben«, drängte Jake.

»Du bist zu früh«, sagte ihre Mutter zur Begrüßung, eilte die Treppe hinunter und blieb unten abrupt stehen. Wie die Frau in der Küche trug sie Jeans und ein weites Sweatshirt. Ihr graues

Haar hatte sie zu einem lockeren Dutt hochgesteckt, obwohl mehr Strähnen aus dem violetten Haarband heraushingen, als von ihm gehalten wurden. »Wir haben euch erst in ein paar Tagen zurückerwartet.«

»Was geht hier eigentlich vor?«, fragte Mattie, ohne ihre vorzeitige Rückkehr weiter zu erklären.

»Es ist nicht so schlimm, wie es aussieht«, begann ihre Mutter. »Vielleicht sollten wir uns hinsetzen.«

»Was ist hier los?«, wiederholte Mattie.

»Es hat eine Party gegeben, die, fürchte ich, ein wenig außer Kontrolle geraten ist. Ich hatte gehofft, dass wir alles wieder sauber kriegen, bis ihr zurückkommt.«

»Du hast eine Party gefeiert?«, fragte Mattie ungläubig. Wann hatte ihre Mutter je irgendwen außer ihren Hunden bewirtet?

»Wir setzen uns lieber«, drängte ihre Mutter, als ein stämmiger junger Mann in weißem T-Shirt aus Jakes Arbeitszimmer kam, in Händen die Raphael-Goldchain-Fotografie, die Jake kürzlich erworben hatte. Der Rahmen war zerbrochen, das Glas zersplittert und das Bild des spärlich bekleideten Pin-up-Models sauber in zwei Hälften zerschnitten.

»Was soll ich damit machen?«, fragte der junge Mann und schwenkte ein sich provozierend räkelndes, halb nacktes weibliches Hinterteil.

Jake war sofort aufgesprungen und hatte dem jungen Mann das Bild aus den schwieligen Händen genommen. »Mein Gott, was ist passiert? Wer hat das getan?«

»Das versucht die Polizei noch herauszufinden«, erklärte Matties Mutter. »Bitte, lasst uns ins Wohnzimmer gehen und uns hinsetzen. Ihr müsst doch völlig erschöpft sein von der Reise.«

Mattie sah, wie Jake die zerstörte Fotografie zu Boden fallen ließ, seine ungläubige Miene ein Spiegel ihrer Empfindungen. Was war hier geschehen? Sie fühlte sich plötzlich benommen und schwindelig und sank in Jakes Arme. Er führte sie ins

Wohnzimmer und setzte sie auf die Kante des Sofas, dessen vormals glatter Bezug mit Bier und Ascheresten verschmutzt war.

»Offenbar ist dieses Ultrasuede, aus dem die Bezüge sind, eine Art Wunderfaser«, sagte ihre Mutter. »Mr. Capiletti ist sicher, dass er das Sofa praktisch wieder wie neu hinkriegt.«

»Das war Mr. Capiletti?«, fragte Jake und wies mit dem Kopf Richtung Hausflur.

»Sein Sohn. Es ist ein Familienunternehmen. Vielleicht habt ihr beim Reinkommen Mrs. Capiletti gesehen.«

»Was machen denn all die Capilettis in meinem Haus?« Mattie fragte sich, ob sie in einem ihrer eher albernen Träume gelandet war. Das musste es sein, entschied sie und entspannte sich bei dem Gedanken. Sie war noch immer irgendwo über dem Atlantik, hatte den Kopf an Jakes Brust gekuschelt und das Echo seines *Ich liebe dich* im Ohr. Sie würde jeden Moment aufwachen, sagte sie sich, und er würde nach wie vor neben ihr sitzen und noch immer die Worte flüstern, die zu hören sie ein ganzes Leben gewartet hatte.

Doch auch wenn Mattie versuchte, sich davon zu überzeugen, dass dies lediglich ein weiteres albernes, unsinniges Produkt ihrer hyperaktiven Phantasie war, wusste sie doch, dass sie hellwach war und wirklich auf ihrem mit Asche und Bierflecken besudelten Sofa inmitten einer Szenerie saß, die eher einem Kriegsgebiet glich, jedoch tatsächlich ihr Wohnzimmer war. »Es hat eine Party gegeben?«, fragte sie noch einmal, während ihr Blick die beiden golden-rosafarbenen Sessel registrierte, die Bezüge entlang der vertikalen Streifen des Musters aufgeschlitzt, und den Stutzflügel, die kunstvoll geschwungenen Beine zerkratzt und verstümmelt. Der handgeknüpfte Teppich war mit Krümeln und weniger identifizierbarem Unrat verdreckt, während das Ken-Davis-Gemälde offenbar mit rohen Eiern beworfen worden war.

»Das habe ich mich nicht getraut anzurühren«, sagte ihre Mutter, Matties Blick folgend. »Ich hatte Angst, dass vielleicht die Farbe abgehen würde, wenn ich versuche, es sauber zu machen.«

»Wann ist das passiert?«

»Samstagabend.«

Und plötzlich war vollkommen klar, was geschehen war. Mattie seufzte, schloss die Augen und lehnte sich auf dem Sofa zurück. Der abgestandene Zigarettengestank stieg ihr in die Nase, und sie konnte das bittere Aroma des verschütteten Biers auf der Zunge schmecken. »Kim«, sagte Mattie ausdruckslos.

»Es war nicht ihre Schuld«, beeilte Matties Mutter sich zu erklären. »Sie hat versucht, die Leute aufzuhalten. Kim hat selbst die Polizei angerufen.«

»Hast du Kim erlaubt, eine Party zu feiern?« Jake hielt Matties Hand die ganze Zeit weiter fest.

»Nein«, gestand Viv nach kurzem Zögern. »Sie hat mir erzählt, dass sie zu einer Party *gehen* wollte. Wo, hat sie nicht gesagt.«

»Sie hat versäumt zu erwähnen, dass sie die Gastgeberin dieser kleinen Feierlichkeit war«, stellte Jake fest.

»Es sollten nur ein paar Freunde von der Schule sein, aber offenbar sind Leute aufgetaucht, die gar nicht eingeladen waren. Kim hat sie aufgefordert zu gehen, aber sie haben sich geweigert, und dann ist das Ganze sehr schnell außer Kontrolle geraten. Kim hat die Polizei angerufen, aber wer immer die Unruhestifter waren, sie konnten entkommen, bevor die Polizei eintraf. Leider nicht, bevor sie ein ziemliches Chaos angerichtet hatten. Die Capilettis sind seit dem frühen Morgen im Einsatz. Die meisten Schäden waren im Erdgeschoss. Du musst nachsehen, ob irgendwas fehlt.«

»The Falling Man«, sagte Mattie und meinte eine kleine Bronzeskulptur von Ernest Trova, die auf dem Flügel gestanden hatte. »Er ist weg.«

»Dieser komische Glatzkopf, der ein bisschen so aussieht wie ein Oscar?«, fragte ihre Mutter, und Mattie nickte. »Die Polizei hat ihn im Vorgarten gefunden. Ich dachte, es wäre irgendeine neumodische Pfeffermühle, und hab das Ding in die Küche gestellt.«

»Du hast gedacht, es wäre eine Pfeffermühle?«, fragte Mattie ungläubig.

»Ich habe nie behauptet, eine Kunstexpertin zu sein«, verteidigte ihre Mutter sich.

»Wo ist Kim jetzt?«, fragte Jake.

»Sie wollte nach der Schule zu Rosemary Colicos«, sagte Viv. »Bitte, sei nicht zu streng mit ihr, Jake. Ich weiß, dass das, was sie gemacht hat, sehr verkehrt war, aber sie ist ein gutes Mädchen. Das ist sie wirklich. Sie war völlig außer sich über das, was passiert ist, und ich weiß, dass sie vorhat, es wieder gutzumachen. Sie wird im Sommer jobben und alles, was nicht von der Versicherung abgedeckt ist, ersetzen.«

»Es ist keine Frage des Geldes.«

»Das weiß ich.« Viv nahm vorsichtig auf einem der goldrosa-gestreiften Sessel Platz. »Und sie weiß das auch.«

Mattie sah, wie ein Fetzen des Bezugs über den Schoß ihrer Mutter wehte. Sie hatte die Sessel schon seit geraumer Zeit neu beziehen lassen wollen, dachte sie abwesend.

»Und wie war eure Reise?«, wollte ihre Mutter wissen, als ob das unter den gegebenen Umständen eine vollkommen normale Frage wäre, als ob an der ganzen Situation absolut nichts Seltsames oder Ungewöhnliches wäre und jeder, der vorzeitig von einer Auslandsreise zurückkehrte, sein Haus in Trümmern vorfinden würde.

»Die Reise?«, fragte Mattie benommen. »Die Reise war wundervoll.«

»Wie war das Wetter?«

»Das Wetter war großartig.«

»Bis auf gestern«, hörte Mattie Jake sagen. »Gestern hat es ziemlich heftig geregnet.«

»Ja, das stimmt«, bestätigte Mattie.

»Und ihr habt alles gesehen, was ihr sehen wolltet?«

»Viel haben wir nicht ausgelassen«, erwiderte Jake.

»Und ihr hattet keine Probleme, euch in der Stadt zu bewegen?«

»Überhaupt keine«, antwortete Jake und sah Mattie an, die starr vor sich hin auf den leeren Fleck starrte, wo der Trova gestanden hatte. »Mattie, geht es dir gut?«

»Sie hat gedacht, es wäre eine Pfeffermühle«, sagte sie, und die Absurdität dieser Heimkehr traf sie mit solcher Wucht, dass sie kaum atmen konnte.

Und dann fing sie plötzlich an zu lachen, so ausgelassen, dass sie meinte, es müsste sie zerreißen. Und Jake lachte mit ihr. Und sogar ihre Mutter, die ohne wenigstens einen ihrer geliebten Hunde um die Füße irgendwie unvollständig wirkte, lachte, obwohl ihre argwöhnische Miene verriet, dass sie nicht genau wusste, was eigentlich so verdammt lustig war.

»Vielleicht solltest du nach oben gehen und dich ein wenig hinlegen«, sagte ihre Mutter. »Oben war es nicht so schlimm, aber ich habe für alle Fälle die Laken gewechselt. Ich glaube wirklich, dass du dich ausruhen solltest«, fuhr sie, unbeeindruckt von Matties und Jakes lautstarkem Gelächter, fort. »Die Capilettis und ich kümmern uns hier unten um alles. Und morgen rufst du deinen Versicherungsvertreter an. Heute kann Kim noch einmal bei mir übernachten.«

»Danke«, brachte Mattie prustend hervor.

»Sag Kim, dass ich sie morgen nach der Schule abhole«, bat Jake, als ihr Gelächter langsam abebbte. »Und sag ihr, dass wir sie lieben«, fügte er leise hinzu und half Mattie beim Aufstehen.

Viv nickte und erhob sich aus dem Sessel.

»Mama?« Ihre Mutter war schon auf dem Weg in den Flur, blieb jedoch noch einmal stehen und drehte sich um. »Ja, Martha?«

»Danke«, sagte Mattie. »Es bedeutet mir sehr viel zu wissen, dass ich mich auf dich verlassen kann.«

Mattie sah, wie ihre Mutter die Schultern versteifte, nickte und wortlos das Zimmer verließ.

Mattie lag oben auf ihrem Bett, als sie hörte, wie die Haustür geöffnet und wieder geschlossen wurde, dann Schritte auf der Treppe, bevor sie Kim in der Tür stehen sah. Kim trug eine gelbe Sweatshirt-Jacke und ausgewaschene Blue Jeans, und wie so oft ließ der bloße Anblick ihrer unverdorbenen Schönheit Matties Herz höher schlagen. Meine süße kleine Schulmamsell, dachte Mattie. Hatte sie auch nur die geringste Ahnung, wie schön sie war? »Hi«, sagte Mattie schlicht.

Sie hatte sich auf diesen Moment vorbereitet, seit Jake aufgebrochen war, um Kim in der Schule abzuholen, sich auf der Suche nach einer passenden Haltung irgendwo zwischen steif und lässig immer wieder umgesetzt, einen ausgewogenen Tonfall, streng, aber liebevoll, eingeprobt und sich zahlreiche mögliche Eröffnungen überlegt, um jetzt zu hören, wie all ihre Bemühungen in dem einfachen Wort »Hi« verpufften.

»Wie geht es dir?« Kims Stimme schwebte zitternd zwischen ihnen im Raum. Kim strich sich mehrere nicht vorhandene Strähnen hinter die Ohren und blickte zu Boden.

»Mir geht es gut. Lisa kommt heute Abend vorbei, um mich durchzuchecken. Und dir?«

Kim zuckte mit den Achseln. »Mir geht es gut«, sagte sie, als Jake ins Zimmer kam.

Mattie klopfte neben sich auf das Bett. »Warum setzt du dich nicht?«

Kim blickte von ihrer Mutter zu ihrem Vater, als wäre sie sich nicht sicher, wem die Einladung galt, bevor sie wieder Mattie ansah und mit zitternder Unterlippe den Kopf schüttelte.

»Erzähl mir, was los ist«, sagte Mattie leise.

»Ich habe Mist gebaut«, sagte Kim abwehrend. »Ich hab ein paar Leute eingeladen. Ich hab gedacht, ich könnte sie kontrollieren, aber –«

»Was auf der Party passiert ist, weiß ich«, unterbrach Mattie sie. »Ich wollte wissen, was mit dir los ist.«

»Das verstehe ich nicht«, sagte Kim und sah ihren Vater flehend an.

»Was empfindest du, Kimmy?«, fragte Jake.

Kim zuckte erneut die Schultern und lachte, ein Geräusch so kurz und schwach, dass es beim Kontakt mit der Luft zu zerbrechen drohte. »Du klingst wie meine Therapeutin.«

»Rede mit uns, Schätzchen.«

»Da gibt's nichts zu reden. Ihr seid weggefahren. Ich hab eine Party gegeben. Es war ein Fehler, und es tut mir Leid.«

»Warst du wütend, dass wir weggefahren sind?«, fragte Mattie.

»Wütend? Natürlich nicht. Warum sollte ich wütend sein?«

»Weil wir dich nicht mitgenommen haben.«

»Das ist doch albern. Ich bin schließlich kein Baby mehr.« Kim verlagerte ihr Gewicht ruhelos von einem Fuß auf den anderen. »Außerdem, wie hätte ich mitkommen können? Ich habe Schule, und außerdem war es euer Urlaub. Das verstehe ich.«

»Etwas zu verstehen bedeutet nicht immer, dass man deswegen leichter damit umgehen kann«, sagte Jake.

»Was wollt ihr damit sagen? Glaubt ihr, ich hätte es mit Absicht getan?«

»Niemand hat gesagt, dass du irgendwas mit Absicht getan hast«, beruhigte Mattie sie.

»Weil ich wütend war, dass ihr weggefahren seid? Wollt ihr das sagen?«

»Warst du?«, fragte Jake.

Kims Blick schoss ängstlich durchs Zimmer, als suchte er nach einem Ausgang. »Nein. Natürlich nicht.«

»Du warst nicht mal ein kleines bisschen wütend auf mich, dass ich dir deine Mutter weggenommen habe?«

»Du bist schließlich ihr Mann, oder?«

»Kein besonders guter, wie du zu mehr als einer Gelegenheit festgestellt hast«, erwiderte Jake, ruhig, beinahe sanft. »Wenn es hier irgendeine Ehe gegeben hat«, räumte er ein, »dann zwischen dir und deiner Mutter. Denn ich war ja weiß Gott nie da.« Er hielt inne, und seine Blicke flehten Mutter und Tochter um Vergebung an. »Fast sechzehn Jahre hattest du deine Mutter ganz für dich alleine, Kimmy. Und dann ist auf einmal alles anders geworden. Deine Mutter ist krank geworden. Ich bin nach Hause zurückgekommen. Du hast dich zunehmend ausgeschlossen gefühlt. Und dann schwirre ich auch noch mit deiner Mutter nach Paris ab und lasse dich allein zu Hause.«

»Und? Ich bin so was wie die sitzengelassene Ehefrau, oder was willst du sagen?«

»Genau das will ich wohl sagen«, stimmte Jake ihr zu. »Und du hast dich verlassen, verraten und verängstigt gefühlt, weil du gedacht hast, dass du deine Mutter verlierst. Ich bin die andere Frau, Kimmy«, gestand er mit einem traurigen Lächeln. »Und ich kann es dir überhaupt nicht verdenken, dass du wütend bist.«

Kim blickte hilflos zum Fenster, ihre Lippen zuckten, als müsste sie das, was Jake gesagt hatte, buchstäblich verdauen. »Was du also eigentlich sagen willst, ist, dass ich wütend auf dich war, weil du mich verlassen und mir meine Mutter weggenommen hast, und deshalb ein Haufen Kids eingeladen habe, von denen ich wusste, dass sie das Haus verwüsten würden? Ist es das?«

»Ist es das?«

»Nein! Ja! Vielleicht!«, schrie Kim beinahe im selben Atemzug. »Ich weiß es nicht. Ich weiß es nicht.« Sie begann in immer kleiner werdenden Kreisen zwischen dem Bett und dem Fenster auf und ab zu laufen. »Vielleicht *war* ich wütend, dass ihr weggefahren seid und mich hier alleine gelassen habt. Vielleicht habe ich diese Kids wirklich eingeladen, weil ich wusste, dass wahrscheinlich irgendwas in der Richtung passieren würde.

Vielleicht *wollte* ich, dass es passiert. Ich weiß es nicht. Ich weiß überhaupt nichts mehr. Ich weiß nur, dass es mir schrecklich Leid tut«, weinte sie. »Es tut mir so Leid. Es tut mir so Leid.«

»Schon gut, mein Kleines«, sagte Mattie und sehnte sich danach, ihre Tochter tröstend in den Arm zu nehmen.

»Ich such mir einen Job. Ich werde alles bezahlen.«

»Wir finden schon irgendeine Regelung«, sagte Jake.

Kims Schulter begann zu beben, die Gesichtszüge schmolzen dahin wie heißer Wachs. »Ich ziehe zu Grandma Viv. Ich weiß, dass sie mich bei sich wohnen lassen würde.«

»Willst du das denn?«

»Ist das nicht das, was ihr wollt?«

»Wir wollen, dass du hier bleibst.« Tränen kullerten über Matties Wangen.

»Aber warum? Ich bin ein schrecklicher Mensch. Warum solltet ihr irgendwas mit mir zu tun haben wollen?«

»Du bist kein schrecklicher Mensch.«

»Sieh doch, was ich getan habe!«, schrie Kim. »Ich habe zugelassen, dass sie das Haus demoliert haben. Ich habe zugelassen, dass sie Dinge zerstören, die du liebst.«

»Ich liebe *dich*«, sagte Mattie und klopfte erneut neben sich auf das Bett. »Bitte setz dich, Kim. Bitte lass mich dich in den Arm nehmen.«

Langsam setzte Kim sich auf das Bett und sank dann an die Brust ihrer Mutter.

»Du bist bloß ein kleines Mädchen, das einen großen Fehler gemacht hat«, sagte Mattie, küsste Kim auf die Stirn und zupfte mit schwachen Fingern an den Klammern in ihrem Haar, bis es offen auf ihre Schultern fiel. »Du bist mein süßes Baby. Ich liebe dich so sehr.«

»Ich liebe dich auch. Es tut mir Leid, Mama. Es tut mir so Leid.«

»Ich weiß, Schätzchen.«

»All deine Sachen –«

»Das ist alles, was sie sind. Bloß Sachen«, erklärte Mattie ihr, und ihre Lippen verzogen sich unwillkürlich zu einem Lächeln. »Neumodische Pfeffermühlen.«

»Was?«

»Sachen kann man ersetzen, Kimmy«, sagte Jake und setzte sich zu ihnen aufs Bett.

»Und wenn nicht?«

»Dann sind es immer noch bloß Sachen«, sagte er.

»Ihr hasst mich nicht?«

»Wie könnten wir dich hassen?«, fragte Mattie.

»Wir lieben dich«, sagte Jake und rutschte neben die beiden. »Bloß weil wir nicht glücklich darüber sind, was du getan hast, heißt das noch nicht, dass wir dich nicht mehr lieben oder je aufhören werden dich zu lieben.« Mattie sah, wie er die Hand nach Kims Kopf ausstreckte, um einige verbliebene, widerspenstige Haarklammern zu lösen, bevor er ihr seidenweiches Haar nach hinten strich.

Im nächsten Moment weinte Kim in seinen Armen. Jake hielt sie mehrere Minuten lang fest an sich gedrückt, bevor er, ohne seine Tochter zu stören, die Hand ausstreckte und Matties Finger berührte. So saßen die drei, geborgen und vereint, bis es dunkel wurde.

33

Mattie saß in ihrem Rollstuhl auf dem Balkon hinter der Küche und sah ihrer Tochter beim Schwimmen zu. Es war ungewöhnlich kühl für Ende September, und vom beheizten Swimmingpool stieg Dampf auf. Matties Blick folgte dem eleganten Bogen, den die Arme ihrer Tochter vor dem Eintauchen beschrieben, ihrem schlanken geschmeidigen Körper, der angetrieben vom stetigen Stoß ihrer Füße durchs Wasser glitt. Wie eine schöne junge Meerjungfrau, dachte sie und stellte sich vor, an der Seite ihrer Tochter zu schwimmen.

»Ist Ihnen kalt, Mrs. Hart?«, fragte eine Stimme irgendwo hinter ihr.

»Ein bisschen«, brachte Mattie unter großen Mühen hervor. Sofort spürte sie, wie ein Kaschmirschal um ihre Schultern gelegt wurde. »Danke, Aurora«, flüsterte sie, ohne zu wissen, ob die zierliche mexikanische Haushälterin, die Jake Anfang des Sommers engagiert hatte, sie hören konnte. Ihre Stimme war mittlerweile so leise, so schwach. Jedes Wort war ein Kampf. Für alle Beteiligten. Sie bemühte sich zu sprechen, um nicht an ihren Gedanken zu ersticken, und die Menschen in ihrer Umgebung bemühten sich zu verstehen, was sie zu sagen versuchte.

»Komm rein, George«, rief Kim dem ausgelassenen Welpen zu, der neben dem Becken auf und ab lief. »Das Wasser ist ganz warm.«

George tat bellend seine Verweigerung kund, sprang die Balkontreppe hinauf, hüpfte in Matties Schoß und leckte ihr Gesicht ab. Er konnte sich problemlos verständlich machen, dachte

Mattie und genoss das Gefühl seiner feuchten Zunge auf ihren Lippen, während Kim ihr vom Becken fröhlich zuwinkte und dann weiterschwamm.

»Nein, nein«, sagte Aurora, hob den kleinen Hund von Matties Schoß und setzte ihn auf die Zedernholzplanken. »Nicht Mrs. Harts Lippen lecken.«

»Das ist schon in Ordnung, Aurora«, wollte Mattie sagen, doch stattdessen hustete sie, und ihr Husten ging in ein verzweifeltes Röcheln über. In den vergangenen Monaten wären Matties Hände nach oben geschnellt, während sie versuchte, Sauerstoff in ihre Lungen zu zwängen, doch jetzt hingen ihre knochigen Arme leblos herab, und ihre knorrigen Finger lagen ordentlich gefaltet in ihrem Schoß. Nur ihr Kopf wippte mit jedem erstickten Atemzug auf und ab.

»Es ist okay. Sie okay«, erklärte Aurora ihr ruhig, die bei solchen Attacken längst nicht mehr in Panik geriet, sondern Mattie fest in die Augen sah, bis der Anfall vorüber war. »Sie okay«, wiederholte sie, wischte mit einem Taschentuch die Tränen aus Matties Augen, strich ihr Haar zurück und tätschelte ihre nutzlosen Hände, die auf ihren ebenso nutzlosen Beinen lagen. »Wollen Sie etwas trinken? Wasser oder Saft?«

»Wasser«, sagte Mattie und konnte nur die erste Silbe klar hören, während die zweite sich wie der Dampf aus dem Pool in der kalten Luft auflöste.

Sobald Aurora sich in die Küche zurückzog, sprang George wieder auf Matties Schoß und leckte ihr zwei Mal über die Lippen, bevor seine neugierige Zunge in ihrem linken Nasenloch verschwand. Mattie lachte, und der Welpe machte es sich auf ihrem Schoß bequem und wärmte ihre kalten Hände mit seinem warmen Fell, sodass sie das Gefühl hatte, Fleece-gefütterte Fäustlinge zu tragen. Wie lautete noch die alte Redensart? Das Glück ist ein warmer junger Hund? Das stimmte tatsächlich, staunte Mattie und beobachtete, wie der kleine Hund die Augen schloss und sofort einschlief. Sie musste nur einen bequemen

Fleck anbieten, auf dem er sich zusammenrollen konnte, und er liebte sie. Bedingungslos.

Und sie liebte ihn, erkannte sie zu ihrem größten Erstaunen. Nach all den Jahren, in denen sie sich geweigert hatte, auch nur darüber nachzudenken, einen Hund ins Haus zu lassen, war sie völlig verschossen, Hals über Kopf verliebt. Mein süßes Baby, dachte sie und sehnte sich schmerzhaft danach, ihn streicheln zu können.

»Oh, weg mit dir«, sagte Aurora und scheuchte George davon, bevor Mattie protestieren konnte. Aurora führte ein Glas Wasser an ihre Lippen, Mattie nippte daran und spürte, wie die Flüssigkeit mühsam durch ihre Kehle sickerte. »Noch ein bisschen mehr«, wies Aurora sie an.

Mattie schüttelte den Kopf, obwohl sie noch durstig war. Doch je mehr sie trank, desto öfter musste sie pinkeln, und Mattie hatte diesen Ruf der Natur fürchten gelernt. Von den vielen Dingen, die Mattie an ihrer Krankheit hasste, hasste sie es am meisten, dass sie mit jeder Verschlechterung ihres Zustands nach und nach all dessen beraubt wurde, was sie einst für selbstverständlich gehalten hatte – ihrer Mobilität, ihrer Freiheit, ihrer Privatsphäre und zuletzt und am grausamsten ihrer Würde. Sie konnte nicht einmal mehr alleine auf die Toilette gehen. Sie brauchte jemanden, der sie dorthin brachte, sie auf die Schüssel setzte und sie hinterher abwischte. Aurora war ein Geschenk des Himmels und erledigte all diese Pflichten klaglos. Genau wie Kim und Jake, wenn Aurora Feierabend hatte. Doch Mattie wollte nicht, dass ihre Tochter ihre Krankenschwester spielen oder ihr Mann ihr den Hintern abwischen musste. »Du musst essen und trinken«, sagten ihr immer alle. »Damit du kräftig bleibst.« Doch Mattie war des Kräftigseins überdrüssig. Welchen Sinn hatte all die Kraft, wenn man trotzdem gefüttert und getragen werden und sich den Hintern abwischen lassen musste? Sie war dieser Zwangs-Infantilisierung müde. Dieser Zustand konnte sich noch jahrelang hinziehen, und so wollte sie nicht in Erinnerung bleiben. Sie hatte genug. Sie wollte zumindest mit einem Anschein von Würde sterben.

Es war an der Zeit.

»Brrr«, machte Kim, stieg aus dem Pool und wickelte sich in mehrere Schichten dunkelroter Badelaken. »Wenn man rauskommt, ist es ganz schön kalt.« George war sofort bei ihren Füßen und leckte das Wasser zwischen Kims Zehen ab. »Und was denkst du?«, fragte Kim, als sie, dicht gefolgt von George, die Treppe hochrannte. »Fünfzig Bahnen. Ziemlich gut, was?«

»Übertreib's nicht«, sagte Mattie langsam und leise.

»Mache ich schon nicht. Wenn es wieder zwanghaft wird, höre ich sofort auf. Versprochen.«

Mattie lächelte. Die Tage von quälenden Zwei-Stunden-Trainings und strenger Diät waren zum Glück vorbei. Kim ging auf eine neue Schule, wo sie einen viel versprechenden Start hingelegt hatte. Sie ging weiterhin einmal die Woche zu Rosemary Colicos, genau wie Jake. Manchmal gingen die beiden auch gemeinsam. Kim und ihr Vater kamen sich von Tag zu Tag näher.

Es war an der Zeit.

»Wann fängt das Spiel an?«, fragte Mattie, und Kim beugte sich zu ihr herab, um sie zu verstehen.

»Um sieben, hat Dad, glaube ich, gesagt.« Sie blickte auf ihre Uhr. »Ich sollte mich wohl langsam fertig machen. Es ist schon fast fünf. Ich will mir vorher noch die Haare waschen.«

Mattie nickte. »Geh nur. Mach dich fertig.«

Kim küsste die knochige Wange ihrer Mutter. Mattie spürte die weiche kalte Wange ihrer Tochter an ihrer.

»Du weißt doch, wie sehr ich dich liebe?«, fragte Mattie.

»Ich liebe dich auch«, sagte Kim, hob George hoch und rannte nach drinnen, bevor Mattie noch etwas sagen konnte.

»Wir gehen auch rein«, sagte Aurora, drehte Matties Rollstuhl herum und schob sie in die Küche.

Und was, wenn ich nicht rein will?, fragte Mattie sich und begriff, dass jeder Protest sinnlos war. Ihre Macht, Entscheidungen zu treffen, war von anderen übernommen worden, die letzte Stufe einer allmählichen Beschneidung ihrer grundlegenden Persönlichkeitsrechte. Denn was nützten Entscheidungen, wenn man nicht mehr die Macht hatte, sie umzusetzen? Mattie machte Aurora keine Vorwürfe. Sie machte niemandem einen Vorwurf. Die gut gemeinte Taktlosigkeit anderer überraschte sie nicht mehr. Sie war nicht mehr wütend. Was half es, wütend zu sein?

Was geschah, war niemandes Schuld, weder die ihrer Mutter noch ihre eigene, noch Gottes. Wenn es einen Gott gab, hatte Mattie entschieden, dann hatte er sie nicht vorsätzlich mit diesem Zustand geschlagen. Genauso wenig, wie er etwas daran ändern konnte. Nachdem sie monatelang zugesehen hatte, wie ihr Körper stetig Pfunde verlor und in sich zusammengesunken war, nachdem sie gespürt hatte, wie ihre Haut schlaff wurde und sich ihre Gesichtszüge gedehnt und verzerrt hatten, als wäre sie in einem Spiegelkabinett gefangen, hatte sie sich schließlich einer Haltung ergeben, die Thomas Hardy einmal »die zärtliche Gleichgültigkeit der Welt« genannt hatte. War es Hardy oder Camus?, fragte Mattie sich, zu müde, um sich daran zu erinnern.

Sie war so müde.

Es war an der Zeit.

Es war die beste Zeit. Es war die schlimmste Zeit, zitierte Mattie stumm. Charles Dickens. Kein Zweifel diesmal.

Das schlimmste Jahr ihres Lebens.

Das beste Jahr ihres Lebens.

Das letzte Jahr ihres Lebens.

Es war an der Zeit.

»Hi, Schatz, wie geht's?« Jake betrat die Küche, als Aurora gerade die Glasschiebetür abschloss.

Mattie lächelte wie immer, wenn sie ihren Mann sah. Er hatte in den vergangenen Monaten abgenommen und ein paar graue Haare bekommen, Nebenwirkungen ihrer heimtückischen Krankheit, doch er schaffte es, so attraktiv auszusehen wie eh und je, vielleicht sogar noch ein bisschen distinguierter. Er behauptete, Gewichtsverlust und graue Haare seien der Preis, den er dafür zahlte, wieder zu arbeiten. Er war nicht zu Richardson, Buckley und Lang zurückgekehrt, doch im Laufe des Sommers hatte man ihn als Berater für mehrere komplizierte Fälle hinzugezogen, und er war von einer Reihe junger Anwälte angesprochen worden, die daran dachten, sich selbstständig zu machen und Anfang kommenden Jahres eine eigene Kanzlei zu eröffnen. Kein Interesse, erklärte Jake ihnen und behauptete, er wäre vollauf zufrieden damit, zu Hause zu arbeiten. Doch Mattie konnte nicht umhin, das Feuer in seinen Augen zu bemerken, wenn er von ihnen sprach, und sie wusste, dass er die Aufregung des täglichen Nahkampfs vermisste. Wie lange konnte sie ihn noch zurückhalten? Was konnte er noch für sie tun, was er nicht schon getan hatte? Sie konnte ihn nicht einmal mehr anfassen, dachte sie, als Jake sich zu einem Kuss herabbeugte.

Es war an der Zeit.

Alles fügte sich. Der Privatdetektiv, den Jake engagiert hatte, um seinen Bruder zu finden, verfolgte mehrere viel versprechende Spuren. Offenbar gab es drei Nicholas Harts, die das richtige Alter hatten und Jakes Beschreibung in etwa entsprachen – einen in Florida, einen in Wisconsin und einen in Hawaii. Es war möglich, dass einer dieser drei Männer Jakes Bruder war, und wenn nicht, war zumindest der erste Schritt getan. Es war nicht nötig, dass Mattie blieb, bis Jake die Ziellinie überquerte. Er hatte bereits gewonnen, dachte sie und genoss den sanften Druck seiner Lippen auf ihren.

»Im Pende Fine Arts Museum wird nächste Woche eine Fotoausstellung eröffnet«, erzählte Jake ihr und setzte sich auf den Küchenstuhl, damit er ihr in die Augen sehen konnte. »Ich dachte, wir könnten vielleicht am nächsten Samstag hingehen und Kim mitnehmen.«

Mattie nickte. Jake hatte die zerstörte Raphael-Goldchain-Fotografie ersetzt, und Kim zahlte ihm im Monat zehn Dollar von ihrem Taschengeld zurück. Deshalb hatte sie beinahe so etwas wie Besitzerstolz auf das Bild entwickelt und angefangen, sich ernsthaft für Fotografie zu interessieren.

»Ich habe gedacht, dass wir Kim vielleicht eine neue Kamera kaufen könnten«, sagte Jake, als hätte er Matties Gedanken gelesen. »Die, die sie jetzt hat, ist ziemlich primitiv.«

Mattie nickte noch einmal.

»O je, wir haben fast keine Milch mehr«, verkündete Aurora, als sie den Karton aus dem Kühlschrank nahm und ihn schüttelte.

»Ich hol später welche«, bot Jake an.

»Und Apfelsaft«, fügte Aurora hinzu.

»Ich hol alles nach dem Spiel.«

Er tat so viel, dachte Mattie. Er hatte so viel aufgegeben. Honey. Seine Karriere. Das letzte Jahr seines Lebens. Alles für sie. Sie konnte ihn nicht bitten, noch mehr aufzugeben.

Es war an der Zeit.

»Weißt du eigentlich, wie sehr ich dich liebe?«, fragte Mattie. »Hast du eine Ahnung, wie viel Freude du in mein Leben gebracht hast?«

»Und weißt du, wie viel Freude du in meins gebracht hast?«, fragte er zurück.

Es klingelte.

»Das ist Lisa«, sagte Mattie, als Aurora zur Tür ging und der Hund die Treppe hinunter rannte und bellend um ihre Füße sprang.

»Wie geht es Mattie heute?«, hörte Mattie Lisa fragen, als Jake sie im Flur begrüßte.

»Sie wirkt ein wenig niedergeschlagen«, hörte sie Jake sagen. »Vielleicht sollte ich nicht weggehen.«

»Unsinn«, stieß Mattie hervor, und die Anstrengung löste eine weitere schreckliche Attacke aus, die erst abebbte, als Jake versprach, seine Pläne nicht zu ändern. »Du siehst großartig aus«, sagte Mattie zu Lisa und bewunderte die neue Frisur ihrer

Freundin, während sie sich zu erinnern versuchte, wann sie zuletzt in einem Frisörsalon gewesen war.

»Danke«, sagte Lisa, griff nach ihrer Arzttasche, entnahm das Blutdruck-Messgerät und legte die Manschette um Matties Arm, als wäre das ebenso normal, wie sich zur Begrüßung die Hand zu schütteln. »Du siehst selbst auch ziemlich gut aus.«

»Danke«, sagte Mattie. Es war zwecklos zu widersprechen. Sie wog weniger als 50 Kilo, ihre Haut war so dünn, dass sie beinahe durchsichtig war, und ihr Körper verbog sich wie eine Brezel. Trotzdem beharrten weiter alle darauf, dass sie schön sei, als ob ihr Zustand ihr jegliche Urteilskraft geraubt hätte, als ob sie nicht mehr in der Lage wäre, zwischen Wunsch und Wirklichkeit zu unterscheiden. »Danke«, sagte Mattie noch einmal. Warum sollte sie nicht glauben, dass sie noch schön war? Was konnte es schaden, so zu tun als ob?

»Ich habe mit Stephanie und Pam geredet. Wir wollen im nächsten Monat eine kleine Party geben. Was sagst du zum 12. Oktober?«

»Klingt super«, antwortete Jake für sie.

»Prima«, sagte Lisa und lauschte dem Geräusch des durch Matties Adern pulsierenden Blutes. »Ich sag es den anderen, und wir sagen dir Bescheid, wann und wo sie steigt.« Sie ließ das Stethoskop in ihren Schoß sinken und löste die enge Manschette von Matties Arm. »So weit klingt alles okay«, verkündete sie, obwohl ihre Augen ihre Worte Lügen straften. »Hast du schon das Neueste über Stephanies Ex gehört?« Mattie schüttelte den Kopf. »Du weißt doch, dass er angefangen hat, übers Sorgerecht rumzutönen, als er das mit Enoch herausgefunden hat.«

»Ich glaube, ich lasse euch beide alleine und erledige noch ein paar Sachen in meinem Arbeitszimmer«, sagte Jake und küsste Mattie auf die Stirn, bevor er den Raum verließ.

Lisa fuhr, ohne mit der Wimper zu zucken, fort. »Also, Stephanie hat den Wichser beschatten lassen. Wie sich herausstellt, führt er schon seit geraumer Zeit ein Doppelleben.«

Die nächste Dreiviertelstunde hörte Mattie zu, während Lisa ihr alle wichtigen und schlüpfrigen Details berichtete und sie auf den neuesten Stand des Klatsches über Menschen brachte, die Mattie kannte oder auch nicht. Sie erfuhr, welcher Prominente mit wem zusammen war, welche Filme ihre Vorschusslorbeeren wirklich verdient hatten und welche eine schreckliche Enttäuschung waren, welche Schauspielerinnen Implantate trugen und wer aus der alternden Elite Hollywoods eine Schönheitsoperation hinter sich hatte.

»Glaub mir«, sagte Lisa vertraulich. »Jede Frau über vierzig ohne Falten hat sich liften lassen.«

Mattie lächelte, obwohl sie wusste, dass sie nicht lange genug leben würde, um sich derlei luxuriöse Sorgen zu machen. Was hätte sie für ein paar Falten gegeben! Was hätte sie darum gegeben, sich in eine verschrumpelte alte Pflaume zu verwandeln.

»Offenbar gibt es ein tolles neues Hörbuch. Den Titel habe ich vergessen«, sagte Lisa, »aber ich habe ihn irgendwo aufgeschrieben und bring dir die Kassette beim nächsten Mal mit. Brauchst du sonst noch was?«, fragte sie und sah auf die Uhr, während Mattie zu den Uhren an der gegenüberliegenden Wand blickte. 18.05 oder 18.07. Freie Auswahl.

So oder so, dachte Mattie, es war an der Zeit.

»Ich möchte, dass du meine Mutter anrufst«, sagte sie schwerfällig, aber deutlich. »Du musst sie fragen, ob sie vorbeikommen kann. Heute Abend.«

Lisa fand Matties Adressbuch in der Schublade bei dem Telefon und rief Matties Mutter an. »Sie ist in einer Stunde hier«, sagte Lisa, als sie auflegte.

»Wer ist in einer Stunde hier?«, fragte Kim, die frisch geduscht und umgezogen, das lange Haar offen unter einer Chicago-Cubs-Mütze, in die Küche kam.

»Auf dem Weg nach Wrigley Field?«, fragte Lisa.

»Dieses Jahr werden wir gewinnen«, sagte Kim lachend. »Wer ist in einer Stunde hier?«, wiederholte sie.

»Deine Großmutter.«

»Grandma Viv? Warum?« Besorgnis blitzte in Kims blauen Augen auf.

»Startklar?«, fragte Jake, als er zu den Frauen in der Küche stieß.

»Vielleicht sollten wir doch nicht gehen«, sagte Kim.

»Stimmt irgendwas nicht?«, fragte Jake.

»Matties Mutter kommt vorbei«, sagte Lisa.

»Das ist doch großartig. Wo liegt das Problem, Kimmy?«

»Mama?«, fragte Kim. »Gibt es irgendein Problem?«

Mattie hob den Blick zu ihrem Mann und ihrer Tochter, und ihre Augen waren wie eine gierige Kameralinse, die ein Bild nach dem anderen schoss – ihre Gedanken rasten zurück durch die Zeit und lüfteten Erinnerung um Erinnerung – das erste Mal, dass sie Jake gesehen hatte, das erste Mal, dass sie miteinander geschlafen hatten, das erste Mal, dass sie ihre wunderschöne kleine Tochter in den Armen gehalten hatte. »Ich liebe euch beide so sehr«, sagte sie deutlich. »Bitte denkt immer daran, wie sehr ich euch liebe.«

»Wir lieben dich auch«, sagte Jake und küsste Mattie sanft auf den Mund. »Wir kommen bestimmt nicht zu spät zurück.«

»Du bist ein wundervoller Mann, Jake Hart«, flüsterte Mattie in sein Ohr und genoss seinen Geschmack, seinen Geruch und seine Berührung.

Kim trat vor ihren Rollstuhl, beugte sich herab und nahm ihre Mutter in die Arme, als wäre sie die Mutter und Mattie das Kind.

»Sei geduldig mit deinem Vater«, sagte Mattie, bevor das Mädchen etwas sagen konnte. »Bitte versuche zu akzeptieren, was immer ihn glücklich macht.«

Kim starrte ihrer Mutter direkt in die Augen. Als ob sie verstehen würde. Als ob sie es wüsste. »Du bist die beste Mutter, die man überhaupt haben kann«, sagte sie so leise, dass nur Mattie es hören konnte.

»Mein süßes Baby.« Mattie drückte ihr Gesicht in das

Haar ihrer Tochter, merkte sich seine Beschaffenheit und das Gefühl auf ihrer Haut. »Geh jetzt«, drängte sie sanft. »Es wird Zeit.«

»Ich liebe dich«, sagte Kim.

»Ich liebe dich«, wiederholte Jake.

Ich liebe euch, rief Mattie ihnen stumm hinterher und sah ihnen nach, bis sie verschwunden waren, ihre Bilder für immer in ihre Seele gebrannt. Passt gut aufeinander auf.

»Haben Sie etwas gesagt, Mrs. Hart?«, fragte Aurora.

Mattie schüttelte den Kopf, als sie Aurora mit einer Schale frisch gekochter Suppe nahen hörte.

»Hühnersuppe mit Nudeln. Sehr gut für Sie.« Aurora führte einen vollen Löffel zu Matties Mund.

»Das kann ich machen«, sagte Lisa und nahm Aurora die Schale ab. »Warum gehen Sie nicht nach Hause? Ich bleibe bei Mattie, bis ihre Mutter kommt.«

»Sie sicher?« Aurora zögerte und sah Mattie an.

»Geh ruhig«, erklärte Mattie ihr. »Und danke, Aurora. Danke für alles.«

»Bis morgen.«

»Lebewohl«, sagte Mattie und sah ihr nach. Ein weiteres Bild für den Skizzenblock ihrer Seele.

»Suppe«, sagte Lisa, als sie allein waren, und führte den Löffel an Matties Lippen. »Riecht sehr lecker.«

»Danke«, sagte Mattie, sperrte den Mund auf wie ein frisch geschlüpfter Vogel und spürte, wie die warme Flüssigkeit durch ihre Kehle sickerte. »Vielen Dank für alles.«

»Nicht reden. Essen.«

Mattie ließ sich von Lisa mit der Suppe füttern und sagte nichts mehr, bis die Schale komplett ausgelöffelt war.

»Da hatte aber jemand Hunger«, bemerkte Lisa, und ihre Lippen verzogen sich zitternd zu einem tapferen Lächeln.

»Du bist eine gute Freundin«, sagte Mattie.

»Ich hatte ja auch genug Übung«, erinnerte Lisa sie. »Wir

kennen uns schon seit Urzeiten. Sind das jetzt wirklich schon mehr als dreißig Jahre?«

»Dreiunddreißig«, präzisierte Mattie und fragte dann nach kurzem Überlegen: »Erinnerst du dich eigentlich noch an unsere erste Begegnung?«

Lisa dachte ihrerseits nach und schüttelte dann schuldbewusst den Kopf. »Du?«

Mattie lächelte. »Nein.«

Sie lachten beide.

»Ich weiß nur, dass du schon immer da warst«, sagte Mattie schlicht.

»Ich liebe dich«, sagte Lisa. »Das weißt du doch, oder?«

Mattie wusste es. »Ich liebe dich auch«, sagte sie.

»Danke, dass du gekommen bist«, sagte Mattie zu ihrer Mutter. Viv hatte sich sichtlich Mühe mit ihrer Erscheinung gegeben. Sie trug eine lavendelfarbene Bluse, die sie in eine schicke graue Hose gesteckt hatte, und selbst auf den zu einem beklommenen Lächeln verzogenen Lippen schimmerte ein Hauch von Farbe.

»Wie fühlst du dich?«, fragte sie, und ihr Blick huschte rastlos durch Matties Schlafzimmer, bis er an dem kleinen Hund hängen blieb, der zusammengerollt zu Matties Füßen lag. »Du siehst gut aus.«

»Danke. Du auch.«

Ihre Mutter nestelte verlegen an ihrem Haar. »George scheint eine neue Freundin gefunden zu haben.«

»Ich glaube, es gefällt ihm hier.«

Ihre Mutter streckte die Hand aus und kraulte den Welpen, der sich sofort auf den Rücken drehte und seine Beinchen in die Luft streckte, als wollte er sie ermutigen weiterzumachen. Wie leicht er sich verständigen kann, dachte Mattie wieder und beobachtete, wie ihre Mutter behutsam über die zarte Unterseite des kleinen Hundes strich. Wie mühelos er seine Wünsche deutlich machen konnte. »Es war nett, Lisa wieder zu sehen«, sagte

Viv. »Es ist erstaunlich. Ihr Gesicht sieht noch genauso aus wie mit zehn.«

»Sie verändert sich nie«, stimmte Mattie ihrer Mutter zu und merkte, wie tröstend dieser Gedanke war.

»Es ist schwer, sie sich als erfolgreiche Ärztin vorzustellen.«

»Sie wollte nie etwas anderes sein«, erinnerte Mattie sich. »Als Lisa Doktor gespielt hat, hat sie es wirklich ernst gemeint.«

Ihre Mutter lachte. »Du klingst so viel besser«, sagte sie mit offensichtlicher Erleichterung. »Deine Stimme ist klar und kräftig.«

»Sie kommt und geht«, erklärte Mattie ihr.

»Dann ist es wichtig, nicht aufzugeben, nicht die Hoffnung zu verlieren.«

»Es gibt keine Hoffnung, Mutter«, sagte Mattie, so behutsam sie konnte. Ihre Mutter erstarrte und zog sich vom Bett ans Fenster zurück. Sie starrte ziellos in die Dämmerung.

»Die Tage werden schon kürzer.«

»Ja, das stimmt.«

»Ihr werdet wahrscheinlich demnächst den Pool abdecken.«

»In ein paar Wochen.«

»Kim sagt, dass sie eine ziemlich gute Schwimmerin geworden ist.«

»Kim wird in allem gut sein, wenn sie sich darauf konzentriert und es wirklich will.«

»Ja, das ist wohl wahr«, stimmte ihre Mutter ihr zu.

»Du wirst dich um sie kümmern, nicht wahr? Du wirst aufpassen, dass es ihr gut geht?«

Schweigen.

»Mutter –«

»Natürlich werde ich mich um sie kümmern.«

»Sie hat dich sehr gern.«

Matties Mutter blickte mit zitterndem Kinn zur Decke und schob ihre Unterlippe vor, bis ihre Oberlippe darunter verschwunden war. »Hast du das Foto gesehen, das sie von mir und meinen Hunden gemacht hat?«

»Es ist ein sehr schönes Bild«, sagte Mattie.

»Ich glaube, sie hat wirklich Talent. Ich denke, dass das vielleicht etwas ist, was sie weiterverfolgen sollte.«

Mattie lächelte traurig. »Ich denke, du musst mir jetzt zuhören.«

»Ich denke, du solltest eine Weile schlafen«, fuhr ihre Mutter unbeirrt fort. »Du bist müde. Nach einem kleinen Nickerchen sieht die Welt schon wieder ganz anders aus.«

»Mutter, bitte, hör mir zu. Es ist Zeit.«

»Ich weiß nicht, was du meinst.«

»Ich glaube, das weißt du sehr wohl.«

»Nein.«

»Bitte, Mutter. Du hast es mir versprochen.«

Schweigen.

»Was genau soll ich denn machen?«, fragte Viv schließlich.

Mattie schloss die Augen. »Danke«, flüsterte sie und atmete tief aus. Sie öffnete die Augen und blickte zum Badezimmer. »Das Fläschchen mit dem Morphium ist im Medizinschrank. Du musst zwanzig Tabletten zerstampfen und in Wasser auflösen, das du mir dann nach und nach einflößt, bis ich alles geschluckt habe.«

Ihrer Mutter stockte vernehmlich der Atem, doch sie sagte nichts.

»Dann könntest du vielleicht einfach bei mir sitzen bleiben, bis ich einschlafe. Würdest du das tun?«

Ihre Mutter nickte langsam und mit klappernden Zähnen, als wäre ihr kalt. »Im Medizinschrank?«

»Am Waschbecken findest du einen Löffel. Und ein Glas«, rief Mattie ihr nach, obwohl ihre Stimme immer schwächer wurde. Sie sprach ein stummes Gebet, obwohl sich keine Worte bildeten, nicht einmal in ihrem Kopf. Sie tat das Richtige.

The time for hesitating's through.

Es war an der Zeit.

Und plötzlich stand Matties Mutter am Fuß des Bettes, das Fläschchen mit Morphium in der einen, das Glas Wasser in der anderen Hand. »Der Löffel«, erinnerte Mattie sie.

»O ja.« Viv stellte das Glas und das Fläschchen mit den Tabletten auf den Nachttisch an Matties Kopf, bevor sie mit langsamen, seltsam abgehackten Bewegungen wie ein Roboter zurück ins Bad ging. Sie nahm den Löffel und kehrte noch langsamer ans Bett zurück wie ein aufziehbares Spielzeug, das seine letzten unsicheren Schritte machte.

»Es ist alles in Ordnung«, erklärte Mattie ihr. »In ein paar Minuten stellst du alles wieder dorthin zurück, wo du es hergeholt hast. Niemand wird es je erfahren.«

»Was soll ich denn sagen? Was soll ich Kim und Jake sagen, wenn sie nach Hause kommen?«

»Die Wahrheit – dass es mir gut geht und dass ich schlafe.«

»Ich glaube nicht, dass ich das kann.« Vivs Finger zitterten so heftig, dass sie den Löffel mit beiden Händen festhalten musste.

Sie sieht beinahe so aus, als würde sie beten, dachte Mattie. »Du kannst es«, beharrte sie. »Du musst.«

»Ich weiß nicht. Ich glaube nicht, dass ich es kann.«

»Verdammt noch mal, Mama. Du hast es für deine Tiere getan. Du hast verstanden, dass du sie nicht leiden lassen durftest.«

»Das ist etwas anderes«, flehte ihre Mutter. »Du bist mein eigen Fleisch und Blut. Ich kann das nicht.«

»Doch, du kannst es«, wiederholte Mattie beharrlich und zwang ihre Mutter, sie direkt anzusehen. Mit Blicken dirigierte sie sie zu dem Nachttisch, bedeutete ihr, den Löffel aus der Hand zu legen und das Fläschchen mit den Morphium-Tabletten zu öffnen.

»Ich weiß, dass ich keine besonders gute Mutter war, Martha«, sagte ihre Mutter, und Tränen kullerten über ihre glühend roten Wangen. »Ich weiß, dass ich dich enttäuscht habe.«

»Dann enttäusch mich jetzt nicht.«

»Bitte verzeih mir.«

»Schon gut, Mama. Es ist okay.«

»Verzeih mir«, wiederholte ihre Mutter, wich von Mattie und dem Bett zurück. »Aber ich kann das nicht. Ich kann nicht. Ich kann nicht.«

»Mama?«

»Ich kann nicht. Es tut mir schrecklich Leid, Martha. Ich kann einfach nicht.«

»Nein!«, rief Mattie, als ihre Mutter aus dem Zimmer floh. »Nein, du kannst mich nicht allein lassen. Das kannst du nicht machen. Bitte komm zurück. Komm zurück. Du musst mir helfen. Du musst mir helfen. Bitte, Mutter, komm zurück. Komm zurück.«

Mattie hörte, wie die Haustür aufging und mit grausamer Endgültigkeit wieder ins Schloss fiel.

Ihre Mutter war weg.

»Nein!«, schrie Mattie. »Nein! Du darfst nicht gehen. Du darfst nicht gehen. Du musst mir helfen. Du musst mir helfen.«

Und dann hustete sie, rang nach Luft und zappelte auf dem Bett herum wie ein Fisch auf den Planken eines Fischerboots, ihr Körper zuckte hilflos hin und her, während der Hund an ihrer Seite zunehmend beunruhigt bellte. »Hilfe«, rief Mattie dem leeren Haus zu. »Hilfe, hilft mir denn niemand?«

Mattie wälzte sich auf den Nachttisch, stieß das Wasserglas und das Fläschchen mit den Tabletten um, sah, wie beides zu Boden purzelte, bevor sie selbst vom Bett fiel, schmerzhaft auf der linken Schulter landete und den Teppich in Mund und Nase schmeckte, während der Hund wimmernd neben ihr hockte.

Es kam ihr vor, als hätte sie eine Ewigkeit dort gelegen, bis die Luft langsam in ihre Lunge zurückkehrte. Der Hund kauerte neben ihrer schmerzenden Schulter und leckte mit seiner eifrigen Zunge immer wieder über ihre Wange. Das Morphium lag keinen halben Meter entfernt vor ihrer Nase, doch sie konnte es nicht erreichen. Und selbst wenn, was würde es ihr nutzen, wenn sie das Fläschchen nicht öffnen konnte? Mattie sah aus dem Fenster in die Dunkelheit, als wollte sie sie ins Zimmer locken, betete darum, in ihr zu versinken und ihrem Leiden ein für alle Mal zu entfliehen. Und dann hörte sie auf der Treppe Schritte, die näher und näher kamen.

Sie schlug die Augen auf.

»O Gott, Martha«, schluchzte ihre Mutter, nahm Mattie in die Arme und wiegte sie hin und her wie ein Baby. »Es tut mir so Leid. Es tut mir so Leid.«

»Du bist zurückgekommen«, flüsterte Mattie. »Du hast mich nicht allein gelassen.«

»Ich wollte.«

»Aber du hast es nicht getan.«

»Ich habe die Haustür aufgemacht. Ich habe dich weinen gehört. Ich wollte gehen, aber ich konnte nicht«, sagte ihre Mutter mit zitternder Stimme. »Erst mal müssen wir dich wieder ins Bett legen«, sagte sie und schaffte es irgendwie, Mattie vom Boden wieder auf die Matratze zu hieven.

Sie stützte Matties Kopf mit Kissen ab, deckte sie zu, hob langsam und wortlos das leere Glas auf und trug es ins Badezimmer. Mattie hörte das Wasser laufen und verfolgte, wie ihre Mutter mit einem Glas Wasser in der Hand zögerlich ins Zimmer zurückkam. Sie stellte das Glas auf den Nachttisch, bückte sich, hob das Fläschchen mit den Tabletten auf, öffnete es, zerstampfte rasch zwanzig Tabletten mit dem bereitliegenden Löffel und löste sie in dem Wasser auf. Dann bettete sie Matties Kopf in ihren Arm und führte das Wasser an ihre Lippen, bis sie ihr vorsichtig die gesamte Lösung eingeflößt hatte.

Es schmeckte bitter, und Mattie hatte Mühe, es im Magen zu behalten. Der Geschmack der Dunkelheit, dachte sie und ließ sich fallen. Langsam und entschlossen beobachtete sie, wie das Glas sich bis zum letzten Tropfen leerte. »Danke«, flüsterte sie, als ihre Mutter es wieder auf den Nachttisch stellte. Dann legte sie sich unbeholfen neben ihre Tochter und bettete Matties Kopf auf ihre Brust über ihr laut pochendes Herz.

»Ich liebe dich, Mattie«, sagte ihre Mutter.

Mattie schloss die Augen in dem sicheren Wissen, dass ihre Mutter bei ihr bleiben würde, bis sie eingeschlafen war. »Das war das allererste Mal, dass du mich so genannt hast«, sagte sie.

Eine Zeit lang lag Mattie reglos in den Armen ihrer Mutter, doch dann fühlte sie, wie die Luft um sie herum zu kreisen und sich ihre Arme und Beine zu entspannen und zu dehnen begannen. Ihre Zehen und Finger spreizten sich, schon bald streckte sie die Hände aus und spürte, wie sie von ihren strampelnden Beinen angetrieben wurden. Sie schwamm, dachte Mattie mit einem stummen Lachen, schwamm aus der Dunkelheit ins Licht, während ihre Mutter ihr nachblickte und darauf aufpasste, das sie gut ankam.

Mattie dachte an Jake und Kim, daran, wie schön sie beide waren und wie sehr sie sie liebte. Sie warf beiden einen stummen Kuss zu, schlüpfte leise hinter eine Wolke und verschwand.

34

Mattie lächelte.

Jake betrachtete liebevoll das Foto von Mattie, die ihn von ihrem Stuhl vor den Tuilerien anlächelte, und strich mit den Fingern über ihre geschwungene Lippe. »C'est magnifique, n'est-ce pas?«, hörte er sie fragen und nahm sich das nächste Bild vor, auf dem Mattie fröhlich an einer Bronzestatue von Maillol lehnte. »Magnifique«, stimmte er ihr leise zu, blickte aus dem Fenster seines Arbeitszimmers und beobachtete, wie die noch immer grünen Blätter der Bäume draußen in der überraschend warmen Oktoberbrise tanzten. Dann wanderte sein Blick wieder zu den Fotos in seiner Hand. War es möglich, dass ihre Paris-Reise wirklich erst ein halbes Jahr zurücklag?

War es möglich, dass seit Matties Tod schon beinahe drei Wochen verstrichen waren?

Jake schloss die Augen und durchlebte noch einmal den letzten Abend ihres Lebens. Er und Kim hatten das Baseballspiel Anfang des achten Innings verlassen, auf der Rückfahrt in einem 24-Stunden-Supermarkt Milch und Apfelsaft gekauft und waren früher als erwartet nach Hause gekommen. Vivs Wagen stand noch in der Einfahrt, und er hörte sie oben kurz herumhantieren, bevor sie sie verspätet begrüßte. »Wie geht es ihr?«, fragte er. »Sie schläft friedlich«, erwiderte Viv.

Sie schläft friedlich, wiederholte Jake jetzt und sah vor seinem inneren Auge, wie er an ihr Bett getreten war und ihr, bemüht, sie nicht aufzuwecken, einige Strähnen aus dem Gesicht gestrichen hatte. Sie fühlte sich warm an, ihr Atem ging langsam und gleichmäßig. Er zog sich aus, ging ins Bett und legte behutsam einen Arm um sie. »Ich liebe dich«, flüsterte er jetzt, wie er es immer wieder geflüstert hatte, als er neben ihr lag, während er dagegen angekämpft hatte, dass ihm die Augen zufielen, damit er über sie wachen und sie sicher in das erste Licht des neuen Tages begleiten konnte. Doch irgendwann musste er eingeschlafen sein. Und um drei Uhr nachts war er plötzlich hellwach gewesen, als ob irgendetwas oder irgendjemand ihm auf die Schulter getippt und ihn sanft wachgerüttelt hätte, bis er die Augen aufschlug.

Sein erster Gedanke war, dass es Mattie gewesen sein musste, dass sie irgendwie ihre Arme wieder bewegen konnte und ihm einen verspielten Stubs gegeben hatte, doch dann erkannte er, dass sie noch immer in derselben Position lag, in der sie es sich vor Stunden bequem gemacht hatte. Erst in diesem Moment bemerkte er die tiefe und vollkommene Stille, die den Raum erfüllte, und erkannte, dass es diese grausame Stille war, die ihn geweckt hatte. Er richtete sich auf, beugte sich vor und strich mit den Lippen über Matties Stirn. Sie fühlte sich unnatürlich kalt an, sodass er automatisch die Decken über ihre Schultern gezogen und stur auf das regelmäßige Auf und Ab ihres Atems gewartet hatte. Doch da war nichts, und er begriff, dass sie tot war.

Jake betrachtete erneut die Fotos von Mattie in Paris, bis die Bilder hinter Tränen verschwammen, während er daran zurückdachte, wie er seine tote Frau in die Arme genommen hatte und bis zum Morgen neben ihr liegen geblieben war.

»Was machst du?«, fragte Kim zögerlich von der Tür, als hätte sie Angst, ihn zu stören.

»Ich guck mir Fotos von deiner Mutter an«, antwortete Jake und wischte sich die Tränen aus den Augen, ohne zu versuchen, sie zu verbergen. Er lächelte den kleinen Hund an, der an Kims linkem Knöchel klebte. »Ich versuche zu entscheiden, welches ich rahmen lassen soll.«

Kim ließ sich neben ihn auf das kleine Sofa fallen und lehnte sich an seinen Arm. George sprang sofort auf ihren Schoß und rollte sich zu einer kleinen Kugel zusammen. »Sie sieht auf allen wunderschön aus.«

»Ja, das stimmt, aber das macht es ja so schwer, eins auszuwählen.«

»Lass mal sehen.« Kim nahm ihm die Fotos aus der Hand und blätterte sie sorgfältig durch. »Das nicht«, sagte sie und strengte sich an, objektiv zu klingen, obwohl Jake ein leichtes Zittern in ihrer Stimme bemerkte. »Es ist unscharf. Und bei dem stimmt der Hintergrund nicht. Zu viel Bürgersteig. Aber das hier ist nett«, sagte sie zu einem Bild von Mattie vor der Kathedrale von Notre Dame, ihr Haar pittoresk zerzaust, ihre Augen noch blauer als der Himmel von Paris.

»Ja«, sagte Jake. »Das gefällt mir auch.«

»Und das hier.« Kim hielt das Foto von Jake und Mattie vor dem Eiffelturm hoch, das der japanische Tourist gemacht hatte, den Jake eingespannt hatte.

»Obwohl der Vordergrund nicht ganz mittig ist?«

»Es ist ein wunderschönes Bild«, erklärte Kim ihm. »Ihr beide seht wirklich glücklich aus.«

Jake lächelte traurig und drückte seine Tochter fest an sich, ohne den sichtlich eifersüchtigen George aus den Augen zu lassen. »Wie geht es dir heute?«, fragte er.

»Ganz gut, glaube ich. Und dir?«

»Ganz gut, glaub ich.«

»Ich vermisse sie sehr.«

»Ich auch.«

Die durch das Fenster fallenden Sonnenstrahlen prallten von ihren Rücken ab und verteilten sich im Raum wie Staub. Ein leises Brummen erfüllte die Luft.

»Klingt, als ob ein Auto gekommen wäre«, sagte Kim, hob George behutsam auf den Boden, löste sich aus der Umarmung ihres Vaters und trat ans Fenster. »Es ist Grandma Viv.«

Jake lächelte. Matties Mutter war seit Matties Tod häufig unangemeldet auf eine Tasse Kaffee oder auch nur eine erstaunlich innige Umarmung vorbeigekommen.

»Sieht aus, als hätte sie etwas mitgebracht.« Kim streckte sich, um zu erkennen, was es war.

Jake trat neben seine Tochter ans Fenster und beobachtete, wie Viv umständlich etwas von der Rückbank ihres Wagens zerrte.

»Was ist das?«, fragte Kim.

Was immer es war, es war groß, rechteckig und komplett in Packpapier eingewickelt. »Sieht aus wie ein Gemälde oder so«, meinte Jake.

Matties Mutter sah sie am Fenster stehen und hätte, als sie ihnen zuwinkte, beinahe ihr Paket fallen lassen.

»Was hast du da, Grandma?«, fragte Kim, als sie die Haustür öffnete und George aufgeregt um Vivs Füße sprang.

»Okay, George, mach Platz. Platz.« Viv lehnte das Paket an die Wand, umarmte Kim und nickte Jake freundlich zu. »Lass mich erst mal meinen Mantel ausziehen. Das ist ein braver Hund.«

Jake hängte Vivs Mantel neben Matties in den Kleiderschrank, sodass ihre Ärmel übereinander fielen. Er hatte sich noch nicht um Matties Kleider gekümmert, obwohl er wusste, dass er das bald tun musste. Es wurde Zeit. Zeit, dass er wieder anfing zu arbeiten, dass Kim wieder zur Schule ging, dass sie alle ihr Leben weiterlebten. *The time for hesitating's through*, summte er abwesend und fragte sich, warum ihm plötzlich der alte Doors-Hit im Kopf herumging.

»Was ist das, Grandma?«, fragte Kim noch einmal.

»Etwas, von dem ich dachte, dass ihr es gern hättet.« Viv trug das Paket ins Wohnzimmer, setzte sich aufs Sofa und wartete, bis Jake und Kim auf den beiden Sesseln gegenüber Platz genommen hatten. Dann riss sie das braune Packpapier ab und enthüllte das Gemälde eines kleinen Mädchens mit blonden Haaren, blauen Augen und einem angedeuteten Lächeln. Das

Bild war amateurhaft, technisch unvollkommen und primitiv, eine Reihe kühner, farbiger Striche, die nicht ganz zueinander finden wollten, eine seltsame Mischung diverser Stile, die nicht miteinander verschmolzen. Doch der Gegenstand des Gemäldes war unverkennbar.

»Das ist Mattie«, sagte Jake, stand auf, lehnte das Bild an den Couchtisch in der Mitte des Zimmers und betrachtete es eingehender.

»Das ist Mama?«

»Als sie ungefähr vier oder fünf war.« Viv räusperte sich. »Ihr Vater hat es gemalt.«

Kim und Jake sahen Viv erwartungsvoll an.

Sie räusperte sich erneut. »Ich muss es auf den Boden gestellt haben, als er uns verlassen hat. Ich hatte es vollkommen vergessen. Aber aus irgendeinem Grund habe ich daran gedacht, als ich heute Morgen aufgewacht bin. Ich hatte wohl einen Traum.« Ihre Stimme verlor sich. »Wie dem auch sei«, setzte sie neu an, »ich bin auf den Speicher gestiegen, was kein leichtes Unterfangen war, das kann ich euch sagen. Ich habe ein wenig herumgekramt, und da stand es, noch immer in ziemlich gutem Zustand und viel besser, als ich es in Erinnerung hatte. Jedenfalls dachte ich, dass ihr es vielleicht haben wollt.«

Jake strich einige unsichtbare Strähnen aus der Stirn des Kindes. Mattie war ein so schönes kleines Mädchen gewesen, dachte er. Und mit dem Alter war sie nur noch schöner geworden. »Danke«, sagte er.

»Danke, Grandma.« Kim stand auf und kuschelte sich neben ihre Großmutter auf das Sofa.

»Ich habe nie verstanden, wie er einfach so gehen konnte«, sagte Viv zu niemand Bestimmten. »Wie konnte er einer solchen Tochter einfach den Rücken kehren. Sie hatten sich immer so nahe gestanden.« Sie schüttelte den Kopf. »Früher war ich eifersüchtig auf ihre Nähe. Ich habe gedacht, warum heißt es immer, Mattie dies, Daddy das? Warum geht es nie um mich? Dumm«, fuhr sie fort, bevor irgendjemand sie unterbrechen konnte. »Dumm, einen Groll gegen sein eigen Fleisch und Blut zu hegen und einem Kind den Rücken zukehren, das einen braucht.«

»Du hast ihr nicht den Rücken zugekehrt«, sagte Kim.

»Doch das habe ich. All die Jahre, in denen sie aufgewachsen ist –«

»Du warst für sie da, als sie dich am dringendsten gebraucht hat. Du hast dein Versprechen gehalten«, flüsterte Kim, während Matties Mutter die Hand vor den Mund legte und ein Schluchzen zu unterdrücken versuchte. »Du hast ihr nicht den Rücken gekehrt.«

Jake spürte, wie es ihm kalt den Rücken hinunterlief, als er das Gespräch zwischen Kim und ihrer Großmutter verfolgte, das bestätigte, was er die ganze Zeit vermutet hatte. Er schloss die Augen und atmete tief ein. Dann ließ auch er sich auf das Sofa fallen und nahm beide Frauen in den Arm.

So wiegten sie sich etliche Minuten schweigend hin und her, während der Hund auf der Suche nach einem bequemen Fleckchen zum Zusammenrollen rastlos von einem Schoß zum anderen hüpfte. »Was sollen wir bloß ohne sie machen?«, fragte Matties Mutter.

Jake wusste, dass die Frage rhetorisch war, doch er beantwortete sie trotzdem. »Ich weiß nicht genau«, sagte er. »Weitermachen, nehme ich an. Uns umeinander kümmern, wie Mattie es gewollt hat.«

»Glaubst du, dass wir je wieder glücklich sein werden?«, fragte Kim.

»Eines Tages bestimmt«, erklärte Jake ihr, küsste sie auf die Stirn, betrachtete das an den Couchtisch gelehnte Gemälde und sah das Lächeln der erwachsenen Mattie durch die Miene des schüchternen kleinen Mädchens schimmern. »Und bis dahin«, sagte er leise, »müssen wir einfach so tun als ob.«